JESSICA WEBER

Das Leuchten der Freiheit

Weitere Titel der Autorin:

Als Marie Caroline Bonnet:
Die Malerin von Paris

Über die Autorin:

Die Kieler Autorin Jessica Weber ist gelernte Schifffahrtskauffrau und liebt es, das Meer vor der Tür zu haben. Wenn sie nicht schreibt, arbeitet sie als Lektorin, Korrektorin und Sekretärin. In ihrer Freizeit fertigt sie ausgefallene Motivtorten an, ist in der Mittelalterdarstellung aktiv und reist viel, gern auch zu Recherchezwecken. Außer historischen Romanen mit und ohne Romantik schreibt sie Kurzgeschichten und liebt Gemeinschaftsprojekte mit Autorenkolleginnen. Sie ist Mitglied im Phantastik-Autoren-Netzwerk (PAN) e. V., in der Autorinnenvereinigung »Romance Alliance« und im Verband der Schriftsteller in Schleswig-Holstein e.V.

Jessica Weber

Das Leuchten der Freiheit

Historischer Roman

lübbe

Dieser Titel ist auch als E-Book erschienen

Vollständige Taschenbuchausgabe
der bei beHEARTBEAT erschienenen E-Book-Ausgabe

Copyright © 2021 by Bastei Lübbe AG

Für diese Ausgabe:
Copyright © 2022 by Bastei Lübbe AG, Köln
Umschlaggestaltung: Guter Punkt, München unter Verwendung von
Motiven © iStock / Jan-Otto; iStock / Getty Images Plus / TeamDAF;
Shutterstock / Alvov; iStock / Getty Images Plus / home-; © Richard Jenkins
Photography
Satz: 3w+p GmbH, Rimpar
Gesetzt aus der Schrift: Minion
Druck und Verarbeitung: GGP Media GmbH, Pößneck
Printed in Germany

ISBN 978-3-404-18819-2

5 4 3 2 1

Sie finden uns im Internet unter luebbe.de
Bitte beachten Sie auch: lesejury.de

Prolog

Kiel, April 1905

... So beende ich diesen Brief in der Hoffnung, dass du nun verstehst, wie alles so kommen konnte, wie es gekommen ist. Ich war nie die unschuldige Frau, für die du mich bei unserer Hochzeit gehalten hast. Ich habe mich oft verloren auf meinem Weg – so oft, dass ich nicht mehr weiß, wer ich bin. Ich weiß nur, dass ich nie anders handeln konnte.

Sosehr ich dich verletzt habe, bitte glaube mir: All das ist nur aus den Vorkommnissen entstanden, die fast auf den Tag genau vor zehn Jahren ihren Anfang nahmen. Vorher war ich ein Kind, lebensfroh, voller Träume und viel zu unbedarft. Der eine Augenblick hat alles verändert.

Verzeih mir.

Deine Luise

Kapitel 1

Dorf Gaarden bei Kiel, April 1895

Der weiche Waldboden dämpfte ihre Schritte. Trockene Stöckchen und leere Schalen von Bucheckern flogen unter ihren Sohlen hervor. Luise breitete die Arme aus und drehte sich im Kreis, schneller und schneller. Sie richtete ihren Blick in den Himmel. Das zarte Grün der ersten Buchenblättchen verschwamm vor ihren Augen, das Vogelgezwitscher wurde zu Musik, die ihren wilden Tanz untermalte. Der Wind, der von der Förde kam und auch vor dem Vieburger Gehölz nicht haltmachte, fuhr unter ihren Rock und hob ihn an. Zum Glück war sie allein, weit und breit war kein Mensch zu sehen. Luise kicherte, änderte die Richtung, ehe ihr übel werden konnte. Sie schloss die Augen, stellte sich vor, der Wind würde sie mitnehmen, davontragen über das Wasser, weit fort von Kiel, hinaus in die Welt. Sie riss sich die Zopfbänder heraus und ließ ihr Haar fliegen.

Als sie nicht mehr konnte, blieb sie keuchend stehen, sog tief die frische Frühlingsluft ein. Langsam ging sie weiter, und der köstliche Schwindel legte sich. Neben dem Weg breitete sich ein dichter Teppich aus Buschwindröschen aus, weiße Sterne auf grünem Grund, dazwischen Scharbockskraut und Löwenzahn, gelbe Tupfen neben bemoosten abgebrochenen Ästen. Auch wenn sie Kiel irgendwann verlassen würde – hierher würde sie immer wieder zurückkehren. In ihren Wald auf dem niedrigen Hügel oberhalb der Stadt.

Sie wusste, sie musste nach Hause. Die Mutter hatte ihr aufgetragen, die Strümpfe des Vaters zu stopfen. Nur unter dieser Bedingung hatte sie nicht mit ins Kuhbergviertel zum Sonntagskaffee bei Tante und Onkel gehen müssen. Zu gern hätte sie noch einen Abstecher zu dem Ausflugslokal *Waldwiese* gemacht, um zu schauen, welche Vergnügungen an diesem Tag stattfanden. Sonntags war dort immer viel los, im Sommer, wenn die Abende lang und warm waren, noch mehr als jetzt im Frühjahr. Doch auch zu dieser Zeit gab es Theatervorführungen und Gesang, Tanz und Musik. Zwar nicht für Luise, aber sie liebte es dennoch, die Menschen zu beobachten, die aus der Pferdestraßenbahn stiegen und zu dem Wirtshaus hinübergingen oder sogar mit eigenen Kutschen vorfuhren. Wie schade, dass sie keine Zeit hatte!

Allerdings würde sie auf dem Weg nach Hause an einer anderen Gastwirtschaft vorbeikommen. Das *Krusenrott* war nicht ganz so groß und prächtig wie die *Waldwiese*, aber auch dort ging es sonntags fröhlich zu. Luise beschleunigte ihre Schritte. Da es bergab ging, verfiel sie ins Laufen, ihre Haare und ihr Rock flogen, und wieder meinte sie, Musik zu hören. Noch einmal drehte sie sich wie im Tanz. Irgendwann würde sie tanzen! In der *Waldwiese* und durchs Leben, auch wenn sie nur die Tochter eines Werftarbeiters war.

Das lang gezogene, weiß getünchte Gebäude des *Krusenrott* kam in Sicht. Im Garten standen Reihen von Tischen und Stühlen bereit, doch es war trotz des sonnigen Wetters noch zu kühl, als dass schon Gäste draußen gesessen hätten. So blieb Luise nur, durch eines der hohen Fenster in den Festsaal zu spähen. Es war einen Spaltbreit geöffnet. Akkordeonmusik, der Geruch von Butterkuchen, Stimmengewirr und Lachen drangen zu ihr heraus. Gebannt beobachtete sie die Vierergruppe, die am nächstgelegenen Tisch saß. Die beiden Herren tranken schweigend Kaffee, die Damen unterhielten sich. Luise spitzte die Ohren, um ja kein Wort des Gesprächs zu verpassen, während sie ausgiebig die feinen Seidenkleider musterte, eines lindgrün, das andere zartrosa, beide mit langen, bauschigen Ärmeln und Spitzenkragen.

»Und Sie sind im vergangenen Jahr wirklich auf der berühmten *Augusta Victoria* gereist?«, fragte die grün gekleidete Frau.

Die andere nippte an ihrem Likörgläschen und neigte den sorgsam frisierten Kopf. »Allerdings.«

»Oh, davon müssen Sie mir erzählen! Wie ist es an Bord eines solchen Schiffes?«

»Man nennt es nicht umsonst einen Schnelldampfer. Kaum waren wir aus Hamburg losgefahren, waren wir auch schon in New York. Jedenfalls kam es mir so vor. Ich hätte gern noch länger den Luxus an Bord genossen. Das Essen, meine Liebe! Sie können sich nicht vorstellen, was ...«

Hamburg ... Schon dieser Name klang in Luises Ohren nach Freiheit und Abenteuer. Und erst New York! Sie wusste nicht genau, wo das lag, nur dass es einen ganzen Ozean entfernt war.

Ein Kellner trat in Luises Blickfeld und wandte sich in ihre Richtung. Erschrocken hockte sie sich nieder und presste sich an die Hauswand. Hoffentlich hatte er sie nicht bemerkt! Mit einem Krachen schloss sich das Fenster über ihr. Enttäuschung erfasste sie. Sie hätte doch so gern noch länger dem Gespräch gelauscht. Nun würde sie nichts mehr hören. Beobachten konnte sie die beiden Paare allerdings noch immer, und das war besser als nichts.

Luise zählte langsam bis fünfzig, dann richtete sie sich auf und spähte vorsichtig durch die Glasscheibe. Der Kellner war verschwunden – die Gäste allerdings auch. Und die anderen Tische waren zu weit entfernt, um sie gut sehen zu können.

»He, was tust du da?«

Luise schrak zusammen. Der Kellner stand im Rahmen

des geöffneten Nebenfensters und schwenkte drohend die Faust.

»Verschwinde von hier, sonst setzt's was!«, rief er.

Luise rannte blindlings los – und prallte gegen einen Körper. Massen von zartrosa Seide, denen der süße Duft nach Veilchen entströmte. Kräftige Hände, die sie vor dem Sturz bewahrten, dann ein Lachen.

»Nicht so stürmisch, junge Dame!«

»Entschuldigung«, stieß Luise hervor. Ihre Wangen brannten.

Die hochgewachsene Frau sah auf sie herab und lächelte. »Es ist ja nichts passiert.«

»Doch, ist es«, sagte der Kellner, der in der offenen Eingangstür erschien, gleich hinter den beiden Herren und der grün gekleideten Dame. »Das Mädchen hat Sie durchs Fenster belauscht, ich habe es genau gesehen!«

»Und wenn schon«, rief ihm die Frau zu. »Ich war auch neugierig in ihrem Alter.« Dann wandte sie sich wieder an Luise. »Du siehst aus, als würdest du mich etwas fragen wollen.«

Hundert Fragen brannten Luise auf der Zunge, aber sie brachte nur mühsam eine einzige hervor. »Was muss man tun, um so eine Reise machen zu können wie Sie?«

»Eine Ozeanüberquerung auf einem Schnelldampfer? Nun, vor allem muss man eine Menge Geld beschaffen. Zum Glück ist mein Mann gut darin.« Sie zwinkerte einem der Herren zu, der daraufhin gutmütig grinste. »Oh, nun siehst du traurig aus.« Sie tätschelte Luises Wange. »Tja, ohne Geld wird das mit dem Reisen schwierig. Aber weißt du was? Ich schenke dir etwas.« Sie griff sich an den Hals und zog eine Kette mit einem hühnereigroßen, flachen Anhänger unter dem Spitzenkragen hervor. »Es ist nicht viel wert, aber ich habe es gern getragen. Nun soll es dir gehören.«

Luises Herz schlug schneller, als sie nach dem Schmuck-

9

stück griff. Ihre Mutter hätte nie gutgeheißen, dass sie ein Geschenk von einer Fremden annahm, dennoch tat sie es. Sie starrte den Anhänger an, ein bronzefarbenes Plättchen mit leicht erhabenen Mustern. Auf den ersten Blick erkannte Luise, was diese ergaben.

»Es ist eine Weltkarte«, bestätigte die Dame ihre Vermutung. »Damit du dich stets daran erinnerst, dass du auch einmal eine Reise machen möchtest. Wenn du fest daran glaubst, wird es dir auch gelingen. Dann kann dir alles gelingen!«

Schweigend strich Luise mit dem Zeigefinger über die Kontinente der Erde.

»Wo liegt New York?«, fragte sie und hoffte, den Namen der Stadt richtig ausgesprochen zu haben.

Die Frau deutete auf eine Stelle auf der linken Seite des Amuletts. »Und dort stehen wir gerade.« Sie wies auf die Mitte der Weltkarte und lachte. »Wie du siehst, ist es nur ein Katzensprung. Ich wünsche dir viel Glück bei all deinen Plänen. Auf Wiedersehen!«

»Auf Wiedersehen«, hauchte Luise, konnte den Blick aber nicht von der Weltkarte lösen. Als die Herrschaften schon die Straße erreicht hatten, riss sie sich endlich zusammen. »Und vielen Dank!«, rief sie der rosa Dame hinterher. Rasch verließ auch sie das Grundstück der Gastwirtschaft, ehe der Kellner sie doch noch zu fassen bekam. Sie trat zu der dicken Eiche, die unweit des Eingangs zum Hof des *Krusenrott* stand, lehnte sich an den Stamm und legte sich die Kette mit dem Weltkarten-Anhänger um. Schwer hing er an ihrem Hals, und Freude durchströmte sie wie zuvor bei ihrem wilden Tanz im Wald. Sie konnte sich kaum von dem Anblick losreißen.

Erst eine Bewegung aus Richtung der Gastwirtschaft ließ sie den Blick heben. Ein Mann trat allein auf die Straße. Er schwankte, als hätte er bereits zum Mittag reichlich dem Schnaps zugesprochen. Er war ebenso fein gekleidet wie die beiden Paare. Ob er auch schon einmal eine weite Reise unternommen hatte? Sein schmucker Sonntagsanzug und sein taumelnder Gang wollten nicht zusammenpassen und verliehen seiner Gestalt etwas Komisches. Luise unterdrückte ein Glucksen. Unsicher setzte der Mann einen Fuß vor den anderen.

Dennoch war er mit wenigen Schritten bei ihr, kaum dass er sie entdeckt hatte. Luise blieb keine Zeit, sich hinter dem Stamm der Eiche zu verstecken. Das Lachen verging ihr, sobald der Mann vor ihr stand. Der Hut rutschte ihm vom Kopf, der Blick aus seinen blauen Augen war glasig, und er leckte sich die Lippen. Als Luise begriff, was er vorhatte, fuhr sie herum und wollte wegrennen, aber er packte sie an beiden Oberarmen und drehte sie zu sich um. Seine Wangen waren gerötet, die Äderchen auf der Nase deutlich zu sehen. Er lallte etwas Unverständliches und lächelte sogar, zwinkerte ihr zu, wie es Männer taten, wenn ihnen eine Frau gefiel.

Luise jedoch war keine Frau, noch längst nicht.

»Ich bin erst dreizehn«, stieß sie hervor und wand sich in seinem Griff. »Ich muss nach Hause.«

Sah der Kerl denn nicht, dass sie noch nicht einmal konfirmiert war? Dabei war das leicht zu erkennen! Sie trug Schulmädchenkleidung, Rock und Schürze endeten oberhalb der Knie. Sie konnte doch nichts dafür, dass ihr Körper schon Rundungen besaß, die ihren Mitschülerinnen noch fehlten!

Er war ein hübscher Mann von höchstens dreißig. Wie sollte man wissen, ob jemand gut oder böse war, wenn man es nicht einmal am Aussehen festmachen konnte? Seine Haut war hell, das blonde Haar kurz geschnitten und akkurat gescheitelt. Die Hand, die sich ihr über Mund und Nase legte, roch nach Schnaps und Seife. Luise konnte nicht mehr atmen, ihr Herz raste, vor ihren Augen verschwamm sein Grinsen zu einer teuflisch verzerrten Maske. Wo waren denn bloß alle Menschen? Die rosa Dame und ihre Begleiter waren schon zu weit entfernt, aber warum kam keiner der anderen Gäste des Lokals in ihre Richtung?

Er drehte sie herum, nahm endlich die Hand von ihrem Gesicht und drückte es stattdessen gegen die furchige Borke der Eiche. Sie schnappte nach Luft. Feuchter, pilziger Geruch drang in ihre Nase, die Rinde zerkratzte ihre Wange. Er presste sie mit seinem viel größeren, kräftigeren Körper gegen den harten Stamm. Luise versuchte, sich daran abzustützen, sich wegzudrücken, aber es gelang ihr nicht. Seine Hände tasteten und nestelten eine Weile und glitten schließlich unter ihre Röcke. Ihr wurde übel, sie zappelte hilflos, doch es gab kein Entrinnen.

Wie eins der Insekten in Lehrer Sauerbiers Sammlung, schoss es ihr durch den Kopf. Einmal hatten die Schülerinnen zusehen müssen, wie er einen lebendigen Käfer aufgespießt und neben all die toten Exemplare gesteckt hatte. Er hatte den glänzenden schwarzen Panzer zwischen seinen Fingern gehalten, sodass das Tier gerade noch die Beinchen bewegen konnte, dann war die dicke Nadel gekommen und in den Leib des Käfers gefahren. Dieser hatte gezuckt, gezittert, und dann hatte er sich nicht mehr bewegt.

Auch Luise erstarrte, als der erste Stich in sie fuhr und sie durchbohrte. Schwarze Punkte tanzten vor ihren Augen, dann wurde ihr Blick wieder klar. Sie sah graugrüne Baumrinde und dahinter ein winziges Stück blauen Himmel.

Das passierte nicht ihr, entschied Luise, das durfte es schließlich nicht. Die Eltern wollten ihr einziges Kind gut verheiraten, und da kam es auf alles an, auch auf die Unversehrtheit. Sie waren einfache Arbeiter, und Luise hatte sich geschworen, nicht so zu enden wie ihre Mutter. Sie wollte mehr, wollte schöne Kleider tragen und zu Walzerklängen über blank gewienertes Parkett schweben. Sie wollte reisen wie die rosa Dame! Schließlich trug sie die Welt um den Hals, da konnte es doch nicht sein, dass ihre Welt zusammenbrach.

Also war es ein anderes Mädchen, dessen Körper von dem eines Fremden in Besitz genommen wurde, das die Stöße zwi-

12

schen den Beinen spürte, die es innerlich zerrissen. Ein anderes Mädchen, das nicht auf die Mutter gehört hatte, das sein Haar außerhalb der Schule offen trug, anstatt es züchtig zu flechten und zu bedecken. Ein anderes Mädchen, das allein durch die Gegend streifte, in die Fenster der Tanzlokale spähte, um all die fröhlich feiernden Menschen in ihrer schönen Kleidung anzusehen und davon zu träumen, auch einmal dort von einem gut aussehenden Mann im Kreise gedreht zu werden.

Ein anderes Mädchen. Nicht Luise Johannsen. Nicht sie, in deren Ohren das heisere Grunzen klang, das immer schneller wurde, nicht sie, deren Wimmern von der Baumrinde verschluckt wurde. Nicht sie, der die Mittagssuppe hochkam und in einem Schwall herausbrach, im gleichen Moment, als der Mann ein letztes Mal aufstöhnte.

Er ließ sie abrupt los, ihre Beine gaben nach, und sie sackte zu Boden. Das vermodernde Laub des vergangenen Herbstes fing ihren Sturz ab.

Ich bin das nicht, dachte Luise. *Ich träume bloß und sehe ein fremdes Mädchen in der eigenen Kotze sitzen und heulen.*

Sie lehnte sich gegen die Eiche und versuchte, ihren Atem zu beruhigen, das haltlose Schluchzen unter Kontrolle zu bekommen. Sie schmeckte das Salz ihrer Tränen. Etwas Warmes, Klebriges lief zwischen ihren Schenkeln aus ihr heraus, und das Brennen an derselben Stelle zeigte ihr überdeutlich, dass es sehr wohl sie war, der soeben Gewalt angetan worden war. Sie fühlte sich, als hätte man glühende Kohlen in ihren Leib gesteckt.

Sie hörte leises Lachen und gemurmelte Worte, die sie nicht verstand, ein Hut wurde aufgehoben, dann entfernten sich die unsicheren Schritte. Einen Augenblick später erklang eine gepfiffene, fröhliche Melodie. Luise würgte und erbrach sich erneut. Das Schluchzen wollte nicht abebben. Sie schlug den Hinterkopf gegen den Baumstamm, einmal, zweimal. Immer wieder, bis ihr Kopf stärker schmerzte als die andere Stelle, an die sie nicht einmal mehr denken wollte.

Das Pfeifen wurde leiser, dann war es endlich verklungen. Luise rappelte sich auf. Es war nicht weit bis nach Hause, nur den Krusenrotter Weg ein Stück entlang in Richtung Innenstadt. Die Eltern waren gewiss noch nicht zurück. Sie musste sich und ihre Kleidung reinigen, ehe sie sie sahen. Keine Spur dieses Tages durfte mehr zu sehen sein. Sie durften nie erfahren, was geschehen war!

Niemals.

Wenn doch nur die Tränen aufhören würden, über ihre Wangen zu strömen. Was sollten die Nachbarn denken? Mit gesenktem Kopf lief Luise die Straße entlang, ließ ihr offenes Haar vor ihr Gesicht fallen, damit niemand es sah. Ihre Beine fühlten sich an wie Pudding, und jeder Schritt schmerzte in ihren Schenkeln und dazwischen. Sie stieß die Haustür auf, trat ins dunkle Treppenhaus und lief die vier Stufen hoch. Der Schwall scharfen Geruchs, der ihr durch die geschlossene Tür des Aborts links der Treppe entgegendrang, brachte sie erneut zum Würgen. Schnell zog sie ihren Schlüssel aus der Rocktasche, schloss die gegenüberliegende Tür auf, stürzte hinein und sperrte den Gestank aus.

Alles war still. Die Eltern waren noch nicht daheim. Luise atmete auf und ging in ihr Zimmer. Sie hatte es für sich allein, seit die Großmutter gestorben war, und sie hielt es peinlich sauber, das gestärkte Deckchen akkurat auf dem quadratischen Tisch vor dem Fenster, das Bettzeug glatt gestrichen, kein Kleidungsstück lag herum. Nur nicht Mutter und Vater erzürnen, die so hart arbeiteten. Nur nicht riskieren, dass sie ihr verboten, draußen herumzustreunen und sich ihren Tagträumen hinzugeben.

Hätte sie doch nur auf sie gehört! Nun passte sie nicht mehr hierher, in ihr gepflegtes Mädchenzimmer. Sie war schmutzig, von innen wie von außen.

Gegen den äußeren Schmutz zumindest konnte sie etwas tun. Sie holte eine Waschschüssel, Seife und Tücher, zog sich aus und wusch sich mit kaltem Wasser, denn es wäre zu auffällig gewesen, wenn sie den Herd angeheizt hätte. Sie schrubbte sich das Gesicht, Hände, Arme und Unterschenkel, bis die Haut rot war und schmerzte. Immer wieder wischte sie die Tränen fort, aber unaufhörlich kamen neue. Sie wusch sich den Bauch, die Knie. Die Oberschenkel. Nie hatte sie ein Problem damit gehabt, ihren Körper zu reinigen, auch nicht die empfindlichsten Stellen. Nun konnte sie es nicht über sich bringen, den Lappen zwischen ihre Beine zu führen. Ihre Hände zitterten. Sie holte tief Luft und gab sich einen Ruck.

Das Tuch war blutverschmiert, als sie es herauszog. Der Anblick traf sie wie ein Schlag ins Gesicht. Ein Schrei aus den Tiefen ihrer Brust formte sich in ihrer Kehle, sie ließ ihn heraus und konnte nicht wieder aufhören. Schrie und schrie, bis die Nachbarn an die Wohnungstür hämmerten. Bis sie heiser war und endlich keine Träne mehr floss.

Dann verstummte sie. Sie war wieder Luise, das Mädchen mit dem sauberen Zimmer und dem sauberen Leben. Sie hatte es die ganze Zeit gewusst. Nichts von alledem war ihr geschehen. Sie hatte keine Ahnung, wessen Schicksal sie beobachtete, wer da seine Kleidung wusch, auswrang und zum Trocknen hängte, das blutige Wasser aus dem Fenster schüttete, sich eine gestärkte Bluse und einen frischen Rock anzog. Sie wusste nicht, wessen Körper wie Feuer brannte, wer geblutet hatte und nun für immer und ewig schmutzig war. Sie war es jedenfalls nicht, auch wenn sie die Schmerzen fühlte. Sie sah dem Mädchen zu, das starr auf dem Bett saß. Eine Frau kam, später dann ein Mann. Sie sahen aus wie Luises Eltern, aber sie sprachen ja mit dem fremden Mädchen. Nicht mit ihr. Nicht mit Luise. Die war irgendwo anders und betrachtete das Geschehen. Auch das Mädchen starrte nur vor sich hin. Als wäre die Zeit stehen geblieben.

Kapitel 2

Psychiatrische Klinik Hornheim, Gaarden bei Kiel, April 1895

Frau Johannsen, ich verstehe Sie. Aber Sie müssen mich auch verstehen. Wir sind eine Privatklinik und auf die Gelder angewiesen. Das *Hornheim* hat Personal zu bezahlen, und allein die Pflege der Gärten ...«

»Das weiß ich, Herr Doktor Jessen. Aber bitte, können Sie nicht eine Ausnahme machen?« Münzen ergossen sich klimpernd aus dem Lederbeutel auf den Tisch. »Das ist alles, was wir momentan aufbringen können. Vielleicht kann ich demnächst noch etwas vom Lohn abzweigen. Aber Luise ist doch unser einziges Kind. Ich bitte Sie!«

Der Mann im weißen Kittel seufzte. »Für die paar Mark kann sie höchstens einige Wochen bleiben. Dass das ausreichen wird, bezweifle ich.«

Sie waren nur ein paar Minuten zu Fuß gegangen, die Lübecker Chaussee entlang und dann hoch Richtung Gehölz, Luise, das seltsame Mädchen und die Frau, die wie Luises Mutter aussah, sich aber dem fremden Mädchen gegenüber wie eine Mutter benahm. Sie hatten eines der riesigen Gebäude betreten, die in einer hübschen Parkanlage lagen, waren von einem Dienstmädchen in gestärkter Schürze in einen Raum geführt worden, und nun saßen sie einem Herrn um die siebzig gegenüber. Auf dem Schreibtisch zwischen ihnen lag ein dickes Buch, daneben standen ein Tintenfass und in einer Halterung ein neumodischer Füllfederhalter. Die Münzen blinkten im Frühlingslicht, das durch die hohen Sprossenfenster einfiel.

Luise verstand nicht, worum sich das Gespräch drehte. Dies war eine Art Krankenhaus, das hatte sie schon herausgefunden. Es war aber niemand von ihnen krank! Selbst das fremde Mädchen nicht, das geblutet und geschrien hatte. Sie saß ganz still und aufrecht da. Ein bisschen blass war sie vielleicht, und sie trug das hellbraune Haar nicht mehr offen. Zwei dicke Zöpfe hingen bis auf ihre Brust hinunter. Sie waren so straff geflochten, dass es sich anfühlte, als risse ihre Kopfhaut ab. Luise wunderte sich längst nicht mehr, dass sie die Schmerzen des Mädchens fühlte. Die Hauptsache war doch, dass sie selbst keine hatte. Ihr war schließlich nichts geschehen.

»Bitte helfen Sie unserer Luise, Herr Doktor«, flüsterte die Mutter, und Tränen rannen über ihre Wangen. »Sie ist nicht mehr sie selbst. Wir wissen weder, was ihr passiert ist, noch, was wir gegen diesen Zustand tun können.«

Mir ist nichts passiert, wollte Luise sagen, aber es kam kein Wort aus ihrem Mund. Kein einziges Wort.

Der Arzt klingelte mit einem Glöckchen, und die Bedienstete erschien wieder. Er sagte etwas zu ihr, und sie nahm das fremde Mädchen bei den Schultern und führte es zur Tür. Luise folgte den beiden, obwohl sie lieber in Jessens Zimmer geblieben wäre. Aber das ging nicht. Sie musste immer bei dem Mädchen bleiben, dem die schlimmen Dinge geschehen waren, musste es unentwegt anstarren. Sie wollte es nicht! Die Verbindung war ihr viel zu eng! Sie sträubte sich, und da begann auch das Mädchen, sich gegen die Frau zu wehren. Sofort kamen zwei junge Männer wie aus dem Nichts herbei und umfassten ihre Arme. Luise fühlte den Griff, und er erinnerte sie an den, den sie vor wenigen Tagen gespürt hatte. Danach war es geschehen. Es war auch ein junger Mann gewesen. Ihr wurde übel.

Nein, nicht sie hatte den Griff gespürt. Nicht sie! Das andere Mädchen! Warum überfielen sie die Erinnerungen, als wären es ihre eigenen? Das durfte nicht sein! Sie wehrte sich, trat um sich, war plötzlich im Körper des fremden Mädchens, nicht mehr außen, nicht mehr unbeteiligt. Sie waren eins! Die Erkenntnis brach das Schweigen, sie schrie, brüllte, konnte nicht wieder aufhören. Der Arzt erschien, hinter ihr ihre Mutter, das Gesicht tränenüberströmt. Luise schrie und trat, wand sich. Sie durften sie nicht festhalten! Es würde wieder geschehen, die Männer würden – sie würden …

Jemand presste einen feuchten Lappen auf Luises Mund und Nase, der ihre Schreie dämpfte und ihr die Luft nahm. Sie wollte sich davon befreien, warf den Kopf hin und her, doch sie vermochte nicht, das Tuch loszuwerden. Sie rang nach Atem, sog den süßlichen, schweren Geruch ein, der dem Stoff entströmte.

Sie wollen mich umbringen mit dem Zeug, durchfuhr es sie. Vor Schreck erstarrte sie, dann breitete sich ein Nebel in ihrem Kopf aus, eine bleierne Schwere in ihren Gliedern. Die Gesichter der Menschen um sie herum verschwammen, und sie fiel.

Sie lag weich, hatte die Augen geschlossen. Schritte entfernten sich, eine leise gepfiffene Melodie verklang. Sie hatte diese Geräusche schon einmal gehört. Sie wusste, sie hätte Angst haben sollen, doch jegliche Empfindungen drangen nur wie durch dichten Nebel in ihr Bewusstsein. War das das Laub der großen Eiche unter ihr? Das konnte nicht sein. Es roch nicht nach Erbrochenem, obwohl ihr sterbenselend war, sondern nach Wäschestärke. Luise hätte sich gern davon überzeugt, aber sie war nicht fähig, sich zu rühren. Alles in ihr war dumpf, selbst der Schmerz der Erinnerung brannte nicht mehr so sehr. Sie wollte sich aufsetzen, allerdings kostete sie schon das Öffnen der Lider ungemeine Kraft.

Sie lag nicht im Freien, da war kein Himmel über ihr. Der Raum war nur schwach erhellt, sie sah weiße Wände, eine geschlossene Tür mit einem Fensterchen darin. Unendlich langsam bewegte sie erst die Arme, dann die Beine. Als sie endlich saß, sah sie im Licht zweier Petroleumlaternen den Arzt und eine junge Frau an einem Tisch sitzen. Hinter dem Fenster war Dunkelheit.

»Ah, Fräulein Johannsen«, sagte der Mann. »Es tut mir leid, aber wir mussten Ihnen ein Betäubungsmittel verabreichen.«

Es dauerte eine Ewigkeit, bis sich Worte in Luises Geist geformt hatten, und dann schaffte sie es doch nicht, sie auszusprechen. Ihr Mund fühlte sich an, als habe sie Wolle gegessen, die Zunge bleischwer.

Die Frau erhob sich, trat zu ihr und hielt ihr einen Becher an die Lippen. »Trinken Sie einen Schluck.«

Ihre Stimme klang hell und mädchenhaft, und Luise tat, was sie gesagt hatte. Angenehm kühl rann das Wasser ihre Kehle hinab und wusch ihr den Mund sauber.

»Wo ist meine Mutter?«, fragte sie, als sie endlich sprechen konnte.

»Die ist heimgegangen«, sagte der Mann. »Sie bleiben eine Weile bei uns, bis es Ihnen besser geht. Ich bin Doktor Jessen, und dies ist Fräulein Müller, die heute im Frauenflügel die Aufsicht hat. Sie wird regelmäßig nach Ihnen sehen, und morgen erkläre ich Ihnen alles Weitere.«

»Ich bin nicht krank.« Luises Stimme klang fremd in ihren Ohren, heiser und wie verschwommen.

Der Doktor lächelte milde. »Natürlich nicht. Aber Sie brauchen Ruhe. Die werden Sie hier bei uns im *Hornheim* finden.«

Hornheim ... Luise durchforstete ihren gelähmten Geist nach diesem Wort, das sie schon einmal gehört hatte. Da traf sie die Erkenntnis wie ein Schlag. Sie sprang auf, schwankte und wäre gefallen, wäre der alte Mann nicht erstaunlich flink bei ihr gewesen. Er packte sie und drückte sie sanft zurück aufs Bett, ließ sie dann jedoch sofort wieder los.

»Ich bin doch nicht irre!«, rief Luise mit aller Kraft, die sie aufbringen konnte. »Was soll ich hier?«

»Wir bezeichnen unsere Besucher nicht als *irre*.« Doktor Jessen setzte sich wieder auf seinen Stuhl und faltete die Hände. »Sie leiden an den unterschiedlichsten auffälligen Geisteszuständen, und wir bemühen uns, sie so weit wiederherzustellen, dass sie ihr normales Leben wieder aufnehmen können.«

Es klang wie der Text einer Reklamebroschüre. Kalte Angst erfasste Luise. Oft genug wurde in der Schule über Dinge getuschelt, die in Irrenanstalten vor sich gingen. Sie hatte von wahren Foltermethoden gehört, die angewandt wurden, um die *Verrückten* wieder zurechtzurücken.

»Ich bin hier falsch«, presste sie hervor. »Ich will nach Hause.«

»Erinnern Sie sich an die vergangenen Tage?«, fragte Doktor Jessen.

Luise wollte sich nicht erinnern. Sie wollte nicht! Es gab kein fremdes Mädchen, so viel war ihr inzwischen klar. Das Schreckliche war ihr passiert. Sie wollte es vergessen, so tun, als sei es nie geschehen, und sie ahnte, dass man es sie an diesem Ort nicht vergessen lassen würde. Sie schluchzte auf.

»Nun schlafen Sie sich erst mal aus, Fräulein Johannsen. Morgen früh sieht die Welt schon anders aus.«

Doktor Jessen und Fräulein Müller erhoben sich. Letztere lächelte Luise an. »Ich schaue später noch einmal nach Ihnen.«

Sie nahmen jeder eine Laterne und gingen. Luise war allein im Dunkeln. Sie hörte, wie ein Riegel vor die Tür geschoben wurde. Panik erfasste sie. Sie sprang auf, ignorierte das Schwindelgefühl, stürzte zur Tür und versuchte, sie zu öffnen.

Sie rüttelte vergebens. Tränen strömten über ihr Gesicht. War das, was ihr geschehen war, noch nicht schlimm genug? Mussten sie sie auch noch einsperren, als sei sie diejenige, die das Verbrechen begangen hatte? Es war doch nicht ihre Schuld! Wenn einer eingesperrt werden sollte, dann war es jener Mann!

Doch, es ist deine Schuld, hörte sie im Geiste die anklagenden Stimmen von Mutter und Tante. *Was läufst du auch allein draußen herum, in der Nähe der Etablissements, in denen sich die Herren betrinken? Warum faulenzt du, anstatt zu arbeiten, warum trägst du keine Zöpfe wie ein ordentliches Mädchen, warum hast du keine Freundinnen, mit denen du Puppenmutter spielst?*

»Nein«, schrie Luise auf und hämmerte mit beiden Fäusten gegen die Tür. »Lasst mich raus! Ich bin nicht schuld. Ich darf gehen, wohin ich will, und das gibt niemandem das Recht, mir wehzutun.«

Brennende Wut über die Ungerechtigkeit erfasste sie, und sie brachte keine Worte mehr heraus, sondern brüllte nur noch aus Leibeskräften. Ihre Hände schmerzten, aber sie schlug weiter auf das Holz ein. Es tat gut, sich nach der Betäubtheit der letzten Tage wieder zu spüren.

Ein Licht kam flackernd näher. Luise sah es durch das winzige Fenster in der Tür. Schnelle Schritte näherten sich, dann öffnete sich die Tür nach innen und hätte Luise beinahe zu Fall gebracht. Fräulein Müller mit einer Laterne in der Hand und ein unbekannter junger Mann traten ins Zimmer.

»Beruhigen Sie sich, Fräulein Johannsen«, forderte die Frau mit einer viel strengeren Stimme als zuvor. »Sonst müssen wir Sie fixieren.« Sie deutete auf das Bett, und im Schein der Petroleumlampe sah Luise zum ersten Mal die dicken Lederriemen, die an der Seite hinabhingen.

»Nein!«, entfuhr es ihr.

»Und wenn das nichts nützt, verlegen wir Sie in den Gebäudeflügel für die Tobsüchtigen. Dort haben wir besondere Räume, in denen Sie sich nicht verletzen können.«

Es klang wie die Drohung, die es gewiss auch sein sollte, und Luises Herz tat einen schmerzhaften Sprung. So mädchenhaft Fräulein Müller in Anwesenheit Doktor Jessens gewirkt hatte, so streng war sie nun, da sie das Kommando über den Frauenflügel innehatte. Plötzlich erinnerte sie Luise an die Tante mit ihren Moralpredigten.

»Das wird gewiss nicht nötig sein, Fräulein Müller«, sagte der junge Mann und lächelte Luise an. Er sah aus, als sei er gerade dem Bett entstiegen. Sein hellbraunes Haar war zerzaust, und das Hemd hing ihm über den Hosenbund. Er konnte noch keine zwanzig sein.

Dennoch – er war ein Mann, und sie würde sich nicht von seiner Freundlichkeit täuschen lassen. Luise ging rückwärts, bis sie gegen den Tisch stieß, und machte sich bereit, wieder zu schreien.

Er kam nicht näher, musterte sie nur mit einem Blick, in dem sie Traurigkeit zu lesen glaubte. »Mein Name ist Julius Reuther«, sagte er. »Ich studiere Medizin und arbeite nebenbei hier im *Hornheim*.« Er strich sich durch das wirre Haar. »Es wäre gut, wenn Sie sich jetzt schlafen legen, Fräulein Johannsen. Wir können morgen über alles sprechen, was Sie bedrückt.«

Was dachte sich dieser Mann? Niemals würde sie mit ihm darüber sprechen, was ihr geschehen war! Und sie würde sich auch nicht ins Bett legen, solange er im Zimmer war. Sie blieb stocksteif stehen.

Fräulein Müller räusperte sich. Sie sah aus, als wüsste sie nicht recht, ob sie nun die Strenge oder die Liebenswürdige spielen sollte. Sie entschied sich für Letzteres. »Bitte, Fräulein Johannsen, legen Sie sich freiwillig ins Bett und bleiben Sie darin, sonst müssen wir Ihnen … dabei behilflich sein.«

Luise rührte sich nicht und sah wieder Julius Reuther an.

Er runzelte die Stirn, dann weiteten sich seine Augen. Er schien zu begreifen. »Ich gehe schon mal raus. Wir sehen uns morgen, Fräulein Johannsen.« Kaum hatte er das Zimmer verlassen, legte sich Luise ins Bett und drehte sich mit dem Gesicht zur Wand. Sie wollte nicht riskieren, dass Fräulein Müller den jungen Mann zurückholte und sie mit seiner Hilfe gewaltsam ins Bett verfrachtete. Wenn sie schnell wieder nach Hause wollte, durfte sie sich nicht aufführen wie eine Verrückte.

Das jedoch erwies sich als gar nicht so leicht. Als sie wieder allein in der Dunkelheit war, allein mit ihren Erinnerungen, mit der Wundheit zwischen ihren Beinen, dem Ekel über das Geschehene und der Wut über die Ungerechtigkeit, die ihr widerfuhr, musste sie alle Willenskraft aufbringen, um nicht erneut loszubrüllen. Sie biss sich die Lippen auf, kratzte mit den Nägeln über die empfindliche Haut ihrer Handgelenke, und der Schmerz beruhigte sie auf seltsame Weise. Als ihr bewusst wurde, was sie tat, ließ sie es rasch sein und tastete stattdessen nach ihrer Kette mit dem Weltkarten-Anhänger, klammerte sich daran fest wie an einem Rettungsring.

Sie lauschte in die Stille und erkannte, dass sie nicht so vollkommen war, wie es zunächst den Anschein gehabt hatte. Ferne Schreie drangen zu ihr herein, verzweifelte Laute, die aus einem anderen Stockwerk kommen mochten – oder einem anderen Gebäude. Dem für die Tobsüchtigen vielleicht? Die Klänge erinnerten Luise an die, die aus dem Schlachthof am Ende der Förde zu hören waren, wenn man zu nahe daran vorüberging. Immer wieder hörte sie auch Stimmen von Männern und Frauen, konnte aber keine Worte ausmachen. Ruhe jedoch, wie Doktor Jessen sie ihr versprochen hatte, herrschte im *Hornheim* nicht.

Kapitel 3

Psychiatrische Klinik Hornheim, Gaarden bei Kiel, April 1895

Kommen Sie, Fräulein Johannsen. Ich bringe Sie zum Frühstücksraum.«

Fräulein Müller hatte eine Schüssel mit lauwarmem Wasser und einige Lappen ins Zimmer getragen und ihr fünf Minuten Zeit gegeben, sich zu waschen und saubere Kleidung anzuziehen, die ihre Mutter gebracht haben musste. Nun stand sie erneut in der Tür und tippte mit dem Fuß auf, als sich Luise nicht sofort erhob. Das Gesicht der jungen Wärterin war aschgrau, tiefe Schatten lagen unter ihren Augen. Luise ahnte, dass sie ähnlich aussah. Auch ihre Nacht war nicht von ruhigem Schlaf geprägt gewesen. Langsam erhob sie sich, die Glieder schwer wie Blei, und folgte Fräulein Müller auf den Gang und hinaus aus dem Trakt, in dem die Frauen untergebracht waren. Sie führte sie in ein anderes Gebäude und in einen geräumigen Speisesaal mit langen, U-förmig aufgestellten Tischen, an denen bereits Menschen Platz genommen hatten. Zu viele Menschen für Luises Geschmack, Männer und Frauen jeglichen Alters. Sie hatte das Gefühl, alle starrten sie an, als sie den Raum betrat.

»Ah, Fräulein Johannsen. Guten Morgen!« Doktor Jessen erhob sich von seinem Platz inmitten der Patienten und lächelte sie an. »Willkommen zu unserem gemeinsamen Frühstück.«

Da erst fiel Luise auf, dass sich nicht nur Menschen in Alltagskleidung oder Morgenröcken im Speisesaal befanden, sondern auch Frauen und Männer in den weißen, gestärkten Uniformen des Pflegepersonals. In diesem seltsamen Krankenhaus aßen alle gemeinsam?

Sie antwortete nicht, bekam kein Wort heraus. Stattdessen ließ sie ihren Blick weiter über die Anwesenden gleiten. Einigen sah man an, dass sie krank waren, andere wirkten vollkommen gefasst und gesund. Warum waren sie alle hier? Gab es Frauen, die das Gleiche erlebt hatten wie sie? Und die Männer – was konnte ihnen widerfahren sein, dass sie ihr Leben in Freiheit nicht mehr meistern konnten? Wer von ihnen hatte in der Nacht geschrien, wer ebenso wenig zur Ruhe gefunden wie sie?

Fräulein Müller führte sie zu einem freien Platz neben einem Mädchen im blauen Seidenkleid und mit so aufrechter Haltung, dass sie wie eine Adlige wirkte. Um den Hals trug sie eine goldene Kette mit einem Medaillon, das sogar größer war als Luises Weltkarte. Als sie bemerkte, dass Luise den Anhänger musterte, ließ sie ihn rasch in ihrem Ausschnitt verschwinden.

Luise schob sich auf den leeren Stuhl und blickte auf ihren Teller hinab, auf dem eine mit Butter bestrichene Scheibe Brot lag. Sie spürte die Blicke der ihr gegenübersitzenden Frau, und ihre Kehle fühlte sich so zugeschnürt an, dass sie meinte, keinen Bissen herunterzubekommen.

»Guten Morgen, Neuankömmling.«

Luise blickte auf. Die Frau grinste sie an. War es ein freundliches oder ein hämisches Lächeln? Sie konnte es nicht erkennen.

»Ich bin Trine, und das ist Lotte.« Sie wies auf die Patientin neben sich, eine bleiche Schwarzhaarige mit dunklen Schatten unter den Augen und blutroten Striemen an den Handgelenken. »Hast du auch einen Namen?«

Während das Mädchen mit dem Amulett in ihrem Alter

zu sein schien, waren die beiden Frauen auf der anderen Seite des Tisches älter. Wie alt, konnte sie nicht beurteilen, doch gewiss jünger als ihre Mutter. Durfte sie die beiden duzen? War das hier so üblich? Immerhin hatte die Frau ihre Vornamen genannt.

»Luise«, flüsterte sie und bemühte sich, nicht auf die Arme der Schwarzhaarigen zu starren. War die Frau ans Bett gefesselt gewesen, so wie es auch ihr angedroht worden war? Luise wurde schwindlig.

Die Blonde, die sich als Trine vorgestellt hatte, wirkte forsch und ausgeschlafen. Sie biss herzhaft von ihrem Brot ab und zwinkerte Luise zu. »Willkommen, Luise«, nuschelte sie mit vollem Mund, nahm einen Schluck aus ihrer Tasse und fuhr fort: »Ah, gutes Brot und gute Butter! Gibt es was Besseres am Morgen? Wenn nur der Kaffee nicht so dünn wäre ... Das neben dir ist übrigens Ella. Ihr zwei dürftet die Jüngsten in diesem Grandhotel sein. Die Kleine hat 'nen gewaltigen Vogel, und das nicht nur auf dem Ding an ihrer Kette.«

Ella atmete zischend ein. »Du bist gemein, Trine.«

»Deshalb bin ich hier, Herzchen. Nun, nicht weil ich gemein bin, sondern weil ich immer sage, was ich denke. Damit kommt die Welt nicht zurecht.« Sie lachte laut auf. »Sei nicht böse, Kleine. Erzähl nur weiter deine Geschichten von sprechenden Tieren und Zauberfedern. Nur das mit dem Feuer solltest du in Zukunft bleiben lassen.« Wieder lachte Trine. »Sie hat in der Scheune ihrer Eltern gezündelt. Dagegen ist Lotte hier harmlos.« Sie legte der stillen Schwarzhaarigen einen Arm um die Schultern. »Die schlafwandelt nur und tut dabei seltsame Dinge. Am Tag sitzt sie meistens da und heult.« Sie rüttelte Lotte leicht. »Iss, Liebes.« Gehorsam griff die junge Frau nach ihrem Brot. »Was führt dich her, Luise?«

»Nun ist es genug, Frau Mertens.« Julius Reuther trat an ihren Tisch. »Fräulein Johannsen ist gestern erst angekommen. Wir wollen sie doch nicht gleich verschrecken.« Er lächelte Luise an. »Passen Sie auf, Frau Mertens kann sehr überzeugend sein. Sie müssen aber niemandem hier etwas erzählen, wenn Sie es nicht möchten.«

»Ach nee, niemandem?« Trine lachte erneut schallend. »Auch Ihnen und unserem lieben Doktor Jessen nicht?« Sie zwinkerte Luise zu. »Hübsches Kerlchen, der Herr Reuther, nicht wahr? Schöne grüne Augen. Bisschen jung für meinen Geschmack, aber so groß ist die Auswahl hier ja nicht.«

Schnell senkte Luise den Blick und biss von ihrem Brot ab. Beinahe hätte sie sich tatsächlich von Trines überschäumender Art mitreißen lassen, aber eine solche Offenheit einem Mann gegenüber mitzuerleben, war ihr zutiefst unangenehm.

Auch Ella und Lotte aßen und tranken schweigend. Als Trine bemerkte, dass niemand mehr ihrem Geplapper Aufmerksamkeit schenkte, schnaubte sie und widmete sich ebenfalls ihrem Frühstück. Luise war froh, dass sich ihre Wege nach dem Essen wieder trennten.

Allerdings war das, was sie dann erwartete, nicht besser. Doktor Jessen bat sie zum Gespräch in sein Zimmer. Die Tür zum Flur blieb offen, in dem Raum gegenüber saß eine junge Krankenwärterin an einem Schreibtisch und blätterte in Unterlagen. Die Frau hob den Blick und lächelte Luise an. Offensichtlich sollte ihre Nähe ihr Sicherheit vermitteln.

Das Zimmer sah gemütlich aus, hell und freundlich eingerichtet. Kein Schreibtisch war vorhanden, der eine Barriere zwischen Arzt und Patientin aufgebaut hätte, keine Fachbücher über Geisteskrankheiten in den Regalen, nur seichte Romane. Luise versank in dem riesigen Sessel, in den Doktor Jessen sie platziert hatte. Er saß ihr auf einem ebensolchen gegenüber und balancierte ein Holzbrett mit einem Blatt Papier darauf auf den Knien, auf das er mit Bleistift eine Notiz machte. Dann begann er mit sanfter Stimme, sie über die Geschehnisse auszufragen.

Luise presste die Lippen aufeinander. Sie wollte nicht darüber sprechen, wollte alles vergessen, was an der Eiche geschehen war. Dennoch wühlte er mit seinen bohrenden Fragen ihre Erinnerungen auf. Wie von selbst bewegten sich Luises Finger zu der ohnehin schon wunden Haut ihrer Handgelenke. Der Schmerz erleichterte sie, und als Doktor Jessen bemerkte, was sie tat, hörte die Fragerei auf. Die junge Frau kam zu ihnen, verband ihre Arme und führte sie zurück in ihr Zimmer.

Beim Mittagessen wirkte Trine vollkommen verändert. Sie saß zusammengesunken auf ihrem Platz und starrte mit glasigen Augen vor sich hin. Diesmal war es Lotte, die wacher wirkte und ihrer Sitznachbarin beim Essen half.

»Was ist mit ihr?«, wisperte Luise zu Ella hinüber.

Diese hob die Schultern. »So ist sie eben. Mal wie beim Frühstück, mal wie jetzt.«

Luise löffelte ihren Eintopf und fühlte sich fehl am Platz. Wie in einer Welt, in die sie nicht gehörte. Dann fiel ihr Blick auf ihre Arme, und sie musste sich eingestehen, dass sie nicht besser dran war als die anderen an diesem Ort.

Nach dem Essen stand Bewegung an der frischen Luft auf dem Plan. Die Patienten wurden in die Gärten geführt, die Frauen in den einen Teil, die Männer in den anderen. Wärter und Wärterinnen warfen ihnen Bälle zu, machten Turnübungen vor, die sie nachmachen sollten, oder leiteten sie an, in den Kräuter- und Blumenbeeten zu arbeiten. Luise fühlte sich wie in der Schule, beinahe so, als wäre sie zurück in ihrem Leben. Die Bewegung tat ihr gut, ebenso das Gefühl von Gras und Erde an ihren Händen, und sie sog tief die Frühlingsluft ein. Sie musste sogar mitlachen, als Ella beim Ballspielen ausglitt und in ihrem feinen Kleid kichernd im Gras kniete. Sie löste ihre Zöpfe, ließ den Wind durch ihr offenes Haar fahren, drehte sich im Kreis und fühlte sich endlich wieder frei! Gleich jenseits der Gärten begann ihr Wald, das Vieburger

Gehölz, das sie so liebte, und der Blick auf seine Buchen mit ihrem frischen Grün tat ihr wohl.

Erst als sie wieder hineingeführt und die Türen hinter ihnen verriegelt wurden, stürzte die Wirklichkeit erneut auf sie ein. Sie war nicht frei. Sie war gefangener denn je, und das nur, weil sie hatte frei sein wollen! Sie hatte nicht auf sich achtgegeben und damit genau das Gegenteil von dem erreicht, was sie am meisten ersehnte. Sie war eingesperrt. Die Wände schienen immer näher zu kommen und sie erdrücken zu wollen. Luise schrie auf und rannte zur Eingangstür, rüttelte daran. Keinen Augenblick konnte sie mehr in diesen Mauern ertragen, keine Sekunde länger bei diesen Menschen sein, die sie nicht kannte und nicht kennen wollte! Sie wollte nach draußen, den Wind und den Regen spüren, wollte lieber noch in der stickigen Wohnung ihrer Eltern sein als in dieser Irrenanstalt mit ihren verschlossenen Türen, all den Verrückten und den Ärzten, die sie zum Reden zwingen wollten! Das würde sie nicht, niemals! Sie riss ihre Verbände ab, kratzte sich die Wunden auf, schlug mit dem Kopf gegen die Tür, die verfluchte Tür, die sich nicht öffnen wollte! Luise ließ sich zu Boden sinken.

Sie spürte den Schmerz, doch er war nicht ihrer. Sie konnte nicht an diesem Ort sein, nicht gefangen sein! Das war nicht sie, der dies geschah. Sie war in Sicherheit, frei, ihr konnte nichts geschehen. Es war ein anderes Mädchen, und sie hatte es die ganze Zeit gewusst! Was hatten ihr diese Menschen einreden wollen? Dass ihr etwas zugestoßen war? Ihr war aber nichts zugestoßen!

Alles wurde still. Sie betrachtete die Eingangshalle von oben herab, all die Menschen, die sich um ein blutendes Mädchen scharten, sie angafften. Kein Wort drang mehr in ihren Geist. Schließlich sprachen sie nicht mit ihr, sondern mit dem struppigen Ding, das da auf dem Boden saß.

»Bleiben Sie bei sich, Luise.«

Eine einzige Stimme drang zu ihr durch. Der Sprecher konnte nicht sie meinen. Er sagte zwar ihren Namen, aber er sprach gewiss mit dem verstörten Mädchen, nicht mit ihr.

»Bleiben Sie bei sich. Ich sehe, dass Sie versuchen, Ihren Körper zu verlassen, doch das ist nicht gut für Sie. Bleiben Sie bei sich, Luise.«

Es war Julius Reuther. Warum ließ der Kerl sie nicht in Ruhe? Ihr war nichts geschehen, sie musste nicht mit ihm reden! Luise verschloss ihren Geist. Sie wollte die Stimme nicht hören.

»Kommen Sie zurück, Luise. Bleiben Sie bei sich.«

Brennende Wut erfasste sie, und sie stieß den vor ihr Hockenden so hart an den Schultern an, dass er auf den Hosenboden fiel. Das geschah ihm recht! Warum konnte er sie nicht in Ruhe lassen? Sie hörte wieder die Stimmen, spürte ihre brennenden Handgelenke. Es war ihr Schmerz, es waren ihre Erlebnisse. Ihre Erinnerungen. Tränen schossen ihr in die Augen. Verstand er denn nicht, dass es leichter war, nicht mehr sie selbst zu sein? Warum zwang er sie, bei sich zu bleiben?

Jetzt lächelte er sie sogar an. »Kommen Sie.« Er rappelte sich auf und reichte ihr eine Hand. »Ich verbinde Ihre Wunden, und dann reden wir.«

»Ich will nicht reden.« Ihre Stimme klang heiser vom Schreien, und ihr Hals tat weh.

»Das weiß ich.« Mehr sagte er nicht, sah sie nur an. Luise schnaubte, ließ sich aber auf die Füße ziehen und folgte ihm in einen kleinen Raum mit einer schmalen Liege. Er deutete darauf und machte sich an einem Schrank zu schaffen, aus dem er Tücher, Verbände und eine braune, verkorkte Flasche entnahm. Luise zögerte, aber da die Tür zu dem Zimmer offen stand und der junge Mann keine Anstalten machte, sie zu schließen, setzte sie sich. Er breitete seine Utensilien neben ihr aus und zog sich einen Stuhl heran. Vorsichtig nahm er Luises Hände und legte sie mit den Handflächen nach oben auf ihren Schenkeln ab. Dann öffnete er die Flasche und tränkte mit ihrem Inhalt einen Lappen.

»Das wird jetzt wehtun«, sagte er und strich sanft mit dem Tuch über Luises Wunden.

Es brannte wie Feuer. Sie sog die Luft ein, und die Tränen, die eben erst versiegt waren, schossen erneut in ihre Augen. Sie entzog ihm ihre Arme jedoch nicht.

»Was ist das?«, keuchte sie.

»Alkohol.« Er hielt ihr die Flasche unter die Nase. Ein scharfer Geruch entströmte dem Gefäß, wie ihn Luise vom Schnaps ihres Vaters kannte. »Er dient dazu, Erreger abzutöten, die möglicherweise in die Wunde eingedrungen sind und eine Entzündung auslösen könnten.«

»Davon habe ich noch nie gehört.«

Julius Reuther lächelte. »Das sind die neuesten Erkenntnisse der Medizin. Noch nicht alle Ärzte kennen sie, und manche weigern sich sogar, den Nutzen dieser Methode anzuerkennen. Ich dagegen bin überzeugt, dass Infektionen so verhindert werden können. Sie waren vorhin im Garten und haben schmutzige Hände, da können leicht Erreger eingedrungen sein.«

Geduldig ließ Luise die schmerzhafte Prozedur über sich ergehen. Je länger sie dauerte, desto mehr Zeit blieb ihr, ehe Doktor Jessen mit ihr sprechen wollen würde. Dann aber waren ihre Arme verbunden und ihre Hände vom Schmutz des Gartens gesäubert, und Julius Reuther sah sie forschend an.

»Ich bin müde«, sagte sie schnell. »Darf ich in mein Zimmer gehen?«

»Ich denke nicht, dass Sie schon allein sein sollten, Fräulein Johannsen. Aber das muss Doktor Jessen entscheiden. Kommen Sie, ich bringe Sie zu ihm.«

»Es geht mir wieder gut. Warum nennen Sie mich nicht mehr beim Vornamen, so wie vorhin?«

»Geben Sie sich keine Mühe.« Er zwinkerte ihr zu. »Ich merke, wenn Sie mich ablenken wollen.«

»Ich will Sie nicht ablenken.«

Er seufzte. »Nun gut. Vorhin habe ich Sie mit Vornamen angesprochen, weil ich nur so zu Ihnen durchdringen konnte. Sie hören nicht auf Ihren Nachnamen, wenn Sie in diesem … Zustand sind.«

»Wie nennt man diesen Zustand?«, fragte Luise leise.

Er trat zur Tür. »Ich darf keine Diagnosen stellen. Bitte sprechen Sie mit Doktor Jessen darüber.«

Sie sprach nicht mit Doktor Jessen, kein einziges Wort. Am Abend lag sie im Bett und tastete nach ihren verbundenen Handgelenken. Bisher waren die Wunden oberflächlich, hatten zwar geblutet, doch sie hatte sich durch das Kratzen nicht ernsthaft verletzt. Sie wusste, es war ein tieferer Schnitt nötig, um die großen Adern zu verletzen und das Blut – und damit ihr Leben – aus sich herausfließen zu lassen. Sie hatte von einer Frau in der Nachbarschaft gehört, die sich auf diese Weise zu Tode gebracht hatte.

Luise lauschte auf die fernen Schreie. Kamen sie von jemandem, der ans Bett gefesselt war, um sich nicht zu verletzen, sich nicht umzubringen? Wer hatte das Recht, zu entscheiden, dass jemand weiterleben musste, der es nicht wollte?

Wollte sie weiterleben? Bei sich bleiben, mit all ihren Erinnerungen, mit dem Schmerz, so wie Julius Reuther es von ihr verlangte? War es nicht leichter, seinem Leben ein Ende zu setzen?

Nie zuvor hatte sie solche Gedanken gehabt, obwohl sie sich schon manches Mal gefühlt hatte, als gehöre sie nicht in die Welt, in die sie hineingeboren worden war. Stets hatte sie daran geglaubt, dass es für sie eine Zukunft gäbe, die schöner war als alles, was sie sich erträumen konnte. Nun kamen ihr diese Gedanken kindisch vor. Sie griff nach ihrem Anhänger, beschwor die Worte der Frau herauf, die ihn ihr geschenkt hatte.

Wenn du fest daran glaubst, wird es dir auch gelingen. Dann kann dir alles gelingen!

Glauben war gut und schön, doch ließ sich damit allein nicht die Welt verändern, auch wenn man sie in der Hand hielt oder um den Hals trug.

Hatte sie wirklich noch etwas vom Leben zu erwarten?

Kapitel 4

Psychiatrische Klinik Hornheim, Gaarden bei Kiel, Mai 1895

Wollen wir Freundinnen sein, Luise?« Ella drehte die Taubenfeder, die sie im Gras gefunden hatte, in den Händen.

Luise legte sich auf den Rücken und starrte in den blauen Himmel. »Ich hatte noch nie eine Freundin. Ich glaube, ich bin dafür nicht geeignet.«

»Sag ruhig Ja.« Trine lachte. »Freundschaften, die hier geschlossen werden, halten draußen sowieso nicht. Ich hab das oft genug erlebt. Ist schließlich nicht das erste Mal, dass ich in einer Anstalt bin. Jeder, der rauskommt, muss erst mal wieder mit sich selbst zurechtkommen.«

»Ich glaub, ich komm nie wieder raus«, sagte Lotte mit erstickter Stimme.

»Ach, Blödsinn!«, rief Trine. »Wir alle kommen raus. Und dann wieder rein. Wer einmal hier war, kommt immer wieder.«

Luise setzte sich auf. »Ich nicht.«

Trine sprang auf die Füße und riss Lotte mit sich hoch. »Du auch, mein Kind!«, brüllte sie so laut durch den Garten, dass sich ihr alle Köpfe zuwandten. Sie schwang Lotte im Kreis wie eine willenlose Puppe und lachte schallend, bis zwei Wärterinnen die beiden zu fassen bekamen und fortbrachten. Luise ließ sich wieder auf den Rücken sinken.

»Sie wollen mir meine Kette wegnehmen, weißt du?«, wisperte Ella. »Sie sagen, sie sei nicht gut für mich. Aber das lasse ich nicht zu! Du darfst deine Kette ja auch tragen.«

Ellas Worte verstärkten das Gefühl der Hilflosigkeit, das Luise immer wieder erfasste, seit sie im *Hornheim* war. Hier war es nicht nur die Familie, die bestimmte, was gut für einen war. Hier waren es Fremde, die über sie urteilten, Entscheidungen für sie trafen. Sie hasste es!

Und doch hatte sie erkannt, dass sie mitspielen musste, um wieder nach Hause zu dürfen. Sie ließen sie ohnehin nicht in Ruhe. Die Momente im Garten, an der frischen Luft, in denen sie sich beinahe frei fühlte, waren zu kurz. Jeden Tag holte Doktor Jessen sie in sein Zimmer, drängte sie, auszusprechen, was ihr geschehen war. Sie hatte geschwiegen, tagelang. Sie waren keinen Schritt weitergekommen, keinen Schritt näher an ihre Entlassung. Davon zeugten die wenigen Notizen, die er bei diesen Begegnungen auf dem Blatt Papier hinterließ.

Wieder saß sie ihm gegenüber, die wachen Augen in dem faltigen Gesicht blickten sie mit einer seltsamen Mischung aus Güte und Strenge an.

»Ich habe mich mit einigen Berufskollegen beraten, Fräulein Johannsen.« Er seufzte. »Wir glauben zu wissen, was Ihnen zugestoßen ist.«

Luise wurde heiß und kalt. Sie wollte nicht, dass es jemand wusste!

»Anders ist der Zustand nicht zu erklären, in dem Sie zu uns kamen. Auch Ihr Schweigen spricht Bände. Sie schämen sich, nicht wahr?«

Schämte sie sich? Hatte sie Grund dazu? War sie denn schuld an dem, was geschehen war?

»Wissen Sie, Fräulein Johannsen, meine Kollegen raten mir zu gewissen Maßnahmen, um Ihr Schweigen zu brechen, da wir nur so eine Heilung erzielen können.«

»Maßnahmen?«, entfuhr es ihr. Das Wort verursachte ihr

Übelkeit. War doch etwas dran an den Gerüchten über Irren-anstalten? Wurden Patienten tatsächlich stundenlang auf Stühle gefesselt, nächtelang unter Zwang wach gehalten, in Badewannen gesetzt, bis das Wasser kalt und ihre Haut aufge-weicht und schrumpelig war? Wurden sie gar mit Eiswasser übergossen oder auf Stühlen um die eigene Achse gedreht, bis sie sich erbrachen, aus der Nase bluteten oder ohnmächtig wurden?

Sie sah Doktor Jessen an, dass er von genau solchen Maß-nahmen gesprochen hatte. Sie sprang vom Sessel auf und wich bis ans Fenster des Raumes zurück, starrte den Arzt jedoch weiterhin an. Er hob in einer Geste, die wohl beruhigend sein sollte, die Hände.

»Ich halte nicht viel von solchen Methoden. Erst recht nicht bei einem so jungen Mädchen wie Ihnen. Wir sollten mit Gesprächen weiterkommen. Nur – Sie müssen mit mir re-den!«

Luise wandte ihm den Rücken zu und blickte aus dem Fenster in den Garten. Was sollte sie tun? Wenn sie weiterhin schwieg, würde er dann irgendwann auf seine Kollegen hören und Maßnahmen ergreifen?

»Ich werde Ihnen jetzt unsere Vermutungen schildern. Sie brauchen vorerst nur zu sagen, ob wir richtigliegen oder nicht.«

Luise wurde schwindlig. Er wollte tatsächlich aussprechen, was er dachte, was ihr passiert war? Würde er das Wort sagen, das sie sich nicht einmal zu denken erlaubte?

»Wir glauben, dass Ihnen jemand Gewalt angetan hat. Ein Mann.«

Luise erstarrte, durchforstete ihren Geist vergeblich nach einer Antwort, die das Gespräch beenden würde. Sie wollte nichts mehr hören! Sie musste ihm sagen, dass er unrecht hat-te, doch sie brachte kein Wort heraus. Wenn sie aber schwieg, würde er das als Zustimmung werten!

Ihre rasenden Gedanken wurden von einer Bewegung im Garten abgelenkt. Da lief jemand. Sie erkannte ein hellblaues Seidenkleid. Ella. Zwei Wärter rannten hinter ihr her. Sie verschwanden aus Luises Blickfeld. Es dauerte einige Augenblicke, dann tauchten sie wieder auf. Nun drangen auch Geräusche zu Luise herein. Ella schrie. Die Wärter hielten sie fest und zerrten sie zurück auf das Gebäude zu.

Der Anblick riss Luise aus ihrer Starre. »Ich glaube, Sie werden gebraucht, Doktor Jessen«, sagte sie. Ella tat ihr leid, aber sie war erleichtert. Wenn der Arzt zu dem Mädchen musste, konnte er dieses unangenehme Gespräch nicht weiterführen. Da polterten auch schon Schritte näher, ein Wärter erschien in der offenen Tür.

»Herr Doktor, bitte kommen Sie.«

»Entschuldigen Sie mich, Fräulein Johannsen. Warten Sie hier. Es wird sich gleich jemand um Sie kümmern.«

»Aber ich kann in meinem Zimmer …«

»Warten Sie bitte.« Die Worte drangen vom Flur zu ihr herein, die Schritte entfernten sich. »Ah, Herr Reuther, würden Sie …«, hörte sie den Arzt noch sagen, der Rest blieb Gemurmel. Kurz darauf trat der Angesprochene zu ihr in den Raum. Er lächelte.

»Fräulein Johannsen, guten Tag. Setzen Sie sich doch wieder.« Er ließ sich in Doktor Jessens Sessel fallen und streckte die langen Beine von sich.

Luises Blick huschte aus dem Raum und über den Flur. Eine ältere Wärterin saß im gegenüberliegenden Raum. Beruhigt setzte sich Luise in den Sessel und beobachtete ihr Gegenüber.

Julius Reuther hatte das Holzbrett von der Armlehne genommen und überflog die Notizen auf dem Blatt Papier. Dann hob er den Blick.

»Ich lese hier, dass Doktor Jessen Sie heute mit Ihren Erlebnissen konfrontieren wollte. Ist er dazu gekommen, ehe er fortmusste?«

Hatte der Doktor womöglich seine Vermutungen über das, was ihr zugestoßen war, notiert? Sie wollte nicht, dass der junge Mann Bescheid wusste! Warum auch immer das so war – der Gedanke war ihr unerträglich, dass er erfuhr, was ihr an der Eiche geschehen war.

»Dürfen Sie das lesen?«, fragte sie herausfordernd. »Ich dachte, Sie seien nur Student und Aushilfe.«

Sein Blick flog zu der Wärterin gegenüber, und eine leichte Röte überzog seine Wangen. Rasch legte er das Holzbrett auf den Boden neben dem Sessel.

»Sie haben recht«, sagte er leise. »Entschuldigung. Ich möchte Ihnen nur helfen, so wie alle anderen hier.«

»Ich brauche keine Hilfe.«

Er lächelte, doch seine Miene war traurig. »Ich wünschte, Sie würden mir vertrauen.«

In diesem Augenblick geschah etwas mit Luise. Sie erkannte die Wahrheit. Niemand an diesem Ort hatte ein Interesse, sie zu quälen. Das wenige Geld ihrer Mutter würde nie und nimmer ausreichen, um all die Zeit zu bezahlen, die ihr hier gewidmet wurde. Dennoch warfen sie sie nicht hinaus. Obwohl sie nicht sprach. Obwohl sie abweisend blieb. Sie wollten ihr helfen. Sie brauchte Hilfe, sosehr sie sich auch dagegen wehrte. Die Erinnerungen würden sie sonst nie in Ruhe lassen.

Luise wies auf das Holzbrett. »Steht da drauf, was der Doktor vermutet?«

Julius Reuthers Augen weiteten sich. »Ja«, sagte er zögerlich.

»Vermuten Sie dasselbe?«

Er schluckte sichtbar, schwieg aber. Luise nahm allen Mut zusammen, den sie aufbringen konnte. Wenn er ohnehin die Wahrheit kannte, konnten sie ebenso gut darüber sprechen.

Vielleicht würde es ihr ja wirklich helfen, wie der Doktor behauptete.

»Gibt es ein bestimmtes Wort dafür in Ihrer Arztsprache?«, fragte sie und hoffte, es wäre nicht dasselbe, das sie kannte.

»Vergewaltigung.« Seine Stimme war kaum hörbar und dröhnte doch in Luises Ohren.

Es war dasselbe Wort. Und es brachte unvermittelt die Bilder zurück, die sie so gern vergessen hätte. Blaue Augen, blauer Himmel. Blondes Haar, furchige Baumrinde, Hände, Atem, Stöße. In ihrem Kopf drehte sich alles, sie schnappte nach Luft, konnte nicht atmen.

Wie durch Watte drang Reuthers Stimme zu ihr. »Ruhig, Luise. Atmen Sie. Ruhig!«

Schluchzen schüttelte sie, sie konnte es nicht kontrollieren. Er sprang auf, fiel vor ihrem Sessel auf die Knie, fasste sie nicht an, sprach nur weiter beruhigend auf sie ein. Luise aber konnte sich nicht beruhigen. Das eine Wort hatte alles zurückgebracht, was sie verdrängt hatte. Schmerzen, Erniedrigung. Gewalt. Vergewaltigt. Beschmutzt. Zerstört.

Die Wärterin von gegenüber stürzte in den Raum. »Was ist hier los? Fräulein Johannsen? Herr Reuther, was haben Sie getan?«

»Nichts!«, rief er, und es klang so verzweifelt, dass es Luise aus ihren grässlichen Erinnerungen riss und sie augenblicklich zurück ins *Hornheim* beförderte.

»Irgendwas müssen Sie getan haben, sie ist ja völlig aufgelöst!«

»Nein, ich habe nur ... Bitte! Ich wollte doch nicht ...«

»Raus hier, Herr Reuther! Ich werde dafür sorgen, dass Sie hier nicht mehr arbeiten.«

»Nein!«, rief Luise. »Er hat nichts getan. Er soll bleiben.«

Die Wärterin schnaubte und blieb mit verschränkten Armen neben dem Sessel stehen. Der junge Mann erhob sich und lächelte Luise dankbar zu. »Ich denke, Sie ruhen sich besser ein wenig aus. Ich spreche später mit Doktor Jessen.«

»Ich auch, verlassen Sie sich drauf«, sagte die Wärterin. »Kommen Sie, Fräulein Johannsen.«

Luise schluchzte noch einmal auf, rieb sich mit zitternder Hand übers Gesicht und atmete tief durch. Dann stand sie auf und folgte der Frau. Sie sah Reuther nicht noch einmal an. Er hatte das Wort gesagt und wusste durch ihre Reaktion nun mit Sicherheit, dass seine Vermutungen richtig waren. Sie schämte sich so sehr, dass es wehtat.

»Ist wirklich alles in Ordnung?«, fragte die Wärterin, als sie an Luises Zimmertür ankamen.

»Wäre ich hier, wenn alles in Ordnung wäre?«, gab Luise zurück.

»Ich meine …«

»Ich weiß, was Sie meinen. Hier im *Hornheim* ist alles in Ordnung. Nur in mir nicht.«

Beim Abendessen saß Ella nicht auf ihrem Platz. Auch Julius Reuther tauchte nicht auf. Trine stellte wüste Vermutungen an, warum sich beide nicht blicken ließen, aber Luise hörte nicht zu. Auch ohne Trines Theorien machte sie sich Sorgen genug. Hatte man ihn womöglich doch hinausgeworfen? Unterzog man Ella den *Maßnahmen*, obwohl sie ebenso jung war wie Luise? Verwundert stellte sie fest, dass sie trotz aller bösen Gedanken schrecklich hungrig war. Sie hatte ihr Butterbrot verschlungen, ehe die anderen ihre auch nur zur Hälfte aufgegessen hatten. Zum Glück gab es noch Gemüsesuppe. Luise löffelte sie in sich hinein und genoss die Wärme und den salzigen Geschmack.

Sie hatte den Rest des Tages verschlafen wie ein Stein, und als sie kurz vor der Essenszeit erwacht war, hatte sie festgestellt, dass sie sich tatsächlich erleichtert fühlte. Noch immer wie durch den Wolf gedreht, schlimmer, als es jeder Dreh-

40

stuhl vermocht hätte, innerlich jedoch nicht mehr ganz so wund wie zuvor. Sie konnte sich nicht vorstellen, das Wort selbst auszusprechen, wollte es noch nicht einmal denken, aber sie musste zugeben, dass es nichts half, davor wegzulaufen.

Dann tat sie es doch wieder. Beim Gespräch mit Doktor Jessen am nächsten Tag, als dieser das Wort sagte. Als die Erinnerungen erneut auf sie einstürzten, entsetzlicher als zuvor. Da war es plötzlich wieder leichter, nicht mehr Luise zu sein. Nicht mehr das schreiende, heulende Ding, das gegen Wände schlug und mit einem Lappen vor dem Gesicht betäubt werden musste wie bei ihrer Ankunft.

Als sie erwachte und wieder Luise war, war es dunkle Nacht, und sie lag in ihrem Bett. Kein Julius Reuther war da gewesen, um sie mit seiner Stimme zurück in die Wirklichkeit zu holen, ihr zu sagen, sie solle bei sich bleiben. Sie wollte aufstehen, doch sie konnte sich nicht bewegen. Lederriemen schnitten in ihre Hand- und Fußgelenke. Eiskalte Angst überkam sie, sie schnappte nach Luft, wollte wieder schreien, aber ihr Hals schmerzte so sehr, dass sie keinen Ton herausbrachte. So lag sie steif auf dem Rücken und wartete. Irgendwann öffnete sich ihre Tür, Lichtschein fiel auf sie.

»Ah, Sie sind wach, Fräulein Johannsen«, sagte eine Frau und machte sich an den Fesseln zu schaffen.

Endlich kamen Luises Arme und Beine frei. Sie setzte sich auf. »Warum war ich festgeschnallt?«

»Das hat Doktor Jessen zu Ihrem Schutz angeordnet. Sie wollten sich nicht beruhigen.«

»Ich *wollte* nicht?«

»Äh – na ja, ich meine ...«

»Wo ist Julius Reuther? Ich möchte mit ihm sprechen.«

»Das wird nicht gehen.«

»Warum nicht? Als ich in seiner Gegenwart einen ... Anfall hatte, musste ich nicht betäubt und gefesselt werden.«

Die Wärterin seufzte. »Schlafen Sie jetzt, Fräulein Johann-sen. Der Doktor wird morgen mit Ihnen sprechen.«

Sie entfernte sich. Luise legte sich hin und starrte in die Dunkelheit.

Ella war zurück, doch sie schien ihre Stimme verloren zu ha-ben. Immer wieder tastete sie nach ihrem Hals, aber dort hing kein Amulett mehr. Sie hatten es ihr offenbar tatsächlich ab-genommen. Luise verspürte Mitleid mit dem Mädchen, das bleich und starr dasaß und kaum einen Bissen zu sich nahm. Auch Trine und Lotte wirkten an diesem Morgen wie gefan-gen in ihren eigenen Welten.

Ich muss hier raus! Der Gedanke blieb in Luises Kopf haf-ten, bis sie wieder Doktor Jessen gegenübersaß.

»Was muss ich tun, damit das nicht mehr passiert?«, platz-te sie heraus, kaum dass sich der Arzt ihr zugewandt hatte.

Er lächelte. »Ah, Sie haben erkannt, dass Sie etwas tun können. Das ist gut.«

»Manchmal denke ich das, ja. Aber dann überkommt es mich wieder, und ich habe keine Kontrolle mehr. Ich bin dann nicht mehr ich selbst.«

»Ich weiß.« Doktor Jessen seufzte schwer. »Sie müssen wieder und wieder versuchen, sich dem Thema zu stellen, ohne sich zu verlieren. Es ist Ihnen schon gelungen, es wird wieder gelingen.«

Es war nicht ihr gelungen, sich zurückzuholen, sondern Julius Reuther. Sie wusste es, und sie sah Doktor Jessen an, dass er es ebenfalls wusste.

Er räusperte sich. »Ich halte es für eine gute Idee, wenn Herr Reuther bei unseren Gesprächen anwesend wäre.«

Erleichterung überfiel Luise. »Dann haben Sie ihn nicht rausgeworfen?«

»Natürlich nicht. Er hatte nur ein paar Tage frei, um sich

um sein Studium zu kümmern. Wenn Sie möchten, lasse ich ihn holen.«

Sie nickte, und es dauerte keine drei Minuten, dann saß Julius Reuther auf einem Stuhl neben ihnen. Er lächelte Luise an, überließ aber Doktor Jessen das Reden.

»Gestern haben Sie sich nicht überwinden können, das Wort auszusprechen. Können Sie es heute, Fräulein Johannsen?«

»Ich ... ich weiß nicht. Vielleicht.«

»Versuchen Sie es.«

Sie atmete tief durch. »Ver... Verge...« Ihr Herzschlag beschleunigte sich. »Vergewaltigung«, stieß sie hervor, dann wurde ihr schwindlig. Blaue Augen, Alkoholgeruch, Stöße. Ein fremdes Mädchen. Nicht sie. Nicht ihr Körper. Nicht ihre Seele.

»Bleiben Sie bei sich, Luise.« Julius Reuthers Stimme. Leise, eindringlich. »Sie wollen doch weiterleben, gesund werden. Sehen Sie hin!«

Sie sah hin. An diesem Tag und allen weiteren, die sie im *Hornheim* verbrachte. Sie lernte, das Wort zu sagen, ohne zusammenzubrechen. Sie erzählte, was geschehen war. Stockend zunächst, voller Scham, aber es wurde mit jedem Tag leichter. Mit jedem freundlichen Wort der beiden Männer, mit jeder Bestätigung, dass es nicht ihre Schuld gewesen war, dass ihr Peiniger schändlich gehandelt hatte, mit jedem Blick in Julius Reuthers Augen, die seine mühsam unterdrückte Wut über das zeigten, was ihr angetan worden war. Sie blieb bei sich, verlor sich nicht wieder.

Eines frühen Morgens klopfte es leise an ihre Tür. Sie war erst vor Kurzem erwacht, und draußen herrschte noch Finsternis bis auf einen schmalen Streifen Grau, der vom Anbrechen des Tages kündete.

»Luise?«, wisperte Julius Reuther. »Sind Sie wach?«

»Ja«, flüsterte sie zurück, schwang die Beine aus dem Bett und griff nach ihrem Morgenmantel.

Leise wurde der Riegel an ihrer Tür zurückgeschoben. Der junge Mann hatte eine Laterne bei sich, deren Schein sein Gesicht sanft erhellte. Er lächelte verschmitzt.

»Gehen wir ein Stück spazieren?« Er hielt ihr seinen Arm hin.

»Ich muss mir erst noch Schuhe anziehen.«

»Die brauchen Sie nicht.« Er streifte seine eigenen Schuhe und Strümpfe ab. »Nicht für das, was wir vorhaben.«

Luise zuckte zusammen. *Das ist Julius Reuther*, schalt sie sich sofort. *Er hat nichts mit dir vor, was du nicht willst!* Dennoch blieb ein seltsames Gefühl in ihr zurück.

Er bemerkte es, seine Augen weiteten sich. »Oh … Nein, so habe ich das nicht … Es tut mir leid! Ich möchte wirklich nur spazieren gehen.«

»Ich weiß.« Luise riss sich zusammen und ergriff seinen Arm. »Gehen wir?«

Er führte sie aus dem Gebäude hinaus in den Garten. Die Kälte unter ihren nackten Fußsohlen war im ersten Moment unangenehm, aber als sie auf den taufeuchten Rasen traten, der sie kitzelte, musste sie kichern.

»Fühlt sich gut an, nicht wahr?« Er lachte leise. »Als wären wir wieder Kinder.«

Luise atmete tief die frische Luft ein, spürte Erde und Gras unter sich, den Himmel über sich, der sich langsam von Schwarz zu Grau verfärbte. Der leichte Wind brachte die Bäume des Vieburger Gehölzes zum Rauschen.

»Die Welt ist noch dieselbe, nur ich bin es nicht mehr«, sagte sie.

»Jede unserer Erfahrungen, ob gut oder schlecht, verändert uns. Das heißt aber nicht, dass wir nicht mehr dieselben sind.«

»Dazu müsste ich wissen, wer ich bin.«

Wieder lachte er. »Na, du bist Luise. Wer sonst? Und das, was du bist, ist mehr als genug. Vergiss das nie, egal, was dir im Leben noch geschieht.«

»Ich danke dir … Julius.«

Die Situation war unwirklich. Tau unter ihren Füßen, schummriges Dämmerlicht um sie herum, sie am Arm eines jungen Mannes, der so weise sprach, als sei er uralt. Der sie duzte und sie ihn. Nur für den einen Moment, das war ihr klar. Es war zu ungehörig. Und so schön. Er machte ihr keine Angst, obwohl sie allein waren. Ruhe breitete sich in Luise aus, wie sie sie lange nicht gespürt hatte. Vielleicht noch nie. Sie spürte wieder Vertrauen. In einen Menschen, in das Leben.

Kapitel 5

Psychiatrische Klinik Hornheim, Gaarden bei Kiel, Mai 1895

Ist niemand hier, um mich abzuholen?«

Doktor Jessens Miene wurde traurig. »Nein.«

»Aber Sie haben meine Eltern doch benachrichtigt, oder?«

»Ja.« Er hob die Schultern. »Schaffen Sie den Heimweg allein, Fräulein Johannsen?«

»Natürlich«, sagte Luise und schluckte die Tränen hinunter.

»Ich begleite Sie bis zum Tor.« Julius Reuther hob ihren Beutel auf. »Kommen Sie.«

Schweigend schritten sie den Kiesweg entlang. Luise fühlte sich hohl. Weder Erleichterung über ihre Entlassung noch Furcht vor dem Heimkommen wollten sich einstellen. Nur die Enttäuschung darüber, dass niemand auf sie wartete – und ein seltsames Gefühl der Traurigkeit, als sie verstohlen den jungen Mann neben sich ansah. Sie würde die Gespräche mit ihm vermissen, auch wenn sie oft schmerzhaft gewesen waren.

Am Tor übergab er ihr den Beutel und reichte ihr die Hand. »Alles Gute, Luise.«

»Für Sie auch, Julius. Sie werden sicherlich ein guter Arzt.«

»Das hoffe ich!« Er lächelte, schloss das Tor hinter ihr und ging davon, zurück auf die Gebäude zu.

Luise tat einige Schritte, dann wandte sie sich ein letztes Mal nach dem *Hornheim* um, atmete tief durch und blickte nach vorn. Vier ganze Wochen hatte sie in der Anstalt verbracht. Zu Neumond eingesperrt, zum nächsten Neumond freigelassen. Vier Wochen ihres Lebens hatte der eine Augenblick der Unachtsamkeit sie gekostet, ihre verfluchte Neugier, die Arglosigkeit, mit der sie in der Welt herumgestreunt war. Vier Wochen, ihre Unversehrtheit – und wer wusste schon, was noch. Sie war wieder sie selbst, mit all ihren Erlebnissen, hatte es irgendwie überstanden, doch würden die Wunden jemals vollständig heilen?

Nichts hatte sich verändert. Der Abort stank, das Treppenhaus war finster, die Wohnung still. Nach der Stille hatte sich Luise manches Mal im *Hornheim* gesehnt, aber die stickige Luft in den winzigen Räumen machte ihr zu schaffen. Durfte man die Gärten einer Irrenanstalt vermissen? *Sie dürfen alles fühlen*, hörte sie im Geiste die Stimme des Doktors. *Sie müssen nur lernen, damit zu leben.*

Leises Klappern erklang aus der Wohnstube, und Luise ging darauf zu. Die Mutter saß am Tisch, einen Hut in den Händen. Wie immer. Sie sah auf, als sie Luises Schritte hörte. Ein winziges Lächeln flog über ihr Gesicht und war sogleich wieder verschwunden. *Sie weiß es*, wurde Luise bewusst. *Der Doktor hat ihr gesagt, was mir geschehen ist.* Sie fürchtete sich davor, dass ihre Mutter sie darauf ansprechen würde, und gleichzeitig sehnte sie sich danach. Würde sie sie trösten?

»Gut, dass du endlich kommst«, sagte die Mutter mit heiserer Stimme, so als habe sie lange nicht gesprochen. »Ich schaffe die Näherei für Pfingsten nicht allein, und absagen konnte ich die Aufträge nicht. Schließlich muss ich Herrn Doktor Jessen noch bezahlen.« Sie reichte ihr den Hut und die Seidenblumen und nahm sich selbst einen neuen Rohling aus dem Regal.

Enttäuschung überschwemmte Luise. Kein Wort des Willkommens, keine Frage nach ihrem Befinden. Übergehen zum Alltag. Wieso hatte sie etwas anderes erwartet? Hatten die Tränen, die ihrer Mutter über das Gesicht geströmt waren, als sie sie in der Anstalt abgeliefert hatte, sie glauben gemacht, ihre spröde Art hätte sich gewandelt?

»Wo ist denn der Vater?«, fragte sie. Sie hätte es am liebsten sofort hinter sich gebracht, ihn zu treffen. Wusste er ebenfalls Bescheid?

Die Mutter schnaubte. »Es ist Himmelfahrtstag. Wo wird er wohl sein? Auf Männerausflug natürlich.«

Luise wusste, was das bedeutete. Er würde noch betrunkener als gewöhnlich heimkommen. Dann wäre es mit der Stille vorbei.

»Nun mach schon, Kind. Alle Blüten auf die rechte Seite, so wie ich es angefangen habe. Ich muss den Hut morgen ausliefern, weitere sechs am Sonntag, den Rest am Freitag vor Pfingsten. Wir müssen so viele wie möglich an diesem Wochenende schaffen, denn nächste Woche hast du Schule.«

Luise stockte der Atem. »Muss ich wirklich schon wieder zur Schule?«, presste sie hervor.

Ihre Mutter sah sie an, die Stirn gerunzelt. »Natürlich. Du hast genug Unterricht versäumt.«

»Aber ich könnte Ihnen viel besser helfen, wenn ich in der nächsten Woche noch zu Hause bliebe.« Ihr graute bei dem Gedanken an die Fragen, die ihre Mitschülerinnen ihr stellen würden.

»Kommt nicht infrage. Du gehst am Montag zur Schule. Schließlich habe ich dich mit der Influenza entschuldigt, und ein Fehlen von länger als vier Wochen ist da kaum glaubhaft.«

Influenza. Wenn es doch nur so einfach gewesen wäre … Luise seufzte und nahm die Nadel auf.

Vor Pfingsten war die Zeit der wunden Finger, seit Luise denken konnte. Sie hatte das Gefühl, dass jede halbwegs wohlhabende Dame aus Kiel und den umliegenden Dörfern zu diesem Feiertag einen neuen Hut angefertigt haben wollte. Die Rohlinge aus Stroh und Filz stapelten sich in den Regalen in der Wohnstube neben den Körben mit Materialien für die

Garnierung, und ihre Mutter Frieda kam nicht hinterher, alle Aufträge ihrer Kundinnen zu erfüllen. Deshalb musste ihr Luise jedes Jahr helfen, Spitze, Federn oder Stoffblumen an die Hüte zu nähen. Es war so dunkel in der winzigen Wohnung im Erdgeschoss über dem Kohlenkeller, dass sie sich ständig mit der dicken Nadel in die Finger stach. Wenn sie ihr dann entglitt und sie sie nicht sofort wiederfinden konnte, sie sogar – Gott behüte! – in die Ritze zwischen zwei Dielen gefallen war, setzte es solche Schimpfe von der Mutter, dass Luise die Ohren brannten.

Die meiste Zeit aber schwiegen sie sich an, so wie auch an diesem Tag. Das gab Luises Gedanken viel zu viel Gelegenheit, zurück zum *Hornheim* zu wandern. Wie mochte es Ella ergehen, wie Trine und Lotte? Was tat Julius gerade? Worte klangen ihr in den Ohren, Schreie, ihre eigenen und die der anderen Patienten. Sie stach sich versehentlich in den Finger und zuckte zusammen, jedoch weniger wegen des Schmerzes als vielmehr, weil es sich gut anfühlte. Sofort schalt sie sich. Sicher, sie durfte alles fühlen. Aber verrückte Dinge tun, das durfte sie nicht. *Du wirst zurückkommen*, hatte Trine zum Abschied gesagt. Sie hatte einen schlechten Tag gehabt. *Wir kommen alle zurück, immer und immer wieder.* Luise wollte nicht zurück. Sie würde ihr Leben meistern! Sie lutschte das Blut von ihrem Finger und sah sich vor, sich nicht noch einmal zu stechen.

Als es zu dämmrig wurde, entzündete Luise die Petroleumlampen, nahm ihrer Mutter, die am Tisch eingeschlafen war, den Hut aus der Hand und vollendete die Garnierung. Als der Vater polternd heimkehrte, lagen vor ihr auf dem Tisch vier fertige Hüte. Er stolperte ins Zimmer, musterte Luise mit glasigen Augen, sagte aber kein Wort, fiel aufs Sofa und begann augenblicklich zu schnarchen. Schnapsgeruch erfüllte die Stube, und Luise fühlte Übelkeit in sich aufsteigen. Schnell löschte sie die Lampen bis auf eine, die sie mit in ihr Zimmer nahm.

Sie hatte es beim Heimkommen nur betreten, um ihren Beutel abzulegen. Zum ersten Mal seit vier Wochen schloss sie die Tür hinter sich und war allein. Es gab kein Fenster in dieser Tür, durch das sie hätte beobachtet werden können, kein Mensch würde plötzlich im Raum stehen, um nach ihr zu sehen. Allein. Die flackernde Flamme warf Schatten an die Wände. Der Raum sah aus wie immer, ordentlich aufgeräumt, sauber. Sie setzte sich aufs Bett. Hier hatte sie gesessen an dem Tag, an dem ihr Leben zerbrochen war, blutend und schmutzig. Ihre Wunden waren geheilt, zumindest die körperlichen …

Es klopfte. Luise schrak zusammen. Der Türgriff bewegte sich. Sie war froh, dass sie den Riegel vorgeschoben hatte.

»Sei dem Vater nicht böse«, hörte sie durch die geschlossene Tür die Stimme ihrer Mutter. »Er freut sich gewiss, dass du wieder daheim bist. Es ist nur … er trinkt mehr seit der … Sache. Schlaf gut, Luise.«

»Gute Nacht, Frau Mutter«, presste sie hervor und lauschte auf die sich entfernenden Schritte.

Die Sache … Luise entschloss sich, den Vorfall von jetzt an ebenso zu nennen. Das klang viel harmloser als das Wort, das Doktor Jessen sie zu sagen gezwungen hatte, weil er es für nötig befand, dass sie sich der Wahrheit stellte. Sie hatte es getan, hatte alles offenbart, was geschehen war. Nun aber würde sie es nie wieder aussprechen. *Die Sache* konnte auch eine Influenza sein …

Am Montagmorgen machte sich Luise auf den langen Schulweg. Sie hatten die Hutaufträge rechtzeitig abgearbeitet, ihre Eltern sprachen nur das Nötigste mit ihr, *die Sache* wurde nicht erwähnt. Alles war, als wäre nie etwas geschehen.

Niemand in der Mädchen-Volksschule in der Sandkuhle

konnte wissen, wo sie die vergangenen Wochen verbracht hatte, und das war gut so. Zum Glück wohnten die meisten ihrer Mitschülerinnen ein Stück entfernt, in den engen Straßen des Kuhbergviertels, wo auch Luise und ihre Eltern bis vor einem Jahr gelebt hatten. Dass sie die Schule nicht hatte wechseln müssen, obwohl sie jetzt im Dorf Hassee wohnten, war einer List ihrer Eltern zu verdanken. Die Wohnung der Großmutter, in die sie gezogen waren, als diese krank geworden war, lag zwar genau an der Stadtgrenze, aber doch nicht innerhalb Kiels. Sie hatten niemandem mitgeteilt, dass sie umgezogen waren, und in der alten Wohnung lebten nun die Tante und der Onkel.

Eine halbe Stunde lief Luise mindestens vom Krusenrotter Weg bis zur Schule, bei Wind und Wetter – und Wind gab es in Kiel mehr als genug. Er zerrte an Rock und Mantel, an jedem Haar, das man nicht durch Flechten am Kopf hielt. Luise flocht sich nun jeden Tag zwei dicke Zöpfe. Sie ließen sie jünger aussehen, und das war gut. Nur nicht noch einmal den Eindruck erwecken, sie sei bereits eine Frau …

Sie brachte den Schultag hinter sich, antwortete einsilbig auf die neugierigen Fragen nach der Influenza, täuschte Husten vor, um die Erkrankung glaubhafter zu machen, und versuchte ansonsten, nicht zu viel zu denken und sich zu konzentrieren. Es gelang ihr nicht. Zweimal musste der Lehrer sie ermahnen, da sie aus dem Fenster starrte und nicht zuhörte.

Als sie endlich entlassen waren, rannte sie den ganzen Weg nach Hause. Auch an diesem Nachmittag würde sie wieder nähen müssen. Zwar waren die Hüte, die am Ende der Woche ausgeliefert werden sollten, nicht mehr allzu zahlreich, das Auftragsbuch der angesehenen Putzmacherin Frieda Johannsen war dennoch voll. Die Eröffnung des Nord-Ostsee-Kanals stand bevor, dieses gewaltigen Wasserlaufs, der die Meere verbinden sollte, die das Land umschlossen. Zu dieser Feier, zu der sogar Kaiser Wilhelm erscheinen würde, wollte

51

jede Kieler Frau besonders schön gekleidet sein. Seit sie davon gehört hatte, brannte in Luise der Wunsch, bei der Festivität dabei sein zu dürfen. Die Parade zu sehen, sich vorzustellen, auf einem der Segel- oder Dampfschiffe mitzufahren, den Kanal entlang bis in die Nordsee und weiter, immer weiter, bis New York in Sicht kam, diese gewaltige Stadt in der Neuen Welt, wie man Amerika nannte. Wie so häufig tastete sie nach ihrem Anhänger. Sie würde versuchen, nicht den Glauben zu verlieren, dass ihre Zukunft eine Reise für sie bereithielt! Entschlossen rannte sie die Hamburger Chaussee hinauf und bog in den Krusenrotter Weg ein.

Das Heulen drang aus ihrer Wohnung bis hinaus auf die Straße und jagte Luise einen Schauder über den Rücken. Es klang so verzweifelt, dass sie am liebsten fortgelaufen wäre, doch sie nahm sich zusammen und ging ins Haus. Die Geräusche kamen aus der Wohnstube. Zuerst glaubte sie, es sei ihre Mutter, die dort so herzzerreißend schluchzte, und als sie erkannte, dass es ihr Vater war, war der Schrecken umso größer. Noch nie hatte sie ihn weinen sehen und jetzt dieser Ausbruch. Was hatte das zu bedeuten? Er saß zusammengesunken auf dem Sofa, die unvermeidliche Schnapsflasche vor sich. Ihre Mutter stand vor ihm, hatte die Hand auf seine Schulter gelegt und redete auf ihn ein. Ein halb fertig garnierter Hut lag auf den Dielen. Luise hob ihn auf und legte ihn auf den Tisch.

»Frau Mutter? Was ist denn geschehen?«

»Es hat einen Unfall auf der Werft gegeben«, sagte diese, und Luises Vater heulte lauter. Die Mutter senkte die Stimme. »Ein Kessel ist auf einem Torpedojäger explodiert. Kameraden deines Vaters sind dabei zu Tode gekommen.«

»Ist der Vater verletzt?«, wisperte Luise.

Ihre Mutter schüttelte den Kopf. »Er war weit genug entfernt, nur sein Gehör hat gelitten. Aber das kommt wieder in Ordnung.«

Der Vater griff nach der Schnapsflasche und trank in großen Schlucken.

»Können wir etwas für ihn tun?«, fragte Luise. Da ihr Vater schon nach *der Sache* angefangen hatte, mehr zu trinken, fürchtete sie sich davor, welche Auswirkungen dieses Ereignis haben würde.

Ihre Mutter seufzte. »Nein. Wir müssen arbeiten. Komm, Luise.«

Es wurde eine traurige und arbeitsame Woche. Die Belegschaft der Werft bekam trotz des Unglücks keine zusätzlichen freien Tage, und Heinrich Johannsen ging wieder zur Arbeit, obwohl er kaum aufrecht stehen konnte. Die Mutter hatte sich angewöhnt, den Schnaps mit Wasser zu strecken, was ihr Mann ab einer gewissen Uhrzeit nicht mehr bemerkte, dennoch bekam er morgens kaum die Augen auf und war abends stets schlecht gelaunt. Der zwar überarbeitete, aber freundliche Vater ihrer Kindheit schien nicht mehr vorhanden. Ihre Mutter sorgte sich um ihn, das spürte Luise, sie sprach jedoch nicht mit ihr darüber. Nur ihr Gesicht wurde immer grauer und faltiger, obwohl sie noch keine vierzig war. Luise selbst meinte, in den engen Räumen der Schule und der Wohnung zu ersticken, doch außer dem täglichen Schulweg blieb ihr keine Zeit für frische Luft. Ihre Fingerkuppen schmerzten, so wund waren sie.

Erst am Samstag vor Pfingsten, als alle Hüte ausgeliefert waren, ließ die Mutter sie von der kurzen Leine. Der Vater und sie fuhren zur Tante, um die Feiertage dort zu verbringen, und Luise durfte zu Hause bleiben. Zunächst wunderte sie sich darüber, dann ging ihr auf, dass die Eltern möglicherweise nicht wollten, dass sie so kurz nach *der Sache* auf ihre Verwandten traf. Als ob sie sich verplappern würde! Aber sie kannte ihre Mutter. Die Meinung der Tante war ihr wichtig, und sie wollte nichts riskieren. Luise war es recht. Sie genoss

53

es, die gramgezeichneten Gesichter ihrer Eltern für eine Weile nicht zu sehen. Außerdem hatte sie keine Lust, stundenlang in der muffigen Stube der Tante zu sitzen und Kaffee zu trinken. Es zog sie hinaus an die frische Luft. Sie sehnte sich nach der Bewegung, nach ihren langen Spaziergängen, und als der Pfingstsonntag kam, brach sie endlich einmal wieder zu einem Ausflug auf.

Ihre Wege jedoch waren eingeschränkter als zuvor, und sie war vorsichtiger. Sie mied die einsamen Waldwege, das *Krusenrott* und das Gelände der Irrenanstalt. Hinunter an den Hafen zog es sie ebenfalls nicht. Der Anblick von Schlachthof und Viehlandebrücke bereitete ihr Übelkeit, und um den Teil der Förde zu erreichen, auf dem die schmucken Boote und Schiffe dümpelten, hätte sie viel zu weit laufen müssen. Außerdem waren an allen Ecken der Stadt Baustellen mit Lärm, Dreck … und Männern. Zwar hatte sie inzwischen – hauptsächlich durch Julius Reuther im *Hornheim* – die Abneigung gegen Männer im Allgemeinen verloren, aber sie durfte nicht riskieren, jemandes Aufmerksamkeit zu erregen.

Kiel wuchs stetig, und das war gut, sagte der Vater. Das mochte sein, doch Luise hatte die ruhige Stadt ihrer frühen Kindheit gefallen. Der Schulweg durch die Innenstadt, vorbei an der Gasanstalt, am Betriebshof der Pferdebahn und an der Moorteichwiese, den Königsweg hinauf, an den Brauereien mit ihrem gärigen Gestank vorbei bis zur Sandkuhle und zurück, reichte ihr an Krach und Betriebsamkeit.

So ging sie an diesem milden Pfingsttag die Hamburger Chaussee stadtauswärts entlang und atmete tief die frische Luft ein. Sie fühlte sich so frei wie lange nicht mehr. Ihre Schultern schmerzten von den endlosen Stunden des Nähens, und sie ließ sie beim Gehen kreisen. Als sie hinter sich Hufgetrappel hörte, blieb sie stehen und blickte der Pferdebahn entgegen, die vor Menschen in Sonntagsanzügen zu platzen schien. Luise wusste, wohin der Wagen auf dem Weg war, und kaum war er an ihr vorbei, beschleunigte sie ihre Schritte, sodass sie gleichzeitig mit ihm bei der *Waldwiese* ankam. Sie beobachtete, wie die Herren ihren Damen aus dem Waggon halfen und sie zum Eingang des Lokals führten, und sie meinte sogar, den Hut einer der Frauen als einen wiederzuerkennen, den sie selbst garniert hatte. Wie gut er zu dem feinen schwarzen Seidenkleid passte! Das helle Stroh und die farbenprächtigen Blumen hoben sich davon ab wie der Mond vom Nachthimmel. Die Frau war jung und wunderschön, und Luise konnte sich vorstellen, wie sie auf dem Tanzboden der *Waldwiese* dahinschweben würde.

Sie hatte die Gastwirtschaft vor drei Jahren zum ersten Mal aus der Nähe gesehen, und sie war so aufgeregt gewesen, als sie letztes Jahr in seine Nachbarschaft gezogen waren. Eines Tages würde auch sie dort tanzen, ganz gleich, was ihr geschehen war. Irgendein Mann würde sie trotzdem nehmen – wenn sie es je über sich bringen würde, einen an sich heranzulassen. Noch konnte sie den Gedanken nicht ertragen.

Der Anblick der festlich gekleideten Menschen, die in dem stattlichen Gebäude verschwanden, ließ sie den schönsten Tag ihrer Kindheit vor sich sehen, als sei er erst gestern und nicht schon vor drei Jahren gewesen. Am 19. August 1892 war das Panzerschiff *Wörth* erfolgreich vom Stapel gelassen worden, und die Verwaltung der Germaniawerft hatte alle Arbeiter und ihre Familien zu einem großen Fest in die *Waldwiese* eingeladen. Tausende von Menschen waren in einem gewaltigen Umzug von der Werft durch das Dorf Gaarden bis hin zu dem Ausflugslokal gelaufen, begleitet von Trommlern, Pfeifern, Kapellen und Fahnenträgern. Überall um sie herum waren Lachen und Musik erklungen, die Fröhlichkeit schien die ganze Stadt anzustecken.

In der *Waldwiese* hatte es Kinderspiele gegeben, Brezelbeißen und Ringewerfen, für die sie mit ihren zehn Jahren fast schon zu alt gewesen war, dennoch hatte sie sich köstlich amüsiert. Sogar auf einem Pony hatte sie reiten dürfen, und vom Gedanken an das herrliche Essen, das auf einer langen Tafel aufgebaut worden war und von dem man sich nehmen konnte, so viel man wollte, lief ihr das Wasser im Munde zusammen. Es hatte kalten und warmen Braten gegeben, wunderbar duftendes Ragout in winzigen Pastetchen aus knusprigem Teig, verschiedene gebratene Fische, Hummerhäppchen, sogar seltsam aussehende Früchte aus den Kolonien, deren Namen sie noch nie gehört hatte. Sie hatte viel länger aufbleiben dürfen als sonst, und ihr Vater hatte sie in einem Anflug von ungewohnter Fröhlichkeit zum Tanz aufgefordert und sie zwischen all den anderen Paaren im Kreis gedreht, bis sie vor Schwindel und Glück nur noch gekichert hatte.

Seit diesem Tag überlegte sie, wie sie es anstellen sollte, dass solche Veranstaltungen in Zukunft zu ihrem Leben gehören würden. Viele Möglichkeiten blieben ihr als Werftarbeitertochter nicht. Die meisten Mädchen ihres Standes gingen gleich nach der Schule als Dienstmädchen oder Fabrikarbeiterinnen in Stellung oder halfen bei der Heimarbeit ihrer Mütter und heirateten dann bald – Männer mit denselben Beschäftigungen, wie ihre Väter sie ausübten. Luise konnte sich nichts Schlimmeres vorstellen. Wie aber sollte sie diesem Schicksal entgehen? Die aufregenden Berufe und die Universitäten standen nur Männern offen, und die wenigen Frauen, die studieren durften, kamen gewiss nicht aus armen Familien. Luise hatte von der Kochschule gehört, die in einem wunderschönen Park im Dorf Ellerbek lag und in der Töchter aus gutem Hause Kochen, Haushaltsführung und Konversation gelehrt wurden, damit sie einem Mann von Stand als Ehefrau genügten. Auch wenn sie nicht sonderlich gern kochte und es ihr widerstrebte, dass ihr Leben darin bestehen sollte, einem Mann zu gefallen, hätte sie sich sofort auf die Ausbildung eingelassen. Für sie als Arbeiterkind war es jedoch unmöglich, an dieser Schule aufgenommen zu werden, und wie sonst sollte sie einen wohlhabenderen Mann für sich begeistern und es einmal besser haben als ihre Mutter? Nun, nach *der Sache*, war diese Hoffnung in weitere Ferne denn je gerückt, doch sie weigerte sich, sie aufzugeben.

Auch am Pfingstmontag ging sie wieder zur *Waldwiese*, beobachtete vom Rande des Vieburger Gehölzes aus das fröhliche Treiben im Park der Gastwirtschaft, die schönen Menschen an den Tischen. Die Klänge aus dem Musikpavillon wehten zu ihr herüber, und sie wusste nicht, ob sie lachen oder weinen sollte, so leicht und gleichzeitig schwer machten sie ihr das Herz.

In den nächsten zweieinhalb Wochen kam sie kaum dazu, ihre Wohnung außerhalb der Schulzeit zu verlassen, denn die letzten Aufträge für die Kanaleröffnung mussten fertiggestellt werden. Selbst wenn Luise schlief, sah sie im Traum Hutrohlinge und Garnierungen, fühlte das Stechen in den Fingerkuppen. Und der Neid auf die wohlhabenden Frauen, die erst für Pfingsten einen neuen Hut gekauft und nun schon wieder einen in Auftrag gegeben hatten, fraß an ihr. Nie zuvor waren die Wünsche ausgefallener gewesen, und die Mutter hatte ihre liebe Not, die exotischen Federn und grellen Seidenstoffe für die Kunstblumen heranzuschaffen, die die Damen verlangten. Immerhin verdienten sie gut, die Schulden bei Doktor Jessen waren bezahlt, und jeden Sonntag kam Fleisch auf den Tisch.

Der Vater wirkte noch immer schwermütig, und so fiel Luise aus allen Wolken, als er sich am Morgen des großen Festes früh aus dem Bett schälte, seinen Sonntagsanzug anlegte, ohne vorher einen Schluck aus der Schnapsflasche zu nehmen, und verkündete: »Wir gehen zur Kanaleröffnung.«

Die Waggons der Pferdestraßenbahn waren brechend voll, und Luise brach der Schweiß aus, als sie sich eingekeilt zwischen Fremden wiederfand, Frauen und – Männern. Sie atmete flach, um ja nicht deren Geruch wahrnehmen zu müssen.

Der einzige Erfolg dieser Maßnahme war, dass ihr schwindlig wurde. Sie war froh, als sie an der Endstation nahe *Meltz' Biergarten* ausstiegen und den Rest des weiten Weges hinaus nach Holtenau zu Fuß zurücklegten.

Der geschmückte Festplatz an den Schleusen mit seinen Zuschauertribünen war den wohlhabenden Bürgern und geladenen Gästen vorbehalten, doch entlang des Kanals konnte man entweder auf den Terrassen der Gastwirtschaften Platz nehmen oder sich Hocker mieten, um gleich am Ufer die Ankunft der ersten Schiffe mit anzusehen, die die neue Wasserstraße befuhren. Luise folgte ihren Eltern widerstrebend, als sie die Schleusen passierten, um sich einen Platz am Ufer zu suchen. Gern wäre sie geblieben und hätte weiter die prächtig gekleideten Frauen betrachtet, die sich dort tummelten. Gesprächsfetzen in Sprachen, die sie nicht verstand, klangen zu ihr herüber, und eine nie gekannte Neugier erfasste sie. Wie aufregend es wäre, eine fremde Sprache sprechen zu können! Mit Menschen zu reden, die aus entfernten Teilen der Welt stammten und ihr erzählen könnten, wie es sich dort lebte – bis es ihr eines Tages gelingen würde, selbst zu reisen. Das Fernweh erfasste sie mit Macht. Am liebsten wäre sie an Bord eines der Schiffe geklettert, die sich bereits seit Tagen in Erwartung des Festes auf der Förde tummelten, und hätte sich dort versteckt, bis es wieder in seine ferne Heimat fuhr und sie mitnahm.

Sie fanden eine freie Stelle zwischen den Schaulustigen, an der sie sich auf einer mitgebrachten Decke im Gras niederließen. Für Hocker wollte die Mutter kein Geld ausgeben. Musik erklang von irgendwoher, Fahnen und Girlanden schmückten das Ufer. Vorfreude lag in der Luft, Aufregung. Die Menschen starrten alle in dieselbe Richtung – nach Westen. Waren nicht schon Schiffe zu sehen, dort in der Ferne? Doch nein, es war nur eine Täuschung. Die kaiserliche Yacht mit Namen *Hohenzollern* hatte am Morgen um vier Uhr die Schleuse in

Brunsbüttel durchfahren und eine Schnur durchtrennt, um den Kanal zu eröffnen, erzählte der Vater. Es würde mindestens Mittag werden, ehe sie und die anderen Schiffe ankämen. Unruhe erfasste Luise. Ein solches Ereignis, und sie war dabei!

»Kaiserwetter«, sagte eine Frau neben ihr, und Luise lehnte sich zurück und richtete ihren Blick in den strahlend blauen Himmel. Sie blinzelte in die Sonne und versuchte, alle Gedanken zu verdrängen, die diesen schönen Tag trüben würden. Es war nicht leicht. Immer wieder blitzten die Erinnerungen auf, an *die Sache*, an das *Hornheim*. Die Menschen, die um sie herum saßen, wussten nichts davon. Sie sahen sie nicht seltsam an, nicht mitleidig, nicht verurteilend. Sie war nur ein Mädchen, noch nicht einmal konfirmiert, im Sonntagskleid und mit ordentlichen Zöpfen. Wenn es doch nur wahr gewesen wäre, was sie von ihr dachten …

Murmeln hob an, wurde lauter, dann Rufe. Die Menschen sprangen auf, und auch Luise kam auf die Füße und spähte in Richtung des Kanals. Da kamen sie, allen voran die strahlend weiße *Hohenzollern* mit ihren drei Masten und den zwei dicken Schornsteinen, gefolgt von unzähligen Schiffen mit Flaggen aus aller Welt. Luises Herz raste. Die Umstehenden rissen sich die Hüte vom Kopf, schwenkten sie unter lauten Jubelrufen, sogar der Vater lachte, wie sie ihn selten lachen gesehen hatte. Als die Yacht sie passierte, drängten sich zwei Männer vor Luise. Sie stellte sich auf die Zehenspitzen, konnte aber dennoch nicht gut sehen. Immer wieder schoben sich Köpfe, Hüte und geschwungene Tücher in ihr Gesichtsfeld, aber – war das dort an Bord nicht der Kaiser? Ja, es schien so, aber sicher war sie nicht. Er sah so gewöhnlich aus, nicht wie ein Herrscher über ein ganzes Volk. Die Schaulustigen riefen seinen Namen, und der Mann an Deck wandte sich ihnen zu und hob die Hand.

Dann war die Yacht vorbeigefahren, und die Menschen jubelten den folgenden Schiffen zu. Irgendwann hatten alle sie passiert. Luise war heiß, denn die Mittagssonne brannte auf sie herunter, und ihr schwarzes Sonntagskleid hatte sich aufgeheizt. Sie war müde, und plötzlich waren ihr die vielen schwitzenden, riechenden und lärmenden Menschen um sie herum zuwider. Glücklicherweise schien auch der Vater erschöpft, und so machten sie sich bald auf den Heimweg.

Im Vorbeigehen betrachtete Luise noch einmal die reichen Frauen. Sie schwitzten nicht, denn ihnen wurden Sonnenschirme über die Köpfe gehalten, und sie bekamen Getränke gereicht. Für sie war die Kanaleröffnung nichts als eines von unzähligen angenehmen Ereignissen in ihrem sorglosen Dasein, so schien es Luise zumindest.

Und sie schwor sich eines: Sie würde nicht arm bleiben, sich nicht ihr Leben lang die Finger wund stechen für die Schönheit anderer Frauen. Eines Tages würde sie unter Sonnenschirmen stehen, ganz egal, was ihr geschehen war. Sie würde es überwinden. Sie würde feiern, reisen, glücklich sein. Eines Tages würde sie im großen Ballsaal der *Waldwiese* mit ihrem Liebsten tanzen.

Kapitel 6

Gaststätte Waldwiese, Gaarden bei Kiel, Dezember 1899

Luise tanzte durch den großen Saal – allein. Nur der Besen leistete ihr Gesellschaft. Sie drehte sich zum Takt der Musik, die längst verklungen war, fegte dabei buntes Konfetti, Federn, Essenskrümel und Straßenschmutz zusammen. Der eben zu Ende gegangene Maskenball war eine Einstimmung auf die Jahrhundertwendfeier gewesen, die in der übernächsten Woche stattfinden würde.

Ein neues Jahrhundert! Wie aufregend! Und sie würde bei einer großen Feierlichkeit anwesend sein, mit der es willkommen geheißen wurde.

Zwar nur als Küchen- und Servierhilfe, aber immerhin. Alles war besser, als weiterhin daheim mit der Mutter Hüte zu garnieren, wie diese es seit dem Schulabschluss von ihr verlangt hatte. Dieser war leider nicht sonderlich gut ausgefallen, denn seit *der Sache* schweiften ihre Gedanken oft ab, und es war ihr schwergefallen, den Themen Aufmerksamkeit zu schenken, die die Lehrer für wichtig erachteten. Mit dem bescheidenen Abschlusszeugnis hatten sich ihr wenige Möglichkeiten eröffnet, und sie hatte die ergriffen, die sie wenigstens als Beobachterin am Glück anderer Menschen teilhaben ließ: eine Stellung in der *Waldwiese*. Den Gedanken an die Kochschule gab Luise jedoch nicht auf. Alles, was sie in der Gastwirtschaft verdiente – bis auf den Teil, den die Mutter beanspruchte –, sparte sie. Vielleicht ergab sich doch noch eine

Möglichkeit, sich in das Mädchenpensionat einzukaufen. Wenn sie nicht nur arm war, sondern dazu keine Ahnung von der Haushaltsführung hatte, würde sie der düsteren Wohnung der Eltern nie entfliehen und sich ihren Traum von ein wenig Freiheit erfüllen können – was immer dieses Wort in ihrer Lage bedeutete. Zumal es an eine Ehe geknüpft wäre.

Aus dem Augenwinkel sah sie, dass sie beobachtet wurde, und hielt inne. Ihr wurde flau im Magen, wie immer im ersten Moment, wenn sie bemerkte, dass ein Mann sie ansah. Das hatte sich in den vergangenen vier Jahren nur wenig gebessert. Es war jedoch nur einer der beiden Peters – der eine blond, der andere dunkelhaarig –, die hinter dem Tresen arbeiteten, und vor denen hatte sie längst keine Angst mehr. Vor keinem ihrer Arbeitskollegen und auch nicht vor dem Besitzer der Gastwirtschaft. Die *Waldwiese* war zu ihrem sicheren Hafen geworden, in dem sie sich wohler und freier fühlte als daheim in der stickigen Wohnung. Freunde waren sie nicht – Luise war noch immer niemand, der leicht Freundschaften schloss –, doch sie mochte die jungen Männer. Vor allem deswegen, weil sie ihr keine Avancen machten. Manchmal, wenn Kellner ausfielen und viel zu tun war, wurde sie auch abends in den Gastraum geschickt, um zu bedienen, nicht nur zur Kaffeezeit in den Garten. Kellnerinnen hatten einen denkbar schlechten Ruf, und das schien sogar ihre Arbeitskollegen davon abzuhalten, sich für sie zu interessieren, obwohl das mehr als ungerecht war, da sie schließlich dieselbe Arbeit ausübten. Ihr war es recht so. Es war ohnehin niemand dabei, den sie sich als Ehemann hätte vorstellen können. Die meisten waren nett, das war aber auch schon alles.

Mit den anderen Küchenmädchen und Bedienungen verstand sie sich ebenfalls gut, allen voran mit der lebenslustigen, unentwegt plappernden Caroline, die sich nicht darum scherte, welchen Ruf Kellnerinnen hatten. Sie verrichtete diese Arbeit mit Leib und Seele und war in den letzten Monaten das für Luise geworden, was einer Freundin am nächsten kam.

Wie aufs Stichwort drängte sich die hochgewachsene Blondine an Peter vorbei, nahm Luise den Besen ab, warf ihn fort, packte ihre Hände und drehte sich mit ihr im Kreis. »Wenn du nicht mit einem Mann tanzen willst, nimm lieber eine Frau und nicht das blöde Fegeding!«, rief sie und lachte aus vollem Hals. Luise konnte nicht anders, als mitzulachen.

»Ich will ja mit einem Mann tanzen!« Luise schnappte nach Luft. »Es hat nur noch nicht der Richtige gefragt.«

Schwer atmend kamen sie zum Stehen. Caroline stützte die Hände in die Hüfte. »Wenn du weiter das Pflänzchen Rühr-mich-nicht-an spielst, kommt auch keiner.«

»Tu ich doch gar nicht.«

Caroline zog eine Augenbraue hoch.

»Ja, du hast recht«, gab Luise zu. »Aber wer will mich denn schon?«

»Genügend Kerle haben ein Auge auf dich geworfen, auch die jungen, hübschen Soldaten. Mich olle Bohnenstange will keiner.« Sie ließ ihre Hand auf Luises Hintern klatschen. »Aber du junges Ding mit deinem prallen Mors und den großen Tit...«

»Caro!«, rief Luise. Ihre Wangen brannten. Peter an der Tür gab ein Glucksen von sich.

»Hör auf zu gackern und feg den Dreck hier auf, min Jung«, rief Caroline ihm zu. »Wir beide machen jetzt Feierabend.« Sie zog Luise mit sich zur Garderobe, wo ihre Mäntel hingen.

»Du bist ein Biest, Caro, weißt du das?«, rief Peter ihnen hinterher. Caroline kümmerte sich nicht um ihn.

»Da hat er recht«, sagte Luise, konnte sich ein Grinsen aber nicht verbeißen.

»Ist mir egal.« Sie traten auf die Straße hinaus, und Caroline zog eine Zigarre aus ihrer Manteltasche. Sie zündete sie mit einem Streichholz an und nahm einen tiefen Zug. »Ich bin eben kein Fräulein wie du, das sich gepflegt unterhalten kann. Ich schnack, wie mir der Schnabel gewachsen ist, rauche wie ein Schlot, und Aussicht auf einen guten Ehemann hab ich auch keine. Warum also soll ich nicht mit den Kerlen umgehen, als sei ich einer von ihnen?«

»Ich hab nicht mehr Aussicht als du, Caro.« *Und wenn du wüsstest, dass ich bestimmt schon länger keine Jungfrau mehr bin als du, würdest du so etwas nicht sagen*, fügte sie in Gedanken hinzu.

»Aber natürlich hast du das! Du musst nur mal einem Kerl eine Chance geben.«

Wenn das so einfach gewesen wäre … Selbst wenn einmal ein schmucker Gast mit ihr tändelte – es hatte sich noch nie einer ernsthaft für sie interessiert. Oder vielmehr, sie hatte es nie zugelassen. Sobald ihr ein Mann näher kam, sein Atem gar nach Schnaps roch, sie seine geröteten Wangen und die Äderchen auf seiner Nase sah, wich sie zurück.

»Na, du bist ja noch jung«, sagte Caroline und tätschelte ihr die Wange. »Ich hab ja bald die drei vorn stehen, da sieht's anders aus, aber für dich ist der Zug noch längst nicht abgefahren.«

Nur zu gern wollte Luise den Worten der Kollegin glauben, doch sie befürchtete, dass der Zug nicht nur abgefahren war, sondern sie vor vier Jahren an der großen Eiche bei der Abfahrt überrollt hatte … Dennoch klammerte sie sich an ihre Hoffnung und sammelte ihre spärlichen Münzen in einer Konfektschachtel im Kleiderschrank.

Der letzte Tag des neunzehnten Jahrhunderts war ein Sonntag. Die *Waldwiese* platzte aus allen Nähten. Es schien keinen Raum für schlechte Gedanken oder Sorgen zu geben an diesem Abend, alle Gesprächsfetzen, die Luise beim Servieren mithörte, waren heiteren Inhalts. Der Schaumwein und die

Bowle flossen in Strömen, eine Blaskapelle und weitere Musiker mit Flöte, Bass und Akkordeon spielten schwungvolle Lieder, und noch bevor das Buffet abgeräumt war, schwebten die ersten Paare über das gewienerte Parkett. Luise ließ sich von der überschäumenden Fröhlichkeit der Gäste anstecken und bekam das Lächeln kaum aus dem Gesicht. Selbst Caro verkniff sich ihre scharfzüngigen Bemerkungen und wartete mit ungewohnter Freundlichkeit auf. Sie kommentierte es nicht einmal mit ihren üblichen Anzüglichkeiten, als Luise an einem langen Tisch, an dem zehn Offiziere der Kaiserlichen Marine in Ausgehuniformen saßen, bediente und die Männer ihr laut und ausgelassen schöne Augen machten.

Einer der Soldaten verhielt sich ruhiger als die anderen. Wie immer, wenn sie einen hellhaarigen, blauäugigen Herrn sah, zuckte Luise zusammen und überprüfte unwillkürlich, ob es sich um den Mann von damals handeln konnte. Dieser hier war es eindeutig nicht, obwohl sie sich an Einzelheiten seiner Erscheinung nicht zu erinnern vermochte – und es auch nicht wollte. Dieser Mann saß still inmitten seiner lachenden Kollegen, hielt ein Wasserglas umklammert und beobachtete Luise. Er wirkte scheu wie ein kleiner Junge, obwohl er aussah wie Ende zwanzig. Sie lächelte ihm zu, und sein Gesicht erstrahlte.

Mitternacht näherte sich, die Aufregung stieg ins Unermessliche. Luise und ihre Kollegen füllten und verteilten eilig Hunderte von Sektgläsern. Auch sie selbst durften sich eins nehmen. Schließlich begann ein neues Jahrhundert! So etwas gab es nur einmal im Leben, wenn überhaupt. Die Menschen beobachteten die Wanduhr und begannen, gemeinsam die letzten Sekunden herunterzuzählen.

»Zehn, neun, acht ...«

Luise leerte die Sektflasche. Der Rest darin hatte nur noch ausgereicht, das letzte Glas halb zu füllen.

»Sechs, fünf ...«

Jemand trat neben sie an den Tisch, an dem sie stand. Sie

65

sah auf. Es war der blonde Marinesoldat. Sie wollte ihm ein volles Glas reichen, doch er griff nach dem halb gefüllten.

»Drei, zwei …«

Luise hielt noch das gefüllte Glas in der Hand, und bei »eins« stieß der Mann seines klirrend dagegen. Der Nachhall des Geräusches wurde von dem aufbrandenden Jubel verschluckt. Luise trank einen großen Schluck, und das Prickeln in ihrem Mund und dann ihre Speiseröhre herab brachte sie zum Lachen. Der Soldat nippte nur an seinem Getränk, stellte es beiseite und lehnte sich zu ihr.

»Ein frohes neues Jahrhundert!«, rief er über den Lärm hinweg.

»Ebenfalls!«, erwiderte sie, da wurde sie von ausgelassen tanzenden Menschen angerempelt, das Glas fiel ihr aus der Hand, sie taumelte zur Seite. Der Blonde fing sie auf und hielt sie fest. Luise erstarrte, als sie seine Hände auf ihrem Körper spürte. Er schien es nicht zu bemerken. Konfetti regnete auf sie nieder und verfing sich in seinem Haar.

»Würden Sie mit mir tanzen?«, fragte er und schob sie so zurecht, dass er sie in der richtigen Position für die gespielte Polka im Arm hatte.

Sei kein Schaf! Das hier ist dein Traum, also los! Sie kämpfte ihre Angst nieder. Er war nüchtern und freundlich, sie waren unter Menschen, ihr würde nichts geschehen. Also nickte sie ihm zu.

Es war zum Glück ein Tanz mit wenig Körperkontakt. Eine seiner Hände hielt ihre, die andere lag locker auf ihrem Rücken. Luise hatte keine Zeit, das unangenehme Gefühl zuzulassen, das die Berührung verursachte. Bald waren sie inmitten der anderen Paare, es ging schwungvoll im Kreis, und obwohl sie noch nie mit einem Mann getanzt hatte, führte er sie so gut, dass sie weder über ihre eigenen noch über seine Füße stolperte. Er suchte den Blickkontakt, aber sie sah an ihm vorbei auf all die anderen Tänzer, und sie fühlte sich, als sei ihr Traum wahr geworden. Sie war ein Teil der Gesellschaft, ein Teil der Fröhlichkeit. Sie tanzte wahrhaftig in ihrer geliebten *Waldwiese!*

Die seidig glänzenden Kleider der Frauen bauschten sich, als sie im Kreis gewirbelt wurden, edle Federboas streiften Luises Gesicht, Düfte von teurem Parfüm wehten zu ihr herüber. Lachen, Juchzen, Ausgelassenheit. Das Licht der Kronleuchter fing sich in Perlenketten, Ohrgehängen und Manschettenknöpfen.

Die Erkenntnis kam, als wäre ein Eimer mit Eiswasser über ihr ausgegossen worden. Alle Fröhlichkeit wich aus ihr, der Nachgeschmack des Sektes auf ihrer Zunge war nicht mehr prickelnd, sondern sauer. Sie gehörte nicht hierher, dieser Tanz gehörte nicht ihr. Sie hatte ihn einer wohlhabenden Frau gestohlen, einer Frau, die einem Offizier angemessen war. Sie war nur ein Küchenmädchen, an diesem Abend gar eine Kellnerin, ein Weib mit zweifelhaftem Ruf, beschädigte Ware ohnehin. Was tat sie hier nur?

Der Tanz endete, und Luise befreite sich aus dem Griff des Soldaten. Noch einmal lächelte sie ihm zu, ignorierte, dass er zu sprechen anhob, und schob sich durch die Menschenmenge davon. Sie meinte, noch immer seine Hand in ihrem Rücken zu spüren, und war froh, dass sie dem Griff entkommen war. Sie kam sich vor wie das Aschenputtel aus dem Märchen, das den Ball des Prinzen eilig verlässt, ehe er sie als die schmutzige Magd erkennt, die sie ist.

Diese Vorstellung brachte sie zum Kichern, und ihre niedergedrückte Stimmung verschwand. Sobald sie wieder die Rolle innehatte, die ihr zustand – die der Bedienung –, sprang die Ausgelassenheit erneut auf sie über. Sie genoss die Musik, auch wenn sie nicht mehr dazu tanzte. Aber sie hatte es getan! Sie hatte ihren Tanz bekommen. Sollte es ihr verwehrt bleiben, es einmal über das Küchenmädchen hinaus zu schaffen, hätte sie zumindest die Erinnerung an diese eine Nacht.

Es wurde eine lange Nacht. Caro nahm ihr bereitwillig den Tisch der Offiziere ab, und Luise bediente in einem anderen Bereich des Gastraumes, sodass sie in keine unangenehme Situation mehr kam. Im Gegenteil. Die Gäste waren ausgesprochen freundlich, steckten ihr üppige Trinkgelder zu und lobten die leckeren Speisen und Getränke. Als am frühen Morgen die letzten Gäste gegangen waren, durften auch die Angestellten gehen und mussten erst gegen Mittag zum Aufräumen und Putzen wieder erscheinen. Beschwingt lief Luise den kurzen Weg zu ihrer Wohnung, und als sie im Bett lag, dachte sie noch einmal über den Tanz nach. Sie hatte bereits kein genaues Bild des jungen Mannes mehr vor Augen, aber sie war ihm dankbar für den Tanz. Und dafür, dass er sie nicht wie ein armes Küchenmädchen behandelt hatte, sondern wie eine begehrenswerte Frau. Das gab ihr Hoffnung, dass sich vielleicht doch einmal jemand für sie interessieren würde.

Irgendwann. Nicht allzu bald hoffentlich. Der Gedanke an die Hand auf ihrem Rücken verursachte ein unangenehmes Kribbeln in ihrem Nacken.

Erst einmal musste sie ohnehin etwas erreichen, durch das sie einem Mann genügen würde. Die Kochschule zum Beispiel oder eine andere Ausbildung. Das war ein guter Vorsatz für das neue Jahrhundert! Das Trinkgeld des Abends hatte die Konfektschachtel ordentlich gefüllt. Nicht mehr lange und sie würde eine schöne Summe beisammenhaben …

Mit diesem Gedanken siegte die Erschöpfung über die Aufgekratztheit, und Luise sank in einen tiefen Schlaf.

Auch am dritten Tag nach der Feier fanden sie beim Putzen noch immer Konfetti. Jedes Mal, wenn Luise einen der bunten Fetzen aus einer Ecke klaubte, dachte sie an das Fest und ihren Tanz. Der Offizier war nicht wieder aufgetaucht, und manchmal befürchtete sie, sich alles nur ausgedacht zu haben.

Andererseits – was machte das aus? Es war eine schöne Erinnerung, so oder so. Sie gab ihr Hoffnung.

An diesem Mittwoch arbeitete sie die frühe Schicht und hatte am Nachmittag schon Feierabend. Sie lief nach Hause, schloss die Haustür auf und ging in die Stube, um die Mutter zu begrüßen.

Sie fuhr zurück. Die Mutter saß am Tisch, doch nicht wie sonst allein oder mit dem Vater. Ein anderer Mann war bei ihr, saß mit dem Rücken zur Tür. Er trug einen dunklen Anzug. In sein Haar war eine Welle eingedrückt, wo sein Hut gesessen hatte, der nun auf dem Tisch rechts von ihm lag. Er musste ihm zu eng sein. Das Gesicht der Mutter war bleich, wie versteinert, vor ihr standen ein Schnapsglas und eine der Flaschen des Vaters. Luise wurde schwummrig. Trank die Mutter jetzt etwa auch? Und wer war der Mann?

Für einen Augenblick dachte Luise, die Mutter hätte sie nicht bemerkt, denn sie schien durch sie hindurchzublicken. Dann jedoch öffnete sich der verkniffene Mund.

»Der Vater hatte einen Unfall.«

Luise sackten die Beine weg. Sie rettete sich auf das Sofa. Der Fremde erhob sich und deutete eine Verbeugung an.

»Peters mein Name, von der Verwaltung der Germaniawerft. Fräulein Johannsen? Es tut mir leid. Ihr Vater ist im Krankenhaus.«

»Wird er sterben?«, flüsterte sie. Eiseskälte breitete sich in ihrem Inneren aus.

»Nein, es sieht Gott sei Dank nicht danach aus.« Peters seufzte schwer und setzte sich wieder. »Aber sein Fuß musste in einer Notoperation amputiert werden. Er wurde vollkommen zerschmettert.«

»Wie konnte das passieren?«, hauchte sie, unfähig zu glauben, was sie soeben gehört hatte.

Peters knetete seine Hände. »Nun … Er ist … Es gibt da eine Maschine, in die er …«

Die Stube begann sich um Luise zu drehen, als Peters die Einzelheiten des Unglücks in allen grässlichen Details ausbreitete. Am liebsten hätte sie sich die Ohren zugehalten, um die Worte nicht hören zu müssen. Sie sah die Mutter an. Ihr Gesicht war noch immer starr, aus dem Augenwinkel löste sich eine einzelne Träne. Sie sagte kein Wort, auch nicht, als Peters geendet hatte.

»Was wird denn nun aus meinem Vater?«, fragte Luise, obwohl sie die Antwort nicht hören wollte.

»Er wird nicht mehr arbeiten können, so leid es mir tut.«

»Aber er wird doch eine Rente erhalten, nicht wahr? Es war schließlich ein Arbeitsunfall!«

Peters' Blick huschte zu der Schnapsflasche auf dem Tisch. Er räusperte sich. »Jeder Arbeitsunfall auf der Werft wird polizeilich untersucht. Dies kann einige Tage in Anspruch nehmen. Allerdings hat sich bereits herausgestellt ... nun ja ... Die Unfallversicherung zahlt nicht bei Eigenverschulden, und da Ihr Herr Vater ... äh ... getrunken hatte, und nicht wenig ...«

Luise sprang auf, schwankte. »Was? Aber ...«

»Die Krankenhausbehandlung wird übernommen«, erklärte Peters rasch. »Wenn nicht durch die Kassen, dann durch die Werft. Immerhin war Herr Johannsen lange ein hervorragender Mitarbeiter. Darüber hinaus jedoch ...« Er hob die Schultern.

Tränen schossen Luise in die Augen. »Frau Mutter, was soll denn nun werden?«

»Ich weiß es nicht ...« Die Mutter richtete ihren leeren Blick nicht auf sie, sondern auf Peters. Dieser erhob sich.

»Das ... äh ... besprechen Sie besser unter sich.« Er drückte Luise auf den Stuhl, den er soeben freigemacht hatte, und ergriff seinen Hut. »Alles Gute, die Damen.«

Sein Abgang wirkte wie eine Flucht.

»Frau Mutter?« Luise kämpfte gegen die Tränen an und

erlaubte sich nicht, den Gedanken an die Konsequenzen zu Ende zu denken. Sie brauchte jetzt jemanden, der ihr sagte, dass alles gut werden würde. Sie griff nach dem Anhänger, den sie immer noch ständig um den Hals trug, schloss die Finger um das Metall. Die ganze Welt in ihrer Hand. Sie würde nicht untergehen, auch nicht durch dieses Unglück.

Als die Mutter sie endlich ansah, war ihre Miene nicht mehr versteinert. Sie war wutverzerrt. Die Ohrfeige kam so überraschend, dass sich Luise nicht wappnen konnte. Ihr Kopf flog nach hinten.

»Das ist deine Schuld!«, brüllte ihre Mutter. »Er trinkt erst so viel seit der – *der Sache* mit dir!«

»Er hat vorher schon getrunken!« Luise ließ die Tränen fließen, die Gemeinheit der Anschuldigung schnürte ihr die Kehle zu. Gleichzeitig überschwemmte sie das Schuldgefühl. Die Mutter hatte recht. Hätte sie sich damals nicht vor dem *Krusenrott* herumgetrieben … Schluchzend rannte sie in ihr Zimmer, warf sich aufs Bett und vergrub das Gesicht im Kissen.

Die Mutter kam ihr nach. »Hör auf zu heulen.« Ihre Stimme klang hart. »Schließlich bist es nicht du, die einen Körperteil verloren hat.«

Du auch nicht, dachte Luise, schwieg aber.

»Ich weiß, du legst Geld zur Seite. Gib es mir.«

Luise setzte sich auf. »Wie bitte?«

Die Mutter wies auf den Kleiderschrank. »Da drin, richtig? Peters hat die letzten Tagelöhne des Vaters bereits mitgebracht, von der Werft kommt also nichts mehr. Nie mehr. Es ist noch lange hin bis Ostern, niemand will zu dieser Zeit einen neuen Hut. Irgendwie müssen wir aber über die Runden kommen.«

Ihr Vater konnte nicht mehr arbeiten, würde nichts verdienen. Keine Rente der Unfallversicherung erhalten. Vielleicht auf ewig mit Schmerzen leben, noch mehr trinken, noch trauriger werden, die Mutter noch verbitterter. Und alles, worum sich Luise sorgte, war, dass sie ihren Traum nicht aufgeben wollte. Diese Erkenntnis ließ das ohnehin schlechte Gewissen ins Unermessliche wachsen. Was war sie nur für ein Mensch?

Die Stimme, die in ihrem Kopf erklang, hatte sie seit über vier Jahren nicht mehr gehört, und doch erinnerte sie sich an jedes Wort.

Na, du bist Luise. Wer sonst? Und das, was du bist, ist mehr als genug. Vergiss das nie, egal, was dir im Leben noch geschieht.

Sie klammerte sich an Julius' Worte, als sie sich erhob und ihrer Mutter die Konfektschachtel aushändigte, ohne noch einmal hineinzublicken. Was blieb ihr anderes übrig?

Die Mutter öffnete die Schachtel und stocherte mit einem Zeigefinger darin herum, dann nickte sie. »Ich gehe den Vater besuchen. Sieh zu, dass du dich für zusätzliche Schichten in der *Waldwiese* einträgst. Scheint ja gutes Geld zu geben. Solange Heinrich im Krankenhaus ist, müssen wir so viel arbeiten wie möglich. Danach werden wir sehen, wie wir seine Pflege bewerkstelligen. Wenn ich mit den Hüten über Land ziehe, wirst du daheim sein müssen.« Sie seufzte schwer. »Aber das wird sich alles zeigen.«

Die Mutter verließ das Zimmer. Kurz darauf klappte die Wohnungstür. Luise ließ sich wieder auf ihr Bett fallen. Erneut kamen ihr die Tränen. Nicht nur war das Geld aus ihrer Schachtel fort, sie würde auch in Zukunft keines mehr zur Seite legen können. Der Traum von der Ausbildung löste sich in Luft auf. Sie würde für immer Küchenmädchen und Servierhilfe sein – bestenfalls.

Der Tanz mit dem Soldaten würde ihr einziger bleiben.

Kapitel 7

Gaststätte Waldwiese, Gaarden bei Kiel, Januar 1901

Luise schlug die Kapuze ihres Mantels hoch und hastete die Hamburger Chaussee entlang. Die Kälte nahm ihr den Atem. Schon seit einigen Tagen herrschte Frost, doch an diesem Sonntagmorgen kam es ihr noch eisiger vor.

Lautes Lachen erklang aus dem Garten der *Waldwiese* bis auf die Straße. Luise beschleunigte ihre Schritte, bog um die Ecke – und glaubte, ihren Augen nicht zu trauen. Karl, die beiden Peters, Hans und Fritz hüpften auf dem zugefrorenen Teich auf und ab, schubsten einander, grölten lauthals, und der Inhaber des Lokals stand am Ufer und grinste!

»Ah, Fräulein Johannsen«, sagte er und winkte. »Heute wird ein großer Tag für die Kinder der Stadt. Wir eröffnen die Eisbahn und veranstalten ein Wettrennen auf Schlittschuhen!« Er wies auf die jungen Männer, die nach Kräften hüpften und trampelten. »Wenn das Eis diese fünf Irren trägt, dann ist es auch dick genug für solche Vergnügungen.«

Luise klatschte in die Hände. »Wie schön!«

»Kommen Sie, Luise!«, rief der blonde Peter ihr zu und streckte die Hand aus. Sie zögerte. Zwar hatte sie schon kalte Winter erlebt und war auf zugefrorenen Teichen umhergelaufen, aber das war lange her.

»Keine Angst«, stimmte Fritz ein. »Sie werden schon nicht einbrechen oder ausgleiten.«

Luise ließ sich auf die eisglatte Fläche helfen. Übermütig

griff Fritz nach ihrer anderen Hand, die Männer gaben einander ein Zeichen und begannen zu laufen – oder vielmehr zu schlittern. Luise rutschte hinter ihnen her, befürchtete, lang hinzuschlagen, blieb jedoch auf den Füßen. Sie zerrten sie über den gesamten Teich, und Luise juchzte vor Schreck und Vergnügen gleichermaßen. Bald kicherte sie haltlos.

»Wie viel besser würde das mit Schlittschuhen gehen!« Hans schlitterte auf sie zu, glitt aus und landete mit Schwung auf dem Hosenboden. »Ich glaube, ich kaufe mir welche«, fuhr er unbeeindruckt fort.

»Nun aber an die Arbeit, meine Dame, meine Herren«, rief der Gastwirt ihnen zu. »Später dürfen Sie noch einmal spielen gehen. Jetzt gilt es, alles für die Kinder vorzubereiten.«

Die Männer halfen Luise zurück an Land, und sie wischte sich mit dem Ärmel ihres Mantels die Lachtränen von den Wangen.

»Das wird ein großartiger Tag!« Der blonde Peter strahlte sie an und ging an seinen Arbeitsplatz hinter dem Tresen.

Ja, der Tag würde großartig werden, fantastisch, anstrengend und arbeitsreich, so wie alle Tage, an denen in der *Waldwiese* das pralle Leben tobte. Kiel war jetzt eine Großstadt und wuchs immer weiter, und auch die Festivitäten in ihrer Gastwirtschaft wurden mit jedem Jahr bunter, fröhlicher und größer. Luise hatte sich längst damit abgefunden, für immer eine Küchenhilfe zu bleiben. Ihr Verdienst und der der Mutter reichten nicht aus, um davon etwas zu sparen, und für die Kochschule war sie mit ihren neunzehn Jahren inzwischen ohnehin zu alt.

Auch ein Ehekandidat war nicht in Sicht, und sie wusste, es lag an ihr. Noch immer ließ sie keinen Mann näher an sich heran. Wenn einer ihr sein Interesse zeigte, zwinkerte sie ihm zwar keck zu, machte sich aber sogleich davon und verschwand in der Menschenmenge.

Im wahrsten Sinne des Wortes.

Die *Waldwiese* bot Hunderten Besuchern zur gleichen Zeit Platz, und sie strömten herbei. Sie schienen nach immer neuen, immer größeren Belustigungen zu gieren, und Luise erfreute sich an ihrer Begeisterung. Das neue Jahrhundert hatte so friedlich begonnen, wie das alte geendet hatte. Alle Kriege fanden in fernen Ländern statt, das Kaiserreich war ein Ort des Friedens und der Fröhlichkeit. All die Erfindungen, die neuen Möglichkeiten nahmen einem den Atem. Immer mehr Automobile, diese wundersamen Gefährte, waren neben den Pferdewagen auf den Straßen zu sehen, und jedes Mal, wenn Luise elektrisches Licht aufflammen sah, schien sich derselbe Funke in ihrem Herzen zu entzünden, und ihr wurde heiß.

In der Wohnung im Krusenrotter Weg jedoch blieb alles beim Alten. Die Mutter nörgelte herum, weil Luise noch immer außer Haus arbeitete und zu wenig bei der Pflege des Vaters half. Der Vater allerdings hätte nicht gepflegt werden müssen, wenn er nicht so viel getrunken hätte. Immerhin war er nicht bettlägerig, sondern kam mit seinen Gehstöcken gut voran – wenn er sich nicht durch den Schnaps selbst in einen hilfebedürftigen Zustand versetzte. Luise konnte sich nichts Schlimmeres vorstellen, als ihre Arbeit aufzugeben. Sie wäre in der Wohnung vertrocknet wie eine Blume ohne Wasser.

Der Gastwirt der *Waldwiese* hatte einige Jungen losgeschickt, Flugzettel zu verteilen, die auf die Eröffnung der Eisbahn hinwiesen. Sie schienen erfolgreich gewesen zu sein, denn die Familien strömten in Scharen herbei. Kinderlachen lag in der Luft, eingemummte kleine Gestalten bevölkerten den Teich und die Terrasse, es gab heiße Schokolade, Kuchen und andere Süßigkeiten. Jemand hatte an die zwanzig Paar Kufen herbeigebracht, die man an seine Schuhe schnallen konnte und die nun viertelstundenweise verliehen wurden. Sogar Hans staubte ein Paar ab. Auch mit diesen landete er wieder auf dem Gesäß, doch dieses schien schmerzunempfindlich zu sein, denn er lachte so laut, dass Luise ihn auf der

Terrasse aus all den Stimmen heraushören konnte. Es gab Wettrennen über das Eis mit und ohne Kufen, und der Gewinner erhielt ein kostenloses Abendessen für die ganze Familie in der *Waldwiese*.

Ein in dicke Mäntel gehülltes Pärchen saß mit seinen beiden Kindern an einem Terrassentisch und betrachtete die Eisläufer. Luise balancierte ihr Tablett mit vier Bechern heißer Schokolade mit Sahnehaube auf den Tisch zu. Der Junge und das Mädchen, beide im Vorschulalter, griffen gierig zu. Luise lächelte sie an, dann hob sie den Blick zu den Erwachsenen, um auch diese zu grüßen. Den Mann kannte sie nicht.

Die Frau schon. Luise wurde kalt. Das Gesicht unter der fellumrandeten Kapuze weckte Erinnerungen, aber ihr kam kein Name dazu in den Sinn, nur das Gefühl, dass es nicht gut war, dass die Frau dort saß.

»Ach nee, die kleine Luise.«

Die Stimme brachte die Erinnerung mit einem Schlag zurück. Gar nicht gut. Luise schluckte.

»Guten Tag, Frau ... Mertens«, flüsterte sie.

»Wie, du nennst mich nicht mehr beim Vornamen?« Trine lachte schallend. »He, Martin, rate mal, woher ich die kleine Kellnerin kenne.«

Luise sah sich voller Angst um. Ihr Arbeitgeber stand in der Nähe und beobachtete das fröhliche Treiben auf dem Eis. Fritz und der dunkelhaarige Peter waren ebenfalls auf der Terrasse. Wenn sie erfuhren, dass Luise in der Anstalt gewesen war ...

»Ich kann's mir denken«, sagte der Angesprochene, offenbar Herr Mertens. »Von einem deiner Erholungsaufenthalte.« Er betonte das letzte Wort auf seltsame Weise. Luise starrte ihn an.

»Da guckst du, was?« Trine lachte erneut. »Ich mach kein Geheimnis aus meinen Schwierigkeiten. Du aber schon, wie ich sehe. Bist ja ganz bleich vor Angst.«

Luise konnte sich nicht rühren. Herr Mertens nahm seine Kinder, die ausgetrunken hatten, bei den Händen und führte sie zum Teich. Trine musterte Luise.

»Die wissen hier nichts vom *Hornheim*, was?«

»Bitte, Frau Mertens, nicht so laut!«, flehte Luise. »Ich brauche die Arbeit!«

In dem Moment trat Fritz zu ihnen, grüßte Trine und sagte: »Caroline benötigt drinnen Hilfe. Kommen Sie bitte, Luise?«

Luise brachte kein Wort heraus. Trine antwortete an ihrer Stelle. »Wir plaudern gerade so nett über alte Zeiten.« Sie schenkte Fritz ein gewinnendes Lächeln. »Noch eine Minute, ja? Bitte!«

»Nun, ich denke …«

Trine strahlte ihn an. »Danke!«

Fritz sah aus, als wolle er noch etwas sagen, dann ging er endlich. Trine stand auf, packte Luises Arm und schob ihren Ärmel hoch. »Ha. Keine frischen Narben. Kratzt du dich an anderen Körperteilen auf, oder haben sie dich tatsächlich geheilt, unser guter Doktor Jessen und der kleine Julius? Was aus dem hübschen Kerlchen wohl geworden ist? Fragst du dich sicherlich auch. Warst ja ganz vernarrt in den.«

»Mir geht es gut, vielen Dank«, gab Luise patziger als beabsichtigt zurück. Sie hatte Angst, ja, aber sie war ebenso wütend über Trines unmögliche Art. Was gab ihr das Recht, sich so in Luises Leben einzumischen, ihre Anstellung zu gefährden, ihrem Kollegen zu verraten, dass sie sich von früher kannten?

Trine grinste. »Oh, das Kätzchen kratzt ja doch, wenn auch nicht mehr sich selbst. Warst du nie wieder drinnen?«

»Nein.«

»Tja, ich schon. Dreimal. Einmal kurz vor dem Jungen, dann kurz danach und nach dem Mädchen noch mal. Nun aber schon länger nicht mehr. Ich will nicht weg aus Kiel, und das *Hornheim* nimmt seit drei Jahren keine Patienten mehr auf. Der alte Jessen hat keinen Nachfolger gefunden, wie schade. Nun lebt nur er noch auf dem Gelände, ganz allein. Drum reiß ich mich zusammen. Aber sie bauen eine neue Irrenklinik hinten in Düsternbrook. Ich bin schon ganz gespannt darauf.« Trine zwinkerte Luise zu. »Du wirst sie kennenlernen, glaub mir. Es gibt keine Heilung für solche wie uns. Irgendwann bricht es wieder aus.«

Sie plauderte über diese Dinge, ohne die Stimme zu senken, so als spräche sie über das Abendessen. Luise bemerkte, dass sie zitterte, und schlang die Arme um sich.

»Ist Ihnen kalt, Fräulein Johannsen?« Der Besitzer betrachtete sie. Wie lange hatte er schon neben ihr gestanden? Hatte er Trines Worte gehört? Tränen schossen Luise in die Augen, sie blinzelte, konnte nicht antworten. »Guten Tag«, sagte er zu Trine und deutete eine Verbeugung an. »Ich hoffe, Sie haben Freude an meiner Veranstaltung. Ist sie nicht herrlich?«

»Das ist sie«, entgegnete Trine liebenswürdig. »Und es ist so schön, dass ich eine alte Freundin wiedergetroffen habe.«

»Die muss ich Ihnen leider entführen, meine Dame.« Er lächelte. »Sie ist eine meiner besten Arbeitskräfte. Ich brauche sie dringend.« Er nahm Luise am Arm und führte sie auf das Gebäude zu.

»Auf Wiedersehen, kleine Luise!«, rief Trine ihr nach und lachte.

Luise biss sich auf die Unterlippe, dennoch fühlte sie eine Träne über ihre Wange laufen. Er hatte gehört, was Trine gesagt hatte, ganz sicher! Jetzt würde er sie hinauswerfen. Wer wollte schon eine Irre beschäftigen?

»Bleiben Sie besser eine Weile in der Küche«, sagte er sanft. »Sie zittern ja furchtbar.«

»Und dann?«, fragte sie tonlos. Sie konnte ihn nicht ansehen, betrachtete ihre Schuhe.

»Dann? Dann machen Sie Ihre Arbeit so zuverlässig und ordentlich wie immer.«

Luise blickte auf und sah in ein lächelndes Gesicht.

»Ich habe gemeint, was ich sagte. Ich brauche Sie bei der Arbeit, Fräulein Johannsen. Lassen Sie sich nur beim nächsten Mal besser nicht auf Gespräche mit gewissen alten *Freundinnen* ein. Die erzählen manchmal persönliche Dinge, die niemand anderen etwas angehen.«

Er nickte ihr noch einmal zu und ging wieder hinaus, um seine Veranstaltung zu überwachen. Erleichterung und Dankbarkeit ließen Luise schwindeln.

Kapitel 8

Gaststätte Waldwiese, Gaarden bei Kiel, Juni 1901

Tagelang schon sprachen die Angestellten der *Waldwiese* über nichts anderes mehr als über die großartigen Veranstaltungen, die extra zur Kieler Woche bei ihnen stattfinden würden. Luise hörte nur mit halbem Ohr hin. Sie fürchtete sich nicht vor der Arbeit und war immer für Festlichkeiten zu haben, doch auch ihre Mutter hatte zurzeit viele Aufträge, und die allabendlichen Diskussionen über Luises mangelnde Hilfsbereitschaft, was das Nähen und die Pflege des Vaters anging, zermürbten sie. So lächelte sie nur halbherzig, wenn ihr die beiden Peters und die anderen Kellner von den Vergnügungen vorschwärmten, die sie zu erwarten hätten, und schob sich mit ihrem Tablett an ihnen vorbei in den Kaffeegarten. Sie mochte ihre Kollegen, aber manchmal kamen sie ihr jünger vor als sie selbst, obwohl sie durchweg älter waren.

Eines Abends jedoch, kurz vor der Eröffnung des großen Segelfestes, ließ die Unterhaltung der jungen Männer sie aufhorchen, und sie trat zu ihnen.

»Was haben Sie gerade gesagt, Karl? Was für eine Schau kommt denn übermorgen her?«

»Na, die, die danach zu Hagenbeck nach Hamburg weiterzieht. Aber zuerst kommt sie hierher zu uns, geradewegs aus Afrika.« Der hagere Kellner schüttelte den Kopf. »Ja, leben Sie denn hinter dem Mond, Luise? Die Zeitungen sind voll davon!«

»Ich lese keine Zeitungen«, sagte Luise. »So viel Zeit habe ich nicht. Welche Tiere bringen sie denn mit?«

Die beiden Peters kicherten und stießen sich gegenseitig in die Seiten, dann konnten sie sich offenbar nicht mehr halten und brachen in lautes Gelächter aus.

Der hübsche Hans mit dem exakt gestutzten Lippenbärtchen prustete ebenfalls los. »Tiere? Ja, wenn Sie sie so nennen wollen …«

Luise stemmte die Hände in die Hüfte. Langsam ging ihr das Gegacker auf die Nerven! »Was stellt Hagenbeck denn sonst aus?«, fuhr sie die Männer an. »Der Herr betreibt einen Tierpark, oder etwa nicht?«

»Sie wissen ehrlich nicht, dass er auch Völkerschauen veranstaltet?« Fritz sah sie mit großen Augen an.

»*Völkerschauen?* Nein, was soll das sein?« Das Wort verursachte ihr Unbehagen, obwohl sie tatsächlich keine Vorstellung hatte, was sich dahinter verbarg.

»Das ist *die* Sensation in Hagenbecks Tierpark, und er reist damit seit vielen Jahren sogar in andere Städte und Länder«, erwiderte Karl. »Sie bauen Dörfer auf wie in den Kolonien, und dann werden die Wilden hierhergebracht und zeigen dem zahlenden Publikum, wie sie dort leben.«

Luise glaubte, ihren Ohren nicht zu trauen. »Hören Sie auf, mich zu veralbern, Karl.« Sie sah abwechselnd den beiden Peters ins Gesicht. Die benahmen sich zwar zuweilen ebenfalls höchst kindisch, würden ihr aber keinen solchen Bären aufbinden wie die anderen.

Die Mundwinkel des blonden Peter sanken herab, und er blickte betreten zu Boden. Auch dem dunklen war das Lachen offensichtlich vergangen. »Warum schauen Sie so böse, Luise? Karl sagt die Wahrheit. Das gibt es schon seit fünfundzwanzig Jahren, und Sie haben noch nie davon gehört?«

Alle fünf starrten sie an, als habe sie den Kaiser einen Irren genannt. Luise konnte nur zurückstarren. Nein, sie hatte noch nie von einer solchen Ungeheuerlichkeit gehört. Gedanken wirbelten durch ihren Kopf und wollten sich nicht ordnen lassen.

»Es ist doch nichts dabei«, murmelte Fritz. »Alle lieben diese Schauen. Die Wil...«, er räusperte sich, »die aus Afrika, die werden ja dafür bezahlt, hab ich gehört.«

»Menschen werden wie Tiere in Zoos ausgestellt und angegafft, und da soll nichts dabei sein?«, flüsterte Luise, als sie endlich begriffen hatte. »Das kann ich nicht glauben!«

»Na ja, es sind ja keine Men...« Augenblicklich fing sich Hans einen Ellbogenhieb vom blonden Peter ein. »Keine Menschen wie wir«, beharrte er. »Das sind Wilde! Die tragen nicht mal Kleidung, nur so Tücher und Felle, und ...«

»Hans!«, fuhr der dunkle Peter ihn an. »Luise möchte diese Dinge nicht hören, das siehst du doch!«

Karl verzog das jungenhafte Gesicht. »Besser sie hört sie jetzt und gewöhnt sich an den Gedanken, als dass sie übermorgen unseren Gästen die Freude verdirbt. Ich jedenfalls bin gespannt auf die Schau.«

Hans nickte zustimmend, und beide gingen davon, gefolgt von Fritz. Luise fühlte sich, als habe man einen Eimer mit Eiswasser über ihr ausgegossen. Am liebsten hätte sie sich für die gesamte Kieler Woche krankgemeldet, doch das konnte sie natürlich nicht.

»Das soll nun unsere fortschrittliche Gesellschaft sein«, murmelte sie. »Das neue Jahrhundert, das alle so anpreisen. Immer größere Errungenschaften, aber die Menschlichkeit hat noch immer nicht Einzug in dieses Land gehalten. Wie kann das sein?«

Die beiden Peters musterten sie ebenso mitleidig wie verwundert und wussten offenbar nicht, was sie sagen sollten. Luise verstand es. Ihr war selbst nicht klar, woher ihre Gedanken kamen. Alle Welt machte Unterschiede zwischen Menschen verschiedener Herkunft und Lebensart. Ihr war dieses

Denken immer fremd gewesen. Wenn ihre Mutter sie vor dem fahrenden Volk gewarnt hatte, ihr verboten hatte, die Lagerplätze aufzusuchen und mit den Kindern zu spielen, hatte sie es nicht verstanden und sich oft genug heimlich dorthin geschlichen. Luise hatte schon als kleines Mädchen keine Freunde gehabt, so wie es ihr noch immer schwerfiel, feste Freundschaften zu schließen. Zu den Kindern jedoch, die ohnehin bald weiterziehen würden, hatte sie sich hingezogen gefühlt wie zu keiner ihrer Mitschülerinnen. Sie war fasziniert gewesen von der Vorstellung, sein Leben auf Reisen zu verbringen, nie am selben Ort bleiben zu müssen, nicht eingesperrt zu werden in dunklen Wohnungen, sondern frei zu sein, frei zu gehen, wohin man wollte. Sie war zu jung gewesen, die Härten dieses unsteten Lebens zu durchschauen. Die bittere Armut der Familien war gut versteckt geblieben unter einer lauten, überschäumenden Lebensfreude. Es waren die besten Spiele ihrer Kindheit gewesen, und die mal heitere, mal herzzerreißend traurige Musik der Geigen hatte sie noch immer im Ohr. Sie war schon froh gewesen, dass die Mutter nicht die Worte verwendete, die andere den Wagen entgegenriefen, wann immer sie am Stadtrand auftauchten. Diese Menschen wurden in einem Atemzug genannt mit Räubern, Landstreichern und sogar Mördern, und selbst die Bezeichnung, die im allgemeinen Sprachgebrauch üblich war, war beleidigend, wie sie einst von ihnen erfahren hatte.

Doch man brauchte gar nicht so weit über den eigenen Tellerrand zu blicken. War nicht das gesamte Kaiserreich in Stände und Schichten unterteilt? Standen nicht die Adligen, die reichen Kaufleute, das Militär weit über den Werftarbeitern, Putzmacherinnen und Küchenmädchen? Fühlten sie sich nicht als etwas Besseres? Und mit welchem Recht? Mussten sie vielleicht nicht essen, trinken und schlafen, um zu überleben? Mussten sie nicht den Abort aufsuchen? Machte es sie edler, dass der ihre häufiger gereinigt wurde und dadurch weniger stank als der der einfachen Leute?

Ungerechtigkeit schnürte Luise die Kehle zu, wann und in welcher Form auch immer sie ihr begegnete. Dasselbe war es mit anderen Religionen als der ihren. Auch daran konnte sie nichts Schlimmes finden, solange die Menschen nett zu ihr waren. Sie hatte blonde, blauäugige Protestanten zur Genüge kennengelernt, um zu wissen, dass diese nicht mehr und nicht weniger Mensch waren als alle anderen, die auf dieser Erde lebten. Ihr wurde übel bei dem Gedanken, dass sich ihre herrliche *Waldwiese* dafür hergab, als Veranstaltungsort einer solchen Zurschaustellung menschlicher Wesen zu dienen.

»Vielleicht wird es ja nicht so schlimm, wie Sie befürchten«, sagte der dunkle Peter. Luise hätte ihm gern geglaubt, aber sie konnte es nicht …

Nach zwei schlaflosen Nächten schlich sie am Morgen des *großen Ereignisses*, wie es der Besitzer angekündigt hatte, zur Arbeit. Sofort fielen ihr die zahlreichen Pferdewagen auf, die am Straßenrand standen. Ob darin die Afrikaner vom Zug abgeholt worden waren? Luise spähte in den Park. Er war von Menschen bevölkert, doch sie konnte niemanden entdecken, der eine dunkle Hautfarbe besaß. Gegen ihren Willen schlug ihr Herz schneller. Dass sie sie nicht angegafft wissen wollte, war eine Sache, die Neugier auf die Angehörigen eines fremden Volkes eine andere. Immer wieder in den vergangenen Tagen hatte sie auf ihren Weltkarten-Anhänger geblickt und sich gefragt, wo die Heimat der Menschen lag, die – bezahlt oder nicht – sicherlich nicht freiwillig herkamen.

Je weiter der Tag fortschritt, desto stärker ergriff die Aufregung die Gäste und Angestellten der *Waldwiese*. Ein Vibrieren schien über dem ganzen Lokal zu liegen, es wurde mehr getuschelt als sonst, nur die Kinder wagten, laut zu fragen, wann es endlich losginge. Wann sie endlich die Wilden zu sehen bekämen.

Einzelne Trommelschläge verkündeten den Beginn der Schau. Kein Tisch blieb besetzt, die Gäste drängten sich im Garten und stießen Rufe der Überraschung und des Erschreckens aus. Noch immer fühlte sich Luise hin- und hergerissen. Sie räumte leere Gläser fort und bemühte sich, das Spektakel zu ignorieren, das sich rund um den Teich abspielte, auch wenn ihr Blick immer wieder von den Bewegungen angezogen wurde. Erst als Caroline sie am Arm packte und mit sich zu einem freien Platz am Rande der Menge zog, erlaubte sie sich hinzusehen.

Vier Trommler gingen voraus, hielten ihre Instrumente im linken Arm, während sie mit der Rechten auf die straff gespannte Tierhaut schlugen. Die einzelnen Schläge waren zu einem wilden Rhythmus angewachsen, und die Männer stießen Laute aus, die nicht wie Worte klangen. Nicht menschlich, und doch waren es Menschen, ganz eindeutig und egal, was andere über sie sagten. Luise konnte nichts entdecken, was die Afrikaner von ihr unterschied, abgesehen von der Kleidung. Diese bestand nur aus hellbraunen Tüchern, die die Männer um die Hüften gewunden trugen. Ja, ihre Haut war dunkler, aber was machte das schon aus? Hatten nicht auch die Deutschen unterschiedliche Hauttöne? Niemand war auf dieselbe Weise hell oder dunkel. Kein Mensch glich dem anderen aufs Haar.

Hinter den Trommlern kamen die Tänzer – und Tänzerinnen. Luise schoss die Hitze ins Gesicht, als sie sah, dass auch die Frauen nur den Unterleib bedeckt hatten und ihre Brüste unbekleidet zur Schau stellten. Sie unterschieden sich nur durch diese von den Männern, die Haare trugen sie ebenso kurz geschoren. Sie wiegten ihre schlanken, ölig glänzenden Leiber zu den Klängen der Trommeln, doch auf ganz andere Weise, als in der *Waldwiese* sonst getanzt wurde. Es war vielmehr ein Hüpfen, die nackten Füße stampften auf den Boden und hinterließen zertretenes Gras.

Als Nächstes wurden Tiere an ihnen vorübergeführt, zunächst drei Vierbeiner, die Luise entfernt an Rehe erinnerten. Sie besaßen hellbraunes Fell mit weißen Querstreifen, ein schwarz-weiß-gelbes Gesicht und zwei lange, schlanke Hörner, die an den Spitzen zusammenliefen. Ein weißhäutiger Mann in heller Leinenkleidung, der die Truppe anzuführen schien, rief den Zuschauern über den Lärm der Trommeln zu: »Sehen Sie unsere Antilopen! Frisch eingefangen in der endlosen Savanne Afrikas!«

Antilopen ... Schon der Name klang aufregend. Luise stellte sich vor, wie die Tiere in Herden durchs weite Land galoppierten. Ihr Unbehagen ließ nach. Tiere durfte sie wohl ohne schlechtes Gewissen betrachten.

»Sehen Sie unsere Meerkatzen!«, verkündete der Anführer, der immer wieder an den Reihen der Afrikaner entlangrannte, um alle Besucher an seinem Wissen teilhaben zu lassen. Als Luise die genannten Tiere erblickte, musste sie lachen. Es handelte sich bei den beiden Kreaturen, die von zwei Männern auf dem Arm getragen wurden, offenbar um Affen, auch wenn sie Katzen genannt wurden. Sie waren größtenteils dunkelgrau gefärbt, doch in den schwarzen Gesichtern trugen sie weißes Fell, das an einen Vollbart erinnerte. Eine der Meerkatzen schien ins Publikum zu lächeln, die andere spielte seinem Träger wie selbstvergessen im gekräuselten Haar herum.

»Sieh mal, er hält den Kerl für einen von ihnen und will ihn lausen!«, rief eine Frau in Luises Nähe.

»Da hat er nicht unrecht!« Ein Mann lachte schallend.

Luise setzte zu einer scharfen Erwiderung an, besann sich dann aber. Es waren Gäste der *Waldwiese*, zu denen sie freundlich sein musste, wenn sie nicht ihre Arbeit verlieren wollte.

Ihre Laune hob sich wieder, als das nächste Tier präsentiert wurde. Luises Herz schlug schneller.

»Sehen Sie unseren Felsenpython!«

Eine armdicke Schlange, dunkelgelb mit braunen Flecken, lag wie ein Schal um den Hals einer Frau und wand sich um ihren Leib, schien sie zu umarmen. Die Afrikanerin hielt den Kopf des Tieres in einer Hand vor ihrer Brust. Die Bewegungen der Schlange nachahmend, schritt sie mit wiegenden Hüften und Schultern ihres Weges.

Die Trommler waren bereits halb um den Teich herum, die Töne wehten nur noch leise zu Luise herüber.

»Sehen Sie unsere Kämpfer!«, ertönte der Ruf des Anführers. Er sprang zur Seite, und mit lautem Gebrüll stürmten sechs kräftige Männer mit erhobenen Speeren auf das Publikum zu, das mit einem kollektiven Aufschrei ein Stück zurückwich. Luise wurde angerempelt, taumelte und fand sich plötzlich inmitten der Menge wieder.

Die Kämpfer hielten kurz vor dem Erreichen der Zuschauerreihen inne, wandten sich einander zu und erhoben in Paaren ihre Waffen gegeneinander. Sie stachen in Richtung ihres Gegners, der die Stöße mit seinem Speer parierte und seinerseits zustieß. Spitze klirrte auf Spitze, Schaft krachte an Schaft. Die Kämpfe sahen aus, als seien sie keineswegs eine Schau, sondern blutiger Ernst. Die Gesichter der Männer waren verzerrt vor Anstrengung, Schweiß lief ihnen über die nackten Oberkörper. Das Publikum erstarrte, dann, nach einer Weile, begannen die Anfeuerungsrufe.

Das erste Paar löste sich voneinander, einer der Männer rannte vor dem anderen weg, der seinen Speer im hohen Bogen hinter dem Fliehenden herschleuderte. Nur eine Handbreit von dem Mann entfernt bohrte sich die metallene Spitze in den Boden.

»Schade, knapp danebein!«, feixte ein Zuschauer neben Luise.

»Schade«?, entfuhr es ihr. »Möchten Sie etwa Blut fließen sehen?«

»Warum nicht? Es ist ja nicht so, als kämen Menschen zu

Schaden.« Er lachte, seine Begleiterin stimmte ein. Luise wurde wieder übel.

»Wie können Sie so etwas sagen? Selbstverständlich sind das Menschen!«

»Luise, sei still«, raunte ihr Caroline zu, ohne den Blick von den Afrikanern zu nehmen.

Der Mann drehte sich um und blickte auf Luise herab. Er zog die Augenbrauen hoch, schwieg jedoch. Sie kannte ihn, er war Stammgast in der *Waldwiese*. Luise senkte den Kopf.

»Ich muss hier weg«, sagte sie leise zu Caroline und versuchte, sich aus der Gruppe der Gaffer herauszudrängen. Es gelang ihr nicht, stattdessen stand sie plötzlich in vorderster Reihe, gerade als das letzte kämpfende Paar auf ihrer Höhe war.

Luise erstarrte. Wie die beiden aufeinander losgingen, konnte kein Theater für die Zuschauer sein. Mit grimmigen Gesichtern kämpften sie verbissen, ihre Speerspitzen verfehlten nur um Haaresbreite die Haut des anderen. Sie stießen Worte aus, die offensichtlich nicht für das Publikum bestimmt waren, sondern von ihrem Hass aufeinander kündeten. Mal gewann der eine die Oberhand, dann der andere.

»Seht euch diese Muskeln an!«, hauchte eine Frau. Vielstimmiges Kichern erklang, dann das empörte Räuspern eines Mannes.

Luises Kopf schwirrte. Sie spürte nichts als Angst um die Afrikaner, schämte sich zutiefst, dass ihre eigenen Landsleute so abgestumpft waren, so herzlos, nur deren Körper zu betrachten und nicht einen Augenblick darüber nachzudenken, was diesen Menschen angetan wurde. Was sie gezwungen wurden, einander anzutun.

Die Kämpfer zogen vorbei, der Anführer riss sich den Tropenhelm vom Kopf und schwang ihn.

»War das nicht aufregend? Zur Erholung sehen Sie nun das Familienleben des Stammes!«

Eine Gruppe von nackten Kindern kam lachend herbeigelaufen. Die kleinen Mädchen trugen Ketten aus Steinen und etwas, das aussah wie große Samen von Pflanzen. Jungen warfen einander Strohbälle zu und spielten Fangen. Dahinter schritten Frauen, diese zumindest mit bedeckter Oberweite, wenn auch nur knapp. Die farbenprächtigen Tücher, die um ihre Körper geschlungen waren, versteckten nur das Nötigste. Sie trugen Schalen mit Früchten, die Luise noch nie gesehen hatte, und boten den Zuschauern sogar davon an.

Eine der Frauen hatte kein Obst dabei, sondern einen Säugling. Sie entblößte ihre Brust und legte das Kind an, das sofort gierig zu saugen begann. Der Kloß in Luises Kehle wuchs. Was trieb diese Menschen dazu, solch intime Handlungen in der Öffentlichkeit, zur Belustigung der Zuschauer, zu vollziehen? Wurden sie gezwungen? Oder bekamen sie tatsächlich Geld dafür, wie Fritz behauptet hatte?

Den Frauen folgten die Männer, einige damit beschäftigt, Holz mit Messern zu bearbeiten, andere trugen Werkzeuge oder Netze, die zum Fang von Fischen oder anderen Tieren dienen mochten.

»Unsere Familien werden sich am Ende ihrer Runde vor dem Musikpavillon versammeln, sodass Sie, verehrtes Publikum, ihnen noch ein wenig bei ihren alltäglichen Verrichtungen zusehen können«, verkündete der Anführer. »Es erwartet Sie eine Darstellung des wahren Lebens wie in einem afrikanischen Dorf. Auch Tanz und Musik werden Sie noch einmal erleben können.« Er lachte. »Unsere wilden Tiere und Kämpfer sperren wir allerdings besser wieder ein.«

Die Zuschauerreihen lösten sich langsam auf, nachdem die letzten Afrikaner an ihnen vorbeigezogen waren, und verteilten sich im Garten oder an den Tischen auf der Terrasse. Endlich konnte Luise zurück in den noch leeren Gastraum eilen. Sie brauchte dringend einen Schluck zu trinken!

Das Wasser half nicht gegen die Übelkeit. Warum konnten

diese Veranstalter nicht nur Tiere vorführen? Die waren doch aufregend genug! Warum mussten sich Menschen so darstellen, wie es unmöglich ihrem wahren Leben entsprechen konnte? Und mit welchem Recht gafften die angeblich so kultivierten Zuschauer sie an? Wollten sie sich überlegen fühlen?

An diesem Tag schien es kein anderes Gesprächsthema unter den Gästen zu geben. Noch Stunden nach dem Ende der Schau drangen Gesprächsfetzen an Luises Ohr, die ihre Wut auf ihre Landsleute nur noch wachsen ließ. Da wurde hämisch über die *Wilden* gesprochen, über die unzivilisierten Weiber, die sich hemmungslos entblößten und zur Schau stellten.

Jetzt sagt ihr so etwas, dachte Luise, *und vorhin konntet ihr nicht aufhören, den Frauen auf die Brüste zu starren!* Sie hörte es an dem Tonfall, der in den Worten mitschwang – mühsam unterdrückte Gier. Am liebsten hätte sie die Getränke über den Kerlen ausgegossen.

Am Ende ihrer Schicht spürte Luise jeden Muskel ihres Körpers, darüber hinaus fühlte sie sich auch geistig vollkommen ausgelaugt. Sie kam nicht über die Sensationsgier der Menschen hinweg, die am liebsten mit angesehen hätten, wie sich die Afrikaner gegenseitig mit den Speeren abstachen.

Sie verabschiedete sich von ihren Kollegen und trat hinaus in die warme Abendluft. Tief sog sie den Atem ein und tat die ersten Schritte in Richtung ihres Zuhauses, dann jedoch wandte sie sich um und lief auf den Wald zu. Sie sehnte sich nach dem Grün, der Natur, der Stille nach all dem Lärm, und sie konnte sich nicht vorstellen, jetzt schon die stickige Wohnung zu betreten.

Das Stimmengewirr aus der *Waldwiese* folgte ihr, obwohl sie bereits zwischen die dicht belaubten Buchen des Vieburger Gehölzes getreten war. Mit jedem ihrer Schritte wurde es jedoch leiser, und auch der Schein der Laternen drang kaum noch zu ihr durch. Das kühle Halbdunkel beruhigte sie, und ihr Herz wurde leichter. Sie lehnte sich gegen einen Baumstamm und blickte hinauf in das hellgrüne Blätterdach, das im Abendwind leise rauschte.

Ein Knacken in unmittelbarer Nähe ließ sie zusammenfahren, und die alte Angst kehrte mit einem Schlag zurück. Wie hatte sie so dumm, so unvorsichtig sein können? Keiner würde sie schreien hören, wenn ... Gehetzt blickte sie sich um, konnte aber niemanden sehen. Hatte sie sich das Geräusch nur eingebildet? Nein, da war es wieder! Luise riss sich aus ihrer Starre, rannte los – und prallte gegen einen Körper. Sie fuhr zurück. Ihr Herz setzte aus. Es war ein Mann.

Er erstarrte, blickte sie an, die Augen weit aufgerissen, die Nasenflügel gebläht, sein gesamtes Gesicht spiegelte seinen Schrecken wider. Seine nackte Brust hob und senkte sich heftig. Langsam hob er die Hände, eine abwehrende Geste, nicht bedrohlich, sondern voller Angst. Die Hände zitterten.

Luise erkannte ihn sofort. Es war einer der beiden Afrikaner, die so verbissen mit ihren Speeren gekämpft hatten. Er trug noch das Tuch um die Hüfte, das er bei der Schau getragen hatte. Sonst nichts. Seine bloßen Füße versanken im Laub des vergangenen Herbstes. Luise schluckte. Was sollte sie tun, was sagen? Würde er sie verstehen? Seine offensichtliche Furcht berührte ihr Herz und schmälerte ihre eigene. Sie musterte ihn. Schweißtropfen glänzten auf seiner Stirn. Er war ein hochgewachsener Mann, schlank, Brust und Arme muskulös. Mehr konnte sie im Halbdunkel nicht erkennen. Nur dass er vor Erschöpfung vor und zurück schwankte.

Er braucht Hilfe, schoss es ihr durch den Kopf. Was mochte ihm geschehen sein, dass er sich allein im Wald befand? Es war ihm gewiss nicht erlaubt, sich von seiner Gruppe zu entfernen. War er geflohen? Ertrug er die Zurschaustellung nicht mehr? Was aber war sein Plan?

Luise spürte, wie auch der letzte Funken Angst vor dem

Mann der Neugier wich – einer unvernünftigen Neugier, das war ihr bewusst. Dennoch konnte sie sie nicht bezähmen. Sie trat einen vorsichtigen Schritt vor und lächelte.

»Guten Abend.«

Sie hätte es nicht für möglich gehalten, doch seine Augen weiteten sich noch stärker. Das Weiß stach aus dem dunklen Gesicht heraus. Ansonsten blieb dieses reglos. Luise streckte ihm die Hand hin. Er rührte sich nicht.

Stimmen näherten sich aus der Richtung der *Waldwiese*. Männerstimmen, deutsche und fremdländische. Rufe, die Luise nicht verstand. Ihr Gegenüber horchte auf, sein Kopf fuhr herum, er blickte hierhin, dorthin, hoch zu den Baumkronen, suchte offensichtlich einen Ausweg. Auf der einen Seite die Verfolger, die immer näher kamen, auf der anderen Luise. Sein Gesicht war zu einer Maske der Verzweiflung verzogen. Mitleid erfasste Luises Herz. Er war fortgelaufen, so viel war sicher. Er fürchtete sich.

Ihr Entschluss fiel im Bruchteil eines Augenblicks. Sie sprang vor, ergriff eine der noch immer erhobenen Hände und zog. »Kommen Sie mit mir«, flüsterte sie. »Schnell!« Er starrte hinab auf ihre Hände, die dunkle, große von der kleinen, hellen umklammert. Er rührte sich nicht. »Bitte, ich helfe Ihnen!« Sie zerrte mit aller Kraft, und endlich setzte sich der Mann in Bewegung. Erleichterung ergriff Luise. Aber wohin nun mit ihm? Zu klaren Gedanken war sie nicht fähig. Nur fort von den Verfolgern, nur diesen einen Menschen retten, wenn so viele von ihnen Ungerechtigkeit ertragen mussten. Ihre Schritte raschelten im trockenen Laub, jedes Knacken von Ästen dröhnte in ihren Ohren. Wenn sie sie nur nicht hörten! Bald ging ihr Atem stoßweise. Sie umklammerte die Hand des Mannes, der auf seinen langen Beinen mühelos mit ihr Schritt hielt, jedoch ebenfalls schwer atmete. Etwas stimmte nicht mit ihm. Er wirkte zu Tode erschöpft.

Luise erschrak, als ihr bewusst wurde, wohin sie rannten.

Sie erkannte es erst, als die weitläufigen Grünanlagen und die Gebäude vor ihr auftauchten. Sechs Jahre lang hatte sie es vermieden, sich dem *Hornheim* zu nähern, und nun liefen sie geradewegs darauf zu. Schon hatten sie den Wald hinter sich gelassen.

Das war die Lösung! Trine hatte bei ihrem Zusammentreffen im Winter erzählt, dass keine Patienten mehr aufgenommen würden und nur Doktor Jessen noch im Haupthaus lebte. Die Nebengebäude standen leer. Dort würde sie ihren Schützling unterbringen und herauszufinden versuchen, was es mit seiner Flucht auf sich hatte.

Der Mann blieb abrupt stehen, und Luise wäre gestürzt, hätte sie nicht seine Hand festgehalten. So wurde sie aus vollem Lauf zurückgerissen und prallte gegen ihn. Er fasste sie an den Schultern, bis sie sicher stand, dann entzog er sich ihr und trat drei Schritte zurück.

»Was haben Sie denn? Kommen Sie, dort unten sind Sie sicher!« Luise wies auf die Gebäude. Er stand nur da, auf dem Sprung wie ein ängstliches Reh, und plötzlich erfasste Luise eine unerklärliche Furcht, er würde sich umdrehen und davonlaufen. Sie verstand sich selbst nicht, doch sie wollte diesen Mann unbedingt in Sicherheit bringen.

Sie hob die Hände in derselben Geste, die er zuvor gemacht hatte, und sagte leise: »Ich helfe Ihnen.« Sie ahnte, dass er ihre Worte nicht verstand, aber sie hoffte, ihr Tonfall wäre beruhigend genug, um ihm Vertrauen einzuflößen.

Er schwankte, seine Augen irrten unstet umher. Die Erschöpfung stand ihm ins Gesicht geschrieben. Luise legte langsam die Hände aufeinander, bettete den Kopf darauf und schloss kurz die Augen, um Schlaf anzudeuten, dann wies sie erneut auf das ehemalige Anstaltsgebäude. »Kommen Sie.« Sie machte ein paar Schritte, und tatsächlich – er folgte ihr. Sie eilten durch den menschenleeren Park, ließen das Haupthaus links liegen und standen schließlich vor der Tür des Nebengebäudes, in dem sich die Frauenzellen befunden hatten. Erinnerungen stürmten auf Luise ein; sie meinte, wieder die Schreie zu hören, ihre eigenen und die ihrer Mitinsassinnen. Übelkeit erfasste sie. Sie schüttelte den Kopf, um die Stimmen zu vertreiben, atmete tief ein und legte eine Hand an die Türklinke.

Die Tür ließ sich nicht öffnen. Ob sie verschlossen oder aufgrund der jahrelangen Nichtbenutzung außer Funktion war, konnte Luise nicht sagen. Ihre Gedanken rasten. Die Fenster waren vergittert, sodass sie trotz der vielfach geborstenen Scheiben nicht würden hineinklettern können. Ihr schöner Plan löste sich in Luft auf.

Da kam Bewegung in den Mann, der ihr bisher ohne jede Regung gefolgt war. Er schob sich an ihr vorbei, musterte die Tür. Luise trat ein paar Schritte zurück, als sie erkannte, was er vorhatte. Er holte Schwung und warf sich mit seinem gesamten Gewicht gegen die Tür, die quietschend und krachend aus dem Rahmen brach.

Da es bereits dämmerte, lag der lange Flur finster vor ihnen. Luise trat ein. Das Geräusch ihrer Schritte auf dem Steinboden weckte erneut Erinnerungen, war so vertraut, als hätte sie es eben erst zum letzten Mal gehört und nicht vor sechs Jahren. Sie schluckte, doch der Kloß in ihrer Kehle wollte sich nicht auflösen. Muffiger, pilziger Geruch schlug ihr entgegen, gemischt mit dem feinen Duft nach Alkohol, der früher so viel stärker gewesen war.

Wie von selbst führten ihre Schritte sie auf ihre einstige Zelle zu. Deren Tür ließ sich leicht öffnen. Durch das Fenster fiel das letzte graue Licht des Abends und beleuchtete schwach das Bett und die übrigen Möbel. Langsam schritt Luise durch den kleinen Raum. Nichts hatte sich verändert. Sie wusste, dass sie nicht die Letzte gewesen war, die in diesem Bett geschlafen hatte, aber es kam ihr vor, als hätte sie es eben erst verlassen. Wochen hatte sie hier verbracht, in denen sie sich verloren und wiedergefunden hatte. Diese Klinik war ebenso ihr Fluch wie ihr Segen gewesen.

Was Julius wohl heute macht?, überlegte sie kurz, dann richtete sie ihre Gedanken wieder auf den anderen Mann, den, der auf ihre Hilfe angewiesen war. Er stand im Türrahmen, nur das Weiß seiner Augen war zu erkennen. Sie trat vor ihn, ergriff seine Hand, zog ihn zum Bett. Die Matratze war noch vorhanden, ohne Laken und Decken, aber es war besser als nichts. Augenblicklich ließ sich der Mann darauf fallen, zog die Beine an und legte sich nieder. Ein erleichterter Seufzer entwich seinem Mund. Er schloss die Augen, und von ihm war nichts mehr zu erkennen als ein großer, dunkler Schatten.

»Ich komme morgen wieder«, wisperte Luise, dann verließ sie den Raum und zog leise die Tür hinter sich zu. Als sie den langen Gang zurück zur Eingangstür ging, meinte sie wieder, die verzweifelten Stimmen der einstigen Insassen zu hören, die oftmals ruppigen Befehle des Pflegepersonals und die sanften Worte Doktor Jessens. Wie es dem alten Mann wohl dabei erging, tagtäglich das Lebenswerk seines Vaters und seiner selbst verfallen zu sehen?

Luise fühlte sich zu Tode erschöpft, hob jedoch mit letzter Kraft die aus den Angeln gebrochene Eingangstür auf und lehnte sie in den Rahmen, damit nicht auf den ersten Blick auffiel, dass eingebrochen worden war. Sie trat auf den Vorplatz vor den Gebäuden. Hinter einem Fenster im Obergeschoss des Haupthauses brannte Licht. Sie stellte sich vor, wie Doktor Jessen dort allein über einem Buch saß. Der Mann musste fast achtzig sein. Sie hoffte, dass sein Augenlicht nicht mehr das beste war und er keine Spuren ihres Vergehens bemerken würde. Schließlich musste sie bei Tageslicht zurückkommen und nach ihrem Schützling sehen, ihm Essen und etwas zu trinken bringen und überlegen, was weiter mit ihm geschehen sollte. Für diese Nacht jedoch war er in Sicherheit, und das gab ihr ein gutes Gefühl.

Sie ging am Haupthaus vorbei in Richtung des *Krusenrott*. Es war der kürzeste Weg nach Hause, und wenn es ihr gelungen war, die Anstalt erneut zu betreten, sollte es ihr wohl ebenso gelingen, an jenem Ort vorüberzugehen, den sie ebenfalls seit sechs Jahren mied. Sie war nicht mehr das Kind, das damals überfallen worden war. Sie hatte einen hilflosen Mann gerettet – was auch immer nun aus ihm würde – und fühlte sich trotz aller Müdigkeit so stark wie nie zuvor. Dennoch beschleunigte sie ihre Schritte und rannte an der Eiche vorbei, ohne sie anzusehen. Als sie aus dem Lokal lallende Männerstimmen hörte, kroch ihr die Furcht den Rücken hinauf, und ihre Nackenhaare sträubten sich. Sie rannte den ganzen Weg bis zu ihrem Haus.

Kapitel 9

Wohnung der Familie Johannsen, Hassee bei Kiel, Juni 1901

Wüste Träume von kämpfenden afrikanischen Kriegern und weißhäutigen Männern, die diese verfolgten und quälten, suchten Luise im Schlaf heim. Im Morgengrauen erwachte sie, ohne sich im Mindesten ausgeruht zu fühlen. Ihre Glieder schmerzten von der Arbeit und der Anstrengung danach. Glücklicherweise musste sie an diesem Tag erst am Mittag anfangen.

Sie schlich in die Küche und packte Brot, einen Zipfel Wurst und zwei schrumpelige Äpfel aus dem vergangenen Jahr in einen Beutel, füllte eine der leeren Schnapsflaschen ihres Vaters mit Wasser und trug alles in ihr Zimmer, gerade rechtzeitig, bevor ihre Mutter aus dem Schlafzimmer trat und sie erwischen konnte. Sie lauschte. Die Mutter verließ die Wohnung, um zum Abort zu gehen, der Vater schnarchte in der Wohnstube, wo er am Vorabend betrunken eingeschlafen sein musste. Luise rannte ins Schlafzimmer und riss eines seiner Hemden aus dem Kleiderschrank, ein dunkles, wie er es auf der Werft getragen hatte. Er würde es nicht vermissen. Außerdem ergriff sie eine alte Arbeitshose. Sie würde ihrem Schützling zu kurz sein, war jedoch immer noch besser als der Stofflappen. Es war zwar Sommer, aber in Kiel wurde es nie besonders warm, sodass der Mann gewiss fror. Ganz hinten im Schrank stand, seit dem Unfall des Vaters unbenutzt, ein Paar Schuhe. Er trug nur noch einen Pantoffel am verbliebenen Fuß, egal, ob in der Wohnung oder in der Kneipe. Warum die Mutter die Schuhe aufbewahrte, war ihr ein Rätsel, doch nun war sie froh darüber. Sie huschte zurück in ihr Zimmer und verstaute die Kleidungsstücke ebenfalls in dem großen Stoffbeutel.

Was, wenn er fort ist? Ein seltsam hohles Gefühl breitete sich in ihr aus, das sie nicht einordnen konnte. Was bedeutete ihr dieser Fremde?

Sie hatte keine Gelegenheit, sich in diese Gedanken zu vertiefen, denn ihre Mutter rief sie zu sich. Rasch zog sie ihre Küchenmädchenuniform an, dann half sie, den Karren zu beladen, mit dem Frieda Johannsen an diesem Tag – wie an so vielen anderen – durch die umliegenden Dörfer ziehen würde, um den Damen ihre Dienste anzubieten. Vor der Kieler Woche hatten sich die Aufträge gehäuft, nun jedoch waren sie abgearbeitet und neue Kundinnen vonnöten. Sie packten Rohlinge und Material für die Hutgarnierungen ein, ebenso Proviant.

Kaum war die Mutter um die Ecke des Häuserblocks verschwunden, nahm Luise den Beutel und rannte den Krusenrotter Weg hinauf. Wieder achtete sie sorgsam darauf, nicht die Eiche anzusehen, huschte durch den menschenleeren, verwilderten Park des *Hornheim* und erreichte die Eingangstür des Nebengebäudes. Sie schob sich in den Flur und rannte mit rasendem Herzen bis zu ihrer ehemaligen Zelle. Dort angekommen, hielt sie inne und spähte durch das Fensterchen in der Tür.

Das Licht der Morgensonne schien durch das Fenster und erhellte den Raum. Der Mann lag auf dem Bett, wie sie ihn verlassen hatte. Die Erleichterung, die sie bei seinem Anblick erfasste, wich einem eisigen Schreck. Lebte er noch? Er lag so still, dass sie es im ersten Augenblick nicht sagen konnte. Dann jedoch sah sie, wie sich die nackte Brust leicht hob und senkte.

98

Sie wollte ihn nicht erschrecken, also klopfte sie leise an und beobachtete durch das Fenster, wie er die Augen aufschlug und sich seine Stirn in Falten legte. Langsam öffnete sie die Tür. Er setzte sich ruckartig auf, zuckte zusammen, Schmerz verzerrte sein Gesicht. Seine Hand fuhr an seine linke Hüfte. Er starrte Luise an.

»Guten Morgen«, sagte sie und lächelte. Er schwieg, löste den Blick aber nicht von ihr. Sie zog einen der Stühle vom Tisch zum Bett hinüber und setzte sich darauf. Dann nahm sie die Wasserflasche aus dem Beutel und reichte sie ihm. Er zögerte nur kurz, bevor er das Gefäß ergriff. Nach dem ersten vorsichtigen Schluck trank er gierig. Luise gab ihm als Nächstes den Brotkanten, den er mit drei Bissen verschlang. Erst den zweiten der Äpfel aß er langsamer. Luise betrachtete ihn, während er kaute, zum ersten Mal bei vollem Tageslicht aus der Nähe.

Sein pechschwarzes Haar war kurz geschoren und bestand aus winzigen Löckchen, die eng an der Kopfhaut anlagen. Wie sie sich wohl anfühlten? Sofort wurde ihr heiß bei diesen ungehörigen Gedanken. In seinen dunkelbraunen Augen, umgeben von strahlendem Weiß, lag ein warmer Ausdruck. Die Nase war flacher als bei den Männern, die sie kannte, ihr Farbton eine Spur heller als der Rest des Gesichts, jedoch nicht so hell wie die Handflächen, die kaum dunkler waren als ihre eigenen. Als er aufgegessen hatte, verzogen sich seine vollen Lippen zum ersten Mal, seit sie sich begegnet waren, zu einem vorsichtigen Lächeln, und er entblößte ein weißes Gebiss mit einer beachtlichen Lücke zwischen den oberen Schneidezähnen. Luise wurde warm ums Herz, als er sie so ansah. Er schien nachzudenken. »Danke«, sagte er leise.

»Sie sprechen meine Sprache?«

Er blinzelte und schwieg. Nein, er verstand sie nicht, das war offensichtlich. Man hatte ihm höchstens einige wenige Wörter beigebracht.

Luise riss sich von seinem Anblick los und zog die Kleidungsstücke aus ihrem Beutel. Seine Augen weiteten sich, als sie ihm das Hemd hinhielt. Er nahm es und betrachtete es mit gerunzelter Stirn, dann zog er es sich über den Kopf – falsch herum. Luise musste lachen, es hallte überlaut in dem leeren Gebäude, und sie verstummte schnell. Der Mann zog das Hemd wieder aus und sah sie fragend an. Sie nahm es ihm aus der Hand.

»So ist es richtig«, sagte sie und zog es ihm mit den Knöpfen nach vorn über. Die Ärmel spannten über seinen kräftigen Armen, doch ansonsten passte es ihm halbwegs. Mit verwunderter Miene sah er an sich hinab. Als Luise die Hose aus dem Beutel nahm, wurde ihr bewusst, dass er unter dem um seine Hüfte geknoteten Tuch vermutlich nackt war, und Hitze schoss in ihre Wangen bei dem Gedanken, dass er sich vor ihr entblößen könnte. Sie wusste nichts über die Sitten und das Schamgefühl in anderen Ländern als dem Land, in dem sie lebte. Plötzlich bekam sie Angst vor ihrer eigenen Courage. Sie war allein mit einem Fremden in einem verlassenen Gebäude. Wer wusste, was er mit ihr anstellen würde, wenn er auf die Idee käme …

Dann riss sie sich zusammen. Sie würde sich nicht von den Vorurteilen und dem Gerede der anderen beeinflussen lassen! Ein einziger Mann hatte ihr in ihrem Leben Gewalt angetan, und dieser war blond und blauäugig gewesen. Sie hatte von diesem Afrikaner nicht mehr und nicht weniger zu befürchten als von jedem anderen Mann, und er hatte ihr bis jetzt keinen Grund gegeben, ihm zu misstrauen. Sie hielt ihm die Hose richtig herum hin, stand auf und trat ans Fenster. Hinter sich hörte sie es rascheln, dann einen leisen, unwilligen Ausruf, schließlich ein Aufatmen. Vorsichtig drehte sie sich um.

Der Mann stand neben dem Bett, die Hose hochgezogen, die Hosenträger jedoch waren in seltsamer Weise um seinen Körper geschlungen. Luise unterdrückte ein Lachen, trat zu

100

ihm und befreite ihn aus den verhedderten Gummibändern. Jedes Mal, wenn ihre Hände dabei seinen Körper berührten, durchfuhr sie ein seltsames Gefühl. Es war ungehörig, was sie hier tat. Sie war dem Mann zu nah, viel näher, als sie je einem Mann gewesen war außer … Sie verdrängte den Gedanken. Sie spürte die Wärme seines Körpers, seinen Atem auf ihrem Haar, und ein übermächtiger Drang, sich an ihn zu lehnen, überkam sie. Sie verstand sich selbst nicht mehr.

Nie in ihrem fast zwanzigjährigen Leben hatte sie das Bedürfnis nach Nähe zu einem Mann gehabt. Ihre einstigen Mitschülerinnen waren gewiss längst verlobt oder verheiratet, sie jedoch hatte sich von allen Männern ferngehalten seit der schlimmen Erfahrung damals. Wenn ihr ein Gast in der *Waldwiese* zu nahe kam, wich sie zurück, ebenso hielt sie die Arbeitskollegen auf Abstand. Und nun? Sie konnte nur den Kopf über sich schütteln. Rasch trat sie zurück und betrachtete ihren Schützling. Die Hose ging ihm nur bis zu den Knöcheln und sah seltsam fremd an ihm aus. An seinen Füßen klebte noch Schmutz aus dem Wald. Sie versuchte, in seinem Gesicht zu lesen, aber seine Miene mochte alles bedeuten. Sie sah Angst, Verzweiflung, Schmerz, tiefe Trauer, ebenso Dankbarkeit und einen Hauch von Neugier. Sie konnte nicht wissen, was er wirklich fühlte, solange sie seine Sprache nicht verstand. Keinesfalls jedoch war sein Kopf so leer, wie es die Mehrheit der Menschen hier von den *Wilden* annahm. Wie gern hätte sie sich mit ihm unterhalten! Sie kannte nicht einmal seinen Namen. Der allerdings musste sich doch herausfinden lassen.

»Mein Name ist Luise«, sagte sie und zeigte auf ihre Brust. »Luise«, wiederholte sie langsam, dann wies sie auf ihn. »Wie ist Ihr Name?« Er runzelte die Stirn, hob die Hand, deutete auf sie. »Luise«, sagte sie noch einmal. Seine Miene hellte sich auf, und dann sprach auch er.

Sie verstand ihn nicht. Es klang zu fremd, zu seltsam. Er

wies auf seine Brust, wiederholte das Wort, ein langes, seinen Namen, den sie niemals würde aussprechen können. Eine einzige Silbe blieb ihr im Kopf: Jo.

»Jo?«, fragte sie und deutete auf ihn.

Er lachte leise. »Isi?«

Die Freude nahm ihr den Atem. Sie hatten sich verständigt, zum ersten Mal! Sie lächelte ihn an. Isi und Jo – warum nicht? Was brauchten sie mehr als diese Silben, um ihre neue Freundschaft zu besiegeln?

»Isi. Danke.« Seine Stimme klang tief, noch immer fremd, doch mit jedem der wenigen Worte wurde sie vertrauter.

»Gern geschehen, Jo«, erwiderte sie.

Sie verfielen wieder in Schweigen. Was sollte nun werden? Er war satt und bekleidet, aber das schmälerte kaum seine Probleme. Er war fortgelaufen und konnte ihr weder begreiflich machen, was der Grund dafür war, noch, was er nun vorhatte. Vielleicht würde sie in der *Waldwiese* etwas herausfinden. Gewiss würde ein entflohener *Wilder* dort Gesprächsthema sein.

Die *Waldwiese!* Sie hatte vollkommen vergessen, dass sie bei der Arbeit erwartet wurde! Wie viel Uhr mochte es sein? Sie durfte nicht zu spät kommen.

»Ich muss gehen«, rief sie und wies zur Tür. »Ich komme heute Abend zurück.« Sie sah ihm an, dass er sie nicht verstand. »Abend«, wiederholte sie, ergriff seine Hand und zog ihn zum Fenster. Sie wies auf den Himmel, formte mit den Händen einen Kreis und bewegte sie in Andeutung der untergehenden Sonne. Sie machte wieder das Zeichen für Schlafen, deutete dann auf sich und auf ihn. Endlich sah sie Verstehen in seinem Blick. Sie lächelte ihm noch einmal zu und rannte aus dem Raum, aus dem Gebäude und über den Vorplatz in Richtung Westen, ohne nach rechts oder links zu sehen.

Eine Gestalt trat zwischen den Büschen hervor und ihr in

den Weg. Luise bremste ab und erstarrte. Sie erkannte Doktor Jessen sofort. Er kniff die Augen zusammen und musterte sie.

»Ah, Fräulein Johannsen«, sagte er. Seine Stimme klang dünn. Er war alt geworden, seit sie ihn zuletzt gesehen hatte. Gewiss hatten ihn die Aufgabe seiner Arbeit und das damit einhergehende Gefühl der Nutzlosigkeit so rasch verfallen lassen. Das geschah zuweilen, wie sie tagtäglich an ihrem Vater beobachten konnte. »Ich vergesse keinen meiner Patienten. Was tun Sie denn hier?«

Luise räusperte sich. »Ich … ich komme manchmal hierher. Ich hoffe, Sie verzeihen mir, Herr Doktor. Sie haben mir sehr geholfen … damals …«

Seine Miene hellte sich auf. »Natürlich verzeihe ich Ihnen, mein Kind. Ich freue mich, dass Sie uns in guter Erinnerung behalten haben.«

Erleichterung durchflutete Luise, dann fiel ihr wieder ein, dass sie sich beeilen musste. Rasch verabschiedete sie sich von dem alten Mann und lief weiter. Als sie noch einmal über ihre Schulter zurückblickte, sah sie, wie er auf das Nebengebäude zuging. Sie hoffte inständig, dass er Jo nicht entdecken würde …

Sie erreichte die *Waldwiese* atemlos und genau acht Minuten vor Beginn ihrer Schicht. Rasch wusch sie sich die Hände, richtete ihren unordentlichen Zopf und ergriff ihr Tablett. Die ganze Zeit hielt sie die Ohren offen, konnte aber bis zu ihrer ersten Pause, die sie mit Fritz und Caroline in einer schattigen Ecke des Gartens verbrachte, nichts in Erfahrung bringen. Dann jedoch neigte Fritz vertraulich seinen Kopf zu ihr. »Haben Sie schon von dem Unglück gehört, Luise?«, raunte er.

»Von welchem Unglück sprechen Sie?«, fragte sie scheinheilig.

»Ich hatte ja gestern die letzte Schicht. Als alle Gäste gegangen waren, hörte ich den Besitzer mit dem Aufseher der Völkerschaugruppe sprechen. Einer der Wilden ist entlaufen.

Sie haben bis Einbruch der Dunkelheit den Wald nach ihm durchkämmt, haben ihn aber bis heute nicht gefunden.«

Luise schlug in gespieltem Entsetzen die Hand vor den Mund und riss die Augen auf.

»Ich habe gehört«, fuhr Fritz fort, »der Mann sei bereits auf dem Schiff mit einem anderen Kerl in Streit geraten. Damals haben sie sich nur geprügelt, gestern Abend jedoch sind sie mit ihren Speeren aufeinander losgegangen, ähnlich wie in der Schau, nur dass der eine den anderen verletzt hat. Der Verwundete ist wohl kurz darauf fortgelaufen und jetzt auf freiem Fuß.«

Jo war verletzt? Hatte er deshalb so erschöpft ausgesehen und sich vorhin die Hüfte gehalten? Luise wurde schwindlig bei dem Gedanken, dass er Schmerzen litt.

»Nun schauen Sie nicht so entsetzt«, sagte Fritz. »Sie werden ihn schon finden. So einer fällt schließlich auf. Den versteckt doch keiner. Vielleicht verblutet er ja auch. Die anderen sind übrigens heute früh schon nach Hamburg gebracht worden. Nur der Anführer ist noch hier, um weiter nach dem Entlaufenen zu suchen.«

Luise konnte nichts erwidern. Ihre Gedanken kreisten um Jo. Wie konnte sie ihm helfen? Wenn er einen Feind bei seiner Truppe hatte, erklärte das die Angst, die sie ihm angesehen hatte, und die Flucht, die unmöglich zu einem guten Ende führen konnte, sosehr sie ihm auch half. Sie konnte ihn schließlich nicht ewig verstecken. Was hatte sie sich nur dabei gedacht? Nun konnte sie allerdings nicht mehr rückgängig machen, was sie begonnen hatte. Sie würde zu ihm zurückkehren und ihn nicht verraten. Es war seine Entscheidung, was er mit seinem Leben anfangen wollte. Dennoch würde sie für ihn tun, was sie konnte.

Die Informationen, die Luise von Fritz erhalten hatte, blieben nicht die einzigen an diesem Tag. Sie sah den Anführer der Truppe auf dem Gelände herumschleichen, mehrere Helfer waren bei ihm. Einmal kam Caroline zu ihr, nachdem sie den Männern Bier und Schmalzbrote serviert hatte.

»Als ich an den Tisch kam, haben die gerade zueinander gesagt, dass sie beim nächsten Mal darauf achten, nicht die besonders kriegerischen Stämme aus dem Busch herzubringen, die noch nie einen ihrer weißen Kolonialherren aus der Nähe gesehen haben, weil das zu gefährlich sei«, flüsterte ihr die Kollegin zu. »Die brächten zwar mehr Geld ein, aber diesen Ärger wollten sie sich in Zukunft ersparen.« Caroline sah sie eindringlich an. »Luise, dieser Wilde läuft hier in der Gegend frei herum. Ich kann mich wehren, aber du solltest besser vorsichtig sein!«

»Wir haben gewiss nichts von dem Mann zu befürchten, Caro«, sagte Luise. »Er hat mehr Angst als wir. Stell dir das doch einmal vor, allein und verwundet in der Fremde.«

Die Kellnerin sah sie überrascht an. »Er hat Angst? Darüber habe ich noch nicht nachgedacht. Meinst du wirklich, diese Wilden haben Gefühle wie wir?«

»Selbstverständlich haben sie das!«, rief Luise aus. Sie bemerkte die verärgerten Blicke der in der Nähe sitzenden Gäste und fügte leiser hinzu: »Ehe mir nicht jemand das Gegenteil beweist, glaube ich, dass alle Menschen auf der Welt gleich sind.«

»Wie du auf solche Ideen kommst ...« Caroline schüttelte den Kopf, dass ihr hellblonder Zopf flog. »Du bist seltsam, Luise. Aber ich mag dich trotzdem.«

Luise beeilte sich, zurück an die Arbeit zu gehen, während Carolines Worte ihr nicht mehr aus dem Kopf gingen. *Die besonders kriegerischen Stämme.* Sie vermochte diesen Ausdruck nicht mit Jo in Verbindung zu bringen, der ihr so sanft erschien, so zurückhaltend, still, verängstigt. Es passte nicht zusammen. Sie konnte und wollte nicht glauben, dass von ihm eine Gefahr ausging.

Sie sehnte das Ende ihrer Schicht herbei. Der Gedanke an

Jo ließ sie nicht los. Wenn er bereits entdeckt gewesen wäre, hätte sie es sicherlich erfahren, doch sein Anführer und die Männer kehrten am Abend ohne ihn zurück und sprachen vor lauter Unmut dem Schnaps reichlich zu. Luise hörte, dass sie am nächsten Tag weitere Handlanger anwerben wollten, um die Suche auszuweiten. Es drängte sie, sich Jos Wunde anzusehen. Am besten wäre es, ihn mit nach Hause zu nehmen, aber das war selbstverständlich unmöglich. Sie brauchte jedoch Zeit für ihn.

Kurz vor Ende ihrer Schicht kam ihr eine unerhörte Idee. Sie nahm allen Mut zusammen, und in einem unbeobachteten Augenblick hielt sie Hände und Stirn nah an eine Petroleumlampe, bis sie das Gefühl hatte zu verbrennen. Dann eilte sie zum Tresen, an dem der blonde Peter arbeitete, ließ ihn ihr Tablett befüllen, tat so, als würde ihr schwindlig, stellte wie mit letzter Kraft die Gläser auf dem Tresen ab und taumelte. Sie ließ ihre Beine einknicken. Peter war sofort bei ihr, fing sie auf und legte ihr eine Hand auf die Stirn.

»Luise, Sie glühen ja! Ist Ihnen nicht wohl?«

»Ich friere so«, flüsterte sie mit betont brüchiger Stimme.

Caroline eilte zu ihnen und ergriff ihren freien Arm. »Luise, bist du krank? So plötzlich?«

»Ich fürchte ja«, sagte sie und hoffte, ihre schamgeröteten Wangen würden als weiteres Zeichen des Fiebers durchgehen und nicht als das auffallen, was sie waren: die Reaktion auf ihre unverschämten Lügen. »Es wurde von Stunde zu Stunde schlimmer. Ich sollte besser nach Hause gehen.«

»Schaffen Sie das denn allein?«, fragte Peter besorgt.

»Natürlich. Es geht schon wieder.«

»Ich sage dem Inhaber Bescheid. Wir schaffen die restliche Kieler Woche ohne dich. Ruh dich ein paar Tage aus.« Caroline lief los, und Peter führte Luise zur Tür. Sie dankte ihm und ging langsam die Hamburger Chaussee entlang, bis sie außer Sichtweite war. Dann rannte sie los, geradewegs zum *Horn-*

106

heim. Eine irrwitzige Leichtigkeit erfasste sie. Sie hatte gelogen, doch aus einem guten, menschlichen Grunde. Es war ihr gelungen, die Kollegen zu täuschen. Nun konnte ihr alles gelingen!

Sie lief durch den finsteren Flur und stieß die Tür zu ihrer ehemaligen Zelle auf. Es war so dunkel, dass sie nicht sehen konnte, ob er auf dem Bett lag.

»Jo?«, wisperte sie.

»Isi?«, kam es leise zurück, und ihr Herz tat einen Sprung.

Es raschelte, als er sich erhob und vor sie trat. Sie tastete nach seinen Händen und ergriff sie. Sie waren kühl und feucht. Sie zog ihn zum Fenster und betrachtete ihn in dem spärlichen Licht, das der Mond ins Zimmer warf. Sein Gesicht zeigte Erleichterung, aber auch Schmerzen. Er zitterte. Sie legte eine Hand auf seine Stirn und fühlte kalten Schweiß. Es ging ihm nicht gut. Ihr Entschluss stand fest. Sie würde ihn mit zu sich nach Hause nehmen, ihn im Keller verstecken, bis ihre Mutter am Morgen gegangen war, und ihn dann in ihr Zimmer bringen. Dort würde sie seine Wunde versorgen.

Sie bemerkte, dass er die Schuhe nicht trug, holte sie und bedeutete ihm, sie anzuziehen. Er wehrte sich nicht, sondern tat, was sie verlangte. Ebenso widerstandslos ließ er sich aus dem Zimmer führen, den Gang entlang, hinaus in die Nacht. Er folgte ihr wie ein Kind. Sein Vertrauen rührte sie.

Sie vermied beleuchtete Wege, auf denen er als dunkelhäutig hätte erkannt werden können, und sie gelangten unbemerkt in den Krusenrotter Weg. Luise schickte ein Stoßgebet gen Himmel, dass ihre Mutter nicht in diesem Augenblick aus dem Stubenfenster sah, huschte daran vorbei und in den dämmrigen Hausflur. Jo folgte ihr lautlos. Er schien sich besser aufs Schleichen zu verstehen als sie. Neugier auf das Leben, das er in Afrika geführt hatte, erfasste sie. Was war dran an den Geschichten, die über die fremden Völker erzählt wurden? Sie konnte sich nicht vorstellen, dass die bei der Schau aufgeführten Tänze und Kämpfe dort Alltag waren. Das Familienleben dagegen hatte nicht viel anders ausgesehen, als sie es kannte.

Sie hatte keine Zeit, sich weiter darüber Gedanken zu machen. Sie ergriff Jos Hand und legte sie auf das Treppengeländer, damit er fühlte, dass es abwärts ging. Sie kannte die Treppe so gut, dass sie sie auch im Dunkeln mühelos bezwang, doch sie nahm vorsichtig eine Stufe nach der anderen, sodass Jo ihr folgen konnte.

Auf halber Treppe ging die Tür zum Hof ab. Kurz überlegte sie, ihm die Pumpe zu zeigen, damit er sich Wasser holen konnte, entschied jedoch, dass es zu gefährlich war. So führte sie ihn das letzte Stück der Treppe hinab und in den Kohlenkeller. Die Luft war stickig und kratzte im Hals, aber es war im Augenblick der sicherste Ort für Jo. Es war Sommer, weshalb nicht viel Kohle benötigt wurde, und selbst wenn jemand hereinkommen sollte, würde er ihn in der Dunkelheit nicht so leicht erkennen.

Luise stieß die winzige Luke auf, um wenigstens ein bisschen Luft in den Raum zu lassen, und führte Jo zu einer freien Stelle hinter dem Kohlehaufen. Sie zog an seiner Hand, um ihm begreiflich zu machen, dass er sich setzen sollte. Es funktionierte.

»Ich komme gleich wieder«, wisperte sie und ließ ihn allein, lehnte die Tür hinter sich an und hastete die Treppe hinauf. Kaum hatte sie die Wohnungstür geöffnet, erklang die Stimme ihrer Mutter aus der Stube.

»Luise? Du bist schon da?«

»Ja, Frau Mutter«, rief sie. »Mir ist nicht wohl. Ich gehe gleich zu Bett.« Rasch huschte sie in die Küche, entzündete eine Lampe, ergriff das Brotmesser und säbelte eine dicke Scheibe von dem frischen Laib ab, den die Mutter vor Kurzem erst in den Brotkasten gelegt haben musste.

»Luise!«

Sie fuhr herum. Die Mutter stand in der Küchentür, die Hände in die Hüfte gestützt.

»Dir ist also nicht wohl? Na, den Appetit hat's dir aber nicht verdorben.«

»N-nein«, stammelte sie und trat ein Stück zur Seite, um den aus dem *Hornheim* mitgebrachten Beutel mit der leeren Wasserflasche, den sie auf dem Herd abgelegt hatte, zu verdecken. »Ich meine ... doch! Appetit hab ich keinen, aber ich glaube, trocken Brot hilft meinem Magen am besten.«

Ihre Mutter sah sie mit gerunzelter Stirn an. »Wenn du meinst ... Aber ich hoffe, du sagst die Wahrheit. Ich hab neue Aufträge mitgebracht und könnte gut noch ein paar Stunden Hilfe gebrauchen.«

»Die Kollegen meinten, ich hätte Fieber«, sagte Luise und war froh, dass dies zumindest der Wahrheit entsprach. Der Rest ihrer Rede würde das nicht. »Und mein Bauch tut so weh, ich glaube, ich muss noch zum Abort ... länger.« Sie verzog das Gesicht und krümmte sich, als würde ein Krampf sie plagen.

Ihre Mutter machte einen Schritt rückwärts. »Dann bleib mir bloß vom Hals und leg dich schlafen.« Damit schlurfte sie zurück in die Stube und schloss die Tür hinter sich.

Luise atmete auf. Sie stopfte das Brot in den Beutel, füllte die leere Wasserflasche auf, ergriff die Laterne und lief in ihr Zimmer. Aus ihrem Kleiderschrank nahm sie die Wolldecke, die sie im Winter zusätzlich zu ihrem Bettzeug verwendete, und verließ die Wohnung, bepackt mit allem, was Jo in den nächsten Stunden brauchen würde. Bis es Tag wurde und sie ihn zu sich holen konnte.

Kapitel 10

Wohnung der Familie Johannsen, Hassee bei Kiel, Juni 1901

Wieder war die Nacht angefüllt mit verwirrenden Träumen und Furcht, und Luise war froh, als ihre Mutter sie am Morgen weckte, um sich von ihr zu verabschieden. Sie mimte noch einmal die Kranke, und es fiel ihr nicht schwer, denn sie fühlte sich vollkommen ausgelaugt.

»Ich bringe den Vater zur Tante, ehe ich losziehe«, sagte ihre Mutter. »Nicht dass du ihn ansteckst. Ich kann nicht gebrauchen, dass er auch noch krank wird.«

»Das ist wohl am besten so«, sagte Luise und bemühte sich, nicht allzu fröhlich dabei zu klingen. Wenn beide aus dem Haus waren, konnte sie sich in aller Ruhe um Jo kümmern.

Sie wartete, bis die Eltern die Wohnung verlassen hatten, zählte bis hundert und rannte in den Kohlenkeller hinab. Durch die Luke schien spärliches Licht, und auf den ersten Blick sah sie Jo nicht. Schreck fuhr ihr in alle Glieder, dann erkannte sie die graue Wolldecke und darunter die Umrisse seines Körpers.

»Jo«, flüsterte sie.

Er regte sich, setzte sich auf, stöhnte leise. Er hatte offensichtlich Schmerzen, aber er lächelte sie an. Sie streckte ihm die Hand hin.

»Komm.«

Er ließ sich auf die Füße helfen, und jetzt erst sah sie, dass er in dem niedrigen Raum kaum aufrecht stehen konnte, ohne sich den Kopf anzustoßen. Sie führte ihn die Treppe hinauf, immer vorsichtig um die nächste Ecke spähend, doch niemand begegnete ihnen. Vor der Tür zum Abort hielt sie inne und entschied, ihm zu zeigen, worum es sich bei dem Raum handelte. Nicht dass der Geruch, der daraus hervorströmte, eine andere Verwendung denkbar erscheinen ließ, aber sie wusste ja nicht, wie vertraut er mit solchen Räumlichkeiten war, und wollte ihm die Möglichkeit geben, den Abort zu nutzen, falls er dessen bedurfte. Er verzog das Gesicht, betrat den kleinen Raum jedoch. Luise schloss die Tür hinter ihm und wartete. Plötzlich hörte sie Schritte die Treppe herabkommen. Ein eisiger Schauder lief ihr über den Rücken.

»Oh, guten Morgen, Frau Meier!«, rief sie übertrieben laut, damit Jo sie hörte und keinesfalls in diesem Moment herauskommen würde.

Die Nachbarin aus dem ersten Geschoss blieb auf der drittletzten Stufe stehen. Luise flehte im Stillen, dass die Frau auf dem Weg aus dem Haus war und gleich weitergehen würde, doch sie kam nicht herab.

»Guten Tag, Luise«, sagte sie. »Stehst du an?« Ihre Stimme klang reserviert, wie die aller Nachbarn seit dem Tag, an dem Luise nicht aufgehört hatte zu schreien. Seit dem Tag, als *die Sache* passiert war …

»Ja«, presste Luise hervor. Frau Meier sagte nichts, blieb aber stehen, wo sie war, den Blick auf die Toilettentür geheftet. Luise wurde übel. Was, wenn die Nachbarin nicht wieder gehen würde?

»Bist du sicher, dass einer drauf ist?« Frau Meiers Stimme klang missmutig, und sie begann, von einem Bein aufs andere zu treten.

Luise nickte und wischte sich die schweißnassen Hände verstohlen an ihrem Rock ab.

»Puh, wer ist es denn, dass das so lange dauert?«

»Ich weiß nicht«, flüsterte sie. »Aber auch bei mir wird es dauern. Seit gestern hab ich diese Krämpfe …« Sie sah zu der Nachbarin auf, die angewidert das Gesicht verzog. Offenbar schreckte sie nicht nur der Gedanke an eine längere Wartezeit, sondern auch der, gleich nach einer Durchfallkranken das Örtchen aufzusuchen.

»Dann verkneif ich's mir erst mal.« Sie machte kehrt und verschwand die Treppe hinauf.

Luise atmete auf und wisperte: »Jo? Du kannst rauskommen.«

Langsam schwang die Tür auf. Jo hielt den Hosenbund mit beiden Händen fest, die Hosenträger, mit denen er sich offenbar nicht anfreunden konnte, hingen herab. Luise unterdrückte ein Lachen, öffnete die Tür zu ihrer Wohnung und winkte ihm, einzutreten. Sie schloss die Tür hinter ihnen und schob Jo in ihr Zimmer.

Er blieb stehen wie erstarrt, sah sich um, dann ging er zum Tisch, strich vorsichtig mit dem Zeigefinger über das gestärkte Deckchen. Er drehte sich zu ihr um, legte den Kopf schief und sah sie an.

Er wirkte fehl am Platz in diesem sauberen Mädchenzimmer, trotz der Kleidung, die sie ihm verpasst hatte. Zu wild, zu dunkel, zu fremd. Luise hatte nie etwas Schöneres gesehen.

Mühsam riss sie sich von seinem Anblick los, lief in die Küche, stellte den Wasserkessel auf den Herd, holte Lappen, Tücher, Seife und eine Flasche vom Schnaps ihres Vaters. Sie fegte das Deckchen vom Tisch und stellte alles bereit. Als Letztes schleppte sie die dampfende Waschschüssel herein. Jo beobachtete sie die ganze Zeit schweigend. Luise schluckte, plötzlich scheu. Wie sollte sie ihm begreiflich machen, dass sie seine Wunde säubern wollte? Wo genau war er überhaupt verletzt? Sie konnte den Mann doch nicht bitten, sich zu entkleiden!

Dabei wollte sie nichts dringender, als seinen bloßen

Oberkörper noch einmal zu sehen, die muskulösen Arme. Sie stellte sich vor, wie es sich anfühlte, wenn sie sie hielten …

Scham überschwemmte sie, und ihre Wangen wurden heiß. Sie war nicht besser als die Menschen, die ihn und seine Truppe im Park der *Waldwiese* angestarrt hatten! Nichts anderes wollte auch sie – ihn anstarren, ihn berühren, seine Fremdheit erkunden. Die Neugier brannte in ihr wie Feuer.

Aber nein! Sie war nicht wie die anderen. Sie wollte nicht irgendeinen dieser Männer, wollte ihn nicht nur wegen seiner dunklen Haut. Sie hatte seine Angst gespürt, seine Verzweiflung, seinen Schmerz. Diesem Mann wollte sie helfen, zu diesem Mann fühlte sie sich hingezogen, nicht weil er fremd war, sondern weil er Jo war, schön, vertrauensvoll und verletzlich.

Sie tauchte ein Tuch in das warme Wasser und rieb das Seifenstück darüber. »Möchtest du dich waschen?« Sie strich mit dem Lappen ihren eigenen Arm entlang, um ihm zu zeigen, was sie meinte. Er verstand, zog sich das Hemd über den Kopf, ließ es auf den Stuhl fallen und streckte ihr die Arme entgegen. Luise wurde heiß und kalt. Wollte er, dass sie ihn wusch?

Die Situation kam ihr so unwirklich vor, dass sie für einen Moment annahm, sie sei wieder ihrem Wahn von einst verfallen, hätte ihren Geist erneut von ihrem Körper abgespalten und würde sich von außen beobachten. Aber nein, das war nicht geschehen. Sie war noch sie selbst, kein fremdes Mädchen, dem Ungeheuerliches widerfuhr. Sie war Luise, eine junge Frau, und ihr widerfuhr nichts, sondern sie tat etwas, und zwar genau das, was sie wollte. Sie traf jegliche Entscheidung selbst, hatte alle Gewalt über ihr Leben. Nicht wie einst an der Eiche.

Sie trat dicht vor Jo und ließ das Tuch sanft über seine Arme gleiten. Der Kohlenstaub war auf seiner Haut nicht zu sehen, doch der Lappen war im Nu schwarz. Sie wusch ihn aus, strich wieder über die Seife, dann über seinen Oberkörper, die Schultern, die Seiten hinab. Er stand still wie eine Statue, betrachtete sie mit einem erstaunten, beinahe ehrfürchtigen Blick. Sie versank in seinen Augen, trat noch näher, umfasste ihn, strich mit dem Tuch über seinen Rücken. Sie spürte seinen Atem auf ihrer Stirn. Ihre Hände begannen zu zittern, ihr Herz raste. Sie wollte ihn berühren, ohne das Tuch, nur mit den Händen, mit dem Mund.

Angst vor ihren eigenen Gefühlen erfasste sie unvermittelt. Sie trat zurück, goss das schmutzige Wasser aus dem Fenster und holte frisches, ein sauberes Tuch und eine Zahnbürste. Sie zeigte ihm, wie Letztere zu benutzen war, und erkannte an seinen Bewegungen, dass ihm das Reinigen der Zähne nicht völlig fremd sein konnte. Sie schämte sich, dass sie sich von dem Gerede über die *Wilden* hatte verunsichern lassen.

Dann wusch sie ihm das Gesicht. Ein spärlicher Bart hatte sich auf seinem Kinn und seinen Wangen gebildet. Dieser war ebenso lockig wie sein Haar, wie Luise fasziniert feststellte, nicht stoppelig wie bei den Männern, die sie kannte. Ehe sich ihr Blick an seinen vollen, dunklen Lippen festhalten konnte, trat sie einen Schritt zurück. Während der ganzen Zeit hatte sich ihr Herzschlag nicht beruhigt.

Sie zeigte auf die Hüfte, die er sich am Vortag gehalten hatte.

»Bist du dort verletzt?«

Sie deutete eine Schneidebewegung wie mit einem Messer an. Seine Hand legte sich an seine Seite, und er sagte etwas in der fremden Sprache. Luise nahm ein sauberes Tuch und goss ein wenig Schnaps darauf. Er verstand, machte Anstalten, die Hose fallen zu lassen. Der Schreck fuhr Luise in alle Glieder, doch es war zu spät, es zu verhindern. Ohnehin war sie nicht sicher, dass sie es hätte verhindern wollen.

Zum ersten Mal in ihrem Leben sah sie einen vollständig nackten Mann, und sie erschrak bei dem Anblick. Dann jedoch erfasste sie eine fieberhafte Erregung. Sie konnte nicht

114

aufhören, ihn anzustarren – bis ihr Blick auf die Wunde fiel, die sich quer über seine linke Hüfte zog. Ein langer Schnitt, glühend rot trotz der dunklen Haut drum herum. Mitleid überschwemmte sie. Sie schob ihn zum Bett, drückte ihn zum Sitzen herunter, dann setzte sie sich neben ihn und strich mit dem Tuch über die Wunde, so vorsichtig sie konnte. Er sog scharf die Luft ein, und Tränen traten in seine Augen, als der Alkohol in das offene Fleisch drang. Er wimmerte leise.

»Es tut mir leid«, rief Luise und hoffte, er verstand den Tonfall, wenn auch nicht die Worte. Sie tränkte das Tuch erneut, strich wieder über die Wunde, doch sie hatte das Gefühl, nicht tief genug in den Schnitt vorzudringen. Julius hatte ihr damals im *Hornheim* von den neuen Erkenntnissen über Infektionen erzählt, und sie befürchtete, dass sie die Erreger mit dem Tuch nicht erreichte. So zögerte sie nicht lange und schüttete einen Schwall Schnaps in die Wunde. Jo jaulte auf und packte ihre Handgelenke, und für einen Moment bekam Luise Angst, aber der Blick aus seinen dunklen Augen zeigte nur Schmerz, keine Wut.

»Ist schon gut, ich bin ja fertig«, sagte sie sanft, machte sich los und stellte die Flasche auf den Tisch. Dann reichte sie ihm ein nasses Tuch, deutete auf die Waschschüssel und hoffte, er verstand, dass er den Rest seines Körpers allein reinigen musste. Sie drehte ihm den Rücken zu und blickte aus dem Fenster. Lange konnte sie ihre Neugier jedoch nicht bezähmen und warf einen Blick über ihre Schulter.

Jo wirkte selbstvergessen, wie er so mit dem Tuch über seinen Unterkörper strich und sich gründlich säuberte. Er stand seitlich zu ihr, und Luise erhaschte einen Blick auf sein festes, rundes Hinterteil. Wieder stellte sie fest, wie schön sie ihn fand, wie erregend seinen Anblick.

Nie zuvor hatte sie so für einen Mann empfunden, noch nie das Begehren gespürt, von dem die Liebeslieder sprachen, für die Caroline so schwärmte. Sie hatte geglaubt, nach *der Sa-*

che nie einen Mann begehren zu können. Sie hatte sich getäuscht.

Lag es daran, dass Jo anders war, vollkommen anders aussah als ihr Angreifer? Sie wusste es nicht, und es war ihr auch gleich. Es verlangte sie danach, die Wunde von damals zu schließen, ihren Körper endlich zurückzugewinnen, indem sie diejenige war, die entschied, was damit passierte.

Durfte sie Jo dafür ausnutzen? War er nicht genug ausgenutzt worden in der Menschenschau, die jedem Tier unwürdig gewesen wäre? War sie am Ende doch nicht besser als die Gaffer?

Er beendete seine Reinigung und trat neben sie, ließ den Lappen in die Waschschüssel fallen und stand da, vollkommen ungeniert. Er fasste sie an den Schultern, drehte sie zu sich herum.

»Danke«, sagte er, das einzige Wort offenbar, das er in ihrer Sprache beherrschte. »Danke, Isi.«

Seine tiefe Stimme und sein Blick sandten Schauder durch ihren Körper, und sie konnte nicht länger an sich halten. Sie schlang die Arme um seinen Hals und presste ihre Lippen auf sein Schlüsselbein. Er sog überrascht die Luft ein, legte dann aber seine Arme um sie und zog sie an sich.

Er roch nach Seife und Kohlenstaub, nur noch ganz leicht nach Schweiß, und unter all diesen Gerüchen lag ein anderer, fremder, ein süßlicher Duft, wie sie ihn nie zuvor wahrgenommen hatte. Sie sog ihn ein, ließ ihre Lippen über seinen Hals wandern, er neigte den Kopf zu ihr herab, und dann presste sie ihren Mund auf seinen. Seine vollen Lippen waren warm und weich, schienen die ihren verschlingen zu wollen, als er ihren Kuss stürmisch erwiderte. Sie spürte, wie sein Körper auf ihre Nähe reagierte, und sie wollte nichts dringender, als den störenden Stoff zwischen ihnen loszuwerden, um ihre blasse Haut an seine dunkle zu pressen. Sie machte sich los, trat zurück, öffnete die Knöpfe ihrer Bluse, ließ das Kleidungsstück von ihren Schultern gleiten. Er stand bewegungslos, starrte ihre nackten Brüste an.

Ob er mich schön findet?, fragte sie sich, und jäh überfiel sie Angst, dass er ihre bleiche Haut hässlich finden könnte. Jos Miene jedoch war bewundernd, ein feines Lächeln legte sich auf sein Gesicht, und er streckte die Hände nach ihr aus. Luise entledigte sich ihres Rockes und warf sich in seine Arme, und es war ihr gleich, ob sie sich ungehörig benahm. Wer bestimmte überhaupt, was sich gehörte, wer hatte das Recht dazu, ihr vorzuschreiben, wie sie zu fühlen, wofür sie sich zu schämen hatte?

Sie presste ihre Haut an seine, spürte seine Männlichkeit an ihrem Bauch. Ihr Pulsschlag rauschte in ihren Ohren und setzte sich pochend in ihrem Unterleib fort. Sie schloss die Augen, und wieder küssten sie einander, Luise packte mit beiden Händen Jos Hinterteil und zog ihn näher zu sich. Sein Stöhnen drang an ihr Ohr, und für den Bruchteil eines Augenblicks flackerte eine Erinnerung auf, denn auch der Blonde hatte gestöhnt. Sie riss die Augen auf, sah Jo ins Gesicht und wusste sofort wieder, dass es ein anderer Mann war, dessen Hände ihren Körper erkundeten, dass sie das, was geschah, wollte. Und wie sie es wollte! Sie zog ihn auf das Bett zu, ihr blütenreines Mädchenbett, und der Wunsch, es zu zerwühlen, zu beschmutzen, diese vermeintliche Unschuld zu zerstören, die es schon seit sechs Jahren nicht mehr gab, wurde übermächtig.

Er machte Anstalten, sie umzudrehen, aber sie ließ es nicht zu. Nichts sollte sie an den Tag an der Eiche erinnern. Sie wollte ihn dabei ansehen. Luise legte sich rücklings aufs Bett, zog die Beine an und spreizte die Schenkel. Jo zögerte nur einen winzigen Augenblick, dann war er über ihr, begrub ihren schmalen Körper unter seinem kräftigen. Sie umschlang seinen Nacken, klammerte sich an ihm fest, und dann drang er in sie ein.

Sie schnappte unwillkürlich nach Luft, doch der Schmerz, den sie erwartet hatte, kam nicht. Sie lachte auf. Der Mistkerl von damals hatte ihr ungewollt einen Gefallen getan und diese Vereinigung mit Jo, nach der sie sich gesehnt hatte, zu einem Erlebnis gemacht, das nichts als angenehm und erregend war.

Sie schlang die Beine um seinen Körper und presste ihn fester an sich, hob sich jedem seiner Stöße entgegen, und je schneller diese wurden, desto größer wurde ihre Lust, bis sie von einer Woge nie gekannter Empfindungen mitgerissen wurde. Ein letzter tiefer Stoß, ein Aufstöhnen, und sie spürte, dass auch Jo den Höhepunkt erreicht hatte. Diesmal war die feuchte Wärme angenehm, zeigte ihr, dass sie einen Mann glücklich gemacht hatte mit dem, was sie ihm geschenkt hatte.

Das, was er ihr geschenkt hatte, hätte sie nicht in Worte fassen können. Sie hatte die Macht über ihren Körper zurück, er gehörte wieder ihr allein. *Die Sache* war keine Sache mehr, es war eine Vergewaltigung gewesen, und endlich gelang es ihr, dieses Wort zu denken. Nun konnte sie heilen, endlich unterscheiden zwischen Gewalt und Sexualität. Ein Kichern stieg in ihr auf, das sie nicht unterdrücken konnte, und sie küsste Jo auf den Mund.

»Danke«, sagte sie.

Er sah sie erstaunt an, schien nachzudenken, ob das Wort tatsächlich das bedeutete, was er geglaubt hatte. Dann lächelte er, zog sich aus ihr zurück und rollte sich auf seine rechte Seite. Sie ließ ihn nicht los, umklammerte ihn weiter mit Armen und Beinen, wollte seine Nähe noch nicht verlieren. Er ließ sie gewähren, streichelte ihren Rücken und flüsterte Worte, die sie nicht verstand. Bleierne Müdigkeit legte sich über sie, eine wohlige Ruhe, wie sie sie noch nie erlebt hatte.

Sie hätte ewig so liegen bleiben können, sein Kopf auf ihrer Brust, ihre Körper ineinander verschlungen, aber sie wusste, das war unmöglich. Widerwillig löste sie sich von ihm und besah sich seine Wunde. Sie sah noch immer übel aus, doch zumindest hatte ihre stürmische Vereinigung es nicht schlimmer gemacht. Sie wusste nicht, wie sie die Stelle hätte verbinden können, also tat sie es nicht, sondern half ihm nur wieder in die Kleidung, ehe auch sie sich wieder anzog.

Sie setzten sich nebeneinander aufs Bett, hielten einander an den Händen und schwiegen.

Das passt zu dir, Luise, dachte sie. *Suchst dir einen Mann, mit dem es keine Zukunft geben kann. Wie damals mit den Kindern des fahrenden Volkes. Was stimmt bloß nicht mit dir?*

Sie kam zu keinem Ergebnis, aber die Traurigkeit über ihre offensichtliche Unfähigkeit, dauerhafte Bindungen aufzubauen, wurde plötzlich so stark, dass ihr die Tränen in die Augen schossen. Sie riss sich zusammen und blinzelte sie fort. Sie wollte nicht, dass Jo es sah. Gern hätte sie gewusst, wie er sich jetzt fühlte. Hegte er die Hoffnung, bei ihr bleiben zu können? Gewiss nicht. Er musste ahnen, dass sie nicht allein lebte, da sie ihn am Vorabend im Keller versteckt hatte, anstatt ihn mit in die Wohnung zu nehmen. Sie sah ihn an. Sein Blick war traurig. Ihm war klar, dass sich seine Lage nicht gebessert hatte.

Luise führte Jo in die Küche, die er mit großen Augen musterte, als hätte er noch nie eine gesehen. Vielleicht stimmte das sogar. Sie kam sich dumm vor, denn sie wusste nichts über sein Land, nicht einmal, welches es war, wie die Sprache hieß, die er sprach, geschweige denn, wie die Menschen dort lebten. Sie schwor sich, es in Erfahrung zu bringen, so viel war sie ihm schuldig, fand sie.

Im Topf auf dem Herd standen Kartoffeln vom Vortag. Luise schnitt sie in Scheiben, ließ Speck aus und briet sie knusprig braun. Sie füllte zwei Teller und trug sie in die Stube zum Esstisch. Jo folgte ihr. Sie bemerkte, dass er sich wachsam umsah, so als befürchte er, sie seien nicht allein. Luise zog die Gardinen vors Fenster, und der Raum wurde in Dämmerlicht gehüllt. Sie tat es zu Jos Schutz. Ihr hätte es nichts ausgemacht, wenn alle Welt sie zusammen gesehen hätte.

Sie setzten sich an den Tisch und aßen.

Wie ein normales Paar, dachte sie. Und warum auch nicht? Wer maßte sich an, zu entscheiden, wer wen lieben durfte?

Die Gesellschaft tat das, sie wusste es genau. Wenn die Mehrheit der Menschen etwas ablehnte, würde es ein Ding der Unmöglichkeit bleiben, bis sich die Zeiten änderten. Und es gab nichts, was Luise dagegen tun konnte. Sie war nicht so stark wie die wenigen, die sich auflehnten, die trotz allem lebten, wie es ihnen gefiel. Zwar hatte sie sich nie ihre Freiheit nehmen lassen, nie auf ihre Spaziergänge verzichtet, außerdem fand sie nichts dabei, als Kellnerin zu arbeiten, weigerte sich standhaft, ins Gewerbe ihrer Mutter einzusteigen. Dennoch – die Luise, die sie hätte werden können, die, die ihr Haar offen trug, wenn ihr danach war, auch wenn die Gesellschaft Zöpfe verlangte, die war vor sechs Jahren an der Eiche gestorben.

So spülte sie nach dem Essen rasch die verräterischen Teller ab, nahm Wasserflasche und Petroleumlampe und führte Jo zur Wohnungstür. Ihre Eltern konnten schließlich jeden Augenblick nach Hause kommen. Sie spähte hinaus in den Hausflur. Er lag im Halbdunkel und war menschenleer.

Sie musste Jo die Entscheidung überlassen, was er jetzt tat. Er wirkte erholt, aber war er schon stark genug, um allein zurechtzukommen? Wollte er das überhaupt, oder wollte er doch zu seiner Truppe zurück? Immerhin waren seine Landsleute die einzigen Menschen, mit denen er sich unterhalten konnte. Sie trat vor ihm ins Treppenhaus und wies mit einer Hand auf die Haustür, mit der anderen auf die Kellertreppe und machte eine fragende Geste. Er runzelte die Stirn, zögerte, dann steuerte er auf die Kellertreppe zu. Das Glücksgefühl, das Luise durchströmte, war übermächtig. Er wollte noch bei ihr bleiben! Sie lief ihm nach, begleitete ihn bis zu seiner Wolldecke, stellte Laterne und Flasche ab und schlang die Arme um seinen Hals. Er neigte den Kopf, ließ sein Gesicht einen Moment in ihrer Halsbeuge ruhen, dann sah er sie ernst an. Die flackernde Laterne malte noch tiefere Schatten auf seine dunklen Züge. Seine Augen schimmerten feucht. Weinte er? Er murmelte etwas in der fremden Sprache und lehnte seine Stirn an ihre. Sein Atem streichelte sie, und dann tropften seine Tränen auf ihr Gesicht. Sie küsste ihn stürmisch, wollte seine Traurigkeit vertreiben, aber sie spürte, wie das Gefühl auf sie übergriff und auch ihr die Tränen kamen. Ihre Kehle war wie zugeschnürt, als läge ein Strick darum. Als sie den Schmerz in ihrer Brust nicht mehr aushielt, schob sie Jo sanft von sich.

»Ich komme morgen zurück«, wisperte sie und machte die Geste für Schlafen, die sie zuvor schon benutzt hatte. Er streichelte noch einmal ihre Wange und legte sich dann auf die Wolldecke. Augenblicklich verschmolz sein Körper mit der Finsternis des Kohlenkellers.

Kapitel 11

Wohnung der Familie Johannsen, Hassee bei Kiel, Juni 1901

Luises Vater hatte bei der Tante übernachtet, und ihre Mutter würde ihn erst am Abend nach ihrer Runde abholen. Das hieß, Jo und sie hatten verschwenderisch viel Zeit füreinander. Luise ließ ihre Hand über seinen Körper wandern, über den spitzen Hüftknochen seiner unverletzten Seite, den kräftigen Oberschenkel, wieder hinauf zu seinem Bauch. Ihre Wange ruhte auf seiner Brust, ihr Bein lag quer über seinen. Sie war erschöpft, wollte nichts als seine Wärme spüren, seinen süßen Geruch in sich aufsaugen. Sie drehte den Kopf ein winziges Stück und küsste seine Haut, seine wunderschöne Haut, presste die Nase dagegen und atmete tief ein. Seine Arme umschlangen sie, als sei sie sein letzter Halt, und vielleicht war das auch so.

Jäh überfiel sie Angst davor, ihn zu verlieren. Sie schob sich bäuchlings über ihn, vorsichtig, um seine Verletzung nicht zu verschlimmern, kam mit ihrem gesamten Körper auf seinem zu liegen, spürte sein nun schlaffes Glied an ihrem Bauch. Sie kroch höher, bis ihr Gesicht über seinem war, und küsste ihn auf den Mund. Sie lächelte ihn an, aber er blieb ernst, sein Blick unergründlich, traurig, resigniert, hoffnungslos und doch voller Staunen und Glück. So sah er sie immer an – als könne er nicht fassen, wie ihm geschah. Sie konnte ihn verstehen. Es war nicht zu begreifen, was mit ihnen beiden passierte.

Jetzt die Zeit einfrieren, dachte Luise. *Für immer so liegen bleiben und in diese wunderschönen Augen sehen. Wenn das möglich wäre ...*

Aber das war nicht möglich, ebenso wenig wie alles andere, was sie sich ausmalte. Mit ihm fortlaufen, einen Ort finden, an dem sie beide sich vor der Welt verstecken konnten, bis sich die Zeiten geändert hatten. Bis sie zusammenbleiben durften ... Falls das je geschehen würde. Es war nicht abzusehen. Allerdings war es vor fünfzehn Jahren, als Herr Benz zur ersten Probefahrt mit seinem neu entwickelten Gefährt aufgebrochen war, auch nicht abzusehen gewesen, dass sich dieses Automobil durchsetzen würde.

Doch selbst wenn es Hoffnung gab – wo sollten sie sich so lange verstecken, wovon leben? Es waren Träume, unwirklich und schön, Luise wusste es genau. Und sie fürchtete sich entsetzlich vor dem Aufwachen.

Das Einzige, was gegen die Panik half, die ihr die Luft abschnürte, war, ihn zu spüren. Seine Haut an ihrer, seine Hände auf ihr, sein Glied in ihr. Sie streichelte ihn, küsste ihn, knabberte an seinen Ohrläppchen, biss zart in seine Brustwarzen, bis sie spürte, dass er erneut bereit war. Sie legte sich nicht unter ihn wie zuvor, sondern blieb, wo sie war, ließ ihre Hand zwischen ihre Körper gleiten und schob ihn von unten in sich hinein. Ein erstaunter Laut entfuhr ihm, dann stöhnte er wohlig auf und murmelte etwas in der Sprache, die sie so gern verstanden hätte.

Sie wollte es auskosten, bewegte sich langsam, nur zentimeterweise. Irgendwann, als sie es kaum noch aushielt, setzte sie sich auf, sodass sie ihn tief in sich spürte. Sie liebte den Anblick, wenn sich sein Blick trübte und sie dennoch nicht losließ, wie sich seine Lippen öffneten und sein Atem im Gleichklang mit ihrem schneller wurde. Sie schloss ebenfalls nie mehr die Augen, und es war, als klebten ihre Blicke aneinander, befestigt mit unsichtbarem Leim.

Wenn ich mich an dir festkleben könnte, für immer und ewig, ich würde es tun, dachte Luise. Dann konnte sie nicht mehr denken, nur noch fühlen.

»Ich liebe dich, Jo«, flüsterte sie, als sie erschöpft auf ihn niedersank. Sie wusste nicht, ob es die Wahrheit war. Nur, dass es sich so anfühlte.

»So wie du frisst, kannst du nun wirklich nicht mehr krank sein, Luise.« Ihre Mutter streckte ihr den kargen Brotkanten entgegen wie eine einzige Anklage.

Luises Wangen wurden heiß. »Ich muss wahrscheinlich etwas nachholen nach den Tagen, in denen alles wieder rauskam«, murmelte sie.

»Das hast du zur Genüge getan. Jetzt ab mit dir zur Arbeit. Du hast schon viel zu lange nichts mehr zum Unterhalt beigetragen.«

»Ja, Frau Mutter«, sagte Luise und senkte den Kopf. Sie spürte einen Anflug von Scham, dass sie ihre knappen Lebensmittel seit Tagen mit Jo teilte, dann aber schob sie das schlechte Gewissen beiseite. Schließlich arbeitete sie hart für ihr Geld und trug ihren Teil zum Einkommen der Familie bei. Warum sollte sie nicht auch einmal etwas für sich ausgeben dürfen?

Dass sie es für sich tat, daran bestand kein Zweifel. Sie versteckte Jo ebenso sehr um ihrer selbst willen wie, um ihm zu helfen. Das war ihr längst klar. Der Tag nach jenem mit der vielen Zeit war kurz für sie beide gewesen. Erst gegen Mittag war der Vater aus dem Haus und in seine Stammkneipe gehinkt. Nur wenig Zeit war ihnen geblieben, und sie hatten sich mit einer Heftigkeit geliebt, als würden ihnen auch diese Stunden unter den Fingern zerrinnen. Luise hatte vor Lust geschrien, und es war ihr gleich gewesen, wer sie hörte. Jo hatte ihr Worte zugeflüstert, die sie nicht verstanden hatte, aber sein Blick und sein Tonfall hatten sie zu einer Liebeserklärung gemacht. Auch sie hatte ihm wieder gesagt, dass sie ihn liebe. Danach hatten sie beide geweint.

Und nun musste sie zur Arbeit gehen, wenn ihre Mutter nicht Verdacht schöpfen sollte. Sie wusste, es war überfällig, dennoch zerriss es ihr das Herz. Sie hatte sich so darauf gefreut, einen weiteren Tag mit Jo zu verbringen, wenn auch nur einen kurzen. Und nun konnte sie sich nicht einmal von ihm verabschieden. Er würde vergeblich auf sie warten, vielleicht sogar Angst bekommen und die Treppe hinaufsteigen! Nicht auszudenken, was geschehen würde, wenn ihn jemand sah. Sie musste mit ihm sprechen, ihm begreiflich machen, dass sie arbeiten ging. Ihre Mutter jedoch ließ sie nicht aus den Augen, wartete sogar vor ihrer Zimmertür, während Luise ihre Arbeitskleidung anzog, und sah ihr nach, bis sich die Haustür hinter ihr geschlossen hatte.

Vor der leicht geöffneten Kohlenluke hockte sich Luise nieder und nestelte an ihrem Schuh herum, sodass es für Passanten aussehen musste, als hätte sie ein Problem damit.

»Jo«, rief sie leise in den Kohlenkeller hinein. »Jo!«

Sie konnte nur das Weiße seines Auges erkennen, doch die Erleichterung, dass er sie gehört hatte, machte sie schwindlig.

»Ich muss arbeiten«, wisperte sie, wohl wissend, dass er sie nicht verstand. Sie wusste nicht, wie viel er sehen konnte, aber sie zupfte an dem Träger ihrer Schürze. Er kannte die Kleidung und würde sie wiedererkennen – wenn er sie deutlich genug sah. »Waldwiese«, sagte sie in der Hoffnung, dass er sich an den Namen der Gastwirtschaft erinnerte, in der er zur Schau gestellt worden war. Dann richtete sie sich auf und lief so geräuschvoll wie möglich die Straße hinab, damit er auch ja hörte, dass sie fortging, und sich nicht sorgte.

Luise meldete sich als Erstes beim Besitzer der *Waldwiese*, der ihr nicht böse wegen der versäumten Tage war, sondern sie zu ihrer Genesung beglückwünschte und sie sogleich in die Küche schickte. Während sie Möhren und Kartoffeln für das

Mittagessen schälte und die Sonne durch die Küchenfenster fiel, wanderten ihre Gedanken immer wieder zu Jo in seinem finsteren Keller. Sie zermarterte sich das Hirn, wie sie es anstellen sollte, die Eltern loszuwerden und sich Zeit für ihn zu verschaffen, doch sie kam zu keinem Ergebnis. Sie konnte sich nicht konzentrieren, schnitt sich sogar, da sie so unaufmerksam war. Erst der metallische Geschmack, als sie das Blut von ihrem Finger saugte, brachte sie zurück in die Wirklichkeit. Sie musste die Arbeit hinter sich bringen, dann erst war Zeit, sich wieder mit Jo zu beschäftigen.

Caroline und die beiden Peters kamen am Nachmittag und begrüßten sie freudig. Sie behandelten sie wie immer, und Luise lächelte in sich hinein. Das Wissen um ihr Geheimnis machte sie auf seltsame Weise stolz. Sie war nicht dieselbe wie noch vor wenigen Tagen. Sie war wieder heil, kein verletztes kleines Mädchen mehr, sondern eine Frau, die mit einem Mann schlief, weil sie es wollte. Dass sie wund war von den vielen Vereinigungen der letzten Tage, störte sie nicht. Im Gegenteil. Sie liebte das Gefühl, bei jedem Schritt daran erinnert zu werden.

Es dauerte bis zum frühen Abend, ehe Caroline etwas bemerkte. Dann nahm die Kollegin sie zur Seite. »Was ist los mit dir?«

Luise bemühte sich um einen unschuldigen Gesichtsausdruck. »Nichts«, sagte sie. »Es geht mir wieder gut.«

Caroline zog eine Augenbraue hoch. »Eindeutig. Das sieht man dir an. Aber du bist irgendwie anders.«

Ich bin verliebt, hätte sie am liebsten ausgerufen, aber das durfte sie nicht. Stattdessen sagte sie: »Vielleicht haben mir die freien Tage gutgetan.«

Sie sah Caroline an, dass sie ihr nicht glaubte. »Wenn du reden willst – ich bin für dich da.«

»Danke«, erwiderte Luise. Carolines Angebot rührte sie, doch sie würde es nicht annehmen können. Aber man wusste ja nie. Vielleicht würde es noch einmal wichtig für sie werden, eine Freundin zu haben, auch wenn sie keine Ahnung hatte, wie man das anstellte.

Ja, wenn Jo fort ist ... Vielleicht brauchst du sie dann. Die altbekannte Panik erfasste sie, und am liebsten wäre sie heimgelaufen und hätte sich an ihn geklammert.

Caroline musterte sie noch eine Weile, dann ging sie wieder an die Arbeit. Luise folgte ihr in den Gastraum. An einem Tisch in der Ecke saß allein der Aufseher der Afrikaner. Ein kalter Schauder lief Luise über den Rücken. Er war noch immer da, hatte offenbar die Hoffnung noch nicht aufgegeben, dass Jo zurückkehren würde. Tiefe Falten hatten sich in sein Gesicht gegraben, das nun dauerhaft einen wutverzerrten Ausdruck zu tragen schien. Luise wurde übel, wenn sie daran dachte, dass Jo wieder in seine Hände fallen könnte.

»Was macht der noch hier?«, flüsterte sie Caroline zu.

»Sie suchen den Entlaufenen immer noch«, antwortete die Kellnerin. »Jeden Abend kommen die Suchtrupps ohne ihn zurück. Der Kerl scheint wie vom Erdboden verschluckt.«

»Wenn es nach mir geht, bleibt er das auch«, platzte Luise heraus. Vom Erdboden verschluckt in ihrem Keller.

Caroline lachte auf. »Ja, ich lege auch keinen Wert darauf, dem Wilden irgendwo zu begegnen.«

So hatte Luise es zwar nicht gemeint, aber sie sagte nichts mehr, sondern ging an die Arbeit. Wann immer ihr Blick auf den Aufseher fiel, schwindelte es sie vor Sorge.

Endlich war ihre Schicht zu Ende, und Luise rannte den ganzen Weg nach Hause. Keuchend stieß sie die Haustür auf – und erstarrte. Aus dem Keller erklangen Schreie. Die Stimme war zu hell, um Jo zu gehören. Sie klang nach einem Mädchen. Luise fühlte sich, als gefröre ihr Blut. Sie konnte sich nicht bewegen, starrte nur auf die Kellertreppe. Aus ihrer geöffneten Wohnungstür fiel Lichtschein in den Hausflur. Hastige Schritte näherten sich von unten, und Jo erschien in ihrem Blickfeld, die Augen aufgerissen, panisch. Er stürmte auf sie zu, war in Sekundenschnelle bei ihr, so nah, dass sie ihn roch, Kohlenstaub, Schweiß und die Süße, die sie so liebte. Sie hörte noch immer die schrillen Schreie, ebenso die Schritte einer anderen Person, aber sie hatte nur Augen für Jo. Er packte ihre Arme, schob sich an ihr vorbei.

Es war noch zu hell! Er durfte nicht hinausgehen!

Ihr war klar, dass er keine Wahl hatte. Er war entdeckt worden, und nun musste er fort.

Er sagte etwas zu ihr, seine Stimme voller Angst, sein Blick so traurig, dass es ihr das Herz zerriss. Sie griff nach ihm, wollte ihn festhalten, doch sie wusste, sie konnte nichts für ihn tun. Sie konnte ihm nicht mehr helfen. Tränen traten in ihre Augen.

Ein letzter Kuss, dachte sie. *Wir können uns doch nicht ohne einen letzten Kuss trennen!*

Es war zu spät. Er machte sich von ihr los und rannte auf die Straße.

Luises Herz zersprang in tausend Stücke.

Sie wollte ihm nachlaufen, aber was hätte das genützt? Sie war viel langsamer als er, würde ihn nur aufhalten. Allein hatte er bessere Chancen, nicht geschnappt zu werden.

Warum hatte sie ihn mit in ihr Haus genommen? Im *Hornheim* wäre er sicherer gewesen! Auch dort hätte sie ihn versorgen können, auch dort hätten sie sich lieben können. Doktor Jessen hätte bestimmt nichts bemerkt. Doch Luise war so dumm gewesen, ihn bei sich haben zu wollen, und nun war es zu spät.

Sie sank auf den Treppenstufen nieder und starrte die Haustür an, die sich quälend langsam hinter Jo schloss.

»Was ist hier für ein Radau?«, erklang die Stimme ihrer Mutter. »Susanne, was ist passiert? Und Luise? Was sitzt du da herum?«

Luise ertrug den Schmerz nicht, der ihr die Brust zerriss. Es konnte nicht ihrer sein, das war nicht möglich, denn er war nicht auszuhalten. Er musste einer anderen gehören. Eine andere fühlte diese Leere, diesen Verlust, nicht sie. Nicht sie!

Bleiben Sie bei sich, Luise, hörte sie Julius' Stimme im Geiste. *Sie ertragen das. Bleiben Sie bei sich. Sagen Sie es mit mir: Ich bin Luise. Noch einmal. Ich bin Luise.*

»Ich bin Luise«, wisperte sie.

Und jetzt atmen Sie.

Sie atmete. Ein und aus. Jeder Atemzug schmerzte, doch sie blieb sie selbst. Sie wollte nicht wieder in eine Zelle mit einem Fenster in der Tür. Sie war es, die diese unerträgliche Trauer fühlte, niemand sonst, und sie musste sich ihr stellen.

»Da war ein Mann!«, hörte sie die aufgeregte Stimme eines Mädchens. »Im Kohlenkeller! Ich hab gerade den Eimer gefüllt, da sah ich ihn in einer Ecke sitzen.«

»Ein Mann? Was erzählst du da?«

»Sie muss ihn auch gesehen haben!«

Eine Hand legte sich auf ihre Schulter. »Luise? War da ein Mann?«

Ja, dachte sie. *Da war ein Mann. Mein Mann – oder der, der es hätte werden können, wenn die Zeiten andere wären.* Sie wischte sich die Tränen vom Gesicht und stand auf, mühsam, als drücke eine Tonnenlast sie zu Boden. Ihre Mutter sah sie an, die Stirn gerunzelt.

»Was ist mit dir?«

»Mir war schwindlig«, sagte Luise, und es war nicht einmal gelogen. Ihr Blick fiel auf das Mädchen, eine kleine Blonde, die am ganzen Leib zitternd vor der Wohnungstür stand. »Wer ist das?«

»Das ist Susanne. Ich habe sie auf meiner Runde aufgelesen. Sie braucht Arbeit, und dein Vater braucht Pflege. Du willst das ja nicht übernehmen.« Die Stimme der Mutter klang vorwurfsvoll.

»Ich muss arbeiten«, entgegnete Luise müde. Sie hatten die Diskussion häufig genug geführt. Da das Mädchen zu Tode erschrocken aussah, grüßte sie es so freundlich, wie es ihr möglich war. »Guten Tag, Susanne.«

Als Antwort schluchzte das Mädchen auf.

»Was hat der Mann dir denn getan, dass du so verstört bist, Kind?«, fragte Luises Mutter in einem Tonfall, den Luise seit Jahren nicht mehr von ihr gehört hatte. Nicht mehr seit dem ersten Gespräch mit Doktor Jessen. Ein Anflug von Neid erfasste sie, doch sie bekämpfte das Gefühl. Sie war erwachsen. Sie hätte eine Mutter gebraucht, als sie dreizehn gewesen war. Nun war es zu spät – wie so vieles.

»Er hat mir nichts getan«, flüsterte Susanne. »Ich glaub, er hatte Angst vor mir.«

Die Worte trafen Luise mitten ins Herz. Sie mochte sich nicht vorstellen, wie groß die Angst war, die Jo gehabt hatte – und noch immer haben musste. Er irrte durch die Straßen einer fremden Stadt und wusste nicht, wohin.

»Wie sah er denn aus?«

»Er war groß und – irgendwie dunkel.«

»Dunkel? Wie einer von den Zigeunern?«

»Ich weiß nicht. Vielleicht war es auch nur der Kohlenstaub. *Sie* hat ihn sicherlich besser gesehen!« Susanne zeigte auf Luise. »Er muss an ihr vorbei sein.«

»Luise?«

Luise biss sich auf die Unterlippe und schwieg.

»Geht in die Wohnung«, sagte ihre Mutter bestimmt und schob Luise und Susanne in Richtung der Tür. »Ich sehe mich mal im Keller um.«

Kurz überlegte Luise, sie aufzuhalten. Wenn sie den Kohlenkeller durchsuchte, würde sie die Wolldecke und die Flasche finden. Dann aber ging Luise widerstandslos in die Wohnung. Es war ohnehin alles gleichgültig. Jo war fort. Es war

130

nur gerecht, wenn sie jetzt den Zorn ihrer Mutter abbekommen würde.

Der ließ nicht lange auf sich warten. Luise saß auf ihrem Bett, hatte nicht einmal ihre Zimmertür geschlossen. Sie hörte Susanne leise mit dem Vater sprechen. Ihre Mutter kam aus dem Keller geradewegs in Luises Zimmer und warf ihr die Wolldecke vor die Füße.

»Ist das deine?«

Leugnen hatte keinen Sinn. Luise sah ihr an, dass sie die Decke erkannt hatte, ebenso wie die leere Schnapsflasche ihres Vaters.

»Was hast du mit einem Mann im Keller zu schaffen?«

»Nichts.«

Die Mutter holte aus und versetzte ihr eine schallende Ohrfeige. »Sag mir die Wahrheit!«

Luise verschränkte die Arme vor der Brust und schwieg.

»Soll ich die Polizei holen? Vielleicht bringt die dich zum Reden!«

Sollte sie doch. Luise würde kein Wort sagen. Sie war verrückt vor Angst um Jo, aber es half ihm nicht, wenn sie jetzt den Verstand verlor. Nichts half ihm mehr. Er musste sich selbst helfen.

Zwei Ohrfeigen später gab die Mutter es auf und verließ das Zimmer. Luise sprang auf und verriegelte die Tür. Nicht dass jemand auf die Idee käme, Susanne bei ihr einzuquartieren. Sie wollte allein sein mit ihren Gedanken und Erinnerungen.

Sie ließ sich aufs Bett fallen und vergrub die Nase in ihrer Decke. Der Stoff roch nach Jo und den Stunden ihrer Leidenschaft. Viel zu wenige waren es gewesen, viel zu kurz die gemeinsame Zeit. Die Trauer überschwemmte sie so plötzlich, dass sie laut aufschluchzte. Sie krallte die Finger in das Laken, wie sie sie zuvor in Jos Schultern gekrallt hatte, als sie sich geliebt hatten, und ließ die Tränen aus sich herausströmen.

131

Immer wieder überkam sie die Versuchung, aus der Wohnung zu laufen und nach ihm zu suchen. Sie wusste jedoch, dass es hoffnungslos gewesen wäre. Es wurde bereits dunkel, und sie würde ihn niemals finden. So verbrachte sie die Nacht mit Weinen um ihr verlorenes Glück, mit wirren Träumen, aus denen sie schreiend erwachte, und damit, aus dem Fenster in die Finsternis des Hofes zu starren, über dem sich ein sternenübersäter Himmel ausbreitete.

Im Morgengrauen zog sie ihre Arbeitskleidung an und wollte die Wohnung verlassen, ohne ihrer Mutter zu begegnen, doch auch diese schien nicht geschlafen zu haben. Sie trat ihr in den Weg.

»Sag mir endlich, was du getan hast, Luise. Mir ist über Nacht einiges klar geworden. Du hast die ganze Zeit gelogen, nicht wahr? Hast unser Essen diesem Kerl gegeben, und krank warst du auch nie!«

Ja!, hätte sie schreien wollen. *Ja, du hast recht. Und weißt du was? Ich habe mich sogar mit dem Kerl in den Laken gewälzt, und es war das Schönste, was ich je erlebt habe!*

Aber Luise schwieg und sah ihrer Mutter ungerührt in die Augen. Als diese erneut ausholte, um sie zu schlagen, packte Luise ihr Handgelenk und zwang sie, den Arm sinken zu lassen. Dann fuhr sie herum und verließ das Haus.

Sie rannte zum *Hornheim*, in der irren Hoffnung, Jo hätte den Weg dorthin gefunden. Ihre ehemalige Zelle war jedoch leer. Dann streifte sie durch das Vieburger Gehölz, wo sie sich zum ersten Mal begegnet waren, doch auch dort fand sie Jo nicht. Schließlich ging sie zur *Waldwiese*.

Schon von Weitem sah sie den Pferdewagen vor dem Eingang stehen. Er sah nicht aus wie die, die ihre wohlhabenden Gäste nutzten, sondern viel schlichter. Der Verschlag bestand aus hölzernen Gitterstäben. Als wäre er zum Transport von Vieh bestimmt. Ein eisiger Schauder überlief Luise, und sie rannte los.

Sie kam gerade noch rechtzeitig – und auch wieder nicht. Rechtzeitig, um zu sehen, wie eine mit einer Decke verhüllte Gestalt, die Jo sein musste, von drei Männern grob in den Verschlag geschoben wurde. Zu spät, um ihm zu helfen. Als ob sie das vermocht hätte! Dennoch lief sie weiter, bis sie den Wagen erreichte. Die Männer entfernten sich in Richtung Eingang, der Kutscher las eine Zeitung und bemerkte sie nicht. Sie klammerte sich an die Gitterstäbe.

»Jo!«, wisperte sie und spähte zu ihm hinein.

Er zog die Decke von seinem Kopf und sah sie an. Sein Gesicht war verquollen, seine schönen Lippen aufgeplatzt, ein Auge zugeschwollen. Das andere blickte ihr voller Furcht entgegen. Luise biss sich auf die Zunge, um nicht aufzuschreien. Welcher Unmensch hatte ihn so zugerichtet? War es der wütende Aufseher gewesen?

»Isi«, flüsterte er, die Stimme rau. »Isi.«

»Jo. Es tut mir so leid. Ich liebe dich!«

Seine Finger tasteten nach ihren, und durch die Gitterstäbe berührten sie sich. Sie presste ihr Gesicht dagegen, und dann bekam sie den Kuss, ohne den sie sich nicht trennen konnten. Es war kein richtiger, denn die Stäbe behinderten sie, aber es war besser als nichts. Sie schmeckte sein Blut und die Tränen, die aus dem heilen Auge liefen. Sie mischten sich mit ihren.

»Was tun Sie denn da, Mädchen?«, rief der Kutscher vom Bock herunter. »Verschwinden Sie! Wir fahren gleich ab.«

Sie fuhr zurück, wischte sich hastig mit dem Ärmel über das Gesicht, da kam auch schon der Aufseher.

»Einen letzten Blick auf den Wilden, was, kleines Fräulein Kellnerin?« Er grinste. »Nächstes Jahr kommen wir mit einer neuen Truppe, dann kriegen Sie so was wieder zu sehen. Nur vielleicht nicht wieder Kameruner wie den. Gibt ja noch mehr Kolonien mit sehenswerten Geschöpfen. Ein paar schöne Samoanerinnen wären nach meinem Geschmack.« Er zwinkerte ihr zu. Alle Wut war aus seinem Gesicht verschwunden, doch das machte ihn nicht sympathischer. Er wirkte so zufrieden, als habe er seinem Ärger ausreichend Luft gemacht, und so wie Jo aussah, war das wohl auch der Fall ...

»Wohin bringen Sie ihn?«, krächzte Luise. Ihre Stimme wollte ihr nicht gehorchen.

»Nach Hamburg zu seiner Truppe, wo er hingehört.« Der Aufseher kletterte neben den Kutscher und sah auf sie herunter.

»Hatte er nicht Streit mit einem der Männer? Ich habe gehört ...«

»Da haben Sie richtig gehört. Hätte ihn beinahe erledigt, der andere Kerl. Aber die Wunde heilt schon. Was schert Sie das?«

Gern hätte sie ihm entgegengeschrien, was es sie scherte, ebenso, wie sie es der Mutter hatte entgegenschreien wollen. Dass sie den Mann liebte, den alle wie ein Tier behandelten. Dass sie in seinen Augen, seinen Berührungen, seinem Tonfall und den Tränen, die er mit ihr geweint hatte, seine Gefühle hundertmal deutlicher ablesen konnte, als hätte er sie in ihrer Sprache ausgesprochen. Stattdessen hob sie die Schultern.

»Ich weiß nicht. Er tut mir irgendwie leid.«

»Der Kerl hat uns fast 'ne Woche auf Trab gehalten und kostet uns ein Vermögen mit der Extrafahrt und allem. Der muss Ihnen nicht leidtun. Aber wenn es Sie beruhigt: Ich passe schon auf, dass ihm nichts geschieht. Der muss erst mal den Verlust wieder einbringen. Schönen Tag, Fräuleinchen.«

Er gab dem Kutscher ein Zeichen, und der Wagen setzte sich in Bewegung. Luise starrte ihm noch nach, als er längst in die Hamburger Chaussee abgebogen und nicht mehr zu sehen war. Die Tränen hatten wieder zu strömen begonnen, und sie wischte sie nicht fort. Die Verzweiflung drohte sie erneut zu übermannen, aber sie kämpfte dagegen an, sich zu verlieren. Wozu sie kämpfte, wusste sie nicht. Warum nicht aufgeben? Warum nicht wieder jemand anderer sein und den Schmerz nicht mehr spüren? Sollten sie sie doch einsperren! Es konnte nicht schlimmer sein als dieses Gefühl. Noch lieber wäre sie auf der Stelle gestorben.

Sie hatten ihren Abschied bekommen, Luises Trauer schmälerte das nicht. Immerhin hatte sie erfahren, aus welchem Land Jo stammte. Kamerun. Sie hatte keine Ahnung, wo das lag, keine Vorstellung, wie es dort aussah. Sie schämte sich dafür.

Sie wusste nicht, wie lange sie dagestanden und in die Richtung gestarrt hatte, in der der Wagen verschwunden war. Irgendwann riss sie sich aus ihrer Bewegungslosigkeit, wischte sich das Gesicht ab und betrat die *Waldwiese*. Sie fühlte sich leer, wie ausgehöhlt, und hatte keine Ahnung, wie sie die nächsten Stunden, Tage, Wochen überstehen sollte. Wie sie überhaupt weiterleben sollte. Doch sie hatte sich entschieden, es zu versuchen. Sie spürte, sie war es Jo schuldig. Und Julius. Hatte er ihr nicht immer wieder beteuert, das Leben sei lebenswert, was auch geschah? Und hatte er nicht recht behalten? Hätte sie sich vor sechs Jahren aufgegeben, hätte sie die Zeit mit Jo nicht erleben dürfen.

Caroline kam ihr entgegen. »Da bist du ja! Wie siehst du denn aus? Du bist ja ganz verheult.« Luise antwortete nicht, aber das schien Caroline nicht zu stören. Sie senkte die Stimme. »Du hast das Aufregendste verpasst. Sie haben heute früh endlich den Wilden im Wald gefunden. Wo der die ganze Zeit war, ist allen ein Rätsel. Schließlich haben sie seit Tagen im Gehölz nach ihm gesucht. Jedenfalls, nun haben sie ihn. Stell dir vor, er hatte Hemd und Hosen an! Er muss sie gestohlen haben, und …«

»Nein!«, fuhr Luise sie an.

Caroline verstummte und hob die Augenbrauen.

»Er muss die Kleidung nicht gestohlen haben«, ergänzte Luise ruhiger. »Vielleicht hat sie ihm jemand gegeben.« Der

Gedanke, dass Jo die Kleider ihres Vaters noch immer trug, war seltsam tröstlich.

Caroline musterte sie mit gerunzelter Stirn, und unter ihrem forschenden Blick wurde Luise heiß. Nach einigen endlosen Sekunden hob ihre Kollegin die Schultern.

»Wie auch immer. Drei Mann haben ihn hergeschleppt, zum Glück, bevor die ersten Gäste kamen. Sie hatten ihre liebe Müh mit ihm und mussten ihn übel zurichten, ehe er sich mitnehmen ließ.«

Luise kamen wieder die Tränen. Sie konnte sich nicht vorstellen, dass sich Jo gewehrt hatte. Gewiss hatten ihn die Männer ohne Grund verprügelt oder nur deswegen, weil er fortgelaufen war.

Caroline schüttelte den Kopf. »Nun red schon, Deern. Was ist los mit dir? Heulst du etwa über den Afrikaner? Du kennst den doch gar nicht.«

Wenn du wüsstest, dachte Luise. Laut sagte sie: »Meine Mutter hat ein Mädchen eingestellt und wird dafür von mir noch mehr Geld verlangen. Sie wirft mir vor, mich nicht um den Vater zu kümmern, deshalb ist jetzt auch noch diese Susanne bei uns in der winzigen Wohnung.« Es klang in Luises Ohren wie die lahme Ausrede, die es war, aber Caroline gab sich damit zufrieden.

»Du gibst sowieso all deine Kröten schon zu Hause ab. Die sollen dich doch in Ruh lassen! Na, aber die Arbeit hier macht dir ja Freude mit mir und den Jungs. Da kommt es auf ein paar Stunden mehr auch nicht an. Auf, frisch ans Werk!«

Kapitel 12

Wohnung der Familie Johannsen, Hassee bei Kiel, Juli 1901

Es kam tatsächlich nicht auf die wenigen Stunden an, die Luise nun länger arbeitete. Sie war froh über jede Minute, die sie nicht in der Wohnung verbringen musste. Susanne war nach einigen Nächten auf dem Sofa schließlich doch in Luises Zimmer einquartiert worden, was ihr jede Möglichkeit nahm, in Ruhe um Jo zu weinen und sich den Erinnerungen an die Stunden mit ihm hinzugeben. Ihr Bettzeug hatte sie auf Befehl der Mutter waschen müssen, und nun hatte sie nichts mehr, um sich seinen Geruch ins Gedächtnis zu rufen.

Wieder und wieder träumte sie von ihm, seinem zerschundenen Gesicht, dem Moment, in dem sie sich hatten trennen müssen. Sie träumte, sie wolle ihm nachlaufen, aber ihre Füße bewegten sich nicht von der Stelle, sie schrie, aber kein Laut drang aus ihrem Mund. So brachten die Nächte keine Erholung, und die langen Arbeitstage taten ihr Übriges, dass Luise ständig erschöpft war.

Wann immer sie den Namen der Stadt Hamburg hörte, nahm sie sich vor, wieder Münzen in ihrer Konfektschachtel zu sammeln, bis sie genug Geld gespart hätte, um eine Zugfahrkarte und eine Eintrittskarte in Hagenbecks Tierpark zu kaufen. Sie malte sich aus, wie sie Jo wiedersehen, ihn wieder umarmen und küssen würde. Jedes Mal jedoch verwarf sie den Plan. Hamburg war nicht weit, und dennoch war Jo unerreichbar für sie. Wie hätte sie ihn befreien, wie für sie beide sorgen sollen? Sie hätte es versucht, hätte alles versucht, wenn sie sicher gewesen wäre, dass er es auch wollte. Dass er in diesem Land bleiben wollte, in dem er ein Fremder war und keinen Menschen verstand.

Inzwischen hatte sie sich über Kamerun informiert, so gut es ihr möglich gewesen war, wusste nun auch, an welcher Stelle ihres Weltkarten-Anhängers dieses Land lag. In der umgebauten und vor Kurzem wiedereröffneten Volksbibliothek der Gesellschaft freiwilliger Armenfreunde hatte sie einen Band über Afrika entdeckt, in dem auch etwas über Jos Heimatland stand. Es war dort heiß, im Durchschnitt heißer, als es in Kiel überhaupt je wurde, und die Beschreibung der Landschaft klang zwar stellenweise nach Kargheit und Dürre, aber auch nach urwüchsiger Pflanzenwelt, Weite und Freiheit. Im deutschen Winter würde Jo frieren, und das Leben zwischen Mauern würde ihn möglicherweise traurig machen. Das war das Letzte, was Luise wollte. Da wollte lieber sie traurig bleiben.

Das willst du doch sowieso, höhnte ihre innere Stimme. *Sonst würdest du dir mal jemanden suchen, der bei dir bleibt.*

Sie nahm sich vor, es zu versuchen.

Sie scheute sich nicht mehr davor, nun häufiger als Kellnerin zu arbeiten und sich auch als eine solche zu bezeichnen. Bei der Arbeit bemerkte sie, dass sie die Angst vor Männern, selbst wenn diese blond und blauäugig waren, zwar noch nicht vollständig verloren, aber doch inzwischen unter Kontrolle hatte. Sie brachte es sogar über sich, auf die eine oder andere freundliche Tändelei einzugehen, auch wenn sie sich dabei fühlte, als würde sie Jo betrügen. Ihr Leben musste jedoch weitergehen, und was hatte sie zu verlieren? Ihre Unschuld jedenfalls nicht mehr. Die hatte sie in jeder Beziehung längst verloren. Wenn Caroline sie nun darauf hinwies, dass ihr ein junger, hübscher Gast schöne Augen machte, hielt sie sich nicht mehr von ihm fern, sondern schenkte ihm ein Lächeln.

»Der da, der ist Leutnant«, raunte Caroline ihr eines Sommerabends zu und nickte verstohlen in Richtung eines blonden Mannes, der mit zwei weiteren Herren auf der Terrasse saß und die Abendsonne genoss. »Der war letztens in Uniform hier. Und ein *Von* ist der auch, hab ich gehört.«

»So einer heiratet mich sowieso nicht«, flüsterte Luise zurück.

»Kann man nie wissen!« Caroline zwinkerte ihr zu, sprang Hans in den Weg und entriss ihm sein Tablett. »Den Tisch bedient Luise«, sagte sie und hielt ihr das Tablett hin. »Los, geh schon. Und sei bloß nicht so schüchtern!«

Luise schluckte und trat zu dem Tisch, an dem der blonde Leutnant mit seinen Kameraden saß.

»Guten Abend, die Herren«, rief sie betont fröhlich und musterte die Getränke auf dem Tablett. »Wer bekommt das Wasser?«

»Ich«, sagte der Blonde und sah zu ihr auf. Hatten sich seine Wangen gerötet, oder bildete sie sich das nur ein?

Sie stellte das Glas vor ihm ab und verteilte die Biergläser an die beiden anderen Gäste.

»Unser Constantin hier trinkt nie«, feixte einer der Männer. »Dabei würde es ihm guttun, mal ein wenig lockerer zu werden. Aber die Steifheit gehört in Adelskreisen wohl zum guten Ton.«

Der andere stimmte in das Lachen ein, und der Blonde errötete noch stärker. Mitleid erfasste Luise.

»Nicht jeder braucht Alkohol, um locker zu sein«, gab sie zurück. »Manch einem mangelt es vielleicht nur an der richtigen Gesellschaft.«

Sie lächelte die Männer an, um ihren Worten die Schärfe zu nehmen, zwinkerte dem Blonden zu und zog sich rasch von dem Tisch zurück. Was war nur in sie gefahren? So durfte sie doch Gäste nicht behandeln! Ein verstohlener Blick zeigte ihr jedoch, dass die Herren ihr nicht gram waren, sondern ihrem verspotteten Freund fröhlich zuprosteten. Auch eine zotige Bemerkung über seinen guten Stand bei Frauen im Allgemeinen und bei dem hübschen Fräulein Kellnerin im Besonderen hörte sie im Fortgehen, und nun war sie es, deren Wangen heiß wurden.

Luise brachte noch viele Male an diesem Abend Getränke an den Tisch der drei Marinesoldaten. Sie waren die letzten Gäste, die noch auf der Terrasse saßen, als die Sonne längst untergegangen war und flackernde Laternen den Park in schummriges Licht tauchten. Schließlich nahte der Feierabend, und Luise trat noch einmal zu den dreien.

»Wir schließen gleich«, verkündete sie. »Möchten Sie noch ein letztes Getränk bestellen?«

»Nein, danke«, sagte der Rothaarige, den die anderen Männer Fred genannt hatten. Er kicherte auf eine höchst kindische Art und Weise, was Luise nicht verwunderlich fand, da er dem Bier reichlich zugesprochen hatte. Sie hob die Augenbrauen und sah den blonden Leutnant an. Dessen Gesicht nahm einen peinlich berührten Ausdruck an, er öffnete den Mund, doch sein anderer Kamerad war schneller.

»Constantin wünscht sich noch etwas, aber gewiss kein Getränk!« Er stimmte in das Kichern ein, das immer lauter wurde, dann fuhr er fort: »Er möchte Ihren Namen wissen, schönes Fräulein.«

»Möchte er das?« Luise lächelte den Blonden an. »Warum fragt er dann nicht?«

Nun erhoben sich die beiden anderen lachend, stießen einander in die Seiten, hakten sich unter und schritten schwankend auf die Terrassentür zu.

»Constantin zahlt!«, rief der eine über seine Schulter, was das Gespann so aus dem Gleichgewicht brachte, dass beide Männer gegen die Türzargen taumelten, erst links, dann rechts. »Viel Spaß noch, mein Freund!«

Luise konnte sich ein Lachen nicht verbeißen, dann wandte sie sich an den Leutnant. »Muss ich den beiden hinterher, oder zahlen Sie tatsächlich?«

»Natürlich zahle ich.« Er erhob sich und wühlte einen Geldbeutel aus seiner Hosentasche. Luise zog ihren Schreibblock aus der Schürze und überschlug schnell, was er ihr schuldig war.

Er gab ein so reichliches Trinkgeld, dass es ihr fast peinlich war. Aber nur fast. Sie brauchte jeden Pfennig, denn nur so konnte sie verhindern, dass Susanne entlassen wurde und sie selbst den Vater pflegen musste.

»Vielen Dank«, sagte sie und deutete einen Knicks an.

»Wie heißen Sie?«, platzte der Mann heraus, und selbst im schwachen Licht, das aus dem Gebäude auf die Terrasse fiel, sah sie ihn erröten. Als sie nicht sofort antwortete, fuhr er mit stockender Stimme fort: »Sie … Sie haben doch gesagt, ich soll fragen. Wenn es Ihnen nicht recht …«

»Luise«, unterbrach sie ihn schnell und lächelte zu ihm auf, damit er sich nicht länger schlecht fühlte. »Luise Johannsen.«

»Sehr erfreut«, sagte er steif und reichte ihr die Hand. »Constantin von Wiedenfels, Leutnant der Kaiserlichen Marine.«

Luise ergriff kurz die eiskalten Finger des Mannes. »Es freut mich ebenfalls.«

»Darf ich Sie nach Hause begleiten?«, fragte er, offenbar mutig geworden durch ihre freundliche Reaktion.

»Ich muss noch arbeiten. Meine Schicht endet nicht, wenn die Gäste gegangen sind. Wir müssen noch aufräumen, putzen …«

»J-ja, natürlich! Es tut mir leid!« Er fuhr sich durch den kurz geschnittenen blonden Schopf. »Ich könnte auf Sie warten.«

Er war höflich, liebenswürdig, nüchtern. Dennoch bekam Luise plötzlich Angst vor der eigenen Courage. Mit diesem

Mann durch die dunklen Straßen zu gehen ... Da ging sie doch lieber allein.

»Besser nicht«, sagte sie. Er sah geknickt aus, und sie fügte rasch hinzu: »Nicht heute. Vielleicht ein anderes Mal.«

Er nickte und lächelte. »Gute Nacht, Fräulein Johannsen.«

»Gute Nacht, Herr von Wiedenfels.«

Sie ließ ihn stehen, vernahm aber im Weggehen noch sein Seufzen und meinte, eine Mischung aus Verzücktheit und Enttäuschung herauszuhören. Sofort schalt sie sich eine Närrin. Was sollte ein Leutnant, noch dazu einer von adliger Herkunft, an ihr finden? Sicher, sie war deutlich jünger als er – sie schätzte ihn auf Anfang dreißig – und nicht hässlich, aber er hatte gewiss genügend Auswahl an Frauen, die hübscher und gebildeter waren und keinen fragwürdigen Beruf ausübten, um ihren Lebensunterhalt zu bestreiten.

Andererseits – warum war er dann nicht längst verheiratet?

Luise schob diese sinnlosen Gedanken, die ihr nicht zustanden, beiseite, lieferte das eingenommene Geld beim blonden Peter ab und ging in die Küche, um Caroline und den anderen beim Putzen zu helfen.

Als sie den Wischlappen über die Arbeitsfläche gleiten ließ, überfiel sie unvermittelt wieder die heftige Traurigkeit, die sie seit Jos Verschwinden fast ständig begleitete, und Tränen stiegen ihr in die Augen. Überrascht erkannte sie, dass der Schmerz den größten Teil des Abends schwächer gewesen war als üblich, und die Gewissensbisse verursachten ihr Übelkeit. Sie arbeitete viel, um sich abzulenken, ja, aber es hatte nie wirklich funktioniert. Nicht so wie an diesem Tag, da sie mit einem anderen Mann beschäftigt gewesen war.

Auch das war bloß Arbeit, sagte sie sich. *Du hast schließlich nicht getändelt. Außerdem hilft es Jo nicht, wenn du dich für den Rest deines Lebens wie eine Nonne verhältst.*

Das schlechte Gefühl jedoch ließ nicht nach, und in der

Nacht quälten Luise erneut Albträume. Sie wachte ebenso erschöpft auf, wie sie schlafen gegangen war, und sie bereute, sich für Früh- und Spätschicht eingetragen zu haben. Sie schleppte sich zur *Waldwiese* und fühlte sich bereits vollkommen zerschlagen, ehe überhaupt die Abendgäste auftauchten. Caroline, die erst zur Spätschicht kam, beäugte sie wieder einmal kritisch, verkniff sich aber entgegen ihrer sonstigen Art jeglichen Kommentar. Luise war dankbar dafür.

Als sie sah, dass Constantin von Wiedenfels erneut an demselben Tisch auf der Terrasse saß, bat sie darum, an diesem Abend nicht bedienen zu müssen. Sie fühlte sich nicht in der Verfassung, dem Mann zu begegnen. Fritz, dem an diesem Tag die Einteilung der Angestellten oblag, runzelte zwar die Stirn, schickte sie aber in die Küche. Erleichtert machte sie sich daran, Gemüse zu putzen. Leider wurde es am späteren Abend so voll, dass sie doch wieder hinausmusste, und natürlich überließen ihr die Kollegen den Tisch des Leutnants.

Bevor sie zu ihm ging, beobachtete sie ihn eine kleine Weile. Dieses Mal war er allein, klammerte sich an seinem leeren Glas fest und ließ den Blick wie suchend umherwandern. Als er auf sie fiel, huschte ein Strahlen über sein Gesicht. Luise wurde heiß. Es war nicht länger zu leugnen – der Mann hatte Interesse an ihr. Wie sollte sie darauf reagieren?

»Los, an die Arbeit!« Der dunkle Peter schubste sie sanft an und riss sie damit aus ihren Gedanken. »Ich sehe auf den ersten Blick zehn Tische, auf denen die Gläser leer sind.«

Luise riss sich zusammen und trat zu dem blonden Leutnant. »Guten Abend, Herr von Wiedenfels. Was darf ich Ihnen bringen?«

»Fräulein Johannsen. Ich freue mich, Sie zu sehen.« Er räusperte sich und errötete. »Ich hatte schon befürchtet, Sie hätten heute Ihren freien Tag.«

»Es ist sehr viel zu tun«, sagte sie und deutete auf sein Glas.

»Oh ... Ja, natürlich. Ich hätte gern noch einen Apfelsaft.«
Enttäuschung schwang in seiner Stimme mit.

»Kommt sofort.« Sie quälte sich ein Lächeln ab, nahm das
leere Glas und lief eilig zum Tresen.

Luise verstand sich selbst nicht. Am Vortag hatte es sie
nicht gestört, sich mit Herrn von Wiedenfels zu unterhalten,
freundlich zu ihm zu sein, ihm Aufmerksamkeit zu widmen.
Nun jedoch fiel es ihr schwer. Sie schob es auf ihre Erschöpfung und rief sich zur Ordnung. Hatte sie sich nicht vorge-
nommen, die Chance, einen netten Mann kennenzulernen, zu
ergreifen, wenn sie sich bot? An die Zukunft zu denken und
nicht an die Vergangenheit? Schuldgefühle waren nicht ange-
bracht, und sie musste sie verdrängen, nach vorn blicken.

Sie brachte dem Leutnant sein Getränk und nahm sich die
Zeit, ihm ein ehrliches Lächeln zu schenken, ehe sie sich ihren
anderen Tischen zuwandte. Sein glückliches Lächeln und ein
reichliches Trinkgeld waren der Lohn für ihre Überwindung.

Auch in den folgenden Tagen und Wochen wechselten
Luises Stimmungen schneller als das Wetter im April, und sie
konnte sich keinen Reim darauf machen. Die Zeit verschwamm, oft genug wusste Luise nicht, welcher Wochentag
war, manchmal vergaß sie sogar den Monat. Mit jedem Morgen fiel ihr das Aufstehen schwerer, doch stets tat sie es, denn
es gab nichts Schlimmeres, als wach im Bett zu liegen und daran zu denken, wie es sich angefühlt hatte, es mit Jo zu teilen.
Es war der Ort, an dem sie sich ihm am nächsten fühlte, und
auch der Ort, an dem sie ihn am schmerzlichsten vermisste.

Mit der Zeit ließen die Grübeleien über Jo im selben Maße
nach, in dem ihre Erschöpfung wuchs, die Traurigkeit verlor
ihren spitzen Stachel und wurde zu einem stetigen, unter-
schwelligen Schmerz, wie von einem Splitter, den man nicht
entfernen konnte.

Constantin von Wiedenfels kam häufig in die *Waldwiese*,
manchmal einige Abende hintereinander, dann eine Woche

gar nicht, sodass Luise schon glaubte, er käme nicht mehr. Aber er kam immer wieder, suchte das Gespräch, seine Blicke liebkosten sie. Sie verstand es nicht. Sie fühlte sich hässlich wie selten zuvor, fand ihre Haare strähnig und ihre Haut unreiner denn je, und aus dem Spiegel blickten ihr Augen entgegen, die von dunklen Schatten umrahmt waren.

Nach einer Woche ohne freien Tag und mit Doppelschichten sackten Luise eines Sonntagnachmittags während der Arbeit die Beine weg, als sie gerade ein Tablett mit leeren Gläsern ins Abwaschwasser geben wollte. Drei gingen dabei zu Bruch, sie selbst fiel unsanft zu Boden, und Fritz schickte sie mit einem Glas gezuckerter Limonade in den Garten, um sich auszuruhen. Caroline half ihr hinaus, platzierte sie auf einer Bank im Schatten mit Blick auf den Teich und verschwand. Luise atmete tief die sommerlich warme Luft ein und nahm einen großen Schluck ihres Getränks, und die Süße und die Säure kitzelten gleichermaßen ihren Gaumen.

Süß und sauer wie das Leben, dachte sie. *Und im Nachgeschmack bitter.* Sie lachte laut auf. *Vielleicht sollte ich Gedichte schreiben.*

Ein Räuspern erklang in unmittelbarer Nähe. Luise wandte den Kopf.

»Ich freue mich, Sie lachen zu hören, Fräulein Johannsen«, sagte Constantin von Wiedenfels. Er blickte mit einem schüchternen Lächeln auf sie herab. »Eben sind Sie mit Ihrer Kollegin an mir vorbeigegangen, und ich hatte den Eindruck, dass es Ihnen nicht gut ging.«

»Das ist richtig«, erwiderte sie. »Aber ich habe mich bereits erholt.«

Sie rutschte ans Ende der Bank und deutete neben sich. Der Leutnant ließ sich so vorsichtig nieder, als befänden sich rohe Eier in seinen Hosentaschen. Reichlich Platz blieb zwischen ihnen frei, denn er schien nicht zu wagen, sich mit seinem kompletten Gesäß auf die Bank und in ihre unmittelbare

Nähe zu setzen. Er blickte auf den Teich hinaus, bewegte die Lippen, wie um etwas zu sagen, schwieg aber. Die betretene Stille machte Luise zu schaffen, und so suchte sie das Gespräch.

»Stammen Sie aus Kiel, Herr von Wiedenfels?«

Sein Kopf fuhr herum, und er sah sie an, als sei er überrascht, dass sie mit ihm sprach.

»N-nein. Meine Familie lebt südlich von Hannover. Und Sie?«

»Kielerin. Gebürtig und noch nie woanders gewesen. Mein Vater hat auf der Germaniawerft gearbeitet.«

»Oh, wirklich? Das Schiff, auf dem ich meinen Dienst verrichte, wurde dort gebaut. Die *SMS Nymphe* ist wenige Wochen vor der Jahrhundertwende vom Stapel gelaufen. Vielleicht hat Ihr Vater sogar daran mitgearbeitet, was denken Sie?«

»Sehr wahrscheinlich sogar«, presste sie mühsam hervor. Wenige Wochen vor der Jahrhundertwende … Drei Tage später hatte der Unfall ihres Vaters alles verändert.

»Ihre Miene hat sich verdüstert, Fräulein Johannsen. Habe ich etwas Falsches gesagt?«

»Nein, nein!«, versicherte sie schnell. »Es macht mich nur traurig, an die Werft zu denken. Mein Vater kann seinen Beruf nicht mehr ausüben, er hatte einen Unfall.«

»Das tut mir sehr leid«, sagte der Leutnant leise. »Deshalb müssen Sie hier arbeiten, nicht wahr?«

Sie wollte ihm sagen, dass sie ihre Arbeit mochte, doch sie schwieg und nickte nur. Was für einen Eindruck hätte es gemacht, zuzugeben, dass sie gern Kellnerin war? Besser, er dachte, es sei eine reine Notwendigkeit.

»Wissen Sie, woran ich stets denken muss, wenn ich das Wort *Jahrhundertwende* höre?«, fragte er betont fröhlich. »An Sie!«

»An mich?«

146

»Ja!« Seine Wangen röteten sich. »Sie werden sich nicht daran erinnern, aber wir haben auf der Jahrhundertwendfeier hier in der *Waldwiese* zusammen getanzt.«

»Wirklich?«

Sie musterte ihn. Konnte es wahr sein? War er der Mann, mit dem sie die gestohlene Polka getanzt hatte? Der erste Mann seit *der Sache*, dessen Hände ihren Körper berührt hatten? Sie erinnerte sich nicht an sein Aussehen, wohl aber daran, froh gewesen zu sein, als er sie losgelassen hatte. Aber das war vor Jo gewesen. Bevor er sie geheilt hatte. Sie ertappte sich dabei, dass sie sich fragte, wie sich ein Tanz mit Herrn von Wiedenfels heute anfühlen würde. Der Prinz hatte das Aschenputtel gefunden. Konnte das Märchen eine Fortsetzung bekommen?

Das Schuldgefühl überflutete sie so plötzlich wie unerwartet. Es ging dabei nicht nur um Jo, sondern vor allem um sie selbst – und um den Mann neben ihr. Sie war mittellos und keine Jungfrau mehr, und es stand ihr nicht zu, sich eine Annäherung zwischen ihr und einem Offizier aus adligem Hause auszumalen. Sie musste sich seinen Avancen entziehen!

»Ich habe Sie nie vergessen, Fräulein Johannsen, obwohl ich nicht einmal Ihren Namen wusste. Als ich Anfang dieses Jahres auf die *Nymphe* und damit dauerhaft nach Kiel versetzt wurde, hatte ich gehofft, Sie wiederzusehen.« Mit jedem Wort sprach er schneller. »Ich bin so froh, dass Sie immer noch hier arbeiten. Auch wenn es mir für Sie natürlich leidtut, dass Sie es müssen ... Sie sehen so müde aus! Sie sollten nicht arbeiten müssen. Sie sollten tanzen und ...«

Sein Redeschwall schien kein Ende nehmen zu wollen, und Luise war froh darüber, denn sie hätte nicht gewusst, was sie auf sein Geständnis erwidern sollte. Sie nippte an ihrer Limonade, schluckte krampfhaft, nippte wieder. Sie klammerte sich an ihrem Glas fest, als sei es ein rettender Anker.

Plötzlich verstummte er, sah sie erwartungsvoll an. Was hatte er zuletzt gesagt? Sie kicherte nervös.

»Oh, nun habe ich Sie in Verlegenheit gebracht. Das war nicht meine Absicht.« Er rückte ein winziges Stück näher an sie heran. »Sie dürfen gewiss keine Einladungen von Gästen annehmen, nicht wahr? Aber vielleicht könnten wir ein anderes Lokal aufsuchen.«

Er hatte sie eingeladen? Ein Mann wie er, ein Offizier der Kaiserlichen Marine, lud eine Kellnerin ein?

Mit jeder Sekunde, die sie nicht antwortete, wurde seine Miene enttäuschter. »Sie dürfen ruhig sagen, wenn Sie nicht möchten«, presste er schließlich mit rauer Stimme hervor. Er sah sie nicht mehr an, sondern fixierte einen Punkt jenseits des Teiches.

»Es ist nicht so, dass ich nicht möchte«, sagte sie leise. »Nur … es ist ungewohnt. Ich werde nie eingeladen. Lassen Sie mir etwas Zeit, Herr von Wiedenfels, ich bitte Sie.«

Warum tat sie das? Warum machte sie ihm Hoffnungen? Hatte sie nicht eben noch vorgehabt, sich von ihm fernzuhalten, um seiner selbst willen? Luise konnte nicht umhin, sich geschmeichelt zu fühlen. In diesen Tagen, in denen sie so wenig von sich hielt, gab es jemanden, der Zeit mit ihr verbringen wollte.

Und wenn er sie nur für ein loses Frauenzimmer hielt und gar keine ehrenhaften Absichten hatte?

Doch nein, den Eindruck machte er nicht. Scheu blickte er sie wieder an, fuhr sich durch den Blondschopf.

»Natürlich lasse ich Ihnen Zeit. Wenn Sie mir im Gegenzug die Hoffnung lassen, dass Sie eines Tages mit mir ausgehen.«

Dies war die Gelegenheit – vielleicht die letzte –, ihm zu sagen, dass sie nicht mit ihm ausgehen würde. Sie musste ihn vor den Kopf stoßen, aber letztendlich war es besser für ihn.

Dennoch brachte sie es nicht über sich. Er sah sie so erwartungsvoll an, dass sie ihn anlächeln musste. Er seufzte, und es klang erleichtert.

»Luise!« Carolines Stimme gellte zu ihr herüber. »Geht's wieder? Ich brauche Hilfe bei meinen Tischen!«

Luise wandte den Kopf und sah die Kollegin, die ein übervolles Tablett in schwindelerregender Weise vor sich balancierte. Sie sprang auf.

»Ich muss arbeiten«, sagte sie schnell. »Vielen Dank für Ihre nette Gesellschaft, Herr von Wiedenfels.«

Er erhob sich ebenfalls, ergriff ihre Hand. »Die Freude ist ganz meinerseits. Darf ich Sie heute Abend nach Ihrer Schicht nach Hause begleiten?«

»Luise!«

Sie drückte ihm ihr leeres Glas in die Hand und rannte auf Caroline zu. Im letzten Moment packte sie das Tablett und verhinderte so, dass die Kollegin es fallen ließ. Während Caroline die gefüllten Gläser an die Gäste verteilte, blickte Luise über ihre Schulter zu Constantin von Wiedenfels, der noch immer neben der Bank stand und sie ansah. Ehe ihr bewusst wurde, was sie tat, hatte sie ihm ihre Zustimmung zugenickt.

»Dein Leutnant ist immer noch auf der Terrasse«, sagte Caroline kurz vor Feierabend zu Luise.

»Ich weiß. Er will mich nach Hause bringen.«

Die Kollegin lachte auf. »Na, den hast du wohl beeindruckt.«

»Er behauptet, wir hätten zur Jahrhundertwende miteinander getanzt. Du hast uns doch damals gesehen. Weißt du, ob er es war?«

Das Lachen wurde lauter. »Ich weiß nicht mal mehr, was ich letzten Dienstag gegessen hab. Und Männer sind sowieso einer wie der andere, und keiner davon interessiert sich für mich. Wieso sollte ich mir ihre Gesichter merken?« Dann wurde sie ernst. »Willst du denn, dass er dich nach Hause bringt? Du wirkst nervös.«

»Ja … Ich mache mir Sorgen.«

»Über seine Absichten?«

Luise nickte. »Allein mit einem Mann durch die dunklen Straßen gehen – der Gedanke behagt mir nicht.«

»Wenn es dir hilft, folge ich euch in einigem Abstand.«

»Das würdest du tun?«

»Natürlich!« Caroline zwinkerte ihr zu. »Wenn es dir so leichter fällt, gern. Ich kann doch nicht zulassen, dass du die Chance wegwirfst, eine *Von* zu werden, nur weil du Angst hast.«

»Ich werde keine *Von.* Bestimmt nicht.«

»Das weiß man nie.« Caroline warf den Putzlappen ins Spülbecken. »Also los! Raus mit dir zu deinem Galan. Ich bleibe in den Schatten hinter euch, bis du sicher in deiner Wohnung bist.«

Luise küsste sie auf die Wange, wusch sich die Hände und eilte hinaus auf die Terrasse, wo Constantin von Wiedenfels sie mit einem warmen Lächeln empfing. Er bot ihr seinen Arm und führte sie auf die Straße. Luise sah zu ihm auf. Im sanften Licht, das aus den Fenstern der Häuser in der Hamburger Chaussee drang, schimmerte sein Haar golden. Er war das genaue Gegenteil von Jo, was Luise im selben Maße erleichterte, wie es ihr Schuldbewusstsein nährte. Zwar musste sie nicht das Gefühl haben, ihn zu ersetzen, aber gerade dadurch, dass sie es nicht tat, fühlte es sich an, als sei Jo nicht richtig gewesen, nicht gut genug. Luises Kopf schwirrte, sie konnte ihre Gedanken nicht ordnen. Alles ergab einen Sinn und doch wieder nicht. Obwohl ihr die Gegenwart des Leutnants nicht unangenehm war, wäre sie am liebsten davongelaufen. Sie widerstand dem Drang, sich nach Caroline umzudrehen. Als das Schweigen unbehaglich wurde, beschloss sie, es mit einem Gespräch zu versuchen.

»Mich wundert«, begann sie, »dass Sie nicht viel häufiger und länger auf See sind.« Da wurde ihr bewusst, dass ihre Worte klangen, als wünschte sie sich, er wäre fort, und sie ergänzte schnell: »Ich dachte, Marinesoldaten wären nie lange am selben Ort.«

»Die *Nymphe* ist ein Versuchsschiff der Torpedoinspektion, und die hat ihren Sitz in Kiel. Wir fahren selten für längere Zeit hinaus, worüber ich augenblicklich sehr froh bin.« Er lächelte ihr zu. »Sie als Werftarbeitertochter kennen sich sicherlich gut mit Schiffen aus, nicht wahr? Die *Nymphe* ist ein Kleiner Kreuzer, das dritte Schiff der Gazelle-Klasse, das sagt Ihnen sicherlich etwas.«

Luise wusste von ihrem Vater einiges über Kriegsschiffe, dennoch fiel es ihr schwer, Interesse zu heucheln. Schließlich waren es keine Schiffe, auf denen sie als Frau je mitfahren würde. Wenn er über Schnelldampfer gesprochen hätte, die New York anliefen, wäre es etwas anderes gewesen. Da er jedoch so begeistert klang, nickte sie enthusiastisch. Schon meinte sie, hinter sich ein Glucksen zu hören. Caroline musste sich köstlich über ihr Verhalten amüsieren, wusste die Kollegin doch, wie wenig sie sich aus Marineschiffen machte.

Der Mann an ihrer Seite schien nichts zu bemerken, denn er sprach munter weiter. »Manchmal allerdings sind wir schon eine längere Weile unterwegs«, sagte er. »Wie zum Beispiel Anfang dieses Jahres. Da diente die *Nymphe* zwei Wochen lang als Begleitkreuzer für die kaiserliche Yacht *Hohenzollern*. Wir haben Kaiser Wilhelm den Zweiten zum Begräbnis seiner Großmutter, Queen Victoria, nach England begleitet.« Stolz schwang in seiner Stimme mit, und er schien einige Zentimeter zu wachsen. »Das war ein einmaliges Erlebnis, sage ich Ihnen.«

»Das glaube ich Ihnen gern.« Luise hoffte, ihre Antwort hatte nicht allzu gespielt bewundernd geklungen, denn sie wollte ihren Begleiter nicht vor den Kopf stoßen. Zwar löste die Erwähnung Englands ein neugieriges Kribbeln in ihrem Magen aus, aber es widerstrebte ihr, eine Fahrt zu einem Begräbnis als *einmaliges Erlebnis* bezeichnet zu hören. Und Kaiser Wilhelm? Musste man diesen bewundern? Sie hatte ihn bei der Kanaleröffnung gesehen und damals festgestellt, dass er wie ein gewöhnlicher Mensch aussah. Wie gut oder schlecht er das Land regierte, konnte sie nicht beurteilen, aber das war nun einmal seine Arbeit, so wie ihre das Servieren war. Sie war davon überzeugt, dass alle Menschen auf Erden gleich waren, keiner von Geburt besser oder schlechter als der andere, sei er nun ein deutscher Kaiser oder ein Kameruner, der im Menschenzoo ausgestellt wurde. Die Hauptsache war doch, dass derjenige ihr nichts Böses tat. Es irritierte sie, dass ein erwachsener Mann wie Constantin von Wiedenfels so glühend von diesem Wilhelm sprach, der auch nur ein Mann war, Kaiser hin oder her.

Luise hörte nicht mehr hin, während der Leutnant weiter von seinen Erlebnissen auf See erzählte. Mehr als eine interessierte Miene und ab und zu ein bewunderndes »Oh« schien er nicht zu erwarten, und das brachte sie zuwege, ohne den Inhalt seiner Worte wahrzunehmen. Stattdessen versuchte sie, ihre Gefühle zu ordnen, aber auch das gelang ihr nicht. Sie war froh, als sie endlich vor ihrer Haustür standen.

»Welche ist Ihre Wohnung?«, fragte Constantin.

Luise deutete auf die Erdgeschossfenster. Sie meinte, den Gestank des Aborts durch die geschlossene Tür zu riechen, und Scham überkam sie. Der Leutnant aber verzog keine Miene und schien sich nicht an der einfachen Wohngegend zu stören, in die er sie begleitet hatte.

»Schön, dass Sie es nicht allzu weit zur Arbeit haben«, fuhr er fort, »auch wenn ich mir gewünscht hätte, Sie noch eine Weile länger begleiten zu können.« Im fahlen Schein einer fernen Laterne erkannte Luise seinen liebevollen Blick, und ihre Verwirrung wuchs ins Unermessliche. »Darf ich auf weitere nette Gespräche mit Ihnen hoffen, Fräulein Johannsen?«

Luise nickte. Zwar war die Aussicht auf weitere Erzählungen über seine Einsätze auf der *Nymphe* nichts, was sie in Begeisterung versetzt hätte, aber mit seiner ruhigen Art und seiner höflichen Zurückhaltung war ihr seine Gesellschaft zumindest nicht unangenehm. Darüber hinaus sah er gut aus, war hochgewachsen und schlank, und sein Haar zeigte keine Anzeichen, dass es in den nächsten Jahren zurückgehen würde.

In der Nacht jedoch träumte sie von Jo, nicht von Constantin von Wiedenfels. Kein Albtraum diesmal, sondern Bilder voller Zärtlichkeit, die sie beim Aufwachen in Tränen ausbrechen ließen, als sie erkannte, dass sie nicht real gewesen waren.

Kapitel 13

Wohnung der Familie Johannsen, Hassee bei Kiel, August 1901

Die Schicht war anstrengend gewesen. Luise war verschwitzt und todmüde. Sie hatte sich schon den ganzen Tag über unwohl gefühlt und sich nur mühsam auf den Beinen gehalten. Sie schlich mehr, als dass sie nach Hause gelaufen wäre. Am Morgen hatte sie sogar geglaubt, sich übergeben zu müssen, doch das Gefühl war nach einigen Bissen trockenen Brotes vergangen.

In der Wohnstube brannte noch Licht, obwohl es spät war und die Mutter keine dringenden Aufträge zu erledigen hatte. Als Luise die Wohnungstür aufschloss, hörte sie schon die Stimmen. Seltsam. Die Eltern unterhielten sich so gut wie nie, und wenn, dann nur in gedämpftem Ton. Dies klang vielmehr nach munterem Geplauder. Luise spürte ein unangenehmes Prickeln im Nacken und wäre am liebsten sogleich in ihrem Zimmer verschwunden, aber ihre Ankunft war bemerkt worden.

»Luise!« Ihre Mutter. Luise seufzte und betrat die Stube. Sie glaubte, ihren Augen nicht zu trauen.

Constantin von Wiedenfels erhob sich aus dem Sessel und streckte ihr einen Strauß Blumen entgegen. Seine Wangen waren gerötet, das Haar ordentlich gekämmt, er trug seine Uniform. Was wollte er hier? Und die Blumen waren nicht einfach Blumen. Es waren tiefrote Rosen. Luise wurde schwindlig.

»Wertes Fräulein Johannsen«, begann er und musste sich räuspern, da er kaum zu verstehen war. »Ich … es ist … ich wollte …« Er atmete tief durch. »Ich bitte Sie, meine Frau zu werden. Ihre Eltern habe ich bereits gefragt, sie sind einverstanden. Nun flehe ich Sie an, weisen Sie mich nicht ab. Ich bin von Ihnen verzaubert, seit ich Sie zum ersten Mal gesehen habe …«

So stockend er anfangs gesprochen hatte, so sprudelten die Worte nun aus ihm heraus. Luise hörte nicht mehr zu. Sie wusste, sie hätte die Blumen annehmen müssen, irgendeine Reaktion zeigen, doch sie konnte nicht. Es kostete sie unendliche Mühe, auf den Beinen zu bleiben, so zittrig waren diese. Die Worte wirbelten in ihrem Kopf herum wie Blätter im Wind.

Ich bitte Sie, meine Frau zu werden.

Wie konnte er so etwas sagen? *So einer heiratet mich nicht,* hatte sie noch vor Kurzem gedacht. Ja, er hatte sie gelegentlich nach Hause begleitet oder ihre Pause mit ihr verbracht. Er schien zwar jeden der Abende, an denen er die Kaserne verlassen durfte, in der *Waldwiese* zu verbringen, aber allzu viele waren es nicht gewesen in den vergangenen Wochen. Und nun bat er sie um ihre Hand. Warum nur? Er konnte gewiss eine bessere Ehefrau finden als die Tochter eines Werftarbeiters, die sich als Kellnerin verdingte. Eine Frau, die auch einmal zu einem Gespräch beitrug, anstatt lediglich seine Erzählungen mit einsilbigen Kommentaren und dümmlichem Lächeln zu versehen. Warum suchte er sich keine Gattin, die sich mit Personen seines Standes unterhalten konnte – oder vielmehr wollte?

Davon abgesehen, dass sie keine Jungfrau mehr war. Das aber wusste er selbstverständlich nicht.

»Luise, nun sag doch was!« Ihre Mutter stand neben ihr und rüttelte sie an der Schulter. »Nimm wenigstens die Blumen!«, zischte sie dicht an Luises Ohr. Luise streckte eine

Hand aus, da gewann der Schwindel die Oberhand, sie sah nichts als bunte Flecken, und die Beine knickten ihr weg.

Besorgte Stimmen drangen an ihr Ohr. Sie klangen verzerrt. Luise wollte die Augen nicht öffnen. Schlafen, nur schlafen. Wieder ein Rütteln. Sie ließen sie nicht in Ruhe. Kälte auf ihrem Gesicht, Nässe. Widerwillig schlug sie die Augen auf.

»Es tut mir so leid, Fräulein Johannsen. Ich hätte Sie nicht so überfallen dürfen.« Sie lag auf dem Sofa, Constantin von Wiedenfels kniete auf dem Boden neben ihr. Seine Wangen waren nicht mehr rot, sondern bleich. Er sah entsetzt aus, schuldbewusst. Es war ein rührender Anblick. Er hatte doch nichts falsch gemacht, das musste sie ihm sagen. Er war ein netter Mann, und wenn er sie heiraten wollte, sollte sie lieber heute als morgen zusagen.

Jos Bild aus ihrer Erinnerung schob sich vor das Gesicht des Leutnants, und obwohl es verrückt war, obwohl sie nie eine gemeinsame Zukunft hätten haben können, fühlte sie sich, als würde sie ihn betrügen.

Sie konnte nicht Ja sagen, nicht an diesem Abend, vielleicht nie, aber das konnte sie nicht entscheiden, solange es ihr so schlecht ging.

»Ich danke Ihnen«, presste sie hervor. »Ich bin erschöpft von der Arbeit und möchte schlafen, bitte entschuldigen Sie.«

»Natürlich. Ich hoffe, Sie werden nicht krank. Morgen Abend habe ich eine dienstliche Verpflichtung, aber darf ich übermorgen wiederkommen?«

»Gern.« Ihre Stimme war nicht mehr als ein Flüstern.

»Ich bringe Sie hinaus«, sagte Luises Mutter, und als sich die Schritte den Flur entlang entfernt hatten, setzte sich Luise mühsam auf.

Ihr Vater saß am Fußende des Sofas und musterte sie. »Er ist nett und kann dich versorgen«, sagte er außergewöhnlich klar. Constantin von Wiedenfels musste seit einer ganzen

Weile in der Wohnung gewesen sein, wenn ihr Vater so lange nicht getrunken hatte, dass er nun so sprechen konnte.

»Ja, nett ist er.«

»Luise, was ist nur los mit dir?« Ihre Mutter stand im Türrahmen, die Hände in die Hüfte gestützt. »Er ist ein Offizier und ein *Von!* Die halten gewöhnlich nicht um mittellose Mädchen an. So ein Glück für dich, für uns alle! Du hättest sofort Ja sagen müssen.«

»Ich fühle mich krank, Frau Mutter.«

»Umso wichtiger, dass du einen Mann bekommst, der dir ein Auskommen bietet. Dann musst du nicht mehr arbeiten.«

»Ich arbeite gern.«

Ihre Mutter schnaubte.

Luise war die immer gleichen Diskussionen leid. Sie erhob sich schwankend. »Ich gehe schlafen. Wir sprechen morgen darüber.«

Susanne saß am Tisch und zeichnete mit einem Bleistiftstummel in ein knittriges Heftchen. Als Luise eintrat, hob das Mädchen den Blick. »Der Herr war ja nicht mehr lange da, nachdem du heimgekommen bist.«

»Nein. Es geht mir nicht gut.«

Susanne musterte sie. »Was ist denn geschehen? Er hatte Blumen dabei. Was wollte er von dir?«

»Du hast mich doch gehört, als ich hereinkam. Es wäre nett gewesen, wenn du mich vorgewarnt hättest, was den Besuch betrifft.«

Luise erschrak über ihren eigenen Tonfall. Sie hatte sich nie an Susannes Gegenwart gewöhnt und mochte weder ihre anbiedernde Art den Eltern gegenüber noch die unangenehme Vertraulichkeit, mit der sie ihr selbst begegnete. Dennoch hatte sie gewiss nicht verdient, dass sie so patzig zu ihr war.

»Pfft. Das geht mich nichts an.« Susannes Schnauben klang genau wie das abfällige Geräusch, das ihre Mutter regelmäßig von sich gab, und brachte Luise nicht dazu, freundlicher zu sein.

»Dann frag auch nicht so neugierig, was er hier wollte«, gab sie zurück, entkleidete sich und legte sich ins Bett. Susannes Gemaule ignorierte sie.

Trotz ihrer Müdigkeit fand Luise nur schwer in den Schlaf und träumte wieder einmal von Jo. Sie erwachte mit dem Gefühl, er sei bei ihr im Zimmer, und die Enttäuschung, als sie erkannte, dass es nur ein Traum gewesen war, trieb ihr die Tränen in die Augen. Sie weinte in ihr Kissen und wusste nicht, warum. Sie musste ihn vergessen, ihr Leben leben, und die Aussichten, glücklich zu werden, waren besser denn je. Ein Offizier hatte um sie angehalten! Sie hätte platzen müssen vor Glück, und doch lag sie da und heulte. Obwohl da ein Mann war, der mit ihr in der *Waldwiese* tanzen würde, wie sie es sich immer gewünscht hatte. Der *gut im Geldbeschaffen* war, wie die Frau, die ihr damals die Kette geschenkt hatte, über ihren Mann gesagt hatte. Sie zog den Anhänger hervor, ließ den Zeigefinger darüberfahren und spürte die Erhebungen der Kontinente. Constantin von Wiedenfels konnte ihr ermöglichen, all die Orte zu besuchen, nach denen sie sich sehnte. Sie hätte glücklich sein sollen.

In ihrem Herzen aber war ein anderer Mann, ganz gleich, wie nett der Leutnant war, wie wohlhabend, wie gut aussehend. Er war nicht Jo.

Im Morgengrauen kehrte die Übelkeit zurück, und Luise schaffte es eben zum Abort, ehe sie sich erbrechen musste. Schweißgebadet kroch sie zurück in ihr Bett, und als sie eine Stunde später aufstand, um einige Schlucke Wasser zu trinken, kam es sofort wieder heraus.

Ihre Mutter musterte sie eindringlich, als sie vom Abort kam, verließ aber das Haus, um Besorgungen zu machen. Susanne ließ sie ebenfalls in Ruhe und kümmerte sich um den

Vater. Luise schlief endlich tief und fest ein, und als sie kurz vor Mittag erwachte, gerade rechtzeitig für die Spätschicht, ging es ihr besser. Glücklicherweise hatte Caroline ihren freien Tag und konnte sie nicht besorgt über ihren Zustand ausquetschen, was gewiss geschehen wäre, denn sie fühlte sich beim Servieren noch häufig flau und musste immer wieder kurz innehalten. Sie mochte jedoch wieder essen und übergab sich nicht mehr. Sie hoffte, die Krankheit überwunden zu haben, was es auch gewesen war.

Am folgenden Morgen schaffte sie es nicht zum Abort. Auf dem Flur übermannte sie die Übelkeit. Als das Würgen nachließ, lief sie rasch in die Küche, um Tücher und Wasser zu holen, ehe jemand etwas bemerkte. Aber es war bereits zu spät. Ihre Mutter hatte das Unglück schon gesehen. Schweigend beobachtete sie, wie Luise aufwischte, ließ sie noch die Utensilien zurück in die Küche tragen und sich die Hände waschen. Dann schloss sie die Küchentür und schlug Luise mit der flachen Hand so hart auf die Wange, dass sie rückwärts gegen die Wand taumelte. Ein weiterer Hieb folgte.

»Deshalb hat uns Herr von Wiedenfels also vorgestern um deine Hand gebeten, nachdem er dich kaum zwei Monate kennt«, zischte sie. »Ihr seid schon miteinander unter die Bettdecken gekrochen, ja? Das musste ja so kommen bei der sittenlosen Arbeit, die du in diesem Etablissement verrichtest! Na, wenigstens hat er den Anstand, dich zu heiraten.«

Luises Beine gaben nach. Sie rettete sich mit letzter Kraft auf den Küchenstuhl.

Es konnte nicht sein, was ihre Mutter andeutete. Sie konnte doch kein Kind erwarten!

Von Constantin von Wiedenfels ohnehin nicht, aber ... von Jo? Sie hatten nur so wenige gemeinsame Tage gehabt, viel zu wenig Zeit. Man wurde doch so schnell nicht schwanger! Außerdem hätte sie etwas davon merken müssen, oder nicht? Ihre monatliche Blutung war doch immer pünktlich gewesen, zuletzt … ja, wann?

Sie erinnerte sich nicht. Oder vielmehr … sie erinnerte sich an eine Periode, die lange zurücklag, vor der Kieler Woche. Vor Jo. Und danach? Die Zeit war verschwommen vor lauter Traurigkeit, dann hatte sich Luise mühsam zurückgekämpft, hatte viel gearbeitet, all die Sonderschichten, lange Tage, kurze Nächte, Erschöpfung.

Aber ihre Blutung? Nein.

Nein!

Zweimal nein.

Die Welt um Luise begann sich zu drehen. Sie brachte kein Wort heraus. Statt ihrer redete ihre Mutter, immer schneller, ihre Stimme überschlug sich beinahe. Die knochigen Hände kneteten ein Geschirrtuch, als sei es ein Brotteig.

»Wie gut, dass er heute Abend herkommen will, dann können wir gleich alles besprechen. Ihr müsst rasch heiraten, um die Schande nicht öffentlich werden zu lassen. Am nächsten Sonntag könnt ihr Verlobung feiern, dann soll er schnell das Aufgebot bestellen.«

Mit jedem Satz war die Wut im Tonfall der Mutter schwächer geworden und hatte einer Aufgeregtheit Platz gemacht, die nun ihren gesamten Körper zu ergreifen schien. Das Geschirrtuch flog neben den Herd, die bleichen Wangen nahmen Farbe an.

»Die Hochzeit kann natürlich nicht so groß gefeiert werden, wie es in Herrn von Wiedenfels' Kreisen üblich wäre. Aber dazu reicht die Vorbereitungszeit wohl nicht aus. Ich hoffe …«

»Nein«, hörte sich Luise sagen. Das einzige Wort nur. Kläglich, kaum hörbar, doch ihre Mutter unterbrach ihren Redeschwall.

»Wie bitte?«

Luise schluckte mühsam gegen die Tränen an. »Nein. Wir

müssen nicht schnell heiraten. Wir haben … Ich kann nicht …«

Sie fand nicht die richtigen Worte. Die bunten Flecken, die vor ihren Augen tanzten und auf eine erneute Ohnmacht hindeuteten, vermehrten sich. Luise klammerte sich an die Tischkante, sah zu ihrer Mutter auf.

Diese runzelte die Stirn. »Du kannst nicht schwanger sein? Dann habt ihr nicht miteinander … Du bist wirklich nur krank?«

Wie einfach wäre ein Ja gewesen. Es hätte sie aus dieser Situation gerettet – für den Moment. Später, wenn es ihr besser ginge, könnte sie überlegen, was ihre Möglichkeiten wären. Warum sich jetzt schon dem Ärger der Mutter aussetzen? Es war doch noch nichts geschehen. Und vielleicht war sie ja gar nicht schwanger!

Oder vielleicht geschahen diese Dinge gerade einer anderen Person …

Bleiben Sie bei sich, Luise. Sie müssen sich der Wahrheit stellen.

Da war sie wieder, die verfluchte Stimme, die verhinderte, dass sie ihren Körper verließ. Sie sah Julius Reuther vor sich. Wusste, dass er recht hatte. Luise schluchzte auf. Wenn sie schwanger war, gab es keine *Möglichkeiten*, über die sie später nachdenken konnte. Ein Kind würde nicht einfach verschwinden, indem sie es verdrängte. Sie nahm all ihren Mut zusammen.

»Ich weiß nicht, ob ich krank bin oder … das andere.«

»Also doch! Nun, du kannst es dir nicht leisten, abzuwarten, bis es offensichtlich wird. Wenn auch nur die Möglichkeit besteht, dass du schwanger bist, müsst ihr heiraten!«

»Es besteht die Möglichkeit«, brachte Luise tonlos hervor. »Aber das Kind wäre nicht seins.« Sie schloss die Augen.

»Wie meinst du das?« Die Stimme ihrer Mutter war kaum lauter als ihre eigene, aber sie vibrierte vor mühsam unterdrücktem Zorn. Luise wurde abwechselnd heiß und kalt. »Sieh mich an!«

Luise hob langsam die Lider. Das Gesicht der Mutter war puterrot geworden, drohend lehnte sie sich in ihre Richtung. Angst schnürte Luise die Kehle zu.

»Sag, dass das nicht wahr ist«, stieß ihre Mutter hervor. »Du machst dem einen Kerl schöne Augen und steigst mit dem anderen in die Federn? Ist das dein Ernst? Haben wir dich so erzogen?«

Luise blieb stumm. *Nein*, hätte sie sagen wollen, *so stimmt das nicht. Und nein, ihr habt mich nicht so erzogen. Eure Erziehung hat nichts damit zu tun. Es ist wegen* der Sache *geschehen.* Doch sie schwieg. Sie konnte und wollte ihrer Mutter nicht erklären, was passiert war und warum. Was Jo ihr bedeutet hatte, dass er ihre alten Wunden geheilt hatte als erster Mann seit dem Vorfall an der Eiche. Vor sich selbst war es eine Rechtfertigung für ihr unschickliches Verhalten, aber die Mutter hätte es nicht verstanden.

Ihr Schweigen jedoch brachte diese nicht weniger gegen sie auf. »Hure!«, fauchte sie und schlug Luise erneut ins Gesicht. Sie spürte den Schmerz kaum. Es tat viel mehr weh, dass ihre Verbindung zu Jo so in den Dreck gezogen wurde. Das war der Grund, warum sie die Tränen nun nicht mehr zurückhalten konnte, nicht der Schlag.

Ihr Weinen schien die Mutter ein klein wenig milder zu stimmen. Sie setzte sich auf den zweiten Küchenstuhl, atmete tief ein und schnaufte die Luft wieder heraus.

»Nun denn«, sagte sie. »Letztendlich ist das gleichgültig. Wie weit bist du? Wenn ihr schnell heiratet und zusammen ins Bett steigt, wird niemand anzweifeln, dass es sein Kind ist. Dann wird es eben zu früh geboren. Was wissen Männer schon davon? Er wird es als seins anerkennen, und wir zwei nehmen mit ins Grab, dass es nicht so ist.«

War es der geschäftsmäßige Tonfall, mit dem sich die

Mutter zum Herrn über das Schicksal anderer Menschen erklärte, der die Übelkeit in Luise aufsteigen ließ, oder war wieder die Schwangerschaft – oder die Krankheit – schuld? Sie schluckte gegen den Würgereiz an und entschied im selben Moment, dieses herzlose Spiel keinen Augenblick länger mitzuspielen.

»Er wird es nicht als sein Kind anerkennen«, sagte sie so fest, wie es ihr möglich war.

Ihre Mutter hob die Augenbrauen. »Warum nicht?«, fragte sie mit ehrlicher Überraschung in der Stimme.

Sie müssen sich der Wahrheit stellen, Luise.

»Es wird zu dunkel aussehen.«

Nun war es ausgesprochen. Luise fühlte sich, als flösse Eiswasser durch ihre Adern. Sie wartete auf das Donnerwetter – aber es blieb aus.

»Nur weil er selbst blond ist? Ach was.« Ihre Mutter machte eine wegwerfende Handbewegung. »Dein Haar ist zwar hellbraun, aber Heinrichs ist schwarz. Herr von Wiedenfels wird sich schon nicht darüber wundern, sollte das Kind wirklich dunkelhaarig werden.«

Der Weg zurück stand noch immer offen. Es wäre für den Moment der leichtere gewesen. Ehe Luise ihn doch noch gehen konnte, platzte sie heraus: »Ich spreche nicht von seinem Haar.«

Schweigen senkte sich über die Küche, Verstehen überzog das Gesicht ihrer Mutter.

Dann brach der Sturm los.

Ehe sie sich's versah, lag Luise am Boden, von ihrer Mutter in die Ecke geschleudert wie das Geschirrtuch zuvor. Wie ein Stück Unrat. Schläge prasselten auf sie ein.

»Du hast dich mit dem Zigeuner eingelassen? Mit dem, der im Keller war?«

Luise schwor sich, nicht zu offenbaren, wer in Wahrheit der Vater ihres Kindes war.

163

»Ja, so ist es, nicht wahr? Zur Kieler Woche war es doch. Das passt genau, dass dich jetzt die verräterische Übelkeit plagt.«

Das war schon seit Wochen so, mal stärker, mal weniger stark. Meist ließ sie sich niederkämpfen. Luise hatte es auf ihre Trauer geschoben. Sie hatte nicht einmal geahnt, dass es einen anderen Grund geben könnte ...

Der nackte Fuß ihrer Mutter traf sie in die Rippen, und Luise krümmte sich zusammen und rollte sich auf den Bauch.

»Ach, versuchst du, deinen Zigeunerbastard zu schützen? Meinst du nicht, es wäre besser, er würde beizeiten verschwinden und gar nicht erst geboren werden?«

Rauschen schwoll in Luises Ohren an, das die wütende Stimme übertönte. Sie presste sich in die Ecke zwischen Wand und Herd, mit dem Rücken zu ihrer Mutter, und hielt still, bis der Angriff vorüber war.

Das war erst der Fall, als Susanne in die Küche platzte. »Herr Johannsen und ich haben ja versucht, nicht hinzuhören, aber der Krach hier macht uns Angst!«, rief sie mit zitternder Stimme. »Was ist denn nur los?«

»Luise hat einen Anfall. Das geschieht leider von Zeit zu Zeit. Es ist länger nicht mehr vorgekommen, aber diesmal ist es schlimmer denn je.«

Luise konnte nicht glauben, was sie da hörte. Mit gespielter Grabesstimme erzählte ihre Mutter dem Mädchen Lügen über sie.

»Was denn für einen Anfall?«

»Man nennt so etwas einen Nervenzusammenbruch. Sie hat sich in diesem Zustand nicht unter Kontrolle. Der Himmel allein weiß, was sie sich und anderen antun könnte.«

»Oh ... Das tut mir leid, Frau Johannsen. Das muss schwer für Sie sein.«

Schwer *für die Mutter?* Wäre Luise nicht bereits speiübel gewesen, hätte Susannes mitleidiger Tonfall sicherlich dafür gesorgt. Sie wollte schreien, doch damit hätte sie die Anschuldigung gegen sie nur untermauert.

Sie rappelte sich auf und wischte sich mit dem Ärmel das tränennasse Gesicht ab. »Glaub nicht alles, was man dir erzählt, Susanne«, sagte sie und humpelte aus der Küche.

»Unter diesen Umständen kannst du leider nicht weiter bei uns bleiben«, hörte sie die Mutter sagen. »Es ist zu gefährlich, Susanne.«

»Was?«, rief das Mädchen entsetzt aus. »Aber ...«

»Es tut mir leid. Ich werde dir eine Empfehlung schreiben. Du findest sicherlich schnell eine neue Stellung.«

Dann hatte Luise ihr Zimmer erreicht, schloss die Tür und sperrte damit die Stimmen aus. Sie legte sich aufs Bett und zog die Decke über ihre schmerzenden Glieder.

Plötzlich traf sie die Erkenntnis wie ein Schlag. Schwanger! Sie würde ein Kind bekommen, von Jo! Es würde etwas geben, das ihr von ihm blieb, ein Vermächtnis in Gestalt einer Tochter oder eines Sohnes. Ein unbändiges Glücksgefühl überkam sie.

Und wie willst du für das Kind sorgen?, fragte ihre innere Stimme höhnisch. *Und was wird aus der Hochzeit mit dem Marineleutnant?* Luise brachte sie zum Verstummen. Sie hatte Zeit. Es würde sich eine Lösung finden. Sie war viel zu müde, um sich jetzt mit diesen Gedanken verrückt zu machen.

Beinahe hätte der gnädige Schlaf sie übermannt – beinahe. Doch die Tür flog auf und mit demselben Schwung wieder zu, dass die Wände wackelten.

»Du Miststück!«, schrie Susanne. »Du hast mich nie hier haben wollen! Jetzt muss ich zurück zu meinem Vater, und der prügelt mich. Das verzeih ich dir nie!«

Luise konnte nicht fassen, wie die sanfte, stille Susanne mit ihr redete. Sie setzte sich auf. »Susanne ...«

»Ich glaub überhaupt nicht, dass du geisteskrank bist!« Das Mädchen funkelte sie an, die Augen blutunterlaufen und vom Weinen verquollen, die Hände zu Fäusten geballt. Der blonde Zopf war so unordentlich, als hätte sie sich die Haare gerauft. »Du bist böse, gehässig und egoistisch, das ist alles! Deine armen Eltern!« Susanne begann, ihre Kleider aus dem Schrank zu reißen und auf ihre Liege zu schleudern.

»Meine *armen* Eltern? Nicht ich habe dich entlassen, das war meine Mutter, oder etwa nicht?«

»Ja, um mich zu schützen, weil du, ob du nun verrückt bist oder nicht, eine Gefahr bist!« Die helle, junge Stimme überschlug sich.

Luise musste sich auf die Unterlippe beißen, um dem Mädchen nicht die Wahrheit zu sagen darüber, wer in diesem Haushalt die Böse war, wer versucht hatte, ihr das Ungeborene aus dem Leib zu prügeln. Ihr graute vor den Plänen, die ihre Mutter mit ihr haben mochte, wenn die lästige Zeugin erst einmal die Wohnung verlassen hatte.

Kapitel 14

Wohnung der Familie Johannsen, Hassee bei Kiel, August 1901

Luise war schneller mit ihren Eltern allein, als sie vermutet hatte. Als sie aus ihrem erschöpften Schlaf erwachte, der sie trotz Susannes unablässigem Toben doch noch übermannt hatte, war das Zimmer leer. Susanne und ihre Sachen waren verschwunden. Luise blinzelte, um die Reste der Müdigkeit zu vertreiben. Sie streckte die schmerzenden, misshandelten Glieder, kleidete sich an, ging zum Abort, dann holte sie tief Luft und wappnete sich innerlich, um ihrer Mutter gegenüberzutreten.

Frieda Johannsen saß am Tisch, einen halb fertigen Hut in den Händen. Sie hob den Kopf, als Luise eintrat, sah sie jedoch nicht an. Luise setzte sich auf den Stuhl ihr gegenüber.

»Warum musste Susanne gehen?«, fragte sie.

»Du kannst vor jemandem, der in deinem Zimmer schläft, der täglich mit dir zusammen am Tisch sitzt, nicht eine Schwangerschaft verstecken. Und meinst du, wir könnten Mitwisser gebrauchen?«

»Mitwisser bei was genau?«

Die Mutter lachte auf, noch immer, ohne sie anzusehen. »Oh, hast du Angst? Das geschieht dir recht, du liederliches Stück! Aber keine Sorge, ich werde dich nicht erwürgen oder rauswerfen. Nicht dass ich es nicht gern täte, aber ...«

»Aber Sie brauchen mein Geld, nicht wahr?«

Nun sah ihre Mutter sie an, das Gesicht wutverzerrt. »Da

nun niemand mehr den Vater pflegt, werde ich es tun müssen und kann weniger arbeiten«, sagte sie dennoch kalt und ohne Anzeichen einer Gefühlsregung. »Ja, da ist es deine Pflicht, uns zu unterstützen, solange du kannst.«

Luise war es gleich, ob sie nur bleiben durfte, weil sie noch einige Monate Geld verdienen würde. Sie wusste ohnehin nicht, wohin sie hätte gehen sollen. Darüber würde sie sich beizeiten Gedanken machen müssen, aber nicht jetzt. Sie sah zur Wanduhr.

»Ich muss gleich zur Spätschicht.«

»Gut. Plaudere nur nichts über deinen Zustand aus.«

»Sicher nicht. Ich muss es selbst erst einmal begreifen.«

Die Mutter senkte den Blick wieder auf ihre Arbeit. »Darüber hättest du vorher nachdenken sollen.«

Ja, das hätte sie. Hatte sie aber nicht. Sie hatte seit *der Sache* jeden Gedanken an eine Vereinigung mit einem Mann aus ihrem Kopf verbannt, auch die Folgen, die eine solche haben konnte. Obwohl sie natürlich darüber Bescheid wusste. Doch als Jo bei ihr gewesen war, war alles wie von selbst geschehen, sie hatte nicht nachgedacht, nur gefühlt. Nur geliebt, nichts gefürchtet. Nicht an eine Zukunft gedacht, die es mit ihm ohnehin nicht hatte geben können.

»Es tut mir leid, dass nun nichts aus mir und Herrn von Wiedenfels wird«, sagte Luise und war überrascht, dass sie es auch so meinte. Er war nett und ein Offizier, einen besseren Mann könnte sie sich nicht wünschen. Nicht nach allem, was geschehen war.

Aber das war nun vorbei. Nun konnte sie sich freuen, wenn sie überhaupt ein Auskommen haben würde.

»Das muss nicht so sein«, sagte die Mutter und riss Luise damit aus ihren Gedanken.

»Wie bitte?«

»Es kann doch noch was aus dieser Ehe werden.«

»Wie das? Ich werde ein Kind von einem anderen Mann haben.«

»Du wirst ein Kind gebären, das steht wohl leider fest. Aber du musst es nicht behalten. Kannst es nicht behalten. Du würdest unweigerlich im Armenhaus landen und wir mit dir.«

Luise wurde wieder übel. Sie legte eine Hand auf ihren Magen, ließ sie dann tiefer wandern. »Ich soll mein Kind weggeben?«, flüsterte sie.

»Wie willst du es ernähren? So viel kannst du gar nicht arbeiten, dass du dir eine Kinderfrau leisten könntest. Noch dazu würde keine anständige Frau ein Kind hüten wollen, das offensichtlich von einem – Zigeuner stammt.«

Luise war froh, dass die Mutter ruhig mit ihr sprach, sachlich, nicht mehr aufgebracht wie zuvor.

»Ich habe nachgedacht, Luise, und entschuldige mich bei dir für mein Verhalten heute früh. Ich hätte dich nicht schlagen sollen.«

Was wurde das jetzt? Eine Entschuldigung war das Letzte, was Luise erwartet hätte, und sie misstraute dem Frieden gründlich. Schweigend wartete sie ab, was ihre Mutter im Schilde führte.

»Du willst doch das Beste für dein Kind, nicht wahr?«

»Natürlich.«

»Nun – ein Leben im Armenhaus wäre das wohl nicht.«

»Nein …«

»Die einzige Chance, dem Kind eines Tages etwas Besseres bieten zu können, wäre, dass du den Leutnant heiratest. Dafür müsstest du es zunächst einmal in ein Heim …«

»Nein!« Hatte sie zuvor noch zögerlich gesprochen, spie Luise das Wort nun laut aus. Ein Kinderheim? Man hörte Schreckliches über die Zustände dort! Selbst wenn das nur Gerüchte waren – gab es überhaupt ein Heim für Mädchen, falls es eines wurde? Sie kannte nur den Waisenhof für Jungen. Konnte eine Tochter womöglich gar nicht in Kiel bleiben?

»Luise, so nimm doch Vernunft an! Ich weiß, du bist durcheinander, aber du musst an die Zukunft denken.«

Weiterhin keine Wut in der Stimme der Mutter. Sie klang vielmehr schmeichelnd. Daher wehte der Wind! Sie wusste, wenn sie Luise unter Druck setzte, würde sie nur noch eigensinniger werden. Deswegen versuchte sie es auf die freundliche Art.

»Wenn das Kind vorerst im Waisenheim lebt, kannst du Frau von Wiedenfels werden. In einigen Jahren wird deine Tochter oder dein Sohn alt genug sein, um in Stellung zu gehen. Es gelingt dir sicher, deinen Mann zu überreden, sie oder ihn als Dienstboten einzustellen. Dann könnte dein Kind wieder bei dir leben. Und wer weiß, vielleicht ergibt es sich, dass du deinem Mann schon früher die Wahrheit sagen kannst. Er ist verrückt nach dir. Vielleicht würde er das Kind akzeptieren.«

»Dann sage ich ihm jetzt die Wahrheit. So wird sich zeigen, ob er es annehmen kann.«

»Nein, Luise. Gib seiner Liebe zu dir Zeit und Gelegenheit, zu wachsen – ohne ein Hindernis. Und dann musst du ihm nicht offenbaren, dass es zu der Zeit geboren wurde, in der ihr euch schon kanntet. Du machst es ein Jahr älter – das fällt später nicht mehr auf.«

»Ich hätte ihn aber dennoch angelogen.«

»Du wirst seinen Charakter einschätzen können, wenn es so weit ist. Dir bleibt ja noch immer die Möglichkeit mit der Anstellung. Luise, es ist besser so. Für dich und das Kind.«

Wie kann es besser für ein Kind sein, ohne die Mutter groß zu werden?, wollte Luise sagen, aber als sie in das Gesicht ihrer eigenen Mutter blickte, brachte sie die Worte nicht über die Lippen. Wäre es für sie besser gewesen, nicht bei dieser Frau aufzuwachsen? Bis zu *der Sache* hatte sie nicht das Gefühl gehabt, unter ihren Eltern zu leiden, aber sie hatte auch nie eine sonderlich innige Verbindung zu ihnen gespürt. Danach war ihre Beziehung noch kühler geworden, und jetzt war ohnehin alles zerstört.

Doch lag das tatsächlich einzig an ihrer Mutter? Was war ihr eigener Anteil daran? Schließlich war sie es, die keine Freundinnen hatte, höchstens Bekannte, Arbeitskollegen. Sie war es doch, die niemanden bei sich halten konnte, die sich stets Menschen suchte, die wieder gehen würden, und die, die blieben – wie ihre Eltern –, nicht an sich heranließ. Wie würde es dem Kind ergehen mit einer Mutter wie ihr? Wäre sie überhaupt fähig, eine Beziehung zu ihm aufzubauen?

Sie musste den Kloß in ihrem Hals forträuspern, ehe sie wieder sprechen konnte.

»Wie stellen Sie sich das alles vor, Frau Mutter? Wie soll ich Herrn von Wiedenfels meinen – Zustand verheimlichen?«

»Nun, das sollte zunächst kein Problem sein.« Die Mutter klang geschäftig, energisch – und schwang da nicht ein Hauch von Triumph in ihrer Stimme mit? »Es dürfte noch Monate dauern, bis man es sieht, vielleicht sogar bis Ende des Jahres. Die Übelkeit wird auch bald verschwunden sein. Du wirst dich benehmen wie immer – nun ja, etwas aufgeschlossener vielleicht. Die Verlobung kann stattfinden, nur die Hochzeit natürlich noch nicht, denn in seinem Haus wird es dir kaum gelingen, die Schwangerschaft zu verstecken, wenn sie erst offensichtlich wird.«

»Und wenn es so weit ist? Wenn wir verlobt sind, wird er mit mir ausgehen wollen und nicht verstehen, wenn ich es ablehne und ihn nach Monaten plötzlich nicht mehr treffen will ...«

»Nein, das geht natürlich nicht. Aber mir ist schon etwas eingefallen, wie wir dieses Problem lösen können. Wir erfinden einen Trauerfall, der dir sehr nahegeht. Du wirst darauf bestehen, nicht auszugehen. Er kann dich besuchen. Dann ist

Winter, du wirst dicke Kleidung tragen, später unter einer Decke sitzen. Und wir müssen hoffen, dass er in der Zeit dienstlich häufig unterwegs sein wird. Dann kann es gelingen.«

»Frau Mutter! So eine furchtbare Lüge ... Haben Sie keine Angst, dass wir ein Unglück heraufbeschwören, indem wir einen Todesfall erfinden?«

»Seit wann bist du abergläubisch, Tochter?« Ihre Mutter lachte auf. »Oder bist du am Ende gläubig geworden? Dann solltest du dir mehr Gedanken über deine Sünden machen als über eine Lüge, die dir dein Auskommen sichert.«

»Wen lassen wir denn überhaupt sterben?«

»Na, deine Großmutter.«

»Aber die ist doch schon ...«

Die Mutter wischte ihren Einwand mit einer Handbewegung weg. »Natürlich musst du in nächster Zeit häufiger von ihr erzählen, sonst glaubt er nicht, dass ihr euch nahesteht. Du musst vorgeben, sie zu besuchen, dann, in ein paar Wochen, wirst du Tränen vergießen, weil es ihr so schlecht geht. Irgendwann stirbt sie, und dann hast du mindestens drei Monate Ruhe vor seinen Forderungen nach einer Hochzeit.«

»Ich weiß nicht, Frau Mutter ...«

»Aber ich. Es gibt keine andere Lösung, Luise. Wir müssen hoffen, dass unser Plan aufgeht. Und nun ab zur Arbeit mit dir. Nicht dass noch jemand dort misstrauisch wird. Aber sei rechtzeitig zu Hause, damit du dich noch frisch machen kannst. Immerhin wird heute deine Verlobung besprochen.«

Ein flüchtiges Lächeln huschte über das Gesicht der Mutter. Luise konnte nichts erwidern, so überrascht war sie vom Verlauf des Gesprächs und der wundersamen Wandlung Frieda Johannsens. Sie nickte nur.

Sie wusste später nicht mehr, wie sie zur Arbeit gekommen war, und auch ihre Schicht zog an ihr vorbei, ohne dass sie Einzelheiten wahrnahm. Ihre Gedanken kreisten unentwegt um den Morgen. Wieder und wieder schalt sie sich eine Närrin, machte sich klar, dass sie keinesfalls schwanger sein konnte. Dass alles nur ein Trugschluss war, sie ihre letzte Blutung schlichtweg vergessen hatte und die nächste unmittelbar bevorstand. War da nicht bereits ein Ziehen in ihrem Unterleib? Immer wieder lief sie zum Abort und kontrollierte ihre Unterhosen. Nichts. Dennoch – es fühlte sich an, als würde ihre Periode bald einsetzen. Wenn nicht gleich, dann gewiss am Abend. Oder am nächsten Morgen. Sie war nicht schwanger, es würde kein Kind geben!

Dann wieder spürte sie deutlich, dass sie sich etwas vormachte. Tief in ihrem Inneren wusste sie es. Sie würde ein Kind bekommen. Jos Kind. Jedes Mal, wenn sie daran dachte, überkam sie erst ein atemberaubendes Glücksgefühl und dann eine so bodenlose Trauer, dass sie es kaum ertrug. Da war es leichter, sich einzureden, es gäbe kein Kind. Keine Notwendigkeit, Constantin von Wiedenfels zu belügen, seine Zuneigung auszunutzen, um sich und den Eltern und später einer oder einem Hausangestellten aus dem Waisenheim ein Auskommen zu sichern.

Vor lauter Grübeln verschüttete sie Getränke, rempelte Kollegen an, reagierte nicht, wenn man sie rief – bis Caroline sie zur Seite nahm.

»Was ist los mit dir, Luise?« Sie musterte sie scharf. »Es geht dir nicht gut, das sehe ich doch. Du machst einen Fehler nach dem anderen.«

»Ich weiß«, murmelte Luise. »Ich schlafe so schlecht. Der Vater ist krank, und die Mutter schafft es nicht, ihn allein zu pflegen.« Sie biss sich auf die Unterlippe. Dann platzte sie heraus: »Und um die Großmutter muss ich mich auch noch kümmern.«

»Du hast noch eine Großmutter?«

»Ja!« Wie leicht ihr die Lüge über die Lippen kam … »Sie wohnt im … im Kuhbergviertel. Ich verbringe viel Zeit bei ihr, weil die Eltern es nicht können.« Wenn sie diese Geschichte ohnehin bald würde erzählen müssen, konnte sie ebenso gut gleich damit anfangen. Dann würde es leichter werden, sie ihrem zukünftigen Bräutigam aufzutischen.

»Du Ärmste«, sagte Caroline und tätschelte ihr die Wange. »Aber es nützt nichts, du musst dich konzentrieren, sonst werfen sie dich raus.«

»Ich weiß«, wiederholte sie.

»Was macht eigentlich dein Leutnant?« Caroline zwinkerte ihr zu. »Ich dachte zuerst, du wärst mit den Gedanken bei ihm.«

Luise fühlte sich erröten, allerdings weder vor Verlegenheit noch vor Verliebtheit, wie die Kollegin vermuten mochte, sondern vor Scham, wenn sie an die Lügen dachte, die sie ihm servieren würde.

»Aha, also doch!« Caroline lachte. »Nun, wie ist der Stand der Dinge?«

»Er kommt heute Abend zu uns nach Hause«, wisperte Luise.

»Wirklich?« Caroline strahlte, als sei sie diejenige, die Herrenbesuch erwartete. »Weißt du, was er will?«

»Ich vermute es.«

»Nun lass dir doch nicht jedes Wort aus der Nase ziehen, Deern!«

»Du wirst es noch früh genug erfahren. Es bringt Unglück, vorher …«

»Papperlapapp! Es bringt Unglück, zu früh zum Geburtstag zu gratulieren, das ist alles. Spuck es aus!«

Zum Glück rief in diesem Augenblick Fritz nach ihnen. Luise zwinkerte Caroline zu und lief zum Tresen, um ihr Tablett in Empfang zu nehmen.

Sie brachte den Rest ihrer Schicht ohne größere Unfälle hinter sich. Der Weg nach Hause war erneut angefüllt mit Grübeleien, dann aber riss sich Luise zusammen. Sie wusch sich gründlich und zog ein frisches, ordentliches Kleid an.

Es fühlte sich obenherum enger an als gewöhnlich. Konnte es sein, dass ihre Brüste bereits angeschwollen waren? Nun, das mochte auch an der bald einsetzenden Periode liegen. Wieder zog es in ihrem Unterleib, und dieses Gefühl bestärkte sie in der Annahme. Die Stimme in ihrem Kopf, die sie verhöhnte, brachte sie zum Schweigen.

Constantin von Wiedenfels klingelte um Punkt acht Uhr. Luise öffnete ihm und bemühte sich um ein warmes Lächeln.

»Herr von Wiedenfels, ich freue mich, dass Sie da sind. Entschuldigen Sie mein Verhalten bei Ihrem letzten Besuch.«

Wieder hatte er ein Geschenk für sie, eine große Schachtel Nusskonfekt, die er ihr mit zitternden Händen überreichte.

»Ich bitte Sie, Fräulein Johannsen. Sie sind doch nicht absichtlich ohnmächtig geworden.« Sein Lachen klang nervös.

»Kommen Sie bitte herein.«

Sie führte ihn in die Wohnstube, wo ihre Eltern am Tisch saßen, beide ebenfalls in Sonntagskleidung. Sie begrüßten den Gast herzlich.

»Ich denke, wir lassen die jungen Leute für einen Augenblick allein, was, Heinrich?« Luises Mutter strahlte über das ganze Gesicht und nahm ihr das Konfekt aus der Hand. »Zwischen uns war ja bereits alles besprochen, nicht wahr, Herr von Wiedenfels?«

Für den Bruchteil eines Augenblicks befürchtete Luise, er würde widersprechen. Sagen, dass er sie nicht mehr heiraten wolle. Oder hoffte sie es sogar?

Er tat nichts dergleichen, sondern nickte eifrig. Die Mutter half dem Vater auf und führte ihn aus der Tür. Ihr Gast setzte sich an den Tisch, auf dem Gläser und Getränke bereitstanden.

»Möchten Sie eine Limonade?«, fragte Luise.

»Wir sind nicht in der *Waldwiese*«, sagte er in liebevollem

Tonfall. »Ich möchte nicht, dass Sie mich bedienen, sondern sich zu mir setzen.«

Luise zwang sich, den Stuhl neben seinem zu wählen. Am liebsten hätte sie sich so weit wie möglich von ihm weggesetzt. Sie war zu durcheinander, um mit ihm zu sprechen, viel zu verwirrt für das, was jetzt kommen würde. Sie hatte jedoch keine Wahl. Ihre Hände zitterten, als sie sie auf den Tisch legte. Constantin von Wiedenfels bedeckte sie mit seinen. Sie waren viel weicher als ihre, die vom vielen Spülen rau und ausgetrocknet waren. Nichts an seinen schlanken Fingern deutete auf Arbeit hin.

Ich passe nicht zu ihm!, schrie es in ihr. *Ich gehöre nicht in seine Welt, in seine Familie. Es ist Wahnsinn!*

»Luise. Sie wissen, wie ich für Sie fühle, was ich mir wünsche. Nicht wahr?«

Sie schluckte krampfhaft, brachte kein Wort heraus.

»Ich wiederhole es gern. Immer wieder, bis Sie Ja sagen. Ich liebe Sie. Ich möchte, dass Sie meine Frau werden.«

Du musst es sagen, fuhr sie sich im Stillen an. *Sag Ja, du dumme Gans, nutze die einzige Gelegenheit, die dir bleibt. Die einzige Möglichkeit, nicht im Armenhaus zu landen.*

Luise öffnete den Mund, aber immer wieder sah sie Jo vor sich. Sie meinte, ihn zu riechen, seine Haut an ihrer zu spüren.

Du betrügst ihn, schrie die eine Stimme, während die andere behauptete, sie täte es schließlich nur zum Wohle seines Kindes.

»Luise, bitte!« Constantin klang immer verzweifelter. »Geben Sie mir doch eine Antwort.«

»Ja!«, platzte sie heraus, ehe die verwirrten Gedanken sie noch verrückter machen würden. »Ja, Constantin, ich würde mich freuen, Ihre Frau zu werden.«

Es war eine Lüge und auch wieder nicht. Vor allem aber war es gleichgültig. Was sie wirklich wollte, durfte sie nicht

haben. Aber welche Frau ihres Standes durfte das schon? Eine
Ehe mit Constantin von Wiedenfels wäre zumindest bequemer und angenehmer als eine mit einem armen Handwerker.
Sie würde in der *Waldwiese* tanzen. Keinen gestohlenen Tanz,
sondern einen, der ihr gehörte. Ihr allein.

Nein. Ihr und ihrem Mann. Da war endlich jemand, der
bleiben würde.

Der Schrecken über diese Erkenntnis raubte ihr den Atem.
Er strahlte sie an, drückte ihre Hände so fest, als wolle er das
Blut herauspressen, dann riss er sie an seinen Mund und be-
deckte ihre Finger mit Küssen.

»Oh, Luise.« Es war mehr ein Stöhnen als klar gesprochene
Worte. Seine Stimme klang heiser. »Sie machen mich so
glücklich!«

Hoffentlich, dachte sie. Hoffentlich versprach er sich nicht
zu viel von ihr. Die Umgangsformen in der besseren Gesellschaft würde sie lernen, aber sie wusste nicht, ob sie ihm auch
sonst alles geben konnte, was er sich von einer Ehefrau erhoff-
te. Seine Berührungen ließen sie kalt. Sie fühlte nichts, wenn
er seine Lippen auf ihre Hände presste. Jo hatte sie nur ansehen müssen und ihr Herzschlag hatte sich beschleunigt. Wie
würden die ehelichen Pflichten mit Constantin von Wiedenfels aussehen? Er war ein höflicher Mann, und sie hoffte, er
würde dieses Verhalten auch im Schlafzimmer an den Tag legen. Erwartete er Leidenschaft von ihr? Würde es ihr gelingen,
ihm etwas vorzumachen?

Allein der Gedanke an weitere Lügen ließ ihre Wangen
heiß werden. Constantin nahm dies offenbar als Zeichen ihrer
Freude und Aufregung, denn seine Miene erhellte sich noch
mehr.

»Am nächsten Sonntag verloben wir uns, ja? Wir haben
wenig Zeit für die Vorbereitungen, also wird es nur eine kleine Feier mit Ihren Eltern, ein Kaffeetrinken vielleicht. Meine
Eltern werden empört sein, aber die können ja dann zur

Hochzeit kommen. Ich kann es nicht abwarten. Im September muss ich für einige Wochen fort, mein Schiff begleitet die Kaiseryacht auf einer Reise. Es würde mir unendlich viel bedeuten, zu wissen, dass Sie meinen Ring tragen, wenn ich auf See bin.« Er kicherte nervös. »Sehen Sie? Ich habe Angst, dass Sie mir doch noch abhandenkommen, wenn wir den Bund nicht sofort besiegeln.«

»Ich komme Ihnen nicht abhanden.«

Kalte Angst griff nach ihr. Nie wieder würde sie ihm abhandenkommen. Es war ein Bund fürs Leben, den sie schließen würden. Das ganze Leben.

Kapitel 15

Gaststätte Waldwiese, Gaarden bei Kiel, August 1901

Luises Finger zitterten, als sie sie Constantin von Wiedenfels entgegenstreckte. Die Sonne blitzte durch die Zweige des Baumes, unter dem sie standen, malte Lichtflecken auf den Rasen zu ihren Füßen.

Wieder eine Eiche, dachte sie. *Wieder ein blonder Mann mit blauen Augen.* Diesem hier schenkte sie sich freiwillig – mehr oder weniger. Bei dem Gedanken an das, was sie erwartete, hätte sie ihre Hand am liebsten zurückgezogen. Sie war nicht bereit für eine Ehe! Nicht bereit, ihre Freiheit aufzugeben, einen Mann an ihrer Seite zu erdulden, in ihrem Bett, an ihrem Körper, wann immer es ihn danach verlangte. Ja, sie war frei, auch wenn dieses Wort für sie nicht dasselbe bedeuten mochte wie für andere Menschen. Sie hatte die Gewalt über ihren Körper, war allein für sich verantwortlich, musste niemandem Rechenschaft ablegen, wohin sie ging und was sie tat. Und dies alles würde sie aufgeben für ein Leben in Bequemlichkeit und die Aussicht, das eigene Kind vielleicht in ferner Zukunft wieder bei sich haben zu dürfen. Ihm und sich ein Leben in ewiger Armut zu ersparen.

Sie zog die Hand nicht zurück. Constantin von Wiedenfels' Finger zitterten nicht weniger als ihre, als er ihr den schmalen Goldring mit dem winzigen Stein ansteckte.

Er hatte darauf bestanden, mit ihr allein zu sein, wenn er es tat. Ihre Eltern, Onkel und Tante saßen schon an der gedeckten Kaffeetafel auf der Terrasse der *Waldwiese*. Luise hätte ein anderes Lokal vorgezogen, wollte sich nicht der Beobachtung der Arbeitskollegen aussetzen. Diese freuten sich zwar offensichtlich für sie, aber die ständigen Blicke, das Feixen der Männer und Carolines Strahlen waren ihr unangenehm. Ihr künftiger Verlobter jedoch hatte darauf bestanden, da sie sich ohne die *Waldwiese* nie kennengelernt hätten. Auch die Hochzeit sollte dort gefeiert werden, und der Gastwirt hatte sogar einen Preisnachlass eingeräumt. Luise fühlte sich wie von einem Strudel ergriffen, dem sie nicht entrinnen konnte.

Constantin von Wiedenfels hatte ihr den Arm gereicht und sie um den Teich bis zum Waldrand geführt. Unter der Eiche hatte er haltgemacht, in der Tasche gekramt, das Kästchen herausgeholt, aufgeklappt. Da erst war Luise richtig zu Bewusstsein gekommen, dass es keinen Weg zurück gab. Sie betrachtete ihre Hand, und sie war ihr so fremd, als gehörte sie jemand anderem. Die Sonne brachte das Gold zum Blitzen.

»Luise, Sie machen mich zum glücklichsten Mann der Welt.«

»Aber warum, Constantin?«, platzte sie heraus.

Er runzelte die Stirn. »Ich … ich liebe Sie.«

Sie wusste, sie hätte etwas Ähnliches erwidern sollen, aber sie brachte es nicht über die Lippen.

»Warum?«, wiederholte sie leise.

»Weil …« Er rang nach Worten. Hatte er wirklich keine Erklärung, oder war sie nur nicht für ihre Ohren bestimmt? »Sie sind etwas Besonderes, Luise. Wie Sie die Arbeit hier meistern …« Er deutete auf die *Waldwiese*. »Damit Ihr kranker Vater versorgt ist. Das sind Sorgen, die ich nie hatte. Keine Frau in meiner Familie musste je arbeiten. Und ich möchte, dass Sie es auch nicht mehr müssen!«

»Ich arbeite gern«, sagte sie. »Außerdem bin ich gewiss

nicht die einzige Serviererin, die Sie je kennengelernt haben. Warum ich?«

»Weil ich Ihre Stärke bewundere. Und Sie sind hübsch!« Er schien selbst zu bemerken, wie lahm seine Worte klangen, wie blutleer. Rasch fügte er hinzu: »Außerdem kann man doch Gefühle nicht erklären. Ich habe Sie gesehen und wusste: Sie sind die Frau, die ich heiraten möchte.«

Luise hätte problemlos stundenlang aufzählen können, warum sie sich Jo hingegeben hatte, und sie war enttäuscht, dass Constantin keine schöneren Worte für sie fand. Andererseits musste sie so auch nicht versuchen, ihm ähnliche Dinge zu sagen, die ihr sicherlich nicht so einfach über die Lippen gekommen wären.

»Ich weiß, Sie lieben mich nicht.«

Luise erschrak. Hatte er ihr die Gedanken vom Gesicht abgelesen?

»Aber das spielt keine Rolle, auch wenn ich mir nichts sehnlicher wünsche. Vielleicht werden Sie es lernen, vielleicht nicht. Das Wichtigste ist, dass Sie mich respektieren und ein kleines bisschen gernhaben. Das tun Sie doch, oder, Luise?«

Wie hoffnungsvoll er sie ansah! Sie konnte es ihm nicht antun, jetzt zu schweigen, obwohl sich ihr Mund staubtrocken anfühlte. »Natürlich mag ich Sie«, brachte sie mühsam hervor. Rasch sprach sie weiter, und mit jedem Wort fiel es ihr leichter. »Wie könnte ich nicht? Sie sind ein netter Mann, höflich, gebildet und gut aussehend. Ich freue mich, dass Sie nicht trinken wie so viele Männer, mich nie bedrängt haben, dass Sie über meine ärmliche Herkunft und meine Familie hinwegsehen und für mich sorgen wollen. Ich danke Ihnen für Ihre Zuneigung, und ich verspreche, alles zu tun, um Ihnen eine gute Frau zu sein.«

Luise hoffte, er würde nicht erkennen, dass sie all diese Dinge ebenso für sich aufzählte wie für ihn. Um sich zu überzeugen, dass sie das Richtige tat. Es funktionierte. Sie würde ein gutes Leben an Constantins Seite haben. Sie musste nur fest genug daran glauben.

Er lachte auf, es klang traurig. »Nun sind Ihre Gefühle für mich so viel geringer als meine für Sie, und dennoch gelingt es Ihnen, mir all dies zu sagen, während ich klinge, als könnte ich nicht zwei und zwei zusammenzählen.«

»Sie müssen mir nichts erklären.«

»Aber Sie haben nach dem Warum gefragt.«

»Weil ich mir nicht vorstellen kann, was ein Mann wie Sie an einer Frau wie mir findet.«

»Es geht mir nicht um eine Frau *wie* Sie, Luise. Es geht allein um Sie. Und es ist mir gleich, ob Sie eine Bettlerin oder eine Prinzessin sind.«

Sein liebevoller Blick traf Luise mitten ins Herz, seine Worte nicht minder. Sie hoffte inständig, er würde zu ihnen stehen, wenn sie ihm irgendwann das Geheimnis offenbaren musste, das sie im Moment noch gut versteckt in ihrem Bauch trug. Dann, ja, allerspätestens dann würde sie ihn lieben.

Er räusperte sich. »Wir müssen zurück zu Ihrer Familie gehen. Ihre Eltern sollen doch nicht denken, es gäbe Schwierigkeiten.«

Egal, dachte Luise. *Zumindest der Mutter geschieht es recht, wenn sie sich sorgt.* Sie nickte jedoch und ergriff Constantins Arm. Der Ring an ihrem Finger blitzte auf, als sie aus dem Schatten traten. Langsam gewöhnte sich Luise an das Gefühl, ihn zu tragen. Und an alles andere würde sie sich gewiss auch gewöhnen …

»Wie schade, dass Ihre Großmutter nicht bei uns sein kann. Hoffentlich geht es ihr an unserem Hochzeitstag besser.«

Vor Schreck blieb Luise der Bissen Butterkuchen im Halse stecken. Sie hustete und sah durch den Tränenschleier, dass ihre Mutter der Tante, die den Mund schon geöffnet hatte, mit einer Grimasse bedeutete, zu schweigen. Der danebensitzende Onkel erhielt offenbar einen Tritt unter dem Tisch, denn er zuckte zusammen.

Zum Glück bekam Constantin von dem Schauspiel nichts mit, denn er hatte nur Augen für Luise. Er klopfte ihr sacht auf den Rücken.

»Geht es wieder, Liebste?«

Sie nickte und wischte sich das Gesicht mit ihrer Serviette ab.

»Worüber sprachen wir gerade?«, fragte Constantin in die Runde.

»Ist der Kuchen nicht köstlich?«, rief Luises Mutter betont fröhlich, und alle murmelten ihre Zustimmung. »Von welchem Konditor holen sie ihn, weißt du das, Luise?«

»Natürlich weiß ich das, ich arbeite schließlich hier. Er kommt von Uhlmann in der Dänischen Straße.«

»Das hat ja nun bald ein Ende, nicht wahr, Luise?«, fragte die Tante in schnippischem Tonfall. »Kellnerin ist ja nicht gerade ein angesehener Beruf.«

Caroline, die eben mit einem weiteren Kännchen Kaffee an den Tisch trat, zog die Augenbrauen hoch. Die Tante bemerkte es und lief rot an. So viel Anstand immerhin besaß sie.

»Ich habe schon mehrmals betont, dass ich gern arbeite, und am Beruf der Servivererin ist nichts Anrüchiges.« Luise straffte die Schultern. »Dies ist ein angesehenes Haus. Es gibt keinen Grund, so zu tun, als …«

Constantin legte seine Hand leicht auf ihre. »Schon gut, Liebste. Ihre Tante meint es doch nicht böse. Lassen Sie uns nicht streiten an diesem schönen Tag.« Er lächelte sie an. »Und in einem Punkt hat sie recht. Sie müssen nun nicht mehr arbeiten. Wir sind verlobt, und selbstverständlich werde ich Sie und Ihre Familie unterstützen.«

»Kommt nicht infrage!«, rief Luise aus. Diesmal war sie es, die sich einen Tritt der Mutter einfing, aber es war ihr gleichgültig. Sie würde sich nicht von einem Mann aushalten lassen, während sie das Kind eines anderen in sich trug. Das schlechte Gewissen hätte sie um den Verstand gebracht.

Inzwischen war sie sich sicher, dass sie schwanger war. Ihre Brüste hatten eindeutig an Größe zugenommen und schmerzten, was sie während der Periode nie in diesem Maße getan hatten. Sie trug ihr Konfirmationskleid, ein steifes, dunkelblaues Ding aus Seidentaft, und da sich ihre Figur in den Jahren seitdem kaum verändert hatte, hatte es ihr stets gepasst. Nur den Saum hatte sie auslassen müssen. An diesem Tag jedoch hatte sie es nur mit Mühe schließen können, und es saß obenherum unanständig eng. Auch das Ziehen in ihrem Unterleib kam und ging, ohne dass eine Blutung eingesetzt hätte. Ihre Mutter hatte ihr bestätigt, dass dies ein Anzeichen für eine Schwangerschaft war.

»Du willst wohl noch als verheiratete Frau arbeiten gehen!« Ein deutliches Quietschen in der Stimme der Tante zeugte von ihrem Entsetzen.

Vielleicht ja, hätte Luise am liebsten geschrien. *Und es geht dich einen feuchten Kehricht an, was ich tue!*

Sie biss sich auf die Zunge, um zu verhindern, dass ihr die Worte entschlüpften. Constantin hatte sie gebeten, nicht zu streiten. Ihm zuliebe musste sie sich zügeln.

»Na«, fuhr die Tante ruhiger fort, »die Flausen werden dir schon vergehen, wenn erst mal was Kleines unterwegs ist.«

Luise überlief es heiß und kalt. Ihr Blick flog zu ihrer Mutter, deren versteinerte Miene ihre eigenen Gefühle widerspiegelte.

»Hilde«, presste die Mutter hervor. »Bring die jungen Leute nicht so in Verlegenheit.«

»Und die Alten gleich dazu!« Der Onkel lachte dröhnend auf. »Das ist doch kein Gesprächsstoff für den Nachmittagskaffee.«

Luise betete, dass Constantin ihre Reaktion tatsächlich für Verlegenheit hielt. Er musterte sie eindringlich.

Ich werde es nicht schaffen, ihm etwas vorzumachen, schoss es ihr durch den Kopf. *Ich werde mich bei der ersten Gelegenheit verraten und alles zerstören.*

Dann aber lächelte er. »Ich freue mich darauf, dass wir bald eine Familie sind. Ich wünsche mir ein Haus voller Kinder. Sie sich hoffentlich auch, Liebste!«

Luise sah auf ihre Hand, die neben der Kaffeetasse ruhte. Der Ring glänzte im Sonnenlicht. Das feine weiße Tischtuch blendete sie. Das gute Porzellan der *Waldwiese* schimmerte elfenbeinfarben. Es hatte weder Sprünge noch abgeplatzte Ränder. Das Besteck war poliert. Luise war nach Weinen zumute.

»Sprechen wir doch endlich von etwas anderem«, sagte ihre Mutter bestimmt. »Das Mädchen ist schon ganz verstört. Sie hat Angst vor dem, was auf sie zukommt. Das geht jeder jungen Braut so.«

Der Onkel nickte. »Ganz meine Meinung. Erzählen Sie uns lieber von Ihrem Schiff, Herr von Wiedenfels. Damit Heinrich und ich uns auch endlich an dem Gespräch beteiligen können!« Erneut lachte er. »Nicht wahr, Heinrich?«

Luise sah den Vater an, der blass und still neben der Mutter saß. Er tat ihr leid. Offenbar hatte er Angst, etwas Falsches zu sagen, deshalb schwieg er lieber. Seine Hände kneteten unablässig die Serviette. Die Mutter hatte verboten, dass er Bier bestellte, und der Alkohol fehlte ihm, das war nicht zu übersehen. Immerhin nickte er, und nach einer Weile sprach er tatsächlich ein paar Worte.

Die Unterhaltung über Schiffe im Allgemeinen und die *Nymphe* im Besonderen langweilte Luise und gab ihr die Gelegenheit, ihre Gedanken wandern zu lassen. Die Richtung, die sie einschlugen, war jedoch dieselbe wie immer. Sorgen über die Zukunft, Grübeleien über die Vergangenheit. Bei Ersterem war wenigstens ein Ende abzusehen, auch wenn es noch mehr als ein halbes Jahr entfernt war. Je kleiner jedoch die jetzt noch in der Zukunft liegenden Probleme wurden, desto größer wurde die Last ihrer früher begangenen Sünden, die sie mit sich herumtrug. Sie würde weitere Schuld auf sich laden, ihrem Gewissen mehr und mehr aufbürden. Wie sollte sie das überstehen und dabei die fröhliche Ehefrau mimen?

Luises Nächte waren noch immer unruhig, voller verwirrender Träume und Gefühle, am Tag jedoch hatte sie sich wider Erwarten immer besser im Griff. Sie arbeitete weiterhin und weigerte sich, Geld von ihrem Verlobten anzunehmen, dennoch wurde ihr Leben um einiges leichter. Constantin machte ihr Geschenke, die der gesamten Familie zugutekamen: teure Lebensmittel wie Honig und Südfrüchte, Kaffee, Schokolade und ab und zu eine heimliche Flasche Schnaps für den Vater. Er verschaffte Luises Mutter Aufträge von den Ehefrauen seiner Kameraden und Vorgesetzten, die viel besser zahlten als ihre übliche Kundschaft. Und er führte Luise regelmäßig in Kaffeehäuser und sogar ins Stadttheater aus.

Mit der Zeit begann sie, die Unternehmungen mit ihrem Verlobten zu genießen. Sie verspürte sogar einen Hauch von Traurigkeit, als er sich im September von ihr verabschiedete, um im Geleit der kaiserlichen Yacht nach Norwegen zu fahren. Mehr als ein Hauch war es zwar nicht, denn die neue Nähe, die Verbundenheit waren noch ungewohnt für sie, die so wenig Geschick darin hatte, Freunde zu finden und zu halten. Darüber hinaus wurde das Gefühl von einem anderen verdrängt, für das sich Luise schämte – Neid. Norwegen war zwar nicht New York und auch nicht Kamerun, das sie dringender kennenlernen wollte denn je, nun, da sie einen kleinen Menschen in sich trug, der dort seine Wurzeln hatte. Dennoch hätte sie auch das skandinavische Land gern einmal besucht. Irgendein anderes Land oder wenigstens eine andere Stadt. Sie hoffte, Constantin würde ihr dies eines nicht allzu fernen Tages ermöglichen.

Als er zurückkehrte, freute sie sich, nun wieder der stickigen, finsteren Wohnung stundenweise zu entkommen. Das war allerdings nicht alles, wie sie sich eingestand. Sie genoss ebenso die Aufmerksamkeit, die er ihr schenkte, die verliebten Blicke und zärtlichen Worte. Die Übelkeit war vergangen, und wenn Luise gefragt worden wäre, ob sie glücklich war, hätte sie mit »fast« geantwortet. Sie war so glücklich, wie man sein konnte, wenn man einen Menschen verloren hatte und es unvermeidlich war, dass man einen weiteren verlieren würde. So glücklich, wie man sein konnte, wenn man einen herzensguten Mann wie Constantin belog und betrog.

Immer häufiger gab sie vor, die Großmutter zu besuchen, immer dramatischer schilderte sie deren schlechten Gesundheitszustand. Constantin bestand darauf, ihr Geld für einen guten Arzt zu geben, und immer wieder begleitete er Luise zur Wohnung von Onkel und Tante, wo die alte Frau angeblich lebte. Luise sah ihm an, dass er sich wünschte, sie würde ihn mit hineinnehmen, ihn der Großmutter vorstellen. Diese wolle keinen Besucher empfangen, machte Luise ihm weis, und er glaubte ihr. Eine von vielen Lügen, die ihr immer leichter über die Lippen kamen.

Was war nur aus ihr geworden? Sosehr sie sich bei Tag einredete, dass sie keine Wahl hatte, so sehr quälten sie in der Nacht die Gewissensbisse. Sie würde es wiedergutmachen, redete sie sich ein, würde Constantin für alles entschädigen. Ihm die Frau sein, die er sich wünschte. Ihn lieben. Ja, das würde sie. Ganz gewiss.

Jeden Abend flüsterte sie sich diese Worte zu.

Jede Nacht träumte sie von Jo.

Kapitel 16

Wohnung der Familie Johannsen, Hassee bei Kiel, Dezember 1901

Es war, als hätte ihr Kind über Nacht beschlossen, sich nicht mehr zu verstecken. Als sich Luise am Morgen ankleiden wollte, bekam sie den Rock nicht mehr über den Bauch gezogen. Er war vorher schon eng gewesen, doch als sie nun an ihm zerrte, drückte und schob, war ihr, als versuche sie, einen Kürbis in ihn hineinzupressen. Es gelang ihr nicht.

Zu spät, erkannte sie. Wir hätten früher mit dem Schauspiel beginnen müssen. Nun wird er unsere Lügen aufdecken.

Es widerstrebte ihr zutiefst, zu ihrer Mutter gehen zu müssen, aber ihr blieb keine Wahl. Wie stets seit der Entdeckung ihrer Schwangerschaft hatte ihre Mutter eine Lösung parat. Sie reichte ihr ein dunkelbraunes, unförmiges Kleid aus grobem Wollstoff, das an einen Sack erinnerte.

»Hier, zieh das an. Und dann setz dich hin und schreib deinem Verlobten einen Brief, dass deine Großmutter nun gestorben sei. Bitte ihn darum, dich einige Zeit in Ruhe trauern zu lassen. Schreib ihm, der Onkel kümmere sich um alles, damit er nicht auf den Gedanken kommt, uns bei den Formalitäten und der Beerdigung helfen zu wollen.«

»Ja, Frau Mutter«, brachte Luise mühsam hervor. Lügen, nichts als Lügen. Es schnürte ihr die Kehle zu, sie tat jedoch, wie ihr geheißen.

Constantin antwortete mit einem verständnisvollen

Schreiben, schwor ihr, ihr alle Zeit zu geben, die sie brauchte. Zwar schlug er vor, zur Beerdigung zu kommen, um ihr beizustehen, aber er bestand nicht darauf, als sie ihm antwortete, dass sich die Großmutter ein Begräbnis im engsten Kreis gewünscht habe.

Erst nach drei Wochen, in denen Luise kaum mehr nach draußen gegangen war, bat er vehementer darum, sie sehen zu dürfen. Ihre Mutter beschloss, dass sie es ihm erlauben mussten. Luise wurde in den Sessel gesetzt und unter Wolldecken vergraben, die sie zu ersticken drohten. Während des Gesprächs ließ sie ihre Gedanken immer wieder wandern, musste für Constantin den Eindruck erwecken, voller Trauer an ihre Großmutter zu denken. In Wahrheit dachte sie an das Kind, das in ihrem Leib wuchs. Sie spürte es bereits, und der Gedanke daran, es zu verlieren, zerriss ihr das Herz und ließ ihr unvermittelt Tränen über die Wangen laufen. Es sollte ein Schauspiel für ihren Verlobten sein und waren doch die wahrhaftigsten Gefühle, die sie je gespürt hatte. Selbst diejenigen für Jo waren nicht so stark gewesen wie die, die in ihr aufstiegen, wenn sie daran dachte, sich von ihrem Kind trennen zu müssen, ihm keine Mutter sein zu dürfen.

Constantin ließ sich täuschen. Er bedrängte sie nicht, äußerte zwar die leise Hoffnung, sie möge den Jahreswechsel mit ihm verbringen, aber er nahm ihre Absage mit Verständnis auf, tätschelte nur ihre Hand und versprach zu warten. Schließlich würden sie in Zukunft jeden Neujahrstag gemeinsam feiern. Luise überlief es heiß und kalt bei dem Gedanken, und sie wusste nicht, warum. Constantin war der netteste Mann, den sie sich wünschen konnte. Welcher andere würde so viel Geduld aufbringen? Sie konnte sich glücklich schätzen!

Seine Geduld reichte weitere drei Wochen, in denen sie ihn in dem immer gleichen Sessel unter den immer gleichen Decken empfing.

Eines Abends jedoch seufzte er schwer. »Sie vertrösten mich seit so langer Zeit, Luise. Sie wissen: Diese Woche hatte unser Kaiser Geburtstag, und dieses Ereignis wird morgen groß gefeiert. Die Stadt ist erfüllt von Musik und fröhlichen Menschen, und Sie möchten daran nicht teilhaben? Das kann ich nicht glauben. Ich frage Sie noch einmal: Gehen Sie mit mir zu diesem Fest?« Seine Stimme wurde drängend, sein Blick flog zwischen Luise und ihren Eltern hin und her. »Meine Kameraden verhöhnen mich bereits, sie glauben mir nicht, dass es meine Verlobte noch gibt, dass ich tatsächlich heiraten werde. Was denken Sie, wie ich mich dabei fühle?«

Was sollte sie antworten? Sie wollte ihn ja nicht verletzen, doch ihr blieb keine Wahl. Luise biss sich auf die Unterlippe und schwieg. Wenn wenigstens ihre Eltern etwas gesagt, sie in Schutz genommen hätten! Ihre Mutter schien, ihrer Miene zufolge, zumindest nach den richtigen Worten zu suchen, ihr Vater saß nur mit versteinertem Gesicht und glasigen Augen da.

Mit Schwung stellte Constantin seine Kaffeetasse auf dem Tisch ab und sprang auf. »Bitte denken Sie nicht, dass ich Ihre Trauer nicht respektiere. Aber ich habe lange genug gewartet, meinen Sie nicht? Wir sind bereits seit sechs Monaten verlobt. Luise, ich bitte Sie. Lassen Sie uns in Ihr Zimmer gehen und uns unterhalten. Ich habe das Gefühl, dass Sie mich weiter auf Abstand halten, je länger unsere Verlobungszeit dauert. Dabei ist diese gerade dafür gedacht, dass sich die zukünftigen Eheleute kennenlernen. Anfangs sind Sie mit mir ausgegangen, wir haben uns nett unterhalten, und jetzt ...« Er seufzte, und es klang ebenso ärgerlich wie verzweifelt.

Luise zog die Decke enger um sich. Sie verstand ihn ja, doch sie konnte keinesfalls aufstehen! Sie war inzwischen so schwerfällig, dass er ihren Zustand zweifellos bemerken würde. Hilfesuchend sah sie ihre Mutter an, die nur die Schultern hob.

»Bitte lassen Sie mich mit Luise allein. Ich habe das Gefühl, dass sie mir etwas verheimlicht und es vor Ihnen nicht sagen wird. Sie haben nichts zu befürchten, ich möchte nur mit ihr sprechen.«

Die Miene ihrer Mutter gefror, aber sie nickte, half dem Vater vom Sofa und stützte ihn beim Hinausgehen. Die Stubentür fiel ins Schloss, und Luise zuckte zusammen. Constantin zog sich einen Stuhl zu ihrem Sessel und ergriff ihre Hand. Am liebsten hätte sie sie ihm weggerissen, doch sie zwang sich, es nicht zu tun.

»Luise. Liebste. Was ist nur los mit Ihnen? Ich fühle mich, als sei ich Ihnen lästig.«

Er sah sie so traurig an, dass es ihr einen Stich versetzte. Was sollte sie nur sagen, um ihn in Sicherheit zu wiegen? Sie mochte ihn ja, wollte ihn doch heiraten! Er war gewiss ein guter Mann. All ihr Fühlen und Denken waren jedoch von dem winzigen Wesen in Beschlag genommen, das in ihr heranwuchs. Tränen traten in ihre Augen, sie konnte es nicht verhindern. Noch immer brachte sie kein Wort heraus.

»Ich verstehe es nicht. Wenn Sie nicht so rosig aussehen würden, blühend wie die schönste Blume, würde ich vermuten, dass die Schwermut Sie befallen hat. Das geschieht zuweilen nach Trauerfällen. Ihre Gesichtsfarbe wirkt jedoch außerordentlich gesund, ihre Augen strahlen ...« Er schluckte schwer. »Gibt es einen anderen Mann?«

Wenn sie jetzt nickte, würde er gehen und nicht zurückkommen. Dann hätte das Versteckspiel ein Ende. Es verlangte Luise danach, es zu tun, dieses Schauspiel zu beenden, das sie – und ihn! – seit Wochen quälte. Aber was wurde dann aus ihr? Ihr Kind würde sie so oder so nicht behalten können, wenn sie nicht im Asyl für gefallene Mädchen enden wollte. Und das wollte sie gewiss nicht. Das Leben, das sie dort zu erwarten hätten, durfte sie ihrem Kind nicht antun. Dann sollte es lieber im Waisenheim aufwachsen, wo ihm die

Schande des Lebens mit einer in den Augen der Gesellschaft lasterhaften Mutter erspart blieb. Außerdem hatte die Erfahrung im *Hornheim* ihr genügt, um zu wissen, dass sie sich von Einrichtungen aller Art in Zukunft fernhalten wollte.

Also schüttelte sie den Kopf und zwang sich zu einem Lächeln. Es war aber auch ärgerlich, dass die fortgeschrittene Schwangerschaft sie so erblühen ließ. Er musste ja misstrauisch werden. Hätte sie nicht blass und elend bleiben können wie am Anfang? Das war vermutlich ihre Strafe.

Nicht für die kurze, heftige Liebe zu Jo. Die war nichts, was sie je bereuen würde. Nein, die Strafe dafür, dass sie ihr Kind fortgeben, dem unschuldigen Wesen ein Leben in ebensolchen Institutionen zumuten würde, die sie mied.

»Ich bin nicht krank oder schwermütig«, brachte sie mühsam hervor. »Nur sehr traurig, denn ich habe meine Großmutter vergöttert. Ohne sie fühle ich mich unendlich schwach. Ich schaffe es kaum, die täglichen Verrichtungen auszuführen, und wenn Sie am Abend herkommen, bin ich schon wieder müde. Ich bitte Sie, geben Sie mir noch etwas Zeit.« Luise war erstaunt, wie viel Kraft ihr der Gedanke an Jo verlieh. Kraft für die Lügen und alles, was danach kommen würde.

Constantin blickte noch immer misstrauisch drein, sah sie eindringlich an. »Geben Sie mir ein Zeichen, Luise. Sonst kann ich Ihren Worten nicht glauben.«

Reiß dich zusammen, Mädchen, schalt sie sich. *Gib ihm, wonach er verlangt, sonst endest du doch noch als alte Jungfer und wirst diese Wohnung nie verlassen. Welchen Zacken brichst du dir aus der Krone? Du bist längst nicht mehr die reine Unschuld. Nun zeig, was du kannst, auch wenn es das Letzte ist, wonach es dich verlangt!*

Sie ergriff die Hand, die ihre hielt, und führte sie an ihre Wange. Seine Augen leuchteten auf. Sie ließ seinen Blick nicht los, als sie ihren Mund zuerst auf seine Finger presste und dann zu seinem Handgelenk wandern ließ. Sie spürte seinen rasenden Pulsschlag unter ihren Lippen. Er stöhnte auf, entzog ihr seine Hand und umfasste mit beiden ihr Gesicht.

»Luise, meine Liebste.« Seine Stimme klang heiser, und er sprach so schnell, als hätte er Angst, unterbrochen zu werden. »Ich weiß, es schickt sich nicht, und ich habe versprochen, Ihnen nicht zu nahe zu treten. Aber … wenn Sie sich vorstellen könnten, mir … mir diese Frechheit zu gewähren, würde ich Sie bitten, mir zu erlauben …« Sein Gesicht näherte sich ihrem, und beinahe hätte sie aufgelacht. Sie würde ihm alles erlauben, was er wünschte, wenn er nur ihren Bauch dabei aus dem Spiel ließ! Kurz war sie versucht, ihn einfach auf den Mund zu küssen, aber sie durfte sich nicht zu liederlich verhalten, sonst würde er wieder misstrauisch werden. So senkte sie den Blick, drehte mit gespielter Schüchternheit ihren Kopf in seinen Händen und bot ihm ihre Wange dar. Er küsste sie dicht an ihrem Ohr, und sein glücklicher Seufzer gab Luise die Hoffnung, dass sie die Situation noch einmal gerettet hatte.

Wie anders sich seine schmalen Lippen anfühlten als die von Jo …

Luise riss die Augen auf. Solche Gedanken führten doch zu nichts! Sie durfte sie nicht zulassen.

Constantin ließ sie los und setzte sich mit hochrotem Gesicht in seinem Stuhl zurück. »Ich danke Ihnen, Luise. Ich muss fort, ich wurde für eine Reise auf ein anderes Schiff abkommandiert. Wir brechen schon am Morgen nach der Feier auf, und ich werde erst im April zurückkehren. Deshalb bedeutet dieses Zeichen von Ihnen die Welt für mich! Wenn ich zurück bin, heiraten wir, nicht wahr?«

»Ja!«, platzte sie heraus. Grenzenlose Erleichterung überschwemmte sie. Im April wäre ihr Kind längst geboren. Sie hatte das letzte schwierige Treffen überstanden! Sogleich rief sie sich zur Ordnung. Eben hatte sie ihm tiefe Traurigkeit vor-

gespielt, und jetzt so ein Freudenschrei? Sie senkte den Blick.
»Gern. Ich freue mich darauf, Ihre Ehefrau zu werden.«

Eine weitere Lüge. Sie war erleichtert, ja, und sie wollte
heiraten. Dieser Mann bot ihr ein Leben in Wohlstand. Sie
würde ihr armseliges Elternhaus und die harte Arbeit hinter
sich lassen. Aber was, wenn er sie an den Mann von einst erinnerte, wenn er sich ihr näherte? Was, wenn er ein Kind
wollte? Ein Kind, das sie behalten durfte, während sie dieses,
das jetzt in ihr wuchs, weggeben musste? Sie wusste nicht, ob
sie das ertragen würde …

Sie bat Constantin, ihr die Schere und ein Stückchen Sei-
denband aus dem Nähkörbchen zu reichen, und schnitt sich
eine dicke Haarsträhne ab, die sie mit einer Schleife versah
und ihm reichte.

Er strahlte sie an. »Nun kann ich meinen Kameraden beweisen, dass es Sie wirklich gibt. Oh, ich freue mich so darauf,
mit Ihnen verheiratet zu sein.« Er griff wieder nach ihrer
Hand und küsste sie. »Ich werde für Sie sorgen und alles tun,
um Sie glücklich zu machen. Sollten Sie aber einmal traurig
sein, möchte ich auch diesen Schmerz mit Ihnen teilen. Sie
machen zu viel mit sich selbst aus, Luise. Das wird bald nicht
mehr nötig sein. Es tut mir leid, dass ich fortmuss und nicht
für Sie da sein kann. Aber wenn ich zurückkomme, möchte
ich, dass wir gemeinsam das Grab Ihrer Großmutter besuchen
und ich Sie in Ihrer Trauer unterstützen kann.«

Ein verzweifeltes Kichern entfuhr Luise. Wenn man erst
eine Lüge in die Welt setzte, zog sie die nächste nach sich und
wieder eine und immer so weiter, bis man nicht mehr wusste,
wo einem der Kopf stand. Niemals durfte Constantin das
Grab einer ihrer Großmütter zu Gesicht bekommen, denn die
eine war bereits seit über sieben Jahren tot, die andere hatte
sie nicht einmal mehr kennengelernt. Nun mussten sie also
auch noch das Grab einer Frau finden, deren Name und Ster-
betag zu der Geschichte passten, die sie ihm aufgetischt hat-

ten. Luise würde auf dem Friedhof stehen und vor der letzten Ruhestätte einer Fremden trauern – und beten, dass nicht in diesem Augenblick die wahren Verwandten des Weges kamen.

Würde je etwas in ihrem Leben wieder leicht werden? Würde sie je wieder ohne Lügen leben dürfen, so wie vor *der Sache*, mit der alles angefangen hatte? Abgesehen von kleinen Unwahrheiten ihren Eltern gegenüber war damals das erste Mal gewesen, dass sie hatte lügen müssen. Influenza, nicht Vergewaltigung. Küchenmädchen statt Kellnerin. Lieber eine nicht vorhandene Großmutter sterben lassen, als die Schande eines unehelichen Kindes zu offenbaren. Sie fühlte Tränen in sich aufsteigen.

Constantin betrachtete sie mit gerunzelter Stirn. »Ich sehe, Sie möchten sich freuen und trauen es sich doch noch nicht zu.« Er tätschelte ihre Hand. »Keine Sorge, Liebste. Wenn wir erst verheiratet sind, wird alles gut.«

Sie quälte sich ein Nicken ab. Glauben konnte sie seine Worte nicht.

Endlich verabschiedete er sich, und ihre Mutter kam zurück in die Stube. »Der Vater ist gleich im Bett geblieben. Nun, hast du Herrn von Wiedenfels vertrösten können?«

»Ja«, sagte sie. »Und er wird vor April nicht zurück sein.«

»Gut.« Die Stimme der Mutter klang so erleichtert, wie auch sie selbst sich fühlte. »Bis dahin haben wir das Problem gelöst.« Sie betonte das Wort *Problem* und wies auf Luises Bauch.

Brennende Wut breitete sich in ihr aus, und es gelang ihr nicht, ihre Zunge zu zügeln. »Es ist ein Kind und kein Problem!«, fuhr sie ihre Mutter an. »Es hat ein Recht darauf, zu leben und geliebt zu werden. Sie sind diejenige, die es zu einem Problem macht!«

»Es ist eines, ob du es nun wahrhaben willst oder nicht.« Ihre Mutter ließ ein höhnisches Lachen hören. »Du solltest dankbar sein, dass ich dir helfe, deine Schande zu verbergen. Ich hätte dich auch rauswerfen können. Dann hättest du keine Aussicht auf ein angenehmes Leben gehabt.«

»Sie aber auch nicht, Frau Mutter. Tun Sie nicht so, als hätten Sie es nur für mich getan. Mein Lohn hat diese Familie lange ernährt, mein Ehemann wird es vermutlich in Zukunft tun. Um mein Wohl geht es Ihnen doch schon lange nicht mehr!«

Nicht mehr seit *der Sache*, fügte sie in Gedanken hinzu.

Die Gesichtszüge ihrer Mutter verzerrten sich, jedoch nicht vor Wut wie so häufig. Luise meinte, Schuldbewusstsein darin zu lesen. Oder bildete sie sich das nur ein? Der Eindruck verflog auch sogleich wieder.

»Das ist deine eigene Schuld«, sagte ihre Mutter kalt. »Wir haben dich anständig erzogen, aber du musstest dich ja …«

»Was musste ich? Mich vergewaltigen lassen?«

Die Mutter zuckte zusammen, riss die Augen auf.

Die Worte waren Luise entschlüpft, bevor sie es hatte verhindern können, aber es fühlte sich gut an, das verhärmte Gesicht erstarren zu sehen. Weitere Worte drängten aus ihr heraus, und sie war es so leid, sie zurückzuhalten. Ihr Leben in dieser Wohnung würde bald ein Ende haben! Warum also sollte sie weiterhin schweigen?

»Sie tun so, als hätte ich das freiwillig getan! Wie kommen Sie dazu? Ich soll schuld sein, nicht der Kerl, der mir seinen …«

»Schweig!« Der Schrei gellte durch die Stube. »Ich kann und werde mir das nicht anhören.«

Erstaunt erkannte Luise, dass Tränen in die Augen der Mutter stiegen. Diese wandte sich ab, trat ans Fenster und starrte einige Atemzüge lang in die Dunkelheit. Als sie sich dann zu Luise umdrehte, hatte sie sich wieder im Griff. Erneut zeigte sie auf Luises Bauch.

»Ist das auch so passiert?«

»Was? Nein!« Luise umschlang ihren gewölbten Leib mit beiden Armen. »Nein, das war ...« Sie brach ab, wollte ihre Gefühle nicht teilen, nicht offenbaren, auf welche Art das Kind gezeugt worden war.

»Freiwillig, ja?« Die Mutter schnaubte. »Dann weiß ich nicht, warum du von *der Sache* anfängst.«

»Weil *die Sache* der Grund ist, dass ich Ihnen und Herrn Vater gleichgültig geworden bin.«

Die Mutter schluckte sichtbar. »Du bist uns nicht gleichgültig, Luise. Nur verstehen wir dich nicht mehr.« Sie seufzte tief. »Nein, das stimmt so nicht. In Wahrheit haben wir dich nie verstanden. Deine Handlungen, deine Entscheidungen ... Du bist uns fremd.« Sie straffte die Schultern. »Und ja, es ist deine Schuld. Wärest du damals zu Hause geblieben, anstatt durch die Gegend zu streunen, wäre das alles nicht passiert. Wärest du nicht so neugierig auf alles Fremde, auf die Welt, auf die Zigeuner, hättest du dich sicherlich nicht mit einem von denen eingelassen. Dann hätten wir jetzt nicht dieses Problem.«

Sie hob die Hand, um ein weiteres Mal auf Luises Bauch zu deuten, zog sie aber gleich darauf zurück. Es war auch so klar, was sie meinte. Luises Kehle fühlte sich an wie zugeschnürt. Alle Kraft, die sie in ihrer Wut eben noch verspürt hatte, zerrann, und es blieb nichts als Traurigkeit zurück. In ihrem Leib breitete sich ein schmerzhaftes Ziehen aus.

»Du bist nicht bereit, eine anständige Arbeit zu verrichten, so wie ich, sondern verdingst dich lieber als Kellnerin. Es ist kein Wunder, dass dein Ruf ...«

»Mein Ruf schreckt Herrn von Wiedenfels offensichtlich nicht ab«, unterbrach Luise den anklagenden Wortschwall. Sie fühlte sich entsetzlich müde und brachte die Worte kaum heraus. »Und ohne meine Arbeit wäre ich ihm nie begegnet. Also bitte, verschonen Sie mich mit weiteren Vorwürfen. Ich weiß, ich bin nicht die Tochter, die Sie sich gewünscht haben. Vielleicht sollten Sie Susanne adoptieren.«

Die Mutter entgegnete nichts mehr, starrte nur mit versteinertem Gesicht an ihr vorbei, und Luise war heilfroh darüber. Sie erhob sich mühsam aus dem Sessel und wankte in ihr Zimmer, zog sich umständlich aus und legte sich ins Bett. Sie verkroch sich unter ihre Decke, rollte sich auf die Seite und zog die Beine an.

Die Anspannung wich nur langsam aus ihrem Körper und noch langsamer aus ihrem Geist. Die Schmerzen hatten längst nachgelassen, da kreisten noch immer Wortfetzen der Gespräche mit Constantin und ihrer Mutter in ihrem Kopf und ließen sie keine Ruhe finden.

Der kleine Mensch in ihrem Bauch schien ebenfalls aufgeregt. Die Bewegungen, die vor einigen Wochen als leises Flattern wie von Schmetterlingsflügeln begonnen hatten, waren mit der Zeit immer stärker geworden. Sie legte die Hand auf die Stelle, an der sie den winzigen Fuß spürte, und bekam einen Tritt gegen ihre Finger. Ein Lachen entfuhr ihr, aber gleich darauf kamen ihr die Tränen.

Mein Kind, dachte sie, während sie in ihr Kissen weinte. *Mein liebes Kleines. Wenn ich dich nur behalten dürfte, ich würde alles anders machen als meine Mutter. Besser! Du wärest mir nie fremd. Ich würde dich annehmen, wie du bist.*

Doch sie wusste, es war ein Traum, der sich nicht erfüllen würde.

Kapitel 17

Wohnung der Familie Johannsen, Hassee bei Kiel, März 1902

Hör auf zu jammern. Das ist die gerechte Strafe für deine Sünde.«

Luise biss sich auf die Unterlippe, bis sie Blut schmeckte, um nur ja keinen Laut mehr von sich zu geben. Ein Wimmern konnte sie dennoch nicht unterdrücken. Sie war sicher, diese Nacht nicht zu überleben. Alle paar Minuten erfassten Schmerzen ihren Körper, als würde sie von der Straßenbahn überrollt, und das seit Stunden. Die aufrechte Gestalt ihrer Mutter, die Hände in die Hüfte gestützt, verschwamm vor ihrem Blick. Schweiß lief ihr von der Stirn in die Augen, und die Pausen zwischen den Wehen reichten kaum aus, um sich das Gesicht abzuwischen und Atem zu schöpfen. Nur ein flaches Hecheln brachte sie noch zustande.

Das Kind wollte nicht geboren werden, nicht in eine Welt kommen, in der seine Mutter es weggeben würde, in der es wegen seines Aussehens abgelehnt werden würde. Ja, die Qualen waren ihre Strafe. Sosehr die Begegnung mit Jo ihre vor sieben Jahren an der Eiche zerstörte Seele geheilt hatte, so sehr hatten sie beide sich versündigt. Nicht gegen Gott und die Welt, sondern gegen dieses Kind, das außer Leid nichts im Leben erfahren würde. Es wäre ein Segen, wenn es sterben würde, und sie mit ihm. Die nächste Wehe rollte heran und riss alle guten Vorsätze mit sich. Luise schrie auf.

»Daran merkst du, dass auch Gott dieses Kind nicht will«,

vernahm sie die belehrende Stimme ihrer Mutter über das Rauschen in ihren Ohren hinweg. »Deine Geburt war ganz leicht, schließlich wurdest du ehelich gezeugt. Du bist nach wenigen Stunden einfach herausgerutscht.«

»Ich wünschte, ich wäre nie geboren worden!«, presste Luise hervor, kaum dass sie Atem geschöpft hatte.

»Auch noch undankbar, ja?« Die Mutter lachte hart auf. »Undankbar und verweichlicht. Frauen in aller Welt gebären jeden Tag Kinder, und du bist zu schwach dafür?« Sie packte Luises Schenkel und riss sie auseinander. »Los, mach die Beine breit. Wenn du sie so zusammenkneifst, kommt das Ding da nie raus. Du hast ja auch nicht gezögert, sie breitzumachen, als der Kerl …«

»Seien Sie still!«, brüllte Luise und krallte die Hände in das schweißgetränkte Laken. »Ich will nichts hören! Ich kann nicht mehr, ich …« Sie fühlte, wie es zwischen ihren Schenkeln warm und nass wurde.

Feuchte Wärme zwischen ihren Beinen, höllische Krämpfe im Leib – sie kannte das Gefühl, es war sieben Jahre alt. Obwohl sie seit Stunden nichts gegessen hatte, drehte es ihr den Magen um. Sie würgte und würgte, doch nichts als bittere Galle kam ihr hoch. *Das geschieht nicht mir*, schrie Luises Geist und wollte sich schon von ihrem gepeinigten Körper lösen, so wie damals, aber sie erkannte die Anzeichen. Doktor Jessen hatte es sie gelehrt. Sie sah wieder Julius vor sich. *Bleiben Sie bei sich, Luise. Es nützt nichts, sich etwas vorzumachen. Stellen Sie sich Ihrer Geschichte. Sie schaffen das. Sie sind stark!*

Damals hatte sie ihm geglaubt, hatte zu sich zurückgefunden – irgendwie. Jetzt klangen die Worte wie ein Märchen, schön, aber unwahr. Sie war nicht stark. Selbst wenn sie weiterkämpfte, diese Nacht überstehen würde – was dann? Dies war etwas anderes als *die Sache* an der Eiche. Diese Wunden würden nicht heilen. Es würde ein Kind geben, tot oder lebendig, so oder so getrennt von ihr. Das war nichts, was man mit Stärke überwinden konnte. Als die nächste Wehe sie erfasste, schrie sie ebenso vor Verzweiflung wie vor Schmerzen.

»Los jetzt«, fuhr ihre Mutter sie an. »Die Fruchtblase ist geplatzt, es ist so weit. Und sei endlich still! Wer Kraft zum Schreien hat, hat auch Kraft zum Pressen.«

Luise rang mit sich. Aufzugeben war meist der leichtere Weg, doch nicht in diesem Fall. Wenn sie jetzt aufgab, würde sie ihre Qualen und die des Kindes nur verlängern. Sie hatte keine Kraft, keinen Funken mehr in ihrem aufgequollenen, nassen, schmerzenden Leib – aber sie presste.

Für Julius, dessen Stimme in ihrem Kopf die immer gleichen Worte wiederholte. *Sie schaffen das.*

Für Jo, der sich im Menschenzoo anstarren lassen musste und gewiss schlimmere Qualen litt als sie, wenn er überhaupt noch lebte und nicht von seinem Widersacher oder dem Aufseher totgeprügelt worden war.

Und für das Kind. Das Kind, das sie geliebt hatte, kaum dass sie von ihm gewusst hatte. Die wenigen Monate der Schwangerschaft wenigstens war es geliebt worden, und wie immer diese Nacht ausging, ob sie im Himmel oder in der Hölle endete, der irdischen oder der jenseitigen – diese Zeit würde ihnen beiden niemand nehmen.

Sie spürte die Hände der Mutter auf ihrem Körper, sie drückten auf ihren Bauch, schoben das Kind nach unten, und sosehr sie sie hasste, ihre garstigen Worte, ihre Mitleidlosigkeit, so dankbar war sie ihr für wenigstens diese kleine Unterstützung. Luise hob den Oberkörper an, da sie das Gefühl hatte, so besser pressen zu können, und mit der nächsten Woge des Schmerzes spürte sie einen Ruck nach unten. Die Krämpfe ließen nach, wichen einem wahnsinnigen Druck im Unterleib, so als würde dieser auseinandergerissen. Sie konnte nicht mehr atmen, zu grausam war das Gefühl. Punkte tanzten vor ihren Augen, Schwindel ließ sie in ihr Kissen zurücksinken.

Das Rauschen in ihren Ohren wurde lauter, der Druck nach unten stärker, so als würden ihre Eingeweide nach draußen gezerrt. Die Stimme ihrer Mutter drang wie durch Watte zu ihr, befahl ihr zu pressen, und Luises Körper presste, auch wenn sie meinte, es nicht zu können.

Ein stechender Schmerz, als schnitte sie jemand mit der Schere auseinander, eine Druckwelle zwischen ihren Beinen, ein Schwall, Wärme, Nässe, plötzliche Leichtigkeit. Luft einsaugen, einen tiefen Atemzug, noch einen. Ein dünnes Stimmchen, ein Wimmern. Leben. Hände, die etwas aufhoben, zwischen ihren Beinen fortnahmen. Schlafen, nur schlafen …

Durch die Müdigkeit drang die Angst, das zu verlieren, was sie eben gewonnen hatte. Dieses Kind nie sehen zu dürfen, wenn sie jetzt einschlief und die Mutter es fortbrachte. Kein Bild vor Augen zu haben, das sie in ihrem Herzen einschließen und für immer bei sich behalten durfte. Luise kämpfte sich auf die Ellbogen hoch. Eine Schere blitzte auf und durchtrennte das Band zwischen ihr und dem Neugeborenen. Seine Großmutter hielt es im Arm wie eine Puppe, ihr Gesicht zeigte keine Regung. Sie legte es achtlos neben Luise auf das Bett und verknotete die Nabelschnur. Noch konnte sich Luises Blick nicht an dem Kind festhalten, zu verwirrt war ihr Geist, und schon kam wieder eine Schmerzwelle, ein weiteres Schmatzen, und sie fühlte sich noch leichter als vorher. Sie sah aus dem Augenwinkel, wie ihre Mutter einen blutigen Klumpen in einen Eimer klatschen ließ, dann endlich fand ihr Blick das Neugeborene.

Sie wusste sofort, dass die Zeit der Bindungsunfähigkeit vorüber war. Dieses kleine Wesen würde sie lieben, bis sie starb.

Da machst du dir etwas vor, höhnte ihre innere Stimme. *Auch diese Verbindung wird nicht halten. Du hast dir wieder jemanden ausgesucht, der nicht bei dir bleiben kann.*

Davon wollte Luise nichts hören. Sie verdrängte jeden Gedanken, rollte sich zusammen und legte schützend einen Arm um den Säugling. Um ihr Sonntagskind.

Es war ein Mädchen. Sie hatte eine Tochter geboren, ihres und Jos Kind, von dem er nie erfahren würde. Die Traurigkeit über diesen Umstand erfasste sie mit Wucht. Ihre Tränen tropften auf den zarten, nackten Körper, dessen Haut nur einen Hauch dunkler war als ihre eigene.

»Hier hast du ein Tuch. Mach das Kind sauber und leg es an die Brust. Die ersten paar Tage musst du es säugen, dann bringe ich es weg. Gewöhn dich also nicht zu sehr dran.« Der eisige Tonfall brachte Luise dazu, zu ihrer Mutter aufzusehen. Deren Blick lag auf dem Neugeborenen, sie hatte die Stirn gerunzelt. »Ich hoffe, die im Waisenheim nehmen es, so dunkel, wie es ist.« Damit verließ sie das Zimmer, und Luise war allein mit ihrer Tochter.

Große braune Augen blickten ihr aus einem zerknautschten Gesichtchen entgegen, die dunkelroten Lippen waren einen Spaltbreit geöffnet. Das Neugeborene weinte jedoch nicht, sondern hatte eine Miene aufgesetzt, die verwundert aussah. Luise konnte sich nicht sattsehen an dem kleinen Wesen, den gespreizten Fingerchen und dem feinen Flaum schwarzer Löckchen auf einem Kopf, der so winzig war, dass er in ihre Hand passte. Vorsichtig säuberte sie ihre Tochter, strich immer wieder mit dem feuchten Lappen über die zarte Haut. Sie würde noch dunkler werden, vermutete Luise, wenn sie erst mit Tageslicht in Berührung gekommen war. Eine vollkommene Mischung aus Jo und ihr, so süß, so unschuldig.

»Josephine«, wisperte sie ihrer Tochter ins Ohr. »Mein kleiner Schatz. Das Einzige, was mir von deinem Vater bleibt.«

Sie verdrängte den aufblitzenden Gedanken daran, dass sie sie würde hergeben müssen.

Luise schlug die Bettdecke über sich und ihre Tochter, schob dieser eine ihrer Brustwarzen in den winzigen Mund,

und als sie das Saugen spürte, kamen ihr erneut die Tränen. »Säugen« hatte ihre Mutter es genannt, als seien sie und ihr Kind Tiere. Dabei war das Stillen das Innigste, das Wichtigste, was sie Josephine in diesen ersten Stunden geben konnte. Wärme und Liebe und ihre Milch, die ihre Tochter ernähren würde.

Aus den ersten Stunden wurden Tage, doch Luise hätte nicht sagen können, wie viele es waren. Die Zeit verschwamm zu einer einzigen Folge von atemlosen Glücksmomenten, zu einer Seligkeit, die sie nie gekannt hatte, nicht einmal in Jos Armen. Josephine war nicht mehr zerknittert, sondern ein vollkommener Säugling, ein wunderschönes Kind, das selten weinte und häufig mit großen Augen in die Welt blickte. Nie ließ Luise sie allein, band sie sich sogar vor die Brust, wenn sie zum Abort ging, immer darauf bedacht, nicht von den Nachbarn gesehen zu werden. Dabei hätte sie am liebsten der ganzen Welt ihre hübsche Tochter gezeigt.

Eine Spur dunkler war Josephines Haut bereits geworden, aber noch immer konnte sie, wie es die Mutter vermutete, als Kind eines Mannes vom fahrenden Volk durchgehen. Luise hatte den Irrtum nie aufgeklärt. Wozu auch? Es spielte keine Rolle, änderte nichts daran, wer Josephine war, was für ein Mensch aus ihr werden würde. Hätte es nicht das Leben der Kleinen schwieriger gemacht, hätte Luise sie sich noch dunkler gewünscht, noch ähnlicher ihrem Vater, dem Mann, der ihr dieses Glück geschenkt hatte. Die Ungerechtigkeit der Welt ließ Luise wieder einmal in hilfloser Wut erzittern. Warum sollte die Hautfarbe ihres Kindes, überhaupt irgendeines Menschen, von Bedeutung sein?

Die Mutter jedoch zog die Stirn in Falten, wann immer sie das Zimmer betrat und Josephine ansah. Sie weigerte sich, den Namen auszusprechen, nannte sie nur *das Kind*.

»Ich muss das Kind endlich fortbringen, ehe die Nachbarn

noch was merken«, sagte sie wieder einmal, doch Luise zog ihre Tochter näher an sich.

»Noch nicht. Sie ist noch so klein. Sie braucht mich!«

»Sie ist schon kräftig genug.«

»Das liegt nur daran, dass sie meine Milch so gut trinkt. Sie kann noch nicht von mir fort.« Die Vorstellung war so unmöglich, dass es Luise schwerfiel, sie überhaupt auszusprechen. Wann immer ihre Gedanken in die Zukunft wandern wollten, rief sie sie zurück, zwang sich, nicht weiter als bis zur nächsten Mahlzeit ihrer Tochter zu denken, bis zum nächsten Wechseln der Windeltücher. Ihre Mutter hatte recht, Josephine gedieh prächtig. Und mit jeder Stunde wurde Luise klarer, dass sie sich nicht von ihr trennen konnte. Als ihre Mutter sie am nächsten Tag erneut darauf ansprach, wagte sie zum ersten Mal, diesen Gedanken auszusprechen.

»Ich will mein Kind behalten.«

Die Mutter lachte auf. »Wie stellst du dir das vor? Hier kannst du nicht bleiben. Wohin willst du denn mit ihm gehen? Meinst du, du hast es leicht mit diesem …«

Luise sprang vom Bett auf. »Bitte beleidigen Sie meine Tochter nicht!«

Das Gesicht der Mutter lief feuerrot an. »Ich beleidige sie, so viel ich will, solange ich dich und damit auch sie durchfüttere!« Sie sprach das Wort jedoch nicht aus, von dem Luise wusste, dass sie es hatte sagen wollen. Stattdessen fuhr sie mit schneidender Stimme fort: »Du bist eine Schande für deinen Vater und mich. Die ganze Tortur der letzten Monate haben wir nur auf uns genommen, damit du Herrn von Wiedenfels heiratest und damit auch unser Leben ein wenig leichter wird. Ich habe dir gesagt, du kannst sie später aus dem Heim holen und als Hausmädchen einstellen. Wenn du jetzt alles zerstörst, hätten wir dich auch gleich rauswerfen können.«

»Ja, hätten Sie es doch getan!«, schrie ihr Luise entgegen. Schon klatschte die flache Hand ihrer Mutter in ihr Gesicht.

»Sei still, du undankbares Ding! Morgen kommt das Kind weg, und damit Schluss!«

Sie schlug die Tür hinter sich zu, und Josephine auf dem Bett begann zu weinen. Auch Luise strömten die Tränen über das schmerzende Gesicht. Mit der Ohrfeige war die Traumwelt der vergangenen Tage zerplatzt. Es gab keine Zukunft für sie und ihre Tochter.

Es sei denn, sie liefe mit ihr fort. Ein Leben im Asyl für gefallene Frauen war besser als ein Leben ohne Josephine. Selbst wenn es bedeutete, dass sie Constantin verletzte und damit auch die Chance auf eine Ehe mit einem anderen Mann zerstörte. Dass sie nie in der *Waldwiese* tanzen würde, nie reisen, nie ein besseres Leben führen, sondern ewig eine Küchenhilfe bleiben würde. Den winzigen Stich, den ihr diese Gedanken versetzten, verdrängte sie. Sie hatte kein Recht mehr auf ihre Mädchenträume. Sie war nun Mutter, und das Wohl ihres Kindes stand an erster Stelle. Es war der Preis für die viel zu kurze Affäre mit Jo, für die Heilung ihrer Seele, die sie ihm zu verdanken hatte. Der Preis für das größte Glück der Welt: die Mutterschaft.

Sie hob ihre Tochter vom Bett auf, küsste und wiegte sie in ihren Armen und flüsterte ihr sanfte Worte zu, bis sich das Kind beruhigte. Dann schob Luise den Riegel vor ihre Tür, legte sich zusammen mit Josephine ins Bett und ließ ihren Plan Gestalt annehmen. Sie hatte keine Ahnung, wo sich ein Asyl befand, an das sie sich wenden konnte. Sie wusste nicht einmal, wo sich jenes Kinderheim befand, in das die Mutter die Kleine bringen wollte – sie jedenfalls kannte nur das eine, den Waisenhof, der ausschließlich Knaben aufnahm. Dort könnte sie zumindest nachfragen, wohin sie sich wenden konnte. Oder sie ging zum Pastor von St. Jakobi in der Nähe ihrer früheren Wohnung, den sie noch von ihrer Konfirmation kannte, und fragte ihn um Rat. Er würde ihr helfen, auch wenn er ihr gewiss Vorhaltungen über ihr Verhalten machen würde, das alle Welt als liederlich ansah. Luise kümmerte das nicht. Sie hatte nichts Unrechtes getan. Sollten doch alle über sie urteilen, wenn sie ihr nur halfen.

Ein Kampf würde es dennoch werden. Vielleicht war es die bessere Idee, Caroline aufzusuchen. Luise hatte die einstige Arbeitskollegin seit Monaten nicht gesehen, aber sie war ihr einmal das gewesen, was einer Freundin am nächsten kam. Sie würde sie nicht verurteilen, sondern ihr sicherlich helfen. Ja, das war die Lösung. Sie wusste zwar nicht, wo die Kellnerin wohnte, doch sie würde im Schutz der Bäume nahe der *Waldwiese* warten, bis sie sie erspähte, und sie dann abfangen. Zufrieden kuschelte sie sich an ihre Tochter und lauschte auf das Kommen und Gehen ihrer Mutter. Glücklicherweise ließ diese sie den Rest des Tages in Ruhe.

Luises Schlaf war unruhig, immer wieder schreckte sie hoch. Einmal träumte sie, ihr Kind würde ihr aus den Armen gerissen, und war froh, als sie schweißgebadet erwachte und Josephines Körper neben sich spürte. Kaum fiel das erste Licht des Tages in ihre Kammer, erhob sie sich und zog sich warm an. Das Kind band sie vor ihre Brust, nahm die letzten versteckten Münzen an sich, schnürte ihre Stiefel zu und schob den Riegel ihrer Zimmertür Zentimeter um Zentimeter zurück, um nur nicht die Eltern zu wecken. Sie durften sie nicht bemerken, sonst würden sie gewiss versuchen, sie aufzuhalten.

Der Flur lag im Dunkeln. Leise schloss Luise die Zimmertür hinter sich, wandte sich der Haustür zu und legte eine Hand an den Griff.

»Wohin so früh am Morgen?« Die Stimme der Mutter durchschnitt die Stille.

Luise fuhr zusammen, riss die Tür auf, da fühlte sie sich von hinten gepackt.

»Bleib sofort stehen!«

»Ich … ich will nur zum Abort!«, rief Luise, aber die Worte klangen viel zu zittrig, um glaubwürdig zu sein.

Die Mutter lachte auf. »Hältst du mich für so dumm? Gib mir das Kind.«

Luises Herz raste. Sie legte die Arme fest um Josephine. »Nein.«

Die Hände ihrer Mutter lagen wie Schraubstöcke um ihre Oberarme, und der Griff wurde noch fester. Gedanken wirbelten durch Luises Kopf. Wie konnte sie sich von ihr befreien, ohne ihr Kind bei dem Kampf zu gefährden?

Das Klackern der Gehstöcke ihres Vaters erklang. »Mach es nicht noch schlimmer, als es schon ist, Luise.« Seine Stimme klang so traurig, so vollkommen hoffnungslos, dass es ungewollt Luises Herz berührte. Sie wandte den Kopf zu ihm um. Aus der Küche fiel Lichtschein auf ihn, das Flackern ließ sein Gesicht eingefallen und geisterhaft wirken.

»Verstehen Sie mich doch, Herr Vater«, flüsterte Luise. »Ich kann mein Kind nicht aufgeben.« *Bitte*, fügte sie in Gedanken hinzu. *Bitte steh zu mir, setz dich gegen deine Frau durch. Ein einziges Mal!*

Ihre Hoffnung erfüllte sich nicht.

»Gib mir das Kind!«, wiederholte ihre Mutter, die sie nach wie vor im eisernen Griff hielt.

»Ich werde jetzt gehen.« Luise bemühte sich um einen festen Tonfall. Es misslang gründlich. Das Hohnlachen ihrer Mutter machte sie so wütend, dass jegliches Denken aussetzte. Sie versuchte, sich loszureißen, befreite einen Arm, drehte und wand sich. Josephine erwachte und begann zu weinen. Plötzlich ließ die Mutter sie los und sprang ihr in den Weg, stellte sich zwischen Luise und die Wohnungstür. Luise packte nun ihrerseits die Arme ihrer Mutter und kämpfte verbissen, um sie aus dem Weg zu bekommen. Da fühlte sie sich erneut von hinten festgehalten. Doch es war nicht der Vater.

Es waren der Onkel und die Tante, wie Luise mit Entsetzen erkannte. Sie mussten sich am Vortag in die Wohnung geschlichen haben, den ganzen Abend still gewesen sein, um sie in Sicherheit zu wiegen und ihr nun, da sie aus ihrem verriegelten Zimmer hervorgekommen war, zusammen mit ihren Eltern ihre Tochter zu nehmen.

Der Schweiß rann ihren Rücken hinab. Sie spürte, wie das Wickeltuch, das ihr Kind an ihrem Körper hielt, gelöst wurde. »Nein!«, brüllte sie, und eine Hand legte sich über ihren Mund. Sie biss, trat um sich, fühlte sich wieder wie an der Eiche, gleich darauf wie im *Hornheim*, als die jungen Pfleger sie festgehalten hatten. Im nächsten Augenblick war sie betäubt worden.

Diesmal geschah es nicht. Diesmal musste sie bei vollem Bewusstsein erleben, wie hilflos sie war. Gegen zwei Frauen und einen Mann – noch dazu einen Bären wie ihren Onkel – und den schweigenden Vater im Hintergrund war sie machtlos. Einmal bekam sie die Hand von ihrem Gesicht, schrie um Hilfe, so laut sie konnte, aber schon wurde ihr wieder der Mund zugehalten. Die Mutter entwand ihr ihre Tochter. Luise wimmerte, kämpfte verbissen weiter und schaffte es tatsächlich, sich zu befreien. Ehe er sie wieder packen konnte, trat sie mit letzter Kraft nach dem Onkel, dem ein Schmerzensschrei entfuhr. Der Schlag seiner Faust an ihre Schläfe kam augenblicklich und warf sie rücklings gegen die Wand. Sie schlug sich den Kopf so hart an, dass vor ihren Augen alles verschwamm und sie zu Boden ging. Wie durch Nebel sah sie, wie ihre Mutter Josephine unter ihrem Mantel versteckte und mit ihr die Wohnung verließ.

Die Tür fiel ins Schloss.

Luises Kopf dröhnte, pochte, ein einziges Wort hallte darin wider.

Nein.

Nein!

Sie wollte sich auf die Beine kämpfen, doch ihr war so schwindlig, dass sie immer wieder hinfiel.

»Sei endlich vernünftig, Kind«, sagte die Tante, die in diesem Augenblick ähnlich bleich und müde aussah wie ihr Bruder, Luises Vater. »Es ist besser so.«

Luise erbrach sich auf die Flurdielen vor ihre Füße. Dann wurde alles finster.

Das Erwachen ähnelte dem im *Hornheim* nach der Betäubung, nur wusste Luise sogleich, wo sie war. In ihrem Bett. Allein. Ihre Tochter war fort. Sie kämpfte gegen die bleierne Schwere an und setzte sich auf.

»Bleib liegen«, sagte ihre Mutter, die auf einem Stuhl saß und sie musterte.

»Wo ist mein Kind?«

»Du hast kein Kind, hattest nie eines. Vergiss nicht, dass unser aller Zukunft auf dem Spiel steht. Herr von Wiedenfels …«

»Wo ist Josephine?« Luises Kopf pochte zum Zerspringen, ihre Brüste spannten von der Milch, die getrunken werden wollte. Die Sehnsucht nach ihrer Tochter, nach dem winzigen, gierigen Mund, der an ihr gesaugt hatte, überschwemmte sie, und sie schluchzte auf. »Wohin haben Sie sie gebracht?«

Die Mutter antwortete nicht. »Vergiss sie«, sagte sie stattdessen mit eisiger Stimme. »Du wirst sie nicht wiedersehen.«

Vergessen? Ihr Kind, ihre kleine Josephine? Wie sollte das gehen? Plötzlich kam ihr ein Gedanke, der ihr das Blut gefrieren ließ. »Haben Sie sie umgebracht?«, entfuhr es ihr.

Das Gesicht ihrer Mutter verzerrte sich vor Wut. »Natürlich nicht! Wofür hältst du mich?«

Vorsichtig stand Luise auf, denn der Schwindel war noch da. Sie musste sich selbst davon überzeugen, dass ihr Kind lebte. »Sagen Sie mir, in welches Heim Sie sie gebracht haben.«

»Das braucht dich nicht zu interessieren.«

Luise trat dicht vor ihre Mutter, die sich vom Stuhl erhob. Auge in Auge standen sie einander gegenüber. Im Blick der anderen las Luise eine Wahrheit, die den Boden unter ihr zum Schwanken brachte. »Sie hatten nie vor, sie mir zu lassen, nicht wahr? Sie haben versprochen, dass ich meine Tochter später als Dienstmädchen einstellen kann. Das war eine Lüge.«

»Nein«, entgegnete die Mutter tonlos. »Erst als ich sie sah, wusste ich, dass das nicht möglich sein würde. Dein zukünftiger Mann hätte ihre Anstellung ablehnen müssen. Man sieht ihr den Zigeunervater zu sehr an.«

»Ihr Vater ist keiner von ihnen«, zischte Luise. »Er ist Afrikaner. Kameruner, um genau zu sein.« Mit Genugtuung sah sie, wie ihre Mutter die Augen aufriss und sie anstarrte.

»Dann bete, dass sie sie nicht umbringen, wenn sie es bemerken«, sagte sie mit Grabesstimme.

Die Worte brauchten eine Weile, um in Luises Geist Sinn zu ergeben. Eine ganze Weile. Viel zu lange. Dann traf die Erkenntnis sie härter als der Schlag ihres Onkels.

»Sie ist nicht im Waisenheim, sondern bei den Fahrenden?« Ihre Stimme wollte ihr kaum gehorchen.

Die Mutter hob die Schultern. »Ich dachte, dort gehöre sie hin. Zur Sippe ihres Vaters. Ich hatte ja keine Ahnung ... Wie kommst du überhaupt an einen Afrikaner?«

Luise ballte die Fäuste. »Das geht Sie nichts an. Was haben Sie getan, Frau Mutter?«

»Ich habe das Kind zum Stellplatz an den Bahnschienen gebracht, nach dem Anführer verlangt und gesagt, dass einer der Männer der Vater sei, ich aber nicht wüsste, welcher.« Sie sagte es in einem Tonfall, als spräche sie über den wöchentlichen Einkauf. Luise musste an sich halten, ihr nicht ins Gesicht zu schlagen. »Bei denen zählt ja nur der Vater, es ist egal, ob die Mutter zu ihnen gehört oder nicht. Sie sind kinderlieb und haben Familiensinn, das ist allgemein bekannt.«

»Im Gegensatz zu Ihnen«, spie Luise ihrer Mutter entgegen. Die jedoch zeigte sich ungerührt. Den kurzen Augenblick des Schreckens über die Eröffnung, was Josephines Vater betraf, hatte sie rasch überwunden.

»Ich habe sie bezahlt, damit sie gleich abfahren. Unter ihnen sind mehrere stillende Mütter, und sie haben versprochen, für das Kind zu sorgen. Sei nicht so undankbar. Es hat mich eine Menge Geld gekostet, und sie werden sie gewiss ordentlich behandeln.«

»Ach, plötzlich denken Sie so gut von diesen Menschen, zu denen ich mich als Kind nur heimlich schleichen konnte? Sie widersprechen sich, Frau Mutter! Ich habe keinen Grund für Dankbarkeit. Sie haben mir meine Tochter genommen, und ich hole sie mir jetzt zurück.« Luise streifte sich die Stiefel über, die ihr jemand ausgezogen haben musste.

»Du willst zum Stellplatz gehen? Das hat keinen Sinn, sie sind längst fort. Du warst stundenlang ohne Bewusstsein. Es tut deinem Onkel übrigens sehr leid, dass er dich geschlagen hat, aber …«

»Das ist mir gleich! Ich gehe jetzt und suche meine Tochter.« Sie riss die Zimmertür auf. Sofort traten ihr Onkel und Tante in den Weg.

Sie hatte schon am Morgen keine Chance gegen sie gehabt, doch sie versuchte es wieder, musste es versuchen! Es ging um Josephines Leben. Sie stieß die Tante grob zur Seite und wollte sich an ihr vorbeidrängen, aber schon packte der Onkel sie und schob sie zurück in ihr Zimmer. Luise kämpfte wie von Sinnen gegen ihn an, aber ihre zittrigen Beine gaben immer wieder nach, und dem Rauschen in ihren Ohren nach zu urteilen, stand sie kurz vor einer erneuten Ohnmacht.

»Hör auf zu toben, sonst müssen wir dich in die Irrenanstalt bringen!«, rief ihre Mutter. »Vielleicht wäre das sogar gut. Dich mit einem Wilden einzulassen ...«

»Ich bin doch nicht irre, nur weil ich mich wie ein Mensch verhalte! Sie sind die einzig Wilde hier, Mutter. Meine Tochter ist ein süßes, unschuldiges Ding, und nun ist sie fort!«

»Lass sie los, Robert, ehe sie noch einmal das ganze Haus zusammenbrüllt«, sagte ihre Mutter zum Onkel. »Sie soll gehen und sich davon überzeugen, dass das Kind nicht mehr in Kiel ist. Vielleicht wird sie dann vernünftig.«

Luise taumelte, als der Onkel sie losließ. Einige Augenblicke konnte sie nur dastehen und nach Atem ringen, dann straffte sie sich und verließ wortlos die Wohnung. Sie spürte die Blicke aller auf sich, bis die Tür hinter ihr zufiel.

Sie trat in die frische Luft des viel zu heiteren Frühlingsvormittags hinaus, atmete tief durch und setzte sich in Bewegung, so schnell es ihr Zustand erlaubte. Ihr war noch immer übel, aber sie war froh, endlich etwas tun zu können. Bald schon rannte sie die Lübecker Chaussee hinab, bis sie auf die Bahngleise traf, dann an diesen entlang bis zu dem freien Feld nahe den Schienen, auf dem die bunten Wagen gewöhnlich standen – solange man sie ließ.

Schon von Weitem sah sie, dass der Stellplatz leer war, dennoch hastete sie weiter. Es musste am Vortag geregnet haben. Frische Räderspuren zeugten von dem kürzlich erfolgten Aufbruch der Wagen. Luise schluchzte auf und lief den Spuren nach, bis ihre Stiefel und ihr Rocksaum mit Schlamm beschmutzt waren und sie atemlos und mit stechenden Seiten stehen bleiben musste. Es war, wie ihre Mutter gesagt hatte. Es hatte keinen Sinn. Josephine war fort, bei fremden Menschen, die ihr nur so lange wohlgesinnt sein würden, bis sie erkannten, dass sie kein Kind ihres Volkes sein konnte. Würden sie ihr etwas antun, oder besaßen sie genug Menschlichkeit, sich trotzdem um sie zu kümmern? Vielleicht brachten sie sie sogar zurück! Aber woher sollten sie wissen, wohin sie gehörte? Ihre Mutter hatte sicherlich nicht ihre Anschrift dagelassen.

Luise ließ sich auf die Knie fallen und vergrub das Gesicht in den Händen. Wildes Schluchzen schüttelte ihren Körper. Ihr kleines Mädchen, ihre wunderschöne Tochter war fort. Ein Schrei formte sich in ihrer Kehle. Sie ließ ihn heraus, brüllte sich die Seele aus dem Leib am Rande der Bahnschienen. Niemand war in der Nähe, kein Mensch nahm Notiz von ihrem Schmerz.

Ihrem Schmerz? War es denn ihrer? Geschah nicht all dies einer anderen?

Doch sie verlor sich nicht, sosehr sie sich dieses eine Mal gewünscht hätte, ihren Körper und ihre Seele zu verlassen. Sie brauchte nicht einmal Julius' Stimme, um in der grausamen Wirklichkeit zu bleiben. Sie, Luise, war es, die ihr Kind verloren hatte. Sie und niemand sonst. Am liebsten hätte sie sich irgendwo heruntergestürzt, sich auf die Schienen gelegt und abgewartet, bis ein Zug kam, sich vor ein Fuhrwerk geworfen oder ihrem Dasein anderweitig ein Ende gesetzt, aber sie brachte es nicht fertig. Sie hatte sich damals im *Hornheim* entschieden, nicht zu sterben, und irgendetwas ließ sie auch jetzt am Leben festhalten, obwohl es ohne ihre Tochter keines mehr war, das sich zu leben gelohnt hätte.

Irgendwann ging der Sturm vorüber. Luise fühlte sich so hohl, als hätte man ihr das Herz herausgerissen. Ihre Brüste waren mittlerweile zum Platzen gespannt und brannten wie Feuer – ein angenehmer Schmerz, der ihr auf unnatürliche Weise guttat, doch sie wusste, dass sie sich entzünden würden, wenn sie die Milch nicht herausstrich. Entzündung, Fieber, Tod – das war es nicht, was sie wollte. Sie massierte eine Brust nach der anderen, bis sich die Milch löste und ihr Kleid durchtränkte. Es war ihr gleich. Ohnehin war ihre Kleidung schlammbeschmutzt, ihre gesamte Erscheinung musste die einer entlaufenen Irren sein.

Vielleicht hat die Mutter recht und ich gehöre in die An-stalt, dachte sie. *Oder ins Asyl. Bin ich nicht das, was man un-ter einer gefallenen Frau versteht?*

Sie rollte sich auf den Rücken und starrte in den Himmel. Strahlendes Blau mit weißen Wattewölkchen. Viel zu schönes Wetter für einen Tag, an dem ihre Welt untergegangen war. Wie damals an der Eiche. Ging die Welt immer an solchen Tagen unter?

Was würde Jo von ihr denken, wenn er wüsste, dass sie ihr gemeinsames Kind nicht hatte retten können? Wie erging es Josephine im Arm einer Fremden? Teilte eine junge Mutter ihre Milch mit ihr? Spürte die Kleine den Unterschied?

Luise rappelte sich auf. Solche Gedanken nutzten niemandem. Sie musste sich entscheiden. Wenn sie weiterleben wollte – und das wollte sie offenbar, da sie es nicht über sich brachte, sich das Leben zu nehmen –, musste sie sich zusammenreißen. Ein Leben im Asyl war nicht das, was sie wollte, ebenso wenig wie eines in der Wohnung ihrer Eltern. Die Freiheit, die sie sich immer ersehnt hatte, würde sie so nicht erreichen. Die konnte ihr nur Constantin bieten mit seinem Geld – und seiner Liebe. Er war verrückt nach ihr, das hatte er ihr deutlich gezeigt. Er würde vielleicht nicht alles, aber doch einiges für sie tun. Wenn es überhaupt noch so etwas wie Glück für sie geben konnte, dann an seiner Seite.

Nur – wie riss man sich zusammen, wenn man das Liebste im Leben verloren hatte? Wenn die Tränen immer wieder zu fließen begannen, sich die Kehle zuschnürte vor Verzweiflung, obwohl man alles tat, um ruhig zu bleiben? Luise setzte einen Fuß vor den anderen, ging zurück zur Wohnung im Krusenrotter Weg, hielt sich von Menschen fern, die ihre verschmutzte Kleidung und ihr verheultes, zerschlagenes Gesicht hätten bemerken können. Sie öffnete Haus- und Wohnungstür, beachtete weder die Eltern noch Onkel und Tante, die bei Kaffee und Zuckerbrot in der Stube zusammensaßen und sie durch die offene Tür anstarrten. Sie erhitzte Wasser und trug es in ihr Zimmer, reinigte sich und ihre Kleidung, zog sich sauber an, bürstete ihr Haar. Die ganze Zeit über hielt sie ihre Gedanken fest auf das gerichtet, was sie gerade tat.

Erst als sie fertig war, das Zimmer wieder aufgeräumt, nichts mehr zu tun, als zu warten – worauf auch immer –, übermannte sie die Verzweiflung erneut. Luise ließ sich aufs Bett fallen und presste das Gesicht in ihr Kissen. Es roch nach ihrer Tochter, so wie es einst nach deren Vater gerochen hatte. Tränen strömten aus ihren Augen und versickerten in dem Stoff.

Kapitel 18

Wohnung der Familie Johannsen, Hassee bei Kiel, April 1902

Die Zeit verschwamm wie schon in den Tagen nach Josephines Geburt, aber diesmal nicht in Glückseligkeit, sondern in Finsternis. Die Tränen versiegten, ebenso wie der Milchfluss, die Verzweiflung wich einer stumpfen Trauer, die Stunden zogen sich endlos. Luise aß wenig und schlief viel, geplagt von wüsten Träumen über Jo und Josephine. Immer wieder starrte sie lange auf ihren Anhänger und fragte sich, wo auf der Welt sich die beiden inzwischen befanden. Waren sie noch im Land? Noch am Leben? Sie hatte versucht, Hüte zu garnieren, doch nachdem sie sich zu oft – nicht immer unabsichtlich – gestochen und die teuren Seidenblumen vollgeblutet hatte, hatte die Mutter es ihr verboten. Nun hatte sie nichts mehr zu tun, um sich die Zeit bis zur Rückkehr ihres Verlobten zu vertreiben.

Als eine Karte gebracht wurde, die Constantins Besuch für den nächsten Nachmittag ankündigte, verspürte Luise zwar keine Freude, aber zumindest Erleichterung. Endlich rückte der Tag in greifbare Nähe, an dem sie die Wohnung ihrer Eltern verlassen würde. Lange hatte sie mit keinem der beiden ein Wort gesprochen, dann nur das Nötigste. Der Vater war ohnehin häufiger betrunken denn je, und die Mutter redete selbst nicht mit ihr. Die Abneigung zwischen ihnen schien auf Gegenseitigkeit zu beruhen. Es war Luise gleich. Sie konnte der Frau, die sie geboren hatte, nicht verzeihen, und wenn diese ihr ebenfalls zürnte, weil sie sich ihrer Meinung nach unschicklich verhalten hatte, dann sollte es ihr recht sein. Luises Gewissen war rein, was die Liebe zu Jo betraf. Sollten sie doch alle Pastoren und Sittenwächter der Welt verurteilen.

Nun aber, mit der Ankündigung ihres Verlobten, taute ihre Mutter regelrecht auf. Sie lief in die Dänische Straße und kaufte teuren Butterkuchen, putzte ausgiebig die Stube und redete auf Luise ein, dass sie sich ja hübsch zurechtmachte und freundlich war und Constantin keinen Anlass bieten sollte, etwas über die Geschehnisse zu mutmaßen.

Und wenn ich ihm alles erzähle?, dachte Luise voller Bosheit. *Dann geht dein schöner Plan den Bach runter!*

Sie wusste jedoch, dass sie das nicht fertigbringen würde. Nicht einmal, um die Mutter zu verletzen. Es würde schließlich ihr eigenes Schicksal ebenso besiegeln. Sie wollte heiraten, wollte hinaus aus der stickigen Wohnung und an Constantins Seite in ein neues Leben tanzen. Vielleicht doch noch einmal glücklich sein, so unwirklich sich dieser Gedanke auch anfühlte.

Er kam pünktlich und strahlte Luise an. Sie bemühte sich, das Lächeln zu erwidern, aber die ungewohnte Miene strengte sie an, und sie ließ die Mundwinkel wieder sinken.

»Sie sehen schmal aus, Liebste. Sind Sie krank?« Er ergriff ihre Hand, strich mit dem Daumen über den Verlobungsring.

»Ich war es«, log Luise. »Die Influenza hat mich viele Wochen ans Bett gefesselt, aber seit einigen Tagen geht es mir besser.« Vergewaltigungen, verlorene Kinder – diese Krankheit schien für jedes Ereignis eine geeignete Ausrede zu sein. Wie oft würde sie sie noch benutzen in ihrem Leben?

Ihre Mutter nickte eifrig. »Das arme Kind hat ja so gelitten! Kommen Sie, Herr von Wiedenfels, wir wollen eine schöne Tasse Kaffee trinken.«

Sie setzten sich an den Stubentisch. Der Vater, der seit dem Eintreffen der Karte keinen Schnaps hatte trinken dürfen, hielt seine Tasse mit zitternder Hand, bemüht, den Inhalt nicht überschwappen zu lassen. Die Mutter fragte Constantin über seine Reise aus, und er antwortete höflich.

Und Luise glaubte sich im Leben einer anderen, das sie jetzt führen musste und in dem es weder einen Jo noch eine Josephine je gegeben hatte.

Sie tat ihr Bestes und hoffte, dass es genügte …

»Kommen Sie, Luise!« Constantins Stimme überschlug sich vor Aufregung. »Die Kutsche wartet schon.« Er nahm ihre Hand und zog sie mit sich auf die Straße.

Luise blinzelte ins helle Tageslicht. Es war das erste Mal seit dem Tag, an dem ihr Josephine genommen worden war, dass sie die Wohnung zu einem anderen Zweck als einem raschen Einkauf oder dem Gang zur Wasserpumpe im Hof verließ. Sie fühlte sich so zittrig, als beträte sie unbekanntes Land. Dabei waren es dieselben Straßen, dasselbe unebene Pflaster, dieselben Häuser, denen sie sich gegenübersah. Dasselbe alte Kiel, ihre Stadt, die sie zugleich liebte und verabscheute. So viele Möglichkeiten, so viel Freiheit, die jedoch anderen gehörte. Nicht ihr.

»Wohin geht es denn?«, fragte sie. Constantin half ihr in die Kutsche, die sich sogleich in Bewegung setzte. Offenbar wusste der Fahrer mehr als Luise. Sie fuhren mit offenem Verdeck, und der Wind zerrte an Luises Haar, obwohl sie es straff geflochten und aufgesteckt trug.

Das Grinsen ihres Verlobten wirkte schelmisch, und Luise hatte kaum noch Mühe, es zu erwidern. Nur wenn sie zu lange lächelte, begann ihr Gesicht zu zittern.

»Ich möchte Ihnen etwas zeigen.« Stolz klang aus Constantins Stimme. »Ich hoffe so sehr, dass es Ihnen gefällt.«

Sie fuhren die Straße Sophienblatt entlang Richtung Stadtmitte, vorbei am belebten Bahnhof und hinunter an die Förde. Die Fähre hinüber zum Ostufer legte eben ab, auf dem Rückweg würde sie die müden Werftarbeiter mitbringen. Das Wasser war unruhig, und der Wind verwirbelte den dunkelgrauen Qualm aus den Schornsteinen der Dampfschiffe und blähte die Segel. Ein Ruderer mühte sich ab, auf die andere Seite der Förde zu kommen. Möwen glitten mit ausgebreiteten Flügeln dahin, ließen sich treiben, schienen mit den Böen zu spielen. Luise atmete tief ein. So viel Leben um sie herum und in ihr eine solche Leere ...

Sie passierten das Schloss und rumpelten den Düsternbrooker Weg entlang. An Bauer Kruses ehemaliger Koppel, die er der Stadt vermacht hatte und die nun ein Park war, ließen sie die Förde hinter sich und fuhren in die Straßen des Stadtteils Düsternbrook ein. Prächtige Häuser und Villen mit gepflegten Vorgärten sowie eine Ruhe, die es in der geschäftigen Stadt nur an wenigen Orten gab, zeugten davon, dass hier die wohlhabenden Kieler lebten. Was wollte ihr Verlobter ihr an diesem Ort zeigen? Zweimal noch bogen sie ab, dann hielt die Kutsche an.

»Das ist es!«, rief Constantin und sprang aus der Kutsche, als sei er ein Knabe von zwölf und kein Leutnant zur See von dreißig Jahren. Obwohl sie um einiges jünger war als er, fühlte sich Luise steinalt neben ihm, als sie nun umständlich aus dem Gefährt kletterte.

Er war bereits einige Schritte vorgelaufen, kam nun jedoch zu ihr zurück, die Wangen hochrot. »Oh, es tut mir leid, dass ich Ihnen nicht herausgeholfen habe, Liebste. Aber ich bin so aufgeregt!« Er packte ihre Hand und zog sie mit sich auf eine Pforte zu, die er rasch öffnete, dann einen kurzen, durch einen Vorgarten mit akkurat geschnittenen Büschen führenden Kiesweg entlang bis vor das Haus.

Gegen die mächtigen, mit Säulen, Erkern und Balkonen überladenen Villen, die das Stadtviertel prägten, wirkte das zweistöckige Gebäude bescheiden, aber Luise erschien es riesig, als sie daran hinaufblickte.

»Hier werden wir leben«, sagte Constantin. Als sie nichts erwiderte, legte er eine Hand an ihre Wange und zwang sie mit sanftem Druck, ihn anzusehen. »Freuen Sie sich denn gar nicht?«, fragte er mit einem Anflug von Unsicherheit in der Stimme.

Luise schluckte. Sie wollte Constantin nicht enttäuschen, doch sie war sprachlos. Es war ihr Wunsch, aus der engen Wohnung ihrer Eltern auszuziehen, ja, aber – nach Düsternbrook? Sie? Die Tochter eines versoffenen Werftarbeiters und einer Putzmacherin sollte in derselben Straße leben wie Universitätsprofessoren und hohe Marineoffiziere?

Dein Zukünftiger ist ebenfalls Offizier, sagte sie sich, *wenn auch bisher nur ein Leutnant. Er hat Ziele, er will aufsteigen – und er will dich dabeihaben. Mach das bloß nicht kaputt!*

Sie kämpfte ihre Furcht nieder und sah ihn an. »Ich kann das nicht glauben«, hauchte sie.

Er lachte, und es klang so ehrlich und erleichtert, dass es Luises Herz berührte, wie es seit Wochen nicht mehr berührt worden war. Seine Augen leuchteten.

»Ich kann es nicht erwarten, hier mit Ihnen einzuziehen, als Mann und Frau.« Er küsste ihre Hand, dann schloss er die Haustür auf, und sie traten ein.

Von der geräumigen Diele mit Garderobe und meterhoher Standuhr gingen mehrere Türen ab, die alle offen standen, und eine breite Treppe führte in das obere Stockwerk.

»Hier unten befinden sich die Küche, das Esszimmer, die Wohnstube und ein Arbeitszimmer.« Constantin wies nacheinander auf die Türen. »Hinter der Küche liegen noch zwei Räume für die Angestellten.« Er deutete auf die Treppe. »Oben ist das Schlafzimmer – und jede Menge Platz für die Kinderzimmer!« Er strahlte sie an.

Luises Magen krampfte sich zusammen. Die Tränen, die so lange nicht mehr geflossen waren, schossen ihr in die Augen. Sie biss sich die kaum verheilte Unterlippe blutig, um den

Schrei nicht herauszulassen, der sich in ihrer Kehle formte. Sie konnte nicht atmen, fuhr herum, stürzte aus der Tür, lehnte sich gegen die Hauswand und rang nach Luft.

Constantins Stimme drang wie durch Nebel zu ihr, aber sie verstand die Worte nicht. Stattdessen hörte sie Julius sagen: *Bleiben Sie bei sich, Luise.*

Wenn sie diese Ehe wollte, wenn sie nicht länger arm sein wollte, musste sie es ertragen, dass ihr Ehemann über Kinder sprach. Sie hatte es doch gewusst! Es wäre ein Wunder gewesen, wenn sich ein gesunder Mann seines Alters keinen Nachwuchs gewünscht hätte.

Ja, sie hatte es gewusst, schließlich hatte er es auf ihrer Verlobungsfeier deutlich gesagt. Den Gedanken jedoch hatte sie seitdem erfolgreich verdrängt. Nun traf er sie mit aller Härte.

Was sollte sie tun? Sie hatte bereits ein Kind geboren, hatte es verloren. Wie konnte sie auch nur darüber nachdenken, ein weiteres zu bekommen? Wie aber sollte sie es verhindern? Das wäre ungerecht Constantin gegenüber.

Das Leben jedoch war nicht gerecht, das hatte sie schmerzhaft erfahren. Warum sollte immer nur sie darunter leiden?

»Luise?«

Sie rieb sich mit dem Ärmel das Gesicht trocken und sah Constantin an. Alle Freude war aus seiner Miene gewichen. Er musterte sie bestürzt.

»Was haben Sie denn?«

Sie zwang sich zu einem Lächeln. »Ich kann das alles nicht fassen«, presste sie hervor und machte eine Geste, die das Haus und ihn einschloss.

»Das verstehe ich, Liebste.« Beschämt blickte er zu Boden. »Und ich hätte nicht das Schlafzimmer erwähnen sollen. Sie sind noch jung, sicherlich fürchten Sie sich.«

Beinahe hätte sie laut aufgelacht. Schon bei der Verlobungsfeier hatte ihre Mutter eine Andeutung in die Richtung

222

gemacht, und offensichtlich hatte Constantin ihr geglaubt. Ja, sie fürchtete sich, doch nicht vor dem Akt an sich. Nur davor, wie es mit Constantin sein würde. Mit einem anderen als Jo, einem Blonden – wie damals.

»Das Haus ist wunderschön«, sagte sie schnell, um sich von dem Gedanken abzulenken. »Ich kann nicht glauben, dass es uns gehören soll.«

»Es gehört uns jetzt schon! Ich habe die Anzahlung bereits geleistet. Es wurde möbliert angeboten, und ich dachte, das würde uns die Arbeit des Einrichtens ersparen. Selbstverständlich können wir nach und nach die Möbel austauschen, wenn sie nicht Ihrem Geschmack entsprechen sollten. Ach, wie ich mich freue, dass Sie es zu einem wohnlichen Heim für uns machen werden. Ihren Eltern wird es sicherlich auch gefallen. Sie sollen uns recht häufig besuchen kommen.«

Bloß nicht, schoss es Luise durch den Kopf, und sie konnte sich gerade noch beherrschen, die Worte laut auszusprechen.

»Wie schade, dass Ihre liebe Großmutter es nicht mehr erleben durfte.«

Er sah sie mitfühlend an, und Luise beeilte sich, ein todtrauriges Gesicht aufzusetzen. Sie senkte den Kopf und nickte. Constantin ergriff ihre Hand und drückte sie sanft.

»Lassen Sie uns zum Friedhof fahren und ihr davon erzählen, jetzt gleich.«

Luise meinte, ihr Herz bliebe stehen.

»Nein!«, rief sie viel zu laut, und schnell fügte sie hinzu: »Ich kann dort noch nicht hingehen. Es schmerzt zu sehr.«

Constantin runzelte die Stirn. »*Noch* nicht? Es … ist vier Monate her. Ich freue mich, dass Sie die lähmende Traurigkeit der ersten Zeit überwunden haben, in der Sie nur still dagesessen haben, und nun ist es an der Zeit, den nächsten Schritt zu tun. Ihre Großmutter hat es verdient, dass Sie ihre letzte Ruhestätte besuchen, meinen Sie nicht?«

Heiße und kalte Schauder liefen Luise über den Rücken. Wie sollte sie aus dieser Situation herauskommen?

»Natürlich hat sie es verdient.« Luise brachte die Worte kaum heraus. »Aber – die ganze Aufregung, das neue Haus, die Hochzeit … Ich fühle mich ganz schwach.«

»Ich bin doch bei Ihnen, Liebste. Ich habe versprochen, mit Ihnen zusammen zum Grab zu gehen. Lassen Sie mich mein Versprechen einlösen.«

Sein Tonfall war milde, dennoch hörte Luise deutlich heraus, dass er sich nicht umstimmen lassen würde. Er war Offizier, gewohnt, jüngeren Menschen Befehle zu erteilen. Dass er sie mehr liebte, als ihr zustand, änderte nichts daran, dass er der Herr im Haus war. Ihre Gedanken rasten. Wie sollte sie es anstellen, dass ihre Lüge nicht entdeckt wurde?

Constantin schloss die Haustür ab und geleitete Luise zurück zur Kutsche. Ihre Beine zitterten so sehr, dass sie es kaum fertigbrachte, in das Gefährt zu klettern.

Viel zu schnell ging die Fahrt zum Südfriedhof. Schon standen sie vor dem eisernen Tor. Es quietschte leise, als Constantin es einen Spalt aufschob. Luises Füße wollten sich nicht vorwärtsbewegen, aber ihr Verlobter drängte sie sanft hindurch.

Augenblicklich umfing sie die Stille der riesigen Parkanlage. Luise hatte den Friedhof immer gemocht, die prächtigen Grabmäler der wohlhabenden Familien mit ihren steinernen Engeln, Säulen und mannshohen Kreuzen, die kleine Kapelle aus rotem Backstein, die Stele am Grab des Dichters Groth, der kurz vor der Jahrhundertwende zur letzten Ruhe gebettet worden war, all die vielen Geschichten, die die Grabsteine erzählten. Nun jedoch wurde ihr übel, als Constantin ihr erwartungsvoll ins Gesicht blickte.

»Wo entlang müssen wir?«

Hektisch sah sich Luise um. »Ich …« Sie ging ein paar Schritte, blieb wieder stehen.

»Luise, ich bitte Sie. Sie müssen doch wissen, wo sich das Grab Ihrer Großmutter befindet!«

»Natürlich …«

Wo blieb die Ohnmacht, wenn man sie brauchte? Warum verlor sie immer nur in unpassenden Momenten die Besinnung?

Und wenn sie es vortäuschte, so wie damals? Der blonde Peter hatte es ihr abgenommen an dem Tag, als sie von der Arbeit fortgemusst hatte, um nach Jo zu sehen …

Der Gedanke an Jo brachte den an Josephine zurück, und plötzlich fühlte sich Luise so schwach, dass es ihr nicht schwerfiel, ihre Beine einknicken zu lassen. Sie taumelte gegen Constantin. Er fing sie auf, konnte sie aber nicht halten, und so sackte sie auf dem Sandweg zusammen.

»Luise! Was ist mit Ihnen?«

Sie stöhnte auf, und es klang so falsch, so unecht, dass sie befürchtete, sich verraten zu haben. Constantin jedoch fiel neben ihr auf die Knie, strich ihr behutsam über die Stirn und murmelte so aufrichtig klingende Worte des Bedauerns, dass sie ihr die Schamröte ins Gesicht trieben.

»Eben waren Sie bleich wie ein Gespenst, jetzt glühen Sie. Oh, Luise, ich hätte Sie nicht zwingen dürfen, Liebste. Es tut mir leid!«

Sie ließ ihre Lider aufflattern, sah in das besorgte Gesicht ihres Verlobten und fragte sich, wie oft sie noch würde schauspielern müssen in ihrem Leben. Es drängte sie, ihm die Wahrheit zu sagen, all die Lügen zu beenden, die zwischen ihnen standen. Dann jedoch würde er sie nicht heiraten, und sie würde im Krusenrotter Weg versauern. Nur das nicht!

Sie stöhnte noch einmal, diesmal weniger theatralisch, und klappte die Augen wieder zu. Constantin schob seine Arme unter ihren Körper und hob sie hoch.

»Ich bringe Sie nach Hause, Liebste. Sorgen Sie sich nicht. Wir kommen wieder, wenn Sie dazu bereit sind.«

Luises Kopf ruhte an Constantins Brust. Er roch gut, nach Seife und Wäschestärke. Er hielt sie fest und sicher. In diesem Moment glaubte sie daran, dass alles gut werden würde.

»Danke«, murmelte sie in sein Hemd.

Kapitel 19

Wohnung der Familie Johannsen, Hassee bei Kiel, Mai 1902

Der gebauschte, blendend weiße Schleier, der ihr bis zur Hüfte reichte, passte nicht zu dem schwarzen, an Kragen und Säumen mit Spitze geschmückten Seidenkleid. Der Kontrast war zu stark und schmerzte in den Augen.

Wie Jo und ich, dachte Luise. *Nicht dafür gemacht, zusammen zu sein.* Sie schluckte gegen den Kloß in ihrem Hals an. Selbst an ihrem Hochzeitstag waren ihre Gedanken bei einem anderen Mann. Nein, nicht einem. *Dem* Mann. Nach dem Hochzeitstag würde die Hochzeitsnacht folgen …

Es klopfte. »Luise? Bist du so weit?« Die Stimme ihrer Mutter.

Nein, wollte sie schreien. *Ich bin nicht so weit. Ich werde nie so weit sein. Mein Kind ist fort. Welchen Sinn hat mein Leben noch?*

Wenn es ohnehin keinen Sinn mehr hatte, konnte sie genauso gut heiraten.

»Ja, Frau Mutter. Ich komme.«

Ein letzter Blick in den Spiegel, ein letztes Zupfen an dem Schleier, dann der Abschied vom Zimmer ihrer Jugend. Dem Raum, in dem sie mit Jo zusammen gewesen war. In dem sie Josephine zur Welt gebracht hatte. Verloren, alle beide. Und sie selbst. Sie seufzte und ließ die Vergangenheit hinter sich.

Ihre Mutter hatte es sich trotz der vielen Arbeit vor Pfingsten nicht nehmen lassen, einen Hut für sie zu garnieren, ein winziges, mit schwarzer Seide bezogenes Ding, das sie seitlich auf dem Schleier feststeckte. Die Blumen darauf waren nicht künstlich wie gewöhnlich, sondern echte zartrosa Nelken und weiße Maiglöckchen, wie sie sie auch als Brautstrauß tragen würde. Dieser stand in einer Vase auf dem Tisch.

»Du siehst wunderhübsch aus, Luise.« Nie hatte sie ihre Mutter fröhlicher erlebt, nie eine derart ehrliche Freude und Stolz auf ihrem Gesicht gesehen.

Zu spät, dachte Luise. *Warum konntest du vorher nie stolz auf mich sein, mir nie sagen, dass ich hübsch bin? Warum hast du mir mein Kind genommen?*

Keinen dieser Gedanken sprach sie aus. Auch dafür war es zu spät. Am heutigen Tag, in wenigen Stunden schon würde sie der elterlichen Wohnung für immer den Rücken kehren. Wenn sie sich über etwas freute an diesem Tag, so war es das.

Die Kutschfahrt an der Förde entlang zur Garnisonskirche im Niemannsweg, der Fußweg zum mächtigen Portal, dann den Gang hinab am Arm ihres zitternden Vaters, den sie mit aller Kraft aufrecht halten musste, der erste Blick auf Constantins Eltern in der vorderen Reihe und dann auf ihn, ihren zukünftigen Ehemann, in seiner schicken, dunkelblauen Ausgehuniform – all diese Dinge erlebte Luise, als passierten sie nicht ihr, sondern einer anderen. Konnte man auch bei eigentlich schönen Ereignissen den Kontakt zu sich verlieren und nicht nur bei schlimmen?

Bleiben Sie bei sich, Luise.

Wieder die Stimme eines anderen Mannes, während sie den Arm nahm, den Constantin ihr reichte, während der Pastor sprach, sogar während des Jaworts, das sie erstaunlich fest sagte, und während der Glückwünsche danach. Bilder, Stimmen, Erinnerungen. Säuglingsweinen, wütende Laute, Jos Stöhnen, als sie sich geliebt hatten. Angst, Sorge, Glück, Verlust, Trauer.

Luise wusste später nicht, wie sie den Vormittag überstanden hatte. Richtig bei sich war sie erst wieder, als sie alle Gäste bis zur Feier am nächsten Tag verabschiedet hatte und allein mit Constantin vor der Tür ihres neuen Hauses stand. Bei sich und starr vor Furcht. Sie war verheiratet. Wie war das nur geschehen?

»Kommen Sie, Liebste. Unser neues Leben wartet.« Er strahlte, seine blauen Augen glänzten feucht. Luise bedauerte ihn, denn sie wusste, dass sie ihn nie auf dieselbe Weise ansehen würde. Oder würde sie es lernen? Ihn lieben, irgendwann? War Liebe überhaupt erstrebenswert, wenn sie so schmerzte?

Für einen winzigen Augenblick wünschte sich Luise, Constantin würde sie packen und über die Schwelle tragen, einmal verrückt sein, einmal spontan, sie überraschen, etwas tun, das sie nicht erwartete. Doch dann sah sie seine Eltern vor sich in ihrer steifen Kleidung, mit ihrer Haltung, als hätten sie Besenstiele verschluckt. Da wusste sie, es würde nicht geschehen. Constantin schloss die Tür auf und bot ihr den Arm. Wenn sie ihn darum gebeten hätte, hätte er sie sicherlich getragen, und vielleicht wünschte er es sich sogar, aber sie wollte nicht. Es wäre nicht dasselbe gewesen.

Ein fremder Mann trat in die Diele.

»Ah, Volkmar, da sind Sie ja. Luise, dies ist Volkmar, unser Hausdiener.«

»Guten Tag, Frau von Wiedenfels.« Der stämmige Mann um die fünfzig deutete eine Verbeugung an.

»Guten Tag, Volkmar«, presste sie hervor. Frau von Wiedenfels … Daran würde sie sich wohl gewöhnen müssen. Der Name passte so wenig zu ihr wie der Schleier oder ein zu großes Kleid. Es war der Name von Constantins Mutter. Luise betete, dass sie nie deren Wesen annehmen würde. Vielleicht war sie auch einmal ein Mädchen voller Hoffnungen und Träume gewesen. Davon jedoch war nichts übrig. Was würde von Luise übrig bleiben? Und wozu sollte das überhaupt nütze sein?

»Wohin soll ich Ihre Koffer bringen?« Volkmar deutete auf die Gepäckstücke, die Luise in den vergangenen zwei Tagen in der Wohnung im Krusenrotter Weg gepackt hatte. Alles, was sie besaß. Es sah lächerlich wenig aus in der riesigen Diele.

»Erst einmal nach oben in den Flur«, antwortete Constantin an ihrer Stelle. Dann führte er sie die Treppe hinauf. Vier Zimmertüren gingen vom Flur ab. Constantin sah sie erwartungsvoll an.

Luise wusste nicht, was er von ihr erwartete. Sie quälte sich ein Lächeln ab und wartete, bis Volkmar ihre Koffer abgestellt hatte und wieder verschwunden war. Er war nicht einmal außer Atem gekommen auf der Treppe.

Mein Gepäck ist so viel leichter als meine Seele, dachte sie.

»Ich habe zwei Räume vorbereiten lassen.« Constantin räusperte sich. »Aber ich würde mich natürlich sehr freuen, wenn Sie sich entschließen könnten, ein Schlafzimmer mit mir zu teilen.« Er kicherte. »Soweit ich weiß, schnarche ich nicht.«

Irgendwann wirst du es tun müssen, dachte sie. *Auch wenn du ein eigenes Schlafzimmer hast. Das rettet dich nicht.* Trotzdem verursachte ihr die Vorstellung Übelkeit, mit Constantin in einem Bett zu liegen.

»Aber vielleicht schnarche *ich!*«, rief sie und lachte ein wenig zu laut. »Im Ernst, Constantin, ich hätte gern ein eigenes Schlafzimmer. Vorerst.«

»Ich verstehe.« Er strich ihr sanft über die Wange. »Sie sind noch scheu, das ist ganz natürlich.« Er beugte sich zu ihr herab und flüsterte in ihr Ohr: »Ich werde Sie nicht bedrängen. Sie müssen sich nicht fürchten.«

Die Worte hätten sie vielleicht beruhigt, wenn nicht im selben Moment seine Lippen ihren Hals unterhalb des Ohres berührt hätten. Sein Atem streifte ihre Haut.

»Luise.« Es war mehr ein Stöhnen als ein Flüstern. »Ich liebe Sie so sehr. Endlich sind Sie meine Frau.«

Weitere Küsse regneten auf sie herab, und sie hatte das Gefühl zu ertrinken. Arme legten sich um sie, Hände streichelten ihren Rücken. Luise stand stocksteif da. So als wäre sie es, die den Besenstiel verschluckt hatte.

Du musst ihm etwas zurückgeben, schrie ihr Gewissen sie an. *Er ist dein Mann! Du darfst ihn nicht nur ausnutzen.*

Doch sie brachte es nicht fertig, konnte sich nicht rühren. Er küsste ihre Wange, dann ihre Schläfe. Die Stirn, die Nase, schließlich berührten seine Lippen die ihren. Zart wie ein Hauch. Luise spürte nichts. Vor ihren Augen verschwamm sein Gesicht zu einer Mischung aus Blond und Blau, bleiche Haut und ein Hut, der zu Boden fiel, als sein Kuss fordernder wurde.

Er ist es nicht!, rief ihre innere Stimme. *Das hier ist dein Mann! Hier ist keine Eiche, du hast nichts zu befürchten.*

Er ließ von ihr ab, lächelte. »Sie müssen erschöpft sein, Liebste. Packen Sie erst einmal aus und machen Sie sich frisch. Ich habe noch kein Hausmädchen eingestellt, da ich mit Ihnen besprechen wollte, was Sie von einem solchen erwarten. Solange werden Volkmar und ich uns um alles kümmern.« Er nahm die Koffer und stieß eine der vier Türen auf. »Ich hoffe, Ihr Zimmer gefällt Ihnen.«

Luise betrat hinter ihm den Raum. Er war geräumiger als ihr Zimmer im Krusenrotter Weg und viel heller. Durch das große Fenster fiel Tageslicht herein, und das Bett war frisch bezogen. Sehnsüchtig betrachtete Luise es. Sie würde jedoch erst den zweitürigen Kleiderschrank mit ihren Habseligkeiten füllen müssen. Wobei *füllen* das falsche Wort war angesichts ihrer spärlichen Garderobe.

Constantin wartete, bis sie sich umgesehen hatte.

»Es ist sehr schön«, sagte sie.

»Ich freue mich, dass es Ihnen gefällt.«

Er machte keine Anstalten, sich zu verabschieden. Sie sah ihn an, er lächelte. »Kommen Sie?«

»Wohin?«, entfuhr es ihr.

»Nun ja … Auch wenn Sie ein eigenes Zimmer haben, so gibt es doch auch noch ein gemeinsames.« Er zwinkerte ihr zu, und Angst erfasste sie erneut. Er sah es ihr an, denn er sagte schnell: »Keine Sorge. Ich habe Ihnen ein Versprechen gegeben. Aber Sie müssen mich auch verstehen, Luise. Sie sind nun meine Frau, und selbstverständlich wünsche ich mir …«

»Natürlich!«, rief sie aus. »Ich weiß! Nur … ich bin so müde …«

»Nur einen Blick, Liebste.« Seine Stimme klang rau. Sie folgte ihm zurück auf den Flur und zu der Tür am Ende. Der Raum war noch größer, das Bett breiter. Doppelt so breit. Ein Bett für zwei, für Mann und Frau. Ihr Ehebett. Für immer. Luises Herz raste, sie atmete flach, befürchtete, ohnmächtig zu werden. Schon knickten ihre Beine ein, und mit letzter Kraft ließ sie sich auf das Bett fallen. Die weiche Matratze gab unter ihr nach, sie versank in leinenbezogenen Federdecken. Sofort war Constantin neben ihr, umschlang sie. Noch immer rang sie um Atem.

»Oh, Liebste, mir geht es genauso!« Constantin stöhnte auf und presste seinen Mund auf ihren.

Falsch!, schrie es in ihr. Er verstand sie falsch! Es war nicht Vorfreude, nicht Lust, die sie zum Erzittern brachten, das musste er doch wissen!

Er wusste es. Sie sah es ihm an, als er sich von ihr löste. Ebenso jedoch sah sie, wie sehr er es sich wünschte. Sie würde ihn vertrösten können, doch nicht für lange. Ebenso gut konnte sie es hinter sich bringen. Aber nicht an diesem Tag, nicht so! Sie war keine Jungfrau mehr. Sie wusste nicht, wie viele Frauen er gehabt hatte, ging jedoch davon aus, dass ein Mann von dreißig zumindest über einige Erfahrung verfügte.

Die Gefahr, dass er etwas bemerkte, war groß, und sie durfte das Risiko nicht eingehen. Am nächsten Tag, auf ihrer Hochzeitsfeier, würde sie ihn überreden, mit ihr anzustoßen. Mit Sekt. Es würde nicht viel brauchen, dass er betrunken wurde, da er nie trank.

Sie überwand sich, legte vorsichtig die Arme um ihn und flüsterte in sein Ohr: »Morgen.«

Er schluckte, nickte heftig. »Ja. Morgen.«

Am nächsten Tag, dem Pfingstsonntag, zog sie ihr Hochzeitskleid noch einmal an. Die Kutsche brachte sie zur *Waldwiese*, die vor Gästen aus allen Nähten platzte. Sie hatten ein ruhigeres Eckchen für ihre Hochzeitsgesellschaft abgeteilt bekommen, doch das Sirren der Gespräche wehte zu ihnen herüber. Der Tag floss zäh an Luise vorbei, wie bereits am Vortag nahm sie kaum etwas wahr, nur schienen sich die Stunden wie Gummi zu ziehen. Das Menü wurde aufgetragen, jede der Speisen war viel zu edel für sie. Zuerst gab es eine dicke, schwere Krebssuppe, nach der Luise beinahe schon satt war. Danach kam ein Kalbsrückenbraten mit Bergen von Kartoffel-Croquettes und glasierten Möhren, gebratener Butt mit Petersilienbutter, Spargel und Schinken, schließlich cremiges Vanilleeis, garniert mit knusprigen Waffeln, und als wäre das noch nicht genug gewesen, folgte eine gewaltige Käseplatte, von der Luise keinen Bissen mehr herunterbekam.

Caroline strahlte, als sie ihnen Sekt brachte. Sie schien sich ehrlich für sie zu freuen, und Luise bemühte sich, das Lächeln zu erwidern. Der feste schwarze Stoff zwickte sie und rieb unangenehm an ihrem Bauch, der ihr seit Josephines Geburt weicher vorkam, empfindlicher. Sie hatte den Schleier ablegen wollen, doch ihre Schwiegereltern – an das Wort hatte sie sich noch nicht gewöhnt und wusste nicht, ob sie es je würde – hatten für den Nachmittag einen Fotografen bestellt und darauf bestanden, dass sie den Schleier anbehielt.

Constantins Eltern waren nicht unfreundlich, nicht über die Maßen arrogant, aber sie gingen mit Luises Familie um, als sei diese ihnen nicht ebenbürtig. Sie waren höflich, aber auf eine kühle, gönnerhafte Art und Weise. Es versetzte Luise einen Stich, als der ältere von Wiedenfels zu ihrem Vater sagte: »Nun, Herr Johannsen, so eine Hochzeitsfeier haben Sie sich für Ihre Tochter sicherlich nicht erträumt, nicht wahr?«

Ihr Vater blickte auf seine Hände und gab ein undefinierbares Geräusch von sich. Frau von Wiedenfels versuchte, die unangenehme Situation zu retten, indem sie Luises Mutter auf die neueste Mode der Hutgarnierungen ansprach – ein eigentlich unverfängliches Thema, wenn es zwischen zwei reichen Kundinnen geführt worden wäre und nicht eine der beiden Parteien die Handwerkerin gewesen wäre, die die Hüte anfertigte. So antwortete ihre Mutter auch nur einsilbig. Luise stürzte ein halbes Glas Sekt herunter und wandte sich an Constantin. »Stoßen Sie mit mir an?«

»Aber ich …«

»Bitte machen Sie eine Ausnahme. Es ist doch unsere Hochzeitsfeier.«

Constantin lächelte. »Na gut.« Er nahm die Flasche und füllte einen Schluck Sekt in sein Glas. Klirrend stießen sie an, und Luise trank aus. Der ungewohnte Alkohol kitzelte in ihrem Bauch. Am liebsten hätte sie gleich nachgefüllt, aber es war früh am Tag. Später würde sie Mut brauchen, da konnten noch einige Gläser Sekt nicht schaden. Später, wenn die Feier zu Ende war …

Luise entschuldigte sich und machte sich auf den Weg zum Abort, drehte aber kurz vorher ab und trat zu Caroline, die am Tresen stand.

»Caro, du musst mir helfen.«

»Gern, Kleines. Aber was könnte ich an einem solchen Tag schon für dich tun? Du hast schließlich alles, was das Herz begehrt! Oder nicht?«

»Doch, doch. Natürlich. Nur – ich habe Angst vor der Hochzeitsnacht.«

Caroline zog eine Augenbraue hoch. »War die nicht gestern schon?«

Luise schüttelte den Kopf. »Ich habe ihn auf heute vertröstet. Caro, bitte. Du weißt, Constantin trinkt gewöhnlich nicht. Ich möchte, dass er heute trinkt. Kannst du bitte dafür sorgen, dass sein Sektglas immer voll ist?«

»Was soll dir das nützen? Ein betrunkener Mann ist gewiss kein besserer Liebhaber als ein nüchterner. Im Gegenteil.«

»Aber er würde nicht merken, dass ich …« … *keine Jungfrau mehr bin*, dachte sie, vollendete den Satz aber nicht. Sie wollte die Kollegin nicht anlügen, konnte aber auch nicht die Wahrheit sagen.

»Er weiß doch, dass du unerfahren bist. Das stellt für Männer sogar einen großen Reiz dar. Glaub mir, Liebes, es ist besser, wenn er nüchtern ist. Und du willst bestimmt nicht, dass er versehentlich grob wird.«

»Trotzdem, Caro. Ich bitte dich! Außerdem wird Constantin gewiss nicht grob. Das ist nicht seine Art.«

Caroline hob die Schultern. »Na gut, wenn es dich beruhigt, werde ich ein endloser Quell sprudelnden Schaumweines sein.« Sie zwinkerte Luise zu.

Auf dem Weg zurück zum Tisch fiel Luises Blick auf ein Plakat an der Wand, das sie zusammenzucken ließ. *Unsere neuen Landsleute aus Deutsch-Samoa kommen zu Besuch!* stand in großen Lettern darauf. In einigen Tagen würde es zusammen mit einem Feuerwerk und anderen Belustigungen, die für die Pfingstwoche üblich waren, wieder eine Völkerschau in der *Waldwiese* geben. Luise wurde schwindlig bei dem Gedanken, und sie verdrängte ihn rasch.

Fotograf Krause traf mit großem Gepäck ein. Er wollte einen Teppich auslegen und einen Prospekt mit einem Hintergrundbild aufbauen, doch Constantin bestand darauf, die Hochzeitsfotos im Garten vor dem Waldwiesenteich zu machen. Zwar hatte sich die Sonne an diesem Tag noch nicht gezeigt, aber es war trocken und die Natur allemal schöner als ein künstlicher Hintergrund, fand Constantin. Luise war alles gleich. Gehorsam stellte sie sich mit ihrem Ehemann auf und befolgte die Anweisungen des Fotografen, der seine Kamera auf einem Dreibein aufgebaut hatte und immer wieder unter dem Tuch hervorkam, um ihnen Kommandos zuzurufen. Drehen Sie sich ein Stück nach links, schauen Sie einander an, wie wäre es mit einem Lächeln? Luise fühlte sich, als sei selbiges auf ihren Zügen gefroren, so lange dauerte es, bis der Fotograf das Zeichen gab, dass sie nicht länger stillhalten mussten. Es folgten Fotos mit der gesamten Hochzeitsgesellschaft, wobei sich Constantins Eltern auffällig dicht bei ihrem Sohn platzierten. Es kam Luise vor, als wollten sie später ihre Familie von den Bildern abschneiden. Ob sie selbst bleiben durfte? Wollte sie überhaupt, dass ihr Foto in einem Herrenhaus südlich von Hannover hing? Ihr Kopf schwirrte vom Sekt und der Erschöpfung.

Immer wieder beugte sich Constantin vertraulich zu ihr herab, flüsterte ihr ins Ohr, wie glücklich er sei, wie sehnsüchtig er das Alleinsein mit ihr erwarte. Luises Herz wurde schwerer, je weiter der Tag voranschritt. Am frühen Abend wurde zum Tanz aufgespielt, und Constantin hielt ihr den Arm hin. Sie ergriff ihn und ließ sich zum Parkett führen, spürte Constantins Hand auf ihrem Rücken, die Musik erfüllte ihre Ohren, und er drehte sie im Kreis, bis ihr schwindlig war und der Druck in ihrem Magen nachließ. Aus dem Augenwinkel sah sie die beiden Peters, bei der nächsten Drehung Fritz und Hans, und alle Kollegen lächelten ihr zu. Sie schienen ihr das Glück zu gönnen, es geschafft zu haben, aus ihren Reihen aufzusteigen.

Wenn ihr wüsstet, dachte Luise, *dass das Glück auf einer*

Lüge fußt – nein, auf unzähligen Lügen. Wenn ihr wüsstet, dass es kaum eine Lage gäbe, in der ich jetzt weniger gern wäre. Dass ich all das nur ertrage, weil ich ohnehin nichts mehr vom Leben erwarte, nun, da mein Kind, von dem niemand wissen darf, fort ist.

Sie lächelte krampfhaft, spielte tapfer die glückliche Braut in diesem ungerechten Schauspiel, das sich Leben nannte. Und sollte sie nicht glücklich sein? Sie tanzte in der *Waldwiese*, wie es ihr Mädchentraum gewesen war! Mit einem gut aussehenden Leutnant, der sie auf Händen trug. Hatte sie nicht für genau diese Fantasie Stunden ihrer Kindheit vor Gasthäusern wie der *Waldwiese* verbracht? Wie dem *Krusenrott*? Hatte sie nicht diesem Traum ihre Unschuld geopfert? Er hatte sich erfüllt. Warum war sie nicht fröhlich? Sie war nun reich, würde schöne Kleidung tragen, nicht mehr arbeiten, niemandem mehr dienen.

Nur ihrem Mann.

Caroline klatschte begeistert in die Hände, als sie den Tanz beendeten, und reichte ihnen gefüllte Sektgläser. Constantin zögerte kurz, aber als Luise ihr Glas an seins stieß, lächelte er und trank. Im Verlauf des Abends wurde er redseliger, und als sie aufbrachen, zwei weitere Flaschen Sekt im Gepäck, umfasste er sie in der Kutsche und drückte seine Lippen auf ihren Hals – etwas, das er nüchtern nie gewagt hätte. Carolines Worte kamen Luise in den Sinn.

Du willst doch nicht, dass er versehentlich grob wird.

Furcht überkam sie. Konnte es sein, dass der Alkohol einen so sanften Mann wie Constantin tatsächlich zu einem Grobian machte?

»Endlich sind wir allein, Liebste.« Er kicherte wie ein kleiner Junge, legte seine Hand auf ihr Bein. »Sie müssen sich nicht fürchten.«

Luise quälte sich ein Lächeln ab, das wohl hundertste an diesem Tag. Sie war sterbensmüde und sehnte das Ende der

Fahrt herbei – auch um die Nacht hinter sich zu bringen. Sie versuchte, sich in Erinnerung zu rufen, wie viel Freude ihr das Zusammensein mit Jo gemacht hatte. Vielleicht würde es mit ihrem Ehemann ja ebenso schön werden! Warum auch nicht?

Sie schickte Constantin die Treppe hinauf und ging in die Küche, um Gläser zu holen. Dann atmete sie tief durch und folgte ihm nach oben – ins Schlafzimmer. Er hatte die Schuhe ausgezogen und lockerte gerade den Hemdkragen. Als sie durch die Tür trat, kam er auf sie zu und löste ungeschickt den Schleier aus ihrem Haar. Dann näherten sich seine Lippen den ihren. Luise wollte zurückweichen, zwang sich jedoch, den Kuss zu empfangen und sogar zu erwidern. Als sie seinen weinsauren Atem roch, flackerten Bilder von vor sieben Jahren auf. Blondes Haar, blaue Augen, Alkohol. Schnell machte sie sich los.

»Ich möchte noch einen Schluck Sekt trinken«, sagte sie und reichte ihm die Flasche zum Öffnen. Er tat es, schenkte ihnen so schwungvoll ein, dass der Schaum über den Rand der Gläser trat und auf das Nachttischchen lief. Er lachte auf und trank schlürfend. Auch Luise leerte ihr Glas.

Los jetzt, schalt sie sich. *Du kannst es nicht ewig herauszögern. Das ist dein Mann, nicht der Kerl von damals.* Sie drehte sich mit dem Rücken zu Constantin. »Helfen Sie mir aus dem Kleid?«

Das ließ er sich nicht zweimal sagen. Sein Atem wurde schneller, als er die Knöpfchen im Rücken öffnete und das Kleid über ihre Schultern streifte, bis es zu Boden fiel und sie in Hemd und Unterrock dastand. Er presste seine Lippen in ihren Nacken, und ein Schauder überlief sie, eine Mischung aus Abwehr, Aufregung – und einem Funken der Lust, die sie mit Jo verspürt hatte. Wenn sie Constantin nicht sah, konnte sie sich einbilden, es sei ein anderer, der sie küsste und berührte. Sie schloss die Augen.

Plötzlich umschlang Constantin sie, ihre Füße verließen

den Boden. Kurz darauf landete sie seitlich auf der weichen Matratze des Bettes und versank in den seidigen Kissen.

»Oh, Luise«, wisperte er an ihrem Ohr. »Luise, ich liebe Sie so!«

Luise kniff die Augen zu. *Denk an Jo*, befahl sie sich, doch sie konnte es nicht. Es waren nicht seine Lippen. Diese waren viel zu schmal, zu rau. Auch die Hände waren anders, kleiner, vorsichtiger. Sie konnte sich nichts vormachen. Tränen stiegen in ihr auf. Sie blinzelte sie weg und öffnete die Augen.

Constantin hatte nur die Uniformjacke und -hose ausgezogen, nicht das Hemd. Seine nackten, bleichen Beine schauten darunter hervor. Sie steckten noch in den Strümpfen. Er lag ebenfalls auf der Seite, sah sie an. Seine Hände strichen über ihre Hüfte, ihr Hinterteil, eine glitt unter ihr Hemd, die andere unter den Rock. Er bewegte sich näher an sie heran, und sie bemerkte, dass er unter dem Hemd nackt war. Sie verbot sich, auch hier einen Vergleich mit Jo zu ziehen, und wandte rasch den Blick ab.

Constantin mochte aufgrund seines Alters Erfahrung mit Frauen haben, zu spüren war davon – dem Alkohol geschuldet oder nicht – allerdings nichts. Er bearbeitete so ungeschickt ihre Brüste, dass es jeglichen Anflug von Lust aus ihrem Körper trieb. Mechanisch und viel zu sanft rieb er darüber, sie spürte es kaum. Auch die andere Hand tat nichts, was ihr gefallen hätte. Sie kitzelte mehr, als dass sie streichelte.

Warum zog er sie nicht wenigstens aus? Wieso ließ er das Hemd an? Nun löschte er auch noch die Lampe auf dem Nachttisch. Schwacher Lichtschein drang durch das Fenster herein, brachte jedoch nicht genügend Helligkeit mit, um Einzelheiten zu erkennen. Jo hatte sie stets bei vollem Tageslicht gesehen, jede Regung in seinem Gesicht, jede Reaktion seines Körpers. War es denn etwas so Schlimmes für Constantin, was sie taten, dass man es nur im Dunkeln und halb bekleidet tun durfte? Am liebsten hätte sie ihn gefragt, doch erneut verschloss er ihren Mund mit einem Kuss. Dann wälzte er sich auf sie.

Er war vorsichtig. Nichts anderes hatte sie erwartet. Dennoch stellte es sie vor Probleme. Sie musste im richtigen Moment aufstöhnen wie vor Schmerz, um die Illusion zu wahren, dass er ihr die Jungfräulichkeit genommen hatte. Nur wann war der richtige Moment? Sein langsames Vortasten verhinderte, dass sie überhaupt etwas spürte. Immerhin hatte sie vor Kurzem ein Kind geboren. Das war noch einmal etwas anderes als eine nicht mehr vorhandene Jungfernhaut. Auf gut Glück schrie sie irgendwann verhalten auf. Constantin hielt inne.

»Tut es sehr weh?«, fragte er mit Sorge in der Stimme.

»Nein«, hauchte sie und musste sich auf die Lippe beißen, um nicht aufzulachen. Er hätte vermutlich nicht einmal einer Jungfrau wehgetan, so sanft, wie er war.

Endlich bewegte er sich schneller, auch sein Atem beschleunigte sich. Das Keuchen brachte die bösen Erinnerungen zurück, und am liebsten hätte sie ihn von sich gestoßen. Sie hielt es jedoch aus, indem sie die immer gleichen Worte im Kopf wiederholte. *Er ist es nicht! Dies ist dein Ehemann.*

»Oh, Luise«, stöhnte er erneut. »Dass Sie mir dies schenken, dass ich Ihr erster Mann sein darf ...«

Scham schlug wie eine Welle über ihr zusammen. In diesem Augenblick verabscheute sie sich für ihren Betrug, auch wenn er nicht ihre Idee gewesen war, sondern die ihrer Mutter. Das machte nichts besser. Sie lag unter diesem Mann, der dachte, er sei ihr erster. Dabei hatte sie längst das Kind eines anderen geboren. Sie war es Constantin schuldig, wenigstens eine gute Ehefrau zu sein, ihn glücklich zu machen – auch wenn dies weitere Täuschungen erforderte. Das war nicht zu ändern. Sie zwang sich, seinen Namen zu stöhnen, als sei sie erregt. Er reagierte mit schnelleren Bewegungen. Nun spürte sie ihn zwar, doch seine Stöße verschafften ihr weiterhin keine Lust.

Dann war es endlich vorbei. Ein lang gezogener Laut, ein Anspannen seines Körpers, und sie fühlte die feuchte Wärme zwischen ihren Beinen. Er rollte sich von ihr, und verstohlen wischte sie sich mit dem Laken den Samen ab. Zwar hatte ihre Blutung nach der Entbindung noch nicht wieder eingesetzt, aber sie wusste nicht sicher, dass sie nicht doch schon schwanger werden könnte. Es hieß, dass das Stillen eine erneute Schwangerschaft verhinderte, und da sie nicht stillte, wollte sie kein Risiko eingehen. Wenn Josephine nicht bei ihr sein durfte, durfte es auch kein anderes Kind.

»Das war wunderschön«, sagte er atemlos. Luise gab ein undefinierbares »Mhm« von sich, erhob sich und entzündete die Petroleumlampe. Sie schenkte Sekt nach.

Sie tranken eine Weile schweigend, dann platzte Constantin heraus: »Darf ich Ihnen das Du anbieten, Liebste?«

»Oh … ich weiß nicht.« Alles in ihr sträubte sich dagegen, der vertraulichen Anrede zuzustimmen. Sie belog ihren Mann, hinterging ihn. Sie hatte nicht verdient, ihn zu duzen. Aber das war nicht der einzige Grund. Ebenso sehr fürchtete sie eine zu große Nähe zwischen ihnen. Sie hatte nicht vor, häufig das Bett mit ihm zu teilen, auch wenn es nicht allzu schlimm gewesen war. Aber die Angst vor einer erneuten Schwangerschaft war zu groß. »Noch nicht, bitte.«

Er sah enttäuscht aus, nickte aber. »Ich verstehe. Ist schon gut. Sagen Sie mir einfach, wenn Sie so weit sind.«

Luise nickte und lächelte. »Ich bin müde«, sagte sie dann. »Ich werde in mein Zimmer gehen.«

Die Enttäuschung in Constantins Miene wich einer tiefen Traurigkeit, und Luise fühlte einen weiteren Stich der Schuld.

»Aber es ist doch unsere Hochzeitsnacht. Ich – ich würde gern noch Ihre Nähe spüren.«

Ebendieser Gedanke verursachte Luise Unbehagen. Nach

den Vereinigungen mit Jo hatte es nichts Schöneres für sie gegeben, als eng umschlungen liegen zu bleiben, bis die Lust sie erneut übermannte. Constantins Berührungen blieben ihr unangenehm. »Ich werde ohnehin schlafen wie ein Stein«, sagte sie, »und Sie sicherlich auch.«

Constantin seufzte. »Nun, ich will Sie nicht zwingen. Wir werden ja den Rest unseres Lebens zusammen verbringen.« Er küsste sie sanft auf die Lippen. Diesmal zwang sie sich nicht, den Kuss zu erwidern. Sie hatte genug getan für einen Tag, fand sie. Die Müdigkeit machte sie schwindlig. Sie hob ihre Kleidung auf und ging.

Luise hatte gehofft, dass niemand auf die Idee käme, zum Feuerwerk in die *Waldwiese* zu gehen. Zu ihrem Unglück war genau dies geschehen. Es war der letzte Tag vor der Abreise von Constantins Eltern, und sie bestanden darauf, ihren Sohn und sie noch einmal zu Essen und Tanz auszuführen. Luise hatte Constantin angefleht, nicht mitgehen zu müssen, aber er hatte sich nicht erweichen lassen. Eine glaubhafte Erklärung hatte sie ihm nicht geben können. Wie hätte sie ihm sagen sollen, dass es der Gedanke an die angekündigte Völkerschau war, der ihr das Blut in den Adern stocken ließ? Auf das Feuerwerk war sie zwar neugierig, aber nicht genug, um über den Rest hinwegzusehen. Sie überlegte, sich kurz vor der Abfahrt mit Kopfschmerzen zu entschuldigen, doch da es Constantin so wichtig war, was seine Eltern dachten, riss sie sich zusammen.

Luise glaubte, platzen zu müssen, so reichhaltig war das Essen wieder einmal gewesen. Danach versammelten sich die Gäste im Garten. Noch immer war es ungewohnt für Luise, nicht nach leeren Gläsern Ausschau zu halten oder nachzusehen, ob einer der Kollegen Hilfe benötigte. Wenn diese sie bedienten, war ihr das nach wie vor peinlich.

Es war jedoch nicht der einzige Grund, weshalb sie sich

unwohl fühlte. Die Aufregungen der Hochzeit waren vergangen, sie wurde nicht länger von ihren Gedanken abgelenkt. Und diese kreisten um Josephine. Sie war jetzt fast zehn Wochen alt – wenn sie noch am Leben war. Immer wieder kamen Luise die Tränen, so auch an diesem Tag, wenn sie die zahlreichen Kinder sah, die aufgeregt plappernd auf das Feuerwerk warteten. Ihrer Kleinen würden diese Freuden verwehrt bleiben. Niemand wollte die bunten Wagen in der Nähe der großen Gasthäuser sehen. Die ehemaligen Kollegen warfen ihr freundliche Blicke zu, in denen jedoch von Zeit zu Zeit ein Hauch von Neid stand. Sie hätte jederzeit mit jedem von ihnen getauscht, wenn sie dafür ihr Kind zurückbekommen hätte …

Die Völkerschau begann, und auf Constantins Geheiß folgten sie seinen Eltern in die erste Reihe. Zwar beteiligten sie sich nicht an den Rufen der Zuschauer, weder den hämischen noch den überraschten. Aber sie starrten die fremdländischen Menschen ebenso an, ihr Schwiegervater mit hochgezogenen Augenbrauen, als handle es sich um interessante wissenschaftliche Objekte, die Schwiegermutter mit gerümpfter Nase und einem angewiderten Gesichtsausdruck. Dann sah Luise die Kinder. Tiefbraune Haut, dunkles Haar, schwarze Augen, wunderschöne, perfekte kleine Wesen. Wie ihre Josephine. Ein Schrei formte sich in Luises Kehle, doch sie hielt ihn zurück, biss sich auf die Zunge, bis sie Blut schmeckte. Sie meinte, es keinen Augenblick länger ertragen zu können, da fiel ihr Blick auf den hellhäutigen Anführer der Truppe. Es war derselbe wie im vergangenen Jahr. Derselbe Aufseher, der Jo geschlagen und fortgeschafft hatte. Er hatte seine Samoanerinnen bekommen, wie er es sich gewünscht hatte. Luise ballte die Fäuste, hätte sich am liebsten auf ihn gestürzt.

Dann kam ihr ein anderer Gedanke. Der Mann wusste, was aus Jo geworden war! Aufregung erfasste sie. Würde sich die Gelegenheit ergeben, mit ihm zu sprechen? Konnte sie es wagen? Constantin und seine Eltern durften nichts davon mitbekommen. Wie sollte sie es anstellen?

Caro! Sie würde ihr gewiss helfen. Luise entschuldigte sich bei Constantin, sie müsse zum Abort, und eilte in den Gastraum. Caroline stand am Tresen, ins Gespräch mit Hans vertieft. Luise stellte sich zu den beiden.

»Na, wenn das nicht Frau von Wiedenfels ist!« Der ehemalige Kollege zwinkerte ihr zu.

»Frau von Wiedenfels steht draußen in vorderster Reihe und begafft Samoaner.« Luise schnaubte. »Ihr nennt mich bitte weiterhin beim Vornamen, zumindest solange wir allein sind.«

»Gern, Luise«, sagte Hans.

Caroline sah sie prüfend an. »Na, du kommst wohl nicht gut zurecht mit den *Vons und Zus*, was?«

»Ach, solange ich nach ihrer Pfeife tanze, kommen wir wunderbar zurecht.« Luise schlug sich die Hand vor den Mund. Wieso entschlüpften ihr solche Worte? Sie standen ihr nicht zu. Constantin war ihr Ehemann, sie hatte seine Familie zu respektieren. Immerhin war es ihrem Stand zu verdanken, dass der Sohn Offizier werden und seiner Frau ein angenehmes Leben bieten konnte.

Caroline lachte auf. »Eine Kellnerin als Schwiegertochter zu akzeptieren, ist gewiss schwer für sie.« Dann wurde sie ernst. »Ich hoffe, sie lassen es dich nicht allzu sehr spüren.«

»Sie wohnen ja weit genug weg«, sagte Luise ausweichend. »Caro, kann ich dich kurz allein sprechen?«

»Frauendinge, ja? Ich geh schon. Muss sowieso mal wohin.« Hans grinste und entfernte sich.

»Was ist los, Deern?« Caroline musterte sie.

»Der Anführer der Völkerschautruppe …«

»Ja?«

Luise knetete ihre Hände. »Es ist derselbe wie letztes Jahr.«

»Ach, ist er das? Ich könnt's nicht beschwören. Kennst ja mein Gedächtnis.«

»Glaub mir, er ist es. Ich muss mit ihm sprechen.«

Caroline runzelte die Stirn. »Warum?«

»Ich will ihn nur etwas fragen. Hilfst du mir, dass ich mit ihm reden kann, ohne dass mein Mann und seine Eltern etwas mitbekommen?«

»Was willst du ihn denn bloß fragen? Was hast du mit dem zu schaffen?«

»Ach, Caro, bitte! Ich muss zurück zu den anderen. Tu es einfach, ja? Bring ihm was zu trinken nach der Schau, setz ihn weit weg von unserem Tisch, irgendwohin, wo ich ungesehen ein paar Worte mit ihm reden kann. Und dann gib mir ein Zeichen. Bitte!«

Caroline schwieg einige Augenblicke, schließlich seufzte sie. »In Ordnung. Auch wenn ich's nicht verstehe.«

Es dauerte nicht lange, bis das Zeichen kam. Luise hatte gerade das erste Mal an ihrem Kaffee genippt, ihre Schwiegereltern redeten mit Constantin über seinen nächsten längeren Einsatz im kommenden August – zum Glück nicht über die Schau wie alle anderen Gäste –, da winkte Caroline ihr verstohlen zu. Als sie sich erneut entschuldigte, zog ihre Schwiegermutter die Augenbrauen hoch. Ehe Luise fliehen konnte, erhob sie sich.

»Ich denke, ich gehe mit.«

Luise wurde heiß und kalt. Sie musste die Frau loswerden! Nur wie sollte sie das anstellen, ohne sich noch auffälliger zu verhalten?

»Frauenprobleme?«, raunte Frau von Wiedenfels ihr verstohlen zu.

Hitze schoss Luise in die Wangen. »Nein«, rutschte es ihr heraus, ehe ihr bewusst wurde, dass ihr eine Bestätigung eher Ruhe vor der Frau verschafft hätte. Schnell fügte sie hinzu:

»Aber bald, und in den Tagen vorher muss ich furchtbar oft ...«

Frau von Wiedenfels nickte wissend, begleitete Luise zur Aborttür und ging dann zurück zu ihrem Tisch, ohne sich noch einmal umzudrehen. Erleichtert eilte Luise in die Richtung, in der sie Caroline zuletzt gesehen hatte. Sie fand die ehemalige Kollegin auf Anhieb.

»Na, die Alte hat dich aber unter der Fuchtel«, sagte diese und schnaubte. »Komm schnell, er sitzt da hinten.«

Sie führte Luise an den Tisch des Aufsehers, der abseits an der hinteren Wand des Raumes stand.

»Guten Tag«, sagte Luise. Ob ihre Stimme mehr vor Aufregung oder Ärger über sein einstiges Verhalten zitterte, wusste sie nicht.

Der Mann sah sie mit gerunzelter Stirn an, dann hellte sich seine Miene auf. »Ah, das neugierige Fräulein Kellnerin. Setzen Sie sich doch zu mir. Ich habe Ihnen ja versprochen, dass wir mit einer neuen Schau zurückkehren. Hat es Ihnen gefallen?«

»Sehr«, presste Luise hervor und schob sich auf den Stuhl ihm gegenüber. Obwohl sie das Lügen bereits gewöhnt war, fiel ihr diese eine unsagbar schwer.

Der Mann musterte sie. »Sie sehen nicht mehr aus wie eine Bedienung. Glückwunsch!«

»Danke«, hauchte sie. »Darf ich Ihnen eine Frage stellen?«

Er lehnte sich im Stuhl zurück und verschränkte die Hände vor dem Bauch in dem hellen Leinenanzug. »Nur zu.«

Luise sah Caroline an, die noch immer neben ihnen stand, und nickte leicht vom Tisch weg. Caroline verzog das Gesicht, hob aber die Schultern und ging mit wiegenden Hüften davon. Der Blick des Aufsehers folgte ihr.

»Was ist aus den Kamerunern geworden?«, platzte Luise heraus. Sofort hatte sie wieder seine Aufmerksamkeit.

»Wie bitte?«

»Ich – ich möchte gern wissen, wie es den Menschen aus der letzten Schau in Hamburg ergangen ist.«

»Warum?«

Sie senkte den Blick auf ihre Hände. »Ich weiß nicht … Ich bin eben neugierig, wie Sie schon sagten.«

»Nicht eher mitleidig?« Er musterte sie.

»Vielleicht auch das. Der, der damals entflohen war – hatte er noch einmal Streit mit dem anderen?«

»Nein. Die zwei wurden streng getrennt gehalten, damit nichts passieren konnte. Wenn bekannt wird, dass die sich hier gegenseitig abmurksen, gibt's nur Ärger.« Er lachte dreckig und leckte sich über die Lippen. »Wir haben auch dafür gesorgt, dass sie auf dem Schiff nicht mehr aneinandergeraten konnten. Ihre Dörfer liegen weit genug auseinander, dass die sich da nicht mehr auf die Pelle rücken werden.«

»Sie sind zurück in Afrika?« Die Aufregung über diese Nachricht verdrängte die Wut über die Wortwahl des Mannes, die Tieren angemessener gewesen wäre als Menschen.

»Aber natürlich. Mit reichlich Geld und guten Gaben für ihre Familien daheim.« Er lachte so schallend, dass sich Luise voller Angst umsah. Immerhin saß sie am Tisch eines fremden Mannes. Im Raum war jedoch genügend Lärm, um keine Aufmerksamkeit auf sie zu ziehen.

»Haben Sie selbst sie zurückbegleitet?«

»Aber ja! Und gleich neue Wilde mitgebracht. Äthiopier. Die sind jetzt in Hamburg, und ich hab die Samoa-Truppe übernommen, die Sie vorhin bewundern konnten. Schöne Exemplare sind diesmal dabei, besonders die Weib… Oh, Verzeihung, meine Dame.«

»Schon gut.« Luise erhob sich schnell. In ihrem Kopf drehte sich alles. »Danke für die Auskunft. Einen schönen Tag noch.«

Sie eilte zurück zu ihrem Tisch, wo sie von drei Paar vorwurfsvollen Augen empfangen wurde. Es war ihr gleichgültig.

247

Jo war zu Hause! Die Erleichterung über diese Nachricht ließ den Schwindel anhalten, auch nachdem sie sich gesetzt hatte. Ihr Geliebter war wieder in seinem Land, in seinem Dorf. Wurde nicht mehr angestarrt, nicht länger ausgebeutet.

Sie würde ihn nie wiedersehen, aber das wäre ohnehin nicht geschehen.

Er würde nie sein Kind kennenlernen. Luise kamen die Tränen, und sie blinzelte sie weg.

»Was haben Sie denn, Liebste?« Constantins Hand legte sich auf ihre. »Sie sind so seltsam.«

Sie zwang sich, ihn anzusehen. »Ich bin nur müde. Die vergangenen Tage waren aufregend.«

»Lass sie in Ruhe, Junge.«

Überrascht sah Luise ihre Schwiegermutter an.

»Das sind Frauendinge, von denen du nichts verstehst«, fuhr sie fort, lehnte sich zu Luise und flüsterte ihr ins Ohr: »Ich war an den Tagen vor den *Tagen* auch immer nah am Wasser gebaut.«

Es dauerte einige Augenblicke, bis Luise verstand, und als sie es tat, musste sie das Lachen unterdrücken.

Es verging ihr bei den nächsten gewisperten Worten der Schwiegermutter.

»Wenn wir Glück haben, fiel die Hochzeitsnacht genau in deine fruchtbaren Tage. Ich drücke die Daumen, dass es bald einen kleinen von Wiedenfels gibt.«

Luise meinte, vor Schreck ohnmächtig zu werden.

Kapitel 20

Villa von Wiedenfels, Kiel-Düsternbrook, Sommer 1902

Das Klopfen riss Luise aus ihren trüben Gedanken. Seit Stunden starrte sie hinaus in den Garten, beobachtete die dicken Tropfen, die von den Blättern der Birken perlten, und dachte daran, wie feucht und klamm es in den Wagen der umherziehenden Familien sein musste. Keine geeignete Umgebung für einen Säugling, und doch lebte ihre Tochter in einem solchen Wagen, unter fremden Menschen, die ihr vielleicht wohlgesinnt waren, vielleicht nicht. Hatten sie schon herausgefunden, dass sie keine von ihnen war?

»Luise. Kommen Sie bitte einmal herunter?« Constantins Stimme drang durch die geschlossene Tür.

»Einen Augenblick«, rief sie und riss sich von dem traurigen Anblick des triefenden Gartens los. Sie erhob sich von ihrem Stuhl, strich ihren Rock glatt und ging langsam die Treppe hinunter.

Ein blondes Mädchen stand in der Diele neben Constantin und sah zu ihr auf.

»Susanne!«, entfuhr es ihr.

»Guten Tag, Frau von Wiedenfels«, sagte Susanne mit eisiger Stimme.

Constantin schien den Tonfall nicht bemerkt zu haben. »Ist das nicht ein unglaublicher Zufall?«, rief er voller Begeisterung. »Drei Stellengesuche zum Hausmädchen hat mir die Arbeits-Nachweisstelle vorgelegt, und ich konnte es nicht fassen, als ich mir die Referenzen durchlas und feststellte, dass eine der jungen Damen dieselbe Susanne war, die bereits für Ihre Familie gearbeitet hat, Liebste. Nun kann ich beruhigt auf die Reise gehen, da ich weiß, dass Sie nicht allein sein werden.«

Wenn du wüsstest, dachte Luise, quälte sich jedoch ein Lächeln ab. »Vielen Dank, Constantin. Willkommen, Susanne. Ich zeige dir dein Zimmer.« Sie ging voraus zu dem kleinen Raum hinter der Küche, der für das Hausmädchen vorgesehen war.

Susanne folgte ihr hinein, sah sich um, blickte noch einmal zurück in die Küche, wie um sich zu vergewissern, dass sie allein waren. »Schön«, sagte sie ausdruckslos. »Hast es weit gebracht, kleine, wahnsinnige Luise. Weiß dein Mann von deinen Anfällen, oder ist es dir gelungen, sie vor ihm geheim zu halten?«

Luise glaubte, ihren Ohren nicht zu trauen. »Wie kommst du dazu, so mit mir zu reden?« Sie ärgerte sich, dass ihre Stimme schwankte. »Ich werde Constantin sagen, dass du nicht bleiben wirst.«

»Und deinen lieben Mann unglücklich machen, der so stolz ist, mich hergebracht zu haben?« Susanne grinste. »Mit welcher Begründung? Die Wahrheit wirst du ihm ja wohl nicht sagen, denn dann werde ich dasselbe tun.«

»Was willst du, Susanne?«

»Oh, nichts Besonderes. Keine Sorge, ich werde meine Arbeit schon machen. Aber ich will ein angenehmes Leben haben.«

»Inwiefern angenehm?«

»Darüber sprechen wir noch. Wenn dein Mann auf See ist. Solange werde ich mich vorbildlich verhalten, *Frau von Wiedenfels*.« Sie betonte den Namen auf so höhnische Art, dass es Luise kalt den Rücken hinunterlief. Sie straffte die Schultern.

»Das will ich dir auch raten«, sagte sie so fest wie möglich.

»Sonst passiert was?«, fragte Susanne honigsüß. »Willst du mich verprügeln wie mein Vater?« Sie schob ihren Ärmel hoch und entblößte wulstige, kreisrunde Narben auf der Innenseite ihres Unterarms. »Oder Zigaretten auf mir ausdrücken?«

Luise wurde schwummrig. »Es tut mir leid, dass dein Vater das getan hat, aber das hat nichts mit mir zu tun.«

»Hat es nicht?« Aus Susannes Stimme troff der Hass. »Du warst schuld, dass ich zu ihm zurückgeschickt wurde. Weil du irre bist, konnte ich nicht bei deiner Familie bleiben. Ich musste zurück zu ihm oder ins Armenhaus. Er hat mir nie verziehen, dass ich gegangen bin, und es wurde schlimmer denn je.«

Luise wusste nicht, was sie sagen sollte. Sie spürte einen Hauch von Mitleid für das Mädchen, das jünger war als sie, mehr jedoch nicht. Zu fassungslos war sie über Susannes offenen Angriff und ihre Ungerechtigkeit. Sie hatte einen Schuldigen für ihre Situation gesucht und ihn in Luise gefunden, da sie gegen den wahren Täter – ihren Vater – nicht ankam. Sie brachte kein Wort mehr heraus, drehte sich um und verließ das Zimmer.

Beim Abendessen, das Susanne zubereitete und mit ihnen einnahm, sagte Constantin: »Und, habt ihr euch schon wieder angefreundet?«

»Ja!« Susanne strahlte. »Ich freue mich so, wieder für Ihre Frau zu arbeiten, Herr von Wiedenfels. Vielen Dank!«

Luise blieb der Bissen im Halse stecken bei den begeistert ausgerufenen Worten des Mädchens. Wie konnte ein Mensch so falsch sein? Schnell trank sie Wasser in großen Schlucken, bis sie nicht mehr das Gefühl hatte, zu ersticken.

Constantin wurde mit jedem Tag aufgeregter. Die *Nymphe* würde erneut die Kaiseryacht auf der Nordlandreise begleiten, wie er nicht müde wurde zu erwähnen. »Stellen Sie sich vor, vielleicht werde ich den Zaren sehen!«

»Ich wünsche es Ihnen«, sagte Luise und meinte es auch. Diese berühmten Menschen, die ihr nichts bedeuteten, waren wichtig für Constantin, darum ließ sie ihm die Freude. Sie selbst war hin- und hergerissen. Einerseits konnte sie gut für eine Weile ohne seine ständigen Annäherungsversuche und seine traurige Miene, wenn sie ihn abwies, auskommen. Andererseits graute ihr vor dem Alleinsein mit Susanne, die sich in seiner Gegenwart wie angekündigt vorbildlich verhielt, in seiner Abwesenheit jedoch sogleich zum Du wechselte und Luises Anweisungen bestenfalls maulend befolgte, schlimmstenfalls mit gehässigen Bemerkungen kommentierte oder schlicht ignorierte.

An Constantins letztem Abend daheim war sie wieder ein Sonnenschein. Sie bediente den riesigen Herd, als hätte sie nie in weniger gut ausgestatteten Küchen gekocht, lobte den neumodischen Eisschrank, den Luise in ihrem Leben noch nicht vermisst hatte und auch jetzt nicht benötigte, und zauberte so schmackhafte Gerichte, als wäre sie eine gelernte Köchin. Eine solche brauchten sie nicht, ehe sie nicht Kinder hätten, beschloss Constantin, und so würde Luise allein mit Susanne und dem Hausdiener Volkmar bleiben, dem das kleine Biest offenbar auch vormachen konnte, ein Engel zu sein.

Nach dem Abendessen machte Luise Anstalten, Susanne in der Küche zu helfen, doch die wehrte ab.

»Oh nein, das schaffe ich schon allein«, sagte sie honigsüß. »Sie haben doch nur noch wenige Stunden zusammen. Genießen Sie die lieber!«

Constantin lachte und nahm Luises Arm. »Da sage ich nicht Nein!« Er zog sie aus der Küche. In der Diele umschlang er sie und versuchte, sie zu küssen. Luise wand sich.

»Constantin! Susanne denkt jetzt bestimmt, dass wir …«

»Das kann sie ruhig denken, denn es ist genau das, was ich

tun möchte.« Sein Blick zeigte deutlich seine Erregung. »Schließlich werden wir uns eine Weile nicht sehen.« Er schob sie zur Treppe.

Sie wusste, wenn sie sich ernsthaft wehrte, würde er sie in Ruhe lassen. Sie hatte ihn jedoch seit ihrer Hochzeitsnacht schon mehrfach abgewiesen, und hatte sie sich nicht geschworen, eine gute Ehefrau zu sein? Sie musste sich überwinden! Und so wehrte sie sich nicht, sondern ließ sich in sein – ihr gemeinsames – Schlafzimmer drängen.

Diesmal bestand sie nicht darauf, danach in ihr eigenes Zimmer zu gehen, und sie sah Constantin an, wie glücklich sie ihn damit machte. Er schlief mit dem Kopf auf ihrer nackten Brust ein. Luise lag noch lange wach. Nach außen sah alles richtig aus – die glückliche, junge Ehe, das schöne Haus, der gesellschaftliche Aufstieg, Wohlstand, Angestellte –, aber die Wahrheit hinter der Fassade war eine andere. Alles fühlte sich falsch an. Wirre Gedanken jagten durch ihren Kopf, während sie Constantins Gewicht auf sich spürte, seine Wärme und sein Geruch sie umfingen. Nichts daran war unangenehm. Alles daran war unangenehm.

Am Ende blieb ein Gedanke übrig.

Soll das jetzt mein Leben sein?

»Ich wünschte, ich dürfte arbeiten gehen. Dann würde ich mich gewiss weniger einsam fühlen, wenn Sie auf See sind.«

Constantin lachte. »Meine Mutter würde einen Herzanfall erleiden, wenn ich Ihnen das erlauben würde.« Er küsste sie auf die Stirn. »Aber sticken oder nähen könnten Sie, oder Sie häkeln schon mal ein paar Kindersöckchen und Mützchen.« Er zwinkerte ihr zu. »Und ich habe Ihnen doch Bücher gekauft, mit denen Sie sich die Zeit vertreiben können. Außerdem haben Sie Susanne und Ihre Eltern. Die können Sie täglich besuchen, wenn Sie möchten. Lassen Sie Volkmar einfach eine Kutsche bestellen, oder er fährt Sie mit dem Pferdekarren.«

Am liebsten hätte sie ihrem Mann anvertraut, dass sie weder die Gesellschaft Susannes noch die ihrer Eltern suchte, aber das konnte sie nicht. Wieder ein falsches Lächeln, das ihn beruhigen sollte. Wieder das Gefühl, dass nichts so war, wie es sein sollte.

Sie verabschiedeten sich, Volkmar fuhr Constantin zu seinem Schiff, und Susanne trat dicht vor Luise.

»Das wird eine schöne Zeit ... wir zwei allein, nicht wahr?« Sie lachte höhnisch. »Freust du dich schon drauf?«

»Lass mich in Ruhe, Susanne.« Luise fühlte sich unendlich müde nach der durchwachten Nacht. Ein Gutes hatte es, dass sie nicht arbeitete und ihr Mann auf Reisen war: Sie hatte keinerlei Verpflichtungen. Sie konnte den ganzen Tag im Bett liegen. Am besten fing sie gleich damit an.

Als nach drei Tagen ihr Rücken vom vielen Liegen schmerzte, raffte sie sich auf und verließ das Haus. Erst als sie den frischen Wind und die Sonnenwärme spürte und den Duft der See roch, merkte sie, wie sie es vermisst hatte, draußen zu sein. Immer weiter spazierte sie, lenkte ihre Schritte in Richtung Innenstadt und daran vorbei, und ehe ihr bewusst wurde, wohin sie ging, sah sie schon die *Waldwiese* vor sich.

Caroline freute sich offensichtlich, sie zu sehen, konnte sich aber nicht mehr als einige Minuten zu ihr an den Tisch setzen, da das Wetter schön und die Terrasse voller Gäste war. Sie fragte Luise, wie es ihr ginge, und wie gern hätte sie ehrlich geantwortet! Da sich Caroline jedoch immer wieder nervös umsah, ob die Kollegen noch alles im Griff hatten, entschied sich Luise abermals zu einer Lüge.

»Natürlich. Ich vermisse meinen Mann, da er auf See ist, aber ansonsten ist alles in Ordnung.«

»Schön!« Caroline lächelte. »Du musst mir unbedingt bald einmal Genaueres erzählen.«

»Kommst du mich besuchen?«, platzte Luise heraus. »Bitte! Ich würde mich so freuen.«

Caroline hob an zu sprechen und zögerte. »Ich in Düsternbrook am Kaffeetisch?«, sagte sie schließlich. »Ach, Deern, das passt doch nicht.«

»Aber Caro, du bist meine Freundin. Ich bin noch immer dieselbe.«

Luise wunderte sich, dass sie das Wort *Freundin* aussprechen konnte und es sogar so meinte. Wann hatte sie gelernt, so zu empfinden? War es, weil Caroline ein Teil ihres alten Lebens war, des Lebens vor ihrer Ehe? Einer Zeit, als Josephines Verlust noch kein Loch in ihre Seele gerissen hatte?

»Nein, Kleines«, flüsterte Caroline und seufzte. »Versteh mich nicht falsch, ich freue mich für dich. Aber du bist nicht mehr dieselbe. Du bist eine Offiziersgattin. Solche bediene ich, besuch sie aber nicht zu Hause.«

»Nur weil man einen Ackergaul in einen herrschaftlichen Stall stellt, wird er doch kein Vollblut«, begehrte Luise auf.

Caroline lachte. »Du warst schon immer ein Vollblut, das nur im falschen Stall stand.« Sie zupfte an Luises gestärktem Kragen. »Schau nur, wie du diese feinen Kleider trägst. Als hättest du nie etwas anderes angehabt.«

»Das sieht nur so aus«, sagte Luise tonlos.

Hans rief nach Caroline, die sofort aufstand, ihr noch einmal zulächelte und wieder an die Arbeit ging.

Luise fühlte sich, als habe sie erneut einen Menschen verloren.

Da der Tag kaum noch schlimmer werden konnte und sie die nächste Begegnung mit Susanne hinauszögern wollte, entschloss sich Luise, ihre Eltern zu besuchen. Nach zwei Tassen dünnen Kaffees und einer halben Stunde stockender Unterhaltung entschied sie, dass alles besser war als der Besuch in der stickigen Wohnung im Krusenrotter Weg bei einem betrunkenen Vater und einer verhärmten Mutter. Deren Gesicht hellte sich erst auf, als Luise ihr beim Abschied etwas Geld in die Hand drückte.

Luise nahm sich zwei Rohlinge und einige Bänder, Federn und Seidenblumen mit, um sie zu schmücken, außerdem Stoff zum Beziehen und ein langes Stück gewebte Bordüre. Ihre Mutter war zwar empört, dass sie sich in ihrer gesellschaftlichen Position selbst Hüte garnieren wollte, ließ sie jedoch gewähren. Es war nicht so, als hätte Luise die Arbeit vermisst, die sie immer gehasst hatte. Nun aber, da sie so viel Zeit hatte, brauchte sie eine Beschäftigung. Und sie gedachte nicht, Kindersachen zu häkeln, wie Constantin es vorgeschlagen hatte.

Es war nicht allein die Tatsache, dass sie vor Susanne floh, die Luise zu stundenlangem Nähen am Fenster ihres Zimmers trieb. Zwar ging sie auch spazieren, aber nach dem unerfreulichen Gespräch mit Caroline hatte sie keinen Ort mehr, zu dem es sie hinzog, und das ziellose Herumlaufen an der Förde oder im Gehölz – zumal es sich nicht geziemte, dass sie es allein tat – hielt sie auch nicht vom Grübeln ab. Im Gegenteil. Wenn es regnete, dachte sie an Josephine in dem zugigen Wagen. Schien die Sonne, fühlte sie sich, als habe sie so schönes Wetter nicht verdient, weil sie ein solch schlechter Mensch war. Mit dem Fortschreiten des Sommers fühlte sie sich schwächer und schwächer und konnte sich kaum noch aufraffen, das Haus zu verlassen. Die Wochen von Constantins Rückkehr bis zu ihrer Hochzeit waren angefüllt gewesen mit Vorbereitungen, die ihre Gedanken beschäftigt hatten, die drei Monate seitdem mit Antrittsbesuchen bei seinen Vorgesetzten, Kollegen und Nachbarn. Sie hatten Möbel ausgesucht, waren ausgegangen, hatten Gäste bewirtet. Vor Susannes Ankunft war kein Dienstmädchen im Haus gewesen, sodass Luise vieles selbst hatte erledigen müssen. Es war wenig Zeit zum Grübeln geblieben. Seit Constantin auf Reisen war und ihre gesellschaftlichen Verpflichtungen damit ausfielen, gab es viel zu viel Zeit. Also nähte Luise an ihren Hüten.

Als sie sich das erste Mal versehentlich so tief in die Hand stach, dass das Blut hervorquoll, verschaffte es ihr auf eine seltsame Weise ein gutes Gefühl. Sie erkannte es wieder. Der körperliche Schmerz verdrängte für einen winzigen Augenblick denjenigen, der so viel schwerer zu ertragen war.

Als ihr die Nadel wieder abrutschte und einen Kratzer quer über ihren Zeigefinger hinterließ, ertappte sie sich dabei, dass sie lächelte.

Beim nächsten Mal war es keine Unachtsamkeit, dass sich die Nadel tief in ihren Arm bohrte, und sie empfing den scharfen Schmerz wie einen Freund.

Dann war Constantin zurück. Luise freute sich, ihn zu sehen. Seine Sorge über ihre zerkratzte Linke lächelte sie weg. »Ich bin nur so ungeschickt, weil ich aus der Übung bin. Aber schau, wie schön mein Hut geworden ist!«

Sie trug ihn zu der Einladung bei Constantins Kapitän, auf der die Herren ausgiebig über den Zaren und den Kaiser plauderten, über all die Erlebnisse auf ihrer gemeinsamen Reise. Luise spürte unbändigen Neid in sich aufsteigen, da sie zur Untätigkeit verdammt zu Hause gesessen hatte, während Constantin fremde Länder besucht hatte. Sie zwang sich jedoch dazu, wie die anderen Ehefrauen mit gelegentlichen Ohs und Ahs die glorreichen Taten ihrer Männer zu kommentieren, die Augen aufzureißen und sich die Hand vor den Mund zu schlagen, wenn die Erzählungen besonders aufregend wurden. Sie dachte sogar daran, stets die rechte Hand zu benutzen oder Handschuhe zu tragen.

Endlich wurde sie wieder von ihren Grübeleien abgelenkt, hatte echte Aufgaben, spielte die glückliche Ehefrau, und beinahe hätte sie sich einreden können, dass es nicht bloß ein Schauspiel war. Manchmal war sie sogar wirklich glücklich.

Wenn zu ihrer Rolle nur nicht gehört hätte, sich ihrem Mann hinzugeben.

Am Abend seiner Rückkehr hatte sie ihn gewähren lassen. Er hatte sie nicht einmal drängen müssen, da sie sich ehrlich gefreut hatte, dass er wieder daheim war, und ihm dies auch beweisen wollte. Er war stürmisch gewesen, angefüllt von männlichem Stolz über seine Abenteuer auf See, und es hatte ihr Herz auf eigentümliche Weise berührt. Lust hatte sie nicht empfunden, und als er danach auf ihr zusammengesackt war und mit heiserer Stimme die Hoffnung geäußert hatte, nun endlich ein Kind gezeugt zu haben, war ihr schwindlig geworden vor Furcht.

Bald darauf hatte sie ihre Periode bekommen, und die Erleichterung darüber machte ihr schlechtes Gewissen ihrem Mann gegenüber noch ärger. Wenn Constantin die Vermutung hegte, dass sie ihn belog, was die Länge ihrer Blutung anging – nach acht Tagen behauptete sie, sie sei noch immer nicht gänzlich vorbei –, ließ er es sich nicht anmerken. Luise genoss die Atempause von seinen Annäherungsversuchen und stellte fest, dass auch eine vorgetäuschte Migräne ihr einige Tage Ruhe einbrachte.

Obwohl ihr Mann bald tagsüber wieder viel außer Haus war, um zu arbeiten, stach sie sich nur noch selten mit der Nadel.

Nur dann noch, wenn die Gedanken an Josephine sie wieder einmal zu ersticken drohten.

Wann immer sie glückliche Mütter mit Kindern sah.

Wenn sie Ärger mit Susanne gehabt hatte, die immer dreister Extrageld von ihr forderte, um nichts über ihre Vergangenheit auszuplaudern.

Wenn Constantin sie vorwurfsvoll ansah, weil sie ihn wieder einmal abgewiesen hatte.

Wenn sie schlecht geträumt hatte und mit dem Schrei eines Kleinkindes im Ohr aufwachte.

Wenn sie einen Pferdewagen sah, der zum fahrenden Volk gehören könnte.

Wenn es regnete.

Wenn die Sonne schien.

Bald war es zum ersten Mal die kleine, spitze Schere, die ihr versehentlich abrutschte.

Danach ging es ihr stets für eine Weile besser, und es gelang ihr, viel fröhlicher mit ihrem Mann umzugehen, wenn er am Abend heimkam. Sie erledigte all ihre Pflichten – bis auf die eine, der sie tunlichst aus dem Weg ging –, und wäre es nur um sie gegangen, hätte sie fast glücklich sein können. Ihr Leben war nicht schlecht, sondern viel bequemer als früher. Sie hatte Freiheiten und Annehmlichkeiten, die sie sich nie hätte träumen lassen.

Doch jedes Mal, wenn sie in ein frisches Brötchen biss, wenn sie sich in ihre weiche Bettdecke kuschelte, stellte sich nach dem kurzen Hochgefühl augenblicklich das schlechte Gewissen ein. Der Sommer war vorüber, die Nächte wurden kälter, die Regentage häufiger. Josephine wurde älter und hatte doch nichts vom Leben zu erwarten, zu dem sie sie verdammt hatte.

An jedem Sonntag in der Kirche, wenn Luise auf den Altar starrte und versuchte, dem Pfarrer zuzuhören, war sie nur von einem Gedanken durchdrungen.

Dreiundzwanzig Wochen.

Vierundzwanzig Wochen.

Fünfundzwanzig.

Sechsundzwanzig.

So alt war ihre Tochter. So viele Sonntage lebte ihr Sonntagskind bereits. Hatte vielleicht schon Zähnchen, dichtere Haare. Würde nie erfahren, wer ihre Mutter war. Constantin tippte sie sanft an, wenn sie wieder einmal nicht in den Gesang einstimmte, und sie öffnete und schloss gehorsam den Mund. Töne brachte sie mit ihrer zugeschnürten Kehle nicht heraus. Wenn von Vergebung der Sünden die Rede war, wusste sie, für sie gab es keine Vergebung. Nicht für die Sünde, ihr Kind im Stich gelassen zu haben.

Constantins Annäherungsversuche wurden drängender, je öfter sie ihn abwies. Zwar zwang er sie nicht, aber seine Traurigkeit hing so spürbar in der Luft zwischen ihnen, dass er Luise leidtat.

Aber sie konnte nicht anders. Sie durfte doch nicht schwanger werden!

Irgendwann wurde die Traurigkeit zu Enttäuschung, dann zu Unmut, schließlich zu Ärger.

»Wie sollen wir denn je ein Kind bekommen, wenn Sie nie mit mir schlafen?«, fuhr er sie an, als sie ihn wieder einmal abgewiesen hatte. »Meine Mutter denkt schon, mit mir stimme etwas nicht!«

»Ich bin sicher, sie hält es für meine Schuld«, sagte Luise leise.

»Es ist ja auch Ihre Schuld!«, brüllte er, dann schien er sich bewusst zu werden, was er tat, und atmete tief durch. »Sie kommen mir beinahe wieder so schwermütig vor wie nach dem Tod Ihrer Großmutter«, fuhr er ruhiger fort. »Im Grunde sind Sie seitdem nie wieder die Alte geworden. Ich verstehe es nicht, Luise. Ich habe mich in eine kesse Kellnerin verliebt, und jetzt …« Er hob die Hände und raufte sich den Blondschopf.

Luise konnte nicht antworten. Was hätte sie sagen sollen? Er hatte allen Grund, wütend zu sein. Sie belog ihn und verweigerte ihm seine Rechte als Ehemann. Sie war ein durch und durch schlechter Mensch.

Am nächsten Tag musste sie zweimal zustechen, um die Schuld nicht mehr so heftig zu spüren.

Susanne klopfte nie an, wenn Constantin außer Haus war. Sie platzte ins Zimmer, als Luise gerade ihr Taschentuch um ihren blutenden Arm wickeln wollte. Sie hatte vergessen abzuschließen. Das Mädchen riss die Augen auf, dann verzog sich ihr Gesicht zu einem höhnischen Lächeln.

»Ach nee, die werte Frau von Wiedenfels war mal wieder ungeschickt, ja?« Sie schnaubte. »Und dein Mann glaubt dir das immer noch. Dabei bist du nur eine arme Irre. Du hast ja nicht mal mehr deine Handarbeit in der Nähe, wenn du jetzt *versehentlich* mit der Schere abrutschst.« Sie trat näher, riss Luise das Tuch aus der Hand und starrte auf die Schnitte. »So schlimm ist es schon? Bald siehst du aus wie ich. Geschieht dir recht!« Sie wedelte mit ihrem brandvernarbten Arm vor Luises Gesicht herum.

Luise hätte sie am liebsten geohrfeigt, doch dazu fehlte ihr die Kraft.

Kapitel 21

Villa von Wiedenfels, Kiel-Düsternbrook, November 1902

Kommen Sie, Luise, gehen wir ein Stück spazieren.« Constantin hielt ihr den Mantel hin.

Luise ließ ihr Buch sinken und sah aus dem Fenster der Wohnstube. »Bei diesem Wetter?«

»Das ist nur ein bisschen Schneeregen.«

»Nicht dass Sie sich erkälten so kurz vor Ihrer Abreise.« Sie erhob sich und steckte erst den einen, dann den anderen Arm in die Ärmel ihres Wollmantels. »Sie werden doch auf der *Nymphe* gebraucht.«

Constantin zog das Kleidungsstück zurecht und knöpfte es sorgfältig zu. Er küsste Luise auf die Wange und ergriff ihre Hand. »Lieber würde ich hier bei Ihnen bleiben.«

Luise lachte. »Und den Kaiser nicht nach England begleiten? Das glaube ich Ihnen nicht.«

»Doch, es ist wahr.« Sie verließen das Haus, und Constantin schloss die Tür hinter ihnen. »Ich sorge mich um Sie.«

»Das ist nicht nötig.«

Schweigend schritten sie die Bartelsallee entlang bis zur Querstraße, wandten sich nach rechts und folgten dieser, bis die Bäume des Düsternbrooker Gehölzes vor ihnen auftauchten. Erneut bogen sie ab, passierten die Sternwarte und gingen am Wald entlang weiter. Die Schneeflocken wurden dichter, und Luise atmete die frische, kühle Luft ein.

Constantin räusperte sich. »Ich habe mit einem Bekannten gesprochen. Er ist Arzt.«

Alarmiert blieb Luise stehen und starrte ihren Mann an. Er legte einen Arm um sie, strich mit der freien Hand über den Verband an ihrem Gelenk und lächelte traurig.

»Er denkt, dass Sie zurzeit nicht allein gelassen werden sollten.«

»Wie kommt er darauf, ohne mich zu kennen?« Sie wollte sich aus Constantins Griff befreien, aber er ließ es nicht zu. Er führte sie weiter die Straße entlang. »Außerdem bin ich nicht allein. Susanne und Volkmar sind ja auch im Haus.«

»Die beiden sind kaum dazu geeignet, Ihnen Gesellschaft zu leisten und Sie davon abzuhalten ...« Er verstummte.

Zorn wallte in Luise auf. Wann begriff ihr Mann endlich, dass sie sich nichts antun wollte? Dauernd betrachtete er sie mit diesem Blick ... Die Nadelstiche, die Schnitte mit der Schere – die hatten gewiss nichts zu bedeuten! Sicherlich, es war verrückt, dass ihr die Schmerzen für kurze Zeit guttaten, aber so war es nun einmal. Das würde schon wieder vergehen.

Sein Griff lag wie ein Schraubstock um ihre Mitte. Am liebsten hätte sie ihn angeschrien und ihm die Meinung gesagt, doch sie wusste, sie musste sich beherrschen.

»Es geht mir gut«, sagte sie mit betont fröhlicher Stimme. »Sorgen Sie sich nicht. Sie werden ja auch nicht lange fort sein.«

»Man weiß nie, ob Seine Majestät nicht seine Pläne ändert«, erwiderte Constantin. »Es tut mir leid, Luise, aber ich habe zu viel Angst um Sie.«

Ein unangenehmes Prickeln breitete sich in Luises Nacken aus. »Was soll das heißen?«

Da erst bemerkte sie, dass sie sich einem Gebäude näherten. Die Tür öffnete sich, und ein Mann und eine Frau traten ihnen entgegen. Panik erfasste sie. Sie wand sich in Constantins Griff, doch er hielt sie eisern fest und zerrte sie auf die Tür zu.

»Guten Tag, Frau von Wiedenfels«, sagte der junge Mann. »Ihr Zimmer ist schon gerichtet.«

»Mein – Zimmer?« Ihre Stimme klang schrill in ihren Ohren. Sie sträubte sich, aber Constantin zog sie in das Gebäude. Es war, als träfe sie der Schlag, als sie es erkannte. Die *Villa Siemerling*, wie die neue Irrenklinik scherzhaft genannt wurde.

»Nein!«, schrie sie auf. »Constantin, wie können Sie nur?« Nun wehrte sie sich nach Kräften gegen ihn, der andere Mann kam ihm jedoch zu Hilfe und packte ihre Arme. Erinnerungen stürmten auf sie ein. Immer, wenn sie festgehalten worden war, war etwas Schreckliches passiert!

»Haben Sie ihr denn nichts gesagt?«, fragte die fremde Frau mit Empörung in der Stimme.

»Nein! Sie wäre sonst nicht mitgekommen.«

Die Frau stemmte die Hände in die Hüfte. »Das ist nicht richtig! Doktor Albrecht hat gesagt, sie käme freiwillig. Ich weiß nicht …«

»Das geht schon in Ordnung, Fräulein Wiese.« Ein weiterer Mann war hinzugetreten. »Es ist das Beste für Frau von Wiedenfels.«

»Vielen Dank, Herr Doktor«, sagte Constantin.

Luise war fassungslos. Diese Menschen sprachen über sie, als sei sie gar nicht anwesend. Als sei sie eine arme Irre, nicht ganz richtig im Kopf. Sie behandelten sie, als müsse sie vor sich selbst geschützt werden!

Alle Gegenwehr war vergebens, sie schleppten sie mit vereinten Kräften lange Gänge entlang und in ein Zimmer. Es hatte kaum Ähnlichkeit mit ihrer Zelle im *Hornheim*, und doch erinnerte es sie augenblicklich daran. Derselbe Geruch hing in den Wänden – Reinigungsmittel und Verzweiflung.

Endlich ließen sie sie los, auch Constantin. Luise holte aus und schlug ihm mit der flachen Hand ins Gesicht.

»Wie können Sie es wagen, mich einzusperren?«, fuhr sie ihn an. Am liebsten hätte sie ihn geduzt, ihm jede Höflichkeit verweigert, aber sie wusste, er wünschte sich diese Vertraulichkeit schon lange, deshalb tat sie es nicht. In diesem Augenblick schwor sie sich, ihm nie in ihrem Leben das »Du« anzubieten. Nun nicht mehr!

Er hob die Hände, eine hilflose Geste. Tränen standen in seinen Augen. »Verzeihen Sie mir, Liebste. Ich habe Angst um Sie. Hier sind Sie gut aufgehoben, es gibt Menschen, mit denen Sie reden können. Ich hole Sie ab, sobald ich wieder in Kiel bin.«

Er kam auf sie zu, doch sie wich bis an die Wand zurück. Dennoch versuchte er, sie zu umarmen. Grob stieß sie ihn von sich. Mit traurigem Blick wandte er sich ab und ging zur Tür.

»Ist das Ihr Ernst, dass Sie mich hierlassen?«, brüllte sie ihm nach. »Das kann nur ein Scherz sein! Constantin!«

Die Tür fiel hinter ihm zu. Luise war allein im Zimmer. Da erst begriff sie vollständig.

Wer einmal hier war, kommt immer wieder, erklang in ihrem Kopf eine Frauenstimme aus längst vergangener Zeit. *Du auch, mein Kind!*

Sie stürzte zur Tür, wollte sie aufreißen, ihm nachlaufen, aber sie rüttelte vergebens. Sie war gefangen, wieder einmal. Mit beiden Fäusten hämmerte sie gegen das Holz.

»Constantin! Kommen Sie zurück! Ich bleibe hier nicht, ich will nach Hause!«

Der Schmerz in ihren Händen beruhigte sie nicht, und auch als sie den Kopf gegen die Tür schlug, wurde es nicht besser. Ihr Mann hatte sie verraten. Er, von dem sie sich die Freiheit erhofft hatte, ließ sie einsperren.

Geschieht dir recht, schrie ihre innere Stimme. *Du hast dein Kind auf dem Gewissen, du hast Josephine nicht be-*

schützt, und jetzt tust du so, als habe es sie nie gegeben. Du bist eine Verbrecherin! Du gehörst weggesperrt!

Der Gedanke an ihre kleine Tochter zog Luise endgültig den Boden unter den Füßen weg. Ja, sie hatte sich schuldig gemacht. Sie war zu Recht eingesperrt. Und doch ertrug sie es nicht, ertrug sich selbst nicht! Sie brüllte keine Worte mehr, wollte nicht länger Constantin zurückholen, sondern schrie nur noch den Schmerz heraus, den Hass auf sich und die Welt, die einem kleinen Mädchen die Mutter genommen hatte.

Sie ließ von der Tür ab, trommelte gegen das Fenster, das nicht vergittert war. Die Glasscheiben bogen sich, aber sie zersplitterten nicht. Immer stärker schlug sie, immer lauter wurden ihre Schreie. Sollten sie Constantin bis nach England verfolgen, am besten sein Schiff versenken! Sie hasste ihn, hasste sich selbst am allermeisten.

»Frau von Wiedenfels, beruhigen Sie sich!«

Die Stimme durchdrang den Nebel in Luises Kopf, drängte sich in ihr Bewusstsein, übertönte ihre Schreie, obwohl sie nicht laut, sondern leise und eindringlich war.

Sie erkannte sie sofort.

Wie oft hatte sie sich in den vergangenen sieben Jahren diese Stimme ins Gedächtnis gerufen, wenn sie gedroht hatte, sich zu verlieren. Nun war sie zurück, nicht in ihren Gedanken, sondern mit ihr im Zimmer.

Die Wirkung war dieselbe, die sie schon kannte. Luise verstummte, atmete zitternd ein, schluchzte noch einmal auf, dann drehte sie sich um. Er lehnte im Türrahmen, erwachsener als zuvor, dennoch unverkennbar. Sein hellbraunes Haar war kürzer geschnitten, stand jedoch noch immer wirr vom Kopf ab.

»Herr Reuther? Julius?« Ihr war, als träumte sie.

Die grünen Augen weiteten sich. »Luise? Luise Johannsen?«

Sie schniefte. »Nein. Nicht mehr Johannsen. Jetzt von Wiedenfels.« Sie war so wütend auf Constantin, dass ihr der Name – sein Name – kaum über die Lippen kam.

Er trat zu ihr, nahm ihre Hand. »Ich erkenne Sie trotzdem wieder.« Er lächelte. »Die kleine Luise in kurzem Kleid und Schürze steckt noch in der Frau mit dem teuren Wintermantel. Wollen Sie den nicht ausziehen? Sie müssen doch schwitzen.«

Ich will nicht bleiben, wollte sie sagen, brachte die Worte jedoch nicht heraus. Vielleicht waren sie nicht mehr wahr. Vielleicht wollte sie bleiben, wieder mit Julius sprechen, so wie damals im *Hornheim.*

Sie ließ sich aus dem Mantel helfen und setzte sich auf einen der beiden Stühle. Julius nahm auf dem zweiten Platz und betrachtete sie. »Wie geht es Ihnen?«, fragte er.

Sie hob die Schultern. »Gut. Nur mein Mann glaubt das nicht.« Luise bemerkte, dass sie an dem Verband an ihrem Handgelenk zerrte, und ließ es schnell bleiben. Es war Julius trotzdem aufgefallen.

»Ich glaube es auch nicht«, sagte er.

»Warum nicht?«

»Sie haben getobt. Ich dachte schon, wir müssten ein Betäubungsmittel verwenden. Zum Glück habe ich erst einmal nach Ihnen schauen wollen.«

»Das waren nur die Erinnerungen und die Wut auf meinen Mann.«

»Die Erinnerungen an das *Hornheim*?«

Nein, die an mein Kind, hätte sie am liebsten gesagt, verbiss sich die Worte aber und nickte stattdessen. Niemand durfte von Josephine wissen, nicht einmal Julius.

Zweifel lagen in seinem Blick. »Sie können mir alles sagen, das wissen Sie hoffentlich.«

Luise schluckte. Sie fühlte sich zu erschöpft, wollte nicht mehr über sich nachdenken. »Wie geht es mit dem Studium voran?«, fragte sie, um ihn abzulenken.

»Oh, sehr gut, ich bin inzwischen Allgemeinmediziner«, sagte Julius stolz. »Zurzeit spezialisiere ich mich auf die Krankheiten des Geistes und der Nerven.«

»Arbeiten Sie jetzt regelmäßig in der – also hier?«

»Immer noch aushilfsweise als Krankenwärter neben dem Studium. Aber es wird geduldet, dass ich gelegentlich Gespräche mit den Patienten führe.« Er sah sie hoffnungsvoll an. »Werden Sie wieder mit mir sprechen, so wie damals?«

Sie lachte auf und hörte selbst, wie bitter es klang. »Warum? Bin ich ein so interessantes Studienobjekt? Die kleine Luise, die es nicht geschafft hat, normal zu bleiben, obwohl Sie und Doktor Jessen sich doch solche Mühe gegeben haben! Da ist sie wieder, irrer als je zuvor.«

Julius seufzte und erhob sich. »So denke ich nicht über Sie, das wissen Sie hoffentlich.«

»Ich weiß gar nichts. Bis vorhin habe ich geglaubt, meinen Mann zu kennen, nun sitze ich hier.«

»Das tut mir sehr leid für Sie, Frau von Wiedenfels. Ich bin sicher, er meinte es gut.«

Luise schnaubte. »Oh, gewiss meinte er es gut. Wenn Sie mir einen Gefallen tun wollen, Herr Reuther, sprechen Sie mich nicht mit seinem Namen an.«

»Seien Sie ruhig wütend auf ihn, wenn es Ihnen hilft. Ich spreche gleich mit Doktor Albrecht, der Ihre Aufnahme veranlasst hat. Ich sorge dafür, dass Sie nichts tun müssen, was Sie nicht wollen.«

»Sie dürfen ihm nichts über damals erzählen!«, rief Luise. »Er wird es meinem Mann sagen, und dann ...« Sie verstummte. Was dann? Was wäre, wenn Constantin von der Vergewaltigung erführe? Würde er sie zu ihren Eltern zurückschicken, sie umtauschen wie ein beschädigtes Möbelstück?

Der Gedanke an die Wohnung im Krusenrotter Weg, in der sie so viel Glück und so viel Leid erlebt hatte, schnürte ihr die Kehle zu.

»Das darf er gar nicht«, sagte Julius. »Aber wenn es Sie beruhigt: Ich werde ihm selbstverständlich nichts erzählen. Vertrauen Sie mir. Verhalten Sie sich ruhig, verletzen Sie sich nicht. Bitte, Luise.« Er zwinkerte ihr zu. »Und nennen Sie mich Julius, wie früher. Nur sagen Sie niemandem, dass wir uns mit Vornamen anreden. Das gehört sich nicht.«

»In Ordnung«, sagte sie versöhnlich. Julius hatte es immer nur gut mit ihr gemeint. Sie durfte nicht ungerecht sein.

»Ihre persönlichen Dinge sind schon im Schrank.« Er wies auf das große Möbelstück. »Ihr Mann hat sie bereits heute früh gebracht. Wir sehen uns morgen.« An der Tür hielt er inne. »Ich muss Sie einschließen, das wissen Sie.«

»Natürlich.« Sie lächelte ihn an. »Es gibt Schlimmeres.«

Ja, es gab Schlimmeres. Allein mit sich und seinen Gedanken zu sein, zum Beispiel. Das war sie zwar daheim auch gewesen, aber dort hatte sie sich ablenken können mit ihren vielen Büchern, den Handarbeiten und den Spaziergängen an der Förde. Hier gab es nichts Ablenkendes. Hier gab es nur sie und ihre Erinnerungen. Sie riss sich den Verband ab und kratzte den Schnitt auf, bis er wieder blutete.

»Ich spreche nur mit Herrn Reuther, sonst mit niemandem.« Luise verschränkte die Arme vor der Brust. »Wenn Sie mich schon dazu zwingen wollen, überhaupt zu sprechen. Mir ist nämlich nicht daran gelegen.«

Doktor Albrecht seufzte. »Es ist nicht üblich, dass die Krankenwärter …«

»Herr Reuther ist Arzt«, fiel ihm Luise grob ins Wort. Warum hätte sie auch höflich sein sollen? Sie wurde inzwischen fast vierundzwanzig Stunden gegen ihren Willen festgehalten! »Außerdem ist mir seine Ausbildung gleich. Ich spreche mit ihm oder gar nicht. Ich weiß, dass er Gespräche mit Patienten führen darf, also zieren Sie sich nicht so.«

»Woher kennen Sie Herrn Reuther überhaupt?«, fragte Albrecht und zog die Stirn über den runden Brillengläsern in Falten.

»Ich kenne ihn nicht. Er war gestern nach meiner Ankunft bei mir, um mich zu beruhigen – und ich habe mich beruhigt. Das genügt doch wohl. Also?« Sie starrte dem Arzt herausfordernd ins Gesicht.

Dieser seufzte erneut. Es klang so verzweifelt, als trüge er die Last der Welt auf den Schultern. Luise hätte beinahe aufgelacht. Was wusste der Kerl schon von Verzweiflung?

»In Ordnung«, sagte er schließlich und erhob sich. »Herr Reuther kommt um 18 Uhr zum Nachtdienst. Ich gewähre ihm eine Stunde mit Ihnen.«

»Vielen Dank«, entgegnete Luise mit betont gleichmütiger Stimme. In Wahrheit schlug ihr Herz schneller – aus Furcht ebenso wie aus Freude. Ja, sie freute sich, Julius wiederzusehen. Er erschien ihr wie ihr einziger Freund in dieser Anstalt. Und obwohl er weit davon entfernt war, ein solcher zu sein, war sie froh und erleichtert, dass er da war. Dennoch fürchtete sie das Gespräch. Zu gut erinnerte sie sich daran, wie er sie im *Hornheim* dazu gebracht hatte, über *die Sache* zu reden, das Wort auszusprechen, das sie nicht einmal hatte denken wollen. Würde er es wieder tun?

Er tat es.

»Luise. Sie müssen darüber reden. Ich sehe doch, dass es Ihnen schlecht geht.«

Sie saßen einander gegenüber, beide in großen, bequemen Polstersesseln. Auf dem Tischchen neben ihrem lag ein Stapel sorgfältig gefalteter Stofftaschentücher, auf dem neben Julius sah Luise einen Schreibblock und einen Bleistift. Andere Möbelstücke gab es nicht in dem kleinen Raum. Ein Fenster in der Wand gab den Blick auf ein weiteres Zimmer frei, in dem eine Krankenwärterin in irgendwelchen Papieren blätterte und hin und wieder zu ihnen hereinblickte.

»Kann sie uns hören?«, fragte Luise.

»Natürlich nicht. Sie soll nur darauf achten, dass in diesem Raum keine ungehörigen Dinge geschehen.« Er lächelte.

Luise nickte und schwieg. Julius' Lächeln verschwand.

»Ist es noch immer die alte Sache?«

Luise schnaubte. »Vergewaltigung, Julius. Sagen Sie das Wort ruhig. Ich musste es schließlich auch.«

Er lächelte erneut. »Sie haben recht. Geht es noch um die Vergewaltigung von damals?«

Luise zögerte. Es wäre so einfach, seine Frage zu bejahen. Sie würde nicht über Josephine sprechen müssen.

Er durchschaut dich ohnehin, dumme Gans, höhnte ihre innere Stimme. *Das hat er schon immer.*

Ja, das hatte er. Vielleicht war Julius der einzige Mensch auf der Welt, der sie wirklich kannte, obwohl sie sich sieben Jahre nicht gesehen hatten. Die Erkenntnis berührte Luise auf eine Weise, die ihr unverständlich war. Mit einem Mal verspürte sie den Drang, dem jungen Mann von ihrer verlorenen Tochter zu erzählen. Die Kleine hatte es nicht verdient, totgeschwiegen zu werden, und mit wem sonst hätte sie reden sollen? Sie konnte doch niemandem vertrauen. Constantin durfte nicht erfahren, was ihr zugestoßen war, weder die Vergewaltigung noch den Verlust ihres Kindes.

Konnte sie Julius vertrauen?

Nun, sie hatte mehr als genug Zeit, sich darüber Gedanken zu machen. Sie wusste, sie würde diese Anstalt erst wieder verlassen, wenn ihr Mann sie abholte, und das würde Wochen dauern. Sie konnte sich Zeit lassen mit dem, was sie offenbarte. In diesem Moment entschied sie, Julius nicht anzulügen.

»Nein«, sagte sie entschlossen. »Darüber bin ich hinweg.«

Julius legte den Kopf schief. »Über so etwas kommt keine

Frau hinweg«, sagte er, »obwohl mir scheint, Sie glauben daran, dass es so ist.«

»Manchmal blitzen Erinnerungen auf«, gab sie zu, »aber sie quälen mich nicht mehr. Ich schaffe es, sie zuzulassen.«

»Verdrängen Sie sie nicht vielmehr?«

»Nein. Ich sehe sie an und schiebe sie dann fort.«

»Keine Angst mehr vor Männern?«

Luise hob die Schultern. »Nicht auf diese Weise.«

»Wer hat das vollbracht? Ihr Ehemann?«

Sie, dachte Luise. *Sie und Jo.* Sie biss sich auf die Unterlippe und schwieg. Dann besann sie sich, dass sie nicht lügen wollte, und schüttelte den Kopf. »Die Gespräche mit Ihnen im *Hornheim* haben den Grundstein dafür gelegt, dass ich schließlich darüber weggekommen bin.«

Auf Julius' Gesicht erschien ein erstaunter Ausdruck. »Wirklich?«

Er sah aus wie ein stolzer kleiner Junge. Luise lächelte. »Ja. Wissen Sie, dass mich Ihre Stimme die ganzen Jahre begleitet hat? *Bleiben Sie bei sich, Luise.* Das habe ich nie vergessen, und es hat mich manches Mal gerettet, wenn ich mich beinahe verloren hätte.«

Das Gute an einer Irrenanstalt war, dass man sich nicht schämen musste, sich zu öffnen. Es wurde erwartet. Warum hätte sie ihm verschweigen sollen, wie viel ihr seine Stimme all die Jahre bedeutet hatte?

Nun errötete er sogar. »Ach, nein. Ich war doch nur ein Junge, gerade achtzehn. Gewiss hat Ihnen Herr Doktor Jessen mehr geholfen.«

»Vielleicht war es gerade Ihr Alter, das meinem eigenen nicht so fern ist, das es mir leichter gemacht hat, Ihnen zu vertrauen und Ihren Ratschlägen zu folgen.« Luise seufzte. »Inzwischen jedoch fühle ich mich uralt Ihnen gegenüber. Frau von Wiedenfels. Klingt das nicht nach einer alten Dame?«

Julius lachte. »Vor allem klingt es nach einer wohlhabenden Dame.«

»Da haben Sie recht. Die kleine Luise wohnt jetzt in Düsternbrook, hier ganz in der Nähe, und gibt das Geld ihres Mannes mit vollen Händen aus. Sie verkleidet sich täglich, um den Nachbarn keinen Anlass zu Gerede zu geben. Dabei ist sie gerade zwanzig und würde viel lieber barfuß im Gras herumlaufen wie damals im Garten des *Hornheim*.«

»Dass Sie das noch wissen …«

»Natürlich. Wie könnte ich es vergessen?«

Er nahm ihre Hände. »Damals haben Sie mir vertraut. Bitte tun Sie es wieder. Ich sehe die Verletzungen an Ihrem Arm, und das sind nur die äußerlichen. Was geht in Ihnen vor? Was verbergen Sie vor der Welt?«

»Ein Kind«, platzte sie heraus.

Er runzelte die Stirn. »Sie sind in anderen Umständen?«

Luise lachte auf. »Das Wort heißt *schwanger*, Julius. Sprechen Sie bitte Deutsch mit mir. Sie wissen, ich verkrafte das. Und nein, ich bin nicht schwanger. Ich habe bereits ein Kind geboren … und es wieder verloren.«

Mit einem Schlag wurde ihr die Ungeheuerlichkeit ihrer Offenbarung bewusst, und sie schloss die Augen. Sie wollte sein Gesicht nicht sehen, fürchtete zu sehr, Abscheu darin zu erkennen.

Er ließ ihre Hände nicht los. »Ist es tot?«

Alles in Luise sträubte sich dagegen, diesen Gedanken zuzulassen. Nun jedoch konnte sie nicht mehr anders. Josephine war acht Monate alt, krabbelte vielleicht schon. Wenn sie noch lebte. Ihr war, als zerrisse ihr Herz, als ihr das Bild eines winzigen, leblosen Körpers vor Augen trat.

»Das weiß ich nicht«, brachte sie mühsam hervor.

»Luise, sehen Sie mich an.« Sie tat es, und in Julius' Gesicht war nichts als Mitgefühl zu lesen. »Was ist geschehen?«

Es klopfte, und Fräulein Wiese, die Krankenwärterin, trat

ein. »Die Zeit ist um, Herr Reuther. Bitte bringen Sie Frau von Wiedenfels auf ihr Zimmer zurück und helfen Sie mir. Wir müssen uns um eine Patientin kümmern, die … sehr unruhig ist.«

Julius seufzte. »In Ordnung.«

Er begleitete Luise zu ihrem Zimmer, und sie verabschiedeten sich. Luise war erleichtert, nicht weitersprechen zu müssen. Das Gespräch hatte sie mehr aufgewühlt, als sie zunächst bemerkt hatte. Sie kam in dieser Nacht lange nicht zur Ruhe. Ihre Gedanken kreisten um ihre Tochter. Wie dunkel mochte ihre Haut inzwischen sein? Hatte sie irgendwelche Merkmale von ihr, oder sah sie nur Jo ähnlich? Wohin hatte ihre Reise sie geführt?

Die Vorstellung, Josephine könnte nicht mehr am Leben sein, ließ sie nicht noch einmal zu.

Es war noch finster, als Luise durch ein Geräusch aus ihrem unruhigen Schlaf erwachte. Sie setzte sich auf.

Ein leises Klopfen an der Tür erklang, dann ein Flüstern. »Luise?« Sie erkannte Julius' Stimme.

»Ja?«

»Darf ich hereinkommen?«

Sie sprang aus dem Bett und zog ihren Morgenmantel über. »Ja.«

Er öffnete die Tür, trat jedoch nicht ein. Im Licht, das vom Flur hereindrang, sah sie nur seine hochgewachsene Gestalt. Sein Gesicht lag im Schatten.

»Ziehen Sie Ihren Mantel an. Ich möchte einen Spaziergang mit Ihnen machen.«

»Jetzt? Es ist noch dunkel!«

»Meine Schicht ist zu Ende, und ich muss dringend schlafen. Vorher jedoch möchte ich mit Ihnen in den Garten gehen. So wie damals. Es ist nicht erlaubt, aber Fräulein Wiese schläft tief und fest, und alle Patienten sind ruhig. Kommen Sie, schnell.«

Aufregung erfasste Luise, wie früher auf ihren heimlichen Spaziergängen, von denen die Mutter nichts wissen durfte. Sie riss den Wollmantel aus dem Schrank, zog ihn über den Morgenrock und schlüpfte ohne Strümpfe in ihre Stiefel. Julius nahm ihren Arm und führte sie durch die stillen Flure hinaus in den Garten, der von den vereinzelten Lichtern aus den Fenstern des Gebäudes sanft beschienen wurde. Es nieselte, doch das störte Luise nicht. Kälte erfasste ihre nackten Beine, und sie fühlte sich so frei wie schon lange nicht mehr. Tief sog sie die frische Luft des frühen Morgens ein.

»Es ist zu kalt, um barfuß durchs Gras zu gehen«, sagte Julius, »aber wir können eine andere Übung machen.« Er führte sie zu einem Baum, dessen Art sie im allzu schwachen Licht nicht erkennen konnte. »Umarmen Sie den Stamm. Ich weiß, es klingt seltsam, doch die Natur kann einem viel Kraft verleihen. Versuchen Sie es!«

Es klang nicht nur seltsam, sondern geradezu verrückt. Deshalb zögerte Luise keinen Augenblick. Sie lehnte sich gegen den Baumstamm und umarmte ihn.

Es war eine Eiche. Sie erkannte es sofort und fuhr zurück. Die furchige Rinde an ihrem Körper, der pilzige Geruch ... Dann nahm sie sich zusammen. Die Erinnerungen konnten ihr nichts mehr anhaben. Sie schlang erneut die Arme um den Stamm, presste ihr Gesicht dagegen und sog bewusst den Geruch ein. Sie hörte die leisen Atemzüge des Mannes hinter sich, aber sie wusste, es war Julius, von dem sie nichts zu befürchten hatte, und sie bekam keine Angst, obwohl die Erinnerungen sie überfielen.

Wenn diese Wunde geheilt werden konnte, wäre es gewiss auch mit der neuen, viel schlimmeren möglich.

»Ich habe eine Tochter«, sagte Luise, mehr zu der Eiche als zu Julius. »Ich war schon schwanger, als ich mich verlobt habe. Von einem anderen Mann.«

Die Kraft des Baumes schien sie zu durchströmen, sodass

die Worte ruhig und flüssig aus ihrem Mund kamen. Julius legte ihr eine Hand auf den Rücken, und so fühlte sie sich nicht nur von der Eiche gestützt, sondern auch von dem jungen Arzt.

»Mein jetziger Mann war damals oft auf See und hat von der Schwangerschaft nichts bemerkt. Meine Mutter hat mir meine Tochter weggenommen, als sie gerade ein paar Tage alt war. Sie hat sie zu einer Familie des fahrenden Volkes gebracht, weil sie vermutet hat, ihr Vater wäre einer jener Männer.«

»Ist das denn so?«

Luise schwieg. Sie war noch nicht bereit, über Jo zu sprechen, und Julius zwang sie nicht. Er fuhr fort, sie zu halten, während sie weiterhin den Baum umarmte und seine Kraft in sich aufnahm.

»Wir müssen hineingehen, ehe man uns erwischt«, sagte er schließlich.

Widerstrebend löste sie sich von der Eiche und folgte Julius zurück zu ihrem Zimmer. Sie trat ein, er blieb im Türrahmen stehen.

»Verurteilen Sie mich nicht wegen der Dinge, die ich Ihnen erzählt habe?«, fragte sie und fürchtete sich vor seiner Antwort.

»Natürlich nicht. Ihr Verlust macht mich unsagbar traurig. Es muss grausam sein, ein Kind zu verlieren.«

»Andere würden sagen, ich hätte es verdient. Schließlich hätte meine Tochter nie gezeugt werden dürfen.«

»Es steht niemandem zu, Sie deswegen zu verurteilen. Das war allein Ihre Entscheidung. Es sei denn …«

Er verstummte. Noch immer war es zu finster im Zimmer, um sein Gesicht zu erkennen, doch sie wusste, was er meinte.

»Es war keine Vergewaltigung. Ich wollte es. Und ich wollte mein Kind behalten.«

Schritte näherten sich. »Fräulein Wiese. Ich muss gehen!

Wir sehen uns, Luise.« Schnell schloss er die Tür. Luise hörte, wie er den Riegel vorschob und die Krankenwärterin fröhlich ansprach. Sie zog Mantel und Morgenrock aus und schlüpfte unter die Bettdecke.

Sie hatte es ausgesprochen, das, was niemand wissen durfte. Und sie würde Julius noch mehr erzählen. Josephine hatte ein Recht darauf.

Die Zeitungen im Aufenthaltsraum, den die Patienten aufsuchen durften, zeigten Fotografien des Kaisers auf Besuch beim englischen König, der sein Onkel war. Luise betrachtete die Bilder der ernst dreinblickenden Hoheiten und fragte sich, wo sich die Besatzungen der Schiffe aufhielten, die die Kaiseryacht begleiteten, während Wilhelm der Zweite Bäume pflanzte und auf die Jagd ging. Bekam Constantin etwas von England zu sehen? Der altbekannte Neid erfasste sie, hinzu kam die Wut über seinen Verrat. Ihr Mann sperrte sie ein, während er fremde Länder besuchte.

Wenigstens hatte sie Julius. Er bemühte sich rührend um sie. Zwar hatten sie ihren geheimen Ausflug nicht wiederholen können, doch wenn er zur Tagschicht in die Anstalt kam, konnten sie ganz offiziell zusammen in den Garten gehen. Inzwischen hatte sie ihm Einzelheiten über Josephine anvertraut, hatte ihm ihren Namen genannt und über den Tag gesprochen, an dem sie ihr genommen worden war. Von ihrer Entscheidung, weiterzuleben, so schwer es ihr fiel. Nur von Jo hatte sie noch immer nichts erzählt.

Julius holte sie aus dem Aufenthaltsraum ab und führte sie in das Therapiezimmer, in dem sie sich stets unterhielten, unter den wachsamen Augen von Fräulein Wiese oder einer anderen Kollegin.

»Ich habe nachgedacht«, sagte er, kaum dass sie Platz genommen hatten. »Sie sollten Ihre Tochter suchen.«

Luise erschrak. Der Gedanke war ungeheuerlich! Wie sollte sie das anstellen, was tun, wenn sie sie fand? Und was, wenn sie herausfand, dass sie nicht mehr am Leben war?

»Ich sehe, dass Sie Angst haben. Dennoch ist es die einzige Möglichkeit, Sie aus Ihrem Elend zu befreien. Sie ertragen das nicht, Luise. Sehen Sie sich Ihren Arm an. Sie kratzen die Wunden immer wieder auf, lassen sie nicht verheilen.«

Luise betrachtete die blutigen Schnitte. So oft hatte sie sich geschworen, die Verkrustungen nicht abzukratzen, aber es war ihr nie gelungen.

»Ist es nicht Ihre Aufgabe, mir beizubringen, es zu ertragen?«

»Wenn es keine Hoffnung gäbe, wäre dies meine Aufgabe, richtig. Wenn das Kind tot wäre, könnten wir mit der Trauerarbeit beginnen. Doch Ihre Tochter lebt.«

»Das wissen wir nicht.«

»Aber Sie gehen davon aus, das wird aus jedem Ihrer Worte über Josephine deutlich. Und solange Sie das glauben, werden Sie das Kind nicht loslassen.«

»Viele Monate habe ich nur selten an meine Tochter gedacht, die ganzen ersten Wochen meiner Ehe nicht. Ich bin gut zurechtgekommen, außer wenn mein Mann davon anfing, dass er ein Kind wolle. Ist das nicht Loslassen?«

»Das ist Verdrängen, nichts weiter. Und verdrängte Gefühle kommen an die Oberfläche, ob als Wunden«, er wies auf ihren Arm, »oder auf andere Art.«

»Das passiert aber nicht, wenn ich nicht an sie denke, sondern dann, wenn ich es tue.«

»Wollen Sie sie denn vergessen? Wirklich? Sagen Sie es mir ins Gesicht, dann helfe ich Ihnen. Ist es Ihr Wunsch, Ihr Kind zu vergessen, als habe es nie gelebt?«

Luise schwieg. Sie brachte diese Worte nicht über die Lippen. Sie wären gelogen gewesen, ein weiterer Verrat an ihrer Tochter.

»Aber wie soll ich es denn anstellen, nach ihr zu suchen?«

Luise wagte kaum, den Gedanken zuzulassen, doch wegschieben ließ er sich auch nicht mehr, nun, da er einmal ausgesprochen worden war.

»Sie sind wohlhabend. Sie könnten jemanden beauftragen.«

»Mein Mann hat Geld, nicht ich. Er gibt mir, so viel ich will, aber er fragt, wofür ich es benötige. Und das kann ich ihm wohl kaum sagen.«

»Er muss es ohnehin erfahren. Was, wenn Sie Josephine finden? Reden Sie mit Ihrem Mann. Wenn er Sie liebt, wird er Ihnen helfen.«

Constantin liebte sie, da war sich Luise sicher, trotz seines Verrats, der sie in diese Anstalt gebracht hatte. Aber liebte er sie genug, um ihr die voreheliche Affäre und die verheimlichte Schwangerschaft zu verzeihen? Wie hatte er in der Hochzeitsnacht gesagt, trunken von Sekt und Leidenschaft? *Dass Sie mir dies schenken, Luise, dass ich Ihr erster Mann sein darf ...*

»Er wird mir nicht helfen«, sagte sie düster. »Er wird mich verlassen, und wohin soll ich dann gehen? Zurück zu meinen Eltern?«

»Dann suchen Sie Ihre Tochter heimlich. Wenn Sie sie erst gefunden haben, wird Ihnen schon etwas einfallen. Sie könnten behaupten, sie sei das Kind einer Freundin, die es einfach bei Ihnen gelassen hat und mit einem Mann verschwunden ist, oder etwas Ähnliches. Flehen Sie ihn an, das Kind behalten zu dürfen. Machen Sie Ihren Mann zu Ihrem Verbündeten, ohne ihm die Wahrheit zu sagen. Lassen Sie ihn behaupten, die Kleine sei sein voreheliches Kind. Männern wird so etwas leichter nachgesehen, sogar in wohlhabenden Kreisen.«

»Das wird er nicht tun«, unterbrach Luise Julius' enthusiastischen Redefluss. »Josephines Vater ist Afrikaner.«

Stille senkte sich über den kleinen Raum. Luise griff nach ihrer Kette und zog den Anhänger hervor, verwundert, dass er ihr während der ganzen Jahre und all ihrer Erlebnisse nicht abhandengekommen war. Sie betrachtete die Weltkarte und deutete auf die Stelle, an der sie Kamerun wusste.

»Von dort stammt er.«

Sie überwand sich, Julius anzusehen. Sein Gesichtsausdruck war nachdenklich, aber keineswegs entsetzt. »Die Kette hatten Sie schon damals im *Hornheim*.«

»Ja. Ich lege sie niemals ab. Sie ist die Erinnerung an den letzten schönen Moment unmittelbar vor *der Sach*... Vergewaltigung. Sie ist mein Talisman. Dafür, dass ich irgendwann etwas von der Welt sehen werde. Wenn alles wieder gut ist.« Sie lachte unfroh auf. »Als ob es das je sein wird.«

Julius ging nicht auf ihre hoffnungslosen Worte ein, sondern räusperte sich. »Ihre Tochter war als Säugling hell genug, um als das Kind eines Fahrenden durchzugehen?«

Luise nickte.

»Das dürfte sich inzwischen geändert haben. Nun, Ihr Mann ist doch als Marinesoldat viel in der Welt herumgekommen. Warum sollte er nicht ein dunkelhäutiges Kind gezeugt haben?«

»Er wird sie nicht als sein Kind ausgeben. Er ist ein guter Mensch, soweit ich ihn kenne, aber ihm geht die Meinung seiner Vorgesetzten und Kameraden über alles.«

Julius seufzte. »Ich verstehe. Dann müssen wir weiter überlegen, was wir tun können.«

»Wir?«

Er errötete. »Entschuldigung. Ich wollte mich nicht in Ihr Leben einmischen.«

Luise spähte durch das Fenster in den Nebenraum. Er war menschenleer. Sie lehnte sich vor und ergriff Julius' Hand. »Ich danke Ihnen für Ihre Hilfe und dafür, dass Sie mich nicht verurteilen.«

Seine Finger schlossen sich um ihre.

»Haben Sie den Vater Ihrer Tochter geliebt?« Seine Stimme klang rau, und Luise hatte das Gefühl, dass er die Frage nicht als Arzt stellte, sondern als Mann. Dennoch musste sie ihm die Wahrheit sagen. Nichts anderes erwartete er von ihr, das wusste sie. Und nichts anderes hatte Jo verdient.

»Ja, ich denke, das habe ich.« Mit einem Mal fiel es ihr nicht mehr schwer, über ihn zu sprechen. »Es waren nur wenige Tage, und wir konnten uns nicht einmal mit Worten verständigen. Zunächst hatte ich nur Mitleid mit ihm, er war ängstlich und verwundet, aber dann ...« Eine plötzliche Scheu erfasste sie, und sie verstummte und zog ihre Hand zurück.

»War er der erste Mann seit der Vergewaltigung? Derjenige, der Ihnen geholfen hat, darüber hinwegzukommen?« Seine Stimme war nicht mehr als ein Flüstern, und auch Luises Antwort war kaum hörbar.

»Ja.«

»Und dann musste er fort?«

Lautes Klopfen gegen die Fensterscheibe kündigte die Rückkehr Fräulein Wieses und das Ende der Gesprächszeit an. Luise war erleichtert. Sie wollte nicht über den Tag sprechen, an dem Jo entdeckt worden war. Dennoch war sie froh, Julius so viel erzählt zu haben. Das schlechte Gewissen ihrer Tochter gegenüber war erneut um ein winziges Stück geschrumpft.

Der kurze Moment, in dem es Luise erschienen war, als hätte Julius ein weitergehendes Interesse an ihr, wiederholte sich nicht. Warum auch? Sie war eine verheiratete Frau. Sicherlich hatte sie sich den Anflug von Eifersucht in Julius' Stimme nur eingebildet, weil sie sich insgeheim wünschte, dass er etwas für sie empfand. Sie schalt sich eine Närrin. Er war Arzt und sie seine Patientin, nichts weiter. Nur weil er freundlich war, Verständnis für sie hatte und sie sich ihm näher fühlte als ihrem eigenen Ehemann, durfte sie sich doch nicht solche Dinge einbilden! Darüber hinaus wusste sie nichts über ihn. Er trug keinen Ring, aber was hieß das schon? Vielleicht war er ja glücklich verheiratet.

Sie sprachen nicht wieder über Jo, wohl aber über Josephine und die Möglichkeiten, die Luise blieben, sie zu finden. Es waren nicht viele. Dennoch malte sie sich immer häufiger aus, wie es wäre, ihre kleine Tochter wieder im Arm zu halten. Julius schien überzeugt, dass es das Einzige war, das die Traurigkeit lindern würde, die sie dazu brachte, sich zu verletzen.

Auch über ihre Ehe zwang er sie zu sprechen. Jedes Mal, wenn das Gespräch auf Constantin kam, suchte Luise nach Ausflüchten, lenkte vom Thema ab, doch Julius ließ sie damit nicht durchkommen. Er zwang sie, den Tatsachen ins Auge zu blicken. Sie würde mit ihrem Mann leben müssen, war auf ihn angewiesen, um nicht zu ihren Eltern zurückkehren zu müssen. Er war ein guter Mann, besser als viele andere, er konnte sie versorgen und tat es noch dazu mit Freude. Er hatte das Recht, sich eine Familie mit ihr zu wünschen. Sie wusste all das, dennoch schnürte es ihr die Kehle zu, an ihn zu denken.

An einem grauen, verregneten Tag Ende November stand Constantin vor ihr, als sie eben mit Julius aus dem Garten kam. Ihr Mantel war nass und beschmutzt, da sie wieder einmal ihren Baum umarmt hatte, und das Lächeln auf ihren Lippen gefror.

Obwohl die Gespräche ihr Herz erleichtert hatten und die Zeit in der Anstalt nicht schlimm für sie gewesen war, kehrte die Wut über den Verrat ihres Ehemannes mit einem Schlag zurück. Sie war nicht hier, weil sie es gewollt oder ihr Zustand es erfordert hätte, sondern einzig, weil Constantin seine Macht über sie ausgeübt hatte. Ob er es nun aus Angst getan hatte oder nicht.

»Luise!« Er kam auf sie zu und streckte die Hände nach ihr aus. Sie wich zurück und verschränkte die Arme vor der

Brust. Sein Lächeln erstarb, er musterte sie, dann Julius, dann wieder sie. »Ich komme, um Sie abzuholen«, sagte er leise.

Sie ging wortlos an ihm vorbei in Richtung ihres Zimmers. Hinter sich hörte sie Julius sagen: »Guten Tag, Herr von Wiedenfels. Warten Sie hier. Ich helfe Ihrer Frau rasch beim Packen und bringe sie gleich zu Ihnen.«

Als sie ihr Zimmer erreichte, war er schon neben ihr.

»Vergessen Sie nicht, Luise, dass Sie die Hilfe Ihres Mannes eines Tages brauchen werden. Wenn Sie Josephine gefunden haben.«

»Und deswegen soll ich vergessen, dass er mich eingesperrt hat?«, fuhr sie ihn an. Sie war sich bewusst, dass sie sich ungerecht verhielt, doch sie konnte nicht anders. Constantins Anblick hatte ihr den Boden unter den Füßen weggezogen. Alle Ruhe, die der Baum ausgestrahlt und die sie in sich aufgenommen hatte, war in dem Moment zerstoben. Sie fürchtete sich davor, nach Hause zurückzukehren. Wieder mit ihrem Mann im Bett zu liegen, sein Drängen nach einem Kind zu ertragen.

»Ich verstehe, dass Sie das nicht vergessen können. Sprechen Sie mit Ihrem Mann, sagen Sie ihm, wie Sie sich fühlen. Je ehrlicher Sie sind, desto besser für Ihre Ehe.«

Luise lachte auf. »Ich habe ihm so viel verheimlicht. Es gäbe keine Ehe, wenn ich ehrlich gewesen wäre.«

Sie traten ins Zimmer. Luise riss ihren Koffer aus dem Schrank und begann, ihre Kleidung hineinzuwerfen.

»Sie sollen ja nicht mit der Wahrheit herausplatzen. Sprechen Sie über Ihre Gefühle. Er muss nicht wissen, warum Sie Angst davor haben, ein Kind zu bekommen, nur, dass es so ist. Sagen Sie ihm, wie hilflos Sie sich gefühlt haben, als er Sie hier abgeliefert hat. Er wird es verstehen.«

Luise wusste, er hatte recht. Sie musste sich zusammenreißen. Sie klappte den Koffer zu und sah Julius an. »Ich danke

Ihnen. Für alles. Den nächtlichen Ausflug, den Baum, die Gespräche … für alles. Danke, Julius.«

Er lächelte. War seine Miene traurig, oder bildete sie sich das schon wieder ein?

»Und ich danke Ihnen für Ihre Offenheit, Luise. Ich wünsche Ihnen alles Gute.«

Er trat auf sie zu, als wolle er sie umarmen, aber dann hob er nur ihren Koffer auf und trug ihn aus dem Zimmer. Ein Gefühl des Verlustes machte sich in ihr breit. Am liebsten hätte sie sich an Julius geklammert, um nicht fortgehen zu müssen, nicht mit Constantin allein zu sein. Josephine war in diesen Räumen zur Wirklichkeit geworden, die sie zuvor verdrängt hatte. Wie sollte sie das kleine Mädchen in ihren Gedanken und Gefühlen am Leben halten, wenn sie nicht mehr über sie sprechen durfte? Wie sollte sie mit einem Mann leben, der nichts von ihr wusste, während ein anderer jedes ihrer Geheimnisse kannte?

Sie hätte schreien mögen, doch sie riss sich zusammen, verabschiedete sich höflich von Julius, Fräulein Wiese, sogar von Doktor Albrecht, und ging neben Constantin, der ihren Koffer trug, hinaus in die hereinbrechende Dämmerung. Jeder Schritt kostete sie Überwindung.

Als sie in die Bartelsallee einbogen, zwang sich Luise, ein Gespräch zu beginnen. Sie hatte das Gefühl, nicht mehr sprechen zu können, wenn sie erst einmal schweigend ihr Haus betreten hätten. Besser mit dem Regen im Gesicht das Unmögliche möglich machen als hinter Wänden, die ihr die Luft nahmen.

»Wie war die Reise?«, presste sie hervor.

Constantin schien überrascht und erfreut, dass sie ihn ansprach. »Alles ist gut verlaufen.« Er zögerte, dann fuhr er fort: »Ich habe Sie vermisst, Luise.«

Sie wusste, was er erwartete, aber sie brachte die Worte

nicht über die Lippen. Nicht noch mehr Lügen. »Haben Sie den englischen König zu Gesicht bekommen?«

»Nein. Ich bin doch nur ein Leutnant. Selbst unseren Kaiser habe ich nur von ferne gesehen, wenn er an Deck der *Hohenzollern* stand.«

Sie plauderten weiter über England, bis sie ins Haus traten, und setzten das Gespräch am Esstisch fort, nachdem Luise ausgepackt und sich umgezogen hatte. Das Gefühl der Unwirklichkeit, das sie beim Verlassen der Anstalt erfasst hatte, wurde immer stärker. Dies war ihr Leben, und dennoch konnte sie sich nicht mit dem Gedanken abfinden. Ihr war, als verblasse die Erinnerung an Josephine bereits wieder, und sie fürchtete sich davor, nicht mehr über sie sprechen zu dürfen.

Außerdem fehlte ihr Julius.

Kapitel 22

Villa von Wiedenfels, Kiel-Düsternbrook, Januar 1903

Die Weihnachtstage und der Jahreswechsel waren gekommen und vergangen, und es gelang Luise, sich zusammenzureißen und ihr Leben wieder aufzunehmen. Nur einmal bröckelte ihre mühsam aufrechterhaltene Fassade. Sie hatte das Lachen und das laute Klappern bis in die Küche gehört, hatte die Schale mit den frisch gebackenen Pförtchen genommen und war selbst zur Haustür gegangen. Die Kinder waren als die Heiligen Drei Könige verkleidet gewesen und hatten noch einmal ordentlich Lärm mit ihrem Rummelpott gemacht, ehe sie ihr Lied angestimmt hatten. Luise hatte nur das eine Kind anstarren können, das den Caspar mimte. Es war ein Mädchen. Die Kleine hatte sich das Gesicht mit Kohle geschwärzt. *Josephine bräuchte das nicht zu tun*, war es Luise durch den Kopf geschossen, und sie hatte sich im Türrahmen anlehnen müssen, damit ihr nicht die Beine wegknickten. Am liebsten hätte sie die Tür zugeschlagen, doch das mochte sie den Kindern nicht antun, die sich so viel Mühe gegeben hatten. Als das Lied endlich zu Ende war und sie ihre süßen Gaben verteilt hatte, hatte sie die Tür geschlossen und war schluchzend daran zu Boden gesunken. Es hatte ihr eine hämische Bemerkung von Susanne eingebracht und Stunden gedauert, ehe sie sich beruhigt hatte.

Luise fühlte sich von der endlosen Aneinanderreihung von Pflichten und Aufgaben wie erschlagen, und nach den Wochen der Stille in der Anstalt bekam sie Herzrasen, wenn sie in Gesellschaft zu vieler Menschen war. Häufig hatten sie Gäste, Constantins Vorgesetzte oder Kameraden mit ihren Frauen, manchmal gar die Herren Professoren aus der Nachbarschaft. Luise gab sich alle Mühe, anregende Konversation zu betreiben und die perfekte Gastgeberin zu mimen. Sie spielte eine Rolle, und das tat sie gut genug, um alle zu täuschen. Sie wurde mit Komplimenten über ihre Jugend und ihr blühendes Aussehen überhäuft, obwohl sie, wenn sie sich im Spiegel betrachtete, lediglich ein müdes, bleiches Mädchen mit traurigen Augen sah. Selbst wenn sie mit ihrem Mann ausging und sie sich zu Walzerklängen im Kreis drehten, wollte sich das Wohlgefühl nicht einstellen, das sie sich in ihrer Kindheit und Jugend beim Gedanken an Bälle und Festivitäten erträumt hatte.

Sie war freier als je zuvor und doch eine Gefangene ihrer Erinnerungen. Noch immer klang ihr Julius' Stimme in den Ohren, aber sie sagte nicht mehr, sie solle bei sich bleiben. Vielmehr wiederholte sie die ewig gleichen Worte: *Sie müssen Ihre Tochter suchen.* Der Gedanke ließ Luise nicht los. Er verfolgte sie vor allem in den Augenblicken vor dem Einschlafen, wenn nichts mehr da war, das sie ablenken konnte.

Und nicht nur seine Stimme verfolgte sie. Immer wieder musste sie an den jungen Arzt denken, sah ihn vor sich, seine grünen Augen, die sie offen anblickten, seine Hände, die sie gehalten und getröstet hatten. Sein Haar, stets zerzaust wie nach einer unruhigen Nacht. Er kannte sie, wusste alles von ihr, doch er verurteilte sie nicht. Mehr als einmal ertappte sie sich bei dem Gedanken, wie es wäre, ihn zu küssen statt ihres Mannes …

Sie wies Constantin nicht mehr so vehement zurück wie vor ihrem Aufenthalt in der Anstalt, aber sie war heilfroh über jeden Abend, an dem ihr Mann einschlief, ohne vorher mit ihr intim werden zu wollen, und sie sehnte den Tag herbei, an dem er wieder auf See gehen würde. Auch wenn dies bedeutete, dass sie häufiger allein sein und Zeit zum Nachdenken haben würde. Nun jedoch grübelte sie nicht mehr nur über die Vergangenheit, sondern wagte es, in ihren Gedanken einen Weg in die Zukunft zu suchen, sogar Pläne zu machen, wie sie vorgehen würde, um Josephine zu finden.

Eines Sonntags begegnete sie zum ersten Mal nach ihrer Entlassung einem Mann vom fahrenden Volk. Er zog mit einem Handkarren, der mit Bürsten und Besen beladen war, den Niemannsweg hinab. Am liebsten wäre Luise ihm nachgelaufen, doch sie ging gerade an Constantins Arm von der Kirche nach Hause.

»Was starren Sie denn dem Kerl so nach?«

»Was?« Luise sah verständnislos zu ihrem Mann auf. Er runzelte die Stirn.

»Der Zig…«

»Sagen Sie das nicht!«, unterbrach ihn Luise heftig.

Constantin blieb stehen. »Warum fallen Sie mir ins Wort, Liebste?«

Sie senkte den Blick. »Entschuldigung«, murmelte sie. »Ich mag das nicht hören.«

»Das ist doch ein ganz normaler Ausdruck.«

»Für mich nicht!« Die Antwort kam harscher als gewollt aus Luises Mund.

Constantin schüttelte leicht den Kopf.

»Wie dem auch sei … Sie haben dem Mann nachgesehen. Brauchen wir einen neuen Besen?«

»Äh – ja! Ja, den brauchen wir. Ich könnte rasch hinter ihm her…«

»Aber Luise.« Constantin lächelte milde. »Darum kümmert sich doch Susanne.« Er nahm sein gemächliches Tempo wieder auf und zog sie mit sich.

Luise fühlte sich hohl. Vielleicht hätte der Mann etwas

über Josephines Verbleib gewusst, und sie hatte keine Gelegenheit bekommen, mit ihm zu sprechen.

Hätte sie sich getraut, ihn zu fragen? Wollte sie wirklich versuchen, ihre Tochter zu finden? Ihr wurde bewusst, dass es ein so viel größerer Schritt war, es zu tun, als nur darüber nachzudenken. In dieser Nacht wälzte sie sich schlaflos hin und her. Am Morgen zog sie einen dicken Mantel und Stiefel an, packte einige Süßigkeiten in ihre Taschen und ging stadtauswärts, zu dem Stellplatz an den Bahngleisen.

Zwei Wagen standen dort. Nur zwei. Zögerlich trat Luise näher, vorbei an den Zugpferden, die sich an dem spärlichen Gras am Rande des matschigen Feldes bedienten. Als sie vor dem ersten Wagen stand, kamen zwei Kinder die wacklige Stiege herab, und Luise fuhr zusammen. Es waren jedoch Jungen, die sie mit großen, schwarzen Augen musterten. Einer rief etwas in den Wagen hinein, und ein Mann erschien in der Türöffnung. Er runzelte die Stirn.

»Guten Tag«, sagte Luise betont fröhlich. »Kann ich mit Ihnen sprechen?«

Er musterte sie von ihrer fellbesetzten Kapuze bis hinab zu den dreckverklebten Stiefeln und wieder zurück. »Was gibt es denn?«

Die Buben schlichen sich kichernd an sie heran und berührten ihren Mantel. Luise hockte sich hin und lächelte die beiden an. Dann zog sie zwei Bonbons aus ihrer Tasche und reichte jedem einen. Die Kinder rannten zurück in den Wagen, und Luise richtete sich wieder auf.

»Ich suche ein Kind.«

»Das sind meine, und das bleiben sie auch!« Das Gesicht des Mannes verzerrte sich, er ballte die Fäuste. »Glaubst du, du kannst mit Geld alles kaufen«?

Luise hob die Hände. »Nein, nein!«, rief sie. »Sie verstehen mich falsch. Ich suche *mein* Kind!«

Schweigend starrte er sie an. Dann kam er langsam die Treppe hinab und trat vor sie. »Ihr Kind?«

Luise war froh, dass er zur höflichen Anrede zurückkehrte. Seine Wut schien ob seiner Verwirrung verraucht.

»Ja«, sagte sie. »Mein Kind. Meine Mutter hat es mir weggenommen vor genau einem Jahr. Sie hat es …« Luise schluckte, aber sie zwang sich, weiterzusprechen. »Sie hat es hergebracht, und eine Familie wollte sich um die Kleine kümmern. Sie war erst wenige Tage alt.«

»Und jetzt suchen Sie sie?«

»Ja!«, rief Luise. »Ich will sie zurückhaben. Ich muss sie finden!«

»Ich weiß nichts von einem deutschen Kind, das bei uns leben soll.«

»Meine Mutter hat gesagt, ihr Vater sei ein …« Luise unterbrach sich.

Der Mann grinste. »Einer von uns? Und?«

Luise schwieg. Was sollte sie sagen? Wenn die Familie, die Josephine aufgenommen hatte, noch nichts von ihrem wahren Vater wusste, würde sie sie mit der Offenbarung unnötig in Gefahr bringen. Wenn sie log und der Mann glaubte, sie suche ein Kind mit hellerer Haut, als die Kleine vermutlich hatte …

»Hier sind nur unsere eigenen Kinder«, sagte der Mann.

»Sie treffen doch sicherlich gelegentlich auf andere Familien, nicht wahr?« Luise knetete ihre Hände. »Würden … würden Sie sich für mich umhören? Darf ich meine Anschrift hinterlassen, falls Sie etwas herausbekommen?«

Er verschränkte die Arme vor der Brust und musterte sie schweigend.

»Ich habe Geld!« Sie nestelte an ihrer Tasche herum.

»Sie wollen ein Kind, das seit einem Jahr bei einer Familie lebt, einfach zurückkaufen? Warum kommen Sie erst jetzt?«

Tränen stiegen Luise in die Augen. »Ich weiß, es …«

»Wenn es mein Kind wäre, hätte ich die ganze Welt nach ihm abgesucht!«

»Ich konnte nicht!«, rief sie verzweifelt. »Ich war … krank.«

Sie sah ihm an, dass er die Lüge erkannte. Die Tränen liefen über Luises Wangen, sie wischte sie nicht ab. Schließlich seufzte der Mann. »Geben Sie her.«

Luise reichte ihm einige Münzen und einen Zettel, auf den sie ihre Adresse geschrieben hatte. Er betrachtete das Blatt.

»Ich kann nicht lesen, und meine Frau auch nicht.«

»Wenn Sie etwas herausbekommen, zeigen Sie den Zettel einfach jemandem in der Stadt.«

»Und der denkt dann, ich will zu Ihnen, um sie auszurauben und zu ermorden.« Er lachte unfroh. »So denkt die Welt von uns.«

»Ich nicht«, flüsterte Luise. »Ich war als Kind schon gern hier draußen.«

Abrupt wandte sich der Mann ab. »Ich werde sehen, was ich tun kann.« Er verschwand im Wagen. Luise sah ihm nach und bemerkte, dass hinter den winzigen Fenstern mehrere Paar Augen sie neugierig musterten. Sie lächelte ihnen unter Tränen zu und machte sich auf den langen Heimweg.

Die Begegnung hatte sie erschüttert, dennoch erfasste sie ein Hochgefühl, da sie endlich etwas unternommen hatte. Sie brannte darauf, Julius davon zu berichten!

Aber das war unmöglich. Wo hätte sie ihn treffen sollen? Jemand anderem durfte sie es jedenfalls nicht erzählen. Am wenigsten ihrem Mann.

Susanne musterte sie, als sie verheult und mit dreckverklumpten Stiefeln heimkehrte. »Was ist dir denn passiert?«

Luise drängte sich an ihr vorbei und schloss sich in ihrem Zimmer ein.

Die Wochen vergingen, dann die Monate. Seit jenem ersten

Besuch im Lager des fahrenden Volkes war sie unzählige Male dort gewesen, hatte mit immer wieder anderen Menschen gesprochen, ihnen Geld und Adresszettel zugesteckt. Susanne wurde mit jedem Tag misstrauischer und gehässiger, und Luise wusste, sie riskierte viel mit ihren heimlichen Spaziergängen, doch sie konnte nichts dagegen tun. Die Besessenheit von der Suche nach ihrer Tochter hatte diejenige ersetzt, sich selbst zu verletzen. Es war wie ein Zwang. Wenn sie nicht einmal in jeder Woche hinaus zum Standplatz an den Bahngleisen ging, konnte sie nicht mehr schlafen, nicht mehr essen.

All ihre Bemühungen hatten zu nichts geführt. Niemand wusste etwas über Josephines Verbleib – oder gab es zumindest vor. Oft genug traf sie nicht einmal jemanden an, der Platz war leer, lediglich die Furchen von Rädern zeugten davon, dass die Menschen hier gelagert hatten. Hatte sie wirklich noch Hoffnung, ihr Kind zu finden? Luise wusste es nicht. Dennoch ging sie wieder und wieder dorthin, und ihr schlechtes Gewissen Constantin gegenüber wuchs.

Um ihre Seele zu erleichtern und wiedergutzumachen, dass sie ihren Mann hinterging, schlief sie nun häufiger mit ihm. Noch immer wischte sie sich sofort danach verstohlen seinen Samen mit dem Laken ab und versuchte alles, den Verkehr während ihrer fruchtbaren Tage zu vermeiden. Sie gab sogar vor, Lust dabei zu empfinden, ihn auf andere Art und Weise zu befriedigen, die nicht zu einer Schwangerschaft führen konnte. Manchmal ließ er sich bereitwillig darauf ein und genoss die Liebesdienste, die sie an ihm verrichtete. Dann wieder bestand er darauf, dass sie *richtig* miteinander verkehrten. Sein Wunsch nach einem Kind wurde stärker, je länger sie verheiratet waren. Ihr erster Hochzeitstag kam und mit ihm ihre Schwiegereltern. Sie blieben drei Wochen im Haus, in denen Constantin Luise vehement darum ersuchte, jede Nacht in seinem Bett zu verbringen, um den spitzen Bemerkungen seiner Mutter zu entgehen. Sie stimmte zu, und nach einer

Woche war sie versucht, ihm Schlafmittel in das Abendessen zu mischen, um den ständigen Annäherungsversuchen zu entkommen. Natürlich tat sie es nicht, und sie hatte auch keine Kraft, sich gegen seine Bitten und Berührungen zu wehren. Zu anstrengend waren die Tage in Gesellschaft der Schwiegereltern, zu nervenaufreibend die Angst, Susanne würde etwas ausplaudern über ihr seltsames Verhalten. Oder über ihren Aufenthalt in der *Villa Siemerling*, von dem Constantin nichts erzählt hatte, über den das Mädchen aber dennoch Bescheid wusste – woher auch immer. Er hatte einen Verwandtenbesuch vorgeschoben, doch schon kurz nach ihrer Rückkehr hatte Susanne ihre Vermutung geäußert und diese durch Luises erschrockene Reaktion bestätigt bekommen.

Es gelang ihr kein einziges Mal in den ganzen drei Wochen, sich fortzustehlen und zum Standplatz zu gehen, und die Unruhe machte Luise zu schaffen. Als die Schwiegereltern endlich abreisten, stritten Constantin und sie zum ersten Mal in ihrer Ehe lautstark, da er sie weiterhin in seinem Bett erwartete, sie aber wieder allein schlafen wollte. Luise setzte sich durch, Constantin zeigte seine Verstimmung offen und verweigerte ihr das Taschengeld, das er ihr bisher reichlich zur Verfügung gestellt hatte. Wenn sie ihre ehelichen Pflichten nicht zu erfüllen gedenke, sagte er, würde er die seinen auch nicht wahrnehmen. Luise wusste, seine Mutter hatte ihn unter Druck gesetzt, endlich ein Kind zu zeugen, und sie sah ihm an, dass er selbst am meisten darunter litt, sie nur mittels Erpressung in sein Bett zu bekommen. Dennoch nahm sie es ihm übel, sich ihre Nähe zu erkaufen. Am liebsten hätte sie sich geweigert, doch sie benötigte das Geld dringend, um die Fahrenden für ihre Nachforschungen zu bezahlen. Was sie ihm natürlich nicht sagen konnte. Verzweiflung ergriff von Luise Besitz, und sie gab seinem Drängen nach, spielte ihm aber nicht mehr vor, Lust zu empfinden. Stocksteif lag sie unter ihrem Mann, und je desinteressierter sie sich gab, desto heftiger wurden seine Stöße, als versuche er, irgendeine Reaktion von ihr zu erzwingen, und sei es nur ein Schmerzensschrei. Sie tat ihm den Gefallen nicht. Und sie hatte auch kein schlechtes Gewissen mehr, wenn sie zu dem Standplatz ging.

Den Weg hätte sie mittlerweile blind gefunden, aber an diesem heißen Sommertag fiel er ihr schwerer als sonst. Sie fühlte sich flattrig und unwohl, und wenn sie bisher jedes Mal mit einer wahnsinnigen Hoffnung aufgebrochen war, schleppte sie sich nun mit schweren Beinen und einer Laune dorthin, die im scharfen Gegensatz zu dem strahlend blauen Himmel stand. Sie traf inzwischen wieder und wieder auf dieselben Menschen. Sie gaben ihr die immer gleiche Antwort. Niemand wusste, was aus Josephine geworden war.

Auch die Frauen, die ihr an diesem Tag entgegenblickten, hatte sie bereits im Frühjahr gesehen.

»Ah, da bist du ja«, rief die ältere und entblößte ein Gebiss voller schiefer Zähne. Während die Männer Luise nach wie vor siezten, erwartete sie dies von den Frauen nicht. Diese erwarteten es ebenso wenig von ihr. »Auf dich haben wir schon gewartet.«

Luises Herz setzte einen Schlag aus. »Gewartet? Wieso?«

»Wir kommen grad aus dem Süden zurück«, sagte die jüngere Frau. »Haben da was über ein Kind aufgeschnappt, das vielleicht nicht zu uns gehört.«

Mach dir keine Hoffnungen, schalt sich Luise, doch sie zitterte am ganzen Leib. »Wo war das? Und was genau habt ihr aufgeschnappt?«

»Na, weiter im Süden eben. Köln rum. Da war mein Vetter, und dem sein Schwager, also der Bruder von seiner Frau, der hat 'ne Verlobte, und der ihre Base …«

»Schon gut!«, fiel ihr Luise ins Wort. »Was ist mit dem Kind?«

»Der ihre Base«, fuhr die Frau unbeirrt fort, »hat letztes

Jahr ein Kind gestillt, und da hat ihr eine einen zweiten Säugling gebracht, hier in Kiel, und sie sollte sich drum kümmern.«

Luise schlug das Herz bis zum Hals, ihre Knie wurden weich. War es endlich so weit? Würde sie erfahren, was aus Josephine geworden war?

Die Ältere ergriff das Wort, während sich die Jüngere mit einem bunten Stofffächer Luft zuwedelte, als habe die Erzählung sie erschöpft. »Hat sie auch getan. Aber als mein Vetter sie zuletzt gesehen hat, das war letzten Monat, war sie nicht glücklich.« Sie wiegte mit Grabesmiene den Kopf, und Luise lief es eiskalt den Rücken herunter. »Das Mädchen ist schwierig, hat er gesagt. Seit es läuft, macht es nur Ärger. Will dies nicht essen, will das nicht tun, gehorcht nicht, kommt mit den anderen Kindern im Wagen nicht zurecht. Nicht mal mit seinem Milchbruder.«

Luise wurde schwindlig. »Meine Tochter ist jetzt fünfzehn Monate alt«, flüsterte sie. »Kann sie es sein?«

»Möglich«, sagte die Ältere und hob die Schultern.

»Wie sieht das Mädchen aus?«

Nun hoben beide die Schultern. »Haben sie nie gesehen«, sagte die Jüngere. »Aber sie nennen sie Ka…«

Die Ältere fiel ihr ins Wort, fuhr sie in ihrer fremden Sprache an.

»Wie nennen sie sie?«, drängte Luise.

»Wir verraten euch unsere Namen nicht. Gehen euch Deutsche nichts an.« Die Ältere verschränkte die Arme vor der Brust. »Aber sie haben immer was zu bedeuten. Und das, was sie zu ihr sagen, heißt auf Deutsch *dunkel*.«

Luise knickten die Beine weg. Sie spürte den harten Aufprall auf dem trockenen Boden, dann legte sich Schwärze um sie.

Sie wurde durchgeschüttelt, Räder knirschten unter ihr, über ihr war der Himmel noch immer strahlend blau. Ihr Kopf schmerzte zum Zerspringen, und ihr war sterbenselend. Sie versuchte, sich aufzurichten.

»Bleiben Sie liegen«, sagte eine Männerstimme. »Wir sind gleich da.«

»Wo?«, krächzte Luise.

»Bei den ersten Häusern. Weiter bring ich Sie nicht. Die denken doch nur, ich hätte Ihnen was getan.«

»Das Kind …«, lallte Luise. »Ich muss …« Sie konnte nicht weitersprechen.

Kurz darauf kam der Handkarren, auf dem sie lag, zum Stehen. Sie wurde gepackt, hochgehoben und auf dem Boden vor einem Haus abgelegt. Mit brennenden Augen beobachtete Luise, wie der Mann zur Haustür lief, laut anklopfte, sich um- wandte, den Karren packte und davonrannte. Ihr wurde wie- der schwindlig, und sie versuchte alles, sich nicht zu überge- ben. Es gelang ihr nicht. Sie schloss die Augen. Stimmen, wieder Hände, unter ihr, in ihren Taschen, wieder ein Ge- fährt, diesmal mit einem Pferd davor.

»Von Wiedenfels«, sagte eine Frauenstimme. »Bartelsal- lee.« Hufschlag, Rumpeln. Luise wollte weinen, aber nicht ein- mal das brachte sie fertig.

Constantin lief in der Wohnstube auf und ab, die Hände hin- ter dem Rücken verschränkt. Er hielt an, öffnete den Mund, als wolle er sprechen, tat es jedoch nicht, sondern setzte sei- nen Lauf fort. Luise lag seitlich auf dem Sofa, umklammerte eine Tasse mit heißem Kamillentee und beobachtete ihren Mann. Ihre Gedanken kreisten noch immer um das, was sie von den Frauen erfahren hatte. Erleichterung und Sorge zu- gleich tobten in ihrer Brust. Josephine lebte! Aber sie kamen nicht mit ihr zurecht. Sie ärgerte sich über ihre Schwäche. Sie hatte noch so viele Fragen! Der Vetter war in Köln gewesen, aber die Base der Verlobten des Bruders seiner Frau – wo hatte er die getroffen? Wo war sie jetzt? Würde sie Konsequenzen daraus ziehen, dass sie mit der Kleinen nicht zurechtkam?

»... sich nur dabei, Luise?«

Sie blickte Constantin verständnislos an. »Wie bitte?«

»Was denn, Sie halten es nicht einmal für nötig, mir zuzuhören?« Er atmete geräuschvoll aus. »Treiben sich sonst wo herum, werden ohnmächtig hergebracht, schweigen sich aus und hören mir nicht einmal zu?«

»Ich fühle mich krank«, flüsterte sie, und es war nur ein wenig gelogen. »Es ist doch nicht meine Schuld, dass ich ohnmächtig geworden bin.«

»Das nicht, aber dass Sie am Ende der Welt aufgefunden wurden, ist Ihre Schuld!« Er setzte sich wieder in Bewegung. »Zum Glück hatten Sie einen Zettel mit unserer Anschrift in der Tasche. Wieso eigentlich? Und was in Gottes Namen haben Sie dort draußen in Gaarden zu tun gehabt?«

»Ich wollte zu meinen Eltern ...«

»Unfug! Sie sind viel weiter gegangen als nur bis zum Krusenrotter Weg. Lügen Sie mich nicht an, Luise! Die Leute, die Sie hergebracht haben, sahen einen Mann fortlaufen, als sie Sie vor ihrer Haustür fanden. Einen dunkelhaarigen Mann, und er rannte in Richtung der Bahnschienen davon.«

»Ich weiß nicht, wer das war«, wisperte sie. »Ich kann mich nicht erinnern, wie ich dorthin gekommen bin.«

»Ihre Spaziergänge sind mir schon länger ein Dorn im Auge, Luise. Ich wollte Susanne nicht glauben, dass Sie so oft allein außer Haus sind, aber jetzt ...« Er schüttelte den Kopf. »Was treiben Sie, während ich arbeite?«

Luise wollte Zeit gewinnen, bis sie ihre Gedanken geordnet hatte, deshalb nippte sie langsam und ausdauernd an ihrem Tee. Die Übelkeit war vergangen, aber sie fühlte sich noch immer schwach. War sie wegen der Hitze ohnmächtig geworden? Das war ihr in letzter Zeit nicht mehr passiert. Genau genommen fühlte es sich an wie damals, als sie ... Die Tasse

297

glitt ihr aus der Hand und zersprang am Boden. Luise beachtete das Malheur nicht.

Konnte es sein? War sie schwanger? Ihre Gedanken rasten. Wann hatte sie zuletzt geblutet? Sie hatte sorgfältig darauf geachtet, allein schon, um ihre fruchtbaren Tage herauszufinden!

Mit dem Besuch der Schwiegereltern waren diese jedoch ohnehin gleichgültig geworden, da sie Constantin seitdem kaum noch abweisen konnte. Ja, sie hatte geblutet, mehr als einmal, aber eher schwach, eher kurz. Genau genommen waren nur Spuren von Blut da gewesen. Obwohl diese auch während einer Schwangerschaft vorkamen, hatte sie sich davon in Sicherheit wiegen lassen.

Das durfte nicht wahr sein. Sie konnte doch kein Kind bekommen, während Josephine noch immer bei Fremden lebte, dort sogar Schwierigkeiten hatte! Luise begann wieder zu zittern.

»Luise!« Constantin stand vor ihr, die Hände in die Hüfte gestützt. »Was stimmt nicht mit Ihnen? Ich verlange eine Antwort!«

»Ich … ich glaube, ich bin schwanger«, presste Luise hervor. Es tat ihr körperlich weh, es auszusprechen. Sie fühlte sich, als würde sie Josephine verraten, aber es war ihre einzige Chance, der unangenehmen Situation zu entfliehen. Und selbst wenn es nicht wahr war, würde es sie für den Moment vor Constantins Wut retten.

Er erstarrte, dann fiel er vor ihr auf die Knie. Es fehlte nicht viel, und er hätte sich in die Scherben gekniet. »Ist das wahr?«, hauchte er und betrachtete ehrfürchtig ihren Bauch.

Luise schluckte. »Ich denke schon.«

»Liebste!« Constantin strahlte, aller Zorn, alle Empörung waren vergessen. »Sie machen mich zum glücklichsten Mann der Welt!«

Kapitel 23

Villa von Wiedenfels, Kiel-Düsternbrook, August 1903

Nein, Liebste. Keine weiteren Diskussionen.«

Luise biss sich auf die Unterlippe und schwieg.

»Entweder Ihre Eltern ziehen hier ein, während ich auf See bin, oder ich lasse meine Eltern kommen. Sie haben die Wahl. Auf keinen Fall bleiben Sie in Ihrem Zustand allein. Außerdem ...« Sein Blick fiel auf ihren verbundenen Unterarm, und er seufzte.

Sie hatte es wieder getan, nach so langer Zeit, sosehr sie auch versucht hatte, sich nicht zu schneiden. Die Schwangerschaft und die Tatsache, dass sie unter ständiger Beobachtung stand und das Haus nicht mehr allein verlassen durfte, ließen sie verzweifeln. Sie musste doch Josephine finden, nun, da sie endlich eine Spur hatte! Stattdessen musste sie zu Hause sitzen und spüren, wie sich ihr Körper veränderte. Sie konnte kaum drei Monate schwanger sein, aber anders als bei Josephine zeigte sich schon jetzt eine leichte Wölbung an ihrem Bauch.

Luise war versucht, ihrem Mann vorzuschlagen, dass er sie wieder in die Irrenanstalt bringen sollte, während er fort war. Zwar graute ihr vor dem Eingesperrtsein, doch die Aussicht auf ein Zusammenleben mit Eltern oder Schwiegereltern war nicht besser, und eingesperrt war sie so oder so.

Dort wäre wenigstens Julius.

Wie oft hatte sie während der letzten Monate an den jungen Arzt gedacht, seine ruhige Stimme und die einfühlsamen Worte vermisst. Wie gern hätte sie ihm erzählt, dass sie endlich etwas über Josephine herausgefunden hatte. Er hätte ihr gewiss Hoffnung gemacht, ihr vielleicht sogar bei der Suche geholfen, nun, da sie selbst nicht mehr weitersuchen konnte.

Hör auf zu träumen, fuhr sich Luise im Stillen an. *Du bist nur eine Patientin für ihn, eine Irre, er hat lediglich ein berufliches Interesse an dir. Außerdem bist du verheiratet und schwanger. Was denkst du wohl, wohin das führen soll?*

Wollte sie denn, dass es zu etwas führte? Luise wurde heiß. Hatte sie etwa weitergehende Gefühle für Julius Reuther, die ihr bisher nicht bewusst gewesen waren? Der Mann wusste alles über sie! Anstatt solcher Gedanken sollte sie sich schämen vor ihm. Dass er sie nicht verurteilte für das, was sie war und was ihr geschehen war, hieß nicht, dass er mit alldem leben könnte, wenn …

»Nun?«

Luise blickte ihren Mann verwirrt an. Wovon hatten sie gerade gesprochen?

»Ihre Eltern oder meine?«

Luise seufzte. »Meine.«

Der Vater verbrachte die Tage mit der Schnapsflasche auf dem Sofa, ganz wie daheim. Die Mutter war ausgesprochen fröhlicher Stimmung, genoss das große Haus und die Annehmlichkeiten, die Luises Stellung ihr bot. Sie wurde nicht müde zu betonen, wie richtig die damalige Entscheidung gewesen war, an der Ehe mit Constantin festzuhalten und alles dafür zu tun, dass sie zustande kam. Keine Spur des schlechten Gewissens Josephine gegenüber. Stattdessen tat sie alles, um wiedergutzumachen, dass sie Susanne damals hinausgeworfen hatte. Sie verbrachte viel Zeit mit dem Mädchen, und Luise hatte zuweilen das Gefühl, dass die beiden über sie tuschelten.

Es war ihr gleich. Susanne ließ sie in Ruhe, mit den Eltern hatte sie außerhalb der Mahlzeiten nichts zu tun. Sie musste alle Kraft aufbringen, um sich nicht selbst zu verletzen, während ihr Bauch wuchs und die Tage verstrichen. Ab und zu ertappte sich Luise dabei, dass sie die Hand auf ihren Leib legte, wie um das kleine Wesen darin zu beschützen. Begann sie, sich zu freuen? Durfte sie das? Das Schuldgefühl stellte sich augenblicklich ein, hielt sie aber nicht davon ab, sich zu fragen, wie es wäre, wieder ein Kind im Arm zu halten. Vielleicht würde es sie heilen …

»Ich habe Pförtchen gebacken. Ich backe sie immer noch so, wie Sie es mir damals gezeigt haben, Frau Johannsen!« Susanne strahlte und stellte den Teller mit den runden Gebäckstücken auf den Stubentisch.

»Die sehen lecker aus, Susanne. Setz dich zu uns. Wir wollen Kaffee trinken.«

Luises Mutter goss selbigen aus der silbernen Kanne in die Tassen, Luises nur halb voll. Sie füllte sie mit Heißwasser zu einer laschen Plörre auf, die angeblich besser für das Ungeborene war. Luise verdrehte die Augen und nahm sich Sahne. Die Pförtchen schmeckten tatsächlich, wie sie zugeben musste. Schön buttrig und dick mit Zucker bestäubt. Luise nahm ein zweites, bestrich es mit Erdbeermarmelade und verdrängte den Gedanken, wie sie Josephine wohl schmecken würden.

Es klopfte an der Haustür. Susanne stand auf und ging aus dem Zimmer. Luise horchte. Eine Männerstimme war zu hören, dann die des Hausmädchens.

»Frau Johannsen, kommen Sie bitte mal?«

Warum rief Susanne nach ihrer Mutter und nicht nach ihr? Schließlich war immer noch Luise die Hausherrin! Sie erhob sich, aber ihre Mutter war schneller an der Tür.

»Bleib hier, Luise. Es scheint nichts Wichtiges zu sein. Du musst dich damit nicht belasten. Ich kümmere mich darum.«

Luise sank zurück in den Sessel. Susanne kam wieder ins Zimmer.

»Nehmen Sie doch noch …«

Luise unterbrach sie mit einer Handbewegung und strengte sich an, die Worte von der Haustür zu erlauschen.

»Verschwinden Sie«, sagte die Mutter soeben.

Was der Mann entgegnete, war nicht klar zu verstehen. Luise hörte Wortfetzen. »… Adresse … Informationen …«

»Noch Kaffee, Frau von Wiedenfels?«

»Lass mich in Ruhe, Susanne!«, fuhr Luise das Mädchen an.

Die Haustür wurde zugeschlagen. Luise erhob sich, trat ans Fenster und spähte hinaus. Ihr Herz setzte einen Schlag aus, dann begann es zu rasen. Ein dunkelhaariger Mann in abgerissener Kleidung hinkte den Weg entlang auf die Straße zu.

Informationen, hatte er gesagt. Über Josephine? Luise fuhr herum und wollte aus dem Zimmer stürzen und ihm nach, aber ihre Mutter stand im Türrahmen.

»Setz dich wieder hin, Luise.«

»Gehen Sie mir aus dem Weg, Frau Mutter!«

»Der wollte nur was verkaufen, das wir nicht brauchen.«

»Ach ja?« Luises Stimme überschlug sich, sie packte die Mutter bei den Schultern und wollte sie aus dem Weg zerren.

»Susanne, hilf mir!«, rief ihre Mutter. Luise fühlte sich gepackt und festgehalten. Erinnerungen blitzten auf an andere Hände, die sie hielten, sie daran hinderten, ihrer Tochter nachzulaufen.

»Nein!«, brüllte sie, schlug um sich, traf Susanne an der Schläfe und machte sich los. Sie stürzte zum Fenster und riss es auf. »Warten Sie!« Der Mann war nicht mehr zu sehen. Sie musste ihm nach!

Sie warf sich herum, schubste Susanne, die ihr im Weg stand und sich den Kopf hielt. Auch ihre Mutter, die versuch-

302

te, Luise im hinteren Bereich des Raumes aufzuhalten, war kein Hindernis mehr. Noch einmal würde sie sich die Gelegenheit nicht nehmen lassen, ihre Tochter zu finden! Sie schob die Mutter grob zur Seite.

»Heinrich!«, rief diese.

Luise wollte den endlich freien Weg zur Tür einschlagen, da hinkte ihr Vater ihr ohne seine Krücken in den Weg und packte ihre Oberarme.

»Luise«, lallte er. Er klammerte sich mehr an ihr fest, als dass er sie aufhielt.

Wut überrollte Luise. Wie konnte er es wagen? Nie hatte sie Hilfe von ihm erhalten, und nun stellte er sich ihr auch noch in den Weg? Sie stieß ihn grob in Richtung der Mutter, die in dem Moment einen unvermittelten Schritt zur Seite trat. Luise war bereits an der Tür, als sie das Krachen und zwei spitze Schreie vernahm, die augenblicklich in Heulen übergingen. Sie erstarrte, drehte sich langsam um.

Der Vater lag bewegungslos am Boden neben dem massiven Sofatisch, die beiden unterschiedlich langen Beine ausgestreckt, die Augen geschlossen. Kaffee tropfte ihm ins Gesicht. Neben seinem Kopf lag ein Pförtchen. Rote Flüssigkeit tränkte es wie Erdbeermarmelade. Es war jedoch keine Marmelade. Luise hörte Schreie. Waren es ihre eigenen oder die der Mutter? Sie wusste es nicht. Wusste nichts mehr.

»Ich hole Volkmar!«, rief Susanne und rannte fort.

Luise stand nur da. Bilder traten ihr vor Augen. Ihr Vater mit zwei gleich langen Beinen, jünger, gesund. Sie selbst mit zehn Jahren, Blasmusik, Essen, Menschen, Fröhlichkeit. Ein Tanz, der sie schwindlig machte vor Glück. Ein Tanz mit ihrem Vater.

Volkmar kam, beugte sich nieder, richtete sich wieder auf, nahm die Kappe ab und knetete sie in den Händen. Er musste nichts sagen.

Dann sprach er doch. »Komm, Susanne. Wir holen einen Arzt und den Pastor.«

Luise starrte das Pförtchen an. Nur das Pförtchen.

Sie wurde gepackt, gestoßen, hielt sich nur mit Mühe auf den Beinen. »Mörderin!«, brüllte ihre Mutter. Luise sah in das wachsbleiche, verzerrte Gesicht, über das die Tränen strömten. »Und alles nur wegen eines Mischlingsbastards!«

In den Tiefen von Luises Bewusstsein regte sich etwas. Sie hatte etwas tun wollen, etwas tun müssen. Was war es gewesen? Kaffee tropfte, bildete Pfützen auf dem Tisch und darunter. Das Gebäck sog sich mit Blut voll. Der Vater wirbelte sie im Kreis über das Parkett der *Waldwiese*. Der Vater mit zwei Beinen, die ihn tragen konnten. So lange her ... So viele Leben dazwischen. Und nun ein Tod.

Ein Schmerz fuhr in Luises Unterleib wie der Stich eines Messers, aber da war keins. Der Schmerz kam aus ihr selbst. Tränen schossen ihr in die Augen. Sie fiel auf die Knie, schlang die Arme um sich.

Die Zeit verrann, Tanzmusik dröhnte in ihrem Kopf, der Schwindel drehte ihr den Magen um. Dann Männerstimmen. Wie durch Nebel erblickte sie Volkmar und zwei Fremde. Niemand scherte sich um Luise. Sie beugten sich über den Vater, hoben ihn auf, brachten ihn fort. Zurück blieb das Pförtchen in seiner grausigen Soße. Luise würde nie wieder eines essen können.

Susanne lief mit Lappen und Putzeimer hin und her, während sie unentwegt heulte. Einmal, als sie nicht im Raum war, beugte sich die Mutter zu Luise herab.

»Du kannst froh sein, dass Susanne mitspielt und wir gesagt haben, es wäre ein Unfall gewesen. Aber eins schwör ich dir, Luise: Wenn du je wieder nach dem Kind suchst, sage ich die Wahrheit über Vaters Tod. Dann wirst du ohne Mutter und ohne Ehemann dastehen und vielleicht gar als Mörderin!«

Das Wort hallte in ihr nach, wurde lauter, wiederholte sich tausendfach in ihrem Kopf, untermalt von Blasmusik und Stimmen, die sie verhöhnten. Die Krämpfe schüttelten ihren Leib, ihr war kalt und heiß zugleich, und die Pförtchen kamen ihr hoch.

Die arme Frau, dachte sie plötzlich, *die da hockt und heult und Schmerzen hat. Die arme Frau. Wer das wohl ist?* Sie selbst war es nicht. Sie war schließlich keine Mörderin! Und sie hatte auch keine Krämpfe, sie fühlte sich nicht schlecht. Sie fühlte – nichts. Oder doch. Sie hatte Mitleid mit der Frau, die weinte und ihren Leib umklammerte, um ein Kind darin zu behalten, das sie nicht gewollt hatte und das sich offenbar entschieden hatte, nicht bei ihr zu bleiben. Mitleid mit dem Mann, dessen Blut das Dienstmädchen aufwischte. Aber am Ende hatte all das ja nichts mit Luise zu tun.

Eine Stimme wollte sich in ihren Kopf drängen, ihr sagen, sie solle bei sich bleiben, aber sie ließ es nicht zu. Irgendwann schwieg die Stimme. Alles schwieg.

Kapitel 24

Nervenklinik der Universität zu Kiel, August 1903

Dann war die Stimme zurück, doch nicht nur in Luises Kopf. Sie war im Zimmer, wurde begleitet von einer sanften Berührung an der Schulter. Luise lag weich, roch Wäschestärke. Sie regte sich, und ein Widerhall von vergangenen Schmerzen überzog ihren Körper, jedoch so leicht, dass er ihr nichts ausmachte.

»Julius«, flüsterte sie, ohne die Augen zu öffnen.

»Ja, Luise«, sagte die Stimme. »Schön, dass Sie endlich zurück sind.«

»Wo war ich denn?«, fragte sie verwundert.

»Das kann ich Ihnen nicht sagen, das wissen nur Sie allein.«

»Ich glaube, ich war tanzen.«

Bilder, Laute, Gerüche stürzten unvermittelt auf Luise ein. Sie wollte sie nicht sehen, nichts hören, schon gar nichts fühlen! Sie fuhr auf, schlug auf den Mann ein, dessen Stimme sie zurückgeholt hatte in eine Wirklichkeit, die zu grausam war, um mit ihr zu leben.

Er packte ihre Hände, hielt sie fest, zog sie schließlich in eine Umarmung. »Beruhigen Sie sich, Luise. Bitte!«

Sie kämpfte verbissen, aber er ließ sie nicht los. Irgendwann hatte sie keine Kraft mehr, ihr Kopf sank an seine Schulter. Sie legte ihre Arme um ihn, hielt sich an ihm fest wie an einem rettenden Anker.

Ein Seufzen entfuhr ihm, das nicht wie das eines Arztes klang, sondern wie das eines Mannes. Sein Atem streifte ihre Kopfhaut. Oder waren es seine Lippen? Seine Hände auf ihrem Rücken bewegten sich langsam auf und ab.

Ein erneutes Seufzen, diesmal resigniert. Wie viel man doch an diesen winzigen Lauten erkennen konnte ...

Er schob sie von sich, ergriff ihre Hände und sah sie mit traurigem Blick an. »Es tut mir so leid, Luise.«

Mit einem Schlag waren die Erinnerungen wieder da, so bildlich, als hätte sie sie nie verdrängt, und Schmerz und Reue nahmen ihr den Atem. Sie wimmerte. Wie sollte sie weiterleben mit der Schuld, die sie erneut auf sich geladen hatte?

»Ich kann das nicht!«, entfuhr es ihr.

»Oh doch, Sie können.« Die sonst so sanfte Stimme klang entschieden. »Sie werden nicht wieder flüchten. Ich will Sie nicht – *wir* wollen Sie nicht verlieren.«

»Mich braucht niemand«, wisperte sie. »Die Welt ist besser dran ohne mich.«

»Hören Sie mit diesem Selbstmitleid auf, das bringt Sie nicht weiter. Ich weiß, es ist schlimm. Der Unfall Ihres Vaters, und dann ...«

»Es war kein Unfall!«, rief sie und entzog ihm ihre Hände. Julius musste erfahren, was für ein Mensch sie war. Dann würde er sich gewiss von ihr abwenden und sie gehen lassen. Sie wollte gehen. Hätte es längst beenden sollen. Am besten schon damals nach *der Sache.* Wie viel Leid hätte sie all den Menschen damit erspart, Josephine, Constantin, ihrem Vater ... »Ich habe ihn umgebracht«, platzte sie heraus.

Julius musterte sie mit mitfühlender Miene. Sie wollte sein Mitleid nicht!

»Verstehen Sie nicht? Ich habe ihn getötet, ich bin eine Mörderin!«

Nun musste er sie doch hassen, sie verurteilen für ihre Tat!

»Sie sind keine Mörderin, Luise. Ich bin sicher ...«

Sie wollte ihn schlagen. Dann aber sprang sie aus dem Bett und lief durch das Zimmer. Sie erkannte es sofort. Es war dasselbe wie im vergangenen November.

Wir alle kommen raus. Und dann wieder rein. Wer einmal hier war, kommt immer wieder. Du auch, mein Kind! Trines Lachen gellte ihr in den Ohren.

»Setzen Sie sich, Luise. Sie brauchen noch Schonung.«

»Ich brauche keine Schonung. Sie müssen begreifen, dass ich ein schlechter Mensch bin!«

»Sie sind kein schlechter Mensch. Sie sind zutiefst traurig, verwundet und verwirrt, und das ist kein Wunder. All ihre schlimmen Erfahrungen, und jetzt noch Ihr Vater und die Fehlgeburt ...«

Luise erstarrte.

Fehlgeburt.

Sie hatte es gewusst, natürlich hatte sie es gewusst. Aber sie hatte es verdrängt wie alles andere. Dieses Wort laut ausgesprochen zu hören, riss ihr den Boden unter den Füßen weg – im wahrsten Sinne. Sie stürzte. Julius war sofort bei ihr, doch sie schlug seine Hände fort. Wie konnte er sie berühren wollen? Sie hatte nicht nur ein Kind auf dem Gewissen, sondern zwei! Constantins Worte hallten in ihrem Geist wider.

Sie machen mich zum glücklichsten Mann der Welt!

Nun würde er der traurigste sein. Sie wusste, sie würde seinen Blick nicht ertragen. Würde er ihr die Schuld geben oder verständnisvoll sein wie so oft? Sie wollte kein Verständnis! Sie verstand sich ja selbst nicht.

»Luise! Hören Sie auf!«

Da erst bemerkte sie, dass sich ihre Fingernägel schmerzhaft in ihren Unterarm gegraben hatten, genau dort, wo die Schnitte gerade verheilten.

»Das wird Ihnen nicht helfen.« Julius' Miene zeigte eine Mischung aus Entschlossenheit und Bedauern. »Und auch das Fortlaufen nicht. Sie mögen mich hassen, aber ich werde Sie dazu zwingen, mit mir zu sprechen, mir alles zu erzählen, was geschehen ist.« Er seufzte, diesmal wie ein Arzt, der einen schwierigen Fall vor Augen hatte. »Ich weiß nicht, wie viel Sie von den vergangenen Tagen wissen, aber Doktor Albrecht und den anderen Ärzten ist es nicht gelungen, zu Ihnen vorzudringen. Deshalb habe ich alle Befugnisse, mit Ihnen zu arbeiten. Sie werden uns in Ruhe lassen. Wir haben alle Zeit, die Sie brauchen.«

»Ich weiß nichts von den letzten Tagen«, sagte sie leise.

»Dann werde ich Ihnen davon erzählen.« Er setzte sich neben sie auf den Boden und legte einen Arm um ihre Schultern. »Ihr Hausdiener hat mir alles berichtet. Er hat – offenbar als Einziger – bemerkt, was mit Ihnen los war. Er holte den Arzt zurück, der den Tod Ihres Vaters festgestellt hatte, und sorgte dafür, dass er sich um Sie kümmerte. Sie kamen ins Krankenhaus und blieben zwei Tage. Da Sie zwar körperlich wiederhergestellt waren und auch nicht zu viel Blut verloren hatten, Sie aber nach wie vor nicht ansprechbar waren und nur mit Mühe dazu gebracht werden konnten, etwas zu trinken, schickte man nach dem Hausdiener, um Sie abzuholen. Er wusste, dass Sie schon einmal hier waren, und hat Sie hergebracht.«

Volkmar also. Ihrer Mutter war sie gleichgültig, nun mehr denn je.

»Sie sind vorgestern angekommen und haben auch hier erst mal keine Reaktionen gezeigt, auch nicht auf mich. Sie haben geschluckt, was wir Ihnen zu trinken gegeben haben, das war aber auch schon alles.« Er lächelte sie an, drückte ihre Schulter. »Aber nun sind Sie ja endlich wieder da.«

»Ich bezweifle, dass das eine gute Nachricht ist«, sagte sie düster.

»Davon werde ich Sie überzeugen, so schwierig das auch wird. Ich lasse Sie nicht in Ruhe, Luise, das schwöre ich Ihnen. Also können wir auch gleich damit anfangen. Aber erst einmal lasse ich Ihnen etwas zu essen bringen. Sie sind viel zu dünn.« Er erhob sich mühelos auf die Füße, sprang voll optimistischen Tatendrangs zur Tür und rief einer Wärterin seine Anweisungen zu. Dann kehrte er zu Luise zurück und reichte ihr die Hand. Sie ließ sich hochziehen und zu einem der beiden Stühle bugsieren. Er nahm ihr gegenüber Platz und fuhr sich durch das zerzauste Haar. »Worüber möchten Sie zuerst reden? Oh, ich weiß schon. Am besten über gar nichts. Das ist leider nicht möglich.« Er lächelte sie an.

Unwillkürlich musste auch Luise lächeln. Es fühlte sich seltsam an, falsch nach allem, was geschehen war, doch sie konnte es nicht verhindern. »Ich werde Sie also hassen, sagen Sie?«

»Auf jeden Fall!«

Sie hasste Julius nicht. Nicht eine Sekunde lang, obwohl er es ihr nicht leicht machte. Jeden Tag sprachen sie lange miteinander, und es gelang ihr nicht, ihm begreiflich zu machen, dass sie ein schlechter Mensch war. Und irgendwann fühlte es sich auch nicht mehr so an. Jedenfalls nicht unentwegt. Zwar überflutete sie das Schuldgefühl noch häufig, aber sie schaffte es, hinzusehen, sich ihm zu stellen und nicht zu fliehen. Ja, sie hatte Schuld auf sich geladen, dennoch war der Tod ihres Vaters ein Unglück gewesen. Die Mutter war ebenso dafür verantwortlich wie sie. Hätte sie sie nicht daran gehindert, den Mann an der Tür nach Josephine zu fragen, wäre das alles nicht passiert. Vielleicht wäre sie sogar noch immer schwanger …

Julius ließ nicht zu, dass sie die Fehlgeburt verdrängte. Er zwang sie, die Trauer um das Kind zuzulassen, das nie geboren werden würde, ebenso wie um jenes, das geboren worden und verloren gegangen war. Er freute sich mit ihr, dass Josephine lebte, und machte ihr Hoffnung, sie doch noch zu finden.

Bald bemerkte Luise, dass er ein Thema ausließ: Constantin. Wenn sie selbst von ihrem Mann anfing, veränderte sich Julius' Miene und Körperhaltung, obwohl er sich bemühte, es nicht zu zeigen. Sie erkannte es trotzdem. Sein Blick wurde verschlossen, er verschränkte die Arme. Alles an ihm zeigte Abwehr. Luise war sicher, dass sie es sich nicht einbildete. Nur – was hatte das zu bedeuten? Sie musste doch über ihren Mann sprechen! Schließlich graute ihr davor, nach Hause zurückzukehren und ihm gegenüberzustehen. Er war noch auf See, wusste nicht, dass sie kein Kind haben würden. Wie sollte sie ihm das sagen? Julius musste ihr helfen, die richtigen Worte zu finden! Aber seine Antworten, wenn sie ihn danach fragte, blieben einsilbig.

Sie gingen häufig in den Garten, nicht nur bei schönem Wetter, sondern auch, wenn der Tag grau war. Dann waren nur wenige andere Patienten draußen unterwegs, und sie hatten ihre Ruhe. Es zog Luise zu der Eiche, die sie im vergangenen Jahr umarmt hatte. Unzählige Male hatte sie dies inzwischen wiederholt, war auch wieder barfuß durchs Gras gelaufen. An diesem Tag trug sie Schuhe, denn ein heftiger Sommerregen hatte den Boden durchweicht. Sie lehnte sich mit dem Rücken an den feuchten, furchigen Stamm und blickte in den grauen Himmel.

»Wer kümmert sich eigentlich um mein Haus, während ich hier bin und mein Mann auf See?«, fragte sie.

Julius hob die Schultern. »Ihre Mutter, nehme ich an.«

»Vielleicht haben sie und Susanne längst alles leer geräumt und verkauft und sich mit dem Geld aus dem Staub gemacht.«

»Wäre das schlimm für Sie?«

»Für mich? Nein. Aber für Constantin.«

Julius seufzte. Luise sah ihn an. Er lehnte seitlich neben ihr an der Eiche und hatte den Blick auf seine Füße gesenkt. Abwesend ließ er seine Finger über die raue Rinde des Baumes wandern. Seine Miene war versteinert, doch darunter schlummerte ein Hauch von Traurigkeit, der ihr Herz berührte. Kein Mensch auf der Welt – nicht einmal Jo – hatte ihr so sehr geholfen wie dieser junge Mann, und das schon über so viele Jahre. Aber wer half eigentlich den Helfern?

Luise bedeckte seine Finger mit ihren, strich mit dem Daumen über seinen Handrücken. Er sah auf, ihre Blicke begegneten sich. *Wir dürfen das nicht*, sagte seiner.

Luise war es leid, dass andere entschieden, was sie durfte und was nicht. Sie rückte näher und legte ihren Kopf an Julius' Brust. Er fuhr zurück.

»Nicht hier draußen«, murmelte er. »Wenn wir uns in Ihrem Zimmer berühren, ist das etwas anderes, aber hier könnten wir gesehen werden.«

Luise schob sich um den Baumstamm herum, bis sie an seiner dem Gebäude abgewandten Seite stand, vor Blicken verborgen. Zur Straßenseite wuchsen dichte Büsche und hemmten die Einsicht in das Klinikgelände.

Julius folgte ihr nicht. Sie hörte ihn geräuschvoll atmen, es klang wie ein Stöhnen.

»Komm zu mir«, wisperte sie. »Bitte.«

Nichts geschah. Enttäuschung überflutete sie, dann erklang seine erstickte Stimme.

»Das hat doch keinen Sinn.«

»Muss denn alles immer einen Sinn haben? Kann etwas nicht einfach einmal schön sein?«

»Ich bin dein Arzt, Luise.«

Noch immer trennte sie der Baum, stand zwischen ihnen wie eine Mauer. Keine unüberwindbare allerdings. Die befand sich allein in Julius' Kopf.

Dann zerbrach sie.

Er kam zu ihr, zog sie in seine Arme. Der Blick aus den grünen Augen ruhte auf ihrem Gesicht, und in ihnen las sie so viel Gefühl, dass ihr die Knie weich wurden. Sie hob die Hand und fuhr ihm durch das Haar. Dann stellte sie sich auf die

Zehenspitzen und küsste ihn auf den Mund, sanft zuerst, dann drängender. Er beugte sich ihr entgegen, öffnete die Lippen, nahm ihre Zunge in sich auf, und auch seine tastete sich vor. Luise schloss die Augen. Die Gefühle, die sie erfassten, waren nur mit denen vergleichbar, die sie mit Jo empfunden hatte. Seit ihrem letzten Kuss – nicht dem zum Abschied an dem Karren, sondern dem, nachdem sie sich das letzte Mal geliebt hatten – hatte sie keiner wieder so zum Erzittern gebracht wie dieser, den sie nun mit Julius erlebte. Kein einziger Kuss ihres Ehemannes hatte dies bewirkt. Luise presste ihren Körper an den Mann, der alles von ihr wusste und sie trotzdem küssen mochte. Das Glücksgefühl war überwältigend.

Unvermittelt schob er sie von sich, keuchend, trat einen Schritt zurück, raufte sich die Haare. »Luise. Ich weiß, Sie tun dies nicht meinetwegen, sondern nur, um sich besser zu fühlen.«

»Nein!«, rief sie, doch er war schon wieder um die Eiche herum verschwunden. Sie stürzte hinter ihm her. »Julius, das ist nicht wahr!« Er durfte das nicht von ihr denken!

»Bitte!«, sagte er eindringlich. »Leise, ja? Es darf niemand hören, dass wir uns beim Vornamen nennen. Ich verliere meine Arbeit.«

Tränen stiegen in Luise auf. »Du musst mir glauben, Julius ...«, wisperte sie, aber er hob die Hand, und sie verstummte.

»Bitte«, wiederholte er tonlos. »Machen Sie es uns doch nicht so schwer.« Er schluckte sichtbar, räusperte sich. »Kommen Sie, Frau von Wiedenfels«, sagte er lauter. »Es fängt wieder an zu regnen.«

Luise starrte durch ihr Fenster hinaus in den Garten. Julius war am Vortag nicht noch einmal zu ihr gekommen, und auch an diesem Tag hatte sie ihn noch nicht gesehen. Sie fühlte sich, als hätte man ihr erneut einen Menschen weggenommen. Und wieder war es ihre Schuld. Hätte sie ihn nicht geküsst …

Es klopfte, und sie sprang auf. »Ja, bitte?«

Die Tür öffnete sich, und Julius trat ein. Luises Herz stolperte. Er sah aus wie ein kleiner Junge, der etwas ausgefressen hatte. Eine zarte Röte überzog seine Wangen, und er war noch zerzauster als gewöhnlich. Sorgfältig schloss er die Tür und räusperte sich.

»Sollen wir anfangen?«

Mit einem Satz war Luise bei ihm. Ja, vielleicht hätte sie ihn nicht küssen sollen, aber nun war das auch gleichgültig. Mehr zerstören konnte sie nicht. Sie warf die Arme um Julius und hielt ihn fest. Er erstarrte. Sie drängte ihn rückwärts gegen die Tür, presste ihren Körper an seinen.

»Ja, lass uns anfangen«, sagte sie und küsste ihn. Er erwiderte den Kuss nicht. Als sie sich zurückzog, entfuhr ihm ein Stöhnen.

»Frau von …«

»Nein!«, fuhr sie ihn an. »Wag es nicht, mich so zu nennen.«

»Luise, Sie dürfen …«

»Und auch kein *Sie* mehr, Julius. Lass das sein. Ich habe gestern gespürt, dass du es auch willst.«

Bitte, flehte sie stumm. *Sag jetzt nicht Nein. Sag nicht, dass du keine Gefühle für mich hast. Erniedrige mich nicht so.*

Er schluckte, in seinem Gesicht arbeitete es. Hatte sie sich alles nur eingebildet? Dann aber stöhnte er auf, packte sie und küsste sie mit einer Heftigkeit, die ihre bei Weitem überstieg. Unbändige Freude erfasste Luise. Sie hatte sich nicht getäuscht!

Das war ihr letzter klarer Gedanke, alle weiteren verschwammen in einem Wirbel aus Gefühlen. Julius' Lippen, seine Hände auf ihrem Hinterteil, sein Körper, der sich an ihren presste – nichts anderes war mehr wichtig. Nichts, was war, und nichts, was sein würde. Es zählte nur das Hier und Jetzt.

Sie wollte ihn zum Bett ziehen, doch er hielt sie auf. Er löste seinen Mund von ihrem, legte ihn stattdessen unterhalb ihres Ohres an ihren Hals. »Nein, Luise«, flüsterte er, und seine Stimme klang rau. »Nicht hier. Es könnte jemand hereinkommen.«

Er biss zart in ihr Ohrläppchen, und ein Schauder überlief sie. Es war ihr gleichgültig, wer hereinkommen würde. Sie wollte diesen Mann so sehr!

Ehe sie den Gedanken aussprechen konnte, tat er es. »Ich will dich. Ich … ich weiß nicht, wie das geschehen konnte, aber ich habe mich verliebt.« Als hätten ihn seine eigenen Worte schockiert, schob er sie auf Armlänge von sich weg. »In eine verheiratete Frau«, sagte er mit einer Miene, aus der die Fassungslosigkeit sprach. »In eine Patientin. Das ist unerhört. Verboten.« Er ließ sie los, fuhr sich durchs Haar. »Ich darf deinen Zustand nicht ausnutzen. Du bist jetzt verletzlich, durcheinander und brauchst Hilfe. Hilfe! Nicht jemanden, der …« Er unterbrach sich, blickte zu Boden. »Und ich habe Angst, dass du nicht mich meinst. Dass du irgendwen nehmen würdest, der dir das Gefühl gibt, nicht allein zu sein.«

Luise wollte sofort widersprechen, dann aber zögerte sie und horchte in sich hinein. Konnte er recht haben? Hätte sie jeden genommen, der ihre Schuldgefühle mindern und ihr Hoffnung machen würde? Fühlte sie sich nur deshalb zu Julius hingezogen, weil er der einzige Mensch war, vor dem sie sich nicht verstellen musste?

Sie betrachtete den jungen Arzt, der vor ihr stand und seine Hände knetete, den Blick immer noch auf seine Füße gesenkt. Sie kannte ihn länger als Constantin, länger als Jo. Sie hatte seine Stimme wieder und wieder im Geiste gehört. Durch ihn war sie überhaupt noch am Leben.

Er sah sie an, die grünen Augen glänzten feucht. »Sag doch etwas«, bat er, und sie hörte den Schmerz in seiner Stimme.

»Ich liebe dich«, sagte sie und meinte es auch. »Aber wie kannst du mich lieben, nach allem, was du über mich weißt?«

Er strich ihr sanft über die Wange. »Wie könnte ich dich nicht lieben? Du bist so wunderschön und verletzlich und dennoch so eine starke Frau. Was du schon alles überstanden hast!«

Luise musste lachen. »Wunderschön? Ich? Du brauchst eine Brille, mein Lieber!«

Julius lächelte traurig. »Ich sehe noch das kleine Mädchen vor mir, damals im *Hornheim.* Ich hätte mir so sehr ein leichteres Leben für sie gewünscht. So leicht, wie ich es hatte. Mir ist alles zugefallen, das Studium, mein Auskommen. Ich liebe meine Arbeit.«

»Du bist auch gut darin.«

»Ja, ich weiß. Nur in deinem Fall stimmt das nicht. Ich darf keine Gefühle für dich haben.«

»Ich bin nicht nur Patientin, ich bin auch eine Frau.«

»Die einen Ehemann hat.«

»Der mich nicht versteht, wie du mich verstehst. Der mich nicht glücklich machen kann mit all seiner Liebe und seinem Geld.«

Julius seufzte. »Gibst du ihm denn die Gelegenheit, dich glücklich zu machen? Hatte er je eine Chance, dich zu verstehen, wie ich dich verstehe? Du hast ihm ja nie die Wahrheit gesagt.«

Luise wusste nicht, was sie darauf entgegnen sollte. Julius hatte recht – und auch wieder nicht. Constantin hätte sie ohnehin nicht verstanden.

»Ich will dir keine Vorwürfe machen.« Julius lachte auf. »Da ergreife ich Partei für deinen Mann und wünschte doch nichts mehr, als dass es ihn nicht gäbe. Aber es gibt ihn, und du solltest versuchen, deine Ehe in Ordnung zu bringen.«

»Wie soll das gehen, jetzt, da ich sein Kind verloren habe?«

»Euer Kind. Ihr werdet gemeinsam darum trauern.«

Luise schluckte. Sie konnte sich nicht vorstellen, auch nur eines ihrer Gefühle mit Constantin zu teilen, als Allerletztes die Trauer um ihre beiden Kinder.

»Ich kann nicht nach Hause zurück. Nicht jetzt, wo ich weiß, dass ich dich liebe.«

Er nahm sie in die Arme, sanfter diesmal, und küsste sie mit einer solchen Zärtlichkeit, dass sich Luise fühlte, als habe er sie in eine weiche Decke gehüllt.

»Ich liebe dich auch, mein Engel. Darf ich dich so nennen?« Er lächelte sie an. »Du musst nach Hause gehen, so schwer es mir fällt, das zu sagen. Du könntest nicht damit leben, deinen Mann jetzt zu verlassen.«

Wieder einmal hatte Julius recht. Es brach ihr das Herz, dass es so war.

»Ich kann auch nicht damit leben, dich nicht mehr zu sehen«, sagte sie. »Und ich will auch nicht damit leben.«

Er vergrub sein Gesicht in ihrem Haar. »Ich auch nicht«, murmelte er. »Schon als du im November von hier fortgegangen bist, habe ich dich so vermisst, dass mir lange elend war. Die Vorstellung, dich nicht mehr sehen zu dürfen …«

»Dann sehen wir uns eben!«, platzte sie heraus, atemlos über ihre ungehörigen Gedanken, denn es war nicht nur das Sehen, das ihr vorschwebte. Dann erstarrte sie. »Du lebst doch allein, oder nicht?«

Sie fühlte sein Lachen mehr, als dass sie es hörte. »Natürlich lebe ich allein. In einem winzigen Dachzimmer bei einer garstigen Vermieterin. Denkst du, ich würde das hier tun, wenn ich eine Frau hätte?« Seine Umarmung wurde fester.

»Nein«, sagte sie. »Du bist anständiger als ich.«

»Wenn ich anständig wäre, würde ich verheiratete Frauen in Ruhe lassen. Aber das kann ich nicht. Nicht in deinem Fall.«

Er streichelte ihren Rücken, legte seine Hände auf ihr Hinterteil und küsste ihren Hals. Luise entfuhr ein wohliges Seufzen, und sie drängte sich an ihn.

Schritte erklangen auf dem Gang vor der Zimmertür. Julius zuckte zurück, schob Luise von sich und stürzte zum Stuhl hinüber. Sie folgte ihm, und ehe sie richtig saß, öffnete sich die Tür, ohne dass zuvor angeklopft worden war. Fräulein Wiese steckte ihren Kopf durch den Spalt und nickte Luise zu.

»Herr Reuther? Kommen Sie bitte mal?«

Er setzte zu sprechen an, musste sich räuspern, aber seine Stimme klang noch immer rau. »Einen Moment noch, Fräulein Wiese.«

Die Wärterin runzelte die Stirn. »Es ist dringend.« Sie verdrehte die Augen in Luises Richtung und lief rot an, als sie sah, dass Luise es bemerkt hatte. Was hatte der Blick zu bedeuten?

»Was ist denn?«, fragte Luise, plötzlich ängstlich. Das Hochgefühl, das sie in Julius' Armen gespürt hatte, war vergangen.

Er erhob sich. »Ich werde nachsehen und komme dann zurück.«

»Warum sagen Sie es mir nicht jetzt, Fräulein Wiese?«

Die Angesprochene schien sich innerlich zu winden, jedenfalls sah ihr Gesicht danach aus. Sie zog sich rasch aus dem Zimmer zurück.

»Ich verspreche dir, du wirst es erfahren«, flüsterte Julius, damit die Wärterin ihn nicht hörte. »Vertrau mir.«

Dann war er verschwunden, der Riegel an der Tür schnappte zu. Luise war allein mit ihren Gedanken. Es dauerte eine Weile, aber es gelang ihr, Fräulein Wiese zu verdrängen. Lieber dachte sie daran, was Julius gesagt hatte.

Ich liebe dich auch, mein Engel.

Er liebte und begehrte sie, das hatte sie deutlich gespürt. Zwar traf beides auch auf Constantin zu, doch bei diesem konnte Luise die Gefühle nicht erwidern, sosehr sie es versucht hatte. Bei Julius war das anders …

Beim Gedanken an Constantin hörte sie plötzlich seine Stimme. Erschrocken riss sie die Augen auf und lauschte. Die Unterhaltung drang nur wie fernes Murmeln zu ihr in den Raum, und dennoch erkannte sie eine Stimme darunter, die wie die ihres Mannes klang. Das war unmöglich! Er war noch auf See – oder? Die zweite Stimme gehörte Julius, eine weitere Doktor Albrecht oder einem der anderen Ärzte, sie konnte es nicht genau sagen. Das Gespräch wurde lauter, aufgeregter. Schließlich näherten sich Schritte. Luise schluckte. Sie hatte keine Kraft, Constantin zu begegnen! Noch nicht!

Die Tür ging auf, aber es war Julius, der eintrat, sie hinter sich schloss und sich dagegenlehnte. Er war bleich, seine Hände zitterten.

»Dein Mann ist gekommen. Er will dich sehen.«

»Nein!«, entfuhr es ihr. Sie sprang auf und warf sich in seine Arme. »Ich will das nicht.«

Er hielt sie fest, küsste sie auf den Scheitel. »Du musst ihm irgendwann begegnen.«

»Warum ist er denn schon zurück? Weiß er schon …« Sie wollte es nicht aussprechen, sah hilfesuchend zu Julius auf. Ein feines Lächeln legte sich auf seine Züge, und er hob die Augenbrauen. Luise atmete tief durch. »Weiß er von meinem Vater und der – Fehlgeburt?«

»Gut gemacht«, sagte Julius, dann wurde er wieder ernst. »Er weiß alles. Deine Mutter hat ihm gleich nach dem Unfall geschrieben, und nun ist er zurückgekommen.«

Luise war erleichtert, dass sie ihm nicht von dem Kind erzählen musste, doch die Tatsache, dass sie nicht wusste, was ihre Mutter ihm genau berichtet hatte, verunsicherte sie. Außerdem graute ihr vor seiner Trauer – mehr als davor, dass er ihr möglicherweise zürnte. Das hätte sie leichter ertragen. Vielleicht würde er sich gar von ihr trennen, wenn er ihr die

319

Schuld gab … Luise schämte sich, dass diese Aussicht ihr Herz höherschlagen ließ. Sie sah zu Julius auf. Er hauchte ihr einen Kuss auf die Lippen, dann schob er sie sanft von sich.

»Er ist hartnäckig, will sich nicht abweisen lassen.«

Luise seufzte. »Wenn ich mit ihm spreche – wird er dann wieder gehen? Ich muss doch noch nicht nach Hause, oder? Kannst du ihm nicht sagen, dass es mir noch nicht gut genug dafür geht?«

»Das könnte ich, aber ich weiß nicht, ob ich es möchte.« Er lächelte sie unsicher an. »Ich wohne nicht weit von hier. Wenn du entlassen bist, könntest du mich besuchen kommen. Also, wenn du möchtest.«

»Natürlich möchte ich«, wisperte sie, plötzlich aufgeregt. Mit Julius allein zu sein, ohne Angst vor Entdeckung … Dann fiel ihr wieder ein, was ihre Entlassung zunächst einmal bedeutete, und ihr Herz sank. »Nur zu Hause sein, das möchte ich nicht. Die Wohnstube sehen, in der mein Vater gestorben ist, mit meinem Mann umgehen müssen …« *Seine Aufdringlichkeit ertragen*, setzte sie in Gedanken hinzu, *seine Trauer, Susannes Gehässigkeit, die Mutter …*

»Du bist doch stark, mein Engel. Du schaffst das.«

»Wenn ich stark wäre, wäre ich nicht hier«, sagte sie leise.

»Dann bin ich froh, dass du dafür nicht zu stark bist. Sonst wären wir uns nie begegnet.«

Noch einmal versanken sie in einem innigen Kuss, dann ging Julius, um Constantin zu holen. Luise strich ihren Rock glatt, setzte sich auf einen Stuhl und wappnete sich.

Kurz darauf standen sie nebeneinander in der Tür, der Mann, den sie liebte, und der, der ihr Ehemann war. Es war zu viel. Luise wurde schwindlig. Constantin trug seine Uniform, nur die Mütze fehlte. Sein Haar war ordentlich gekämmt wie stets. Das von Julius war zerzaust. Sie schluckte.

Constantin stürzte unvermittelt auf sie zu, fiel vor ihr auf die Knie und legte seinen Kopf auf ihre Beine. Er murmelte unverständliche Worte in den Stoff ihres Rockes, und Luise sah über ihn hinweg hilfesuchend zu Julius hinüber. Dessen Gesicht zeigte Mitleid – und einen Anflug von Eifersucht. Wortlos drehte er sich weg und verließ das Zimmer.

Constantin schluchzte auf, rückte noch näher an sie heran und presste sein Gesicht in ihren Schoß. Die Berührung war ihr unangenehm – umso mehr, da sie wünschte, es wäre Julius, der sie dort berührte. Sie zwang sich, seinen Rücken zu streicheln, und langsam beruhigte sich ihr Mann. Er sah mit geröteten Augen zu ihr auf.

»Es tut mir so leid, Liebste.«

Er war ihr nicht böse. Er hasste sie nicht, würde sie nicht verlassen. Enttäuschung überkam Luise, obwohl sie wusste, sie hätte froh sein müssen. Wohin hätte sie gehen sollen, wenn er sie hinausgeworfen hätte? Sie kannte Julius längst nicht gut genug, um sich in ein Leben mit ihm zu stürzen – in einem winzigen Zimmer.

»Wie geht es Ihnen?«, fragte Constantin.

»Ich hatte bereits einige Wochen Zeit, alles zu verarbeiten«, sagte sie. »Wichtiger ist, wie es Ihnen geht.«

Er atmete schluchzend ein und rieb sich das Gesicht mit dem Ärmel ab. Dann stand er auf, setzte sich auf den zweiten Stuhl und ergriff ihre Hände. »Es geht mir furchtbar. Ich fühle mich so schuldig, denn hätte ich nicht darauf bestanden, dass Ihre Eltern bei Ihnen einziehen ...« Er brach ab, erneut kamen ihm die Tränen.

»Es war ein Unfall!«, rief Luise. »Er hätte genauso gut in der Wohnung meiner Eltern geschehen können.« Sie hoffte, ihre Mutter hatte die Dinge nicht anders geschildert.

Constantin nickte. »Natürlich. Nur – wenn Sie es nicht miterlebt hätten, hätten Sie vielleicht nicht durch den Schreck ...« Er vergrub das Gesicht in den Händen.

Luise war froh, durch die vielen Gespräche mit Julius so gut darauf vorbereitet zu sein, alles noch einmal zu durchleben, indem sie mit Constantin darüber sprechen musste. Es gelang ihr sogar, ihn zu trösten. Am Ende behauptete sie, dass sie nur so lange in der Klinik geblieben war, weil sie es sich nicht vorstellen konnte, ohne ihn in ihr Haus zurückzukehren. Durch diese Worte gewann Constantin endgültig die Fassung zurück. Er straffte sich und versicherte ihr, dass er von nun an auf sie achtgeben würde. Sie solle sich keine Gedanken machen. Alles würde wieder gut.

Luise hätte beinahe laut aufgelacht.

Kapitel 25

Villa von Wiedenfels, Kiel-Düsternbrook, Herbst 1903

Es kam schlimmer, als Luise es sich ausgemalt hatte. Constantin bestand darauf, dass ihre Mutter von nun an bei ihnen wohnte. Sie könnten die arme Witwe doch nicht sich selbst überlassen, behauptete er. Luise nahm ihr die Leidensmiene nicht ab, denn sobald sie sich unbeobachtet glaubte, blühte sie auf, fühlte sich offensichtlich befreit ohne den pflegebedürftigen, ständig betrunkenen Ehemann. Sie garnierte keine Hüte mehr – Constantin bestand darauf, dass sie sich schonte und er sie versorgte –, sondern verbrachte ihre Zeit mit Kochen und Backen. Dies war auch notwendig, denn Susanne hielt es nicht mehr für nötig, viel zu arbeiten. Wann immer Luise etwas von ihr verlangte, hob sie nur die Augenbrauen. *Du willst doch nicht, dass ich deinem Mann von einem gewissen Kind erzähle, von dem der Kerl an der Tür etwas zu berichten hatte, nicht wahr?*, hieß dieser Blick. Beim ersten Mal hatte das Mädchen diese Worte ausgesprochen, aber es war kein zweites Mal nötig. Susanne war klüger, als Luise gedacht hatte, und hatte sich sogar zusammengereimt, dass ihre einstige Entlassung mit Luises Schwangerschaft zu tun gehabt haben könnte. Das und das Wissen über den wahren Unfallhergang, der zum Tod des Vaters geführt hatte, reichte aus, dass sowohl Luise als auch ihre Mutter dem Mädchen jeden Wunsch erfüllten und alles durchgehen ließen. Und Susanne hatte viele Wünsche – teures Zeichenmaterial zum Beispiel, Stifte, Papier, einen Farbkasten, Leinwand, freie Zeit. Die Kutsche, die sie brachte, wohin immer sie zum Skizzieren wollte. Das Hausmädchen lebte das Leben einer reichen Frau.

Luises Leben fühlte sich an wie das einer Gefangenen. Constantin war häufig zu Hause – viel zu häufig für ihren Geschmack. In den ersten Tagen war es ihr gelungen, sich ihn vom Leib zu halten, indem sie vorgab, körperlich noch unter der Fehlgeburt zu leiden. Dann aber befragte Constantin seinen Freund Doktor Albrecht, der ihm bestätigte, Luises Abwehrhaltung käme allein von den seelischen Wunden, er hielte eine erneute Schwangerschaft für durchaus hilfreich, und Constantins Drängen wurde wieder heftiger. Schließlich war sie schwanger gewesen! Sie würde es erneut werden, wenn sie nur häufig genug Verkehr hätten. Er machte keinen Hehl daraus, dass er noch immer unbedingt ein Kind wollte. Über das, welches sie verloren hatten, sprach er nie mit ihr.

Luise wollte nichts weniger, als das Bett mit ihrem Mann zu teilen. Die Rückkehr in ihr Haus brachte die Gedanken an Josephine mit Macht zurück. Während der letzten Wochen waren sie in den Hintergrund gerückt, da sie von der Anstalt aus ohnehin nichts hätte tun können und es galt, mit den anderen schlimmen Vorkommnissen zurechtzukommen. Nun aber brannte sie darauf, zum Standplatz zu gehen und nach dem Mann zu fragen, der an der Tür gewesen war. Beinahe ebenso sehr drängte es sie, sich mit Julius zu treffen. Er hatte ihr beim Abschied in der Klinik seine Adresse und einen Wochentag zugeflüstert, an dem er gewöhnlich nachmittags daheim war, aber es war ihr bisher nicht gelungen, das Haus allein zu verlassen.

Constantin beobachtete sie, Susanne beobachtete sie, die Mutter beobachtete sie. Einzig Volkmar war ein angenehmer Zeitgenosse, der ihr mit seiner ruhigen Art half, wo er konnte. Ins Vertrauen konnte sie ihn dennoch nicht ziehen, denn sie wusste, er hatte eine große Familie zu versorgen und war auf die Arbeit angewiesen.

In der zweiten Woche nach ihrer Rückkehr, an dem Mittwoch, den Julius ihr genannt hatte, hielt sie es nicht mehr aus.

»Ich will jetzt spazieren gehen!«, rief sie am Nachmittag. »Ich kann nicht ständig hier drinnen hocken.«

»Das ist doch kein Problem«, sagte Constantin schnell. »Ich begleite Sie, Liebste.«

»Nein!«, entfuhr es ihr heftiger als beabsichtigt. Ruhiger fuhr sie fort: »Ich möchte allein sein. Bitte.«

Er sah enttäuscht aus und besorgt. Luise ließ nicht zu, dass sein Blick ihr Herz berührte. Sie konnte nicht länger warten, musste endlich herausfinden, ob Julius es ernst gemeint hatte, dass er sie liebte. Um zum Standplatz bei den Bahnschienen zu gehen, war es an diesem Tag ohnehin zu spät.

»Ich bleibe nicht lange. Zum Abendessen bin ich zurück.«

Blicke aus drei Paar Augen folgten ihr, als sie sich ein dünnes Tuch umlegte und das Haus verließ. Alle paar Meter sah sie sich um, ob ihr auch wirklich niemand folgte, und erst als sie um die Straßenecke gebogen war, rannte sie los. Sie wusste, wo das Haus stand, dessen Adresse ihr Julius genannt hatte. Es lag nur wenige Minuten entfernt. Ihre Aufregung stieg ins Unermessliche, als sie sich der Villa näherte, in deren Dachgeschoss das Zimmer liegen musste, in dem er lebte.

Scheu erfasste sie, als sie schließlich davorstand. Sie blickte den von Rosen gesäumten Weg zur Haustür entlang, dann nach oben. War das dort Julius' Fenster?

Sie nahm eine Bewegung wahr, und wenige Sekunden später wurde die Eingangstür aufgerissen. Luises Herz hüpfte. Julius strahlte sie an. Dann blickte er hinter sich ins Haus.

»Komm, schnell!«, rief er halblaut, und sie eilte zu ihm. Am liebsten hätte sie ihn sofort geküsst, und sie sah ihm an, dass es ihm genauso ging. Er hielt sich aber zurück, nickte in Richtung der Parterrewohnung, legte den Finger an die Lippen und führte Luise die steile Stiege hinauf in sein winziges Dachzimmer. Unter dem Fenster stand etwas schräg ein kleines Schreibpult. Er musste es zur Seite gerückt haben, um hinauszusehen.

»Hast du auf mich gewartet?«, fragte sie mit zitternder Stimme.

»Natürlich. Letzte Woche schon. Ich hatte die Hoffnung fast aufgegeben …«

Sie ließ ihn nicht ausreden, schlang die Arme um ihn und küsste ihn. Hungrig erwiderte er den Kuss, ließ seine Hände über ihren Körper wandern. Sie tat es ihm nach, ertastete seinen schlanken, aber kräftigen Leib und sein festes Hinterteil. Erinnerungen an Jo blitzten auf, an ihren schönen Jo, der wieder in Afrika war und hoffentlich glücklich. Dann verblassten die Bilder, und nur die Gefühle blieben zurück und gingen auf den Mann über, der sie nun in den Armen hielt.

So stürmisch sie ihr Wiedersehen begonnen hatten, so langsam setzten sie es fort. Julius nahm sich viel Zeit, die Knöpfe ihrer Bluse zu öffnen, und nach jedem einzelnen küsste er sie auf den Mund und auf den Hals. Dann schob er die offene Bluse von ihren Schultern, zog ihr das Hemd aus und küsste sie wieder, zwischen ihre Brüste, auf die eine, schließlich auf die andere. Feuer schien sich in Luises Leib auszubreiten, sie zu schmelzen. Julius spielte mit ihren Brustwarzen, leckte sie, knabberte. Luise seufzte vor Entzücken. Er entledigte sich seines Hemdes, dann seiner Hose. Seine Unterhosen zeigten eine verräterische Ausbuchtung, und Luise konnte es nicht erwarten, ihn unbekleidet zu sehen. Sie ließ ihren Rock hinabfallen, stand im Unterrock vor ihm, und unter seinem bewundernden Blick schob sie auch diesen von ihrer Hüfte. Julius sog scharf die Luft ein und riss sie in seine Arme. Er presste sich an sie, aber noch immer war der störende Stoff seiner Unterhosen im Weg. Luise zerrte daran, und sie glitten endlich an seinen Beinen hinab.

Die Wärme seines Körpers verstärkte das Feuer in ihr. Sie rieb sich an ihm, gänzlich ungeniert, hörte seinen Atem schneller werden. Plötzlich sank er auf die Knie, küsste ihren Bauch, ihre Scham. Luise keuchte auf und vergrub die Hände in seinem Haar.

Als sie meinte, es keinen Augenblick länger aushalten zu können, ließ er von ihr ab und zog sie aufs Bett. Es war schmal, doch das störte Luise nicht. Im Gegenteil. Sein Körper bedeckte ihren, sie konnte den Blick nicht von seinem schönen Gesicht wenden, das über ihrem war. Er sah ihr in die Augen, als er in sie eindrang, und seine Miene veränderte sich zu einem Ausdruck vollkommenen Glücks. Sie schlang die Beine um ihn und hob sich ihm entgegen.

»Ich liebe dich«, sagte er und drang tiefer in sie, wieder und wieder, und die Lust überrollte Luise.

»Ich liebe dich«, rief auch sie, dann konnte sie nicht mehr sprechen, nur noch fühlen.

Er zog sich rechtzeitig zurück, ergoss sich nicht in sie, und dafür liebte Luise ihn nur noch mehr. Schwer atmend lagen sie sich in den Armen, die Beine ineinander verschlungen.

Er sagte die Worte noch einmal, und Luise war sicher, er meinte sie auch. Es war nicht nur körperlich, nicht allein die Lust aufeinander gewesen. Sie fühlte genauso. Das Herz übernahm die Kontrolle über den Körper, und erst die Liebe ließ die Lust erwachen.

Deshalb begehrte sie Constantin nicht. Weil sie ihn nicht liebte.

Zum ersten Mal, seit sie bei Julius angekommen war, dachte sie an ihren Mann. Ein Anflug von schlechtem Gewissen erfasste sie. Sie hatte an Jo gedacht, nicht aber an Constantin. Als sei die Verbindung mit ihm nicht von Bedeutung, wenn es um die Liebe ging. Und so war es ja auch.

Dennoch war er ihr Ehemann, der sie versorgte und dem sie vieles verdankte.

»Was hast du, mein Engel?« Julius strich ihr über die Wange. »Du siehst so bedrückt aus.«

»Ich muss nach Hause. Der Gedanke behagt mir nicht.«

»Mir auch nicht. Aber da ist mehr, nicht wahr? Plagt dich dein Gewissen?«

Sie antwortete nicht, sah ihn nicht an. Erst als sie ihre Kleidung trug und ihr Haar gerichtet hatte, brachte sie es über sich. Auch Julius war wieder angezogen und musterte sie mit trauriger Miene.

»Ja«, sagte sie. »Constantin tut mir leid.«

»Wünschst du dir, er wäre es, den du begehrst?«

»Das würde vieles einfacher machen, nicht wahr?« Sie lächelte freudlos. »Niemals hätte ich Constantin geheiratet, wenn ich nicht gezwungen gewesen wäre. Nun betrüge ich ihn. All das hat er nicht verdient.«

»Dann sehen wir uns nicht wieder?«

Luises Herz setzte einen Schlag aus. »Doch!«, rief sie. »Natürlich sehen wir uns wieder! Wenn … wenn du willst …«

Er riss sie in seine Arme, küsste sie stürmisch. Das war Antwort genug.

»Ich möchte wieder nach Josephine suchen«, sagte sie, als sie sich voneinander gelöst hatten.

»Das ist gut. Du wirst sie finden, das weiß ich.«

Und dann?, dachte Luise, schwieg aber. Sie wollte ihr Zusammensein nicht mit Gedanken über eine Zukunft stören, die noch in weiter Ferne lag und so unplanbar war wie das Wetter. So fühlte sie sich ohnehin, wie von Stürmen hin und her geworfen, von Wellen überrollt, immer bemüht, nur nicht unterzugehen.

Wenig später schlichen Julius und Luise die Treppe hinab, vorbei an der Wohnung der Vermieterin, die sie nicht bemerken durfte, denn Damenbesuch war im Haus nicht gestattet. Als Luise glücklich die Eingangstür erreicht hatte und einen letzten Blick auf Julius warf, ertönte eine herrische Stimme. Sie fuhr zusammen und sprang hinter einen nahen Busch.

»Glauben Sie nicht, dass ich nicht bemerke, wenn etwas vor sich geht, Herr Reuther!«

Julius wandte sich um und blickte ins Innere des Hauses. »Aber was soll denn vor sich gehen?«, fragte er unschuldig. Luise musste sich ein Kichern verbeißen.

Dann fiel die Tür hinter Julius zu. Luise verging das Lachen. Sie vermisste ihn schon jetzt.

Als sie ihr Haus betrat, stellte sich ihre Mutter ihr in den Weg. »Wo warst du, Luise?«

»Spazieren, das wissen Sie doch.«

»Hast du wieder nach dem Kind gesucht?«

Luise sah sich nervös um.

»Keine Sorge, dein Mann ist noch einmal ausgegangen. Also?«

»Nein, Frau Mutter«, sagte Luise betont. »Ich lag im Bett mit einem anderen Mann.«

Ihre Mutter ballte die Fäuste. »Dass du es wagst, mir so etwas ins Gesicht zu sagen!«

Luise wusste selbst nicht, warum sie es getan hatte. Sie war es so leid, sich von aller Welt Vorschriften machen zu lassen. Ja, ihre Mutter hatte sie in der Hand, da sie behaupten konnte, der Tod des Vaters wäre kein Unfall gewesen. Mit Susanne als Zeugin würde man ihr vermutlich glauben. Sie würde sich jedoch ins eigene Fleisch schneiden und sich selbst die Lebensgrundlage entziehen, wenn sie sie und Constantin auseinanderbrachte. Im Grunde hatte Luise nichts zu befürchten. Deshalb hob sie nur die Schultern, ließ ihre Mutter stehen und ging in ihr Zimmer, um sich zu waschen.

Beim Abendessen wunderte sie sich über sich selbst. Es gelang ihr, mit Constantin zu reden, als hätte es den Nachmittag mit Julius nicht gegeben. Ihr Mann merkte sogar an, wie gut ihr der Spaziergang offenbar getan hatte. Luise jubelte innerlich. Wenn er so dachte, würde es ihr leichter fallen, weitere Ausflüge zu rechtfertigen.

Sie ließ einige Tage verstreichen, ehe sie erneut allein das Haus verließ. Diesmal lag ihr Ziel weiter entfernt. Sie nahm die Straßenbahn bis zum Hauptbahnhof, um nicht zu viel Zeit zu verlieren. Von dort aus war es nicht mehr so weit bis zum Standplatz.

Eine ganze Gruppe von Wagen stand auf der Wiese, die von unzähligen Fahrspuren und Hufabdrücken durchzogen war. Die Bewohner saßen auf Decken im Gras, einige flochten Körbe, andere schnitzten, ein Mann zeigte einem Knaben den Umgang mit einer Geige. Langsam trat Luise näher. Die Gespräche verstummten, sie wurde abschätzig gemustert.

»Guten Tag«, sagte sie und lächelte.

Auf den ersten Blick erkannte sie niemanden, dann jedoch löste sich eine Gestalt aus dem Schatten eines der Wagen.

»Ah, du bist es. Warst lange nicht hier.«

Es war die jüngere der Frauen, mit denen sie am Tag ihres Zusammenbruchs gesprochen hatte.

»Kippst aber nicht wieder um heute, klar?«

»Nein. Es tut mir leid, dass ich euch Mühe gemacht habe. Ich möchte mich bedanken.«

Die Frau grinste. »Gern geschehen. Aber sag mal, du wolltest doch so dringend was über das Kind wissen. Und dann schick ich den Schwager vom Vetter zu dir, als der nach Kiel kommt, und dann wird der weggejagt.« Sie stemmte die Hände in die Hüfte. »Warum? Nach all den Zetteln, die du hier verteilt hast, wird's bestimmt das richtige Haus gewesen sein. Der kann nämlich lesen, der Schwager.«

»Ja!«, rief Luise aufgeregt. »Es war das richtige Haus, aber meine Mutter war zufällig da. Ist der Mann noch hier? Oder weißt du, was er mir sagen wollte?«

Die Frau schüttelte den Kopf. »Ist wieder weg. Hat aber

gesagt, wär 'n schönes Haus, wo du wohnst.« Sie sah Luise herausfordernd an.

»Ja, das ist es.« Luise zog einige Münzen aus der Tasche. »Hier, für eure Mühe. Also, weißt du, was er mir sagen wollte?«

»Wo die Base von seiner Verlobten jetzt mit dem Kind ist, glaub ich.«

»Und?«

Die Frau zuckte nur mit den Schultern.

»Ehrlich, du weißt es nicht?« Luise sah die anderen Menschen an, die aufmerksam gelauscht hatten. »Und ihr? Wisst ihr etwas? Bitte!«

Keiner regte sich, niemand sprach ein Wort. Tränen traten Luise in die Augen.

»Komm nächste Woche wieder«, sagte die Frau. »Da wollen welche aus dem Süden hochkommen.«

»Ja, das mach ich«, presste Luise hervor. »Danke.«

War sie auf dem Hinweg noch gelaufen, schleppte sie sich nun müde zurück nach Hause. Dennoch bemühte sie sich um eine heitere Miene beim Abendessen, damit Constantin ihr die Ausflüge nicht verbot. Offenbar übertrieb sie es, denn ihr Mann meinte, da sie so fröhlich war, an diesem Abend mit einem Annäherungsversuch Glück zu haben. Luise wies ihn vehement zurück und schloss sich in ihrem Zimmer ein. Sie hatte ein schlechtes Gewissen, ja, aber sie konnte es nicht über sich bringen, Constantin seinen Willen zu lassen. Sie hätte sich gefühlt, als würde sie Julius betrügen.

Dieser stand am nächsten Mittwoch wieder am Fenster, kam erneut zu ihr herunter, schloss aber die Haustür hinter sich und bedeutete ihr, zur Straße zurückzugehen. Verwirrt folgte Luise der Anweisung.

»Der alte Besen hat mich seit letzter Woche unter Beobachtung«, raunte er ihr zu und grinste. »Wir müssen woanders hingehen.«

»Aber wohin?« Sie sah sich unruhig um. Sie waren nah an ihrem Haus, die Nachbarn kannten sie. Wenn sie zusammen mit Julius gesehen würde …

»Lauf runter ans Wasser, zur Seebadeanstalt«, wisperte er. »Miete einen Badekarren und warte dort auf mich.«

Was hatte er vor? Zögernd setzte sie einen Fuß vor den anderen, wandte sich immer wieder um. Er kam ihr nicht nach. Erst als er beinahe außer Sichtweite war, setzte er sich langsam in Bewegung. Luise wurde schneller. Bald schon kam die Förde in Sicht und mit ihr der lange Steg der Badeanstalt. Der Herbst hielt bereits Einzug, aber noch waren die Badekarren geöffnet, die genutzt wurden, um sich ungesehen Badebekleidung anziehen und über eine Treppe sichtgeschützt ins Meer klettern zu können. Luise mietete einen, wie Julius gesagt hatte, setzte sich auf die Holzbank und wartete.

Sie wartete lange. Als sie schon glaubte, er käme nicht mehr, hörte sie plötzlich ein Platschen, und sein Kopf tauchte an der Treppe auf, die von ihrem Karren aus ins Meer führte. Sie schrie vor Schreck auf, und er legte einen Finger an die Lippen und kletterte zu ihr herauf.

Er trug einen der albernen gestreiften Badeanzüge für Männer und sah darin so komisch aus, dass Luise nur mit Mühe das Lachen unterdrücken konnte. Dann aber küsste er sie, und erneut überkam sie unbändiges Verlangen, ihn zu spüren. Schnell zogen sie sich aus und umarmten einander. Luise sog scharf die Luft ein, denn seine Haut war nass und eiskalt. Nach dem ersten Schrecken genoss sie es, dass sich ihre Brustwarzen aufrichteten, und sie erzitterte nicht allein wegen der Kälte, als Julius eine nach der anderen in den Mund nahm. Sie tat es ihm gleich, wollte ausprobieren, ob diese Berührung bei ihm dasselbe auslöste wie bei ihr. So war es, er stöhnte unterdrückt auf. Sie leckte das Salz von seiner Haut, und je stärker sein Körper auf ihre Handlungen reagierte, desto größer wurde ihre Leidenschaft. Der Akt selbst war schwieriger zu bewerkstelligen als im Bett, doch auch dies gelang ihnen.

Sie suchten und fanden andere Orte, an denen sie sich heimlich treffen konnten, wenn die Vermieterin in Lauerstellung war. War sie es nicht, liebten sie sich in Julius' winzigem Zimmerchen, und die Stunden mit ihm waren die glücklichsten in Luises Leben. Manchmal, wenn sie erschöpft in seinen Armen lag, kam ein Gedanke zurück, den sie meist erfolgreich verdrängte. Wo sollte all das hinführen? Sie sprachen nie über die Zukunft. Es waren gestohlene Stunden, sie stahl sie ihrem Mann, der immer trauriger wurde. Irgendwann resignierte Constantin, bat sie nicht mehr, zu ihm ins Schlafzimmer zu kommen. Zuweilen wünschte Luise, er würde wütend werden, sie anschreien. Er tat es nicht. Er litt schweigend. Dass er litt, war offensichtlich.

Dennoch wusste sie, er würde sie nicht freigeben, und sie war nicht einmal sicher, ob sie es wollte. Manchmal wünschte sie es sich, um frei zu sein für Julius. Andererseits konnte sie dessen Gesellschaft auch so genießen, und was hätte es für ihre Liebe bedeutet, wenn Luise plötzlich mittellos auf der Straße gestanden hätte? Sie genoss die Unbeschwertheit, die sie teilten, das Abenteuer ihrer heimlichen Treffen. Constantin dagegen war ihre Sicherheit, er bot ihr ein Auskommen und die Möglichkeit, nach Josephine zu suchen. Er tat alles, um ihr ein angenehmes Leben zu bieten, versorgte ihre Mutter, obwohl es nicht seine Pflicht gewesen wäre, stellte ihr Geld zur Verfügung, wenn sie ihn darum bat. Und sie bat reichlich, angeblich für wohltätige Spenden, für Süßigkeiten, für Kleidung. Hatte er sich anfangs noch gewundert, dass sie nie neue Kleidung trug, ließ er die Nachfragen bald sein. Damit verblasste auch Luises schlechtes Gewissen, das meiste Geld zu den Leuten am Standplatz zu tragen, um sie für ihre spärlichen Informationen zu entschädigen. Dass sie auch Susanne regelmäßig Münzen zusteckte, hatte sie dagegen nie be-

333

lastet. Es war zu Constantins Bestem, dass das Mädchen den Mund hielt.

Im selben Maße, in dem Susanne fordernder wurde, wuchs in Luise der Widerstand gegen die Erpressung. Zwar war das Mädchen unberechenbarer als die Mutter, die ihr bequemes Leben nicht gefährden würde, indem sie Constantin gewisse Dinge erzählte. Susanne konnte darauf hoffen, weiterhin in seinem Haus beschäftigt zu werden, auch wenn die Ehe endete, und war somit eine größere Gefahr. Dennoch war es Luise zuwider, in das spöttische Gesicht zu blicken und auf Susannes Forderungen einzugehen. Als Constantin im Frühjahr, nachdem die *Nymphe* endlich ihre Werftliegezeit beendet hatte, wieder für längere Zeit auf See war, weigerte sich Luise zum ersten Mal, Susannes dreiste Wünsche zu erfüllen. Auch ihrer Mutter gegenüber rechtfertigte sie sich nicht mehr. Sie kam und ging, wie ihr beliebte, und irgendwann, als sie keinen anderen Ort fanden und das Wetter zu schlecht war, sich im Freien zu treffen, nahm sie Julius mit nach Hause. Zwar achtete sie darauf, dass die beiden Frauen ihn nicht zu Gesicht bekamen, aber sie sah es nicht mehr ein, besondere Rücksicht zu nehmen. Die nahm sie nur noch auf Constantin, zumindest nach außen hin. Sie sorgte dafür, dass die Nachbarn sie nicht mit Julius sahen, dass Constantins Arbeitskollegen nichts von ihren Eskapaden bemerkten. Wenn ihr Mann daheim war und sie gesellschaftliche Verpflichtungen hatten, spielte sie die strahlende Ehefrau. Sie wollte Constantin nicht lächerlich machen vor den Menschen, die ihm so wichtig waren. Das hatte er nicht verdient.

Julius machte seinen Abschluss und wurde in der Anstalt fest angestellt. Er war stolz wie ein kleiner Junge, verdiente gut und liebte seine Arbeit.

Und er liebte Luise, forderte nie etwas von ihr, nahm alles an, was sie ihm freiwillig schenkte. Seine Liebe hielt sie aufrecht, wenn die Trauer um ihre beiden Kinder sie überwältigte, wenn die feindselige Stimmung in ihrem Haus ihr jegliche Kraft zu nehmen drohte. Wenn sie wieder einmal ohne Neuigkeiten über Josephine vom Standplatz zurückgekehrt war. Wenn Constantin daheim war und seine Traurigkeit jeden Winkel des Hauses zu erfüllen schien. Glücklicherweise war er nun häufig auf See.

Kapitel 26

An der Kieler Förde, Juli 1904

Das Meer lag glatt wie ein Spiegel vor ihr. Der Horizont war unscharf, wie verwaschen, über ihm erhob sich ein blassblauer Himmel, dessen Farbe sich kaum von der des Wassers unterschied. Die Morgensonne hinter ihr stieg langsam höher, vermochte jedoch nicht, das Zwielicht zu durchbrechen. Alle Geräusche schienen gedämpft, die sanften Wellen, die an den Strand spülten, verursachten nicht mehr als ein leises Klatschen. Die Schiffe in der Ferne glitten lautlos vorüber. Nur das vielstimmige Kreischen der Möwen, das wie Gelächter klang, dröhnte überlaut in Luises Ohren. Minutenlang stand sie still da und starrte geradeaus. Die Sonne wärmte ihren Nacken. Kein Mensch war zu sehen.

Die Kutsche wartete fernab des Strandes an der Landstraße. Noch vor dem Morgengrauen hatte sie Volkmar nach dem Mietgefährt geschickt, und es war ihr gleich gewesen, ob sich jemand über sie wunderte. Auch ihr Gewissen plagte sie nicht. Mit Julius tat sie schlimmere Dinge, als Geld für einen Ausflug auszugeben.

Sie waren um die Förde herumgefahren, vorbei an den Werften und am Fischerdorf Ellerbek, an weiteren Dörfern bis zu einem unbewohnten Abschnitt des Strandes, von dem aus man bereits das offene Meer sehen konnte. Die Sehnsucht danach hatte sie so unverhofft aus dem Schlaf gerissen, dass sie keine Ruhe mehr hatte finden können. So weit entfernt wie möglich von ihrem Haus, von ihren Nachbarn und den Menschen, die sie kannten, hatte sie den Morgen verbringen wollen.

Das frühe Aufstehen hatte sich gelohnt. Luise atmete tief ein, roch die frische, würzige Luft, das Salz und den Hauch von Fisch, die See, ihre Ostsee, die an diesem frühen Morgen für sie allein reserviert schien. Das unbändige Verlangen, ihre Füße im Sand zu vergraben, überkam sie. Sie streifte Schuhe und Strümpfe ab, fühlte den noch nachtkühlen Sand unter ihren Sohlen, die feinen Körner zwischen den Zehen. Sie öffnete ihre am Morgen hastig gebundene Haarschleife und löste ihren Zopf. Das Haar fiel schwer über ihre Schultern.

Luise ging die restlichen Schritte bis zur Wasserkante, über bunte Steine, Muschelschalen und getrocknetes, bräunliches Seegras, bis ihre Füße von den sanften Wellen erfasst wurden. Die Kühle war ein Schock, doch schon nach kurzer Zeit fühlte sich das Wasser viel wärmer an. Sie ging zwei Schritte weiter hinein. Ihr Rocksaum wurde nass, aber sie scherte sich nicht darum. Sie grub die Füße in den schlammigen Meeresboden. Sie konnte ihn sehen, so klar war das Wasser.

Sie ging weiter, langsam, vorsichtig, um nicht den Sand aufzuwirbeln oder die Ruhe des Meeres zu stören. Es durchdrang den Stoff ihres Kleides, umschlang ihren Körper wie eine Umarmung, und sie fühlte sich so sehr bei sich wie selten zuvor in ihrem Leben.

Die Trauer um alles, was sie verloren hatte, erfasste sie unvermittelt und mit solcher Macht, dass sie sich fühlte, als stünde sie auf Treibsand. Sie meinte, ihr Herz müsse zerspringen. Ihre Augen schwammen in Tränen, und sie ließ sie fließen, ins Meer tropfen, Salzwasser zu Salzwasser. Sie dachte an ihre kleine Tochter. Achtundzwanzig Monate war sie nun schon auf der Welt, und nur einen winzigen Bruchteil davon hatte sie mit ihr verbringen dürfen. Ihr zweites Kind hatte sie noch nicht einmal in sich gespürt, ehe sie es bereits hergeben musste. Ein Schrei sammelte sich in ihrer Kehle, und sie ließ ihn heraus, brüllte über das Meer, als sei sie von Sinnen, und vielleicht war sie nie bei Sinnen gewesen. Nicht so, wie die anderen Menschen sie haben wollten.

Ihre Stimme verklang, sie verstummte. Ein letztes Schluchzen entfuhr ihrer Kehle, dann war der Sturm vorbei. Sie wusch sich das Gesicht ab, schmeckte das Salz, spürte die wärmer werdende Sonne auf ihrem Haar und die kühle Umarmung des Meeres. Sie stand nicht auf Treibsand. Ihre Füße waren fest in den Boden gestemmt, hatten Halt, und den hatte auch sie. Irgendwo, wenn auch nach einer Reise um mehrere Kontinente, stieß dieses Meer an die Küste von Jos Heimatland. Die Erde war eine Einheit, nicht flach wie auf dem Anhänger an ihrem Hals, sondern rund, ohne Anfang und ohne Ende, alles war verbunden. Vielleicht saß ihre kleine Josephine gerade an einem Bach, warf Steinchen hinein oder badete ihre braunen Füßchen mit den hellen Sohlen darin. *Und wenn ich hier eine Welle verursache*, dachte Luise, *kommt sie vielleicht bei ihr an – oder bei ihrem Vater.*

Sie breitete die Arme aus, legte sie auf die ruhige Wasseroberfläche und drehte sich im Kreis, so schnell sie konnte. Salzwasser spritzte auf, und Luise brach in lautes Lachen aus. Dann wurde sie wieder still, und auch das Meer um sie beruhigte sich. Vielleicht kamen sogar ihre Tränen durch Kanäle, Flüsse und Bäche bei ihrer Tochter an. Vielleicht spürte sie, dass ihre Mutter sie schrecklich vermisste, und fühlte sich geborgen.

Sie hätte stundenlang so stehen können, bis zur Brust in der Ostsee, aber als hinter ihr Stimmen erklangen, riss sie sich los und stapfte an Land. Sie nahm ihre Schuhe in die Hand, würdigte die Menschen am Strand keines Blickes, schritt an ihnen vorbei, und den ganzen Weg bis zu ihrer Kutsche verfolgte sie das Lachen der Möwen. Das Kleid klebte an ihrem Körper, doch auch das scherte sie nicht. Sie kletterte in den

Verschlag, lehnte den Kopf an die Seitenwand und schlief mit dem Geschmack von Salz auf den Lippen ein.

»Frau von Wiedenfels, wir sind da«, drang es in ihren Traum, sie sei eine Meerjungfrau. Unwillig schüttelte sie die wunderschönen Bilder ab und kletterte aus der Kutsche. Sie verabschiedete sich von dem Fahrer, den sie bereits am Morgen bezahlt hatte, und ging den kurzen Weg zur Haustür. Da sie keinen Schlüssel mitgenommen hatte, klopfte sie an. Susanne öffnete, und ihr gelangweiltes Gesicht verzog sich in Überraschung – und kurz darauf in Empörung. »Wie siehst du denn aus?«, platzte sie heraus.

»Lass das meine Sorge sein«, entgegnete Luise müde. Sie hatte keine Kraft für eine Diskussion mit dem Dienstmädchen.

Susanne reagierte entsprechend. Ihr Gesicht zeigte deutlich ihre Missbilligung. »Nur dass es nicht allein deine Sorge ist«, zischte sie. »Dein Mann ist zu Hause.«

Sie hatte noch nicht zu Ende gesprochen, da tauchte Constantin im Türrahmen des Wohnzimmers auf.

»Luise!«, rief er und eilte auf sie zu. »Wo waren Sie denn? Volkmar sagt, Sie …« Er verstummte und musterte sie.

»Guten Tag, Constantin«, presste Luise hervor. Ihr Hals kratzte von dem lauten Schreien am Strand, doch das war nicht der einzige Grund, warum sie die Worte kaum herausbrachte.

Sein Gesicht wurde traurig wie so häufig. Er streckte die Hand aus und strich ihr über das vom Salzwasser strähnige, noch nicht ganz getrocknete Haar. Dann hielt er ihr einen Halm Seegras vor die Augen. Luise senkte den Blick auf ihre nackten, sandigen Füße.

»Gehen Sie sich waschen, meine Liebe. Wir unterhalten uns später.«

Luise bewunderte ihren Mann dafür, dass er nie die Fassung verlor. Andererseits wäre es ihr leichter gefallen, mit seiner Wut umzugehen. Die tapfer überspielte Traurigkeit ließ ihr schlechtes Gewissen ins Unermessliche wachsen. Plötzlich verspürte sie den drängenden Wunsch, ihm von Josephine zu erzählen. Vielleicht würde er anders reagieren, als sie die ganzen Jahre befürchtet hatte!

Doch sie wagte es nicht. Stattdessen ging sie sich waschen. Luise schrubbte das Salz von ihrem Körper und aus ihrem Haar, und als sie sich frisch angekleidet hatte, war sie wieder Frau von Wiedenfels, die gepflegte Offiziersgattin. Nicht mehr Luise, das wilde Mädchen vom Meer, mit all ihren überschäumenden Emotionen. Auch sie konnte tapfer sein und ihre Gefühle unter Kontrolle halten, ebenso wie ihr Mann.

Als sie ihr Haar bürstete, drang ein Streitgespräch zu ihr herauf, aber sie schenkte ihm keine Beachtung. Constantin erhob nie die Stimme, und was die anderen Hausbewohner miteinander zu streiten hatten, interessierte sie nicht. Ein schrilles Aufjaulen und Türenknallen beendeten die Diskussion, und es herrschte wieder Ruhe. Luise flocht sich einen Zopf, drehte ihn auf, steckte ihn fest. Julius mochte diese Frisur nicht, doch dieser Ort gehörte Constantin, und wenn er daheim war, frisierte sie ihr Haar, wie es ihm gefiel.

Sie aßen gemeinsam zu Mittag. Luises Mutter trug die Suppe auf, denn Susanne war nirgends zu sehen, setzte sich zu ihnen und musterte Luise mit gerunzelter Stirn, schwieg aber. Auch Constantin war schweigsam, schien tief in Gedanken versunken, und nach dem Essen verabschiedete er sich zu einem dienstlichen Termin.

Er kam erst nach dem Abendbrot heim, erklärte, keinen Appetit zu haben, und bat Luise zu einem Gespräch in sein Arbeitszimmer. Verwundert folgte sie ihm, denn der nüchtern mit dunklem Holz eingerichtete Raum diente sonst nur für Unterhaltungen zwischen Constantin und seinen männlichen Besuchern. Auf einem Tischchen lagen mehrere Ausgaben der

Deutschen Marine-Zeitung, leichter Zigarrengeruch hing in der Luft. Das harte Leder des Sessels knarrte, als sie sich setzte. Sie beobachtete, wie ihr Mann die Tür schloss, tief durchatmete und sich zu ihr umwandte.

»Der Winter ist längst vorbei, aber Sie werden immer kälter, Luise. Ist Ihr Herz tatsächlich erfroren, oder gehört es nur einem anderen?«

Mit einem Schlag fühlte sich Luise zweieinhalb Jahre in die Vergangenheit versetzt, in die düstere Wohnstube im Krusenrotter Weg. Er hatte ihr diese Frage schon einmal gestellt, und damals hätte sie beinahe genickt. Wäre ihnen beiden viel Leid erspart geblieben, wenn sie es getan hätte? Oder wäre das, was sie im Austausch erwartet hätte, noch schlimmer gewesen?

Er setzte sich nicht, musterte sie mit ausdrucksloser Miene. Luise wurde heiß und kalt. Er würde sie nicht gehen lassen ohne eine Antwort. Lange hatte er sie nicht mehr so unter Druck gesetzt, und sie ertrug es nicht. Sie musste eine Entscheidung treffen. Es wäre das Einfachste, wieder zu lügen. Sie konnte es doch so gut! Wenn ihr die Worte nur über die Lippen gekommen wären …

»Warum schweigen Sie? Habe ich keine Antwort verdient?«

»Doch«, sagte sie leise und nahm allen Mut zusammen. »Ja, es gibt einen anderen Mann.« Sie schloss die Augen, um sein Gesicht nicht sehen zu müssen.

Seine Schritte entfernten sich. Luise blinzelte unter ihren Lidern hervor. Er stand an dem Schrank, in dem er Alkohol und Gläser für seine Besucher aufbewahrte, goss sich ein Glas randvoll mit seinem besten Cognac, stürzte es herunter und füllte es erneut. Sein Gesicht blieb versteinert, aber seine Hände zitterten.

»Es tut mir leid«, sagte sie und meinte es.

»Was bedeutet das jetzt für mich?«

Er sagte nicht *uns*. Luise wunderte sich, dass es ihr einen Stich versetzte.

»Ich weiß es nicht.«

Mit zwei großen Schlucken leerte er das Glas. »Wissen Sie, Luise, ich wollte es nicht glauben.«

Er schenkte sich nach. Warum trank er plötzlich, und dann auch noch in dieser Menge?

»Susanne hat mir vorhin gesagt, dass Sie mich betrügen. Gleichzeitig hat sie mir schöne Augen gemacht und gemeint, dass ich eine bessere Ehefrau als Sie verdient hätte. Ich habe sie entlassen und hinausgeworfen. Ich konnte nicht glauben, dass Sie mich hintergehen. Und nun geben Sie es offen zu?«

Er trank, holte aus, das Glas flog durch den Raum und zerschmetterte an der Wand hinter Luise. Constantin setzte die Flasche an den Mund.

Luise kam sich vor wie in einem schlechten Theaterstück. Das war nicht ihr Mann, der da vor ihr stand, denn dieser trank keinen Alkohol. Sie hatte sich gewünscht, er möge wütend werden, einmal seine wahren Gefühle offenbaren, aber doch nicht auf diese Art!

Und Susanne, diesem erpresserischen Biest, hätte sie am liebsten jedes Haar einzeln ausgerissen. Was hatte sie ihm alles erzählt? Wusste er von Josephine? Davon, wie es zum Tod ihres Vaters gekommen war?

Sie sprang auf, trat zu ihm. »Es tut mir leid«, wiederholte sie. »Bitte, Constantin, hören Sie mit dem Trinken auf. Wir sprechen über alles, aber …«

Sie verstummte unter seinem Blick, konnte die Gefühle nicht deuten, die darin lagen. Er hob die Flasche und trank, hielt sie ihr hin. »Auch einen Schluck, meine Liebe? Es soll entspannen, habe ich gehört.« Er lachte hart auf. »Obwohl – Sie sind gewiss entspannt in anderer Gesellschaft. Nur bei mir geben Sie stets die kühle, zugeknöpfte Frau, die nicht angerührt werden darf. Der andere bekommt Sie so zu sehen, wie

Sie heute früh heimgekommen sind, nicht wahr? Offenes Haar und strahlende Augen gibt es für mich nicht, nur für den Geliebten, ist das so?«

»Aber so wollen Sie mich doch!«, rief sie aus. »So wollen mich Ihre Vorgesetzten sehen, Ihre Verwandten und Freunde. So will mich die Gesellschaft, immer kontrolliert, bloß nichts fühlen, nur keine Bedürfnisse haben, außer zu tun, was der Mann will!« Ihre Stimme überschlug sich. »Wie können Sie mir das vorwerfen?«

Er stellte die Flasche zurück in den Schrank, dann drehte er sich quälend langsam wieder zu Luise um und trat dicht vor sie. Er schwankte.

»Sie meinen, Sie tun, was ich will?« Er brach in schallendes Lachen aus, wie sie es noch nie von ihm gehört hatte. Der Geruch seines Atems drang Luise in die Nase, und ihr wurde übel. Blondes Haar, glasiger Blick aus blauen Augen, Alkohol. *Reiß dich zusammen, er ist es nicht*, schrie sie sich stumm an. *Das da ist dein Ehemann, er wird dir nichts antun!*

Wie als Antwort auf ihre Gedanken knurrte er: »Das wollen wir doch mal sehen!« Er packte sie und presste seinen Mund auf ihren. Seine Zunge drängte grob ihre Lippen auseinander. Luise machte sich steif und kämpfte gegen die Übelkeit an. Endlich löste er sich von ihr und lachte erneut. »Immer noch verstockt, ja? Aber Sie glauben zu tun, was ich will?«

»Constantin, ich bitte Sie. Wir reden morgen darüber, wenn Sie wieder nüchtern sind. Wir überstehen das, ich verspreche es!«

»Wie soll man so was überstehen?«, lallte er, und Luise schöpfte Hoffnung. Er klang so traurig wie gewohnt. Er würde sie zu nichts zwingen, das war nicht seine Art.

Doch es war auch nicht seine Art, Alkohol zu trinken …

»Wie lange ist es her, dass du mit mir geschlafen hast?« Seine Hände umklammerten wieder ihre Oberarme. »Kannst du dich überhaupt noch daran erinnern? Ich bin dein Ehemann, verdammt noch mal! Ich habe Rechte! Bisher habe ich sie nicht eingefordert, aber die Zeiten sind vorbei!«

Er presste seinen Körper an ihren, küsste sie wieder so hart, dass ihre Lippen schmerzten. Alles in ihr wehrte sich gegen die Aussicht, mit ihm schlafen zu müssen. Ja, er war ihr Ehemann, und ja, sie hatten es bereits getan. Doch sie wollte es nicht. Nicht jetzt, nicht so! Er war nie grob gewesen, nun war er es, und sie verabscheute ihn dafür, ganz gleich, was sie ihm angetan hatte, wie sie ihn hintergangen hatte. Er durfte sich nicht einfach nehmen, was sie ihm nicht geben wollte!

Sie wand sich, aber sein Griff lockerte sich nicht. Er schob sie rückwärts, bis ihr Hinterteil gegen den massigen Schreibtisch stieß. Sie spürte die Härte seines Glieds am Oberschenkel, er rieb sich an ihr. Die Übelkeit wurde stärker, sie bekam keine Luft, schmeckte Blut und Alkohol, und sie war wieder dreizehn, wieder war da ein blonder Mann, der aussah, als könne er niemandem etwas Böses tun. Doch er tat Böses. Sie wollte es nicht! Luise presste ihre Schenkel zusammen. Sie klemmte zwischen ihm und dem Tisch fest, konnte sich nicht befreien, er nahm seine Hände von ihr, schob ihr die Röcke hoch und öffnete seine Hose. Endlich löste er den Mund von ihrem, jedoch nur, um ihn gegen ihre Brüste zu pressen. Selbst durch den Stoff ihrer Bluse war ihr die Berührung unangenehm.

»Constantin, ich bitte Sie!«, flehte sie. »Hören Sie auf!«

Er starrte sie mit flackerndem Blick an. »Das sagst du zu dem anderen Mann nicht, möchte ich wetten.« Dann schlug er sie so hart ins Gesicht, dass ihr für einen Moment schwarz vor Augen wurde. Er drehte sie herum, drückte sie bäuchlings auf den Schreibtisch nieder.

Holz an ihrem Gesicht, Eiche, nicht moosig und rau, sondern gewachst und poliert, aber das machte nichts besser. Stöhnen in ihren Ohren, Stöße, immer härter, Hände, die sie überall berührten, die sich nahmen, was sie wollten. Sie war keine dreizehn mehr und war es doch. Krampfhaft schluckte sie gegen die Übelkeit an.

Sie wollte ihm den Triumph nicht gönnen, sich in sie zu ergießen, ihm nicht erlauben, was sie Julius vorenthielt, damit sie nicht schwanger wurde. Sie musste etwas tun! Ihre Hände fanden die Kante des Schreibtisches, sie drückte sich ein Stück hoch. Immer schneller stieß Constantin in sie. Da fiel ihr Blick auf den Briefbeschwerer, einen polierten Stein von der Größe ihrer Hand. Sie packte ihn und schlug damit hinter sich, und es war ihr gleich, ob sie ihren Mann am Kopf treffen und besinnungslos schlagen würde.

Ein Schmerzenslaut unterbrach das Stöhnen, der Druck auf Luise ließ nach, und ihr Körper gehörte wieder ihr. Sie fuhr herum. Constantin kniete am Boden und hielt sich die Schläfe. Er sah zu ihr auf, sein Blick nicht mehr gierig, sondern fassungslos, Tränen in den Augen. Sein Glied lag erschlafft zwischen seinen Schenkeln.

Die Übelkeit verging, und ein Hochgefühl erfasste Luise. Er hatte nicht bekommen, was der Mann bei der Eiche bekommen hatte! Constantin war es zwar gelungen, ihr Gewalt anzutun, aber sie hatte sich gewehrt! Endlich, nach all den Jahren! Sie musste sich beherrschen, nicht aufzulachen bei dem kläglichen Anblick, den seine Männlichkeit bot.

Dann aber wich die Heiterkeit einer alles verzehrenden Erschöpfung. Luise richtete ihre Kleidung und ließ sich in den Sessel fallen. Wie hatte es so weit kommen können? Sie hatte sich geschworen, Constantin eine gute Ehefrau zu sein, und nun hockte ihr Mann weinend vor ihr am Boden. Sie hatte ihn vom ersten Tag an benutzt. Konnte sie ihm wirklich übel nehmen, was er gerade versucht hatte? Er selbst nahm es sich übel genug, das sah sie ihm deutlich an.

Was sollte nun werden? Sie hatte ihrem Mann ihre Untreue gestanden. Würde er sie am nächsten Tag, wenn er wieder nüchtern und bei Sinnen war, aus dem Haus werfen? Durfte sie dann zu Julius gehen, ihm die ganze Last ihrer Vergangenheit aufbürden? Hatte er nicht eine Frau verdient, die noch nicht so zerstört war wie sie?

Liebte er sie, wie er sagte, oder war es doch nur ein Strohfeuer, das einem gemeinsamen Alltag nicht standhalten würde?

Und was, wenn Constantin sie nicht gehen ließ?

Schwerfällig stand sie auf. Es hatte keinen Sinn, über diese Dinge nachzugrübeln. Sie musste Constantins Entscheidung abwarten.

Er war bleich, als er am Morgen ihr Schlafzimmer betrat, dunkle Ringe lagen unter seinen geröteten Augen. Er hatte zaghaft angeklopft, dennoch war Luise bei dem Geräusch zusammengezuckt. Sie war bereits angezogen und saß am Fenster, bemüht, ihre kreisenden Gedanken unter Kontrolle zu behalten. Als er näher trat, roch sie den Alkohol, obwohl er versucht hatte, ihn mit seinem Mundwasser zu überdecken. Ihr wurde flau im Magen.

Er räusperte sich, setzte sich auf den freien Stuhl auf der anderen Seite des Tischchens und sah sie so eindringlich an, als wolle er in ihrem Gesicht lesen.

Was erwartete er von ihr? Warum sagte er nichts? Sollte sie zuerst sprechen? Was sollte sie sagen?

»Luise …«, begann er, verstummte jedoch wieder. Seine Wangenmuskeln zuckten. Sie erkannte seine Verzweiflung und schenkte ihm ein Lächeln, winzig zwar, aber es löste seine Zunge. »Es tut mir leid«, rief er aus. »So leid, Liebste, bitte glauben Sie mir!«

Schon die Tatsache, dass er sie wieder siezte, überzeugte Luise, dass seine Entschuldigung aufrichtig gemeint war. Sie wartete schweigend ab, was das Ergebnis seiner Reue sein würde.

»Bitte verlassen Sie mich nicht«, sagte er tonlos, und Tränen traten in seine Augen. »Was der andere Ihnen auch verspricht, ich flehe Sie an, bleiben Sie bei mir!« Er knetete seine Hände in einer Geste der Hilflosigkeit. »Ich schwöre, was gestern geschehen ist, wird nie wieder vorkommen. Ich – ich war so verletzt. Susanne hat mir alle möglichen Beobachtungen geschildert, die sie gemacht haben will. Gewiss hat sie übertrieben! Sie behauptete sogar, noch unglaublichere Informationen über Sie zu besitzen, und als ich ihre Annäherungsversuche abwehrte, wollte sie am Ende gar Geld von mir, wenn ich das Geheimnis erfahren wolle. Bitte, Luise. Sagen Sie mir, dass unsere Ehe nicht am Ende ist. Ich liebe Sie!«

»Wie können Sie mich lieben und das tun, was Sie getan haben?«

Verwirrung legte sich in seinen Blick. Er hatte sich entschuldigt, also musste er doch wissen, wie ungeheuerlich sein Verhalten gewesen war! Warum sah er aus, als habe er keine Ahnung, wovon sie sprach?

»Ich sagte bereits, es kommt nie wieder vor, dass ich trinke. Das hat mit meinen Gefühlen nichts zu tun.«

»Ich sprach nicht vom Alkohol, sondern davon, was dann geschehen ist!«

»Das war nicht richtig von mir, und Sie hatten recht, mir den Stein an den Kopf zu schlagen. Aber ...«

»Nicht richtig?«, unterbrach sie ihn. »Ist das alles? Wofür entschuldigen Sie sich dann?« Hatte er denn kein Gefühl dafür, was er ihr angetan hatte?

»Ich habe nicht Ihre Not gesehen, Ihre Einsamkeit. Es ist meine Schuld, dass Sie sich auf den anderen eingelassen haben. Er war für Sie da, als ich es nicht sein konnte. Ich hätte Sie nicht mit dem Kummer um unser Kind und Ihren Vater allein lassen dürfen. Aber ich war selbst so unglücklich, und es schien mir, als seien Sie wiederhergestellt aus der Heilanstalt entlassen worden. Alles, woran ich denken konnte, war, dass

347

Sie so schnell wie möglich wieder schwanger werden mussten. Dass es zu früh für Sie war, war mir nicht klar.«

Er wusste nicht, was ihr mit dreizehn geschehen war. Er konnte nicht ahnen, wie schlimm der Vorabend für sie gewesen war, wie schwer es überhaupt gewesen war, wieder einen Mann an sich heranzulassen. Durfte sie ihm vorwerfen, etwas getan zu haben, das in allen Gesellschaftsschichten vorkam und nicht einmal verboten war, wenn es die eigene Frau betraf?

Hatte sie ein Recht, ihn dafür zu bestrafen, wenn sie ihn doch ebenso verletzt hatte, vielleicht tiefer, da sie ihn seit Jahren hinterging?

»Ich möchte noch immer kein Kind bekommen«, sagte sie leise. »Werden Sie das akzeptieren?«

»Alles, wenn Sie mich nur nicht verlassen, Liebste. Ich kann ohne Sie nicht leben!« Er weinte nun haltlos, und ihrer Wut zum Trotz rührte es Luises Herz.

»Und wenn Susanne herumerzählt, was sie zu wissen glaubt? Bin ich für Sie noch tragbar Ihren Kameraden und Vorgesetzten gegenüber? Was, wenn die Nachbarn schlecht über mich sprechen?«

Constantin rieb sich mit dem Ärmel seines verknitterten Hemdes über das Gesicht. Er hatte sich nicht einmal umgekleidet.

»Ich werde niemandem erlauben, schlecht über Sie zu sprechen«, sagte er entschieden. »Und Susanne wird sich hüten. Sie bekommt keine neue Anstellung, wenn sie gehässig über vorherige Arbeitgeber redet.«

Luise war sich nicht sicher, dass er recht hatte. Der Hass des Mädchens währte nun schon so viele Jahre. Immerhin hatte sie ihm nichts von Josephine erzählt. Ein Teil von ihr wünschte, sie hätte es getan. Dann wären alle Geheimnisse offenbart gewesen, alle Karten hätten auf dem Tisch gelegen. Dann würde Constantin sie nicht mehr wollen. Nun, da er sie anflehte, ihn nicht zu verlassen, war es noch immer sie, die die Entscheidung treffen musste …

Constantin ergriff ihre Hände, führte eine zu seinem Mund, küsste sie. Seine Lippen waren warm und feucht, wieder so sanft, wie sie sie kannte. Nicht wie am Vorabend. Sie wusste, er würde nie wieder Alkohol anrühren. Hatte sie das Recht, ihn zu verlassen, nachdem er so viele Jahre für sie gesorgt hatte?

Und was war mit Julius? Plötzlich sehnte sich Luise so sehr nach ihm, dass ihr schwindelte. Sie konnte sich nicht vorstellen, ohne ihn zu sein. Ihn nicht mehr sehen, nicht mehr spüren zu dürfen. Er war der Einzige, der sie wahrhaft kannte, bis in ihr Innerstes. Sie hätte alles gegeben, dass es Julius wäre, der in diesem Moment ihre Hände hielt.

Constantin schluchzte auf. »Sie denken an den anderen, nicht wahr? Ich sehe es Ihnen an.«

Luise antwortete nicht. Was hätte sie auch sagen sollen?

»Was hat er mir voraus? Ist er jünger? Hübscher? Was kann er Ihnen bieten?«

»Ach, Constantin, darum geht es doch nicht!«, entfuhr es ihr.

»Worum geht es dann? Um Liebe? Sie glauben, ihn mehr zu lieben als mich? Ich weiß, dass Ihre Gefühle für mich nicht so tief sind wie meine für Sie.« Er seufzte, und es klang so unglücklich, dass Luises Kehle eng wurde. »Dennoch hatte ich gehofft, Sie würden mir eines Tages das Du anbieten, mir irgendwann einmal sagen, dass Sie mich lieben. Habe ich nicht alles für Sie getan? Ihnen ein schönes Zuhause geschaffen?«

Er kämpfte um sie mit allen Mitteln, die ihm zur Verfügung standen. Sie wusste es, und es berührte sie. Ja, er hatte alles für sie getan, sie aus der Wohnung der Eltern geholt und ihr ein Leben unter Menschen ermöglicht, die gesellschaftlich weit über ihr, der Arbeitertochter und ehemaligen Kellnerin, standen. Hatte sie dadurch das Recht verwirkt, mit dem Mann zu leben, den sie liebte?

Endlich war da eine Liebe, die hätte Bestand haben können. Julius war Arzt, er könnte für sie sorgen, er wusste von ihrer Tochter und würde nicht ruhen, bis sie sie gefunden hätten. Das Zusammensein mit Julius erfüllte sie, körperlich und seelisch. Er war der Mann, den sie aus tiefstem Herzen wollte, der erste und einzige seit Jo.

Doch er war nicht ihr Mann. Ihr Mann saß ihr gegenüber, hielt ihre Hände und kämpfte mit den Tränen. Er würde nie in eine Scheidung einwilligen. Und wenn sie dennoch ginge? Wenn sie Julius schon all ihre Verfehlungen und seelischen Wunden auflastete, so war es gänzlich unmöglich, ihm auch noch ihre Mutter anzutun. Hier bei Constantin konnte sie sie aber nicht lassen. Welchen Grund hätte er, weiterhin für sie zu sorgen? Hatte sie nicht die Pflicht, sich um die Mutter zu kümmern, egal, was diese ihr angetan hatte? Sie hatte sie zur Witwe gemacht, den eigenen Vater zu Tode gebracht.

Luise entzog Constantin ihre Hände und presste sie an ihre Schläfen. Sie meinte, ihr Kopf müsse platzen von all diesen Gedanken. Sie musste mit Julius sprechen. Er würde wissen, was zu tun war. Er hatte sie nie gedrängt, sich für ihn zu entscheiden, und er würde es auch jetzt nicht tun.

Sie erhob sich. »Ich muss …«

»Nein!« Er sprang auf, fiel vor ihr auf die Knie. »Bitte!«

»Ach, Constantin, ich komme doch zurück.« Seine Verzweiflung tat ihr körperlich weh. Sie konnte es ihm nicht antun, ihn zu verlassen.

»Wirklich?«

»Natürlich.« Sie beugte sich zu ihm hinab und küsste ihn aufs Haar. Dann floh sie aus dem Haus, rannte die Straßen entlang bis zu Julius' Wohnung.

Er war nicht daheim. Seine Vermieterin musterte sie mit

gerunzelter Stirn, als sie sie bat, Julius zu sagen, sie warte am Strandweg auf ihn.

Sie musste lange warten, so lange, dass sie sich um Constantin sorgte, der gewiss glaubte, sie käme doch nicht zurück. Sie setzte sich auf eine Bank und verbrachte die Stunden damit, auf die ruhige Förde zu schauen, tief zu atmen und keine schwierigen Gedanken über ihre Zukunft zuzulassen. Stattdessen blickte sie den Schiffen nach und stellte sich vor, an Bord zu sein, Kiel hinter sich zu lassen, hinauszusegeln auf das offene Meer und immer weiter, vielleicht bis nach Kamerun. Langsam verflüchtigte sich ihr Kopfschmerz. Sie dachte an den vorigen Morgen und wäre am liebsten wieder ins Wasser gesprungen. Julius würde ihr nicht mit vorwurfsvoller Miene das Seegras aus den Haaren pflücken, sondern ihre salzigen Lippen küssen und sich für sie freuen, dass sie ihren Gefühlen freien Lauf gelassen hatte.

Sie schloss die Augen und hielt das Gesicht in die Sonne.

»Träumst du schön, mein Engel?«

»Julius!«

Er saß neben ihr, und am liebsten hätte sie sich in seine Arme geworfen. Der Strandweg jedoch war bei dem schönen Wetter gut besucht, und sie war eine verheiratete Frau.

»Es tut mir leid, dass du so lange warten musstest. Aber ich dachte, wir wären erst für morgen verabredet. Ist etwas geschehen?«

»Ja.« Luise wartete, bis ein älteres Pärchen an ihrer Bank vorbeigegangen war, und senkte dennoch die Stimme zu einem Flüstern. »Mein Mann wollte mich gestern Abend vergewaltigen.«

Es tat so gut, es auszusprechen, Julius alles anvertrauen zu können. Er sagte nichts, ergriff nur ihre Hand und drückte sie.

»Er hatte getrunken. Ich hab mich gewehrt. Nun tut es ihm leid.«

»Ich dachte, dein Mann trinkt nicht.«

351

Sie sah ihm ins Gesicht, erkannte Mitleid, Liebe und Wut auf Constantin, und ihr Herz schlug schneller.

»Das Hausmädchen hat ihm von uns erzählt. Er hat mich gefragt, ob es wahr ist.«

»Und?«

Sie lächelte. »Ich habe nicht gelogen.«

Julius' Gesicht leuchtete auf. »Du hast ihm von mir erzählt?«

»Nichts Näheres. Er hat mich gefragt, ob es einen anderen Mann gebe, und ich habe es bestätigt. Dann hat er zu trinken angefangen und …«

»Ich verstehe. Was wird nun?«

»Das weiß ich nicht«, sagte sie ehrlich. »Es tut ihm leid, was geschehen ist. Er kämpft um mich, will sich sogar damit abfinden, dass ich nicht schwanger werden möchte.«

»Hat er verlangt, dass wir uns nicht mehr sehen?«

Sie hörte die Furcht in seiner Stimme, sie klang rau und zittrig.

»Darüber haben wir noch nicht gesprochen, aber ich gehe davon aus, dass er es tun wird.«

Er ließ ihre Hand los. »Bist du hier, um dich von mir zu trennen?«

»Nein!«, rief sie aus. »Ich … ich weiß es nicht. Ach, Julius, was soll ich nur tun?«

»Komm zu mir! Ich liebe dich, Luise.«

»In dein winziges Dachzimmer?« Sie lächelte ihn an, aber die Angst in seiner Miene blieb.

»Ich kann mir längst etwas Größeres leisten, aber bisher war das nicht nötig. Es wird sich alles finden, mein Engel.«

»Ich bin kein Engel, Julius«, sagte sie leise. »Dafür habe ich in meinem Leben zu viele Fehler gemacht.«

»Fehler? Ich wüsste nicht, welchen.«

Das war es, was sie an Julius am meisten liebte. Nicht sein Aussehen, nicht seinen Körper, der ihr Freude schenkte, nicht seine Klugheit, sondern diese Vorurteilslosigkeit, das nie endende Verständnis für jede ihrer Handlungen. Sie wusste, er würde sogar verstehen, wenn sie ihn verließ. Ihn würde sie nicht zerstören, wie sie Constantin zerstören würde. Er würde verstehen, dass sie nicht anders handeln könnte.

Auch er kämpfte um sie, doch er wählte andere Waffen als ihr Ehemann.

»Wie siehst du deine Zukunft, Julius? Hast du darüber schon nachgedacht? Komme ich in deinen Plänen vor?«

Er wandte sein Gesicht dem Wasser zu, ließ sich Zeit mit seiner Antwort. Schließlich seufzte er. »Ich verbiete mir diese Gedanken die meiste Zeit. Ich weiß ja, dass es nicht in meiner Macht steht, unsere gemeinsame Zukunft zu beeinflussen. Aber natürlich wünsche ich mir, dass du dich für mich entscheidest.«

»Was wäre, wenn wir Josephine finden?«

»Was soll dann sein? Sie würde bei uns leben.«

»Was wäre, wenn es mich nicht gäbe? Was würdest du dann tun?«

Jeder andere hätte solche Gedankenspiele als lächerlich abgetan, Julius jedoch nicht.

»Ich habe eine Stellung in England angeboten bekommen. Es war schon immer mein Traum, im Ausland zu leben und zu arbeiten.«

Er wusste, wie sie eine solche Antwort auffassen würde, und dennoch gab er sie. Bedingungslos ehrlich. Schonungslos. Luise meinte, ihr Herz müsse zerspringen vor Liebe und Traurigkeit.

»Du darfst nicht meinetwegen diesen Traum aufgeben, Julius.«

»Ich gebe ihn nicht auf. Ich verschiebe ihn nur. Es werden andere Angebote kommen. Wir könnten zusammen gehen. Dort kennt uns niemand, kein Mensch weiß von deiner Geschichte.«

Kiel verlassen, den einzigen Ort, an dem die Hoffnung bestand, Nachricht über Josephines Verbleib zu bekommen? Julius musste wissen, dass sie das niemals tun würde. Warum machte er ihr dennoch diesen Vorschlag? Hatte er ihr die Hoffnung nur vorgespielt?

»Ich kann nicht gehen«, sagte sie leise.

»Jetzt noch nicht, das ist mir klar. Aber ...«

»Nein, Julius.« Luise nahm allen Mut zusammen, um ihn – und sich – zu überzeugen. »Ich kann meinen Mann nicht verlassen. Mein Gewissen würde mich zu sehr quälen.«

»Mich verlässt du ohne schlechtes Gewissen?«

Überrascht sah Luise ihn an. Diese Frage passte nicht zu ihrem Julius. Nun kämpfte er doch mit denselben Waffen wie Constantin.

»Entschuldige«, sagte er dann auch rasch. »Ich habe kein Recht, solche Dinge zu sagen, aber ich bin auch nur ein Mann, und ich habe Angst, dich zu verlieren.« Er unterbrach sich und musterte sie mit gerunzelter Stirn. »Du tust das für mich, nicht für ihn, richtig?«

Sie schwieg, konnte ihn nicht anlügen. Er wusste es ohnehin. Er kannte sie zu gut.

»Bitte hör auf, zu entscheiden, was gut für mich ist. Ich will dich, Luise.«

»Du bist noch so jung, Julius. Du musst deine Träume leben, ohne die Last, die ich dir wäre.«

Er lachte auf. »Du klingst wie eine alte Frau, dabei bist du jünger als ich. Und eine Last bist du gleich gar nicht.«

Luise aber fühlte sich nicht jung, sondern steinalt. Ihr Leben reichte für drei.

Als sie nicht antwortete, seufzte er tief. »Ich habe immer gewusst, dass eine gemeinsame Zukunft für uns unwahrscheinlich ist, auch wenn ich sie mir wünsche. Das kommt davon, wenn man sich mit einer verheirateten Frau einlässt.« Er lächelte traurig.

»Wenn man sich mit einer geisteskranken Patientin einlässt, meinst du wohl.« Sie erwiderte sein Lächeln. »Julius, du weißt mehr über mich als jeder andere. Du kennst mich besser, als ich selbst mich kenne. Ich verstehe nicht, wie du mich lieben kannst, und bin dir dankbar dafür. Aber, ich sage es noch einmal, du darfst deinen Traum nicht für mich aufgeben.«

»Ohne dich ist er nur halb so schön. Versuch doch, ihn mit mir zu träumen. Wir zwei – und Josephine – in einem anderen Land. Noch einmal ganz von vorn etwas aufbauen.«

»Nicht auf den Scherben meiner Ehe. Das wäre kein Neuanfang. Ich habe meinem Mann viel zu verdanken.«

»Mir nicht?«

Da war er wieder, der Mann in Julius, der auch nicht anders fühlte als alle anderen Männer. Es rührte und verunsicherte sie gleichermaßen.

»Dir verdanke ich mein Leben. Es ist *deine* Stimme, die ich höre, wenn ich kurz davor bin zu verzweifeln. Aber mir war nicht bewusst, dass ich deswegen in deiner Schuld stehe.«

»Du stehst in niemandes Schuld. Du darfst entscheiden, ob du mit ihm leben willst, mit mir oder allein. Das ist dein Recht.«

»Ich habe Rechte? Seit wann?«

Er antwortete nicht, sah wieder auf die Förde hinaus. Ihr Blick folgte seinem. Auf dem gegenüberliegenden Ufer erhoben sich die Kräne der Werften, und das Wasser war bevölkert von kaiserlichen Kriegsschiffen, Fischerbooten und Dampfern. Die Spaziergänger auf dem Strandweg gingen unermüdlich auf und ab und genossen die Sonnenstrahlen. Luise fühlte sich, als müsse es regnen. Sie war im Begriff, sich zu nehmen, was ihr das Wichtigste im Leben war – gleich nach ihrem Kind. Wie sollte sie das überstehen?

Dennoch musste sie es tun. Für Julius, der sich nicht an sie binden durfte. Für Constantin, der es nicht verdient hatte,

355

verlassen zu werden, ganz gleich, was er am Vortag getan hatte. Und für Josephine. Schon der Gedanke daran, die Stadt zu verlassen, in die ihre Tochter vielleicht zurückkehren würde, ließ die Schuld an ihr nagen.

»Ach, meine kleine Luise«, sagte Julius plötzlich und streichelte ihre Hand. »Hätte ich das alles gewusst, hätte ich dich schon mit dreizehn festgehalten und nicht wieder losgelassen.«

»Dann wäre ich nicht die Frau, die ich heute bin.«

»Ich weiß. Du bist Mutter, und obwohl ich noch Hoffnung habe, dass deine Tochter zu dir zurückkehrt, weiß ich, dass es genauso gut sein kann, dass es nie passiert und du für immer wartest. Und ich würde bis an mein Lebensende mit dir warten, aber das kannst du mir nicht glauben, nicht wahr?«

»Du würdest es irgendwann bereuen.«

»Dann ist das jetzt unser Abschied?«

Sie sah ihn an, sein hübsches, trauriges Gesicht, und sie hätte am liebsten sein struppiges Haar noch mehr zerzaust, ihre Hände darin vergraben, ihn geküsst, ihre Zunge in seinen Mund geschoben und ihn festgehalten, vor allen Menschen auf dem Strandweg.

»Ich möchte auf andere Art Abschied nehmen«, sagte sie und ließ ihre Hand verstohlen seinen Rücken hinaufwandern. Auf andere Art als von Jo, ihrer ersten Liebe. Nicht getrennt durch ein Gitter und die Regeln der Gesellschaft.

»Ich auch«, erwiderte er. Seine Stimme klang rau. »Komm, verärgern wir ein letztes Mal meine Vermieterin.«

Sie mussten die Dame nicht verärgern. Sie war nicht zu Hause. Bereits auf der Treppe knöpfte Julius Luise die Bluse auf, und kaum hatten sie das Zimmer erreicht, fielen sie aufs Bett. Jeder seiner innigen Küsse, jedes Streicheln seiner Hände ließ die Erinnerung an Constantins Übergriff verblassen. Er heilte, was andere zerstört hatten, so wie Jo und doch auf andere Art, da er wusste, was ihr zugestoßen war. Nie hatte er versucht, sie mit dem Rücken zu sich zu drehen, er wollte ihr jedes Mal ins Gesicht sehen, um zu erkennen, ob er ihr Freude bereitete.

Er tat es mehr als einmal an diesem Nachmittag. Luise musste sich nicht zurückhalten, auf keinen anderen Hausbewohner oder Passanten achten wie sonst so häufig. Sie schrie die Lust heraus, die er ihr verschaffte, wie sie am Strand geschrien hatte. Als sich Julius rechtzeitig aus ihr zurückziehen wollte, wie er es immer tat, umklammerte sie mit den Beinen seinen Körper, um ihn daran zu hindern. Sie wollte ihn bis zum Ende spüren. Es war nicht die Zeit des Monats, in der es wahrscheinlich war, dass sie schwanger wurde – und wenn es doch passieren würde, hätte es das Schicksal so gewollt, dass ihr auch von diesem Mann, den sie liebte, den sie aufgeben musste, etwas blieb. Etwas, das sie behalten durfte, auch wenn das hieß, ihren Mann anzulügen.

Sie hätte Julius behalten können. Sie war zwar verheiratet, aber das war kein echter Hinderungsgrund. Nicht, wenn sie dieses Land ohnehin verlassen würden. Endlich eine Liebe, die möglich war, ein Mensch, den ihr keiner wegnehmen konnte. Aber zu welchem Preis für diesen Menschen? Deshalb nahm sie ihn sich selbst weg. Wie vernünftig. Wie dumm.

Wie immer.

Sie konnte keine Freundin halten.

Kein Kind.

Und keinen Mann.

Außer dem einen, den sie nicht liebte. Mit dem sie verheiratet war.

Sie hielten sich noch lange im Arm, nackt aneinandergepresst. Sie hörten die Vermieterin nach Hause kommen und lachten leise bei dem Gedanken, was die alte Frau sagen würde, wenn sie sie so sähe.

Dann lachten sie nicht mehr. Zogen sich an, schlichen die

357

Treppe hinab und auf die Straße. Küssten einander ein letztes Mal.

Luise weinte den ganzen Weg zu ihrem Haus.

Kapitel 27

Villa von Wiedenfels, Kiel-Düsternbrook, März 1905

Die Frühjahrssonne weckte Luise mit ihrem ungewohnten Licht und einer sanften Wärme. Sie öffnete die Augen, und sogleich war der Schmerz zurück, der schon so alt war und doch nie verging. Sie fragte sich, ob sie eines Morgens aufwachen würde und er wäre fort. War sie dann noch Luise? Die Gedanken an ihre verlorenen Kinder waren ein Teil von ihr.

Ein neuer Tag, ein weiterer Versuch, Constantin eine gute Ehefrau zu sein. Seit sie zu ihm zurückgekehrt war an jenem Tag, hatte er alles für sie getan. Alles getan, um seinen Übergriff wiedergutzumachen. Nie wieder hatte er sie bedrängt, hatte sich damit abgefunden, dass Luise weiterhin auf getrennten Schlafzimmern bestand, war dankbar gewesen für jede Nacht, in der sie zu ihm gekommen war. Sie hatte versucht, sich auf ihn einzulassen. Es fiel ihr noch immer schwer, zärtlich zu ihm zu sein, aber er stellte keinerlei Forderungen, ließ sie machen, und so ertrug sie es. Manchmal gelang es ihr sogar, währenddessen an Julius zu denken und es zu genießen. Das schlechte Gewissen kam erst danach, doch es verschwand rasch wieder. Ihre Gedanken gehörten ihr allein, Constantin hatte kein Anrecht darauf. Sie hatte ihren Geliebten seit ihrem Abschied vor acht Monaten nicht mehr gesehen und war ihrem Mann treu.

Der Lohn dafür war die klaglose Erfüllung all ihrer Wünsche. Ihre Mutter wohnte nicht länger im Haus. Constantin hatte ihr ein Häuschen im Garten bauen lassen, und sie kam zwar zu den Mahlzeiten herüber, durfte jedoch ansonsten nicht ungefragt in Luises Heim eindringen. Dass sie es dennoch oft genug tat, war nur ein kleiner Wermutstropfen. Die Erleichterung, die Luise am Tag ihres Auszugs verspürt hatte, glich derjenigen nach Susannes Entlassung. Das neue Hausmädchen, Catharina, war eine freundliche junge Frau, in deren Gesellschaft sich Luise wohlfühlte. Sie spielten gelegentlich Karten, buken sonntags gemeinsam Waffeln, die sie dick mit Zucker bestreuten. Sie lachten zusammen, und Luise fühlte sich zuweilen, als hätte sie eine Freundin. Ihr Leben hatte sich zum Guten gewendet. So musste sie es betrachten, um nicht verrückt zu werden. Sie seufzte und kroch unter ihrer weichen Bettdecke hervor.

Beim Frühstück bemerkte sie, dass ihr das Lächeln leichter fiel als noch am Tag zuvor, und sie schöpfte Hoffnung, dass es irgendwann keine Qual mehr sein würde. Sie biss in das knusprige Brötchen, schlürfte den Kaffee, den sie stets mit dicker, gelber Sahne trank – all die Annehmlichkeiten, die ihre Ehe mit dem inzwischen zum Oberleutnant aufgestiegenen Constantin ihr bot.

Und doch würde ich all das wegwerfen für einen einzigen Tag mit meinem Kind, dachte Luise. Josephine aß gewiss keine frischen Brötchen …

Nach dem Frühstück brachen sie auf zum Gottesdienst in der Pauluskirche und dem anschließenden Besuch des Hotels Düsternbrook für einen weiteren Kaffee. Luise genoss den Spaziergang hinunter in Richtung Förde. Die Sonne erwärmte die Luft kaum, aber ihre Strahlen streichelten Luises Gesicht. Sie atmete tief und lächelte die anderen sonntäglichen Spaziergänger an. Der lange Winter mit seinen Überschwemmungen und frostigen Tagen schien vergessen, und von den Menschen ging eine zufriedene Heiterkeit aus.

Wegen des schönen Wetters hatte das Hotel den Konzertgarten geöffnet, und er war gut besucht. Eine Militärkapelle spielte auf, und die schwungvolle Musik durchbrach den stillen Morgen und erinnerte Luise an die Tanzabende in der *Waldwiese*. Sie ertappte sich dabei, wie sie mit dem Fuß wippte. Das altbekannte schlechte Gewissen stellte sich augenblicklich ein. Durfte sie fröhlich sein? *Ja*, dachte Luise. *Es hilft niemandem, wenn ich für den Rest meines Lebens Trübsal blase.* So erlaubte sie sich die Freude an der Sonne und der Musik, und eine angenehme Ruhe erfasste sie.

Als Constantin jedoch nach dem Konzert noch ein Getränk mit Bekannten einnehmen wollte, die er am Nebentisch entdeckt hatte, entschuldigte sich Luise mit Kopfschmerzen und ging nach Hause. Gesellschaft ertrug sie mittlerweile, jedoch nicht allzu lange.

Das Haus war still. Seit wann hielt sich die Mutter daran, es nicht zu betreten, wenn Luise und Constantin ausgegangen waren? Sie ließ es sich doch sonst nicht nehmen, herumzuschnüffeln … Einer Eingebung folgend spähte Luise durch das Fenster des Esszimmers hinaus in den Garten. Am Häuschen der Mutter bewegte sich etwas. Da war sie und ging mit schnellen Schritten den Weg entlang, den Kragen hochgeschlagen, den Mantel über eine Gestalt gebreitet, die neben ihr ging.

Luise traute ihren Augen nicht. Hatte sie Wahnvorstellungen? Das war ein Kind dort unter dem Mantel ihrer Mutter! Sie sah die kurzen Beinchen deutlich, wenn der Rest auch vom dunklen Stoff des Mantels verdeckt war.

Josephine!, schoss es Luise durch den Kopf. Welches andere Kind sollte die Mutter sonst verstecken wollen? Luise rannte los, um das Haus herum und in den Garten. Er war menschenleer. Wo waren sie? Sie lief weiter, zur Straße, spähte in beide Richtungen. Nichts. Verzweiflung erfasste sie. Sie musste ihre Mutter aufhalten! Wohin konnte sie gegangen sein?

Da fiel ihr der kleine Weg ein, der das Grundstück mit

demjenigen verband, das schräg dahinter lag. Wenn ihre Mutter diesem folgte und am Haus ungesehen vorbeikam, erreichte sie die Caprivistraße und wäre von dort aus schnell im Gehölz oder im Gewirr der Straßen verschwunden.

Luise lief los. Da waren Spuren im niedrigen Wintergras! Sie war auf dem richtigen Weg. Dort vorn, der dunkle Mantel.

»Frau Mutter!«, brüllte sie. »Bleiben Sie stehen!«

Diese tat es, wie vom Donner gerührt. Mit drei Sätzen war Luise bei ihr.

»Warum bist du nicht beim Gottesdienst?«

»War ich ja. Und beim Konzert. Aber nun bin ich zurück.« Sie wies auf den Mantel der Mutter. »Wen verstecken Sie da?«

Deren Gesicht verzog sich zu einer hasserfüllten Grimasse. Sie schwieg. Luise packte den Mantel und zog ihn beiseite.

Dunkle Augen blickten zu ihr auf, ihr Ausdruck eine Mischung aus Angst und Wut. Dunkle Haut, heller als Jos, aber unverkennbar sein Kind. Seine Augen, seine Gesichtszüge. Josephine. Ihre Josephine. Tränen schossen in Luises Augen, aber sie hielt sie zurück. Zuerst musste sie die Kleine aus der Reichweite der Mutter bringen.

»Geben Sie sie mir«, sagte sie.

Die Mutter verstärkte ihren Griff um das Kind. »Nein! Ich bringe sie jetzt fort.«

»Das werden Sie nicht!«

»Sie wird unser aller Leben zerstören.«

»Sie ist ein Kind!«, rief Luise. »Mein Kind!«

»Scht!«, zischte die Mutter. »Willst du wohl ruhig sein, du dumme Gans? Die Nachbarn hören dich! Willst du alles verderben wegen eines Zigeunerbalgs?«

Luise sprang vor und riss Josephine aus dem Griff ihrer Mutter. Sie presste den kleinen Körper an sich. Als sie die Wärme des Kindes spürte, war es vorbei mit ihrer Beherrschung. Die Tränen kamen und ließen sich nicht aufhalten. So viele Jahre hatte sie ihre Tochter vermisst, unzählige Stunden um sie geweint.

»Dazu haben allein Sie sie gemacht, Frau Mutter«, sagte sie kalt.

Die Wut im Gesicht der anderen wich einem Ausdruck des Trotzes. »Ich habe damals gedacht, sie gehöre dorthin, zur Sippe ihres Vaters«, beharrte sie. »Ich konnte ja nicht ahnen ... Wie bist du überhaupt an einen Afrikaner gekommen? Das hast du mir nie erzählt.«

»Ich werde es Ihnen auch jetzt nicht erzählen. Mein Leben geht Sie nichts an! Sie haben mir meine Tochter gestohlen und können froh sein, dass ich all die Jahre Ihre Gesellschaft ertragen habe.« Das Kind hing stocksteif in Luises Armen. Es wurde schwer, doch sie wollte es nicht absetzen. »Sie haben Josephine zu vollkommen fremden Menschen gegeben, einen hilflosen Säugling!«

»Es ist allein deine Schuld, dass du mir nicht von vornherein gesagt hast, wer das Kind gezeugt hat«, behauptete die Mutter. »Dann wäre alles anders gekommen.«

»Ach ja, und wie? Hätten Sie sie mir gelassen? Wohl kaum. Eher hätten Sie sie umgebracht!«

Die Mutter zuckte mit den Schultern. »Wenn du meinst. Jedenfalls hätte ich sie nicht den Zigeunern mitgegeben. Es ist kein Wunder, dass sie sie zurückgebracht haben. Sie haben gesagt, das Kind passe nicht zu ihnen. Es sei nie eine von ihnen geworden, obwohl sie sich bemüht hätten.«

In das überwältigende Glücksgefühl, das Luises Brust zu sprengen drohte, mischte sich Traurigkeit. Wie mochte dieses Leben unter Fremden, die fremd geblieben waren, für Josephine gewesen sein?

Aber das war nun gleichgültig. Sie würde alles wiedergutmachen. Sie ließ die Mutter stehen, drehte sich um und trug Josephine zum Haus.

»Warte!«, hörte sie es hinter sich rufen. Schon war die Mutter an ihrer Seite. »Was gedenkst du jetzt zu tun?«

»Ich nehme meine Tochter mit ins Haus und kümmere mich endlich um sie.«

»Und was ist mit deinem Mann?«

Luise erstarrte. Sie hatte keinen Gedanken an Constantin verschwendet. Sie würde mit ihm sprechen müssen. Doch nicht sofort. Erst einmal musste sie sich um ihre Tochter kümmern.

»Wagen Sie es nicht, ihm von ihr zu erzählen«, fuhr sie ihre Mutter an.

Die Miene der Mutter wurde gehässig. »Was er wohl zu diesem Afrikanerbalg sagen wird?«

»Constantin ist ein guter Mensch. Er wird es schon verstehen. Aber ich sage es ihm, hören Sie? Wann ich es für richtig halte. Und Sie halten sich vom Haus fern. Sonst zeige ich Sie an! Das war das dritte Mal, dass Sie mir mein Kind wegnehmen wollten. Es reicht, Frau Mutter. Ein für alle Mal.«

»Ha! Du willst mich anzeigen? Du bist schneller wieder in der *Villa Siemerling*, als du ...«

Luise verschloss ihre Ohren vor der bösen Stimme, und dann verschloss sie auch die Haustür und die Tür ihres Zimmers. Sie sperrte die Welt aus, wollte nur noch ihr Kind in ihrer Welt. Sie setzte die Kleine auf ihr Bett und kniete sich davor.

»Hallo, Josephine.«

Dunkle Augen starrten sie an. Aus dem kleinen Mund mit den vollen Lippen kam kein Laut.

»Ich bin ...«

Ja, was war sie? Durfte sie sich eine Mutter nennen? Hatte das Kind so etwas wie eine Mutter gehabt? Vermisste es die Menschen, bei denen es gelebt hatte? Die einzigen, die es kannte? Luise konnte sich nicht ausmalen, wie es in ihrer Tochter aussah.

Die kleinen Hände lagen zu Fäusten geballt auf ihren Oberschenkeln. Sie trug ein einfaches Mäntelchen aus grobem Stoff. Luise knöpfte es auf, um es ihr auszuziehen, da schlug das Kind nach ihr und sprach zum ersten Mal, doch Luise verstand die Worte nicht. Wohl aber die Gefühle, die dahintersteckten. Wut. Angst. Sie war noch so klein! Gerade einmal drei Jahre alt.

Was sollte sie nur tun? Sie konnte das Kind nicht zwingen, sich auszuziehen. Und sie hatte auch keine saubere Kleidung für die Kleine. Luises Gedanken rasten. Sie brauchte heißes Wasser und einen Bottich. Aber dafür musste sie Josephine allein lassen. Was, wenn Constantin heimkam und mit ihr sprechen wollte? Sie war noch nicht bereit dazu! Sie wollte ihn nicht sehen. Nur allein sein mit ihrer Tochter, Zeit mit ihr verbringen. Schnell das heiße Wasser holen und die Tür wieder verriegeln, sich mit Kopfschmerzen für den Rest des Tages entschuldigen, sich von Catharina etwas zu essen bringen lassen. Ja, das war es, was sie tun musste.

»Ich komme gleich zurück«, sagte sie zu Josephine, auch wenn sie keine Ahnung hatte, ob das Kind sie verstand. Es regte sich nicht, starrte sie nur an.

Luise schloss sorgfältig die Tür hinter sich ab, ließ den Schlüssel in ihren Ausschnitt gleiten und rannte die Treppe hinunter. In der Küche fand sie Volkmar. Sie wies ihn an, ihr den Waschzuber mit heißem Wasser gefüllt nach oben zu bringen. Wenn der Hausdiener ihr Ansinnen seltsam fand, ließ er es sich nicht anmerken. Sie ergriff ein vom Frühstück übrig gebliebenes Brötchen und lief zurück nach oben. Die ganze Zeit hatte die Angst sie nicht losgelassen, Josephine wäre verschwunden, wenn sie zurückkam. Fortgelaufen – hatte sie die Tür vielleicht nicht richtig verschlossen? – oder von vornherein nur ein Traum gewesen. Ein Hirngespinst und sie tatsächlich reif für die *Villa Siemerling*.

Ihre Tochter war noch da, stand auf einem der Stühle und

365

starrte aus dem Fenster. Luises Herz wurde leicht und schwer zugleich. Wartete sie auf die Wagen? Hoffte sie, wieder abgeholt zu werden? Lange stand Luise nur da und betrachtete das Kind, und ein Gefühl der Unwirklichkeit erfasste sie. Konnte es wahr sein, dass sie in einem Raum war mit dem Wesen, das sie geboren und kurz darauf verloren hatte? Josephine hatte die Kapuze abgenommen und den Mantel geöffnet, offenbar war ihr warm. Endlich konnte Luise ihrer Tochter die Wärme geben, die sie verdiente, und das nicht nur durch den Kachelofen in der Zimmerecke.

Das lockige, schwarze Haar war zu zwei kurzen Zöpfchen gebunden. Die Kleidung, obwohl schlicht, war so sauber, wie es das Leben im Pferdewagen zulassen mochte. Sie hatten das Kind nicht zurückgebracht, um es los zu sein, um es in ein ungewisses Schicksal zu entlassen. Nein, jemand hatte es hübsch gemacht, wohl damit die reichen Leute sich seiner annahmen.

Die reichen Leute … Luise schluckte. Ja, sie hatte es weit gebracht von der winzigen Wohnung im Krusenrotter Weg bis zu der Villa in Düsternbrook. Wo auf dem Weg hatte sie sich selbst verloren? Und was würde nun aus ihr werden, wenn Constantin Josephine nicht akzeptieren konnte? Sollte sie es überhaupt darauf ankommen lassen oder gleich gehen? Zurück zu Julius? Ihr Herz schlug schneller bei dem Gedanken. Nun könnten sie zusammen das Land verlassen!

Was aber würde das für den Mann bedeuten, den sie liebte? Sie hatte sich entschieden, ihm die Last ihrer Vergangenheit nicht aufzubürden. Diese Last wog nun noch schwerer, da es nicht allein um sie ging, sondern um ein Kind, das offensichtlich nicht seines sein konnte …

Es klopfte, und Luise schrak zusammen. Auch Josephine wandte den Kopf, die Stirn misstrauisch gerunzelt.

»Das Wasser, Frau von Wiedenfels«, erklang Volkmars Stimme.

»Ich danke Ihnen. Lassen Sie es dort stehen. Ich hole es herein.«

»Der Bottich ist schwer, soll ich nicht …«

»Nein, vielen Dank.« Sie hoffte, ihre Worte klangen entschieden genug.

Luise lauschte, und erst als sich die Schritte des Hausdieners die Treppe hinab entfernt hatten, öffnete sie die Tür.

»Luise?« Constantins blonder, glatt gekämmter Schopf erschien an der Treppe. »Geht es Ihnen besser?«

Ihr wurde heiß und kalt. Sie zerrte an dem Bottich, musste alle Kraft aufwenden, um ihn ins Zimmer zu schleifen.

»Luise?«

Ihr Mann kam näher. Gleich würde er bei ihr ankommen. Endlich hatte sie das Gefäß ins Zimmer gezogen. Sie schloss die Tür und trat Constantin auf dem Flur entgegen. Im Stillen betete sie, dass sich Josephine ruhig verhalten würde.

Als er vor ihr stand, verzog sie das Gesicht und presste sich theatralisch die Hände an die Schläfen.

»Ja?«, hauchte sie.

»Haben Sie noch Schmerzen, Liebste?« Constantin sah sie besorgt an. »Heute früh ging es Ihnen doch noch gut! Soll ich den Arzt holen lassen?«

»Ach nein.« Sie lächelte übertrieben gequält. »Ich habe mir heißes Wasser bringen lassen. Der Dampf zusammen mit meinem Minzöl wird mich beruhigen und die Schmerzen vertreiben. Dann lege ich mich hin. Wir sehen uns beim Abendessen.«

Constantin musterte sie. Sah er misstrauisch aus? Schließlich hob er fast unmerklich die Schultern.

»Gute Besserung, meine Liebe. Bis später.«

Er stand noch einen Augenblick da und knetete seine Hände. Ungeduldig wartete Luise, dass er gehen würde. Sie befürchtete, er würde einen Blick in ihr Zimmer erhaschen, wenn sie hineinging, bevor er fort war. Endlich wandte er sich um und steuerte auf sein Schlafzimmer zu. Luise atmete auf und huschte in ihr Zimmer.

Josephine stand neben dem Bottich und tauchte beide Hände hinein. Als sie bemerkte, dass Luise wieder im Raum war, zuckte sie zusammen und trat einige Schritte zurück.

»Du darfst das ruhig tun«, sagte Luise sanft. »Möchtest du dich waschen?«

Luise holte ein großes Leintuch aus ihrer Wäschetruhe und legte es auf den Ofen, um es zu wärmen. Dann zog sie sich bis auf das Unterzeug aus und träufelte Rosenessenz statt des Minzöls ins Wasser, da sie befürchtete, die Minze sei zu stark für das kleine Mädchen. Sie tauchte ihre Arme bis über die Ellbogen ein und wusch sie gründlich, danach ihr Gesicht. Josephine beobachtete sie aufmerksam.

»Komm«, lockte Luise. »Du bist an der Reihe. Riech mal, wie gut das duftet!« Sie atmete tief ein.

Das Mädchen trat näher und schnupperte. Ein feines Lächeln legte sich auf das dunkle Gesicht. Luise ging das Herz auf. Ihre Tochter hasste sie nicht, sondern reagierte endlich auf ihre Versuche, Kontakt aufzunehmen. Nun ließ sie sich sogar den Mantel und das Kleidchen abnehmen. Die Hose, die sie darunter trug, zog sich Josephine allein aus. Ihr Körper war schmal, aber nicht unterernährt, die Haut heil, es gab keine sichtbaren Wunden außer einigen Kratzern an den Schienbeinen.

Luise nahm einen Waschlappen und reinigte den Körper der Kleinen. Unwillkürlich musste sie an Jo denken. Auch ihn hatte sie gewaschen – es kam ihr vor wie eine Ewigkeit und war doch keine vier Jahre her.

Ihre Liebe hatte dazu geführt, dass dieses perfekte kleine Wesen auf der Welt war. Dankbarkeit überkam Luise. Der erste Mann, den sie geliebt hatte, hatte ihr etwas Wundervolles hinterlassen, und dies war endlich wieder dort, wohin es gehörte. Bei ihr.

Sie wickelte das Kind in das angewärmte Tuch, trug es aufs Bett und legte sich daneben.

»Meine Josephine«, wisperte sie. »Ich bin deine Mama. Kannst du das sagen? Mama?«

Die Kleine musterte sie und schwieg.

Luise deutete auf sich. »Mama.« Dann richtete sie den Zeigefinger auf das Kind. »Josephine.«

Josephine starrte sie aus ihren schwarzen Augen an. »Mama«, sagte sie und zeigte auf Luise.

Heiße Freude strömte durch ihren Körper. Ihre Tochter hatte sie *Mama* genannt!

Die Kleine deutete auf die eigene Brust. »Kali«, sagte sie.

Da erinnerte sich Luise, was eine der beiden Frauen am Standplatz ihr gesagt hatte. Sie hatten dem Kind einen anderen Namen gegeben, einen, der in ihrer Sprache eine Bedeutung hatte.

»Kali?«, fragte sie. Die Kleine nickte. Luise spürte einen winzigen Stich. Josephine kannte den Namen nicht, der Luise so wichtig war, da er den Namen von Josephines Vater enthielt – oder das, was sie davon verstanden hatte. Doch sie riss sich zusammen. Das war erst einmal nicht so wichtig.

»Hast du Hunger?«, fragte sie, holte das Brötchen vom Tisch und reichte es der Kleinen. Die besah es von allen Seiten und biss vorsichtig hinein. Krümel fielen ins Bett, und Luise fühlte ein unbändiges Lachen in sich aufsteigen. Ihr Kind durfte in ihr Bett krümeln, so viel es wollte! Sie hatte drei Jahre verpasst, die ersten Schritte, das erste Wort, jedes einzelne Zähnchen. Nun wollte sie nichts mehr verpassen.

Als die Kleine eingeschlafen war, kuschelte sich Luise dicht an den zarten Körper. Eine Empfindung, die sie kannte, überkam sie. Eine Erinnerung an die Zeit kurz nach Josephines Geburt. Das unwirkliche Gefühl, in einer anderen Welt zu sein. Etwas jedoch war anders. Vor drei Jahren hatte sie gewusst – zwar verdrängt, aber viel zu sicher gewusst –, dass sie ihre Tochter würde fortgeben müssen. Nun erfasste sie eine andere Gewissheit. Nie wieder würde sie sich von ihrem Kind trennen lassen. Nie wieder! Was immer die Mutter versuchen würde, wie auch immer Constantin reagierte – Josephine blieb bei ihr. Sie strich sanft über die Wange der Kleinen. Ihre Haut war viel dunkler, als sie es kurz nach der Geburt gewesen war. Dunkler als die der Fahrenden. Diese konnten nicht mehr geglaubt haben, dass das Kind zu ihnen gehörte. Wie lange schon nicht mehr? Hatten sie es je getan? Es gab so viele Dinge, die sie nie erfahren würde. Das Leben ihrer Tochter bis zu diesem Tag würde ein Geheimnis bleiben. Von nun an jedoch würde sie jeden ihrer Schritte bewachen, sie sicher begleiten, bis sie erwachsen war. Luise schloss die Augen und lauschte auf den ruhigen Atem des Kindes, und obwohl es erst früher Nachmittag war, schlief sie ein.

Das Weinen drang in ihren Traum, sie schrie auf und hatte sofort vergessen, was sie geträumt hatte. Im Zimmer herrschte nur noch schummriges Licht, draußen dämmerte es. Neben ihr im Bett regte sich das Kind, wühlte herum, schlug mit den Armen. Das Jammern klang überlaut durch das stille Haus.

Constantin! Er durfte nicht wissen, dass die Kleine da war. Noch nicht! Erst einmal wollte Luise sie kennenlernen, sich etwas überlegen, wie sie ihm beibringen konnte, dass sie ein Kind hatte. Dass sie ihn belogen hatte, seit sie sich kannten. Dass sie bei ihrer Hochzeit keine Jungfrau mehr gewesen war.

»Pst, Josephine«, wisperte sie. »Ganz ruhig, ich bin ja da.«

Das Kind beruhigte sich jedoch nicht. Luise entzündete die Lampe auf dem Nachttisch. Der sanfte Lichtschein fiel auf das Gesicht der Kleinen. Es war nass von Tränen, das Haar verschwitzt. Sie hörte auf zu weinen, schluchzte aber zitternd. Luise sprach weiter beruhigend auf sie ein. Endlich glättete sich das verzerrte Gesichtchen, und sie setzte sich im Bett auf. Sie fragte etwas in der fremden Sprache.

»Ich verstehe dich nicht, mein Engel«, sagte Luise, und ihr Herz wurde schwer. So vieles änderte sich für das Kind, die Umgebung, die Sprache, die Personen. Und sie sorgte sich um das Befinden ihres Gatten, der immerhin ein erwachsener Mann war!

»Wasser«, sagte Josephine langsam und deutlich.

Endlich ein deutsches Wort! Sie kannte also doch welche. Luise füllte einen Becher aus dem Krug auf ihrem Nachttisch und reichte ihn dem Kind, und es trank hastig.

Die Standuhr in der Diele schlug sechsmal. Zeit zum Abendessen. Luise verspürte Hunger, aber sie mochte Josephine nicht allein lassen. Außerdem würde sie Constantin begegnen müssen. Doch auch das Kind brauchte etwas zu essen. Sie musste hinuntergehen. Nur wie sollte sie der Kleinen begreiflich machen, dass sie sich ruhig verhalten musste? Josephine hatte kein Spielzeug, nichts, womit sie sich beschäftigen konnte. Würde sie wieder weinen, wenn Luise ging? Sie konnte die Lampe nicht brennen lassen, es war zu gefährlich. Wenn sie sie aber löschte, war es wieder finster. Welches Kind hatte im Dunkeln keine Angst? Luises Gedanken rasten. Was sollte sie tun?

Es klopfte. Luise fuhr zusammen.

»Sind Sie wach, meine Liebe?«

Constantin. Sie legte den Zeigefinger an die Lippen und sah Josephine eindringlich an. Das Kind machte ihr die Geste nach und presste den Mund fest zu. Sie hatte verstanden, und Luise fragte sich, was die Kleine hatte erleben müssen, dass sie diese Geste kannte.

»Darf ich eintreten?«

»Nein!«, entfuhr es ihr. Sofort tat es ihr leid. Sie sah ihn vor sich, wie seine Schultern stets herabsanken, wenn sie ihn enttäuschte, seinen verletzten Gesichtsausdruck.

»Geht es Ihnen noch nicht besser?«, erklang die besorgte

Stimme gedämpft durch die Tür. »Mir war, als hätte ich Sie weinen gehört.«

»Ja, das ist richtig.« Luise bemühte sich um eine feste Stimme. »Ich habe schlecht geträumt, aber es geht mir besser. Ich komme gleich zum Abendessen herunter.«

»Das ist schön.« Er klang erleichtert, und Luise fühlte sich noch schlechter. Wann war ihr Leben eine einzige Lüge geworden?

Das weißt du genau, flüsterte ihre innere Stimme. *Damals an der Eiche. Als du dich zum ersten Mal von dir entfernt hast.*

»Gehen Sie schon vor. Ich ziehe mich an und bin gleich bei Ihnen.«

Sie nickte zur Tür und deutete auf Josephines verschlossenen Mund. Ihre Tochter sah sie mit großen Augen an.

»Ich muss kurz fort«, wisperte sie dem Kind zu. »Ich bringe Essen mit. Bitte sei ruhig, ja?« Sie zog den Nachttopf unter dem Bett hervor. »Weißt du, was das ist?« Keine Reaktion. Luise machte vor, wie das Nachtgeschirr zu benutzen war. Josephine beobachtete sie genau. »Bis später, meine Süße.«

Luise richtete ihr Kleid, wusch sich das Gesicht und stellte die Lampe auf den Tisch außerhalb der Reichweite des Kindes. Sie hoffte, dass Josephine nicht mit dem Feuer spielen würde. Dann schloss sie die Tür hinter sich ab und lief die Treppe hinunter in das Esszimmer. Constantin saß schon am Tisch und lächelte sie an.

»Wie schön, dass es Ihnen wieder gut geht.«

Luises schlechtes Gewissen wuchs. Ihr Mann sorgte sich um sie, und sie log und hinterging ihn. Doch damit würde es bald vorbei sein. Sie musste ihm die Wahrheit sagen. Bald.

Kapitel 28

Villa von Wiedenfels, Kiel-Düsternbrook, März 1905

Wie schon während der Zeit mit Julius wurde das Lügen zu Luises ständigem Begleiter. Es gelang ihr, Josephines Anwesenheit vor Constantin und den anderen Hausbewohnern zu verschleiern. Ihr geheimes Zeichen – der an die Lippen gelegte Finger – funktionierte, und das Kind verhielt sich stets leise und weinte selten. Josephine akzeptierte es sogar, wenn Luise sie für längere Zeit allein ließ, und beschäftigte sich still mit Stiften und Papier, die Susanne bei ihrem Abgang nicht mitgenommen hatte. Einige Tage nach ihrer Ankunft ließ sich Luise von Volkmar zum Marktplatz fahren, von dem aus sie die Holstenstraße hinablief. Zuerst zum Kindergarderobe- und Strumpfwarengeschäft Busch, wo sie drei niedliche Kleidchen mit passenden Haarschleifen erstand, dann weiter zu Giesecke, dem Spielwarenladen. Sie hatte nur eine Puppe kaufen wollen, vielleicht noch etwas Kleidung für diese, dann jedoch streifte sie durch die Reihen und konnte sich nicht sattsehen an all den Puzzlespielen, Stofftieren, Bällen und Schaukelpferden. Viel zu viel kaufte sie, Bauklötze, drei Holzpferdchen, ein Märchenbuch, aus dem sie ihrer Tochter am Abend vorlesen wollte. Zwei Puppen, eine blonde und eine dunkelhaarige. Leider gab es keine, die Josephine geähnelt hätte. Sie schleppte alles an die Kasse, und als sie eben bezahlt hatte und das Geschäft verlassen wollte, erklang eine Stimme hinter ihr.

»Ach nee, die kleine Luise.«

Sie fuhr herum.

Trine Mertens grinste sie herausfordernd an, neben ihr die Kinder, die Luise vor Jahren an der Eisbahn der *Waldwiese* gesehen hatte. »Seht euch ruhig ein wenig um«, sagte Trine zu den beiden. »Ich unterhalte mich derweil mit meiner alten Freundin.« Sie schob Luise aus der Tür. Luise hielt den Beutel mit ihren Einkäufen umklammert. Draußen brach Trine in Lachen aus. »Diese Furcht in deinem Blick! Du hast doch was zu verbergen! Oder hast du nur Angst vor mir?« Sie musterte sie mit hochgezogenen Augenbrauen. »Schicker Mantel. Du bist keine Kellnerin mehr, was?«

»Nein«, sagte Luise. »Frau Mertens, ich muss …«

Wieder ein Lachen. »Na gut, sprechen wir uns mit Nachnamen an, wenn du darauf bestehst. Wie ist deiner? Welcher reiche Mann hat dich geschwängert, dass du dir einen solchen Berg von Spielzeug leisten kannst?«

Sie sprach viel zu laut. Luises Blick flog über die Passanten. Wenn jemand sie erkannte … Sie musste Trine entkommen!

Diese starrte sie noch immer an. »Du hast doch ein Kind, oder? Wo ist es? Wieso nimmst du es nicht mit in den Spielzeugladen? Meine beiden haben immer solche Freude.«

Luises Wangen wurden heiß, und Trine lachte wieder.

»Erwischt, hm? Es gibt kein Kind? Du bist noch verrückter geworden und kaufst das Zeug für dich? Zeig mal!« Sie packte Luises Handgelenk und schob ihren Ärmel hoch. Schon fühlte sie die neugierigen Blicke von Passanten auf sich, und die Angst lähmte sie.

Nun wehre dich schon, schrie sich Luise im Stillen an. *Lass dir das nicht gefallen!*

Trine pfiff durch die Zähne. »Na, da sind ja einige Narben hinzugekommen. Hast auch schon die *Villa Siemerling* von innen gesehen, was? Dann weißt du auch, dass unser hübscher Julius dort arbeitet.«

Bei der Erwähnung seines Namens durchfuhr Luise ein scharfer Schmerz. Dennoch verlieh der Gedanke an ihren Geliebten ihr Kraft. Sie riss sich von Trine los.

»Kümmern Sie sich um Ihre eigenen Angelegenheiten, Frau Mertens«, zischte sie. Am liebsten hätte sie ihr die Wahrheit ins Gesicht geschrien – dass sie mit Julius geschlafen hatte, dass sie sehr wohl ein Kind hatte. Sie schwieg jedoch und lief los, die Holstenstraße hinauf in Richtung Markt. Trine würde ihr nicht folgen, schließlich waren ihre Kinder noch im Geschäft.

Tatsächlich entkam sie ihr, aber die Begegnung beherrschte ihre Gedanken. Sie eilte zum Konditor, um Butterkuchen zu kaufen, ließ sich dann von Volkmar, der am Markt auf sie gewartet hatte, nach Hause fahren und lief in ihr Zimmer, um Josephine das neue Spielzeug und den Kuchen zu bringen. Die ganze Zeit über klang ihr Trines Stimme in den Ohren, und plötzlich hatte sie all ihre Geheimnisse so satt! Sie wollte nicht mehr lügen und war doch vorerst dazu gezwungen.

Sie genoss die Zeit mit ihrer Tochter, aber ihre Sorge wuchs. Die Kleine aß schlecht, hatte nicht einmal viel Freude an dem Kuchen. Sie spielte wenig, obwohl ihr die Spielzeuge zu gefallen schienen. Sie kletterte immer wieder auf den Stuhl und starrte aus dem Fenster in den Garten. Wie musste ihr die frische Luft fehlen, mit der sie bis jetzt gelebt hatte! Luise erinnerte sich, wie sie als Kind gewesen war. Sie hatte jede Möglichkeit gesucht, aus der stickigen Wohnung zu entfliehen. Diese war zwar mit ihrem Haus nicht zu vergleichen, aber Josephine hatte nur dieses eine Zimmer zur Verfügung. Sie würde eingehen wie eine Blume, der es an Wasser mangelte. Schon nach den wenigen Tagen wirkte ihr Gesicht schmaler. Das Eingesperrtsein lag weder in ihrem Blut – vonseiten ihres Vaters noch weniger als von Luises Seite – noch in ihrer bisherigen Erziehung.

Sie musste handeln. Auch wegen solcher Begegnungen wie

der mit Trine, die immer wieder geschehen konnten, und wegen der Mutter, deren Blicke jeden Tag hasserfüllter wurden. Einmal erwischte sie sie, als sie sich an Luises Zimmertür zu schaffen machte, um das Schloss ohne den Schlüssel zu öffnen, den Luise stets am Körper trug. Zwar hatte ihre Mutter Constantin nichts verraten, doch Luise war sicher, sie würde bei erster Gelegenheit erneut versuchen, Josephine verschwinden zu lassen.

Also zog Luise ihr eines der hübschen Kleidchen an, band die wirren schwarzen Locken mit den passenden Haarschleifen zu Zöpfchen, nahm allen Mut zusammen und führte Josephine eines Abends nach dem Essen die Treppe hinab in Constantins Arbeitszimmer.

Er saß am Schreibtisch. Wie immer flammten die Erinnerungen an die Vergewaltigung auf, wenn sie das Möbelstück sah, aber sie riss sich zusammen. Constantin blickte auf, lächelte freudig überrascht, um gleich darauf die Stirn zu runzeln.

»Wen bringen Sie mir da, Luise?«

»Das ist Josephine.« Ihre Stimme zitterte, doch sie wusste, sie musste weitersprechen. »Meine Tochter.«

Sie schloss die Augen und wartete auf das Donnerwetter.

Es kam nicht. Luise blinzelte. Constantin erhob sich, trat zu ihr, ergriff ihren Ellbogen und führte sie zum Sessel. Sie setzte sich und nahm Josephine auf den Schoß. Ihr Mann ließ sich im Sessel gegenüber nieder und sah sie an. Seine Miene war weder ärgerlich noch enttäuscht, sondern besorgt. So wie damals, als er sie in die Anstalt gebracht hatte. In Luises Nacken kribbelte es. Was, wenn er ihr nicht glaubte? Sie für verrückt hielt, ihr das Kind nehmen und sie einsperren lassen würde? Erneut? Sie legte die Arme fester um Josephine.

»Woher haben Sie das Kind?«, fragte er sanft.

»Sie ist meine Tochter, Constantin«, sagte Luise fest. »Das

ist die Wahrheit. Ich habe sie Ihnen lange verschwiegen, aber nun ist es an der Zeit, offen zu Ihnen zu sein.«

Der sorgenvolle Blick wurde mitleidig. »Ich habe nicht gewusst, wie sehr Sie sich ein Kind wünschen nach dem Verlust Ihres – unseres ersten. Warum haben Sie nicht mit mir gesprochen, mich so oft abgewiesen, wenn Sie Mutter werden möchten?«

Ärger stieg in Luise auf. Wie kam er dazu, zu behaupten, sie wünsche sich ein Kind? Er war doch derjenige, der sie nicht damit in Ruhe ließ! Sie verbiss sich jedoch eine grobe Antwort. Sie war auf Constantins Wohlwollen angewiesen.

»So groß ist also Ihre Angst, noch einmal schwanger zu werden?«, fuhr ihr Mann fort, seine Miene noch immer voller Mitgefühl. »Das tut mir sehr leid, Liebste. Aber es ist keine Lösung, ein fremdes Kind herzunehmen.«

Er wollte ihr nicht glauben, konnte es offenbar nicht.

»Ich weiß, es ist schwer zu verstehen«, sagte sie, noch immer ruhig, »aber unser Kind war nicht das erste, das ich verloren habe. Josephine wurde mir kurz nach ihrer Geburt weggenommen. Meine Mutter hat das getan. Nun hat man sie mir zurückgebracht. Ich möchte, dass sie bei mir bleibt.«

Constantins Miene veränderte sich. Er schien zu begreifen, gleichzeitig aber wehrte er sich gegen die Ungeheuerlichkeit ihrer Aussage.

»Das Kind ... es ist so dunkel.«

»Ihr Vater stammt aus Afrika.«

»Aber wie ...« Er brach ab, starrte sie an.

»Sie waren damals noch nicht in Kiel. Sie werden nichts davon gehört haben. Es gab eine Völkerschau, und ...« Luise hielt inne. Wie viel sollte sie ihrem Mann erzählen? Sie konnte doch nicht von ihrer Beziehung zu Jo plaudern, als spräche sie über das Frühstück! Sie räusperte sich. »Er ist geflohen, ich habe ihn versteckt. Er wurde aber wieder gefasst.« Mühsam unterdrückte sie die Tränen, die beim Gedanken an den letzten Kuss mit Jo in ihr aufstiegen. »Dann habe ich Sie kennengelernt.«

»Dann?«, fragte er tonlos. »Nachdem Sie das Kind geboren hatten?«

Es wäre einfach gewesen, Ja zu sagen. So einfach, ihm zusätzlichen Schmerz und sich die möglichen Konsequenzen zu ersparen. Aber sie wollte keine Lügen mehr. Nicht erpressbar sein durch ihre Mutter oder Susanne. Nicht jede Begegnung mit ihrem alten Leben fürchten, sei es in Form von Trine Mertens oder auf eine andere Art.

»Nein«, flüsterte sie. »Josephine ist diesen Monat drei Jahre alt geworden.«

»Drei? Dann …«

»Ja. Es tut mir leid.«

Constantin sprang auf, stürzte zur Tür. »Frau Johannsen!«, brüllte er mit einer Stimme, die Luise in Mark und Bein fuhr. »Frieda Johannsen!«

Kurz darauf zerrte er ihre Mutter ins Zimmer, die in der Stube genäht hatte. Sie ließ Stoff und Nadel fallen, als sie Luise mit Josephine auf dem Schoß erblickte, und wurde blass.

»Sagen Sie mir, wer dieses Kind ist.« Seine Stimme war nun leise, klang aber wie das Knurren eines Hundes. Eines verwundeten, unberechenbaren Hundes.

Die Mutter starrte Luise in die Augen. »Ich weiß es nicht«, sagte sie langsam.

Luise glaubte, sich verhört zu haben. »Wie können Sie nur? Hören Sie auf zu lügen!«

Der Blick der Mutter richtete sich auf Constantin. »Ich schwöre, ich weiß nicht, wie sie zu dem Kind kommt. Vielleicht hat sie es im Armenhaus mitgehen lassen. Wir waren kürzlich dort, um zu spenden.«

Wieder einmal fühlte sich Luise, als zöge ihr jemand den Boden unter den Füßen weg. Sie konnte nicht sprechen, nur stumm zuhören.

»Dann hat sie es nicht vor drei Jahren geboren?«

Die Mutter lachte auf. »Natürlich nicht! Sie hat Wahnvorstellungen!«

Plötzlich fand Luise ihre Stimme wieder. »Nein, Frau Mutter. Sie sind die Wahnsinnige hier. Dies ist mein Kind, und Sie wissen es. Sie haben meine Tochter gegen meinen Willen weggebracht, damit meiner Ehe nichts im Wege steht.« Luise sah ihren Mann an. »Sie müssen mir glauben, Constantin. Es war nicht meine Idee, Sie zu belügen. Ich hatte keine Wahl.«

»Sie hat damals nicht gelogen«, rief die Mutter. »Sie lügt jetzt! Sie ist geisteskrank, das wissen Sie doch!«

Constantin schwankte. Luise sah es in seinem Gesicht. Und dann erkannte sie, dass er sich für den leichteren Weg entschied. Besser eine verrückte Frau als eine, die ihn jahrelang belogen hatte.

Die Mutter begriff ebenfalls. Unvermittelt machte sie einen Satz nach vorn und riss Josephine aus Luises Armen. Es gelang Luise nicht, ihre Tochter festzuhalten. Sie sprang auf, setzte ihrer Mutter nach, die schon an der Zimmertür war. »Geben Sie mir meine Tochter zurück!«

Josephine heulte auf, trat um sich, schlug mit ihren kleinen Fäusten nach Luises Mutter. Diese umfasste das Kind fester. Luise packte ihre Arme, wollte sie am Weitergehen hindern, aber sie wand sich immer wieder aus dem Griff. Sie war groß und durch ihre langen, anstrengenden Berufsjahre trotz des höheren Alters kräftiger als Luise.

»Constantin!«, rief sie über Luises Kopf hinweg. »Halten Sie sie mir vom Leib. Ich bringe das Kind dahin zurück, woher es gekommen ist, und Sie bringen Ihre Frau besser in die Anstalt.«

»Nein!«, schrie Luise. »Sie nehmen sie mir nicht noch einmal weg!« In der Diele gelang es ihr endlich, die Mutter festzuhalten und daran zu hindern, die Haustür zu erreichen. Da fühlte sie sich ihrerseits an den Oberarmen gepackt.

»Luise, Liebste, so beruhigen Sie sich doch!«

Die Mutter entglitt ihrem Griff. Luise sah für einen Augenblick das höhnisch verzogene Gesicht, dann wandte sich ihre Mutter ab und erreichte mit wenigen raschen Schritten die Tür.

»Nein!« Luise wandte alle Kraft auf, die sie aufbringen konnte. Sie vermochte ihren Mann zwar nicht abzuschütteln, schaffte es jedoch, sich zu ihm umzudrehen und ihm ins Gesicht zu starren. »Wenn Sie das zulassen, werde ich Sie für immer und ewig hassen.«

»In der Heilanstalt wird man Ihnen helfen, Liebste.« Seine Stimme klang sanft wie meistens. So als rede er mit einem Kind – oder mit der Geisteskranken, für die er sie hielt.

»Nennen Sie mich nicht so!«, fuhr sie ihn an. Sie war drauf und dran, ihm ins Gesicht zu spucken. Noch immer kämpfte sie mit aller Macht gegen seinen Griff an. Ihr Rock hatte sich um ihre Beine gewickelt und hinderte sie daran, ihr Knie hochzureißen und es ihm in den Leib zu stoßen. Sie hätte es ohne Zögern getan.

»Was geht hier vor?«, erklang Volkmars tiefe Stimme. Luise wandte den Kopf. Der Diener stand in der offenen Eingangstür und hielt ihre Mutter davon ab, mit Josephine das Haus zu verlassen. Dankbarkeit durchflutete Luise, und mit diesem Gefühl kamen auch die Tränen.

»Lassen Sie sie nicht vorbei, Volkmar.« Sie schluchzte auf. »Bitte!«

Er rührte sich nicht. Seine massige Gestalt versperrte ihrer Mutter den Weg.

»Nun lass mich schon durch, du Dösbaddel«, keifte diese.

»So schon gleich gar nicht«, brummte Volkmar und rührte sich nicht von der Stelle. »Herr von Wiedenfels?«

»Sagen Sie ihm, dass er mich gehen lassen soll!«, forderte die Mutter.

»*Ich* sage ihm, dass er das auf keinen Fall tun soll!«, rief Luise.

»Meinst du, du hast hier mehr zu sagen als dein Mann, du dummes Gör?« Die Mutter lachte auf. »Du bist verrückt, nichts weiter.«

Catharina betrat die Diele und blickte mit verwirrter Miene von einem zum anderen. Josephine weinte noch immer, hatte das Kämpfen aber aufgegeben. Es brach Luise das Herz, ihre Kleine so zu sehen, die gerade erst ein wenig Vertrauen zu ihr gefasst hatte.

»Catharina, bitte nimm das Kind und gib ihm in der Küche ein Glas Milch«, sagte sie so ruhig, wie es ihr aufgewühlter Zustand zuließ. Das Hausmädchen trat auf Luises Mutter zu, die sie wütend anfunkelte und Josephine fester umklammerte.

Luise bedeutete Volkmar mit einem Kopfnicken, dass er ihr das Kind abnehmen und es Catharina übergeben sollte. Sie war die Hausherrin, und da Constantin weiter schwieg, befolgte der Diener ihre Anweisung prompt. Er trat noch dichter an ihre Mutter heran, die einen Schritt zurückwich.

»Schon gut«, sagte sie und schob Josephine zu Catharina. Erleichterung erfasste Luise, als das Mädchen das Kind in die Küche und aus der Reichweite der Mutter führte.

»Und nun begleiten Sie meine Mutter bitte zu ihrem Haus, Volkmar.«

»Lass nur, ich gehe freiwillig.« Sie schnaubte. »Dein Mann wird schon die richtige Entscheidung treffen. Er kennt dich und deinen Irrsinn schließlich lange genug.«

Volkmar ließ die Mutter vorbei, folgte ihr jedoch hinaus. Die Haustür fiel ins Schloss, Luise und ihr Mann waren allein.

Sie sah zu Constantin auf. Er war weiß wie die Wand und schien vor ihren Augen um Jahre zu altern. Diese tiefen Falten um seinen Mund und auf seiner Stirn waren ihr bisher nie aufgefallen. Hatte sie ihn überhaupt richtig angesehen in letzter Zeit? Hatte sie es je getan?

Seine Schultern sanken herab, er ließ sie los.

»Ich weiß schon lange, dass Sie mich nicht lieben«, sagte er tonlos. »Aber dass Sie mich hassen, ertrage ich nicht.«

Mitleid erfasste Luise, obwohl der Gefühlssturm, den die Tat ihrer Mutter ausgelöst hatte, noch nicht verebbt war. Die Wut auf ihren Mann und seinen Versuch, sie aufzuhalten, war jedoch verflogen. Wie verwirrt musste er sein! Ihre Offenbarung musste ihm den Boden unter den Füßen weggerissen, seine gesamte Welt erschüttert haben.

»Es tut mir leid«, sagte sie. »Ich habe mich dafür entschieden, bei Ihnen zu bleiben, diese Ehe nicht aufzugeben. Wir hatten unsere Schwierigkeiten, aber Sie sind mir wichtig, Constantin.«

Er lächelte traurig. »Wirklich?«

»Natürlich!« Sie wollte, dass er ihr glaubte. Er war ihre einzige Chance, Josephine ein angenehmes Leben zu ermöglichen. So legte sie all ihre Überzeugungskraft in ihre Worte und verdrängte das schlechte Gewissen. Sie nutzte ihn nicht aus! Jedenfalls nicht nur. Immerhin bekam auch er, was er sich wünschte. »Es wird nie wieder einen anderen Mann für mich geben, wenn Sie mich noch wollen. Nur ... ich möchte meinem Kind endlich eine Mutter sein. Ich bin zum Teil so geworden, wie ich heute bin, weil man mir meine Tochter weggenommen hat. Wie soll eine Mutter so etwas ertragen?«

Er schwieg, nahm ihren Arm, führte sie ins Arbeitszimmer. Sie setzten sich wieder in die Sessel. Luise bemühte sich, sich auf ihren Mann zu konzentrieren, aber sie lauschte unentwegt in Richtung Diele und Küche. Die Sorge um Josephine ließ sie nicht los, doch sie hörte die Kleine immer wieder lachen. Catharina kümmerte sich gewiss gut um sie. Es war nicht Susanne. Als Volkmars schwere Schritte erklangen, gelang es Luise, die Angst für den Moment abzuschütteln. Er würde die Mutter an ihrem bösen Treiben hindern.

Constantin seufzte. »Ich weiß nicht, was ich denken soll,

Luise.« Er raufte sich das Haar. »Wenn man Ihnen das Kind nicht weggenommen hätte, was wäre dann geschehen? Hätten Sie mir die Wahrheit gesagt? Mich gebeten, Sie trotz des Kindes zu heiraten? Sie wissen, dass ich das nicht hätte tun können. Meine Familie, mein Ruf ...« Er unterbrach sich. »Oder hätten Sie es versteckt und mir irgendwann präsentiert, so wie jetzt? In der Hoffnung, ich würde Ihnen die Lüge verzeihen?«

Luise hob die Schultern. »Ich kann Ihnen diese Fragen nicht beantworten. Als ich von der Schwangerschaft erfuhr, musste ich auf den Plan meiner Mutter eingehen, sonst hätte sie mich aus der Wohnung geworfen und ich wäre im Armenhaus gelandet. Sie versprach mir, das Kind in gute Hände zu geben, und stellte in Aussicht, dass ich es später als Dienstmädchen oder Hausdiener einstellen könnte. Ich habe ihr geglaubt.«

»Die vielen Wochen, in denen Sie zu Hause nur unter der Decke gesessen haben, der Trauerfall ...« Constantin versagte die Stimme. Luise sah ihm an, dass er langsam das Ausmaß ihrer Lüge begriff. Er schluckte schwer, riss sich zusammen. »Und dann? Als das Kind geboren war?«

Luises Gedanken wanderten drei Jahre in die Vergangenheit. Die Schmerzen der Geburt, die gnadenlose Erschöpfung, Schweiß und Blut – und dann das kleine Wesen, ihre Tochter, wunderschön. Ihr Duft, ihre zarte Haut ... Die Tage, in denen alles verschwamm, nur noch wichtig war, ihr Kind zu nähren, ihm Wärme zu geben. »Dann war alles anders«, flüsterte sie. »Ich hätte sie nie hergeben können. Meine Mutter hat das erkannt und gehandelt.«

»Das war grausam«, sagte Constantin.

Selbst in der Gemütsverfassung, in der er sein musste, hatte er noch Mitleid mit ihr. Er war ein guter Mensch, besser als so mancher, und es tat Luise weh, dass sie ihn nicht so lieben konnte, wie er es verdiente. Sie musste es von nun an versuchen, wollte es versuchen!

»Bitte verstehen Sie, dass ich mich jetzt um meine Tochter kümmern muss. Ich habe drei Jahre mit ihr verloren.«

Wieder fuhr er sich durch das Haar, das schon vollkommen zerzaust war. So hatte sie ihren Mann selten gesehen, der so viel Wert darauf legte, stets ordentlich gekämmt zu sein. »Wie stellen Sie sich das vor?«

»Wir könnten sagen, wir hätten Josephine an Kindes statt angenommen, weil ich keine Kinder bekommen kann. Unser guter Ruf würde erhalten bleiben, wir würden sogar als wohltätig gelten.«

Er schwieg, wiegte aber den Kopf hin und her. Sie musste etwas sagen, das ihn überzeugte.

»Wir können auch noch ein eigenes Kind haben. Ich werde alles dafür tun! Es geschieht häufig, dass ein Paar erst dann ein Kind bekommt, wenn es die Hoffnung aufgegeben und ein fremdes angenommen hat. Davon habe ich erst kürzlich gehört. Es wäre glaubwürdig. Bitte, Constantin, verstehen Sie doch: Meine Tochter muss bei mir bleiben!«

Noch immer sagte er kein Wort. Seine Gesichtsmuskeln zuckten, als wüsste er nicht, welche Miene er aufsetzen sollte. Luise flehte im Stillen, dass er sich für ein Lächeln entscheiden, sie in die Arme nehmen, ihr sagen würde, dass er sich um sie kümmern werde, wie er es die ganzen drei Jahre lang getan hatte.

»Sie wünschen sich ein eigenes Kind, Constantin, das weiß ich«, flüsterte sie, lehnte sich vor und griff nach seiner Hand. »Ich war einmal schwanger von Ihnen. Es wird wieder geschehen, wenn wir es nur oft ...«

Er lachte auf, und das unerwartet laute Geräusch dröhnte durch das stille Zimmer und ließ Luise verstummen. Es klang nicht im Geringsten fröhlich, und Constantins Gesicht zeigte keine Spur des liebevollen Ausdrucks, auf den sie gehofft hatte. Ihm kamen die Tränen, aber er hörte nicht auf zu lachen. Es war das traurigste Geräusch, das Luise je gehört hatte.

»Ach, Luise.« Er tätschelte ihre Hand, dann legte er sie auf ihrem eigenen Oberschenkel ab und lehnte sich im Sessel zurück. »So sehr sind Sie bereit, sich zu erniedrigen? Sie müssen wirklich verzweifelt sein.« Er rieb sich mit dem Ärmel das Gesicht trocken, verschränkte die Arme, gluckste noch einmal und verstummte.

Luise konnte sich nicht rühren. Sie hätte ihn anflehen sollen, ihm sagen, dass es keine Erniedrigung für sie bedeutete, mit ihm zu schlafen, doch sie brachte kein Wort heraus.

Constantin nickte. »Wie schön, dass Sie schweigen, *Liebste*. Dass Sie sich offenbar entschieden haben, mich nicht weiter zu beleidigen. Dachten Sie wirklich, ich würde nicht bemerken, was Sie versuchen? Haben Sie geglaubt, Sie könnten dem dummen, hündischen Constantin einen Knochen hinwerfen und er würde alles vergessen, was Sie ihm angetan haben?«

Er stand auf, begann, im Zimmer umherzuwandern. Am Fenster blieb er stehen und kehrte Luise den Rücken zu.

»Ja, ich habe mir ein Kind mit Ihnen gewünscht, und vor allem habe ich mir eine Ehefrau gewünscht, die sich wie eine solche verhält. Vor Kurzem noch hätten Sie mich mit einer Einladung in Ihr Schlafzimmer zum glücklichsten Mann auf Erden gemacht. Nun jedoch ist es allzu offensichtlich, was Sie damit bezwecken.« Abrupt wandte er sich zu ihr um. »Es tut mir leid, Luise. Den anderen Mann habe ich Ihnen verziehen, und vielleicht könnte ich Ihnen auch die Lügen verzeihen. Ich bin gut im Verdrängen.« Er grinste unfroh. »Ich rede mir schon lange ein, dass Sie irgendwann erkennen werden, dass Sie mich lieben. Wenn das Kind nicht wäre, könnte ich mir dies weiterhin vormachen.«

»Aber ich will Sie doch lieben, Constantin!«, rief Luise. »Sie sind ein guter Mensch, ein fleißiger, treu sorgender Ehemann, und ich bin Ihnen dankbar für alles, was Sie für mich tun. Ich wünschte …« Sie verstummte. Jedes Wort, das weiter aus ihrem Mund kam, würde alles noch schlimmer machen. Sie sah es an Constantins Miene.

»Sie wünschten, ich wäre wie er, nicht wahr? Wie Ihr Geliebter? Vielleicht sogar wie der Vater Ihrer Tochter? Alles wäre besser als das, was ich bin.«

Er klang so verzweifelt, dass Luise die Tränen kamen.

»Das ist nicht wahr«, flüsterte sie.

»Warum können Sie es dann nicht? Mich lieben, meine ich. Warum ist der Gedanke für Sie unerträglich, ein Kind mit mir zu haben, wenn Sie das Kind eines anderen Mannes so sehr lieben, dass Sie alles dafür aufgeben würden?«

»Der Gedanke war nur so lange unerträglich, wie ich nicht wusste, was aus Josephine geworden war. Mein schlechtes Gewissen meiner Tochter gegenüber hat mich verrückt gemacht. Trotzdem war ich glücklich, als ich von Ihnen schwanger war! Ich wollte dieses Kind ebenso sehr wie mein erstes. Und jetzt, wo Josephine wieder bei mir ist, möchte ich nichts lieber als ein Kind mit Ihnen!«

Sie stand auf, trat vor ihren Mann und nahm seine Hände.

»Bitte, Constantin. Schicken Sie mich nicht weg.«

Er seufzte tief. Luise las die Entscheidung in seinen Augen, ehe er sie aussprach.

»Ich kann nicht mit dem Kind leben. Es würde mich jeden Tag an Ihre Lügen erinnern. Daran, dass ich nur Mittel zum Zweck für Sie war – und noch immer bin, egal, was Sie mir jetzt versprechen. Egal, wie sehr Sie versuchen, mich zu lieben, und es am Ende doch nicht schaffen. Verstehen Sie mich nicht falsch. Ich bin kein Romantiker, das wissen Sie. Ich glaube nicht daran, dass eine glückliche Ehe eine große, alles verzehrende, beidseitige Liebe erfordert. Ich liebe Sie aufrichtig, aber ich hätte mich auch damit zufriedengegeben, wenn Ihre Gefühle nicht so stark wie meine gewesen wären. Mit einer aufrichtigen Freundschaft, die unsere Ehe getragen hätte, hätte ich mich abgefunden.« Er entzog ihr seine Hände und hob die Schultern. »Diese hat es jedoch nie gegeben, wie sich herausgestellt hat, und jetzt ist es zu spät, sie aufzubauen.« Er wandte sich ab, sah wieder aus dem Fenster in die Dämmerung hinaus.

»Und was nun?« Luise fürchtete sich vor der Antwort, und doch musste sie die Frage stellen.

»Nun müssen wir versuchen, die Sache für alle Beteiligten zum bestmöglichen Ende zu bringen.« Seine Stimme klang ruhig, beinahe geschäftsmäßig. »Wird Ihr Geliebter Sie und das Kind aufnehmen?«

Pure Sachlichkeit, keine Spur mehr von Gefühlen. Es war Luise unbegreiflich, wie er das schaffte. Eben noch war er voller Schmerz gewesen, und nun?

»Ich werde ihn nicht darum bitten«, presste sie hervor. »Sie wissen, dass ich mich von ihm getrennt habe.«

»Sie könnten vorerst in das Gartenhaus ...«

»Zu meiner Mutter? Niemals! Sie haben doch vorhin erlebt, was sie mir antun wollte – schon wieder!«

Constantin seufzte. »Hier können Sie jedenfalls nicht bleiben.« Er drehte sich zu ihr um. »Wenn es Ihr letztes Wort ist, dass Sie sich nicht von dem Kind trennen wollen.«

Luise glaubte, sich verhört zu haben. Bot er ihr tatsächlich an, ihre Ehe aufrechtzuerhalten, wenn sie Josephine fortgab? Nun, da er wusste, dass es keinen Ort gab, an den sie gehen konnte? Ein ungeheuerlicher Vorschlag! Wie konnte er so etwas sagen, nach allem, was sie ihm erzählt hatte? Hatte sie sich so in ihm getäuscht? War er doch nicht der gute Mensch, für den sie ihn gehalten hatte?

Sie straffte die Schultern. »Es ist mein letztes Wort. Meine Tochter gehört zu mir. Sie können nicht von mir verlangen, sie aufzugeben, jetzt, wo ich sie gerade erst zurückbekommen habe! Sie hat Jahre bei Fremden verbracht, sie war ...«

»Ich will das nicht hören!« Constantin strich sich übers Haar, bis es beinahe so glatt aussah wie immer. »Ihre Gründe und Erklärungen ändern nichts an der Sachlage. Das Kind wird nicht in meinem Haus leben. Nicht als Ihr leibliches Kind und nicht als angenommenes. Nicht einmal später als Hausmädchen, wie es Ihre Mutter vorgeschlagen hat. Lieber fange ich ohne Sie neu an, als dass ich jeden Tag an Ihren Betrug erinnert werde. Lieber die Schande einer gescheiterten Ehe ertragen, als vor meinen Verwandten, Bekannten und Vorgesetzten zu einem Kind stehen zu müssen, das nicht meines sein kann. Egal, welche Erklärungen wir uns ausdenken – es würde Gerede geben. Eine Trennung schadet meinem Ruf weniger als das Zusammenleben mit …« Er räusperte sich. »Entweder geht das Kind, oder Sie müssen beide gehen.«

Luise fragte nicht nach, was er hatte sagen wollen, bevor er sich unterbrochen hatte. Es war gleichgültig, ob er sie oder Josephine hatte beleidigen wollen.

»Dann gehen wir beide«, sagte sie stattdessen.

Er nickte. »Ich gebe Ihnen Geld für die erste Zeit.«

Luise ließ ihr Herz zu Stein werden, so wie Constantin es auch getan hatte. Jedenfalls versuchte sie es.

»Danke«, sagte sie kalt. »Was werden Sie Ihren Bekannten erzählen?«

So hatte er es formuliert. *Meine* Bekannten. Nicht länger *unsere*. Hatte sie je dazugehört? In diese Kreise, diese Villa, diese Welt? Luise bezweifelte es.

»Dass unsere Ehe die Kinderlosigkeit nicht überstanden hat.«

Luise nickte. »In Ordnung, aber ich verstecke mich und Josephine nicht. Ich werde arbeiten müssen. Es kann sein, dass mich jemand sieht.«

»Ich werde sagen, dass wir uns einvernehmlich getrennt haben, nichts weiter. Ich wäre Ihnen dankbar, wenn Sie nichts Gegenteiliges verlauten lassen würden.«

»Natürlich nicht. Ich gehe packen. Heute ist es zu spät, aber morgen früh verlassen wir das Haus. Mitnehmen kann ich vorerst nur das Nötigste, bis ich weiß, wo ich wohnen werde.«

»Sicher. Volkmar wird Ihnen Ihre Sachen dann mit dem Wagen bringen.«

Sie beendeten ihr gemeinsames Leben, als würden sie einen Handel abschließen. Ein Stück Leberwurst bitte. Die grobe oder die feine? Darf's ein bisschen mehr sein? Bitte schön, danke schön. Kalt, gefühllos. Fehlte nur noch, dass sie sich die Hände reichten. Luise wurde übel.

Dann aber erfasste sie ein anderes Gefühl, vollkommen unerwartet: Erleichterung. Erst nur ein Anflug, wie ein Lüftchen an einem stickigen Tag, doch schon wurde es zu einem Sturm. Egal, wohin ihr Weg sie führen würde: Sie war frei! Sie sah sich noch einmal in Constantins Arbeitszimmer um. Der Schreibtisch aus Eiche, der Briefbeschwerer aus Stein. Darunter seine Korrespondenz, als hätte es nie einen Vorfall gegeben. Auch er hatte ihr genug angetan. Vor dem Fenster die Straße, das Villenviertel. Menschen in viel zu großen Häusern, hinter schmucken Fassaden. Akademiker, Offiziere, ihre Frauen, frisiert und manikürt, perfekt gekleidet, keine Falte in der Bluse, kein Haar in Unordnung. Da stand ihr Mann, den blonden Schopf wieder geglättet, als hätte er sich ihn nie verzweifelt gerauft. Das Gesicht starr, bleich zwar, aber gefasst. Ihm blieben sein Ruf, seine Familie, seine Bekannten, seine Arbeit. Sie würden ihn bedauern, den armen Kerl, dem die Frau fortgelaufen war. Die Wahnsinnige – war sie nicht in der Irrenanstalt gewesen? Und er hatte sich für sie aufgeopfert, der gute Constantin, dessen einziger Fehler gewesen war, die falsche Frau zu sehr zu lieben. Und doch nicht genug. Am Ende nicht genug.

In der Diele kamen ihr Catharina und Josephine entgegen. Luise breitete die Arme aus, das Kind tat einige zögerliche Schritte, dann lief es zu ihr. Sie schwang ihre Tochter hoch in die Luft. Josephine gluckste fröhlich.

»Mama!«, rief sie. Luise küsste sie auf die Wange.

»Danke, Catharina«, sagte sie und lächelte das Dienstmädchen an, das sie und ihr Kind mit großen Augen betrachtete. »Und sag auch Volkmar, dass ich ihm ewig dankbar sein werde, dass er meine Mutter aufgehalten hat.«

Sie trug Josephine die Treppe hoch in ihr Zimmer und packte eine Umhängetasche mit dem Notwendigsten. Die ganze Zeit ließ das Gefühl der Erleichterung sie nicht los.

Kapitel 29

Villa von Wiedenfels, Kiel-Düsternbrook, März 1905

Der Morgen war grau, aber trocken. Luise verließ die Villa und ging einige Schritte die Straße entlang bis zur Kreuzung. Sie blieb stehen, blickte nach links – dort lag das Haus, in dem Julius sein Zimmer hatte. Die Klinik im Niemannsweg würde sie erreichen, wenn sie nach rechts ging. Sie wandte den Kopf in die Richtung, aus der sie gekommen war. Dort entlang musste sie gehen, wenn sie zur *Waldwiese* wollte, zu den einzigen Menschen, die sie aus ihrem alten Leben noch kannte.

Wie sollte sie sich entscheiden? Zu oft waren ihr Entscheidungen abgenommen worden, ihr aufgezwungen worden vom Schicksal oder anderen Menschen. Und nun sollte sie wissen, was das Richtige war? Auch wenn die größte Lücke in ihrem Leben nun gefüllt war – ihre Erfahrungen machte das nicht wieder gut. *Die Sache*, das *Hornheim*, die *Villa Siemerling*. Der Tod ihres Vaters und des ungeborenen Kindes. Die Trümmer ihrer Ehe. All die Verletzungen, die sie erlitten oder sich selbst und anderen zugefügt hatte.

Sie sah hinunter zu ihrer Tochter, die geduldig neben ihr stand. Josephine war daran gewöhnt, nie lange an einem Ort zu bleiben. Dennoch wollte Luise nichts mehr, als dass ihr Kind zur Ruhe kam, ein Zuhause fand. Bei Constantin hätte sie es haben können, doch ihr Mann konnte nicht aus seiner Haut. Bei allem Verständnis für seine Verletzungen – er hätte wenigstens einmal sagen können, dass er sich für sie freute, dass ihr Kind wieder bei ihr war. Er hatte sie bedauert für das, was ihre Mutter getan hatte, aber nie ihr Kind. Als sie ihm hatte erzählen wollen, wie es der Kleinen in den drei Jahren ergangen war, hatte er ihr das Wort abgeschnitten.

Plötzlich wurde der Wunsch übermächtig, Julius zu sagen, dass sie ihre Tochter zurückhatte. Er hatte so lange mit ihr gehofft, sie immer darin bestärkt, dass es eine Chance gab, Josephine zu finden. Er würde sich freuen, die Neuigkeiten zu erfahren, und sie brauchte jetzt jemanden, der sich für sie freute. Die Wahrheit würde sie ihm nicht sagen. Sie würde lügen – sie war doch mittlerweile so gut darin. Sie würde behaupten, Constantin wäre einverstanden, dass Josephine bei ihnen lebte. Julius würde ohnehin das Land verlassen. Auf diese Weise würde er es mit dem Wissen tun, dass sie glücklich war.

Die Vermieterin stand im Vorgarten und entfernte die Säcke, die ihre kostbaren Rosen vor dem Winterwetter geschützt hatten. Sie musterte Luise mit gerunzelter Stirn, als sie näher trat.

»Guten Tag. Ist Herr Reuther zu Hause?«

Die Falten vertieften sich, die Frau starrte Josephine an. »Nein.«

»Wissen Sie, ob er bei der Arbeit ist?«

»Nein.«

Unschlüssig blieb Luise stehen. Was sollte die Antwort bedeuten? War er nicht in der Klinik, oder wusste die Vermieterin es nicht?

»Herr Reuther wohnt nicht mehr hier«, ließ sich die Frau schließlich herab zu sagen.

»Oh … Danke.«

Luise floh vor dem kritischen Blick die Straße entlang. Gern hätte sie es vermieden, zur Anstalt zu gehen, doch sie hatte keine Wahl. Und an die Blicke konnte sie sich ebenso gut gewöhnen. Die würden ihr Leben mit Josephine von nun an begleiten.

Das riesige Gebäude erhob sich vor ihr, und ein Kribbeln überlief Luise. Diesmal kam sie nicht, um auf unbestimmte Zeit zu bleiben. Sie würde nur eine Frage stellen. Dennoch fühlte sie sich, als würde ihr das eigene Leben wieder einmal entgleiten. Sie drückte Josephines kleine Hand fester und läutete an der Eingangstür.

Eine ihr unbekannte Krankenschwester öffnete.

»Sie wünschen?«

»Mein ...« Luise räusperte sich. »Mein Name ist von Wiedenfels. Ist Herr Doktor Reuther im Hause?«

Die Wärterin musterte sie, dann Josephine, dann wieder sie. Es war deutlich zu sehen, dass es hinter der gerunzelten Stirn arbeitete. »Darf ich fragen, was Sie von Herrn Doktor Reuther wünschen?«

»Das ist etwas Persönliches«, sagte Luise mit fester Stimme. Gern wäre sie dem forschenden Blick ausgewichen, doch sie hielt ihm stand.

»Herr Reuther arbeitet nicht mehr hier«, sagte die Frau, und Luise wurde flau im Magen.

»Wie bitte?«, entfuhr es ihr, und sie hörte selbst, wie verzweifelt sie klang.

»Ja, leider.« Die Schwester lächelte, jedoch nicht mitleidig, sondern höhnisch, so jedenfalls erschien es Luise. »Er ist letzten Monat nach England gegangen.«

»Nach ...« Sie unterbrach sich, als sie spürte, dass ihr die Tränen kamen. »Danke«, presste sie heraus und zog Josephine mit sich vom Grundstück der Klinik und zurück auf die Straße.

England. Sie war zu spät gekommen. Nun würde Julius nie erfahren, dass sie Josephine gefunden hatte. Er würde ihre Tochter nicht kennenlernen, über die sie so oft gesprochen hatten.

Nun gab es niemanden mehr, der sich für sie freuen würde. Luise schluchzte auf.

»Mama?«, fragte ein dünnes Stimmchen. Sie blickte hinab auf ihre Tochter, die sie mit großen Augen ansah. Sofort hockte sie sich nieder.

»Alles ist gut, mein Schatz.« Sie lächelte unter Tränen und zog die Kleine in ihre Arme. »Und wenn sich niemand für uns freut – wir haben uns.«

Es war Luise unbegreiflich, wie sie gleichzeitig tiefe Glückseligkeit und bodenlose Trauer empfinden konnte, und sie meinte, ihr Herz müsse zerspringen. Julius war fort, sie würde ihn nie wiedersehen. Sie hatte gewusst, dass es geschehen würde, doch nun, da es Realität war, zerriss es sie. Andererseits hielt sie ihre Tochter im Arm, konnte ihr Gesicht in den dunklen Locken vergraben und die Wärme des Kindes spüren, des einen Menschen, der sie nicht verlassen würde, ehe er erwachsen war.

Sie musste dafür sorgen, dass Josephine von nun an ein glückliches Leben hatte. Dass es ihr an nichts mehr fehlte. Sie musste ein Zuhause finden, arbeiten gehen.

Luise küsste Josephine auf die Wange, richtete sich auf und wandte sich in die Richtung, die sie zur *Waldwiese* führen würde. Vielleicht erinnerte sich dort noch jemand an sie.

Josephines Augen wurden kugelrund, als sie den großen Saal betraten. Das Funkeln der unzähligen Leuchter spiegelte sich in ihnen. Sie drehte das Köpfchen hin und her, schien nicht fassen zu können, wie viele Menschen sich hier tummelten. Es war Mittagszeit, und der Geruch nach Braten und Soße durchzog den Raum. Luise wurde übel, doch Josephine schnupperte entzückt. Schließlich hatte die Kleine außer einem trockenen Brötchen kein Frühstück bekommen.

Eine Serviererin eilte an ihnen vorbei, stockte mitten im Lauf und fuhr herum. »Luise?«

»Guten Tag, Caro.«

Die Blonde riss die Augen auf. »Du warst aber lange nicht hier! Ich dachte schon … Wer ist das?« Sie runzelte die Stirn.

»Das ist Josephine«, sagte Luise leise. »Meine Tochter.«

»Deine …« Caroline brach ab, musterte Luise eindringlich. Dann flog ihr Blick zur Wanduhr. »Ich habe in einer Stunde Pause. Dann reden wir.«

»Ich warte draußen.«

Luise führte Josephine durch den Gastraum, über die Terrasse in den Garten und hinunter zu der Bank am Teich. Sie spürte die Blicke der Gäste und war versucht, sie giftig zurückzugeben, doch sie hielt die Augen gesenkt. Wenn sie wieder hier arbeiten wollte, sollte sie besser niemanden verärgern.

Josephine saß im Gras und spielte mit ihrem Püppchen, und Luise starrte das noch blattlose Vieburger Gehölz über den Teich hinweg an. Dort war die Eiche, unter der Constantin ihr den Verlobungsring angesteckt hatte. Es schien eine Ewigkeit her zu sein. Ein ganzes Leben. Und noch ein zweites, seit sie ein Stück weiter im Wald Jo begegnet war. Ein drittes, seit sie sich im wilden Tanz um sich selbst gedreht hatte an dem Tag, als ihr die Welt geschenkt und die Unschuld genommen worden war. Wie viele Leben musste sie noch leben, ehe sie zur Ruhe kam? Sie betrachtete das lockige Köpfchen ihrer Tochter und musste lächeln. Vorerst wartete nur noch ein einziges Leben auf sie – das der alleinstehenden Mutter. Und sie würde es meistern.

Caroline kam, reichte Josephine mit einem freundlichen Zwinkern ein Stück Butterkuchen und setzte sich neben Luise.

»Dann schieß mal los, Deern.«

»Erinnerst du dich an die Völkerschau und den entflohenen Afrikaner?«, fragte Luise und musterte Carolines Gesicht. Erst zeigte es Verwirrung, dann, ganz plötzlich, Erkenntnis.

»Es ist nicht, was ich denke, oder?«

»Doch. Ich habe ihn in den Tagen versteckt, in denen er

verschwunden war.« Sie zeigte auf Josephine. »Das ist unsere Tochter.«

Caroline zögerte einen Augenblick, dann bestürmte sie Luise mit Fragen. Sie antwortete wahrheitsgemäß, erzählte die ganze Geschichte in knappen Worten, denn Carolines Pause war kurz.

»Ich brauche Hilfe«, sagte sie zuletzt. »Constantin hat uns rausgeworfen. Wir haben keine Unterkunft, und ich möchte arbeiten.«

Caroline nickte schweigend, starrte den Teich an, dann stand sie auf.

»Sei um sechs wieder hier. Ihr könnt mit zu mir kommen. Wir besprechen alles in Ruhe.«

»Danke, Caro.« Luise fiel ein Stein vom Herzen.

Sie vertrieb sich die folgenden Stunden damit, Josephine durch das Gehölz zu führen, ihr – obwohl sie es nicht verstand – zu zeigen, wo sie ihrem Vater begegnet war. Sie brachte das Kind zum *Hornheim*, von dort vorbei an der großen Eiche zur alten Wohnung im Krusenrotter Weg, in der nun Fremde lebten, und zum Südfriedhof an das Grab ihres Großvaters, den sie nie kennenlernen würde. Es war eine Reise durch Luises Vergangenheit, die sie allein nicht fertiggebracht hätte. Sie endete an der *Waldwiese*, wo sie begonnen hatte – wo alles begonnen hatte. Jo, Constantin … Was wäre aus ihr geworden, wenn sie nie dort gearbeitet hätte?

Sie folgten Caroline durch die anbrechende Dunkelheit zu ihrer winzigen Wohnung nahe dem Friedhof, erklommen die vier Treppen bis ins Dachgeschoss. Josephine rollte sich augenblicklich auf dem schmalen Sofa zusammen, müde von dem langen Marsch des Tages. Caroline reichte Luise eine Flasche Bier, und sie stießen klirrend an.

»Wasser reicht nicht an einem solchen Abend«, sagte sie. »Wie hast du mich so täuschen können? Ich dachte, ich kenne dich!«

»Ach, Caro. Was soll ich sagen? Ich kenne mich selbst nicht.«

»Außerdem hätte ich Stein und Bein geschworen, dass dein Leutnant alles für dich tun würde. Wie kann es sein, dass er dich rauswirft?«

»Nicht mich. Uns. Ich allein hätte bleiben dürfen.«

»Und diese Süße dort weggeben?« Caroline lächelte.

»Ja, das hat er verlangt. Wo ich sie doch gerade erst zurückbekommen habe. Aber ich verstehe ihn. Sie ist der lebende Beweis, dass ich ihn seit Jahren belüge. Betrogen habe ich ihn außerdem, ein ganzes Jahr lang. Darüber hätte er sogar hinwegsehen können. Aber das Kind …«

»Betrogen?«

»Ja, Caro. Ich bin kein guter Mensch. Ich habe ihn ausgenutzt und hintergangen.«

Caroline nahm einen langen Zug aus ihrer Flasche und rülpste vernehmlich.

»Du bist ein besserer Mensch als die meisten, die ich kenne. Aber warum kommst du erst jetzt zu mir? Die Schwangerschaft, die Heimlichkeiten, die Trennung von deiner Tochter – du musst gelitten haben. Bin ich keine Freundin, der man sich anvertrauen kann?«

Luise hob die Schultern. »Ich weiß nicht, wie man mit Freundinnen umgeht. Überhaupt mit Menschen. Die, die mich nicht von selbst verlassen, vergraule ich.«

Caroline musterte sie eindringlich. »Und je öfter du dir das einredest, desto wahrer wird es. Hör damit auf.« Mit einem Zug trank sie die Flasche leer und knallte sie auf den niedrigen Sofatisch. »Die Vergangenheit ist vergangen. Morgen beginnt ein neues Leben. Wohnen könnt ihr erst einmal bei mir. Es ist eng, aber es wird gehen. Ich hab den Besitzer gefragt, und er sagt, du kannst sofort anfangen. Er hat die *Waldwiese* erst vor zwei Jahren übernommen und kennt dich nicht, aber ich hab ihm so von dir vorgeschwärmt, dass er nicht anders konnte.«

»Wirklich? Danke, Caro. Aber was mache ich mit Josephine, während ich arbeite?«

»Der dunkle Peter fragt heute seine Frau, ob sie deine Tochter zusammen mit ihrem Paulchen betreuen würde. Sie müssen etwa im selben Alter sein.«

»Hat er … hat er sie gesehen?«

»Natürlich hat er sie gesehen. Ich hab ihm auch erzählt, wer ihr Vater ist.«

»Und das ist kein Problem für ihn?«

Caroline lachte. »Er hat ganz schöne Kuhaugen gemacht, sich aber schnell wieder eingekriegt. Ich hätte ihm auch 'ne ordentliche Predigt gehalten, wenn er aufgemuckt hätte. Du bist unsere Luise, und das da ist dein zuckersüßes Kind. Nichts anderes zählt. Wenn wir einfachen Leute dieselben Allüren hätten wie die *Vons und Zus* und uns an so was Unwichtigem wie dem Aussehen stören würden, das wär ja wohl ein Ding!«

Luise kamen die Tränen vor Erschöpfung und Dankbarkeit. Sie brachte kein Wort heraus, nippte nur an dem bitteren Bier, das sie in zitternden Händen hielt. Caroline holte Brot und Käse, und auch Josephine wachte kurz auf, um etwas zu essen, schlief jedoch schnell wieder ein. Später lag Luise neben ihr auf dem Sofa und starrte in die Dunkelheit. Ihr Herz fühlte sich an, als wolle es zerbersten. Sie hatte Freunde. Wahrhaftig. Und sie hätte sie all die Jahre haben können. Wäre sie schwanger zu Caroline gegangen, hätte sie sich vielleicht nie von ihrer Tochter trennen müssen.

Diese Gedanken waren jedoch sinnlos, und sie verdrängte sie rasch. Die Dinge waren, wie sie waren.

Und sie waren gut. Viel besser, als sie zu hoffen gewagt hatte. Peters Frau stimmte zu, und gleich am nächsten Tag brachte

Luise ihre Tochter zu ihr und ihrem Sohn in die Wohnung. Doris verhielt sich zunächst kühl, doch Paulchen schien Josephine auf den ersten Blick zu mögen, denn er teilte bereitwillig seine Spielzeuge mit ihr und plapperte unentwegt. Josephine blieb stumm, musterte nur mit großen Augen die vielen bunten Bauklötze, Kreisel und Autos, und Paulchen musste ihr eines in die Hand drücken, damit sie endlich damit spielte. Da schlich sich auch auf Doris' Gesicht ein Lächeln.

Die ersten Schichten waren anstrengend, und die Nächte auf Carolines Sofa brachten wenig Erholung, aber Luise war glücklich. Sie hatte wieder eine Aufgabe, verdiente ihr eigenes Geld, mit dem sie zur Miete beitrug und Doris für Josephines Betreuung entschädigen konnte. Sie schickte einen Boten zu ihrem ehemaligen Haus in der Bartelsallee, und Volkmar selbst brachte ihre Truhe mit dem Pferdewagen und trug sie hinauf in Carolines Dachwohnung. Als sie sie öffnete und die viel zu feinen Kleider sah, schnürte es ihr die Kehle zu. Sie würde die meisten davon verkaufen. Sie passten nicht mehr zu ihr.

Am folgenden Sonntag hielt der Frühling Einzug in Kiel. Es war der erste Tag des Jahres, der schon am frühen Morgen versprach warm zu werden, und der Himmel zeigte sich strahlend blau. Luise hatte Mühe, Carolines ausgreifenden, beschwingten Schritten zu folgen, denn sie hatte viel kürzere Beine und trug Josephine auf dem Arm, damit sie überhaupt mithalten konnte. Als sie an der Straßenecke bei der *Waldwiese* ankamen, an der sie Doris jeden Tag ihre Tochter übergab, schnaufte sie bereits.

»Du bist nicht mehr in Form, Frau Offiziersgattin a. D.« Caroline kicherte. »Das ruhige Leben hat dich verweichlicht.«

»Caro! Das ist nicht lustig.«

»Die Wahrheit ist selten lustig, aber wie soll man überleben, wenn man sie nicht mit einem Lachen betrachtet?« Sie zwinkerte ihr zu und betrat wie üblich vor ihr die Gaststätte, während Luise auf Peter und Doris wartete. Sie setzte Josephine ab und hockte sich zu ihr.

»Freust du dich auf Paulchen, meine Süße?«

»Ja«, sagte Josephine, und ein kleines Lächeln stahl sich auf das häufig so ernste Gesichtchen.

Schritte näherten sich, und Luise erhob sich in der Erwartung, ihr Kollege und seine Frau kämen, um Josephine zu übernehmen. Es war jedoch ein Fremder, der auf sie zukam, ein ungepflegter Mann, der nach Schnaps roch. Er war schon an ihnen vorbei, als er plötzlich herumfuhr und Josephine an sich riss. Luises Herz setzte aus.

»Lassen Sie meine Tochter los!«, brüllte sie. Josephine begann zu weinen. Luise packte den Mann beim Arm und zerrte an ihm. Da stieß er sie so grob von sich, dass sie taumelte. Ein Tritt traf sie am Oberschenkel und holte sie endgültig von den Beinen. Sie schlug hart auf dem Straßenpflaster auf, rappelte sich hoch, aber ein Faustschlag an die Schläfe schickte sie erneut zu Boden. Der Schmerz durchfuhr sie, dumpfes Rauschen erfüllte ihren Kopf, ihr wurde schwarz vor Augen. Arme und Beine gehorchten ihr nicht. So musste sie mit ansehen, wie der Mann das schreiende Kind in den hölzernen Verschlag eines Eselkarrens warf, der auf der anderen Straßenseite gewartet hatte, und selbst hineinkletterte. Zu einer Frau, die ihr Gesicht unter einer Kapuze verbarg. Eine blonde Haarsträhne hing darunter hervor.

Das war doch ... Susanne! Endlich kam Luise auf die Beine, taumelte auf die Straße, wäre fast von einer Kutsche erfasst worden.

»Passen Sie doch auf!«, fuhr der Fahrer sie an.

Als die Kutsche vorbeigefahren war, sah Luise wieder den Karren, in dem ihre Tochter saß und wie am Spieß schrie. Der Esel war in einen zügigen Trab gefallen, das Gefährt entfernte sich die Hamburger Chaussee entlang. Wie damals der Wagen, in dem Jo gesessen hatte. Luise schrie, rannte. Schrie wieder. Vor ihren Augen verschwamm die Umgebung, verzerrte sich. Jemand lief an ihr vorbei, dann noch jemand. Ihr Blick klärte sich, der Karren hielt, sie sah Caroline, die Josephine aus dem Wagen hob, und Fritz, der den Entführer durchschüttelte und auf ihn einbrüllte. Der jungen Frau, die mit im Wagen gesessen hatte, wehte die Kapuze vom Kopf, als sie panisch davonlief. Es war Susanne, daran bestand kein Zweifel. Luise schluchzte haltlos, als Caroline Josephine zu ihr brachte, fiel auf die Knie und klammerte sich an ihre Tochter.

»Hört das denn nie auf?«, wimmerte sie und presste ihr Gesicht in die schwarzen Locken.

»Beruhige dich, Deern. Ist ja noch mal gut gegangen.« Caroline half ihr auf die Füße. »Du hast aber auch gebrüllt! Die ganze *Waldwiese* hat dich gehört – zum Glück! Geh rein und sag dem Besitzer, dass Fritz und ich den Kerl zur Polizei bringen, ja? Da kommen auch Doris, Peter und Paulchen. Lass das Schätzchen mitgehen, damit es sich beruhigt.«

Luise brachte es kaum über sich, sich von ihrer Tochter zu trennen, so aufgewühlt war sie. Josephine jedoch ergriff sofort Doris' Hand und lächelte Paulchen so fröhlich an, dass ihre Zweifel verflogen.

Sie tat, wie Caroline ihr geheißen. Der Gastwirt bestand darauf, dass sich Luise zunächst einmal ausruhte, und ließ sie erst nach einer Stunde mit der Arbeit in der Küche beginnen. Servieren durfte sie nicht, da ihr Auge von dem Schlag an die Schläfe angeschwollen war und übel aussah. Zum Glück schmerzte es kaum. Während der Arbeit gelang es ihr, die Gedanken an die beinahe geglückte Entführung zu verdrängen. In der Pause berichtete ihr Caro, was der Mann bei der Polizei ausgesagt hatte. Es handelte sich bei ihm um Susannes Vater, bei dem diese offenbar seit ihrer Entlassung wieder lebte. Er gab an, ein ehemaliger Arbeitgeber seiner Tochter habe ihnen gegen Zahlung einer gewissen Summe den Auftrag erteilt, das Kind zu entführen und ins Armenhaus zu bringen.

Luise wurde übel. Konnte es sein, dass es Constantin gewesen war, der ihr Josephine hatte nehmen wollen? Kaum war ihre Schicht beendet, sprang sie noch in ihrer Arbeitskleidung in die Straßenbahn und fuhr in Richtung Düsternbrook. Dann rannte sie zu ihrem ehemaligen Haus und polterte an die Haustür.

Das Hausmädchen öffnete und sah sie mit großen Augen an.

»Guten Tag, Catharina«, sagte Luise. »Ist mein – ist der Hausherr anwesend?«

»Im Arbeitszimmer«, flüsterte Catharina. »Aber …«

Luise drängte sich an ihr vorbei. Constantin saß an seinem Schreibtisch, hob den Blick – und erstarrte. Schmerz verzerrte für einen Moment seine Züge, dann hatte er sich wieder im Griff, schwieg jedoch weiterhin.

Er war dünner geworden, die Falten um seinen Mund hatten sich verstärkt. Ein seltsames Gefühl erfasste Luise. Ganz gleich, was passiert war – dieser Mann war lange Jahre ein Teil ihres Lebens gewesen. Sein Anblick war so vertraut, dass ihr die Kehle eng wurde.

Dann besann sie sich darauf, weshalb sie gekommen war. Sie straffte sich. »Haben Sie etwas damit zu tun?«

Er räusperte sich. »Womit? Und was ist mit Ihrem Auge geschehen?«

»Ich wurde niedergeschlagen. Josephine sollte entführt werden.«

Er zuckte zusammen. »Nein!«, rief er, sprang auf und trat um den Tisch herum auf sie zu. Sie roch sein Parfüm, das gestärkte Hemd, seinen Körpergeruch. Vertraut. Allzu vertraut. »Wie können Sie so etwas von mir denken?«

Luise schluckte, sah zu ihm auf.

»Wo ist das Kind jetzt?«, fuhr er ruhiger fort. »Und wer hat das getan?«

Er machte Anstalten, ihre Schläfe zu berühren, zuckte jedoch zurück, als hätte er sich verbrannt. Offenbar hatten auch ihn die Erinnerungen überfallen, und beinahe hätte er getan, was er so viele Jahre lang getan hatte. Sie berührt, sie getröstet. Erstaunt erkannte Luise, dass es ihr nichts ausgemacht hätte. Nun, da sie nicht mehr verpflichtet war, es zu dulden, schreckte sie der Gedanke nicht mehr. Sie spürte sogar den Drang, sich an seine Brust zu lehnen. Nicht als seine Frau, aber als eine Freundin.

»Sie ist in Sicherheit.« Ihre Stimme klang rau. »Susanne und ihr Vater ... Angeblich hatten sie den Auftrag dazu von einem ehemaligen Arbeitgeber.«

»Nicht von mir!« Constantin sah sie an, sein Blick eindringlich. »Egal, was gewesen ist, ich würde so etwas nicht tun, das wissen Sie hoffentlich.«

Sie glaubte ihm. »Dann bleibt wohl nur meine Mutter. Wo ist sie?«

»Sie wohnt hier nicht mehr. Ich konnte nicht fassen, was sie Ihnen angetan hat und wieder antun wollte. Darum musste sie gehen. Ich glaube, sie ist zu ihren Verwandten ins Kuhbergviertel gezogen.«

Luise lachte unfroh auf. »Zurück in ihr altes Leben, genau wie ich. Das kommt davon, wenn man sich ein Leben erschleichen will, das einem nicht zusteht.«

»Es hätte Ihnen zugestanden, Luise. Wenn ...« Er brach ab.

Sie lächelte. »Ich weiß. Wenn die Dinge von Anfang an anders gewesen wären.«

»Wenn Sie nicht bei der Jahrhundertwendfeier vor mir weggelaufen wären.« Auch auf seine Lippen stahl sich ein trauriges Lächeln. »Ich hätte Sie schon damals vom Fleck weg geheiratet.«

Unvermittelt verspürte Luise den Drang, ihm alles zu erklären. Alles. Warum sie vor ihm hatte weglaufen müssen, warum sie sich vor Männern gefürchtet hatte. Wie jedoch sprach man so etwas aus? Sie konnte es nicht.

Einem anderen Drang aber gab sie nach. Sie lehnte sich nach vorn und legte ihren Kopf mit der schmerzenden Schläfe an Constantins Brust. Sein Herz schlug schnell. Sie atmete ein letztes Mal seinen Geruch ein. Nur einige Sekunden lang. Dann löste sie sich von ihm.

»Ich wünsche Ihnen alles Gute, Constantin«, sagte sie leise.

»Ich Ihnen auch, Luise.«

Sie verließ das Haus, das ihr Zuhause gewesen war und doch nie wirklich.

Kurz überlegte sie, zum Kuhbergviertel zu gehen und die Mutter zur Rede zu stellen, dann aber entschied sie sich dagegen. Sie hatte noch immer die Möglichkeit, die Polizei zu informieren, wer den Auftrag zur Entführung gegeben hatte. Sie würde darüber nachdenken, ob sie es tun wollte. Es würde den Hass der Mutter nicht schmälern, sondern eher verstärken. Es war Zeit, die Vergangenheit ruhen zu lassen, und sie hoffte, dass auch ihre Mutter irgendwann dazu bereit war.

Bevor sie jedoch die Vergangenheit hinter sich lassen konnte, musste Luise etwas tun. Das Gefühl, Constantin alles erklären zu müssen, ließ den ganzen Tag nicht nach, und als sie am Abend neben der schlafenden Josephine auf dem Sofa saß, bat sie Caroline um Füllfederhalter und Papier.

»Lieber Constantin.

Ich weiß, du hast dir lange gewünscht, dass ich dir das Du anbiete. Ich habe es nie getan. Jetzt möchte ich es tun in der Hoffnung, dass du es nicht als Respektlosigkeit verstehst, sondern als Geste der Versöhnung. Es gibt so vieles, das du nicht von mir weißt, und du hast es verdient, die Wahrheit zu erfahren. Als wir uns gegenüberstanden an dem Tag, als du von Josephine erfahren hast, wolltest du meine Erklärungen nicht hören. Vielleicht fällt es dir leichter, sie zu lesen.«

Seite um Seite füllte Luise mit allen Ereignissen, die in ihrem Leben von Bedeutung waren. All ihre Gefühle brachte sie zu Papier, schonungslos ehrlich, ohne auf ihn oder sich Rücksicht zu nehmen. Der Morgen graute schon, als sie den Brief beendete, und Müdigkeit und Erleichterung machten sie gleichermaßen schwindlig.

Kapitel 30

Gaststätte Waldwiese, Gaarden bei Kiel, Juli 1905

Komm schon, Luise, wir brauchen dich im Kaffeegarten.«
Caroline nahm ihr das Geschirrtuch aus der Hand.

»Aber ich bin heute in der Küche eingeteilt.«

Wie an beinahe jedem Tag, auf ihren eigenen Wunsch.
Auf die abwertenden, höhnischen Blicke der Menschen, die
sie über Jahre in ihrem Haus empfangen hatte, die sie als Offiziersgattin kannten, konnte sie gut verzichten. *Nun ist sie wieder da, wo sie hingehört,* sagten die Augen ihrer ehemaligen
Nachbarn, und sie hatte Gesprächsfetzen mit anhören müssen, in denen es um den *armen Herrn von Wiedenfels* gegangen war.

»Nun los, Mädchen.« Caroline ließ sich nicht abwimmeln.

»Aber so viele Gäste sind doch heute Nachmittag gar
nicht ...«

»Luise Johannsen! Auf!« Die Freundin packte sie an den
Armen und schob sie aus der Küche.

Im Gang machte sich Luise los. »Schon gut, ich gehe ja.«
Sie musste lachen. »Mit meinem Mädchennamen hat mich
lange niemand mehr angesprochen.«

Gemeinsam gingen sie zum Tresen und nahmen ihre Ta-
bletts von dem blonden Peter entgegen.

»Na ja, ich dachte, dein Mädchenname wäre dir lieber als
der deines Mannes«, raunte Caroline ihr zu, damit die Gäste
sie nicht hörten.

»Ich muss zugeben, er gefällt mir besser als der andere«, flüsterte Luise, während sie nebeneinander den Gastraum durchquerten und auf die Terrasse traten, »aber richtig wohl fühle ich mich mit keinem von beiden.«

»Wie wäre es mit einem ganz anderen?« Caroline sah sie vielsagend an. »Reuther zum Beispiel?«

»Caro, das ist nicht lustig!«

Die Kollegin grinste breit, küsste Luise auf die Wange und schob sie mit der Schulter in Richtung eines Tisches, an dem ein einzelner Herr saß.

Luises Herz setzte einen Schlag aus. Dann begann es zu rasen.

Grüne Augen, zerzaustes hellbraunes Haar, ein lockerer, dunkelblauer Anzug und auf dem schönen Gesicht ein so liebevolles Lächeln, dass ihr die Knie weich wurden. Es war ein Jahr her, aber nichts hatte sich geändert.

»Julius?« Scheppernd stellte sie das Tablett auf dem Tisch ab, gerade rechtzeitig, ehe es ihr herunterfallen konnte.

Er erhob sich, trat zu ihr und ergriff ihre Hände. »Guten Tag, mein Engel.«

Ein wahnsinniges Kichern überfiel Luise. »Was tust du hier?«, rief sie aus und scherte sich nicht um die Blicke der Gäste an den anderen Tischen. Am liebsten hätte sie sich in seine Arme gestürzt, doch er hielt ihre Hände fest.

»Mit dir spazieren gehen, was sonst?« Julius zwinkerte ihr zu und zog sie in Richtung des Teiches. Als sie an dem Gastwirt vorbeikamen, der am Rande der Terrasse stand und das Treiben in seinem Lokal beobachtete, sah Luise ihn entschuldigend an. Er grinste breit. Offenbar hatte jeder außer ihr Bescheid gewusst.

Sie umrundeten den Teich, bis sie den Rand des Vieburger Gehölzes erreichten. Dort ließ sich Julius ins Gras fallen und zog Luise zu sich herab. Kein Mensch war in der Nähe, und das hohe Schilf, das am Teich wuchs, schirmte sie von Blicken aus Richtung der *Waldwiese* ab. Luise konnte nicht mehr an sich halten und schlang die Arme um Julius. Er zog sie an seine Brust, hielt sie fest, vergrub sein Gesicht in ihrem Haar.

»Du riechst nach Kalbsfrikassee«, murmelte er.

Ihre Lippen ruhten an seinem Hals. Sie ließ sie wandern, über seine Kehle, zu seinem Ohr hinauf.

»Und du riechst – gut«, flüsterte sie. »Nach Seife und … Ich weiß nicht. Einfach nach dir. Du hast mir gefehlt, Julius.«

Zart biss sie in sein Ohrläppchen. Er sog die Luft ein, schob sie ein Stück von sich und brachte sein Gesicht nahe an ihres.

»Du hast mir mehr gefehlt.«

Endlich fanden sich ihre Lippen, sanft zunächst, dann wurde der Kuss stürmischer. Seine Zunge drängte in ihren Mund, sie öffnete sich ihm, hätte sich ihm an Ort und Stelle hingegeben, wenn er es gewollt hätte, ganz egal, wer sie dabei sehen konnte.

Als sie keine Luft mehr bekamen, lösten sie sich widerwillig voneinander. Julius lachte, und Luise stimmte ein, und sie hatte das Gefühl, vor Glück platzen zu müssen. Ihr Geliebter war zurück, ihr Töchterchen in Sicherheit. Ihr war, als habe sich der letzte Knoten in ihrer Seele gelöst. Tief in ihr war noch Traurigkeit, würde immer dortbleiben, denn sie hatte Jahre mit Josephine unwiederbringlich verloren – und ein anderes Kind, das nie hatte leben dürfen. Sie schob die Empfindungen nicht beiseite, sondern erlaubte sich, sie zu fühlen. Wie Julius ihr wieder und wieder gesagt hatte – es brachte nichts, diese zu verdrängen. Hinsehen, aussprechen. Heilen.

Beim Gedanken an die Arbeit mit ihm in der Klinik fiel ihr etwas ein. »Mir wurde gesagt, du seist ausgewandert.«

»Das bin ich auch. Ich habe bereits ein Haus und eine Anstellung in einer kleinen Stadt westlich von London.« Nachdenklich sah er sie an. »Seltsamerweise erreichte mich eines Tages ein Brief, in dem mir mitgeteilt wurde, dass du dein

Kind zurückhast und wo ich dich finden kann. Nun bin ich hier. Und was noch seltsamer ist: In dem Brief lag ein weiterer, der für dich bestimmt ist. Warum er erst den Umweg über England zurück nach Kiel nehmen musste, kann ich mir nicht erklären.« Er zog ein gefaltetes, zugeklebtes Papier aus der Anzugtasche.

Luise nahm es an, hatte jedoch nur Augen für den Mann, den sie liebte. »Wie ist es da, wo du jetzt lebst?«

»Schön. Die Menschen sind freier. Wir würden dort überhaupt nicht auffallen, deine Kleine und wir.«

»Woher willst du das wissen? Du weißt doch gar nicht, wie sie aussieht!«

»Dann wird das aber Zeit, schließlich ist sie nun meine Tochter – wenn du es möchtest.«

Tränen traten Luise in die Augen, dennoch kicherte sie. »Ob ich das möchte? Möchtest du denn mit mir zusammen sein? Ich bin bald eine geschiedene Frau, ziehe ein Kind allein auf, und ich war schon einige Male in der Irrenanstalt. Ich bin wahrlich keine Partie für einen erfolgreichen Mediziner!«

»Du bist die einzige Frau, die ich will – die ich je wollte. Was glaubst du, warum ich nie mit einer anderen zusammen war, obwohl du verheiratet warst, obwohl du mich verlassen hast?«

»Ich wollte dich nicht verlassen, Julius«, sagte Luise tonlos, und die Erinnerung an ihren Abschied zerriss ihr das Herz.

»Ich weiß, du hast es für mich getan und für deinen Mann. Nun hör aber auf, an andere zu denken, und denk an dich.« Noch einmal küsste er sie, sanft diesmal. Er tastete nach ihrem Hals, zog ihre Kette hervor. »Wenn du die Welt nicht schon besäßest, würde ich sie dir jetzt schenken. Du bist mein Engel. Meine Luise. Das kleine Mädchen aus dem *Hornheim*, die verzweifelte, starke, kämpferische, liebende Frau, die Bäume umarmt und mir ohne Schuhe und Strümpfe überallhin folgt, wenn ich sie darum bitte. Ich liebe dich, und ich wünsche mir nichts mehr, als dass du mir auch nach England folgst. Meinetwegen auch mit Schuhen. Und mit unserer Tochter, die ich lieben werde wie mein eigenes Kind, da es deines ist. Und wenn du möchtest, zeigen wir ihr eines Tages die Heimat ihres leiblichen Vaters.«

Luise konnte nicht aufhören, gleichzeitig zu weinen und zu lachen. Zehn Jahre seit *der Sache*. Zehn Jahre Glück und Traurigkeit, Freude und Leid im Wechsel, das Auf und Ab des Lebens. Zumeist hatte der Schmerz die Oberhand behalten, und nun sollte sich alles zum Guten wenden?

Musik klang zu ihnen herüber, das fröhliche Liedchen einer Tanzkapelle, und Julius sprang auf und zog Luise auf die Füße. Sie sah hinüber zum Restaurant. Die Gäste auf der Terrasse hatten zu tanzen begonnen. Sie würde sie vermissen, wenn sie nun endlich hinaus in die Welt zog, ihre *Waldwiese*, Caro und die anderen Kollegen, die ihr Freunde geworden waren, wie sie es nie für möglich gehalten hätte. Sie würden ihr fehlen wie so vieles mehr. Ihr Vieburger Gehölz mit seinen lichten Buchen und dem Stück dunklem Tannenwald, ihre Ostsee, mal spiegelglatt, mal aufgewühlt vom Sturm. Ihr Kiel, das sie zu einer Großstadt hatte wachsen sehen und das doch ein Dorf blieb, immer bleiben würde. So wie sie immer Luise geblieben war und bleiben würde. Die Erkenntnis, dass sie sich nicht verloren hatte, wie sie es so oft geglaubt hatte, machte sie froh.

»Darf ich bitten, mein Engel?« Julius nahm ihre Hand, legte seine andere an ihren Rücken und begann, sie im Kreis zu wirbeln. Irgendwann streiften sie sich die Schuhe und Strümpfe ab. Das Gras war sonnenwarm und weich, und ihr Tanz wurde stürmischer, ihr Kichern lauter, und nie hatte sich Luise unbeschwerter gefühlt.

Sie sah zu Julius auf, in sein schönes, strahlendes Gesicht, und die Liebe zu ihm sprengte die letzten Ketten, die ihr Herz noch gefangen gehalten hatten. Sie tanzte in der *Waldwiese*, wie sie es sich seit Kindertagen erträumt hatte – und doch vollkommen anders. Nicht herausgeputzt im großen Ballsaal, sondern barfuß auf der Wiese am Wald, aber genau so, wie es richtiger nicht sein könnte. So, wie es sein sollte. Wie sie in Zukunft durch ihr Leben tanzen wollte, für immer und alle Zeit.

Epilog

Liebste Luise,

ich danke dir für deinen Brief. Ich konnte dich nie glücklich machen, sosehr ich es versucht habe. Nun weiß ich, warum es so war, und das gibt mir Frieden. Das letzte Geschenk, das ich dir machen kann, ist der Mann, den du liebst. Unsere Ehescheidung ist in die Wege geleitet. Geht mit ihm und fangt ein neues Leben an, du und dein Kind, gegen das ich, ohne von ihm zu wissen, nie eine Chance hatte. Ich rechne dir hoch an, dass du bei mir geblieben wärest, aber es ist besser so.

Werde glücklich.

Dein Constantin

Drei Geschwister, drei Hoffnungen, eine neue Zeit – der große Berlin-Roman zum Gründungsjubiläum der Weimarer Republik

Michaela Saalfeld
WAS WIR ZU HOFFEN
WAGTEN
Roman

576 Seiten
ISBN 978-3-404-17707-3

Berlin, 1912: Felice träumt davon, Rechtsanwältin zu werden, doch das ist Frauen im Kaiserreich verwehrt. Ihren Bruder Willi fasziniert die Welt des Films, doch er muss das väterliche Bankgeschäft übernehmen. Die Jüngste schließlich, Ille, lebt in einer Traumwelt, doch sie ist in einer Ehe mit einem brutalen Mann gefangen. Drei Geschwister, drei Lebensentwürfe, die bei Ausbruch des Großen Kriegs völlig auf den Kopf gestellt werden. Werden sich Felice, Willi und Ille in den Trümmern ihrer Heimat neu finden? Ist die junge Republik auch für sie der Weg in eine neue Zeit?

Lübbe

Liebe und Verrat auf Borkum

Claudia Schirdewan
DIE WALFÄNGERIN
VON BORKUM
Historischer Roman

352 Seiten
ISBN 978-3-404-18442-2

Borkum 1653: Die junge Fenja ist besorgt, weil ihr Verlobter Joris auf einem Walfänger das Kommando übernommen hat. Der Walfang ist ein noch junges Geschäft, die Gefahren unwägbar und die Konkurrenz unerbittlich. Als Joris' Schiff überfallen wird, täuscht sein Bruder dessen Tod vor und drängt Fenja zur Heirat. Doch Fenja ist fest entschlossen, ihr Schicksal selbst in die Hand zu nehmen. Noch ahnt sie nicht, welch dramatische Folgen ihr Wunsch nach Freiheit haben wird ...

Lübbe

Die Community für alle, die Bücher lieben

★ In der Lesejury kannst du Bücher lesen und rezensieren, die noch nicht erschienen sind

★ Gemeinsam mit anderen buchbegeisterten Menschen in Leserunden diskutieren

★ Autoren persönlich kennenlernen

★ An exklusiven Gewinnspielen und Aktionen teilnehmen

★ Bonuspunkte sammeln und diese gegen tolle Prämien eintauschen

Jetzt kostenlos registrieren: www.lesejury.de

Folge uns auf Instagram & Facebook:
www.instagram.com/lesejury
www.facebook.com/lesejury